GOLDMANN

Buch

1954. Ein Transportflugzeug der US Air Force stürzt ab. Es war auf einem Flug in den Südpazifik und hatte eine Anzahl von Behältern mit hochgefährlichen biologischen Kampfstoffen an Bord. Das Flugzeug stürzt in einen einsamen Bergsee in Colorado und gilt seitdem als verschollen.
1988. Dirk Pitt – der Held aus »Hebt die Titanic!« – entdeckt in seinem Urlaub das Wrack des Flugzeugs. Es wird zusammen mit seiner Fracht geborgen. Doch bald stellt sich heraus, daß mehrere der Behälter fehlen. Nachforschungen Pitts ergeben, daß sich eine afrikanische Terrororganisation der tödlichen Waffe bemächtigt hat. Ihr Auftrag: ein Angriff auf Washington. Von einem Schiff aus sollen Raketen abgeschossen werden, deren Sprengköpfe eine nie gekannte, verheerende Wirkung hätten. Ein dramatischer Wettlauf beginnt...

Autor

Clive Cussler, geboren in Alhambra/Kalifornien, war Pilot bei der US Air Force, bevor er als Funk- und Fernsehautor bekannt wurde. Er nahm an einer Expedition teil, die in den Wüsten des amerikanischen Südwestens nach vergessenen Goldminen suchte, und beteiligte sich an einem Unternehmen, das an der englischen Küste nach versunkenen Schiffen forschte. Er lebt heute mit Frau und Kindern in Denver/Colorado.

Außer dem vorliegenden Band sind von Clive Cussler als Goldmann-Taschenbücher erschienen:

Eisberg. Roman (3513)
Hebt die Titanic! Roman (3976)
Im Todesnebel. Roman (8497)
Tiefsee. Roman (8631)
Der Todesflieger. Roman (3657)

Im Auftrag der Numa (Eisberg / Der Todesflieger).
Zwei Romane in einem Band (10080)

Clive Cussler

Der Todesflug der Cargo 03

Roman

Aus dem Amerikanischen
von Rolf Jurkeit

GOLDMANN VERLAG

Ungekürzte Ausgabe
Titel der Originalausgabe: Vixen 03
Originalverlag: Viking Press, New York

Die 1.–4. Auflage dieses Taschenbuchs erschien unter dem Titel
»Cargo 03«

Der Goldmann Verlag
ist ein Unternehmen der Verlagsgruppe Bertelsmann

Made in Germany · Sonderausgabe · 3/89

Umschlagentwurf: Design Team München
Umschlagbild: C. Bertelsmann Verlag GmbH (Werbung), München
Druck: Elsnerdruck, Berlin
Verlagsnummer: 66432
MV · Herstellung: Peter Papenbrok/Voi
ISBN 3-442-06432-5

Flug ins Nichts

Militärflugplatz Buckley, Colorado (USA), Januar 1954

Der Boeing-Stratosphärenclipper mit dem Namen Cargo 03 sah aus wie eine große metallische Krypta. Vielleicht trug auch der Schneesturm, der Tragwerke und Rumpf der Maschine mit einem Leichentuch aus Billionen kleiner Kristalle bedeckte, zu diesem Eindruck bei. Die unregelmäßigen Lichtschimmer im Cockpit und die flüchtigen Schatten der Wartungsmannschaft, die den Riesenvogel auf seinen nächtlichen Start vorbereitete, schufen eine gespenstische Szenerie.

Raymond Vylander, Major der Luftwaffe der Vereinigten Staaten, verwarf die trüben Gedanken, die ihm beim Anblick der Boeing Cargo 03 gekommen waren. Schweigend beobachtete er, wie sich der Tankwagen aus dem Lichtkegel unter dem Flugzeug löste und in der Dunkelheit des Schneegestöbers verschwand. Die Laderampe am Heck des Flugzeugs wurde auf die Piste hinuntergelassen. In dem Lichtschein, der aus dem Frachtraum kam, wurde ein schwerer Gabelstapler sichtbar. Dann fiel Vylanders Blick auf die nahe Startbahn mit der doppelten Lichterreihe, die 3700 Meter lang in die unbesiedelte Ebene von Colorado führte. Die Lichter, so kam es Vylander vor, waren wie die weißen Lampen zu beiden Seiten eines endlos langen Krankenhausflurs. Bevor die beiden Linien am Horizont zusammenstoßen konnten, wurden sie von einem Vorhang tanzender Schneeflocken verdeckt.

Eine Weile lang schloß Major Vylander die Augen. Dann betrachtete er das müde, griesgrämige Spiegelbild, das ihm aus der Fensterscheibe des Büroraums, in dem er stand, entgegenstarrte. Die Mütze, die er trug, war achtlos nach hinten verrutscht und gab einen dichten Schopf dunkelbrauner Haare frei. Die Schultern des

Mannes, dessen unbewegtes Bild ihn wie eine unwirkliche Erscheinung ansah, waren vornübergefallen. Der Ausdruck der Augen ähnelte dem eines Hundertmeterläufers in den Sekunden vor dem Start. Das blasse Gesicht dieser Erscheinung verschwamm wie in einer Fotomontage mit der Silhouette des Frachtflugzeuges draußen im Schneesturm. Der Gedanke daran, daß sein Schicksal mit dem der Maschine draußen verbunden war, ließ Vylander schaudern. Er zwang sich, alles was er gedacht hatte, weit weg in sein Unterbewußtsein sinken zu lassen. Dann drehte er sich um und wandte seine Aufmerksamkeit einem Mann zu, der in einer anderen Ecke des schwacherleuchteten Raumes auf einer Tischkante saß. Admiral Walter Bass hatte Vylanders Blick bemerkt. Er ließ sich von der Tischkante herabgleiten, faltete die Wetterkarte, die auf dem Tisch lag, zusammen und wischte sich mit einem Taschentuch den Schweiß von der Stirn.

»Die Wetterfront, Major Vylander, bewegt sich von den Rocky Mountains weg ostwärts. Sie sollte Ihnen beim Überfliegen des Gebirges eigentliche keine Sorgen mehr machen.«

»Überfliegen klingt gut. Ich weiß noch gar nicht, wie ich den bleischweren Vogel bei diesen Wetterbedingungen überhaupt in die Luft kriege.«

»Sie werden es schaffen.«

»Admiral Bass, Sie wissen doch so gut wie ich, daß ein Nachtstart mit einer schweren C-97, die bis zur Halskrause mit Treibstoff sowie mit 35 Tonnen Fracht beladen ist, von einer 1700 Meter hoch gelegenen Startbahn, bei dreißig Knoten Seitenwind und mitten in einem böigen Schneesturm, ein riskantes Manöver ist.«

»Alle diese Faktoren sind bei dem Flugplan, den wir aufgestellt haben, voll berücksichtigt. Sie werden mit einem Sicherheitsabstand von 3000 Fuß vor dem Ende der Startbahn abheben.«

Vylander schüttelte den Kopf. Dann ließ er sich wie eine Gummipuppe, aus der plötzlich die Luft entweicht, auf einen Stuhl fallen. »Ist dieser Flug es wert, das Leben meiner Männer aufs Spiel zu setzen? Was zum Teufel ist eigentlich in die U.S. Marine gefahren, daß sie mitten in der Nacht ein Großraumflugzeug der U.S. Luftwaffe anheuert, um eine obskure Ladung aus dem hintersten Winkel der Vereinigten Staaten zu einer Insel im Pazifik zu befördern?«

Auf dem Gesicht von Admiral Bass wurden Anzeichen von Zornesröte sichtbar. Aber er beherrschte sich. Als er sprach, klang seine Stimme fast so, als ob er nach einer Entschuldigung suchte.

»Major Vylander, die Sache ist fürchterlich einfach. Was Sie ›obskure Ladung‹ nennen, ist superdringendes Material für ein spezielles Testprogramm der Regierung. Nachdem Ihre ›Cargo 03‹ in eintausend Meilen Umkreis das einzig verfügbare und geeignete Großraumflugzeug für diesen Transport war, hat sich die Luftwaffe bereiterklärt, die Maschine zeitweilig an die Marine auszuleihen. Die Luftwaffe hat auch zugesagt, daß sie das Flugpersonal für den Transport stellt. Das Personal sind Sie und Ihre Leute. Das ist alles, ganz ohne Tricks und doppelten Boden.«

Eine Weile standen sich beide Männer schweigend und feindselig gegenüber.

»Ich möchte keineswegs aufsässig erscheinen«, sagte Vylander dann. »Aber das ist eben *nicht* alles.«

Admiral Bass ging um den Tisch herum und setzte sich.

»Doch, das ist es. Für Sie ist dieser Start ein Routineflug wie jeder andere.«

»Warum lassen Sie mich dann nicht etwas hinter Ihren großen Nebelvorhang blicken und sagen mir, was in den Kanistern drin ist, die ich mit diesem ›Routineflug‹ befördern soll?«

Major Bass senkte seinen Blick. »Das kann ich leider nicht. Die Ladung ist *top secret.*«

Vylander wußte, wann ein Schlagwechsel verloren war. Dieser hier war es. Mühsam stand er auf, nahm die Plastikmappe mit dem Flugplan, den Charts und Wetterkarten vom Tisch und wandte sich zur Tür. Dann blieb er stehen, so als ob ihn eine plötzliche Eingebung am Weitergehen hinderte. »Was ist, wenn wir notwassern müssen?«

»Eine Notwasserung ist unter allen Umständen, ich wiederhole: unter allen Umständen zu vermeiden. Im Notfall müssen Sie versuchen, in einer unbewohnten Gegend notzulanden.«

»Ist das nicht etwas viel verlangt?«

»Dies ist keine Bitte, sondern ein Befehl!«

Vylanders Gesicht verdunkelte sich. »Ist das jetzt alles?«

»Noch eine Kleinigkeit.«

»Und die wäre?«

»Viel Glück!«

Um Admiral Bass' Lippen war ein verkniffenes Grinsen zu sehen. Es war ein Grinsen von der Art, wie Vylander es nicht ausstehen konnte. Grußlos wandte er sich um, öffnete die Tür und trat in die eisige Kälte hinaus.

Nach wenigen Minuten Fußmarsch durch das Schneegestöber war er an der Maschine. Er ging die Gangway hinauf und begab sich ins Cockpit. Leutnant Sam Gold, Vylanders Kopilot, saß zusammengekauert über der Checkliste, während George Hoffman, der Flugnavigator, mit einem Zirkel auf der Flugkarte hantierte. Keiner der beiden sah von seiner Arbeit auf, obwohl Vylander jetzt unmittelbar vor ihnen stand.

»Was für einen Kurs haben sie uns gegeben?« erkundigte sich Vylander bei Hoffman.

»Eine schier unübertreffliche Panorama-Route. Unser Flug geht präzis durch die verlassensten Gegenden der ganzen Weststaaten.«

Vylander zog ein sorgenvolles Gesicht. Es sah nach hinten, wo hinter dem offenen Schott zum Frachtraum die riesigen, unheilvoll schimmernden Metallkanister standen. Vergeblich versuchte er zu erraten, was in diesen Behältern verborgen war.

In seinem Nachdenken wurde Vylander von Stabsfeldwebel Joe Burns unterbrochen, der sich von hinten näherte und sein breites Clowngesicht, das Vylander immer an Buster Keaton erinnerte, in den schwachen Lichtschein der Instrumentenbeleuchtung tauchte. »Alles ist bereit zum Start ins blaue Wunder«, meldete er. Vylander löste seine Blicke von den geheimnisvollen Metall- kanistern. »Okay«, seufzte er. »Dann werden wir also diesen ganzen streng geheimen Alptraum in die Lüfte heben.«

Stotternd begann der erste der mächtigen vier Propeller sich zu drehen, wenig später folgten die anderen. Vylander beobachtete, wie die Verbindungskabel zum Versorgungswagen gelöst und die Bremskeile unter den Rädern weggezogen wurden. Vorsichtig steuerte er dann das überladene Flugzeug durch den stärker werdenden Schneesturm zur Startposition auf der Hauptpiste. Eine Sekunde lang verspürte er den lächerlichen Wunsch, der Versorgungsmannschaft und den Feuerwehrleuten zuzuwinken, die neben ihm hergefahren waren und jetzt abdrehten, um aus der kalten Nacht in die wohlige Wärme des Flughafengebäudes zurückzukommen. Dann zuckte er die Achseln und wartete schweigend auf die Freigabe zum Start.

Admiral Bass stand im Kontrollturm des Militärflughafens und beobachtete die Boeing, die von hier aus wie ein schwangerer Wal wirkte, der von unsichtbaren Kräften über die schneebedeckte Rollbahn gezogen wurde. »Für Sie, Admiral«, sagte einer der Fluglotsen, die neben Bass standen. Bass ergriff den Hörer und meldete sich mit seinem Namen. »Bitte informieren Sie den Präsidenten der Vereinigten Staaten, daß Maschine ›Cargo 03‹ startbereit ist.«

»Wann ist die errechnete Ankunftszeit im Zielgebiet?« hörte er Verteidigungsminister Charles Wilson, seinen Gesprächspartner am anderen Ende, fragen.

»Die Cargo 03 macht eine Zwischenlandung auf dem Flugplatz Hickam auf Hawaii, um aufzutanken. Die Ankunftszeit im Testgebiet ist um 14.00 Uhr Washingtoner Zeit.«

»Hören Sie, Admiral Bass. Präsident Eisenhower möchte uns beide morgen um 8.00 Uhr in seinem Büro sehen. Er besteht auf detallierten Informationen über die geplanten Tests sowie auf einer laufenden Unterrichtung über Route und Fortgang des Fluges von Cargo 03.«

»Ich werde pünktlich in Washington sein, um den Präsidenten zu informieren.«

»Ich brauche Ihnen ja nicht auszumalen, was passiert, wenn die Cargo 03 über oder in der Nähe einer größeren Stadt abstürzen würde…«

Ein langes, bedrückendes Schweigen, das von beiden Gesprächspartnern in unausgesprochenem Einverständnis eingehalten wurde, folgte diesen Worten. Dann endlich antwortete Bass.

»Nein, Herr Minister. Ein Absturz der Cargo 03 auf eine größere Stadt wäre eine Katastrophe, die in ihrem Ausmaß gar nicht vorstellbar ist.«

»Wie steht's mit Druck und Drehzahl?« fragte Kopilot Gold zu Stabsfeldwebel Burns hinüber.

»Brauchen noch ein bißchen«, gab Burns zur Auskunft. »Die dünne Luft von Denver hat der Vogel nicht so gern.«

Vylander betrachtete die Rollbahn, die jetzt, beleuchtet wie die Treppe zu einem billigen Kabarett, vor ihm lag. Es gelang ihm, weit voraus das Lichtsignal zu erkennen, das die Hälfte der 3700 Meter langen Startbahn markierte. Er spürte, wie sein Herz schneller zu schlagen begann, fast im Takt mit den Scheibenwischern, die den Schnee von der Frontscheibe des Cockpits wischten. Mein Gott, dachte er. Diese Rollbahn ist eigentlich nicht viel länger als ein Fußballplatz. Wie in Trance tastete er nach seinem Handmikrophon.

»Kontrollturm Buckley, hier ist die Cargo 03. Wir sind bereit zum Start. Over.«

»Die Startbahn gehört Ihnen«, hörte Vylander die vertraute Stimme von Admiral Bass im Kopfhörer sagen. »Und noch eins, Vylander. Sparen Sie eines von den barbusigen Inselmädchen für mich auf, okay?«

Vylander antwortete nicht. Er löste die Bremsen und schob die vier Drosselklappen durch, die für die vier mächtigen Motoren des Großraumflugzeugs die volle Leistung freigaben. Wie ein unwilliges Monstrum begann die Boeing ihre unförmige Nase in den Schneesturm zu bohren. Kopilot Gold begann mit monotoner Stimme die langsam zunehmende Geschwindigkeit von den Instrumenten abzulesen. »Fünfzig Knoten.«

Eine große, hellerleuchtete Tafel mit der Zahl »9« huschte vorbei.

»Noch neuntausend Fuß bis zum Ende der Rollbahn«, meldete Gold. »Geschwindigkeit siebzig Knoten.«

Die weißen Lichter zu beiden Seiten der Rollbahn waren zu einer flimmernden Kette geworden, die wie von einer Riesenfaust unter den Flügelspitzen der C-97 entlanggezogen wurde. Immer schneller donnerte das Flugzeug die Startbahn entlang. Die vierblättrigen Propeller der starken Pratt-Whitney-Motoren peitschten durch die eiskalte Höhenluft. Vylanders Hände umklammerten den Steuerknüppel. Seine Knöchel waren weiß vor Anstrengung.

»Geschwindigkeit einhundert Knoten. Noch siebentausend Fuß bis zum Ende der Startbahn.«

Wie gebannt saß Stabsfeldwebel Burns vor den Instrumenten. Er verfolgte jede Bewegung auf den Skalen, jederzeit bereit, aus etwaigen Warnsignalen die nötigen Empfehlungen für den Piloten abzuleiten. Vergleichsweise unbeschäftigt war Hoffman, der Flugnavigator. Hilflos saß er auf seinem Sitz und sah auf die Startbahn hinaus, die mit bedrohlicher Geschwindigkeit unter ihnen wegglitt.

»Geschwindigkeit einhundertfünfundzwanzig Knoten.«

Vylander war voll damit beschäftigt, den Einfluß der unberechenbaren seitlichen Böen auf Tragwerk und Ruder auszugleichen. Ein Schweißtropfen rann ihm die Backe herunter aufs Kinn. Verzweifelt wartete er nun schon seit mehreren Sekunden darauf, daß die dahindonnernde Boeing aufgrund des ungeheuren Luftwiderstandes leichter werden würde. Aber davon war nichts zu spüren. Eine geheimnisvolle Macht schien die schwere Maschine auf der verschneiten Asphaltpiste festzuhalten.

»Einhundertfünfunddreißig Knoten. Noch fünftausend Fuß bis zum Ende der Rollbahn.«

»Heb ab, Baby! Heb ab!« stammelte Hoffman, während Gold, scheinbar ungerührt, weiterzählte.

»Einhundertfünfundvierzig Knoten. Noch dreitausend Fuß bis zum Ende der Rollbahn.« Gold wandte sich zu Vylander. »Wir können jetzt nicht mehr bremsen«, sagte er. »Entweder wir kommen hoch, oder wir bohren uns in den Acker.«

»Soweit der garantierte Sicherheitsabstand von Admiral Bass«, fluchte Vylander.

»Noch zweitausend Fuß bis zum Ende der Startbahn. Geschwindigkeit einhundertfünfundfünfzig Knoten.«

Vylander starrte wie gebannt auf die immer näher kommenden roten Signal-Leuchten, die das Ende der Startbahn markierten. Die riesige Frachtmaschine, deren Steuerknüppel er umklammert hielt, schien aus massivem Blei zu bestehen. Wie von einer ungeheuren Kraft mit Gewalt am Boden gehalten, raste das Flugzeug auf das Ende der Startbahn zu. Von einem Leichterwerden der Maschine infolge des zunehmenden Auftriebs war nichts zu spüren. Vylander saß jetzt seltsam still und konzentriert auf seinem Sitz, keine Regung war ihm anzumerken.

»Nur noch tausend Fuß Piste!«

Da! Langsam, unendlich langsam, hob die Boeing von der Startbahn ab, nur noch 50 Meter vom Ende der Piste entfernt.

»Fahrwerk einfahren!« sagte Vylander mit heiserer Stimme. Ein paar bange Sekunden vergingen, während die Cargo 03 nur wenige Meter über dem verschneiten Gelände, das den Flugplatz umgab, dahinschwebte. Dann vernahm Vylander das beruhigende Geräusch, wie die Räder in die Radkästen einklinkten. Gleichzeitig registrierte er eine leichte Erhöhung der Fluggeschwindigkeit. »Fahrwerk ist eingefahren, Klappen sind geschlossen«, meldete Kopilot Gold. Alle waren erleichtert, als die Maschine nach diesen bangen Momenten mit kräftigem Motorengeräusch zügig in den nächtlichen Himmel stieg. Vylander ließ den Stratosphärenclipper eine sanfte Schwenkung nach Nordwest ausführen. Unterhalb des wegkippenden Flügels wurden die blinkenden Lichter von Denver sichtbar. Wenig später umfing eine dichte Nebelschicht die immer noch steigende Maschine. Vylander konzentrierte sich weiterhin angestrengt auf die Beobachtung der Navigationsinstrumente. Erst als er eine Fluggeschwindigkeit von zweihundert Knoten und eine Höhe von 1000 Metern erreicht hatte, sah er einen Moment lang vom Instrumentenbord auf. Hoffman, der Flugnavigator, war hinter ihn getreten. »Wir haben's geschafft«, sagte er. »Ich muß allerdings zugeben, daß mir beim Start verdammt mulmig zumute war.« – »Mulmig ist vornehm untertrieben«, ergänzte Stabsfeldwebel Burns. »Ich dachte schon, mein letztes Stündlein hätte geschlagen.« – »Unsinn. So schnell wird nicht gestorben«, erwiderte Hoffman. Beide grinsten, so als ob sie mit dieser Geste die beklemmende Erinnerung an den Start hätten verscheuchen können.

Dann waren sie auf 5500 Meter Flughöhe. Die Flugrichtung war Westen, sie näherten sich den Rocky Mountains. Vylander machte eine auffordernde Kopfbewegung zu seinem Kopiloten. »Übernehmen Sie jetzt die Steuerung. Ich gehe mal im Frachtraum nach dem Rechten sehen.« Kopilot Gold war erstaunt, daß Vylander ihm die Steuerung der Maschine so bald nach dem Start überließ. Das war sonst nicht seine Art. Gold verschluckte die Frage, die er auf den Lippen hatte. »Übernommen«, meldete er.

Vylander, der Pilot, öffnete Sitz- und Schultergurte, verließ das Cockpit und begab sich nach hinten, in den Frachtraum der Maschine. Sorgfältig achtete er darauf, daß die Verbindungstür zwischen Frachtraum und Cockpit wieder geschlossen war. Die Fracht der Cargo 03 bestand, wie er feststellte, aus sechsunddreißig gleich großen Behältern aus rostfreiem Stahl. Alle Behältnisse waren durch Seilverankerungen im Boden vor dem Verrutschen gesichert. Minutiös betrachtete Vylander die Oberfläche jedes einzelnen Behältnisses. Er suchte nach der üblichen Beschriftung, nach den mittels ausgestanzter Schablonen aufgebrachten Code-Hinweisen auf Gewicht, Inhalt, Datum und Ort der Herstellung, Prüfzeichen und Transportanweisungen. Aber auf keinem der 36 Behältnisse war auch nur die Spur irgendeiner Beschriftung zu finden.

Nach viertelstündiger Inspektion war Vylander im Begriff, seine Suchaktion nach Hinweisen auf die Art seiner geheimnisvollen Fracht aufzugeben. In diesem Moment jedoch bemerkte er eine mattschimmernde kleine Aluminiumplakette, die in die schmale Ritze zwischen zwei der Behältnisse gefallen war. Vylander hob sie auf. Das Plättchen war auf der Rückseite mit einer selbsthaftenden Gummierung beschichtet. Er suchte und fand das Gegenstück, nämlich die leicht klebrige Stelle auf dem metallenen Behältnis, von dem das Plättchen abgefallen sein mußte. Gespannt hielt er die Plakette in die Nähe des schwachen Deckenlichts und entzifferte die Aufschrift auf der glatten Seite. Was er las, ließ ihn erschauern, es bestätigte seine schlimmsten Befürchtungen.

Eine Weile lang stand Vylander wie benommen da und starrte auf das kleine Aluminiumschild in seinen Händen. Durch einen starken Ruck, der den Rumpf des Flugzeugs erschütterte, wurde er aus seinen Gedanken gerissen. In wenigen Sätzen war er an der Verbindungstür zum Cockpit. Er riß die Tür auf.

Das Cockpit war voller Qualm.

»Sauerstoffmasken!« ordnete Vylander an. Die Umrisse von Hoffman und Burns waren inmitten des Qualms kaum noch zu erkennen. Vylander arbeitete sich zum Pilotensitz durch und tastete nach seiner Sauerstoffmaske. Der beißende, scharfe Geruch verschmorter elektrischer Kabel stieg ihm in die Nase. Dann hörte er, wie Gold, der Kopilot, neben ihm mit lauter Stimme ins Bordmikrophon der Funkanlage rief. »Kontrollturm Buckley. Hier spricht Cargo 03. Wir haben Qualm im Cockpit. Erbitten Instruktionen für Notlandung. Ende.«

»Ich übernehme die Steuerung«, sagte Vylander in sein Mikrophon. Golds Bestätigung kam ohne Zögern.

»Burns?«

»Ja, Captain?«

»Was ist kaputt?«

Burns Antwort war wegen der Sauerstoffmaske, die er trug, dumpf, sie hatte einen geisterhaften, hohlen Klang. »Bei dem vielen Qualm läßt sich der Defekt schwer feststellen, Captain. Vorläufig sieht es aus wie ein Kurzschluß in der Funkanlage.«

»Hören Sie, Kontrollturm Buckley!« rief Gold jetzt lauter ins Mikrophon. »Melden Sie sich doch!«

»Es hat keinen Zweck, Leutnant Gold!« fiel ihm Burns ins Wort. »Der Kontrollturm Buckley kann Sie nicht hören. Niemand kann Sie hören. Unsere Funkanlage ist durchgeschmort. Wir bringen keinen Ruf mehr nach draußen. Wir sind allein.«

Vylanders Augen tränten von dem immer dichter werdenden Qualm so sehr, daß er kaum noch sehen konnte. »Wir drehen um«, sagte er ruhig ins Mikrophon. »Wir fliegen nach Buckley zurück.«

Während er im Begriff war, den Kurs der Maschine neu zu bestimmen, erschütterte eine starke Vibration den Rumpf des Flugzeugs. Gleichzeitig war ein hartes metallisches Geräusch zu vernehmen. Wie durch Zauberei wurde der Qualm, der das Cockpit vernebelt hatte, abgesaugt. Eiskalte Zugluft drang in die Kanzel.

Für die Männer im Cockpit war es ein Gefühl, als ob ihre Gesichtshaut von Tausenden Nadelstichen durchbohrt würde. Immer stärker wurde das Rütteln im Rumpf der Maschine.

»Ein Propellerblatt von Motor Nummer drei hat sich gelöst!« meldete Burns.

»Auch das noch! Die Benzinzufuhr zu Motor drei unterbrechen! Stellen Sie fest, wieviel von dem Propeller noch da ist!«

Angestrengt machte sich Kopilot Gold an den Cockpit-Instrumenten zu schaffen. Die Vibration wurde schwächer. Vylanders Blick glitt über die Skalen und Kontrollinstrumente. Ein unbezwingbares Angstgefühl schnürte ihm die Kehle zu. »Das abgebrochene Propellerblatt hat den Rumpf durchschlagen«, meldete Hoffman. »Wir haben ein Leck von zwei Metern Durchmesser in der Außenwandung des Frachtraums. Ein Teil der Kabel und die hydraulischen Leitungen sind durchschnitten.«

»Jetzt ist mir klar, warum der Qualm plötzlich weg ist«, sagte Gold trocken. »Er wurde beim plötzlichen Druckverlust aus der Kabine gesaugt.«

»Das erklärt auch, warum die Steuerung nicht mehr funktioniert«, fügte Vylander hinzu. »Die Leitungen sind unterbrochen. Wir können steigen oder sinken. Aber wir können nicht mehr wenden.«

»Vielleicht können wir die Maschine auf Gegenkurs bringen, indem wir wechselweise die Leistung von Motor eins und vier verringern. Das müßte reichen, um in Buckley notzulanden.«

»Wir kommen nicht mehr bis Buckley«, sagte Vylander mit großer Ruhe und seltsam unbeteiligter Stimme. »Durch den Ausfall von Motor drei verlieren wir pro Minute dreißig Meter Höhe, egal was wir mit den verbleibenden Motoren anstellen. Wir haben keine andere Wahl, als in den Rocky Mountains notzulanden.«

Die Feststellung des erfahrenen Piloten wurde von seiner Crew mit beklemmendem Schweigen aufgenommen. Vylander sah, wie sich lähmende Angst in die Züge seiner Männer stahl. Der Tod war an Bord gekommen.

»Eine Notlandung in den Rocky Mountains!« ließ sich Hoffman vernehmen. »Das ist einfach nicht zu schaffen! Wir enden als zerschelltes Wrack an irgendeiner Felswand.«

»Immerhin haben wir noch drei Motoren und gewisse Navigationsmöglichkeiten. Und wir kommen jetzt unter die Nebelschicht, so daß wir zumindest sehen können, welche Felswand wir rammen oder nicht rammen.«

»Gott sei Dank«, brummte Hoffman mit Galgenhumor. »Es sind diese kleinen Lichtblicke, die das Leben lebenswert machen...«

»Wie liegen wir im Kurs?« fragte Vylander.

»227 Grad Südwest«, gab Hoffman zur Auskunft. »Wir haben eine Abweichung von fast achtzig Grad vom festgelegten Kurs.«

Vylander nickte ernst und schweigend. Es gab nichts mehr zu sagen in dieser Situation. Seine ganze Aufmerksamkeit galt jetzt dem Bemühen, die Cargo 03 durch geschickte Änderungen an der Leistung der verbliebenen drei Motoren im Gleichgewicht zu halten. Den raschen Sinkflug der Maschine konnte das nicht aufhalten. Auch wenn alle drei Motoren auf volle Kraft gebracht worden wären, gab es keine Möglichkeit, den rapiden Höhenverlust des schwerbeladenen Frachtflugzeugs auszugleichen. Sie waren dazu verurteilt, teilnahmslos dazusitzen und den flachen Gleitflug zu verfolgen, den die aus der Kontrolle geratene riesige Maschine vollzog.

Recht bald begann die Cargo 03, in die Täler der Colorado Rokkies einzutauchen. Seitlich, auf gleicher Höhe, konnte man die über 4000 Meter hohen Bergspitzen unterscheiden. Die Baumspitzen, die durch die dicke Schneeschicht brachen, waren deutlich zu erkennen. Kopilot Gold schaltete jetzt die Landescheinwerfer ein. Angestrengt versuchte er, durch die Scheiben der Kanzel einen Landegrund für die Notlandung auszumachen. Hoffman und Burns saßen reglos auf ihren Sitzen. Mit einem Gefühl von Hoffnung und Verzweiflung warteten sie gespannt auf den unvermeidlichen Aufprall der Maschine in diesem wilden, zerklüfteten Gelände.

Der Höhenmesser war jetzt auf dreitausend Meter gesunken. Es war ein Wunder, dachte Vylander, daß sie überhaupt so tief heruntergekommen waren, ohne an einem Gipfel oder einer Felswand zu zerschellen. Jäh tat sich vor ihnen, während die Cargo 03 im Gleitflug immer tiefer schwebte, eine Waldlichtung auf. Die Baumwipfel wichen zur Seite, und die Landescheinwerfer beleuchteten eine ebene, schneebedeckte Fläche.

»Eine Wiese!« schrie Gold. »Wir kriegen eine Wiese. Eine phantastische, wunderbare Bergwiese, fünf Grad Steuerbord.«

»Okay«, bestätigte Vylander. Er korrigierte den Kurs der Transportmaschine, indem er die Drosselklappen betätigte. Für die sonst bei Landungen übliche Checkliste war keine Zeit. Es ging jetzt um Leben und Tod. Die Mannschaft wußte nur zu gut, daß sie eine dramatische Bruchlandung vor sich hatte. Es würde der letzte Versuch sein, den abenteuerlichen Flug der Cargo 03 lebend zu überstehen.

Unterhalb der Nase des Cockpits glitt die weißverschneite Fläche entlang wie ein Teppich, der immer näher kam. Kopilot Gold stellte die Zündung und alle noch verbliebenen elektrischen Kontakte ab. Sie waren jetzt nur noch drei Meter vom Boden entfernt. Das Herz stand ihnen still, als sie vernahmen, wie das Geräusch der drei Motoren plötzlich erstarb. Der dunkle Schatten, den die Maschine im Mondlicht auf den hellen Untergrund zeichnete, wurde größer. Dann vereinigte er sich mit dem niedergehenden Rumpf.

Der Aufprall war weniger schlimm, als sie befürchtet hatten. Sanft berührte der Bauch des Flugzeugs zwei oder drei Mal den Schneeteppich. Dann begann die Maschine mit hoher Geschwindigkeit wie ein gigantischer Ski auf dem Schnee dahinzugleiten. Die nächsten Sekunden, während die Maschine außerhalb jeder Kontrolle, nur der Schwerkraft gehorchend, über das nur schemenhaft erkennbare Schneefeld schlitterte, waren qualvoll. Dann plötzlich kam der mächtige metallene Rumpf zum Stillstand. Ein tiefes, unheilvolles Schweigen erfüllte das Cockpit.

Der erste, der seine Sprache wiederfand, war Burns. »Gott im Himmel!« flüsterte er heiser. Seine Lippen zitterten. »Wir haben es geschafft!« Durch die mit dicken Schneemassen bedeckten Scheiben versuchte er, einen Blick nach draußen zu erhaschen. Aber die Schneewand war undurchdringlich. Langsam wandte sich Burns zu Vylander um. Er öffnete seinen Mund, um etwas zu sagen. Aber er bekam keinen Ton heraus. Burns Gesicht war aschfahl, als ihm bewußt wurde, daß in diesem Moment Furchtbares und Unvorstellbares mit der im Schnee versunkenen Maschine vor sich ging. Das Wrack barst und sank. Wie von Geisterhand verwandelte sich das weiße Leinentuch, das sich über das Cockpit der Maschine gelegt hatte, in eine massive Wand nachtschwarzen Eises. Vylanders letzter Gedanke war, daß die Cargo 03 und ihre Mannschaft jetzt das Grabgewölbe gefunden hatten, das ihnen ein unergründliches Schicksal vorbestimmt hatte. Dann umfing ihn ein dunkles, seelenloses Nichts.

Im Hauptquartier der Marine in Washington studierte Admiral Bass vier Monate später den Flugplan, den die verschwundene Cargo 03 hätte einhalten müssen. Er wußte nicht, wie oft er in diesen Wochen die auf der Karte eingezeichnete Unglückslinie angestarrt hatte. Seine Augen waren gezeichnet von den Sorgen, die ihm das rätselhafte Verschwinden der Transportmaschine und ihrer Mannschaft bereitet hatten. Falten der Gram und der Resignation hatten sich in die einst gesunden, kräftigen Gesichtszüge des Admirals eingegraben. Er ließ die Schultern hängen. Innerhalb von vier Monaten war Bass zu einem alten Mann geworden. Das Telefon klingelte. Er nahm ab.

»Admiral Bass?« fragte eine vertraute männliche Stimme.

»Ja, Herr Präsident?«

»Minister Wilson hat mir berichtet, daß Sie die Suche nach der Cargo 03 abblasen wollen.«

»Ja, das will ich«, sagte Bass mit müder, aber ruhiger und fester Stimme. »Es ist sinnlos, mit der Suche fortzufahren. Spezielle Suchflugzeuge der Marine und der Luftwaffe sowie Bodeneinheiten des Heeres haben jeden Quadratmeter Land und Wasser in einer Breite von 80 Kilometern zu beiden Seiten der Flugroute von Cargo 03 abgesucht. Ohne jedes Ergebnis. Es gibt keine Spur.«

»Und?«

»Die Überreste der Cargo 03 und ihrer Besatzung liegen nach meiner Meinung irgendwo auf dem Grunde des Pazifischen Ozeans. Das ist die einzige Schlußfolgerung, die man vernünftigerweise aus der ergebnislosen Suche ziehen kann.«

»Glauben Sie wirklich, daß die Cargo 03 vor ihrem geheimnisvollen Verschwinden über die amerikanische Westküste hinausgekommen ist und das offene Meer erreicht hat?«

»Ja. Das glaube ich.«

»Ich hoffe sehr, daß Sie mit Ihrer Annahme recht haben, Admiral Bass. Helfe uns Gott, wenn die Cargo 03 irgendwo zu Lande niedergegangen ist.«

»Wenn die Cargo 03 irgendwo über dem amerikanischen Kontinent abgestürzt oder notgelandet wäre, hätten wir sie mit hundertprozentiger Sicherheit gefunden.«

»Ja« – der Präsident schien zu zögern – »das hätten wir wohl.« Der Gesprächspartner von Admiral Bass im Weißen Haus machte eine längere Pause. Dann sagte er: »Ich habe jetzt einen sehr konkreten Wunsch, Admiral. Schließen Sie die Suchakten von Cargo 03 und begraben Sie die ganze Angelegenheit. Begraben Sie sie sehr, sehr tief. Haben Sie mich gut verstanden?«

»Das habe ich, Herr Präsident. Es geschieht so, wie Sie es wünschen.«

Es klickte im Hörer, das Gespräch war zu Ende. Bass legte den Hörer auf die Gabel zurück. Dann sank er erschöpft in seinen Stuhl. Dies war das ruhmlose und resignierende Ende der militärischen Laufbahn von Admiral Bass, und er wußte es.

Einmal mehr starrte er auf die Landkarte mit dem Flugplan, die vor ihm auf dem Schreibtisch lag. »Wo?« sagte er laut zu sich selbst. »Wo seid ihr, Jungens? Wohin in Gottes Namen seid ihr verschwunden? Wohin?«

Die Frage des Admirals blieb unbeantwortet. Es gab keine Spur von der Cargo 03. Es war so, als wären Major Vylander und seine Mannschaft von einem zum anderen Moment in ein namenloses und geheimnisvolles Nichts verschwunden.

Cargo 03

Colorado, USA, September 1988

1

Dirk Pitt kämpfte mit einem Zustand zwischen Schlaf und Wachheit. Er gähnte ausgiebig und genüßlich. Schließlich dämmerte ihm, wo er war. Es war schon dunkel gewesen, als er an der Berghütte, in der er jetzt aufwachte, angekommen war. Das Holzfeuer in dem mächtigen Naturstein-Kamin hatte gebrannt und das Innere der geräumigen Hütte in ein gemütliches, aber undeutliches Licht getaucht, das von den beiden Petroleumlampen nur wenig aufgehellt wurde.

Pitts Blick fiel auf eine antike Wanduhr, die in Augenhöhe an der rohen Holzwand hing. Gestern abend hatte er diese Uhr, die stehengeblieben war, aufgezogen und gestellt. Über der Uhr hing der ausgestopfte und präparierte Kopf eines riesigen Elches. Das Tier schien ihn aus glasigen Augen anzusehen. Weiter links befand sich ein großes Aussichtsfenster. Der Blick ging auf das atemberaubende Panorama der gezackten Bergzüge der Colorado Rokkies.

Während er sich den letzten Rest Schlaf aus den Augen rieb, sah sich Dirk Pitt mit der ersten schweren Entscheidung des neuen Tages konfrontiert. Es war dies die Frage, ob er lieber die Bergwelt draußen oder die ungleich sanfteren Hügel der hübschen Laura Smith, ihres Zeichens Kongreßabgeordnete des amerikanischen Bundesstaates Colorado, ansehen wollte. Er entschied sich für das Naheliegende, nämlich für die reizvollen Formen von Laura, die in unmittelbarer Reichweite vor ihm auf einem grobgewebten Teppich kauerte und eine Joga-Übung durchführte. Sie hatte die

Beine im Lotussitz übereinander gekreuzt. Der schlanke Körper war nach hinten gebogen, so daß Ellenbogen und Hinterkopf auf dem Boden ruhten. Pitt betrachtete das dunkle Dreieck, das im Schnittpunkt von Lauras schlanken Schenkeln zu erahnen war. Mit nicht weniger Aufmerksamkeit musterte er sodann die beiden wohlgeformten, festen Brüste, die sich bei Lauras Joga-Übung anmutig in die Luft reckten. Er befand, daß die Bergwelt von Colorado Lauras Hügeln nichts Gleichwertiges entgegenzusetzen hatte.

»Wie nennst du diese wenig damenhafte Verrenkung?« erkundigte er sich.

»Diese Übung heißt ›Fisch‹ «, gab Laura zur Auskunft, ohne sich zu bewegen. »Sie dient zur Festigung der weiblichen Brust...«

»Festigung der weiblichen Brust?« wiederholte Dirk Pitt mit gespielter Umständlichkeit. »Es bestehen, wenn man die Dinge vom männlichen Standpunkt aus sieht, ernsthafte Bedenken dagegen, daß Brüste wie deine noch fester werden, als sie schon sind. Man liegt nicht mehr so weich, wenn die Titten hart wie Kieselsteine sind.«

»Hättest du sie wirklich lieber weich und schlaff?« erkundigte sich Laura, indem sie ihrem bequem auf dem Bett liegenden Gesprächspartner aus ihren schönen, violett schimmernden Augen ungeniert ins Gesicht sah.

»Weich und schlaff darf der Busen natürlich nicht sein«, dozierte Pitt. »Aber etwas Silikon hier, etwas Silikon da wirkt Wunder. Der Busen liegt dann besser in der Hand, und drauf einschlafen kann man auch besser.«

»Männer!« fauchte Laura, die ihre Lotus-Position aufgegeben hatte und nun ihre rotbraun glänzenden langen Haare bürstete. »Ihr Männer, und insbesondere eine ganz bestimmte Sorte Männer, nämlich verkappte Chauvinisten wie du, wünscht euch die Erde bevölkert mit achtzehnjährigen Kindfrauen, die aber Brüste dick wie Melonen haben müssen, damit das Kind im Manne was zum Hinlangen hat. Am liebsten hättest du wohl, alle Frauen sähen so aus wie die Mädchen auf der Mittelseite der Herrenmagazine.«

»Erraten!« sagte Pitt lächelnd. »Und wenn man fest genug an diese schöne Zukunftsvision glaubt, wird sie zur Wirklichkeit werden.«

Laura warf ihm einen Blick gespielter Entrüstung zu. »Es tut mir außerordentlich leid, Mister Dirk Pitt, Verfechter des neuen

Schönheitsideals der menschgewordenen Milchkuh. Aber Sie werden sich mit meinen Backfisch-Nippelchen abfinden müssen. Diese beiden Mückenstiche hier sind nun einmal alles, was ich anzubieten habe. Ist das jetzt ein für allemal drin in Ihrem Dickschädel?«

Pitt antwortete nicht. Er streckte seinen Arm nach Laura aus, ergriff sie mit aller Kraft an der Taille und zog sie zu sich aufs Bett. Sanft und zärtlich beugte er sich über sie, um ihre Brustspitzen zu küssen. Dann stützte er sich auf und lächelte. »Blond oder braun, Melonen oder Mückenstiche – keine schöne Frau soll sagen dürfen, daß Dirk Pitt sie nicht mit der ganzen Kraft seines Körpers und mit der ganzen Inbrunst seiner schwarzen Seele geliebt hat.«

Laura legte sich auf die Seite und begann, spielerisch an Pitts Ohrläppchen zu nagen. »Vier Tage allein mit dir!« sagte sie dann. »Ich kann's noch gar nicht glauben, so schön ist es. Kein Telefon, keine Ausschußsitzungen, keine Partys. Keine Sekretärin, die mich von Termin zu Termin scheucht. Sag mir, ob ich träume.«

»Natürlich träumst du, Liebes.«

»Wenn dies alles nur ein Traum ist, dann macht es sicher nichts aus, wenn wir im Traum ein bißchen unzüchtig sind. Oder?«

»Was meinst du mit ›etwas unzüchtig‹?«

»Frühsport, Dirk.« Sie warf ihm ein vieldeutiges Lächeln zu.

»Kannst du haben. Zurück zum Joga, aber fleißig!« Mit diesen Worten schob Pitt seine nackte Gefährtin, die sich mit Händen und Füßen gegen diese Behandlung sträubte, vom Bett hinunter auf den Joga-Teppich. »Wo ist hier der nächste See?« fragte er dann unvermittelt.

»See?«

»Ja, See.« Pitt mußte lächeln über Lauras erstaunten Gesichtsausdruck. »Wo ein See ist, gibt's auch Fische. Und ich esse gern Fische. Besonders solche, die ich selbst geangelt habe. Es ist einfach eine gedankenlose Zeitverschwendung, den Tag mit einem flachbusigen Lottermädchen im Bett zu verbringen, anstatt am See zu stehen und eine saftige Forelle an Land zu ziehen.«

Laura schüttelte den Kopf und sah fragend zu ihm hinauf. Dirk Pitt war groß. Er maß über 1,85 Meter. Sein schlanker, aber muskulöser Körper war leicht gebräunt, bis auf einen schmalen Streifen um die Hüften. Sein dichtes schwarzes Haar umrahmte ein Gesicht, dessen Ausdruck meistens ernst war. Wer Pitt näher kannte, wußte aber auch, daß das gleiche Gesicht ein Lächeln ausstrahlen konnte, das in der Lage war, einen Raum voller Menschen zu erfüllen und zu beherrschen. Dirk hatte seine übliche ernste Miene zur Schau getragen, als er sich bei Laura nach den Möglichkeiten zum Forellenfischen erkundigte. Aber die kleinen Fältchen um seine Augen verrieten ihr, daß er seine Anglerleidenschaft nur vorgetäuscht hatte, um sie gegen ihn aufzubringen.

»Saftige Forellen!« ahmte sie ihn nach. »Lüg' doch nicht so unverschämt. Sex hast du im Kopf, und nicht nur dort. Und auf den Arm nehmen willst du mich. Mich, die clevere Kongreßabgeordnete Laura Smith. Du wirst gleich sehen, was du davon hast.«

Mit einer raschen Bewegung sprang sie vom Boden auf, stürzte sich aufs Bett und stieß ihren Kopf in seine Magengrube, daß er vor Schmerz und Überraschung einknickte und hintenüber aufs Bett fiel. Dann war sie über ihm. »Hier geschieht jetzt zur Abwechslung einmal, was *ich* will«, sagte sie außer Atem. Ihr war klar, daß sie ihn nicht wirklich überwältigt hatte. Hätte sich Pitt, der ihr an Körperkräften weit überlegen war, auch nur andeutungsweise gewehrt, wäre sie wie ein Federball in irgendeine Ecke des Raumes geflogen. So aber umfing sie ihn mit ihren Armen. Sanft ließ sie ihr langes Haar über seine Stirn streichen. Dann setzte sie sich in einer plötzlichen Bewegung rittlings auf seine Brust. Pitt nahm sie in die Arme, dann zog er sie nahe zu sich heran und streichelte mit seinen kräftigen Händen die verlockenden Rundungen ihres Gesäßes. Beide ergaben sich der Umarmung und genossen die Erregung, die sie durchströmte. Voller Herzklopfen spürte Laura, wie sein Glied stärker wurde, als er in sie drang. Seine Haut glühte, und es schien ihr, daß die faszinierende Wärme, die sein Körper ausstrahlte, auf sie überginge. »Angeln gehen!« flüsterte sie mit gespielter Verachtung. »Du hast doch nur eine Angelrute, die du einigermaßen gerade halten kannst. Und die hat keinen Angelhaken.«

Sie frühstückten um zwölf Uhr mittags. Pitt nahm eine erfrischende Dusche. Dann zog er sich an und ging in die Küche. Laura stand am Spültisch und reinigte eine rußverschmierte Pfanne. Sie trug als einziges Kleidungsstück eine Schürze. Pitt blieb im Türrahmen stehen. Es machte ihm Spaß, ihr zuzusehen, wie ihre Brüste beim Pfannenschrubben sanft auf und nieder hüpften. »Was würden deine Wähler sagen, wenn sie dich so sehen könnten«, sagte er.

»Auch Wähler ficken, und zwar nicht wenig«, antwortete sie

mit einem Grinsen. »Mein Privatleben geht meine Wähler einen Scheißdreck an. Haben Sie das notiert, Sie impotenter kleiner Pressemensch?«

Pitt ging auf ihre scherzhafte Anspielung – auf die Farce eines Interviews – ein. Er hielt die linke Hand so, als ob ein Notizblock darin läge. Mit der rechten Hand ahmte er die schreibende Bewegung eines Reporters nach. »Sehr aufschlußreich, Kongreßabgeordnete Laura Smith. ›Auch Wähler ficken. Und zwar nicht wenig.‹ Das Wort zum Sonntag, gesprochen von Laura Smith, der Kongreßabgeordneten aus Colorados korruptionsverseuchtem siebenten Distrikt.«

»Was du sagst, ist einfach nicht wahr!« fauchte Laura. »Es gibt keine Korruption in meinem Distrikt. Wenn eine amerikanische Kongreßabgeordnete oder ein Abgeordneter von sich sagen kann, er sei unbestechlich, dann bin ich es.«

»Außer der vulgären Ausdrucksweise der Kongreßabgeordneten Laura Smith gibt es da noch ihre sexuellen Exzesse. Daraus ließe sich journalistisch sicher einiges machen. Ich könnte es sogar selber schreiben. Ich kenne ja die nötigen Details. Enthüllungen aus der begabten Feder von Dirk Pitt. Ein prickelnder Bestseller über den pornographischen Alltag unserer Volksvertreter.«

»Irrtum. Solange ich meine zahlreichen Liebhaber nicht auf Staatskosten aushalte, kann mir niemand etwas anhaben.«

»Und ich? Werde ich etwa nicht von dir ausgehalten?«

»Nein. Du zahlst brav deine Hälfte der Lebensmitteleinkäufe, wie es sich für einen konservativ erzogenen Vorstadtjungen gehört.«

»Es ist schon ein Kreuz«, stöhnte Pitt in gespielter Verzweiflung. »Jetzt dachte ich schon, ich wäre der ausgehaltene Liebhaber einer sittenlosen Politikerin, und ich könnte über all die schlimmen Nächte mit Laura Smith den großen Enthüllungsroman schreiben. Und nun ist es wieder nichts.«

»Für solche Buchprojekte mußt du dir eine geile Mitdreißigerin mit entsprechend hohem Bankkonto aufreißen«, konterte Laura. »Nicht so ein züchtiges Mädchen vom Lande wie mich, die nur ihre Arbeit kennt und der Sünde aus dem Weg geht.«

Laura lächelte versonnen, als sie darüber nachdachte, wie sie Dirk Pitt kennengelernt hatte. Es war auf einer entsetzlich versnobten Party gewesen, zu der der unsägliche amerikanische Umweltminister eingeladen hatte. Laura Smith haßte Cocktail-Partys. Und die von Washington ganz besonders. Wenn es nicht beruflich unumgänglich war, eine Einladung anzunehmen, verkroch sie sich lieber in ihr gemütliches Heim, wo sie ihre Aufmerksamkeit einem unterhaltsamen Fernsehprogramm oder ihrem eigenwilligen Kater Ichabod zuwandte.

Auf jener Cocktail-Party des Ministers für Umweltschutz war ihr Dirk Pitt aufgefallen. Es war abends gewesen. Pitt stand etwas abseits, vom Licht der Fackeln angestrahlt, die den Rasen – die Party fand im Freien statt – beleuchteten. Als Laura auf den schlanken, muskulösen Mann mit dem ernsten Gesicht aufmerksam wurde, war ihr Blick von seinen Augen magisch angezogen worden. Wie erstaunt hatte sie ihn angestarrt, und das Gespräch, das sie mit dem Kongreßabgeordneten Morton Shaw aus Florida führte, war ins Stocken geraten.

Laura fühlte sich irritiert, weil ihr Puls schneller ging. Sie konnte sich nicht erinnern, daß ihr das wegen eines Mannes, den sie noch gar nicht kannte, schon einmal passiert war. Was – so sinnierte sie – war Besonderes an jenem Mann, der dort allein stand und sie von weitem mit ruhigem Blick musterte? Er war kein Beau. Jedenfalls war er nicht schön in dem Sinne, wie es bestimmte Filmschauspieler in den Augen ihrer weiblichen Fans sind. Aber er hatte eine Ausstrahlung von beherrschter Männlichkeit, die ihr gefiel. Er war groß. So groß, wie sie es liebte.

Nachdenklich und interessiert betrachtete Dirk Pitt die Gäste rings umher. Es imponierte Laura, daß sein Verhalten so gar nichts von jener arroganten Überheblichkeit zu haben schien, die sie an vielen Politikern und Wirtschaftsbossen so verachtete.

»Wer ist der wettergebräunte Pfadfinder dort neben der Fakkel?« fragte sie ihren Gesprächspartner, den Kongreßabgeordneten Morton Shaw. Der wandte sich um und schaute in die Richtung, die Laura mit einem kaum merklichen Nicken ihres Kopfes angedeutet hatte. Eine Geste des Wiedererkennens überflog sein Gesicht, er lachte. »Zwei Jahre sind Sie schon in Washington, Laura, und Sie kennen diesen Mann nicht?«

»Wenn das der Fall wäre, würde ich nicht fragen. Wer ist das? Heraus mit der Sprache!«

»Sein Name ist Pitt. Dirk Pitt. Er ist Leiter der Spezialprojekte bei der NUMA, der Nationalen Unterwasser- und Marine-Arbeitsgemeinschaft. Sie erinnern sich vielleicht an die Hebung des Wracks der ›Titanic‹, die so viel Schlagzeilen machte. Dirk Pitt leitete die Operation und wurde damit über die Grenzen der USA hinaus bekannt.«

Ja, das war er. Laura ärgerte sich, daß ihr die Erinnerung an das Gesicht nicht schon früher gekommen war. Wochenlang hatten die Zeitungen und Fernsehstationen damals die Story von der erfolgreichen Hebung des berühmten Ozeanschiffes durchgehechelt, das im Jahre 1912 im Nordatlantik gesunken war und 1517 Menschen mit sich in die eisige Tiefe gerissen hatte. Dort drüben, nur wenige Schritte von ihr, stand also der Mann, der das Bergungsprojekt, das vorher von Fachleuten einhellig als ›technisch undurchführbar‹ bezeichnet worden war, zum Erfolg geführt hatte. Sie war entschlossen, ihn kennenzulernen. Mit klopfendem Herzen bahnte sie sich einen Weg durch die Gäste, bis sie vor ihm stand.

»Mister Pitt«, sagte sie. Weiter kam sie nicht. Die Partyfackel, die das Gesicht ihres Gegenüber beleuchtet hatte, flackerte in der leichten Brise, die aufkam. Ein Blick aus Pitts Augen, die im Widerschein der Fackel in ein faszinierendes Licht getaucht wurden, traf sie und machte, daß sie alles vergaß, was sie hatte sagen wollen. Ein süßes Gefühl, das ihre Sinne zu betäuben drohte, staute sich in Lauras Magengegend. Nur einmal in ihrem Leben hatte sie etwas Ähnliches verspürt. Damals war es ein prominenter Skifahrer der amerikanischen Olympiamannschaft gewesen, in den sie sich Hals über Kopf verliebt hatte. Sie errötete. Es war gut, so dachte sie, daß der Mann, vor dem sie jetzt stand, die zarten Flekken nicht sehen konnte, die sich aus ihr unerfindlichen Gründen auf ihre Wangen gestohlen hatten.

»Mister Pitt«, begann sie von neuem ... Wieder suchte sie nach den richtigen Worten. Dirk Pitt sah sie fragend und abwartend an. Ich sollte mich ihm einfach vorstellen, fuhr es ihr durch den Kopf. Statt jedoch ihren Namen zu sagen und irgendeinen Anknüpfungspunkt zu finden, der mit der Politik oder mit dem Beruf ihres Gegenübers zu tun hatte, brachte sie nur eine recht gedankenlose Frage hervor, die sie bereute, noch ehe sie sie ganz ausgesprochen hatte. »Was ist Ihr nächtes Projekt, nachdem Sie die ›Titanic‹ nun erfolgreich hochgeholt haben?«

Dirk Pitt zauberte ein breites, sehr selbstsicher wirkendes Lächeln auf seine ernsten Züge. »Mein nächstes Projekt hat einen weit höheren Schwierigkeitsgrad als die Bergung der ›Titanic‹. Trotzdem freue ich mich darauf, weil die Bewältigung dieser neuen Aufgabe mich mit großer persönlicher Befriedigung erfüllt.«

»Um was für ein Projekt handelt es sich?«

»Um ein sehr privates, wenn ich so sagen darf. Es handelt sich um die Verführung der Kongreßabgeordneten Laura Smith.«

»Ich lache später«, konterte Laura kühl. »Vielleicht kommt der Witz noch. Man soll da nicht ungerecht sein, sondern die Leute zu Ende reden lassen. Besonders, wenn sie stottern.«

»Ich mache keinen Scherz«, sagte Pitt, immer noch lächelnd. »Eine tiefe sexuelle Beziehung zu so einer attraktiven Politikerin wie Ihnen würde ich nie auf die leichte Schulter nehmen.«

»Eine Frage ist vielleicht trotzdem erlaubt, Mister Pitt. Arbeiten Sie bei diesem Projekt im eigenen Auftrag? Oder werden Sie für den delikaten Job von der Opposition bezahlt?«

Anstatt zu antworten, nahm Pitt sie bei der Hand und zog sie mit sanfter Gewalt durch das Gewimmel der Oberen Zehntausend, die schwatzend, das Cocktailglas in der Rechten, auf dem Rasen herumstanden und sich einem Kater entgegentranken, zum Ausgang. Laura ließ es mit sich geschehen. Sie war neugierig, was der kühnen Eröffnung an Taten folgen würde.

Als sie den Parkplatz verlassen hatten und Pitt sich mit seinem Wagen in den fließenden Verkehr auf der schattigen Allee einfädelte, setzte sich Laura so, daß sie ihren Begleiter ansehen konnte. »Darf das Opfer wenigstens fragen, wohin es entführt wird?«

»Aber sicher«, entgegnete Pitt. »Die Entführung der Kongreßabgeordneten Laura Smith findet in zwei Phasen statt. Phase eins hat eine gemütliche Bar zum Schauplatz, wo wir uns aneinander kuscheln und uns gegenseitig unsere intimsten, bisher uneingestandenen Wünsche verraten.«

»Und Phase zwei?« fragte Laura. Es ärgerte sie, daß ihre Stimme vor Erregung heiser klang.

»Die Phase zwei ist für das Gelingen des Unternehmens entscheidend. Sie besteht in einer Fahrt mit einem Tragflügelrennboot im 150 Kilometer-Tempo quer durch die Chesapeake-Bucht.«

»Nicht mit mir«, wandte Laura ein.

»O doch!« beharrte Pitt auf seinem Plan. »Die sinnreiche Folge von Intimität und Geschwindigkeit hat sich bei allen meinen Entführungsprojekten vorzüglich bewährt. Im Falle von weiblichen Kongreßabgeordneten wirkt sich das Rezept so aus, daß aus einer eher unauffälligen jungen Dame im Handumdrehen ein liebestolles, unersättliches Vollblutweib wird.«

Es dauerte bis zum nächsten Morgen, bis Laura alle Einwände gegen Pitts so offen dargelegte Entführungstheorie aufgab. Die Praxis hatte sich sogar als noch reizvoller erwiesen als die Theorie.

Die einzigen Spuren, die von Lauras anfänglichem Widerstand zurückblieben, waren die Bißmale und Kratzer, die Laura ihrem Entführer an den Schultern beigebracht hatte. Sie betrachtete diese Spuren mit Sinnlichkeit und nicht ohne Stolz.

»Jetzt ist es aber genug mit den Schäferspielen«, sagte Laura lachend und machte sich von Dirk Pitt frei, der vor ihr stand und sie mit den Armen umfangen gehalten hatte. Sie machte eine Kopfbewegung zur Tür hin, durch die der Blick auf die Laub- und Tannenwälder der Colorado Rockies fiel. »Ich habe einen dicken Packen Korrespondenz zu erledigen, bevor wir morgen unseren Einkaufstrip nach Denver machen können. Warum streunst du nicht ein bißchen durch den Wald, während die fleißige Kongreßabgeordnete Laura Smith sich in ihre Wählerpost vergräbt? Heute abend mach' ich dann ein absolut versnobtes Feinschmeckeressen für uns beide. Gegessen wird am flackernden Kamin. Die Lady des Hauses wird wahrscheinlich nur mit einem Hauch Parfüm bekleidet sein.«

»Du weißt doch, wie abweisend ich derartigen Ausschweifungen gegenüberstehe, Laura«, widersprach Pitt. »Und Pfadfinderausflüge in die freie Natur sind auch nicht meine Sache.«

»Sagtest du nicht, du würdest gern angeln?«

»Wo denn hier?«

»Wenn du hinter dem Blockhaus einen halben Kilometer bergauf gehst, siehst du im Tal auf der anderen Seite einen kleinen Bergsee. Er heißt ›Table Lake‹. Mein Vater hat dort oft gefischt. Und immer etwas gefangen.«

Dirk Pitt nickte. Er wandte sich zum Gehen. »Du bist schuld daran, daß ich heute erst so spät aus den Federn gekommen bin! – Laura, das unersättliche Halbblut.«

»Du tust mir richtig leid. Vielleicht findest du am Ufer des Table Lake ein blondes Farmerstöchterlein, das dich tröstet. Ein unverbildetes Naturkind. Nicht so sündhaft und verkommen wie deine dekadente Freundin aus der Stadt.«

»Hoffentlich. Deshalb gehe ich ja angeln. Hast du Angelzubehör im Haus? Vielleicht von der Ausrüstung, die dein verstorbener Vater benutzte?«

»In der Kellergarage müßte Angelzeug herumliegen. Vater bewahrte sein ganzes Gerät dort auf. Nimm dir den Garagenschlüssel vom Kaminsims und schau nach, ob du findest, was du brauchst.«

Das Schloß der Kellergarage war eingerostet. Offensichtlich war die Garage lange Zeit nicht geöffnet worden. Pitt spuckte ins Schlüsselloch, um das Innere des Schlosses geschmeidig zu machen. Dann steckte er den Schlüssel hinein, den er auf dem Kaminsims der Blockhütte gefunden hatte, und drehte ihn so fest herum, daß er fast meinte, der Bart des Schlüssels müßte gleich abbrechen. Endlich gab das Schloß nach. Die beiden Türhälften quietschten in ihren Angeln, als Pitt sie aufstieß. Er wartete eine Weile, bis sich seine Augen an das Dunkel, das in der Garage herrschte, gewöhnt hatten. Dann ging er hinein, um sich umzusehen. Er entdeckte eine verstaubte Werkbank, über der verschiedenes Werkzeug sehr ordentlich an der Wand angebracht war. Auf einigen an der Wand befestigten einfachen Regalbrettern standen Dosen, die Farbe, Nägel und Schrauben enthielten.

Das Angelgerät, das Pitt suchte, fand er unter der Werkbank. Es waren allerdings nur Angelleinen und Angelhaken. Die dazugehörige Rute mußte an anderer Stelle liegen. Suchend sah sich Pitt um. Richtig, dort in der Ecke stand die Angelrute, die Lauras Vater benutzt haben mußte. Um in die Ecke zu gelangen, mußte Pitt allerdings um ein Hindernis herumgehen. Es handelte sich um eine Art Maschine oder unregelmäßig geformte Kiste, die mit einer Segeltuchplane abgedeckt war. Die Lücke zwischen der abgedeckten Maschine und der Wand erwies sich allerdings als zu eng, als daß sich Pitt hätte durchzwängen können. So entschloß er sich, sich halb auf das Hindernis zu legen und mit dem ausgestreckten Arm die Angelrute, die im Halbdunkel in der Ecke lehnte, herüberzuziehen. Plötzlich spürte er, wie das Hindernis, auf das er sich stützte, nachgab. Er geriet ins Rutschen. Vergeblich versuchte er, noch im Fallen, sich an der Segeltuchplane festzuhalten, mit der das unförmige Hindernis abgedeckt war. Aber auch die Plane gab nach. Pitt hielt sie noch in der Hand, als er fluchend auf dem dreckigen Boden der Garage landete.

Seufzend stand er auf und bürstete sich, so gut es ging, mit den Händen den Dreck von der Hose. Dann starrte er neugierig auf das Hindernis, das nun frei dastand und das ihn von der begehrten Angelrute und einem geruhsamen Nachmittag an dem fischreichen Bergsee trennte. Was er sah, machte ihn erstaunen. Ratlos betrachtete er die beiden seltsamen metallenen Gegenstände, die er so zufällig entdeckt hatte. Wie kam so etwas in die Kellergarage einer Blockhütte in den Colorado Rockies?

Pitt verließ die Garage und rief nach Laura. »Was gibt's?« schrie sie zurück, indem sie sich aus dem Fenster lehnte.

»Komm doch bitte für einen Moment in die Garage runter, und sieh dir das einmal an.«

Laura zuckte die Achseln. Sie warf sich einen Mantel über, der sie vor dem kühlen Herbstwind schützen sollte, der über die Höhen wehte. In wenigen Schritten war sie bei Pitt, der sie in die Garage führte und auf die von der Segeltuchplane entblößten Gegenstände deutete, die seine Aufmerksamkeit und seine Neugier geweckt hatten. »Wie kommt dein Vater denn an so etwas?«

»Keine Ahnung, Dirk. Was ist das denn eigentlich?«

»Die gelbe Stahlflasche ist ein Sauerstoffbehälter, wie er bei Flugzeugen verwendet wird, die in großer Höhe fliegen. Das andere Teil ist das Bugrad eines Flugzeugs, komplett mit Felge und Reifen. Nach dem Rost und Schmutz zu urteilen, müßten beide Teile schon einige Jahre auf dem Buckel haben.«

»Das mag schon sein. Ich erinnere mich nur nicht, diese Dinger je in der Garage gesehen zu haben. Ich sagte dir ja, daß mein Vater vor drei Jahren bei einem Unfall ums Leben kam. Seitdem bin ich nicht mehr in der Garage unten gewesen. Und vorher, als Vater noch lebte, sind mir diese beiden Flugzeugteile nie aufgefallen. Wenn sie vorher dagewesen wären, hätte ich sie bestimmt bemerkt.«

»Kannst du dich erinnern, ob in dieser Gegend irgendwann einmal ein Flugzeug abgestürzt ist?« erkundigte sich Pitt.

»Keine Ahnung. Aber wenn ein Flugzeug hier abgestürzt ist, müßte ich das nicht unbedingt wissen. Ich komme ja selten hierher. Mit den Nachbarn habe ich wenig Kontakt. Und wenig Gelegenheit, über die örtlichen Neuigkeiten zu sprechen.«

»Wo wohnen denn die nächsten Nachbarn?«

»Die Straße abwärts, in Richtung auf die Stadt. Dann die erste Abzweigung nach links.«

»Und wie heißen sie?«

»Raferty. Lee und Maxine Raferty. Er war früher bei der Kriegsmarine.«

Laura sah Pitt an und drückte seine Hand. »Warum fragst du mich das alles?«

»Aus Neugierde, Liebes.« Er nahm ihre Hand zu seinen Lippen hoch und küßte sie. »Bis nachher. Zum Feinschmeckermahl am flackernden Kamin bin ich pünktlich zurück. Vermutlich gibt es angebrannte Kartoffeln. Oder?«

»Laß dich überraschen«, sagte Laura und lächelte. Aber Pitt war schon weg. In langsamem Lauf bewegte er sich die Straße hinunter, in die Richtung, die zur Stadt und zu den Rafertys führte.

»Wolltest du nicht angeln gehen?« rief Laura hinter ihm her.

»Ich hasse Angeln«, rief Pitt zurück.

»Warum nimmst du nicht den Jeep, wenn du zu den Rafertys willst?«

»Der Waldlauf war deine Idee. Jetzt hast du einen Waldläufer und bist immer noch nicht zufrieden.«

Pitt war jetzt schon so weit weg, daß Laura ihn kaum noch hören konnte. Sie sah zu, wie er sich immer weiter entfernte, bis der helle Punkt, den seine Gestalt vor der dunklen Silhouette des Waldes bildete, schließlich hinter einer Wegbiegung verschwand. Dann spürte sie die Kühle des Herbstes und fröstelte. Männer können schon recht eigenartig sein, dachte sie, während sie kopfschüttelnd in die warme Berghütte zurückging. Recht eigenartig. Und wenn sie Dirk Pitt heißen, sogar ausgesprochen rätselhaft.

2

Maxine Raferty sah aus, wie Frauen von der amerikanischen Westküste aussehen. Ihre Figur war eher dicklich. Sie trug ein lose fallendes Kleid aus buntbedrucktem Stoff und eine Brille mit randlosen Gläsern. Ihr Haar, dessen graue Farbe sie sich mit einem Blaustich hatte tönen lassen, trug sie unter einem Haarnetz verborgen. Es sah nicht sehr vorteilhaft aus, wie Pitt zugeben mußte. Maxine Raferty saß, dick mit Decken gegen die aufkommende Kühle eingehüllt, auf der überdachten Terrasse ihres Blockhauses. Sie las einen Krimi. Lee Raferty, ihr Mann, befand sich draußen, vor dem kleinen Anwesen. Er kauerte unter dem Vorderteil eines hochrädrigen kleinen Lastwagens und war, wie Pitt aus seiner ölverschmierten Kleidung schloß, dabei, eine Reparatur an dem sichtlich altersschwachen Fahrzeug auszuführen. Dirk Pitt lief näher heran. Vor der Blockhütte angekommen, stoppte er und begrüßte die beiden Bewohner.

»Guten Tag.«

»Guten Tag«, entgegnete Lee Raferty. Er war hager wie eine Bohnenstange und kaute, während er Pitt prüfend, aber nicht unfreundlich, ansah, an einer erloschenen Zigarre. Dann übernahm Maxine, seine Frau, die Regie der Fühlungnahme mit dem Fremden.

»Genau der richtige Tag für einen Fitness-Lauf«, lobte sie. Es entging Pitt nicht, daß ihre Augen recht kritisch auf ihm ruhten.

»Da haben Sie recht. Der kalte Wind verhindert, daß man ins Schwitzen kommt. Anstrengend ist's trotzdem.«

Pitt stand da und sah zur Terrasse der Blockhütte hinauf. Er lächelte und wartete ab. Die Rafertys ihrerseits gaben sich freundlich, aber zurückhaltend. Es war die Art von Reserviertheit, wie Pitt sie des öfteren bei Menschen in der Provinz beobachtet hatte. Freundlich – aber auch auf der Hut vor dem Fremden, Unbekannten. Insbesondere wenn der Besucher ohne klar ersichtlichen Anlaß kam, oder wenn sein Aussehen verriet, daß er aus der Stadt stammte. Nach einer kleinen Weile gegenseitigen Abschätzens rieb sich Lee Raferty die ölverschmierten Hände mit einem Tuch sauber und kam auf Pitt zu.

»Kann ich Ihnen in irgendeiner Weise behilflich sein?«

»Ja. Sind Sie Lee und Maxine Raferty?«

Diese Frage von Pitt veranlaßte die Dame des Hauses, mit einer abrupten Bewegung von dem Korbstuhl aufzustehen, auf dem sie bis dahin regungslos gekauert hatte. »Ganz recht«, sagte sie mit fester Stimme und indem sie Pitt einen herausfordernden Blick zusandte. »Wir sind die Rafertys!«

»Ich bin Dirk Pitt«, sagte der so Gemusterte, ohne sich von der kaum merklichen Schärfe im Tonfall der Blockhausbesitzerin beeindrucken zu lassen. »Ich bin Gast von Laura Smith, weiter oben an der Straße.«

Dieser Hinweis brach das Eis. Der fragende Ausdruck im Gesicht der beiden Rafertys machte einem breiten Lächeln Platz. »Laura Smith«, sagte Mrs. Raferty mit einem Ausdruck unverhohlener Bewunderung. »Wir sind hier alle sehr stolz auf Laura Smith. Sie tut viel für uns und für die Gegend. Von der könnten sich viele Lokalpolitiker eine Scheibe abschneiden. Eine tüchtige Frau. Nur leider zu selten hier.«

»Ich bin gekommen, weil ich Sie etwas fragen wollte, was die Gegend hier betrifft.«

»Wenn wir Auskunft geben können – gerne«, antwortete Lee Raferty.

»Steh nicht so herum wie ein Klotz. Gib unserem Gast was zu trinken. Mister Pitt sieht aus, als ob er Durst hat.«

»Danke«, bemerkte Pitt, als er den fragenden Blick von Lee Raferty auf sich ruhen sah. »Ein Bier wäre nicht schlecht.«

Pitt ging auf die Tür des Blockhauses zu. Mrs. Raferty öffnete und schob ihn mit einer freundlichen Gebärde durch die Türöffnung. »Sie bleiben zum Mittagessen!« sagte sie, als sie drinnen waren. Es war mehr ein Befehl als eine Bitte. Pitt entschloß sich, das Unvermeidliche in Ergebenheit hinzunehmen und der mit so großer Bestimmtheit ausgesprochenen Einladung nachzukommen. Es schien ihm die einzige Möglichkeit, jene Information zu erhalten, die er sich von den Rafertys erhoffte. So nickte er der Hausherrin, die die Einladung ausgesprochen hatte, freundlich zu. Dann sah er sich im Inneren des Hauses um. Es wirkte mehr wie ein Bungalow denn wie ein Blockhaus. Der Wohnraum, in dem er sich befand, war weiträumig und hoch. Ungehindert ging der Blick bis an die alte Balkendecke. Nur an einer Seite des Raumes wurde die Symmetrie von einer Treppe unterbrochen, die nach oben führte und das Erdgeschoß mit einem Schlafraum verband, vor dem eine Empore verlief. Der weitläufige Wohnraum war mit erlesenen Möbeln im »Art Deco«-Stil ausgestattet. Pitt fühlte sich in die Dreißiger Jahre versetzt, während er herumging und die Ausstrahlung dieses Interieurs genoß. Mrs. Raferty hatte ihn alleingelassen und war zur Küche geeilt, aus der sie bald darauf mit zwei bereits geöffneten Bierflaschen zurückkehrte. Es fiel Pitt auf, daß die Flaschen kein Etikett trugen.

»Ich hoffe, mein selbstgebrautes Bier schmeckt Ihnen«, sagte Lee Raferty lächelnd, als er das zweifelnde Blinzeln in Pitts Augen bemerkte. »Ich bin richtig stolz auf meine Fähigkeiten als Brauer. Vier Jahre lang hab' ich herumlaboriert, bis ich den Trick raus hatte. Sie wissen schon: einmal war's zu süß, dann wieder zu bitter. Aber jetzt schmeckt's richtig. Hat acht Prozent Alkohol, falls Sie das interessiert.«

Pitt kostete aus der Flasche. Es schmeckte besser, als er erwartet hatte. Außer einem sehr geringfügigen Nachgeschmack nach Hefe war an Mr. Rafertys Gebräu nichts auszusetzen. Man hätte es jederzeit als Markenbier verkaufen können.

Maxine Raferty war mit dem Tischdecken fertig. Sie winkte den beiden Männern zu, zum Essen zu kommen. Es gab eine große Schüssel recht schmackhaften Kartoffelsalat, gebackene Bohnen, zartes Rindfleisch in Scheiben und eine andere, Pitt unbekannte, Fleischsorte als Zwischengang. Die Hausherrin servierte. Als die Männer bereits aßen, ging sie noch einmal in die Küche, um die beiden inzwischen geleerten Bierflaschen gegen zwei volle auszutauschen. Pitt, der trotz der vor nur einer Stunde eingenommenen Morgenmahlzeit von Laura Hunger verspürte, ließ sich nicht lange bitten, sondern griff kräftig zu. Es schmeckte ihm. Er aß wie ein Scheunendrescher, was ihm alsbald die unverhohlene Sympathie der Köchin eintrug. »Leben Sie hier schon lange?« fragte er zwischen zwei Bissen.

»Wir haben hier, in der Gegend um Sawatch, schon in den fünfziger Jahren oft Ferien gemacht. Damals war Sawatch als Erholungsgebiet noch kaum bekannt, wissen Sie. Als ich dann meinen Abschied bei der Kriegsmarine nahm, zogen wir ganz hierher. Ich war Tiefseetaucher, müssen Sie wissen. Ich erlitt dann eine Lungenverletzung beim zu schnellen Auftauchen. Dekompression und die Wartezeiten beim Wiederhochkommen, Sie kennen das. Na, jedenfalls wurde ich vorzeitig pensioniert. Das war, warten Sie mal, im Sommer einundsiebzig.«

»Im Sommer neunzehnhundertsiebzig!« verbesserte ihn seine Frau.

Lee Raferty grinste. »Maxine hat das untrügliche Gedächtnis eines indischen Elefanten. Ich weiß gar nicht, was ich ohne sie anfangen würde.«

»Können Sie sich erinnern, Mr. Raferty, ob es hier in der Gegend irgendwann einmal einen Flugzeugabsturz gegeben hat?« kam Pitt zum Thema. Er wollte endlich erfahren, was es mit den beiden Wrackteilen in der Garage von Lauras Blockhütte auf sich hatte.

»Flugzeugabsturz?« fragte Lee Raferty verständnislos.

»Ja. Gab es hier irgendwann in den letzten dreißig oder vierzig Jahren einen Flugzeugabsturz in einem Umkreis von, sagen wir, zwanzig Kilometern?«

»Nein. Nicht, daß ich wüßte.« Lee Raferty sah zu seiner Frau hinüber. »Erinnerst du dich, Maxine, daß es hier irgendwann einen Flugzeugabsturz gegeben hätte?«

»Aber natürlich, Lee. Wo ist denn dein Gedächtnis? Erinnerst du dich denn nicht mehr an die Arztfamilie, die bei dem Flugzeugabsturz nahe Diamond ums Leben kam? Wie schmecken Ihnen die Bohnen, Mr. Pitt?«

»Ganz vorzüglich«, sagte Pitt. »Übrigens Diamond, das Sie gerade erwähnten. Ist das eine Stadt?«

»Nein. Eigentlich nur eine Art Eisenbahnknotenpunkt. Ein Bahnhof mit ein paar Häusern drumherum.«

»Diamond«, echote Lee Raferty. »Jetzt erinnere ich mich. Das war dieser Absturz einer einmotorigen Maschine. Die Insassen waren bis zur Unkenntlichkeit verbrannt und verkohlt. Fürchterlich. Der Sheriff und seine Leute brauchten eine ganze Woche, um die Leichen zu identifizieren.«

»Genau. Und das ganze passierte im April neunzehnhundertvierundsiebzig«, fügte Maxine Raferty hinzu.

»Der Absturz, den ich meine, geschah mit einem viel größerem Flugzeug«, erklärte Pitt mit großer Geduld. »Das könnte zum Beispiel ein großes Verkehrsflugzeug gewesen sein. Das Ding ist vor etwa dreißig oder vierzig Jahren runtergekommen.«

Maxine Raferty verzog ihr Gesicht zu einer nachdenklichen Grimasse. Nachdem sie eine ganze Weile lang wie geistesabwesend an die Decke gestarrt hatte, schüttelte sie entschlossen den Kopf. »Nein!« sagte sie dann. »In dieser Gegend ist mit Sicherheit in den letzten dreißig oder vierzig Jahren kein Flugzeug von der Größe, wie Sie es erwähnen, abgestürzt.«

»Warum fragen Sie eigentlich, Mr. Pitt?« erkundigte sich Lee Raferty.

»Ich bin in der Garage von Laura Smith auf zwei geheimnisvolle Wrackteile eines Großflugzeugs gestoßen. Der Vater von Laura muß die Teile dort eingelagert haben. Es wäre ja möglich, daß er sie irgendwo in den Bergen gefunden hat. Oder?«

»Der gute alte Charlie Smith«, sagte Maxine Raferty. »Gott hab' ihn selig. Zeit seines Lebens hat er eine unnütze Erfindung nach der anderen gemacht. Er war ein Bastler, wie er im Buche steht.«

»Das war er!« ergänzte Mrs. Raftertys Mann. »Wahrscheinlich hat er die Wrackteile, von denen Sie sprechen, auf einem Schrottplatz in Denver gekauft.«

»Sie sagen, er war ein Erfinder und ein Bastler. Was hat er denn erfunden und gebastelt?«

»Der bedauernswerte Charlie hat zum Beispiel eine automatische Auswurfvorrichtung für die Angelschnur erfunden«, lachte Lee Raferty. »Ich hab' das Ding selbst ausprobiert. Die Angelschnur landete bei Charlies genialer Erfindung überall, nur nicht im Wasser, wo sie hin sollte.«

»Sie sagen: ›der bedauernswerte Charlie‹. Warum? Warum ist er so bedauernswert?«

Eine sorgenvolle Miene überschattete Lee Rafertys Gesicht. »Warum er bedauernswert ist? Nun, weil er auf eine sehr schlimme Art und Weise ums Leben gekommen ist. Hat Ihnen das Laura nicht erzählt?«

»Nein. Nur, daß er vor drei Jahren bei einem Unfall starb.«

Lee machte eine Geste zu Pitts leerer Bierflasche hin. »Möchten Sie noch ein Bier?«

»Nein, danke. Soviel vertrage ich nicht.«

»Tja...«, sagte Lee Raferty gedehnt. »Die Sache ist die: Charlie ist damals schlicht und einfach in die Luft geflogen.«

»In die Luft geflogen?«

»So wie ich's sage. Er hat vermutlich mit Dynamit experimentiert. Genau weiß das niemand. Alles, was von ihm überblieb, war ein Stiefel und ein Daumen.«

»Im Polizeibericht stand, daß er bei einem unsachgemäß durchgeführten chemischen Versuch mit irgendeinem Sprengstoff ums Leben kam«, fügte Mrs. Raferty hinzu.

»Was natürlich Unsinn ist«, korrigierte sie ihr Mann.

»Darf ich vorstellen: mein Mann, der Detektiv, der die härtesten Nüsse knackt«, quittierte Maxine Raferty den Einwand ihres Mannes sarkastisch.

»Ich weiß, was ich sage«, beharrte Lee Raferty. »Der Polizeibericht geht von falschen Voraussetzungen aus. Es steht zum Beispiel fest, daß Charlie ein absoluter Experte für Sprengladungen war. Er verstand von Sprengstoff mehr als irgend jemand in der ganzen großen amerikanischen Armee. Charlie war während seiner Dienstzeit in der Armee jahrelang erfolgreich als Leiter eines Sprengkommandos tätig. Er hat unzählige Brücken und Eisenbahnlinien in die Luft gesprengt. Und er kannte sich in der Entschärfung von Blindgängern und Minen aus wie kein zweiter. Und solch ein Mann soll beim unsachgemäßen Hantieren mit Explosivstoffen ums Leben gekommen sein? Daß ich nicht lache!«

Maxine Raferty räusperte sich. »Bitte, Mr. Pitt«, sagte sie dann in einer Mischung von Vorwurf und Hochmut, »achten Sie nicht darauf, was Lee sagt. Lee hat sich in die Idee verrannt, daß Charlie nicht bei einem Unfall starb, sondern daß er ermordet wurde. Das ist absolut lächerlich. Charlie Smith hatte keine Feinde, nicht einen einzigen in der Welt. Sein Tod war ein Unfall. Es gibt keinen vernünftigen Grund, das zu bezweifeln.«

»Jeder hat ein Recht auf seine eigene Meinung«, sagte Lee Raferty.

»Etwas Nachtisch, Mr. Pitt?« erkundigte sich seine Frau. »Ich habe extra ein paar Apfeltaschen gebacken.«

»So leid's mir tut«, stöhnte Pitt, »aber in meinem Magen kann ich nach dieser Hauptspeise beim besten Willen nichts mehr unterbringen.«

»Und du, Lee?«

»Ich habe keinen Appetit mehr«, murmelte Raferty. Er schien verstimmt.

»Machen Sie sich nichts draus«, tröstete ihn Pitt. »Mir geht es ja in gewisser Weise ganz ähnlich wie Ihnen. Mit mir ist auch die eigene Phantasie durchgegangen. Als ich da oben in der Garage diese Wrackteile eines Flugzeuges fand, sind mir die abenteuerlichsten Ideen durch den Kopf geschossen. Ich hab' natürlich gleich gedacht, der alte Charlie hätte die Wrackteile von irgendeiner Absturzstelle mitten in den Bergen aufgesammelt. Wenn ich mir das richtig überlege, dann kommt es mir ja selbst kindisch vor.«

Maxine Raferty sah zu Pitt hinüber und brachte ein geradezu jungmädchenhaftes Lächeln auf ihre Züge. »Kindisch, Mr. Pitt. Sie sagen es. Männer sind manchmal wirklich wie Kinder. Außer meinem lieben Lee natürlich. – Hat's geschmeckt?«

»Hätte im Ritz nicht besser schmecken können«, lobte Pitt.

»Die Rocky Mountains-Austern waren leider nicht ganz durch. Ein bißchen roh noch, würde ich sagen. Fandest du nicht, Lee?«

»Mir haben sie prächtig geschmeckt.«

»Rocky-Mountains-Austern?« erkundigte sich Pitt. »Was ist das denn?«

»Was Sie zwischen dem Rindfleisch und den Bohnen als Zwischengang gegessen haben. Rocky Mountains-Austern ist nur unsere private Bezeichnung dafür. Genau genommen sind das Hoden. Bullenhoden von den Zuchtbullen der Gegend, angebraten im eigenen Saft.«

»Sagten Sie Bullenhoden?«

»Ja. Lee besteht darauf, daß mindestens einmal pro Woche Bullenhoden auf den Tisch kommen.«

»Diese Bullenhoden schmecken aber auch unvergleichlich besser als irgendeine andere Art von Fleisch«, ergänzte Lee, der plötzlich wieder prächtiger Laune zu sein schien.

Pitt konnte das nicht von sich behaupten. Er fand die Vorstellung, daß in diesem Augenblick Bullenhoden in seinem Magen herumschwammen, einigermaßen widerlich, fragte sich, ob die Rafertys wohl Alka-Seltzer-Tabletten im Hause hatten und bedauerte, daß er, anstatt diese seltsamen Nachbarn zu besuchen, nicht zum Angeln gegangen war.

3

Es war drei Uhr nachts. Pitt lag hellwach im Bett. Er fühlte die Wärme von Laura, die sich im Schlaf zärtlich an ihn gekuschelt hatte. Durch das Fenster sah er auf die nachtschwarze Bergsilhouette, die sich draußen abzeichnete. Immer noch ging ihm der Gedanke an die beiden rätselhaften Wrackteile im Kopf herum. Wie bunte Steine eines Kaleidoskops projizierte sein Verstand eine Version nach der anderen, die erklären sollte, wie die beiden Überreste eines Großflugzeugs hierher in die Berge gelangt waren und was sie mit dem Tod von Charlie Smith zu tun hatten. In dem Puzzlespiel, dessen Lösung Pitt sich zur Aufgabe gesetzt hatte, fehlte ein Stein. Er war entschlossen, diesen Stein zu finden.

Nachdem er eine ganze Weile weiter über das Problem nachgedacht hatte, stand er auf. Es begann schon zu dämmern, wie er mit einem Blick nach draußen feststellte. Leise ging er zum Wandschrank, suchte sich ein paar Shorts heraus, zog sie an und ging hinaus.

Lauras alter Jeep stand in der Einfahrt, wo sie ihn am Vorabend geparkt hatte. Er war offen. Pitt griff ins Handschuhfach, suchte und fand die dort liegende Taschenlampe, nahm sie an sich und begab sich zur Kellergarage. Er zog das Segeltuch von den Wrackteilen und betrachtete die gelbe Sauerstoff-Flasche. Sie war, wie er schätzte, fast einen Meter hoch und maß etwa fünfzig Zentimeter im Durchmesser. Der Metallmantel war zerkratzt und leicht eingebeult. Er untersuchte die Halterungen, mit denen die Sauerstoff-Flasche an der Wandung des Flugzeugs befestigt gewesen war. Dann wandte er seine Aufmerksamkeit dem Bugrad zu.

Das Bugrad bestand aus zwei parallel montierten Zwillingsreifen, die durch eine Achse miteinander verbunden waren. Das Profil war noch sehr gut erhalten. Die Reifen maßen neunzig Zentimeter im Durchmesser. Was ihn bei diesen alten Reifen erstaunte: sie waren noch prall voll Luft.

Die Garagentür quietschte. Pitt wandte sich um und entdeckte Laura, die als Silhouette gegen den heller werdenden Himmel stand und suchend in die Garage hineinsah. Er richtete das Licht seiner Taschenlampe auf sie. Laura trug ein Nachthemd, das nur unvollkommen ihre Blöße bedeckte. Ihr Haar war durcheinander, und in ihrem Gesicht spiegelten sich Angst, Erstaunen und Unsicherheit.

»Bist du's, Dirk?« fragte sie. »Nein«, antwortete Pitt mit dumpfer Stimme. Er mußte lächeln. »Ich bin nicht Dirk. Ich bin der Schneemensch von den Rocky Mountains. Mir wurde gesagt, ich würde hier endlich eine Jungfrau finden.«

Laura gab einen lauten Seufzer der Erleichterung von sich. Dann kam sie mit raschen Schritten zu ihm und faßte ihn am Arm, so als ob sie bei ihm Halt und Sicherheit suchte. »Du hast mir einen ganz schönen Schrecken eingejagt, Pitt«, sagte sie dann. »Ich finde das nicht komisch. Was machst du denn mitten in der Nacht hier unten in der Garage?«

»Sei mir nicht böse, Darling«, sagte er. »Ich habe mir in den Kopf gesetzt, herauszufinden, was es mit diesen beiden Wrackteilen auf sich hat.«

Laura schauderte vor Kälte. Sie stand barfuß in der schmutzigen, dunklen Garage. »Du machst da eine Mücke zum Elefanten, Dirk«, murmelte sie, müde und mißgelaunt. »Du hast es mir doch gestern abend selbst erzählt, daß die Rafertys eine ganz logische Erklärung dafür haben, wie diese beiden wertlosen und völlig uninteressanten Wrackteile hierher, in Vaters Garage, gekommen sind. Vater hat sie höchstwahrscheinlich auf irgendeinem Schrottplatz gekauft, so wie er viele andere Dinge kaufte, um sie für seine Erfindungen zu verwenden.«

»Das kann sein«, gab Pitt zu. »Aber ich bin mir nicht sicher, daß es so ist.«

»Aber er hat doch schon immer solche alten Teile von Schrottplätzen gekauft«, wandte Laura ein. »Schau dich doch um. Die ganze Garage ist voll von altem Eisenschrott und halbfertigen Gerätschaften, die Vater aus solchen alten Eisenteilen gebastelt hat.«

»Du sagst es: halbfertige Gerätschaften. Aus den anderen Eisenteilen hat er etwas gebaut. Aber die Sauerstoff-Flasche und das Bugrad hat er nicht angerührt, er wollte sie für irgendeinen besonderen Zweck aufbewahren. Für was? Warum?«

»Für gar nichts! Es gibt doch eine ganz einfache Erklärung dafür, daß mein Vater diese beiden Wrackteile nicht auseinandergenommen und für irgendeine seiner Erfindungen verwandt hat. Er kam einfach nicht mehr dazu. Er starb, bevor er die Arbeit beginnen konnte.«

»Ja, das wäre möglich.«

»Eben. Dann ist doch alles klar. Dann mach dir über die ganze Sache doch nicht weiter Gedanken. Komm ins Bett, bevor wir uns hier beide zu Tode frieren.«

»Tut mir leid. Aber ich hab' hier noch zu tun.«

»Was in Gottes Namen willst du denn noch hier unten machen?«

»Da ist noch etwas, was mich stört. Alles, was du gesagt hast, klingt logisch. Und trotzdem habe ich noch das Gefühl, als ob ich einen Schuh anhabe, in dem ein Kieselstein verborgen ist. Nicht weiter schlimm, aber doch störend.«

»Ein Kieselstein im Schuh der Logik«, entgegnete Laura lächelnd. »Und der wäre?«

»Schau mal hierher«, bat Pitt. »Sieh dir einmal die Befestigungsvorrichtung der Sauerstoff-Flasche an.«

Laura Smith erhob sich auf ihre nackten Zehenspitzen und blickte ihrem Freund über die Schulter. »Die Befestigungsvorrichtung ist zerbrochen, geborsten, kaputt«, sagte sie dann ruhig. »Was hast du denn erwartet?«

»Die Halterung einer Sauerstoff-Flasche, die aus einem verschrotteten Flugzeug entfernt wird, sieht anders aus«, erklärte Pitt geduldig. »Wenn ein Flugzeug auf einem Schrottplatz ausgeweidet wird, dann werden die mechanisch fest verbundenen Teile mit dem Schweißgerät oder mit hydraulischen Scheren voneinander getrennt. Beide Verfahren verursachen charakteristische Trennstellen an der Oberfläche des Materials, die hier nicht vorliegen, weder bei der Sauerstoff-Flasche noch bei dem Bugrad. Die Bruchstellen an diesen beiden Wrackteilen sind nicht durch irgendein Werkzeug entstanden, sondern durch große Gewalteinwirkung von außen, wie sie für einem Flugzeugabsturz typisch ist.«

»Gut, die Wrackteile stammen also von einem abgestürzten Flugzeug. Na und?«

»Das ist nicht alles. Sieh dir die beiden Bruchstellen einmal genau an. Der größte Teil der Oberfläche an den Trennstellen ist oxydiert und verwittert. Aber die restliche Fläche sieht noch verhältnismäßig neu aus. Das deutet darauf hin, daß der Absturz und die endgültig mechanische Trennung der Wrackteile vom Flugzeug zeitlich viele Jahre auseinander liegen.«

»Verstanden. Aber was beweist das alles?«

»Nichts Weltbewegendes. Es beweist nur, daß Charlie Smith diese beiden Wrackteile nicht von irgendeinem Schrotthändler oder aus irgendeinem Ersatzteillager für Flugzeugteile gekauft hat.«

»Bravo, Holmes. Sind Sie nun zufrieden?«

»Noch nicht ganz«, sagte Pitt lächelnd, während er den Sauerstofftank hochhob, nach draußen brachte und im Jeep verstaute. »Ich kann das Bugrad nicht alleine tragen. Es ist zu schwer. Hilfst du mir?«

»Gerne. Aber warum? Wo willst du hin damit?«

»Du sagtest doch gestern, daß wir nach Denver runterfahren, um einzukaufen.«

»Ja und?«

»Während du die Einkäufe machst, bringe ich die beiden Wrackteile zum Flugplatz in Denver und zeige sie einem Spezialisten, der mir sagt, von welchem Flugzeugtyp sie stammen.«

»Aber Dirk!« sagte Laura kopfschüttelnd. »Warum machst du das alles? Du bist doch kein Geheimagent, der dafür bezahlt wird.«

»Es macht mir Spaß, so etwas herauszufinden. Manche Leute lösen gerne Kreuzworträtsel. Du hast deine Wählerpost, um dich zu beschäftigen. Und ich habe nichts. Nur die Bäume im Wald.«

»Du hast mich. Besonders nachts. Ist dir das nicht genug?« fragte sie und schmiegte sich an seine Schulter.

»Ein Mann lebt nicht von Sex allein«, entgegnete er lächelnd.

Mit einer Mischung von Erstaunen und Bewunderung sah Laura zu, wie Pitt zwei lange, schwere Bohlen in der Garage hervorkramte und sie auf die Ladefläche des Jeeps legte. »Packen wir's an?« fragte er dann, mit aufmunterndem Blick. »Ich war noch nie ein sehr guter Ladegehilfe«, sagte Laura. »Besonders nicht, wenn mein Boss mich mitten in der Nacht aus dem Bett holt, wo ich nur ein Nachthemd und meine Unschuld trage, und sonst gar nichts.«

»Jetzt weiß ich auch, was mich die ganze Zeit so stört. Dein Nachthemd. Zieh es aus, damit es nicht mit Öl verschmiert wird. Und dann an die Arbeit. Aber ein bißchen flott!«

Fröstelnd betrachtete Laura einen Augenblick lang die Gänsehaut, die sich auf ihren Oberarmen abzeichnete. Was für seltsame Träume manche Männer doch auf uns Frauen projizieren, ging es ihr durch den Kopf. Und ist es nicht faszinierend, daß wir die Träume dieser Männer nur allzu gern wie eine Leinwand aufnehmen und zurückstrahlen? In diese Gedanken versunken, zog sich die Kongreßabgeordnete Laura Smith ihr durchsichtiges Negligé aus, hängte es auf einen rostigen Nagel an der Wand der immer noch nachtdunklen Garage, ergriff splitternackt, wie sie war, eine der ölverschmierten Unterkanten der Bugradbefestigung und wuchtete das Wrackteil, mit der Hilfe eines zwar erwachsenen Dirk Pitt, der aber glücklich und versonnen dreinschaute wie ein

Junge beim Murmelspielen, auf die provisorisch verlängerte Ladefläche ihres Jeeps.

Während Pitt das herausragende Ende des Wrackteils mit Riemen auf der Ladefläche festband, stand Laura im sanften Licht des heraufdämmernden Morgens und sah an sich herunter. Öl- und Schmutzspuren bildeten ein seltsames Muster auf ihren entblößten Schenkeln und Brüsten. Es war wie ein süßer, verbotener, sinnenverwirrender Traum. Eine Frage freilich blieb offen. Was in aller Welt – überlegte Laura Smith – hat mich eigentlich bewogen, mir als Geliebten ausgerechnet einen Verrückten auszusuchen?

4

Harvey Dolan, der technische Leiter der Federal Aviation Agency am Flughafen von Denver Colorado, hielt seine Brille gegen das Licht, um zu prüfen, ob die Gläser sauber waren. Er brummte zufrieden, als er feststellte, daß das der Fall war. Dann klemmte er das peinlich saubere Gebilde mit abgespreizten Fingern auf seine pyramidenförmige Nase. »Sie sagen, Mr. Pitt, Sie haben diese Wrackteile in den Bergen gefunden?«

»Ja. Bei Sawatch, etwa fünfzig Kilometer nordwestlich von Leadville«, gab Pitt zur Auskunft. Er mußte laut sprechen, um das störende Geräusch des Gabelstaplers zu übertönen, der in diesem Augenblick das Bugrad und den Sauerstofftank von der Ladefläche des Jeeps hochhob und seine Last dann durch die weitaufgesperrten Tore in die Flugzeughalle hereinbrachte, in der das Gespräch stattfand.

»Wir haben vorläufig zu wenig Anhaltspunkte, um über die nähere Herkunft dieser Wrackteile etwas sagen zu können«, bemerkte Dolan und sandte Pitt einen von der Kühle des Fachmanns geprägten Blick zu.

»Nichts, was Ihnen erlauben würde, zumindest Vermutungen anzustellen?«

Der Angesprochene zog in einer Geste der Ratlosigkeit die Schultern hoch. »Wir sind hier gleichsam in der Situation eines Polizisten, der mitten in der Großstadt ein hilfloses kleines Kind von der Straße aufliest. Man kann feststellen, daß das Kind ein

Junge ist. Daß dieser Junge zwei Arme und zwei Beine hat und etwa zwei Jahre alt ist. Im Hemdkragen des Jungen findet sich ein Wäscheetikett, aus dem das Fabrikat ›J.C. Penney‹ ersichtlich ist. Im Innenleder der Schuhe des Jungen ist die Marke des Schuhherstellers ›Buster Browns‹ zu erkennen. Der kleine Junge sagt, daß sein Vorname ›Joe‹ ist. Seinen Nachnamen weiß er nicht, auch nicht seine Adresse oder die Telefonnummer seiner Eltern. Verstehen Sie?«

»Ich fürchte, nein.«

»Dann will ich Ihnen meinen Vergleich aus dem Fachchinesisch in die Normalsprache übersetzen«, sagte Dolan, der insgeheim auf sein Spezialistentum und die damit verbundene Ausdrucksweise recht stolz war, ausnahmsweise aber bereit schien, sich in die Niederungen der Laien herabzulassen. Mit einer etwas wichtigtuerischen Geste entnahm er seiner Brusttasche einen Kugelschreiber und deutete mit der Spitze auf Pitt. »Bei dem uns vorliegenden Bugrad« – hub er an – »haben wir es mit dem Wrackteil eines Großflugzeugs zu tun. Das Flugzeug, von dem es stammt, hatte ein Gewicht zwischen 35 und 40 Tonnen. Es handelte sich um ein Propellerflugzeug. Dies ergibt sich aus den für das Bugrad verwendeten Reifen, die nicht für die Beanspruchung durch hohe Landegeschwindigkeiten konstruiert sind, wie sie von Düsenflugzeugen erreicht werden. Das Konstruktionsprinzip dieses Bugrads datiert aus den fünfziger Jahren, folglich ist das Wrackteil etwa dreißig bis fünfundvierzig Jahre alt. Die Reifen kommen von Goodyear, die Felgen von Rantoul Engineering, Chicago. Auf das Modell des Flugzeugs und auf den Besitzer erlaubt das alles allerdings kaum Rückschlüsse.«

»Hier endet also die Spur«, stellte Pitt fest.

»Sie werfen das Handtuch zu früh, Mr. Pitt«, hielt ihm Dolan entgegen. »Es gibt da einen Hoffnungsschimmer. Wir haben eine gut lesbare Seriennummer auf dem Gehäuse des Bugrads. Wenn es uns gelingt, das Flugzeugmodell ausfindig zu machen, für das dieses Bugradmodell gefertigt wurde, dann müßte es möglich sein, über die Seriennummer des Flugzeugs auch dessen Hersteller und über den Hersteller die Fluglinie festzustellen, die das Flugzeug zum Zeitpunkt des Absturzes eingesetzt hatte.«

»Klingt ganz einfach, wie Sie's jetzt sagen...«

»Gewußt wie«, kommentierte Dolan das Lob mit gespielter Bescheidenheit. »Gibt es noch irgendwelche anderen Wrackteile von dem Absturz?«

»Nur die beiden, die Sie hier vor sich sehen.«

»Warum haben Sie das Zeug ausgerechnet zu mir gebracht?«

»Wenn irgendeine Stelle im Lande die Wrackteile identifizieren kann, dann müßte es die Federal Aviation Agency sein, habe ich gedacht.«

»Sie trauen uns wohl einiges zu, wie?« grinste Dolan.

»Habe ich da so unrecht?« grinste Pitt zurück.

»Kein Kommentar«, sagte Dolan. »Im vorliegenden Fall gibt es leider nur recht wenig Anhaltspunkte, ich sagte Ihnen das bereits. Hier müßte uns das Glück schon ein wenig zu Hilfe kommen.«

Dolan sah zu dem Mechaniker hinüber, der den Gabelstapler bediente und der nun mit der gelben Sauerstoff-Flasche näherkam. Er deutete mit dem abwärts gerichteten Daumen auf einen roten Kreis, der auf den Betonfußboden gepinselt war. Der Mann, der den Gabelstapler bediente, nickte und betätigte einen Hebel, worauf sich die Plattform mit der Sauerstoff-Flasche herniedersenkte. Der Gabelstapler fuhr zurück, vollzog eine Drehung von neunzig Grad und ratterte in eine entfernte Ecke der Flugzeughalle, wo er abgestellt wurde.

Dolan ging an das am Boden liegende Wrackteil heran, nahm es auf, bewegte es mit Kennermiene behutsam hin und her, als ob es sich um eine ausgegrabene griechische Amphore handelte und legte es dann mit resigniertem Gesichtsausdruck wieder zu Boden.

»Es gibt praktisch keine Möglichkeit, etwas Näheres über die Herkunft dieser Sauerstoff-Flasche herauszufinden«, sagte er trocken. »Diese Flaschen werden in genormten Standardmaßen hergestellt. Alle Hersteller produzieren die gleichen Modelle, die in mindestens zwanzig Flugzeugmodellen Verwendung finden.«

Als ob es ihn ärgerte, vor einer dummen Sauerstoff-Flasche kapitulieren zu müssen, beugte sich Dolan noch einmal mit griesgrämigem Gesicht zu dem am Boden liegenden Wrackteil hinunter. Pitt sah ihm zu, wie er sich vor die Flasche hinkniete und systematisch jeden Quadratzentimeter des Metallmantels untersuchte. Zehn Minuten gespannten Schweigens verstrichen. Schließlich konnte Pitt nicht mehr an sich halten. »Können Sie irgend etwas erkennen, was einen Hinweis geben könnte?« platzte er heraus.

»Erkennen kann ich eine ganze Menge«, sagte Dolan schwerfällig. »Aber das, was ich eigentlich suche, ist nicht zu finden.«

Pitt nickte und seufzte. »Die ganze Sache ist, als ob man eine Nadel im Heuhaufen sucht. Es tut mir leid, daß ich Ihnen mit meinen dummen Wrackteilen soviel Arbeit aufhalse.«

»Unsinn!« tröstete ihn Dolan. »Das braucht Ihnen nicht leid zu tun. Schließlich bin ich vom Staat und für das Geld der Steuerzahler dafür angestellt, solche Dinge herauszufinden. Wrackteile wie Ihre da sind ja nicht die einzigen Rätsel, mit deren Lösung ich mich herumschlage. Wir haben hier in den Akten der Federal Aviation Agency einen ganzen Stapel von Suchakten über sogenannte ›Geisterflugzeuge‹. Damit bezeichnen wir Flugzeuge, die irgendwann einmal verschwunden sind und deren Schicksal unaufgeklärt ist. Jedes Mal, wenn es uns mit Hilfe irgendwelcher Indizien wie solcher Wrackteile gelingt, eine unserer Suchakten als ›erledigt‹ zu schließen, hüpfen wir vor Freude an die Decke.«

»Wie würden Sie im konkreten Fall dieser beiden Wrackteile denn vorgehen, um Näheres über den Hersteller herauszufinden?« erkundigte sich Pitt.

»Normalerweise würde ich technische Experten unserer Ingenieurabteilung auf das Problem ansetzen. Aber das dauert. Im vorliegenden Falle würde ich den Weg ganz gern abkürzen. Phil Devine, der technische Leiter der ›United Airlines‹, gilt unter uns Experten als eine Art lebendes Lexikon, was Luftfahrttechnik angeht. Wenn irgend jemand auf Anhieb den Hersteller Ihres Geisterflugzeuges bestimmen kann, dann ist er es.«

»Ist Devine wirklich so ein As?« fragte Pitt.

»Die Bezeichnung ›As‹ ist für Phil Devine noch vornehm untertrieben«, sagte Dolan mit wissendem Lächeln. »Devine ist ein Zauberer. Sie werden sehen...«

»Ein guter Photograph bist du ja gerade nicht«, murmelte Devine. »Die Belichtung, die du eingestellt hast, ist unter aller Kritik.« Phil Devine hielt eine filterlose Zigarette zwischen den Lippen, während er aufmerksam und mit zusammengekniffenen Augen die Polaroid-Fotos betrachtete, die Dolan von Pitts Bugrad aufgenommen hatte. Devine war ein komischer Kauz, oben dünn, in der Mitte dick, dann wieder dünn, und er sprach mit einer nahezu weinerlichen, etwas gedehnten Stimme.

»Mein lieber Freund«, entgegnete Dolan. »Ich habe diese Fotos nicht gemacht, um bei einer Kunstausstellung den ersten Preis zu gewinnen. Ich habe sie gemacht, damit ein gewisser Mensch namens Devine, der angeblich eine Ahnung von Flugzeugtechnik hat, mir das Flugzeugmodell verrät, von dem dieses Wrackteil stammt.«

»Gesehen habe ich so etwas schon mal. Das ist sicher«, antwortete Devine. »Es ähnelt ein bißchen dem Bugrad der guten alten B-29.«

»Und was ist es genau?«

»Das kann man bei den lausigen Fotos, die du da geschossen hast, beim besten Willen nicht sagen.«

»Ich wäre doch besser zu einem richtigen Experten gegangen, der sein Handwerk versteht«, sagte Dolan mit frotzelndem Unterton.

Pitt, der dabeistand, war die Situation unangenehm. Er hatte das Gefühl, als Schiedsrichter in die Auseinandersetzung eingreifen zu müssen.

Devine sah auf und bemerkte den besorgten Ausdruck auf Pitts Gesicht. »Keine Sorge, Mr. Pitt«, sagte er mit breitem Lächeln. »Dolan und ich haben ganz besondere Spielregeln, die ich Ihnen wohl etwas erklären muß. Tagsüber, im Dienst, streiten wir uns wie die Kesselflicker, weil die Arbeit so einfach mehr Spaß macht. Aber sobald es fünf Uhr nachmittags ist, entdecken wir regelmäßig unsere tiefe Freundschaft füreinander. Wir vertragen uns und trinken ein Glas Bier, um den Frieden zu besiegeln.«

»Meistens werden es auch drei oder vier Gläser«, warf Dolan trocken ein. »Das Schlimmste ist, daß ich immer bezahlen muß...«

»Als Angestellter der Regierung verfügst du ja auch über die nötigen Reptilienfonds, mit denen du unseren Durst finanzieren kannst«, gab Devine zurück.

»Was das Bugrad angeht, gibt es irgendeinen Hinweis auf das Flugzeugmodell, von dem es stammt?« fragte Pitt.

»Tja«, antwortete Devine. Er zeigte ein Schmunzeln von der Art, wie es die Bauern auf dem Lande machen, wenn ein Städter fragt, wie man Kühe von Hornochsen unterscheidet. Schweigend ging er auf einen riesigen Wandschrank zu und öffnete ihn. Der Schrank war von oben bis unten mit dicken Plastikmappen gefüllt. »Das sind alles Wartungshandbücher von alten Flugzeugtypen«, erklärte er mit unverhohlenem Stolz. »Ich bin, soweit ich weiß, in der ganzen zivilen Luftfahrt der einzige Irre, der so etwas aufbewahrt.«

Mit gezieltem Griff zog er aus den Hunderten von Handbüchern eine Mappe heraus und begann darin zu blättern. Nach einer Minute hatte er gefunden, was er suchte. Er reichte die ausgebreitete Mappe über den Tisch. »Wie gefällt euch das?«

Neugierig beugten Pitt und Dolan sich vor und betrachteten die Konstruktionszeichnung, die Devine vor ihnen ausgebreitet hatte. Die Zeichnung zeigte ein Bugrad, sie war über und über mit Ziffern, Buchstaben, Fußnoten und Hinweisen bedeckt. Dolan zeigte sich beeindruckt. Begeistert tippte er mit der Spitze seines rechten Mittelfingers auf die Zeichnung. »Radkasten, Dimensionen, alles stimmt!«

»Was für ein Flugzeugmodell ist es?« fragte Pitt.

»Eine Boeing Stratocruiser«, antwortete Devine. »Ich war vorhin, als ich die B-29 erwähnte, schon ganz nah dran. Die Boeing Stratocruiser beruht auf der technischen Konzeption des Bombers vom Modell B-29. Wie Vater und Sohn, würde ich sagen.«

Pitt blätterte in der Mappe, die Devine ihnen hingelegt hatte. Er fand eine Gesamtabbildung des Flugzeugs in fliegender Position. Es fiel ihm auf, daß der Rumpf der Maschine einem Wal ähnelte.

»Ich erinnere mich, daß ich solche Maschinen als kleiner Junge oft gesehen habe«, sagte er. »Die Pan American hatte solche Maschinen im Einsatz.«

»United Airlines auch«, bemerkte Devine. »Auf der Strecke nach Hawaii. Ein feines Flugzeug.«

»Was nun? Wie geht's weiter?« fragte Pitt, zu Dolan gewandt.

»Ich schreibe jetzt an Boeing in Seattle«, antwortete dieser. »Ich gebe denen die Seriennummer des Bugrads durch und bitte sie, herauszufinden, an welche Fluggesellschaft dieses Bugrad geliefert wurde und zu welchem Flugzeug es gehörte. Außerdem schreibe ich an das National Transportation Safety Board in Washington und frage an, ob es irgendeinen unaufgeklärten Absturz eines zivilen Stratocruisers über dem amerikanischen Teil Nordamerikas gibt.«

»Und wenn es einen solchen unaufgeklärten Absturz gibt?«

»Dann wird sich die Federal Aviation Agency mit der Aufklärung des Rätsels befassen«, sagte Dolan. »Ich bin ebenso gespannt wie Sie, was wir da an die Oberfläche bringen.«

5

Die folgenden zwei Tage verbrachte Pitt in einem gecharterten Hubschrauber, der ihn in einem vorher festgelegten Suchraster in geringer Höhe über jene Wald- und Berggegenden flog, wo er die Absturzstelle der von ihm gesuchten »Geistermaschine« vermutete. Zwei Flugzeugwracks, die sie sichteten, erwiesen sich als bereits gemeldet und registriert. Den Rest der Zeit flogen sie, ohne irgendwelche Ergebnisse heimzubringen. Es war am Abend des zweiten Tages der Suchaktion, als sich der Hubschrauber langsam zur Erde niedersenkte. Pitt war froh, daß er es für heute hinter sich hatte. Sein Gesäß war gefühllos vom langen Sitzen auf der vibrierenden Sitzfläche, er hatte Kopfschmerzen von dem über Stunden und Stunden ertragenen lauten Motorengeräusch, und er war erschöpft von den Nachwirkungen der gewagten Flugmanöver, die der Pilot trotz Seitenwind, Böen und Luftlöchern ausgeführt hatte. So war es kein Wunder, daß er sich freute, als unten in der immer näher kommenden Waldlandschaft die vertrauten Umrisse von Lauras Blockhaus sichtbar wurden. Wenig später landete der Pilot den Helikopter auf der neben dem Blockhaus gelegenen Bergwiese.

Pitt beobachtete, wie die Landekufen in das weiche Gras sanken und wie die Rotorblätter über ihnen zum Stillstand kamen. Er klickte seinen Sicherheitsgurt auf, öffnete die Tür und kletterte hinaus. Seine Muskeln schmerzten. Unwillkürlich machte er einige Lockerungsübungen.

»Starten wir morgen zur gleichen Zeit wie heute früh, Mr. Pitt?« fragte der Pilot.

Pitt fiel auf, daß er die Mundart von Oklahoma sprach. Er nickte.

»Morgen möchte ich, daß wir mehr in Richtung Süden suchen. Das untere Ende des Tals interessiert mich besonders.«

»Sollten Sie nicht auch oberhalb der Baumgrenze suchen?«

»Nein. Wenn ein Flugzeug dort abgestürzt wäre, dann wäre es nicht dreißig Jahre lang unentdeckt geblieben.«

»Das würde ich nicht sagen, Mr. Pitt. Ich erinnere mich an den Absturz eines Übungsflugzeugs der Luftwaffe, das in den Bergen bei San Juan einen Berggipfel rammte. Der Aufprall verursachte einen Erdrutsch, und die in Bewegung geratenen Erdmassen begruben das Flugzeugwrack. Auch die Crew liegt noch dort, tot, in einem Grab aus Stein. Wenn Sie über die Stelle hinwegfliegen, sehen Sie nichts. Es ist ein Berg wie jeder andere.«

»So etwas könnte natürlich auch bei dem Flugzeug passiert sein, das ich suche«, gab Pitt zu. Seine Stimme klang müde. »Wenn Sie mich fragen, dann ist das sogar die einzige Möglichkeit«, beharrte der Pilot. »Ein kleines, leichtes Flugzeug kann bei einem Absturz vom Baumbestand für alle Ewigkeit zugedeckt werden. Aber nicht ein viermotoriges Großflugzeug. Weder Tannen noch Espen können ein Flugzeug dieser Größenordnung so der Sicht entziehen, daß man es von Suchflugzeugen aus nicht erkennen könnte. Selbst wenn Suchflugzeuge das Wrack aufgrund ungünstiger Umstände im Moment übersehen sollten, wäre in den Folgejahren längst ein Jäger oder irgendein Bergwanderer darüber gestolpert.«

»Mir ist jede Theorie recht, die sich im Endeffekt als zutreffend erweist«, beendete Pitt die Unterhaltung achselzuckend. Er beobachtete Laura, die den Lärm der landenden Maschine gehört hatte und nun vom Blockhaus über die Wiese auf den Helikopter zulief. Pitt schlug die Kabinentür zu, gab dem Pilot mit der Hand das Startzeichen und wandte sich Laura zu, ohne sich noch einmal nach dem Hubschrauber umzusehen, dessen Motor hinter ihm auf Touren gebracht wurde. Sekunden später startete der Pilot, und dann war der Hubschrauber über den Wipfeln der nahen Bäume verschwunden.

Atemlos von dem raschen Lauf in der dünnen Luft warf sich Laura in Pitts Arme. Sie sah hübsch und lebenslustig aus. Während Pitt sie streichelte, musterte er mit Genugtuung ihre reizvolle Figur, die von den enggeschnittenen weißen Jeans und dem roten Rollkragenpullover, den sie trug, mehr betont als verdeckt wurde. Ihr rassig wirkendes Gesicht erstrahlte in dem schmeichelnden Licht der Abendsonne. So liebte er sie. Pitt nahm sie fest in die Arme, öffnete ihren erwartungsvollen Mund mit drängenden Lippen und sah ihr in die Augen. Laura – so hatte er schon bei den ersten Umarmungen mit Erstaunen festgestellt – gehörte zu den wenigen Frauen, die sowohl beim Küssen als auch bei noch intimeren Zärtlichkeiten die Augen offenhielten. So als ob sie von dem, was mit ihr vorging, auf keinen Fall etwas versäumen wollte, dachte Pitt schmunzelnd.

Eine brüske Bewegung von Laura riß ihn aus seinen Gedanken. »Du stinkst!« sagte sie und hielt ihn mit gespielter Entrüstung auf Armlänge von sich.

»Tut mir leid«, erklärte Pitt. »Wenn man den ganzen Tag in einem engen, stickig heißen Hubschrauber herumfliegt, riecht man eben so.«

»Wenn du nur nach Mann riechen würdest, wäre es ja in Ordnung«, sagte Laura lächelnd. »Aber mir ist zu viel Öl und Benzin dabei.«

»Dann muß ich mich wohl duschen.«

Laura sah auf ihre Armbanduhr. »Später. Wenn du dich beeilst, erwischt du ihn noch.«

»Wen?«

»Harvey Dolan. Er hat angerufen und erwartet kurzfristig deinen Rückruf.«

»Wie das? Du hast doch kein Telefon.«

»Jemand von der Polizei kam vorbei und ließ ausrichten, daß Dolan deinen Anruf in seinem Büro erwartet. Es sei sehr wichtig.«

»Wo ist das nächste Telefon?«

»Wo schon! Bei den Rafertys natürlich.«

Lee Raferty war in die Stadt gefahren. Aber Maxine Raferty, seine Frau, empfing Pitt freundlich und begleitete ihn zum Telefon, das auf einem altmodischen Rollschreibtisch stand. Sie reichte ihm sogar den Hörer. Die Dame von der Vermittlung brachte das Ferngespräch innerhalb von zehn Sekunden zustande. Am anderen Ende meldete sich Dolan.

»Wieso rufen Sie mich per R-Gespräch an?« murmelte er unfreundlich.

»Es trifft ja keinen Armen«, entgegnete Pitt ungerührt. »Wie haben Sie mich gefunden?«

»Über CB-Funk. Ich funkte die Polizeistation im White River Nationalpark an und bat sie, Ihnen meine Botschaft zu übermitteln.«

»Was für eine Botschaft haben Sie denn?«

»Zwei: eine gute, und eine weniger gute.«

»Bitte zuerst die gute.«

»Ich habe Nachricht vom Herstellerwerk der Boeing. Die Nachricht besagt, daß das von Ihnen gefundene Bugrad auf ein Flugzeug mit der Kenn-Nummer 75403 montiert wurde.«

»Und die weniger gute Nachricht?«

»Bei dem Flugzeug mit der Kenn-Nummer 75403 handelt es sich um eine Maschine, die an die Luftwaffe geliefert wurde.«

»Na und?«

»Sicherheitsfragen der Luftwaffe liegen außerhalb des Zuständigkeitsbereichs des National Transportation Safety Board. Sie müssen sich ab jetzt selbst mit dem Problem herumschlagen.«

»Können Sie mir nicht zumindest sagen, an wen ich mich wenden muß?«

»Ich kann sogar noch mehr. Ich habe mit dem Mann, der Ihnen Auskunft geben kann, bereits Verbindung aufgenommen. In Ihrem Namen natürlich.«

»Wie heißt er?«

»Oberst Steiger. Sie erreichen ihn in der Norton Air Force Base in Kalifornien.«

»Was genau ist die Funktion dieses Oberst Steiger?«

»Er ist mein militärischer Gegenpart. Steiger führt die Untersuchungen über Abstürze von Militärmaschinen, er ist für den westlichen Teil der USA zuständig.«

»Wenn Sie Oberst Steiger die Kenn-Nummer der Maschine durchgegeben haben, deren Bugrad ich gefunden habe, dann wird sich das Rätsel um das Verschwinden dieser Maschine sicher bald aufklären.«

»Das möchte ich annehmen, Mr. Pitt.«

»Und was glauben Sie, wie wird die Auflösung des Geheimnisses aussehen?«

»Ich könnte mir vorstellen«, sagte Dolan vorsichtig, »daß Ihr Geisterflugzeug nicht abgestürzt ist, sondern verschrottet wurde, und daß es in den Akten irgendeiner regierungseigenen Treuhandgesellschaft auftaucht, die sich mit dem mehr oder weniger offiziellen Verkauf von Rüstung und Kriegsmaterial befaßt.«

»Das kann ich mir nicht vorstellen. Das Bugrad zeigt Spuren eines Absturzes.«

»Sie wollten meine Meinung hören. Ich habe sie Ihnen gesagt.«

»Tut mir leid, wenn ich so in Sie gedrungen bin. Ich danke Ihnen für alles, was Sie in der Sache getan haben. Wenn ich das nächste Mal in Denver bin, möchte ich Sie gern zum Essen einladen. Okay?«

»Abgemacht. Eine Frage hätte ich allerdings.«

»Und die wäre?«

»Wenn sich nun wirklich herausstellt, daß es sich um ein stinknormales Schrottflugzeug handelt, und wenn sich weiter herausstellt, daß die beiden Wrackteile auf ganz legale Weise in der Garage von Laura Smith landeten – was sagen Sie dann?«

»Ich habe das untrügliche Gefühl«, antwortete Pitt, »daß es sich hier keineswegs um ein verschrottetes Flugzeug, sondern um einen geheimnisvollen Absturz handelt.«

Dolan legte auf. Eine Weile lang starrte er schweigend den Hörer auf der Gabel an. Ein seltsames Gefühl kroch ihm den Nacken hinauf. Pitts Stimme hatte geklungen, als ob er aus einem Grabgewölbe spräche.

6

Laura räumte die Teller vom Abendessen weg, bevor sie mit einem Tablett, auf dem sie zwei Tassen heißen Kaffee balancierte, auf die Terrasse der Berghütte hinausging. Pitt wippte auf seinem Stuhl. Er hatte die Füße am Geländer der Terrasse abgestützt. Obwohl sich ein recht kühler Septemberabend über die Berge herniedergesenkt hatte, trug er nur ein kurzärmeliges Baumwollhemd. »Kaffee?« fragte Laura einladend. Pitt drehte sich um und sah Laura einen Augenblick lang wie in Trance an. »Was? Entschuldige, ich habe dich nicht rauskommen gehört. Ja, danke.«

Laura sah ihn prüfend an. »Du machst den Eindruck eines Besessenen«, sagte sie. »Es tut mir leid, wenn dich das beleidigt. Aber es ist so.«

»Du hast ja recht«, sagte Pitt mit dem Anflug eines mißglückten Lächelns. »Ich sehe Flugzeugwracks, wohin ich schaue.«

Laura reichte ihm eine Kaffeetasse und barg die andere in ihrer Hand. Sie trank. »Diese verdammten alten Wrackteile aus Vaters Werkstatt! Das ist das einzige, woran du die ganze Zeit hier gedacht hast. Siehst du denn nicht, daß du diesen alten Flugzeugteilen viel mehr Bedeutung beimißt, als sie verdienen?«

»Du verstehst mich nicht, Laura. Ich bin nun einmal so. Wenn mich ein Problem einmal gepackt hat, dann lasse ich es nicht los, bis ich es gelöst habe. Wenn du das ›Besessenheit‹ nennst, dann bin ich besessen.«

»Aber es hat doch keinen Sinn, wegen zwei alter Flugzeugteile Gott und die Welt in Bewegung zu setzen.«

Pitt schien ihr nicht zuzuhören. Er sah aus, als lausche er auf eine innere Stimme. »Laura!« sagte er dann.

»Ja, Dirk?«

»Es passiert nicht das erste Mal, daß ich eine Eingebung habe, die sich bei weiterem Nachforschen als Realität erweist.«

»Und erweisen sich alle deine Eingebungen als richtig?«

»Natürlich nicht«, antwortete er. Er zuckte die Schultern.

»Wenn es sich nun erweist, Dirk, daß die beiden Wrackteile in Vaters Garage nicht von einem Flugzeug kommen, das hier in der Nähe abgestürzt ist, was dann?«

»Dann vergesse ich die ganze Sache und werde binnen kürzester Frist wieder ein ganz normaler Mensch.«

Es war plötzlich sehr still um sie beide. Laura ging zu Pitt hinüber, kauerte sich vor ihm hin, barg ihren Kopf in seinem Schoß und versuchte, die Körperwärme ihres Geliebten in sich aufzunehmen. Die kühle Brise, die von den Bergen herunterstrich, ließ sie frösteln. »Mir wird's unheimlich hier draußen«, sagte sie. »Wir haben nur noch zwölf Stunden bis zum Rückflug nach Washington. Bitte, laß uns in der wenigen Zeit, die uns bleibt, nicht mehr über diese ganze geisterhafte Angelegenheit reden. Laß uns lieb zusammen sein.«

Dirk Pitt lächelte und küßte Laura sehr zärtlich auf Stirn und Augen. Dann sprang er auf, nahm sie auf den Arm und trug sie, als sei sie leicht wie eine Puppe, über die Schwelle ins Innere der Berghütte.

Vielleicht war es besser, so dachte er, Laura erst morgen zu sagen, daß sie allein nach Washington zurückfliegen würde. Er war entschlossen zu bleiben, um seine Suche nach dem verschwundenen Flugzeugwrack fortzusetzen.

7

Zwei Tage später saß Pitt am leergeräumten Eßtisch der Berghütte. Es war abends. Über den Tisch ausgebreitet lagen einige großformatige Gebietskarten, die Pitt im Schein der Lampe prüfte. Nach mehreren Stunden konzentrierter Arbeit lehnte er sich in seinem Stuhl zurück und rieb sich die Augen. Er fühlte sich müde, zerschlagen und mutlos. Das einzige Ergebnis seiner bisherigen Bemühungen bei der Suche nach dem geheimnisvollen Flugzeugwrack war eine verärgerte, verunsicherte Laura und eine saftige Rechnung der Firma, bei der er den Suchhubschrauber gechartert hatte.

Das Geräusch von Schritten war vor dem Haus zu hören. Pitt sah auf. Hinter dem Fenster der Eingangstür wurde der Kopf eines Mannes sichtbar. Der Mann hatte eine rasierte Glatze, freundliche braune Augen und einen gepflegten Kaiser-Wilhelm-Schnurrbart.

»Ist jemand im Haus?« rief er durch die geschlossene Tür.

»Herein!« sagte Pitt laut, ohne aufzusehen.

Die Tür öffnete sich, und der fremde Besucher betrat den Raum, ein kräftiger, gedrungener Mann von Preisringerformat, den Pitt auf 110 Kilo schätzte. Der Fremde streckte die Hand aus. »Sind Sie Mr. Pitt?«

»Das bin ich.«

»Das freut mich. Dann habe ich ja auf Anhieb das richtige Haus erwischt. Ich hatte schon Angst, ich hätte eine falsche Abzweigung erwischt. Mein Name ist Steiger, Abe Steiger.«

»Oberst Steiger?«

»Meinen militärischen Titel können Sie vergessen. Wir kommen hier oben sicher auch ohne aus.«

»Wie Sie wünschen. Ich finde es nett, daß Sie sich die Mühe machen, meine Anfrage persönlich aufzuklären. Eigentlich hatte ich höchstens eine briefliche Auskunft erwartet.«

Ein breites Grinsen überzog Steigers Gesicht. »Um die Wahrheit zu sagen: ich bin ein Digger.«

»Ein Digger?«

»Ja doch. Ich schürfe gern Gold. Besser gesagt: ich siebe es aus dem Wasser heraus. Wußten Sie nicht, daß die Flüsse und Bäche hier Gold führen?«

Pitt schüttelte lächelnd den Kopf.

»Doch«, sagte Steiger. »Das tun sie. Und deshalb werde ich meine Dienstreise zu Mr. Pitt mit der stillschweigenden Genehmigung der amerikanischen Steuerzahler umfunktionieren in ein nettes kleines Goldwäscherwochenende. Danach fahre ich weiter zur Chanute Air Force Base in Illinois, wo ich nächste Woche einen Vortrag über Flugsicherheitsprobleme halten muß. So verbinde ich das Angenehme mit dem Nützlichen.«

»Sie sind willkommen. Sie können gern bei mir übernachten. Ich führe derzeit sowieso ein karges Junggesellenleben.«

»Sie sind sehr hilfreich. Vielen Dank für Ihre Gastfreundschaft.«

»Bitte. Haben Sie Gepäck dabei?«

»Ja, draußen im Wagen. Ich bin in einem Leihwagen gekommen.«

»Gut. Bringen Sie rein, was Sie zum Übernachten brauchen. Ich braue uns in der Zwischenzeit einen Kaffee.« Pitt zögerte. »Haben Sie schon zu Abend gegessen?«

»Danke, ja. Ich war zum Abendessen bei Harvey Dolan in Denver.«

»Dann hatten Sie vermutlich auch Gelegenheit, sich das Bugrad anzusehen?«

Steiger nickte und reichte Pitt eine Plastikmappe, die er unter dem Arm gehalten hatte. »Das ist die regierungsamtliche Akte über die Luftwaffenmaschine Boeing C-97, Kennziffer 75403, geflogen von Major Vylander. Sehen Sie sich die Akte schon einmal an, während ich meine Sachen hereinhole. Wenn Sie beim Lesen Fragen haben, rufen Sie mich einfach.«

Abe Steiger ging und machte sich an seinem in einiger Entfernung geparkten Wagen zu schaffen, während Pitt die Akte durchlas. Nachdem der Regierungsbeamte sein Reisegepäck in dem kleinen Gästeschlafzimmer untergebracht hatte, setzte er sich zu Pitt an den Wohnzimmertisch. »Beantwortet das Ihre Fragen?« erkundigte er sich.

Pitt sah von seiner Lektüre auf. »In dieser Akte steht, daß die Cargo 03 im Januar 1954 auf einem Routineflug von Kalifornien nach Hawaii abstürzte und im Meer versank.«

»Ja. Das sind die Fakten, die damals festgestellt wurden.«

»Wie erklären Sie sich dann, daß das Bugrad der Cargo 03 hier im Bundesstaat Colorado, mitten auf dem Kontinent, auftaucht?«

»Das ist nicht so schwer zu erklären, wie Sie denken, Mr. Pitt. Irgendwann während der bewegten Lebensgeschichte dieses Flugzeugs wurde das Bugrad wohl gegen ein neues ausgetauscht. So etwas ist durchaus nicht selten. Es genügt, daß die Wartungstechniker irgendeine Schwachstelle in der Struktur des Bugrads aufspüren. So ein Bugrad kann zum Beispiel bei einer harten Landung an Festigkeit einbüßen. Es kann beim Abschleppen der Maschine auf dem Weg von und zur Start- und Landebahn beschädigt werden. Es gibt ein gutes Dutzend mögliche Gründe, warum der Bugradmechanismus eines Militärflugzeugs ein oder mehrere Male während der Dienstzeit der Maschine ausgewechselt werden muß.«

»Wird das dann nicht in der Flugzeugakte vermerkt?«

»Nicht unbedingt.«

»Was heißt das: nicht unbedingt?«

»Es müßte eigentlich vermerkt werden. Aber das geschieht nicht immer. Sehen Sie, das Bodenpersonal der Luftwaffe ist bekannt für technischen Perfektionismus. Als Buchhalter und Aktenwürmer haben die Burschen weniger Ehrgeiz. Für die ist wichtig, daß alle Schrauben richtig sitzen. Ob die Akten stimmen, kümmert sie vergleichsweise wenig.«

»Nun gut. In der Akte von Cargo 03 steht aber auch, daß man nie irgendwelche Überreste der abgestürzten Maschine gefunden hat. Man nimmt an, daß sie ins Meer gestürzt ist. Wrackteile oder andere Hinweise, die das bestätigen, gibt es jedoch nicht.«

»Sie haben recht, Mr. Pitt. Ich gebe zu, daß dieser Punkt unklar ist. Wir wissen nicht mit letzter Sicherheit, was aus der Cargo 03 und ihrer Mannschaft geworden ist. Nach den vorliegenden Unterlagen wurde damals eine umfassende Suchaktion zu Lande und zur See durchgeführt. Es wurde sogar länger und genauer gesucht, als vorgeschrieben und üblich ist. Flugzeuge der Armee und der Marine beteiligten sich an der Suche. Das Ergebnis war gleich Null.«

Steiger dankte Pitt mit einem freundlichen Nicken für die heiße Tasse Kaffee, die er gereicht bekam. »So ungewöhnlich, wie es Ihnen als Laie vorkommt, ist solch ein Absturz ohne jegliche Überbleibsel nicht. Unsere Suchakten sind voll von Flugzeugen, die um so und so viel Uhr auf dem und dem Flugplatz gestartet und ins Nichts geflogen sind.«

»Ins Nichts geflogen«, wiederholte Pitt nachdenklich. »Klingt ein bißchen romantisch.« Er gab sich keine Mühe, den ironischen Tonfall in seiner Bemerkung zu unterdrücken.

Steiger ging nicht darauf ein, sondern schlürfte ruhig seinen Kaffee. »Für jemanden wie mich ist jeder unaufgeklärte Absturz eines Flugzeugs ein Dorn im Fleisch, das können Sie mir glauben. Wenn ich ein Arzt wäre, würde ich sagen, das sind unsere Problempatienten. Wie Kranke, die man nicht unter Kontrolle hat und die einem schlaflose Nächte bereiten.«

»Gehört die Cargo 03 auch zu jenen Kranken, die Ihnen schlaflose Nächte bereiten, Mr. Steiger?« fragte Pitt trocken.

»Um ehrlich zu sein, nein. Man muß die Kirche auch im Dorf lassen und die Dinge in der richtigen Relation sehen. Wir haben es hier mit einem Absturz zu tun, der passiert ist, als ich ein kleiner Junge von vier Jahren war. Es muß Ihnen doch einleuchten, daß wir bei der Air Force etwas anderes zu tun haben, als Tag und Nacht über ein Flugzeug nachzudenken, das vor geschlagenen 34 Jahren auf einem Flug über dem Pazifik verschollen ist. Wir haben die Akte von Cargo 03 geschlossen. Diese Maschine liegt nach menschlichem Ermessen auf dem Grund des Ozeans und hat das Geheimnis ihrer Tragödie mit in die Tiefe genommen.«

Pitt sah seinem Gesprächspartner eine Weile lang wortlos in die freundlichen braunen Augen. Dann schüttelte er entschlossen den Kopf. »Sie irren sich, Mr. Steiger! Das Verschwinden der Cargo 03 mag eine geheimnisvolle Tragödie sein. Aber der Schlüssel zu diesem Geheimnis liegt nicht auf dem Meeresgrund. Er liegt hier, mitten in den Rocky Mountains.«

Nach dem Frühstück am nächsten Morgen gingen Pitt und Steiger getrennte Wege. Pitt begab sich in ein Hochtal in einiger Entfernung von Lauras Berghütte, eine Schlucht, die so eng war, daß der gecharterte Hubschrauber sie nicht anfliegen konnte. Steiger, Pitts Besucher, machte sich auf, einen Bach zu finden, in dem er sich mit einiger Aussicht auf Erfolg als Goldwäscher betätigen konnte. Ein klarer, kalter Morgen zog herauf. Über den Berggipfeln waren vereinzelt weiße Wolken zu sehen. Die Temperatur betrug zwölf Grad über null.

Am frühen Nachmittag war Pitt mit seiner Erforschung der Schlucht fertig. Er machte sich auf den Rückweg zur Berghütte. Der kaum markierte Pfad führte durch den Wald, am Table Lake vorbei und von dort einen breiten Wildbach hinauf. Am Ufer des Baches, etwa tausend Meter oberhalb der Einmündung in den See, traf er Steiger.

Oberst Steiger kauerte auf einem großen flachen Stein in der Mitte des rege dahinfließenden Bergbachs und schwenkte ein Sieb.

»Schon reich geworden?« rief Pitt in das Rauschen des Baches hinein.

Steiger wandte sich um, winkte Pitt mit breitem Grinsen zu und watete ans Ufer. »Fort Knox werde ich heute wohl noch nicht sprengen. Ich bin froh, wenn ich ein halbes Gramm zusammenbringe.« Er sah mit einem freundlichen, zugleich etwas skeptischem Lächeln zu Pitt hinüber. »Und Sie? Sind Sie fündig geworden?«

»Nichts«, sagte Pitt. »Es war ein ungewöhnlich schöner Spaziergang. Aber gefunden habe ich nichts.«

Steiger zog eine Packung Zigaretten aus der Gesäßtasche und bot Pitt eine Zigarette an, bevor er sich selbst eine anzündete. Pitt lehnte dankend ab. »Wissen Sie«, sagte Steiger nach einer Weile nachdenklich. »Sie sind der klassische Fall eines unverbesserlichen Dickkopfes. Stur wie ein Panzer.«

»Das sagen meine Freunde auch«, lachte Pitt. Steiger nickte und ließ den Rauch genüßlich zwischen seinen Lippen hervorquellen. »Meinen Sie nicht, daß man auch wissen muß, wann der richtige Moment ist, ein Projekt aufzugeben? Ich bin da anders als Sie. Wenn ich sehe, daß mich die Spur von der Hauptsache wegführt, daß ich dabei bin, mich in Nebensächlichkeiten zu verzetteln, dann ändere ich die Richtung. Unlösbare Kreuzworträtsel, langweilige Bücher, knifflige Reparaturen im Haushalt, was auch immer – wenn etwas nicht wirklich wichtig ist, lasse ich es unerledigt liegen. Das erspart mir viel Streß. Und einen frühen Tod.«

»Schade, daß Sie nicht aufhören können zu rauchen. Das wäre wichtiger«, bemerkte Pitt trocken.

»Sie sagen es«, nickte Steiger.

In diesem Moment bemerkten sie einen halbwüchsigen Jungen und ein Mädchen, die weiter oben, wo der Bach flacher und breiter verlief, auf einem selbstgezimmerten kleinen Floß standen und mit zunehmendem Tempo auf eine Engstelle zutrieben. Das Floß schwankte, und der Junge und seine Begleiterin lachten, während sie versuchten, im Gleichgewicht zu bleiben. Ohne auf die beiden Männer am Ufer zu achten, passierten sie die kleine Stromschnelle. Pitt und Steiger sahen ihnen nach, bis das Floß um die nächste Biegung des Baches verschwand. »Das da ist das Leben«, sagte Steiger besinnlich. »Diese beiden jungen Leute, ihre Freude und ihr Floß. Nicht was wir beide machen. Probleme sehen, wo keine sind! Als ich ein Junge war, bin ich auch einmal Floß gefahren. Den Sacramentofluß runter. Haben Sie so was auch mal probiert?« Pitt schien die Frage nicht gehört zu haben. Er starrte auf die Stelle, wo der Junge und das Mädchen auf ihrem Floß um die Biegung des Flußlaufs verschwunden waren. Eine plötzliche Erkenntnis überstrahlte sein Gesicht.

»Was ist?« fragte Steiger mit sanftem Spott. »Sie sehen aus, als ob Sie gerade Ihr Damaskus-Erlebnis haben.«

»Die ganze Zeit ist es mir durch den Kopf gegangen, und ich bin trotzdem nicht drauf gekommen«, murmelte Pitt, wie zu sich selbst.

»Worauf gekommen?«

»Darauf, daß man sehr komplizierte Fragen oft nur mit einer sehr einfachen Antwort lösen kann.«

»Was meinen Sie damit?«

»Die Sauerstoff-Flasche und das Bugrad«, antwortete Pitt. »Mir ist jetzt klar, wo die herkommen.«

Mit wachsendem Unglauben schaute Steiger zu Pitt hinüber. Aber der ließ sich nicht beirren.

»Was ich sagen will ist, daß die Sauerstoff-Flasche und der Bugradmechanismus zwei wichtige gemeinsame Eigenschaften haben.«

»Ich sehe da keine Gemeinsamkeiten«, wandte Steiger ein. »Diese beiden Aggregate werden doch im Flugzeug mit völlig verschiedenen Energiequellen betrieben. Die Sauerstoff-Flasche mit Gas, der Bugrad-Mechanismus mit hydraulischem Druck.«

»Solange das Ding fliegt, haben Sie recht«, antwortete Pitt. »Aber wenn's runterkommt, ist plötzlich alles anders. Dann hat das Bugrad mit der Sauerstoff-Flasche etwas Wichtiges gemeinsam.«

»Nämlich?«

Pitt sah Steiger an und lächelte. Er genoß es, den anderen auf die Antwort warten zu lassen. »Beide schwimmen!« sagte er dann.

8

Im Vergleich zu den schnittigen kleinen Privat-Jets, die, von hoch oben betrachtet, auf dem dunklen Asphalt des Flugplatzes an schlanke Silberfische erinnerten, wirkte das Lastflugzeug vom Typ »Catlin M-200« wie ein fliegender Frosch. Obwohl sie viel schwerfälliger aussah und auch erheblich langsamer flog, hatte die Catlin M-200 gegenüber den Düsenflugzeugen jedoch zwei Vorteile: sie konnte auf unglaublich kurzen Pisten starten. Und sie konnte dabei Lasten befördern, die ihr eigenes Gewicht um das Doppelte überstiegen.

Die Sonne spiegelte sich in der hellblauen Farbe, mit der der Rumpf der Catlin M-200 bemalt war. Langsam schwebte das schwere Lastflugzeug auf die Landebahn des Lake-County-Flugplatzes bei Leadville ein. Mit geringer Geschwindigkeit setzte es auf und kam gut sechshundert Meter vor dem Ende der Landebahn zum Stehen. Pitt und Steiger, die vor dem kleinen Abfertigungsgebäude im Freien warteten, sahen zu, wie die unförmige Maschine vom Landestreifen abbog und mit einem lauten Dröhnen ihrer gedrosselten Motoren gemächlich auf sie zurollte. Bald war das Flugzeug so nahe, daß die Aufschrift NUMA, die Anfangsbuchstaben der Nationalen Unterwasser- und Marine-Arbeitsgemeinschaft, klar erkennbar wurde. Nur wenige Meter vom Abfertigungsgebäude entfernt kam die Catlin M-200 dann endgültig zum Stehen. Die Motoren wurden abgestellt. Eine Minute später öffnete sich die Kabinentür, und der Pilot kletterte heraus. Er kam auf die beiden Männer zu, die ihn ungeduldig erwarteten.

»Schönen Dank auch, Dirk!« sagte der Pilot grinsend zu Pitt, den er zuerst begrüßte.

»Für die Ferien in den Rocky Mountains, die ich dir verschafft habe?«

»Nein. Schönen Dank, daß du mich mitten in der Nacht aus dem Bett getrommelt hast und mich veranlaßt hast, unter Verletzung aller einschlägigen Bestimmungen dieses Lastflugzeug zu kidnappen und aus seiner legitimen Heimat Washington auszufliegen.«

Pitt wandte sich zu Steiger. »Oberst Steiger, es ist mir ein Vergnügen, Ihnen meinen Assistenten und mein großes Sorgenkind Al Giordino, mit dem ich in der NUMA mehr schlecht als recht zusammenarbeite, vorzustellen.«

Giordino und Steiger, die sich zum ersten Mal in ihrem Leben trafen, sahen eigentlich recht ähnlich aus. Beide erinnerten in Körpermaßen und Gestalt an guttrainierte Berufsboxer. Sie waren gleich groß, hatten ein vergleichbares Körpergewicht und eine ähnliche Körperhaltung. Wäre da nicht Steigers glattrasierter, scharfgeschnittener Schädel einerseits und Giordinos italienisch anmutendes Grinsen und sein schwarzer Haarschopf gewesen, hätte man die beiden Männer für Brüder halten können. Einen Augenblick lang musterte Giordino sein Gegenüber mit einem Anflug von Skepsis. Dann aber streckte er herzlich seine kräftige Rechte aus.

»Oberst Steiger«, sagte er. »Ich habe den Eindruck, daß wir uns gut miteinander verstehen werden.«

»Das hoffe ich auch«, erwiderte der so Begrüßte mit offenem Lächeln.

»Hast du die Ausrüstung mitgebracht, um die ich dich gebeten habe?« erkundigte sich Pitt.

Giordino nickte. »Einfach war's nicht. Was du alles verlangt hast, war nur mit einem tiefen Griff in die Trickkiste zu bewerkstelligen. Wenn der Admiral das rauskriegt, zerfetzt er uns in der Luft.«

»Wieso hat ein Admiral bei Ihnen das Sagen?« fragte Steiger dazwischen. »Die NUMA hat doch nichts mit der Marine zu tun. Oder?«

»Nein«, bestätigte Pitt. »Aber der Boss bei der NUMA, Admiral James Sandecker, war früher bei der Kriegsmarine der Vereinigten Staaten tätig. Er ist immer noch Admiral, auch wenn er seit seiner vorzeitigen Pensionierung keinen militärischen Rang mehr bekleidet.«

»Warum weiß Admiral Sandecker denn nichts von diesem Flug?«

»Weil er ein Geizhals ist, der eine unüberwindbare Abneigung gegen kostenaufwendige Geheimprojekte hat, die nicht mit der Militärbürokratie abgestimmt sind«, gab Pitt zur Auskunft.

»Wollen Sie damit sagen, daß Giordino mit dem Lastenflugzeug und der Spezialausrüstung von Washington bis hierher geflogen ist, ohne daß die Leitung der NUMA Bescheid weiß, und ohne daß Sie die Suche nach dem Wrack eines Militärflugzeugs mit der Marine abgestimmt haben?«

»Sie haben es erraten, Steiger.«

»Wir sind schon ganz schöne Schlitzohren«, bemerkte Giordino mit schuldbewußtem Pokergesicht. »Es ist wie beim Seitensprung. Erst wenn's verboten ist, macht einem die Sache so richtig Spaß.«

»Sie sollten sich da nicht mehr Sorgen als nötig machen, Steiger«, warf Pitt ein. »Ein Projekt wie dieses hier läßt sich auf dem offiziellen Wege gar nicht durchführen. Das Ganze erstickt im Dschungel der Bürokratie. Sie kennen doch selbst das Militär.«

»Was Sie hier anzetteln, Pitt, ist einfach unglaublich«, sagte Steiger mit leiser Stimme und unbewegtem Gesicht. »Es ist unvernünftig, riskant und illegal. Und es bringt mich vor das Kriegsgericht. Ich bin der Komplize!«

»Nur wenn die Sache auffliegt«, sagte Pitt mit virtuoser Beiläufigkeit, als ob es sich um die Benutzung einer Straßenbahn ohne gültigen Fahrschein handelte. »Wenn Sie beide jetzt die Ausrüstung im Laderaum loszerren würden. Ich gehe und hole den Jeep.« Steiger und Giordino sahen ihm nach, wie er, scheinbar gutgelaunt, zum nahen Parkplatz hinüberging.

»Kennen Sie und Pitt sich schon lange?« fragte Steiger, als Pitt außer Hörweite war.

»Das kann man wohl sagen. Wir waren im College in der gleichen Klasse. Haben uns ganz schön viel verdroschen damals.«

»Sie haben ihm als der Kräftigere gezeigt, was eine Harke ist, nehme ich an...«

»Das ist mir leider nicht gelungen«, grinste Giordino. Er öffnete die Tür zum Laderaum der Frachtmaschine. »Einmal dachte ich fast, ich hätte ihn kleingekriegt. Ich hatte ihm tüchtig eins auf die Nase gegeben, so daß er blutete. Und außerdem hatte ich ihm ein herrliches Veilchen am Auge beigebracht. Als ich schon dachte, ich wäre der Sieger, trat mir der Bursche vom Boden her so fest in die Eier, daß ich eine Woche lang nicht gehen konnte.«

»Das klingt ein bißchen so, als ob er heimtückisch ist, als ob er nicht offen kämpft.«

»Nein«, entgegnete Giordino und kniete sich auf die Ladefläche, um den Knoten eines Seils zu lösen. »Pitt ist nur bekannt dafür, daß er auch aus einer ziemlich beschissenen Situation heraus wieder auf die Beine kommt. Es macht ihm Spaß, Probleme zu lösen, an denen andere scheitern, auch wenn er in der Wahl der Mittel etwas unkonventionell ist. Aber er tut nichts Unrechtes. Er hat ein Herz für Kinder und Tiere, und er ist der Typ, der alte Damen am Arm nimmt und die Treppe raufbringt, damit sie nicht stolpern. Soweit ich weiß, hat Pitt noch nie in seinem Leben einen Cent geklaut. Er liebt das Leben hart und gefährlich, das ist alles.«

»Meinen Sie nicht, daß er diesmal zu weit gegangen ist?«

»Sie meinen seine fixe Idee mit diesem Geisterflugzeug?«

»Genau.«

Giordino, der gegrinst hatte, wurde ernst. »Ich will Ihnen mal etwas sagen, Mr. Steiger. Und Sie können mir später sagen, ob ich recht behalten habe oder nicht. Wenn Pitt behauptet, es gäbe einen Weihnachtsmann und morgen sei Bescherung, dann tun Sie gut daran, sich ein Paar möglichst große Stiefel zu kaufen und vor die Wohnungstür zu stellen. Verstehen Sie, was ich meine?«

Steiger schüttelte den Kopf und seufzte. Dann bedeckte er seine Augen mit der rechten Hand. Es war, als ob er einen Traum verscheuchen wollte, der zu einem Alptraum zu werden droht.

9

Pitt lag auf den Knien in dem sanft schaukelnden Ruderboot aus Aluminium. Ein mit Batterie betriebenes kleines Fernsehgerät mit milchiger Sichtscheibe stand neben ihm. Weiter vorne im Boot saß Steiger, er ruderte. In einem zweiten Boot, in sechs Meter Entfernung, saß Giordino. Sie konnten ihn kaum sehen, weil er hinter einer breiten Front von übereinandergestapelten elektronischen Geräten nahezu verborgen war. Auch Giordino ruderte und bemühte sich, sein Boot in gleichbleibender Entfernung zu Pitt und Steiger zu halten. Aufmerksam beobachtete er das dicke Kabel, das von den elektronischen Geräten auf seinem Boot ins Wasser hinunterhing und an dessen Ende eine wasserdichte Fernsehkamera befestigt war. Langsam glitten die beiden Boote über den See, während die Fernsehkamera in Bodennähe über den Seegrund gezogen wurde.

»Sagt mir bitte Bescheid, wenn ein guter Horrorfilm auf eurem Sichtschirm erscheint«, rief Giordino zum anderen Boot hinüber und gähnte.

»Rudere schneller!« antwortete ihm Steiger. »Sonst stoßen wir zusammen.«

Pitt beteiligte sich nicht an dem Wortwechsel. Seine ganze Aufmerksamkeit galt dem Sichtschirm, dessen Bild er trotz des schaukelnden Bootskörpers genau verfolgte. Ein kalter Wind kam von den Bergen, erreichte den See und kräuselte dessen Oberfläche. Giordino und Steiger, beide keine geübten Ruderer, hatten Schwierigkeiten, die beiden Boote im richtigen Abstand voneinander und auf dem von Pitt vorgegebenen Kurs zu halten.

Seit dem frühen Morgen waren sie nun auf dem See. Die einzigen Objekte, die als entsprechende Konturen auf dem Fernsehschirm sichtbar geworden waren, waren verschlammte Felsbrocken gewesen, vermoderte Baumstämme, die vor Generationen ins Wasser gesunken waren, und Forellen, die vor dem herangleitenden Kameraauge jeweils einen respektvollen Bogen vollführten.

»Wäre es nicht besser gewesen, wir wären mit einer Tauchausrüstung auf den Grund des Sees hinabgestiegen?« unterbrach Steiger den geduldig vor dem Sichtgerät kauernden Pitt. Der rieb sich mit der Hand über die schmerzenden Augen. »Nein«, sagte er dann. »Mit der Fernsehkamera schaffen wir viel mehr als im

Taucheranzug. Sie müssen bedenken, daß der See immerhin sechzig Meter tief ist. Ein Taucher kann in dieser Tiefe nur eine sehr begrenzte Zeit arbeiten. Unterhalb zwanzig Meter Tauchtiefe sinkt die Wassertemperatur auf Werte nahe dem Gefrierpunkt. Bei dieser Kälte kann man froh sein, wenn man es zehn Minuten lang aushält und trotzdem lebend wieder hochkommt.«

»Aber was machen wir denn, wenn wir etwas finden?«

»Dann ziehe ich einen Tauchanzug an und sehe mir die Sache vor Ort an. Aber nicht eine Sekunde eher.«

Auf dem kleinen Monitorschirm des Gerätes erschienen jetzt die Umrisse eines merkwürdigen Gebildes. Pitt beugte sich vor, um besser zu sehen, wobei er das störend einfallende Tageslicht mit einem schwarzen Tuch abschirmte. »Endlich kriegt Giordino seinen Horrorfilm zu sehen«, sagte er.

»Was ist es?« fragte Steiger aufgeregt.

»Sieht aus wie die Überreste eines alten Blockhauses.«

»Ein Blockhaus auf dem Seeboden?«

»Sehen Sie selbst!«

Steiger beugte sich über Pitts Schulter und starrte auf den Fernsehschirm. In der Tat erfaßte die Kamera, die in einer Tiefe von 46 Metern unter der Wasseroberfläche gehalten wurde, im eisigen Wasser die Umrisse eines Blockhauses. Die blassen Strahlen der Herbstsonne, die durch die bewegte Oberfläche des Sees bis in die Tiefe fielen, tauchten das seltsame Gebilde am Grunde des Bergsees in ein geisterhaft anmutendes Licht.

»Wie zum Teufel kommt ein Blockhaus mitten in den See?« wunderte sich Steiger.

»Das ist nicht so schwer zu erklären«, erklärte Pitt. »Der Table Lake wurde von Menschenhand angelegt. Bis zum Jahre 1945 war hier nur ein Flußbett. Dann wurde das Wasser mit Hilfe eines Damms gestaut, so daß dieser See entstand. Zu den Gebäuden, die damals überflutet werden mußten, gehörte auch eine Sägemühle. Das Blockhaus, das wir hier auf dem Sichtschirm haben, diente vermutlich den Arbeitern der Sägemühle als Wohnlager.«

Giordino kam herangerudert, um auch einen Blick auf den Schirm des Monitors zu werfen. »Sieht fast aus wie neu«, bemerkte er, als er das Blockhaus sah. »Man vermißt sozusagen nur noch das Schild ›zu verkaufen‹.«

»Das Blockhaus ist für sein Alter noch sehr gut erhalten«, pflichtete ihm Steiger bei.

»Kein Wunder bei dieser niedrigen Wassertemperatur«, sagte

Pitt. »Die Kälte wirkt konservierend. Soweit dein Horrorfilm, Giordino. Es geht weiter! An die Arbeit!«

»Wieviel Stunden sollen wir hier noch herumgondeln?« fragte Giordino. »Ich hätte Lust auf ein gutes Essen und auf eine gute Flasche Whisky.«

»Wir haben noch ein paar Stunden, bis es dunkel wird«, sagte Steiger. »Geh in dein Boot und rudere. Ich sag' dir Bescheid, wenn du aufhören kannst.«

»Wohin bin ich geraten!« stöhnte Giordino mit gespielter Hilflosigkeit. »Ich bin von Sklaventreibern umgeben. Was meinen Sie, Captain Bligh?« Er schaute zu Pitt. »Kann ich die Kamera raufziehen oder nicht?«

»Nein, laß sie draußen. Wir ziehen sie hinter uns her, bis zum Ufer.«

»Heimwärts also?«

Pitt nickte. Giordino ruderte einen Halbkreis. Langsam bewegten sich die beiden Boote sodann auf das Ufer des Sees zu.

Steiger betätigte die Ruder von Pitts Boot. Er saß hinten. »Ihre Theorie von dem Geisterflugzeug, das sich penetrant auf dem Boden eines Bergsees verborgen hält, hat sich bisher in keiner Weise erhärtet«, sagte er, zu Pitt gewandt. »Wir haben zweimal die tiefsten Stellen in der Mitte des Sees abgesucht. Das einzige, was wir davon haben, ist ein gehöriger Muskelkater vom Rudern. Sie sollten den Tatsachen ins Auge sehen, Pitt! Das einzig Interessante in diesem See sind die Fische, die drin schwimmen.«

Pitt sah Steiger an, als ob ihn das soeben Gesagte auf eine Idee gebracht hätte. »Giordino!« rief er. »Rudere zu dem alten Angler hinüber, der dort hinten am Ufer steht!«

Giordino drehte sich um und spähte suchend in die Richtung, die Pitt ihm mit der Hand anwies. Dann nickte er schweigend und änderte den Kurs seines Bootes. Steiger folgte ihm im Kielwasser.

Nach ein paar Minuten kamen sie in Rufweite des Anglers, den Pitt gemeint hatte. Er stand, mit langen Stiefeln versehen, bis zu den Knien im Wasser und war gerade dabei, fachmännisch einen Köder am Angelhaken zu befestigen, den er zu diesem Zweck auf einen großen Stein gelegt hatte, der aus dem Wasser herausragte.

»Wie steht's mit dem Anglerglück heute?« fragte Pitt, als sie nahe genug heran waren.

»Nicht sehr rosig«, war die Antwort.

»Angeln Sie oft im Table Lake?«

»Jeden Sommer ein paar Tage, das aber seit zwanzig Jahren.«

»Gibt es einen Bereich im See, wo man beim Angeln oft die Schnüre oder den Angelhaken einbüßt?«

»Sie meinen, wo es Untiefen gibt, in denen sich der Angelhaken verheddert, so daß die Schnur abreißt?«

»Ja.«

»In der Nähe vom Damm liegen ein paar vermoderte Baumstämme auf dem Seeboden. Dort sind schon manche Angelhaken steckengeblieben.«

»In welcher Tiefe liegen die Stämme?«

»Drei bis vier Meter höchstens.«

»Ich bin auf der Suche nach einem Unterwasserhindernis, das wesentlich tiefer liegt«, sagte Pitt.

Der Angler schien nachzudenken. »Am nördlichen Ende des Sees, dort wo der Sumpf beginnt, ist ein tiefes Loch«, sagte er nach einer Weile. »Dort habe ich im vergangenen Sommer einige meiner teuersten Angelhaken eingebüßt. Die Sache ist verlockend, weil in diesem Loch die größeren Fische schwimmen, insbesondere wenn das Wetter sehr heiß ist. Trotzdem würde ich Ihnen nicht empfehlen, dort Ihr Glück zu versuchen. Es sei denn, Sie haben Aktien in einem Unternehmen, das Anglerbedarf herstellt.«

»Ich danke Ihnen für Ihren guten Rat«, sagte Pitt und winkte dem Angler Lebewohl. Der widmete sich wieder seinem Köder und dem Angelhaken, dann sahen die Männer in ihren Booten, wie er die Angel auswarf und wenig später einen mittelgroßen Fisch herauszog.

»Du hast ja gehört, Giordino, wo's hingeht!« sagte Pitt aufmunternd. Giordino zuckte die Achseln. Er warf einen sehnsuchtsvollen Blick auf die nahe Anlegestelle und einen weniger begeisterten Blick auf das nördliche Ende des Sees, von dem der Angler gesprochen hatte. Die Strecke, die bis dahin zu rudern war, betrug immerhin über einen Kilometer. Er verkürzte das Kabel, an dem die Unterwasserkamera hing, damit das teure Gerät bei der Fahrt über eventuelle Untiefen nicht auf den Seegrund aufkommen konnte. Dann zog er sich die Handschuhe gerade, die er gegen die Kälte angelegt hatte, und ergriff die Ruder. Auch Steiger schien nicht sehr angetan von Pitts plötzlicher Eingebung, die Suche nach dem Flugzeugwrack nun noch auf einen wenig erfolgversprechenden Bereich des Sees, nämlich auf die sumpfigen Stellen und irgendwelche Löcher auszudehnen. Er schwieg, aber der Blick, den er Pitt zusandte, sprach Bände.

Sie brauchten eine halbe Stunde, um trotz des böigen Gegenwinds, der sich erhoben hatte, an die gewünschte Stelle des Sees zu gelangen. Steiger und Giordino ruderten schweigend und verbissen. Giordino, weil er es sich seit seiner gemeinsamen Schulzeit mit Pitt abgewöhnt hatte, an dessen unerforschlichen Ratschlüssen herumzumäkeln, und Steiger, weil er sich von dem jüngeren Giordino nicht übertreffen lassen wollte. Pitt saß während der ganzen Strecke wie festgenagelt am Schirm des Monitors. In unregelmäßigen Abständen gab er Tiefenkorrekturen zu Giordino durch, der entsprechend Pitts Weisungen die Länge des Fernsehkabels veränderte.

Je näher sie zu der sumpfigen Stelle am Nordende des Sees kamen, um so geringer wurde die Wassertiefe. Dann auf einmal wichen die Wasserpflanzen, die auf dem Monitor sichtbar gewesen waren, zur Seite, und eine schwarze, unergründliche Tiefe tat sich vor ihnen auf. Sie stoppten die Fahrt der Boote, um in Ruhe die Kamera in das nachtdunkle Loch herabzulassen. Sobald das Kabel lang genug durchhing, begannen sie die Boote mit leichten Ruderschlägen vorsichtig weiterzubewegen.

Sie waren erst wenige Meter dahingeglitten, als sich die Umrisse eines seltsam geformten Objektes auf dem Sichtschirm abzeichneten. »Stop!« befahl Pitt.

Steiger war aufgesprungen. Auch Giordino in dem anderen Boot sah neugierig herüber. In Pitts Stimme war etwas gewesen, das ihm verriet, daß die Suche nach dem Wrack jetzt in eine entscheidende Phase getreten war.

Langsam schwenkte die Fernsehkamera inmitten der eisigen Tiefe auf das mysteriöse Objekt zu. Immer klarer wurde das Bild auf dem Monitor. Pitt saß wie zur Salzsäule erstarrt vor dem Sichtgerät, als das Militäremblem der amerikanischen Luftwaffe, ein großer weißer Stern auf dunkelblauem Grund, ins Bild kam. Ungeduldig wartete er darauf, daß die Kamera in der Tiefe ihre Erkundungsfahrt fortsetzte. Sein Mund war trocken vor unterdrückter Erregung.

Giordino war herangerudert und kam längsseits. Auch Steiger, der im hinteren Teil des Bootes, außer Sichtweite des Monitors, stand, hatte bemerkt, daß etwas Außergewöhnliches vor sich gegangen sein mußte. Er hob den Kopf und sah auskunftheischend zu Pitt hinüber. »Was gibt's zu sehen?«

»Ein Flugzeug mit militärischen Kennzeichen«, antwortete Pitt etwas knapp. Er hatte Mühe, seine Nervosität zu verbergen.

Steiger kam nach vorn geklettert und starrte ungläubig auf den

Monitor. Die Kamera in der Tiefe hatte die Tragflächen des Wracks passiert und glitt nun in Sichtweite des Rumpfes die Maschine entlang. Eine auf den Rumpf gepinselte Aufschrift wurde lesbar: MILITARY AIR TRANSPORT SERVICE.

»Eine militärische Frachtmaschine«, sagte Giordino atemlos. »Läßt sich das Flugzeugmodell erkennen?« fragte Steiger. Pitt schüttelte den Kopf. »Noch nicht«, sagte er. »Die Kamera hat beim ersten Schwenk die Motoren und die Flugzeugnase verfehlt, an denen man das Modell identifizieren könnte. Nur der Flügel und eine Seite des Rumpfes waren zu sehen. Jetzt kriegen wir gleich den Schwanz der Maschine ins Visier.«

»Auf der vertikalen Schwanzflosse müßte die Seriennummer des Flugzeugs zu lesen sein«, sagte Steiger. Es klang, als ob er betete.

Eine sonderbare Faszination hatte die Männer ergriffen, während sie das Bild betrachteten, das die Kamera in der eisigen Tiefe unter ihnen aufnahm. Das Flugzeug war tief in den Schlamm auf dem Seegrund eingesunken. Hinter den Flügeln zeigte der Rumpf eine klaffende Öffnung, der Schwanz der Maschine war in leichtem Winkel abgebogen.

Vorsichtig tauchte Giordino die Ruder ein und zog die am Fernsehkabel hängende Kamera auf einen neuen Kurs, der ihnen eine bessere Sicht auf das Wrack erlaubte. Der Bildempfang auf dem Monitor war jetzt so klar, daß sie fast die Nieten in der Aluminiumhaut des Wracks erkennen konnten. Genau dieses Wrack hatten sie zu finden gehofft. Jetzt aber, da es gefunden schien, kam ihnen das Bild, das die Kamera aus der Tiefe sendete, wie eine unwirkliche Täuschung vor.

Die Kamera peilte jetzt noch einmal die Schwanzpartie des Wracks an, die beim ersten Schwenk nicht gut zu sehen gewesen war. Die drei Männer hielten ihren Atem an, als die Serien-Nummer der vertikalen Schwanzflosse ins Bild rückte. Behutsam drehte Pitt an der Scharfeinstellung der Optik, um die Nummer genau ins Bild zu bekommen. Zahlen wurden sichtbar, zuerst eine 7, dann eine 5, dann eine 4, gefolgt von einer 0 und einer 3. Als ob er nicht glauben könnte, was da vor ihnen über den Bildschirm flimmerte, starrte Steiger zu Pitt hinüber. Sein Blick war glasig wie der eines Nachtwandlers. »Das ist doch unmöglich!« stammelte er mit leiser Stimme. »Null drei! Es *kann* einfach nicht die Cargo 03 sein! Und trotzdem steht es da geschrieben.«

»Wir müssen es wohl glauben«, antwortete ihm Pitt und bemühte sich, in seiner Stimme keinen Triumph durchklingen zu lassen. Giordino kam neben ihn und schüttelte ihm die Hand. »Ich hatte nie daran gezweifelt«, versicherte er.

»Dein Vertrauen ehrt mich«, quittierte Pitt das Lob, etwas förmlich.

»Wie geht's weiter?« fragte Giordino. »Wir lassen eine Markierungsboje über der Fundstelle und machen für heute Schluß. Morgen tauchen wir und sehen uns einmal an, was wir im Innern des Wracks vorfinden.«

Sie setzten die Boje aus und ruderten zur Anlegestelle zurück. Immer noch schien Steiger fassungslos. »Es kann einfach nicht die Cargo 03 sein«, murmelte er. »Es kann nicht sein!«

Trotz der sehr kühlen Morgenluft schwitzte Pitt in dem nassen Tauchanzug. Er prüfte sein Atemgerät, dann gab er Giordino das Handzeichen, daß alles in Ordnung war, und ließ sich über die Kante des Boots ins Wasser plumpsen. Das Wasser, das sofort den Zwischenraum zwischen seiner Haut und dem dicken Neopren-Anzug zu füllen begann, war so eisig, daß es ihm fast einen Schock versetzte. Er verharrte einige Augenblicke lang dicht unter der Wasseroberfläche, kämpfte gegen ein aufsteigendes Angstgefühl und wartete darauf, daß sein Körper die hauchdünne Wasserschicht zwischen Anzug und Haut aufheizte. Nachdem die Temperatur erträglich geworden war, machte er seine Ohren frei, indem er, Mund und Nase geschlossen, die Luft nach außen preßte. Mit ein paar kräftigen Schlägen der Flossen an seinen Füßen begann er dann den Abstieg in jene seltsame nasse Welt, in der Wind und Lärm unbekannt waren. Neben sich konnte er die Leine der am Vortag verankerten Markierungsboje erkennen. Er folgte ihr in die düstere Tiefe.

Er wußte nicht, wieviel Sekunden vergangen waren, als der Seegrund wie eine geheimnisvolle Wolke von unten auf ihn zuschwebte. Die rechte Fußflosse bohrte sich beim Aufkommen in den Schlamm. Es entstand eine schmutzige, pilzförmige Wolke, die ihn entfernt an den Rauchpilz einer Öltankerexplosion erinnerte, wie man sie hoch vom Suchflugzeug aus, wahrnahm.

Dirk Pitt betrachtete den Tiefenmesser, den er am Handgelenk trug. Wie er feststellte, befand er sich in 37 Meter Tiefe. Er würde sich ungefähr zehn Minuten lang in dieser Tiefe aufhalten können, ohne sich über die Dekompressionszeiten beim Wiederauftauchen Sorgen machen zu müssen.

Als Haupthindernis in dieser Tiefe erwies sich die außerordentlich niedrige Wassertemperatur. Pitt spürte, wie der unerbittliche, eisige Druck seine Konzentration und sein Leistungsvermögen drastisch beeinträchtigte. Er wußte, daß er keine Chance hatte, mit seiner Körperwärme länger als zehn Minuten gegen diese Kälte anzukommen. Seine Energie würde bis zur äußersten Grenze beansprucht werden und schließlich einer lähmenden Müdigkeit Platz machen.

Die Sichtweite in dieser Tiefe war gering, sie betrug nur zweieinhalb Meter. Dies war jedoch ein Faktor, der den Taucher nicht sonderlich behinderte. Der Anker der Markierungsboje war in nur etwa einem Meter Entfernung von dem versunkenen Flugzeugwrack niedergegangen, Pitt brauchte nur die Hand auszustrecken, um die metallene Oberfläche, die in einem unheilvoll düsteren Licht schimmerte, zu berühren. In den Stunden vor dem Abstieg hatte er darüber nachgedacht, welche Empfindungen er bei der Erkundung des geheimnisvollen Wracks haben würde. Er war ziemlich sicher gewesen, daß ihn, einmal allein in der Tiefe, ein Gefühl der Angst vor dem Unbekannten übermannen würde. Statt dessen schien für ihn ganz einfach ein langehegter, tiefempfundener Wunsch in Erfüllung zu gehen. Es war das Gefühl, am Ende einer langen und erschöpfenden Reise zu stehen.

In geringer Entfernung glitt er über die mächtigen Motoren der Cargo 03 hinweg. Die metallenen Blätter der großen Propeller waren anmutig, wie die Blütenblätter einer Margerite, nach hinten gebogen. Nie wieder, so ging es Pitt durch den Kopf, würden diese Motoren die kraftvolle Wärme der Verbrennungskammern spüren. Vorsichtig schwamm er auf das Cockpit zu. Wie er feststellte, war das Glas der Kanzel unversehrt, aber mit einer Schlammschicht bedeckt, die den Blick in das Innere verwehrte.

Zwei Minuten der kostbaren Zeit, die ihm für seine Arbeit zur Verfügung stand, hatte er bereits verbraucht, er mußte sich beeilen. Entschlossen schwamm er auf die geborstene Öffnung zu, die sich am Rumpf der Maschine, unmittelbar hinter dem Ansatz der Tragflächen, auftat. Behutsam quetschte er sich an den gezackten Rändern des Metalls vorbei in die Öffnung und schaltete seine Unterwasserleuchte an.

Das erste, was Pitt in der geisterhaften Düsternis des Frachtraums ausmachen konnte, war ein Stapel großformatiger mattsilbrig glänzender Kanister. Die Verschnürung, mit der die Kanister beim Transport gesichert gewesen waren, war beim Absturz der

Maschine zerrissen, so daß diese in einem chaotischen Durcheinander über den Boden des Frachtraums verstreut lagen. Achtsam schlängelte sich Pitt mit einigen wenigen Flossenschlägen an den aufragenden Stapeln der Metallbehälter vorbei. Dann durchschwamm er die offenstehende Verbindungstür vom Frachtraum zum Cockpit.

Auf den vermoderten Sitzen im Cockpit saßen vier Skelette, die von Nylongurten in grotesk anmutenden Positionen gehalten wurden. Der Navigator hatte seine knöchernen Finger zur Faust geballt. Das Skelett des Flugingenieurs war nach hinten zurückgelehnt, der gelbschimmernde Schädel war, als ob der Tote über etwas Wichtiges nachsänne, zur Seite gekippt.

Pitt hatte das Gefühl, als ob ihm eine unbekannte bedrohliche Macht die Kehle zuschnüre. Wie in einem Alptraum, in dem er zu quälender Tatenlosigkeit verurteilt war, beobachtete er, wie die Luftblasen aus seinem Atemgerät quollen, nach oben stiegen und sich an der Decke des Cockpits zu einer bleiern schimmernden Blase zusammenballten. Was die Szene besonders gespenstisch machte, war die Tatsache, daß das Fleisch der vier Skelette völlig verwest war, während das Textilgewebe der Uniformen die vielen Jahre anscheinend unbeschadet überstanden hatte. Das eiskalte Wasser hatte den Zersetzungsprozeß des synthetischen Materials aufgehalten, so daß die Toten immer noch so akkurat angezogen waren, wie sie es bei ihrem Tode vor Jahrzehnten gewesen waren.

Der Kopilot saß steif und aufrecht. Die knöchernen Kiefer seines Totenschädels waren wie zu einem lautlosen Schrei geöffnet. Neben ihm saß, leicht vornübergebeugt, das Skelett des Piloten, dessen Stirn fast das Instrumentenbord berührte. Ein kleines Metallschildchen ragte aus der offenstehenden Uniformtasche. Pitt nahm es vorsichtig heraus und steckte es in einen der Ärmelaufschläge seines Tauchanzuges. Neben dem Sitz des Piloten lag eine Plastikmappe, die Pitt ebenfalls an sich nahm.

Ein prüfender Blick auf seine Uhr zeigte ihm, daß seine Tauchzeit ihrem Ende zuging. Ohnehin sehnte er sich danach, aus dem nassen und eisigen Grabgewölbe der Cargo 03 wieder zu den wärmenden Strahlen der Sonne emporzuschwimmen. Kälte und Müdigkeit krochen in seine Glieder und begannen seine Reaktionsfähigkeit zu trüben. Träumte er? Er hätte geschworen, daß die vier Skelette sich, während er die Plastikmappe vom Boden barg, bewegt hatten und ihn nun aus den feindlich-kalten Augenhöhlen ihrer Totenschädel musterten.

Nichts wie nach oben! Mit kräftigen Schlägen seiner Flossen schwamm Pitt aus dem Cockpit in die Frachtkabine, durch die er in das Wrack eingedrungen war, zurück. In diesem Augenblick bemerkte er einen skelettierten menschlichen Fuß, der mit mehreren Schnüren an die Sicherungsringe im Boden des Frachtraums gebunden worden war. Im Unterschied zu den vier Skeletten im Cockpit waren an dem Skelett, das zu diesem Fuß gehörte, noch Überreste menschlichen Gewebes zu erkennen.

Pitt kämpfte gegen die lähmende Befangenheit, die sich um seinen Brustkorb zu legen schien. So aufmerksam er konnte, betrachtete er die Überreste von dem, was einst ein Mensch aus Fleisch und Blut, mit all seinen Hoffnungen und Ängsten, gewesen war. Der Tote trug keine Luftwaffenuniform, sondern einen Khakianzug. Pitt durchsuchte die Taschen des Anzugs, sie waren leer.

Dann ergriff ihn Panik. Wo war er? Warum war er noch hier unten? Alle Kraft schien aus seinem unterkühlten Körper gewichen. Es war ein Gefühl, als ob er sich in zähflüssigem Sirup bewegte. Was war schon dabei, wenn er dem Fingerzeig des Schicksals folgte und sich für immer zu den fünf Skeletten ins nasse Grab der Cargo 03 gesellte? Mühsam, wie durch einen Nebelvorhang hindurch, versuchte er seine Orientierung wiederzuerlangen. Richtig, dort, wo die silbrige Kette der ausgeatmeten Luftblasen hinwies, mußte oben sein.

Erleichtert wandte sich Pitt von dem fünften Skelett, das er entdeckt hatte, ab und schwamm durch die klaffende Öffnung des Wracks ins Freie. In wenigen Sekunden stieg er nach oben. Als er nur noch drei Meter von der Wasseroberfläche entfernt war, konnte er den Kiel des Bootes erkennen, das sanft im Wasser schwankte und das Licht der seitlich einfallenden Sonnenstrahlen wie ein Traumobjekt in einem surrealistischen Film reflektierte. Neben dem Rumpf des Bootes war Giordinos Kopf zu erkennen, der durch die Launen der Spiegelung vom Körper getrennt schien und ähnlich dem guillotinierten Schädel eines Geköpften ins Wasser stierte.

Mehr durch den Auftrieb als durch eigene Kraft kam Pitt an die Oberfläche. Er hatte keine Energie mehr, um sich an den Rudern festzuklammern, die ihm entgegengestreckt wurden. Mit vereinten Anstrengungen hoben ihn Giordino und Steiger ins Boot. Pitt fühlte sich hilflos wie ein kleines Kind, das auf die Wickelkommode gehoben wird.

»Kommen Sie, Steiger! Wir müssen ihm unbedingt sofort den Tauchanzug ausziehen«, rief Giordino.

»Um Gottes Willen, er ist ja ganz blau vor Kälte!«

»Er hat noch Glück gehabt«, murmelte Giordino. »Wenn er noch fünf Minuten länger untengeblieben wäre, hätten wir ihn nur noch als Leiche wiedergesehen.«

»Tritt der Tod in einem solchen Fall eigentlich wegen Sauerstoffmangel ein?« fragte Steiger, während er Pitts Körper von dem zäh am Körper haftenden Tauchanzug befreite.

»Durch Unterkühlung«, antwortete Giordino. »Ich habe mehrere Taucher erlebt, die an Unterkühlung gestorben sind.«

Pitt stöhnte und schlug die Augen auf. Er zitterte vor Kälte. »Ich... wünsche keine... Autopsie«, stammelte er, in einem heroischen Versuch, noch nahe der Bewußtlosigkeit Humor zu beweisen. »Ich bin... noch nicht tot, und... ich habe das Recht, über... meinen eigenen Körper zu verfügen.«

Dann war der Neopren-Anzug herunter. Sie massierten die Haut des Tauchers, bis sichtbar wurde, daß die Durchblutung wieder funktionierte. Dann hüllten sie ihn in dicke Wolldecken. Pitt spürte, wie die Lebensgeister langsam zurückkamen. Er genoß die wärmenden Strahlen der Sonne auf seinem Gesicht und trank hoffnungsvoll einen großen Becher Kaffee aus der Thermosflasche, wobei er sich darüber klar war, daß die belebende Wirkung des heißen Getränks mehr psychologisch als körperlich bedingt war.

»Du Dummkopf!« schimpfte Giordino und war bemüht, seine Stimme ärgerlich klingen zu lassen, damit sie nichts von der Besorgnis, die er fühlte, verriet. »Du tauchst wie jemand, der zum erstenmal nach unten geht. Du bist viel zu lange unten geblieben! Du wußtest doch, daß das Wasser auf dem Grunde des Sees nahe dem Gefrierpunkt ist. Hast du wirklich geglaubt, du kannst da unten in aller Ruhe spazierengehen?«

Pitt antwortete mit einer Grimasse.

»Was haben Sie im Wrack gefunden?« fragte Steiger besorgt.

Pitt setzte sich auf und schüttelte den Kopf, so als ob er die restlichen Nebelschwaden, die seinen Geist beeinträchtigten, verscheuchen wolle.

»Ich glaube, ich habe eine Plastikmappe von unten raufgebracht«, sagte er erschöpft. »Wo ist sie?«

»Hier!« sagte Giordino und schwenkte die nasse Plastikmappe vor Pitts Augen hin und her. »Als du raufkamst, hattest du die

Mappe so fest umklammert, als ob du sie nie wieder loslassen wolltest.«

»Hatte ich nicht auch eine kleine Metallplakette bei mir?«

»Hatten Sie«, bestätigte Steiger. »Hier ist sie. Sie fiel aus dem Ärmel des Tauchanzugs heraus, als wir Sie auszogen.«

Pitt lehnte sich an die Wandung des Boots und schlürfte an seinem dampfenden Kaffee. »Der Frachtraum der Maschine ist vollgepackt mit großen Kanistern. Scheinen aus rostfreiem Stahl zu bestehen, sonst wären sie nicht so gut erhalten. Keine Ahnung, was drin ist. Die Kanister sind nicht beschriftet.«

»Welche Form haben sie?« fragte Giordino.

»Sie sind zylindrisch.«

Steiger dachte nach. Dann zuckte er die Achseln. »Ich kann mir wirklich nicht vorstellen, welcher Art eine militärische Ladung sein könnte, die in rostfreien Stahlbehältern befördert werden muß.« Ein neuer Gedanke schien von Steiger Besitz zu ergreifen. Er sah Pitt eindringlich an. »Was war mit der Mannschaft?«

»Die sitzen immer noch festgeschnallt in ihren Sitzen. Zumindest das, was nach all den Jahren noch von ihnen übrig ist.«

Vorsichtig begann Giordino jetzt, die verklebte Plastikmappe an einer Seite aufzuschlitzen. »Vielleicht sind die Papiere noch lesbar«, bemerkte er. »Ich werde jedenfalls versuchen, die Blätter voneinander zu trennen und oben in der Berghütte zu trocknen.«

»So wie die Mappe aussieht, könnte sie den Flugplan der Cargo 03 enthalten«, sagte Steiger. »Es gibt übrigens heute noch eine Reihe von alten Luftwaffen-Piloten, die diesen vorsintflutlichen Typus von Plastikmappe bevorzugen.«

»Wenn der Flugplan drin ist, dann müßte sich auch rauskriegen lassen, warum der Pilot so weit vom geplanten Kurs abgewichen ist.«

»Das hoffe ich auch«, sagte Steiger. »Es wäre am schönsten, wenn wir alle erforderlichen Fakten beisammen haben, bevor wir das Ganze in einem netten dicken Paket dem zuständigen Bürokraten im Pentagon auf den Schreibtisch knallen.«

»Übrigens, Steiger...«

Der Angesprochene sah Pitt fragend an.

»Es tut mir leid, wenn ich Ihre Pläne über den Haufen werfe. Aber die Papiere ans Pentagon geben – so geht das nicht!«

»Das Wrack ist gefunden und kann gehoben werden«, sagte Steiger mit fester Stimme, wobei er sich bemühte, im Ton nicht laut oder ärgerlich zu werden. Andererseits war er jedoch auch fest entschlossen, sich den Triumph, das Rätsel um ein vermißtes Geisterflugzeug gelöst zu haben, nicht entgehen zu lassen. »Was immer sich bei der Hebung des Wracks an Tatbeständen ergibt, es ist dann Sache der Regierung und des Militärs. Oder gibt es irgendeinen Grund, warum diese Stellen nicht sofort offiziell von der ganzen Sache informiert werden dürften?«

»Ja«, sagt Pitt ruhig, mit schwerer Stimme. »Es gibt ein Problem.«

»Was für ein Problem?«

»Ein Mord. Da unten ist ein Mord geschehen!«

10

Mit spitzen Fingern legte Giordino ein nasses Papier nach dem anderen auf den Küchentisch. Insgesamt waren es sechs Bögen, die er auf diese Weise zum Trocknen ausbreitete. Das kleine Aluminiumschild, das Pitt in der Uniformjacke des Piloten gefunden hatte, lag in einer chemischen Lösung, die Giordino gemixt hatte und von der er hoffte, daß sie die vorläufig noch unlesbare Gravur, die auf der Oberfläche des Schildchens zu erahnen war, wieder sichtbar machen würde.

Pitt und Steiger standen in dem an die Küche angrenzenden Wohnraum vor dem knisternden Kaminfeuer und schlürften Kaffee. Der Kamin bestand aus massiven Felssteinen, die die Hitze des offenen Feuers speicherten und auf wohltuende Weise wieder abstrahlten.

»Sind Sie sich darüber klar, welche Konsequenzen das hat, was Sie da heute auf dem Boot zu mir gesagt haben?« fragte Steiger. »Sie reden von Mord, ohne irgendeinen Beweis für solch eine schwerwiegende Behauptung in den Händen zu haben...«

»Ich glaube, ich muß Ihnen mal ein paar sehr deutliche Worte sagen, damit Sie mich auch ganz bestimmt richtig verstehen!« entgegnete ihm Pitt mit ruhiger Bestimmtheit. »Sie tun so, als ob ich irgendeine Person in der Luftwaffe der Vereinigten Staaten des Mordes beschuldigt hätte. Ich beschuldige niemanden. Alles was ich sage ist, daß hier ein Mord geschehen ist. Die Indizien sind nicht sehr vollständig, zugegeben. Trotzdem wette ich alles Geld, was ich habe, daß die Gerichtsmediziner meine Vermutung bestätigen werden. Der nur teilweise skelettierte Mann, den ich im Frachtraum bei den Metallkanistern vorfand, ist nicht vor vierunddreißig Jahren, zusammen mit der Flugzeugmannschaft, gestorben.«

»Wieso sind Sie sich dessen so sicher?«

»Es gibt klare Hinweise darauf, daß da unten ein geheimnisvolles Drama vor sich gegangen ist. Zunächst einmal hat der seltsame fünfte Passagier, der anders gekleidet ist als die Mannschaft, noch Reste von Gewebe auf den Knochen, während die anderen vier Skelette blank wie Plastikgerippe aus dem Anatomieunterricht sind und offensichtlich schon seit Jahrzehnten dort unten liegen. Es steht außer Zweifel, daß dieser fünfte Mann erst viele Jahre später nach dem eigentlichen Absturz des Flugzeugs ums Leben gekommen ist. Es gibt auch keine harmlose Erklärung dafür, warum das fünfte Skelett mit Händen und Füßen an die eisernen Halteringe auf dem Boden des Laderaums festgebunden ist. Man braucht wenig Phantasie, um sich vorzustellen, daß hier offensichtlich eine Gangsterbande miteinander abgerechnet hat.«

»Ihre ganze Theorie klingt sehr melodramatisch, wie das Drehbuch zu einem Mafia-Film aus den dreißiger Jahren.«

»Was ich sage, ergibt sich logisch aus dem, was man da unten vorfindet, egal ob man Mafia-Filme mag oder nicht«, beharrte Pitt. »Mord bleibt Mord, auch wenn die Begleitumstände noch so melodramatisch aussehen.«

Steiger schüttelte den Kopf. »Lassen Sie uns doch einmal davon ausgehen, was wir mit Sicherheit wissen! Da unten im Bergsee liegt ein Flugzeugwrack mit der Seriennummer 75403. Dieses Wrack müßte eigentlich irgendwo im Pazifik verschwunden sein. Aber das ist es nicht, es liegt hier, mitten in den Vereinigten Staaten. Wovon wir außerdem mit großer Sicherheit ausgehen können, ist, daß es sich bei den vorgefundenen vier Leichen tatsächlich um die Mannschaft der Cargo 03 handelt«, fuhr Steiger fort. »Was die fünfte Leiche angeht, so wird dieser Mann in den Flugbegleitpapieren nicht erwähnt. Es könnte sich um jemanden handeln, der noch in allerletzter Minute an Bord genommen wurde, zum Beispiel um einen zweiten Ingenieur oder einen Flugzeugmechaniker. Dieser Mann könnte sich dann bei dem Absturz, kurz vor dem Aufprall, an den Halteringen festgebunden haben, die eigentlich zur Verankerung der Ladung bestimmt sind.«

»Wie erklärt sich dann der Unterschied in der Uniform? Der fünfte Mann trägt Khaki, nicht das übliche Luftwaffen-Blau.«

»Ich gebe zu, daß es dafür keine rechte Erklärung gibt. Aber aus dieser ungelösten Frage abzuleiten, daß dieser Mann Jahre nach dem eigentlichen Absturz ermordet wurde, scheint mir doch sehr weit hergeholt.«

»Meine These vom Mord ist nicht so abwegig, wie Sie denken«, entgegnete Pitt sehr ernst. »Ich glaube zu wissen, wer unser geheimnisvoller fünfter Mann ist. Und wenn meine Vermutung sich bestätigt, dann steht es auch außer Zweifel, daß er durch andere Menschen gewaltsam zu Tode gebracht worden ist.«

Steiger runzelte die Stirn. »Jetzt haben Sie mich neugierig gemacht«, murmelte er. »Wer ist der Tote?«

»Der gleiche Mann, der diese Berghütte gebaut hat. Der Tote ist Charlie Smith, der Vater der Kongreßabgeordneten Laura Smith.«

Steiger schwieg. Einige Minuten lang ließ er Pitts Feststellung auf sich einwirken, wobei er über die Tragweite von Pitts Aussage und über die möglichen Verwicklungen, die das alles mit sich bringen würde, nachdachte. »Welche Beweise haben Sie für Ihre Behauptung, daß die fünfte Leiche im Wrack mit Charlie Smith identisch ist?« fragte er dann trocken.

»Es gibt eine ganze Menge Mosaiksteinchen, die meine These erhärten. Ich weiß aus sicherer Quelle, daß im Polizeibericht über den Tod von Charlie Smith festgestellt wurde, er sei bei der versehentlichen Explosion eines selbstgebastelten Sprengkörpers in die Luft geflogen. Das einzige, was je von ihm gefunden wurde, waren ein Stiefel und ein Daumen. Der perfekte Mord, finden Sie nicht? Man sollte sich das merken, für den Fall, daß man einmal selbst jemanden ungestraft um die Ecke bringen will. Es ist ganz einfach. Man bringt seinen Widersacher, egal auf welche Weise, um und versteckt seine Leiche an einer Stelle, wo sie mit Sicherheit niemand findet. Dann begibt man sich zum offiziellen Tatort und zündet dort eine mächtige Explosion. In die rauchenden Trümmer wirft man sodann ein gut identifizierbares Kleidungsstück des Opfers, zum Beispiel einen Stiefel, und außerdem einen gut identifizierbaren Körperteil des Ermordeten, einen Finger oder einen Daumen. Die Freunde des Toten kommen und identifizieren den Stiefel. Auch der Sheriff freut sich ungemein, kann er doch mit Hilfe der Fingerabdrücke sehr bald die Identität der Leiche feststellen und die ganze Akte schließen. Die ganze Sache wandert als bedauerlicher Unfall in die Kartei, und der Mörder geht froh und glücklich seinen Tagesgeschäften nach.«

»Wollen Sie damit sagen, daß dem fünften Skelett dort unten im Wrack ein Stiefel und ein Daumen fehlten?«

Pitt nickte. »So ist es.«

Es wurde halb zehn, bis Giordino die Papierbögen, die er der aus dem Wrack geborgenen Plastikmappe entnommen hatte, getrocknet hatte. Er rief Pitt und Steiger zu sich und informierte sie fachmännisch über seine Erkenntnisse, so als handele es sich bei seinen beiden Zuhörern um neugierige, aber etwas begriffsstutzige Chemiestudenten. »Wie Sie sehen, ist der Umschlag der Plastikmappe trotz der drei Jahrzehnte, die das Material unter Wasser gelegen hat, noch so gut wie neu. Das liegt daran, daß es sich bei dem für den Umschlag verwendeten Material um Vinyl, also um einen anorganischen Kunststoff handelt, der im Unterschied zu organischen Stoffen praktisch keiner Verwitterung unterliegt. Das Papier innerhalb der Plastikmappe ist organischen Ursprungs, nämlich aus Zellulose. Deshalb ist es im Laufe der Zeit zu Papierbrei geworden. Es handelte sich übrigens um Photokopien, wie aus der chemischen Zusammensetzung der restlichen Schriftspuren hervorgeht. Die Schrift selbst ist zum großen Teil verschwunden, kein Laboratorium der Erde kann sie wieder sichtbar machen. Bei drei von den sechs Blättern handelt es sich insofern um absolut hoffnungslose Fälle, auf denen kein einziger Buchstabe und keine einzige Zahl mehr zu lesen ist. Aus den restlichen Schriftspuren auf dem vierten Blatt geht hervor, daß diese Seite Wetterinformationen für den Flug enthalten haben muß. Angaben über Windrichtung, zu den Höhen, in denen der Pilot fliegen sollte, und Hinweise auf die Temperaturen der Atmosphäre sind zu entziffern. An einer Stelle ist sogar ein ganzer Satz erhalten. Und zwar: ›Aufklarende Bewölkung im Westen, jenseits der Berge‹«.

»Mit den Bergen können nur die Colorado Rockies gemeint sein«, sagte Pitt.

Steiger beugte sich vor und umklammerte nervös die Tischkante. »Startete der Flug denn nicht von Kalifornien auf das Meer hinaus?«

»Eben nicht!« sagte Pitt mit Nachdruck. »Dann hätten sie dem Pilot keine Angaben zur Wettersituation westlich der Berge mitgegeben. Die Maschine muß irgendwo im Inneren des nordamerikanischen Kontinents gestartet sein.«

»Soweit Blatt Nummer vier«, fuhr Giordino fort. »Verglichen mit den außerordentlich lückenhaften Schriftresten der ersten vier Seiten finden wir auf Seite fünf eine Reihe recht ausführlicher und wertvoller Informationen vor. Auch wenn hier und da Buchstaben fehlen, so sind doch einige Worte erkennbar. Sogar die Namen von zwei Mitgliedern der Mannschaft lassen sich entziffern. Sehen Sie selbst!« Mit diesen Worten deutete Giordino auf einen der Papierbögen, die er vor sich auf dem Küchentisch ausgebreitet hatte. Pitt und Steiger lehnten sich vor und lasen:

A rc ft omm nd r: Ma ay on V l nde

»Wenn wir die Leerstellen ausfüllen«, fuhr Giordino fort, »ergibt sich als vollständiger Text ›Aircraft commander: Major Raymond Vylander.‹«

»Hier steht auch der Name und die Rangbezeichnung des Flugingenieurs«, sagte Pitt und deutete auf eine andere Zeile des verstümmelten Textes.

»Richtig! Flugingenieur Joseph Burns«, bestätigte Giordino. »Die folgenden Zeilen sind zu lückenhaft, als daß man Vermutungen über die Bedeutung des Textes dort anstellen könnte. Aber dann kommt eine interessante Buchstabenfolge mit zwei Zahlen.« Er deutete auf den unteren Teil des Blattes, wo die Aufschrift › ode n me: ar o 03‹, zu entziffern war.

»Ich weiß, was das ist«, warf Pitt ein. »Das ist ein Codename, wie er jedem Flugzeug zugeteilt wird, das sich auf einer geheimen militärischen Mission befindet. Normalerweise wird ein Eigenname zugeteilt, dem dann noch die beiden letzten Zahlen der Seriennummer des betreffenden Flugzeugs angefügt werden.« Mit unverhohlenem Staunen sah Steiger zu Pitt hinüber.

»Solche Dinge unterliegen strikter militärischer Geheimhaltung. Wie in aller Welt haben Sie das erfahren?«

»Das hat mir einmal ein guter Freund im Pentagon erzählt«, sagte Pitt lächelnd. Steiger schwieg.

Giordino nahm den Faden wieder auf. »Wir haben also ein Flugzeug mit einem Codenamen, der mit den Ziffern 03 endet.«

»Die fehlenden Buchstaben in der Buchstabenfolge › ar o‹ lassen sich unschwer zu ›Cargo‹ ergänzen«, schlug Pitt vor. »Cargo 03. Wünscht es jemand von den Herren noch deutlicher?« Steiger schnaufte und schüttelte den Kopf.

»Es geht weiter«, sagte Giordino. »Auf dem fünften Blatt der Plastikmappe ist nur noch sehr wenig von der Schrift erhalten. Ich buchstabiere: ›E-Leerstelle-A, Rongelo 060 Leerstelle.‹«

»Wenn man das sinngemäß ergänzt, könnte das bedeuten: geplante Ankunftszeit in Rongelo 6.00 Uhr morgens«, sagte Steiger mit ungläubigem Gesichtsausdruck. »Aber wo zum Teufel liegt Rongelo? Nach allem, was wir wissen, sollte die Cargo 03 doch in Hawaii landen...«

»Da fragen Sie mich zuviel«, sagte Giordino.

»Was steht auf Blatt Nummer sechs?« erkundigte sich Pitt.

»Auf Blatt sechs sieht's böse aus. Alles verschwommen, außer einem Datum und einem Codezeichen. Sieh's dir an!« Pitt las:

rders d te anu ry 2, 954
Aut or z d y: r lt r B s
TO SE R T COD 1 A

Steiger dachte nach und bewegte abwägend den Kopf. »Ich habe eine Theorie«, sagte er. Die erste Zeile könnte, sinngemäß ergänzt, wie folgt lauten: ›Befehl vom Januar 1954, folgt irgendein Datum zwischen dem zwanzigsten und dem neunundzwanzigsten.‹ Die zweite Zeile sieht so aus, als ob sie sich zu den Worten ›Authorized by‹, ergänzen ließe. Der Name des Mannes, der den Befehl ausgegeben hat, ist nicht erhalten, wohl aber einige Buchstaben der Rangbezeichnung. ›General‹ würde hinpassen.«

»Die nächste Zeile dürfte im Klartext folgendermaßen lauten«, sagte Giordino: »›Top-secret code one-A‹. Das ist übrigens die höchstrangige Codebezeichnung, die ein militärischer Befehl überhaupt kriegen kann!«

Pitt ergriff das Wort. »All das bestärkt mich in dem Verdacht, daß irgend jemand in den Chefetagen des Pentagon oder des Weißen Hauses nach dem Verschwinden der Cargo 03 wider besseres Wissen einen irreführenden Unfallbericht ausgestellt hat, um die Öffentlichkeit über den tatsächlichen Zweck des Fluges und über das ungeklärte Schicksal der Unglücksmaschine hinwegzutäuschen.«

»In meinen langen Jahren bei der Luftwaffe ist mir kein einziger Fall bekanntgeworden, in dem so etwas vorgekommen wäre«, sagte Steiger. »Warum sollte irgendeine hochgestellte Persönlichkeit im Pentagon oder im Weißen Haus eine Lüge in die Welt setzen, um die Öffentlichkeit über das Ziel und die Beweggründe für einen militärischen Routineflug hinwegzutäuschen?«

»Machen wir uns doch nichts vor, Oberst Steiger! Cargo 03 war kein Routineflug. In den offiziellen Papieren, die damals beim

Verschwinden der Maschine veröffentlicht wurden und heute in den Akten der Luftwaffe liegen, heißt es, daß die Cargo 03 in der Luftwaffenbasis Travis bei San Francisco gestartet ist. Der vorgesehene Zielflughafen war Hawaii. Inzwischen wissen wir, daß der Pilot der Unglücksmaschine in Wirklichkeit Order hatte, einen Flugplatz namens Rongelo anzufliegen.«

Giordino kratzte sich den Kopf. »Ich kann mich nicht erinnern, je in meinem Leben von einem Flugplatz mit dem Namen Rongelo gehört zu haben.«

»Ich auch nicht«, entgegnete Pitt. »Das Rätsel um diesen Namen wird sich aufklären, sobald wir Gelegenheit haben, in einem guten Weltatlas nachzusehen.«

»Was bedeutet das Ganze?« fragte Steiger.

»Ich will jetzt einmal versuchen, die wenigen Mosaiksteine, die wir haben, durch etwas logischen Kitt miteinander zu verbinden!« sagte Pitt in leisem, eher vorsichtigem Tonfall. »Ende Januar 1954 startete eine Militärmaschine vom Typ Boeing C-97, mit der Codebezeichnung Cargo 03, von einem Flugplatz im Osten oder im Mittelwesten der Vereinigten Staaten zu einem Flug mit der höchsten militärischen Geheimhaltungsstufe. Beim Überfliegen des Bundesstaates Colorado hatte die Maschine einen technischen Defekt. Der Pilot sah sich gezwungen, auf dem schlechtesten Gelände notzulanden, das überhaupt vorstellbar ist, nämlich im Hochgebirge. Der Pilot hatte Glück im Unglück, zumindest dachte er das. Es gelang ihm, in einem bravourösen Flugmanöver den Zusammenstoß mit den sehr nahe beieinanderstehenden Felswänden zu vermeiden und mitten in der zerklüfteten Landschaft eine einigermaßen ebene Fläche, etwas, das von oben wie ein Tal aussah, zu finden. Er setzte zur Notlandung an. Was er nicht ahnen konnte, war die Tatsache, daß die ebene Fläche, auf der er notlandete, keine verschneite Wiese, sondern ein zugefrorener und mit Schnee bedeckter Bergsee war. Eben der Table Lake, der im Januar regelmäßig mit einer dünnen Eisschicht bedeckt ist.«

»Sie wollen sagen, daß das Flugzeug, während es noch über den zugefrorenen See glitt, auf die Eisfläche einen sehr geringen Druck ausübte, so daß das Eis das Gewicht noch tragen konnte. In dem Moment, wo die Maschine zum Stehen kam, brach das Eis jedoch durch, und die Cargo 03 sank in die Tiefe.«

»Genau! Innerhalb weniger Sekunden drang das eiskalte Wasser nun durch die großen, bei der Notlandung entstandenen Bruchstellen in den Innenraum des Flugzeugs ein. Die Mannschaft erlitt einen Schock. Alle ertranken, festgeschnallt in ihren Sitzen. Es gab keine letzte Funkmeldung an den Kontrollturm, und es gab auch keine Augenzeugen des Absturzes. Die Bruchstelle im Eis fror binnen kürzester Zeit wieder zu, so daß die Suchflugzeuge und Suchmannschaften keinerlei Spuren der Tragödie mehr vorfanden. Um die ganze Angelegenheit dann zu vertuschen und für die kritische Öffentlichkeit mundgerecht aufzubereiten, entschloß man sich an höherer Stelle zu einem gefälschten Unfallbericht. Damit hoffte man, die Angelegenheit für alle Ewigkeit unter den Teppich gekehrt zu haben.«

»Dein Drehbuch für den Absturz klingt ganz interessant, Pitt«, sagte Giordino. »Logisch ist es auch. Aber wie paßt der arme Charlie Smith da ins Bild?«

»Ich würde sagen, er ist beim Angeln mit seinem Angelhaken in die Halterung des aus dem Flugzeug geschleuderten, aber noch irgendwie am Boden verhakten Sauerstoffbehälters geraten, worauf dieser Behälter sich löste und an die Oberfläche trieb. Ich weiß von Laura, daß ihr Vater ein Mann war, der den Sachen gerne auf den Grund ging. Es sähe ihm ganz ähnlich, wenn er mit geeignetem Spezialgerät den Seeboden um die Fundstelle der Sauerstoff-Flasche herum abgesucht hätte. Bei dieser Suche stieß er dann auf den ebenfalls vom Wrack gelösten Bugradmechanismus.«

»Ich könnte mir vorstellen, daß der alte Smith ein sehr erstauntes Gesicht gemacht hat, als das Bugrad an die Oberfläche kam«, bemerkte Giordino lächelnd.

»Etwas ist mir noch nicht klar«, warf Steiger ein. »Selbst wenn ich einmal davon ausgehe, daß Smith ermordet wurde, wo ist denn das Motiv?«

Pitt sah auf und blickte Steiger eine Weile lang ruhig und nachdenklich in die Augen. »Für nichts finden die Menschen leichter ein Motiv als für Mord«, sagte er dann. »Das Motiv könnte die kostbare Ladung der Cargo 03 gewesen sein«, sprudelte Giordino hervor. »Es handelte sich, wie jetzt feststeht, um einen Flug mit der höchsten militärischen Geheimhaltungsstufe. Man kann deshalb davon ausgehen, daß die Ladung der Cargo 03 für das Militär und auch für andere Interessenten einen sehr großen Wert hatte. Einen so großen Wert, daß jemand bereit war, dafür auch einen Mord zu begehen.«

Steiger schüttelte den Kopf. »Wenn die Ladung so wertvoll wäre, dann hätte Smith oder sein Mörder sie doch auf die Seite gebracht. Pitt sagt aber, daß sie noch unten ist.« – »Das ist sie«, pflichtete ihm Pitt bei. »Die Kanister sind unversehrt, soweit ich feststellen konnte.«

Giordino räusperte sich. »Nächste Frage!«

»Schieß los.«

»Was ist in den Kanistern?«

»Darüber habe ich mir auch schon den Kopf zerbrochen«, sagte Pitt. »Denken wir doch einmal nach. Ein Militärflugzeug startet im Januar 1954 zu einem geheimen Flug in Richtung Pazifischer Ozean. Die ebenfalls geheimgehaltene Ladung besteht aus einer großen Anzahl zylindrischer Metallbehälter, von denen man mit Fug und Recht annehmen darf, daß sie militärisches Material enthielten. Wenn wir uns nun einmal erinnern, was 1954 im Pazifischen Ozean los war...«

»Die amerikanischen Kernwaffenversuche!« unterbrach ihn Giordino. »Ich erinnere mich, daß 1954 auf dem Bikini-Atoll im Pazifischen Ozean Testbomben gezündet wurden.« Steiger war aufgesprungen und stand eine Weile bewegungslos da. »Soll das etwa heißen, daß die Cargo 03 nukleare Sprengköpfe beförderte?«

»Das hat niemand behauptet«, sagte Pitt leicht dahin. »Der Hinweis auf die amerikanischen Atombombenversuche im Pazifischen Ozean ist nur eine von verschiedenen möglichen Spuren. Eine verlockende Spur allerdings, wie ich zugeben muß. Welchen vernünftigen anderen Grund könnte es dafür geben, daß die Luftwaffe eilfertig die Akte über ein Militärflugzeug schließt, das unter sehr zweideutigen Umständen verschwunden ist? Was soll der Rauchvorhang, der nachträglich über die wahre Bestimmung und über das rätselhafte Verschwinden der Cargo 03 gelegt wurde? Warum ist die Mannschaft des Cargo 03 trotz des drohenden Absturzes an Bord geblieben, anstatt sich mit dem Fallschirm zu retten? Ist das nicht ein Hinweis darauf, daß nukleares Material an Bord war, dessen unkontrollierter Absturz auf möglicherweise bewohntes Gebiet unbedingt vermieden werden mußte?«

»Es gibt ein Argument, das Ihre Theorie durchlöchert«, hielt Steiger Pitt entgegen. »Die amerikanische Regierung hätte doch nie die Suche nach der verschollenen Cargo 03 eingestellt, wenn sich nukleares Material an Bord befunden hätte.«

»Ich gebe zu, das ist ein schwacher Punkt. Es ist unwahrscheinlich, daß die Regierung ein Flugzeug aufgibt, dessen Ladung vielleicht die halben Vereinigten Staaten verpesten kann.«

Steiger schnüffelte und verzog das Gesicht zu einer Grimasse. »Was ist das für ein fürchterlicher Gestank?«

Mit einem Satz sprang Giordino auf und lief zur Herdplatte hinüber. »Ich glaube, das Metallblättchen ist jetzt soweit, daß wir es uns einmal näher ansehen sollten.« »In was hast du es eigentlich reingelegt?« erkundigte sich Pitt.

»In ein Gemisch aus Essig und Backpulver«, erklärte Giordino. »Das waren die einzigen Chemikalien, die ich in der Eile finden konnte.«

»Bist du sicher, daß das Gemisch die eingravierten Buchstaben wieder sichtbar machen kann?«

»Ich weiß nicht. Ich bin ja kein Chemiker. Aber ein Versuch kann nicht schaden.«

In gespielter Verzweiflung warf Steiger die Hände in die Luft und wandte sich an Pitt. »Wir hätten das Metallblättchen einem richtigen Laboratorium zur Untersuchung übergeben sollen. Statt dessen überlassen wir es Giordino, der damit herumspielt und das unschätzbare Beweisstück bis zur Unkenntlichkeit verkocht.«

Giordino überhörte Steigers Einwand. Vorsichtig hob er mit Hilfe von zwei Gabeln das Metallblättchen aus dem kochenden Wasser und trocknete es mit dem Geschirrtuch ab. Dann hielt er es zum Licht und drehte es hin und her. »Ist irgend etwas zu erkennen?« fragte Pitt. Giordino legte das Plättchen auf den Küchentisch. Er holte tief Luft, sein Gesichtsausdruck war ernst. »Ein Symbol ist zu erkennen«, sagte er mit einer Stimme, die vor Aufregung heiser klang. »Das Symbol für Radioaktivität!«

Unternehmen »Wilde Rose«

Natal, Südafrika, Oktober 1988

11

Für den uneingeweihten Betrachter sah der große Baumstumpf aus wie viele andere, die als stumme Zeugen einer jahrzehntelangen Trockenperiode in der Küstenprovinz Natal in Südafrika über die Landschaft verstreut waren. Niemand hätte sagen können, wann genau dieser Baum vertrocknet war. Tot, in grotesker Schönheit, stand er in der einsamen Gegend, die blattlosen Äste und Zweige in den azurblauen Tropenhimmel gereckt, während an den mächtigen Wurzeln die abgefallene und verfaulende Rinde einen scharf riechenden Humus zu bilden begann. In Wirklichkeit jedoch gab es etwas, das diesen Baumstumpf von den vielen anderen in der trockenen Küstenebene unterschied. Sein Stamm war ausgehöhlt. Und in dem Hohlraum kauerte ein Mann, der mit einem Fernglas durch eine schmale Ritze aufmerksam die Umgebung beobachtete.

Es war ein ideales Versteck. Marcus Somala, Spähtruppführer der »Afrikanischen Revolutionsarmee«, war stolz auf sein Werk. In nur zwei Stunden hatte er in der vergangenen Nacht das aufgeweichte Mark im Innern des Baumes entfernt und dann die verräterischen Überreste seiner Tätigkeit unter dem Buschwerk in der Nähe verscharrt. Nun saß er, ruhig und bequem, im Inneren des Stammes und hoffte, daß sein frischgeschaffenes Versteck jedem Test standhalten würde.

Es war kurz nach Sonnenaufgang, als ein dunkelhäutiger Feldarbeiter von der Farm, die zum observierten Territorium von Somala gehörte, herbeigeschlendert kam. Der Mann sah sich um, zögerte einen Augenblick, dann öffnete er seinen Hosenlatz und entleerte seine Blase gegen den Baumstamm. Somala, der das intime Geschehen durch den schmalen Sehschlitz beobachtete, mußte lächeln. Einen Augenblick lang verspürte er den Impuls, sein scharfgeschliffenes Buschmesser herauszuziehen, es durch den in Sichthöhe angebrachten Sehschlitz zu stecken und den Penis des unmittelbar vor ihm stehenden Landarbeiters abzuschneiden. Aber er bezwang sich. Es wäre ein unverantwortlicher Leichtsinn gewesen, den Erfolg der revolutionären Aktion für ein abwegiges kleines Privatvergnügen aufs Spiel zu setzen. In seinem festgefügten Selbstverständnis betrachtete Somala sich als disziplinierten Berufssoldat und als leidenschaftlichen Revolutionär, als erfahrenen Guerillakämpfer, der erfolgreich an über hundert Überfällen auf Farmen von Weißen teilgenommen hatte. Er war stolz, bei dem Kampf gegen das Krebsgeschwür der kolonialistischen Ausbeuter und bei der Vertreibung der Europäer aus seiner afrikanischen Heimat in erster Linie zu stehen.

Zehn Tage waren vergangen, seit er den ihm anvertrauten zehnköpfigen Guerillatrupp aus dem geheimen Basislager in Moçambique illegal über die Grenze ins südafrikanische Natal geführt hatte. Sie mußten bei Nacht marschieren, um die Patrouillen der südafrikanischen Sicherheitspolizei zu umgehen und um nicht von den Hubschraubern der Luftwaffe, die in unregelmäßigen Abständen das Gebiet überflogen, entdeckt zu werden. Es war ein sehr anstrengender Marsch gewesen. Der Frühling – er fiel hier, auf der südlichen Hälfte des Globus, in den Oktober – war ungewöhnlich kühl, und das Unterholz, dessen Deckung sie sich bedienen mußten, war von den ständigen Regenfällen klamm und feucht geworden.

Als die kleine Truppe endlich die Gegend um den kleinen Ort Umkono erreichte, verteilte Somala seine Männer gemäß dem Plan, der ihm von seinem vietnamesischen Berater mitgegeben worden war. Jeder erhielt die Aufgabe, fünf Tage lang eine bestimmte Farm oder ein militärisches Ziel auszukundschaften, um die nötigen Informationen für künftige Überfälle auf diese Ziele zu beschaffen. Die Beobachtung der bedeutenden Farm des weißen Plantagenbesitzers Fawkes, auf dessen Gelände er sich nun versteckte, hatte sich Somala selbst vorbehalten.

Nachdem der dunkelhäutige Feldarbeiter sich davongetrollt hatte, um seine Tagesarbeit auf der Farm zu beginnen, stellte Somala sein Fernglas neu ein und nahm das weiter weg liegende Gelände der Fawkes-Farm genauer in Augenschein. Der größte Teil des nahezu baumlosen Geländes war mit Zuckerrohr bepflanzt, und man sah dieser Pflanzung an, daß der Farmer und seine Leute einen ständigen erbitterten Kampf gegen die Trockenheit und das von allen Seiten herandrängende Dornengestrüpp führten. Der Rest der Farm bestand aus Weideland, auf dem Somala einige Rinderherden ausmachen konnte. Kleine Felder mit Tee- und Tabakpflanzungen durchbrachen die Monotonie. Beim Herrenhaus gab es einen großen gepflegten Garten, in dem Blumen und Gemüse angepflanzt waren.

Etwas abseits von dem eindrucksvollen Hauptgebäude gab es noch ein steinernes Lagerhaus, in dem offensichtlich das Futtergetreide und die Düngemittel aufbewahrt wurden. Unweit davon entdeckte Somala einen nach allen Seiten offenen Unterstand, in dessen Schatten die landwirtschaftlichen Maschinen standen. Gute fünfhundert Meter von dieser Gebäudegruppe entfernt, war eine Ansammlung von Eingeborenenhäusern zu erkennen. Die Häuser drängten sich um das Ufer eines kleinen Flusses. Somala schätzte, daß dort etwa fünfzig Arbeiter, zusammen mit ihren Familien und einigen Kühen und Ziegen, untergebracht waren.

Das eindrucksvoll gestaltete Wohnhaus des Plantagenbesitzers Fawkes war auf einer natürlichen Erhebung errichtet. Eingebettet in ein Meer von Gladiolen und Lilien sowie auf allen Seiten von saftigem, kurzgeschnittenem Rasen umgeben, beherrschte es die Szenerie. In denkbar häßlichem Gegensatz zu dem idyllischen Anblick stand ein drei Meter hoher Maschendrahtzaun, der von reichlich Stacheldraht gekrönt war und das Herrenhaus auf allen vier Seiten hermetisch einschloß.

Meter um Meter suchte Somala den hohen Zaun nach Lücken ab. Das Hindernis schien ihm äußerst solide zu sein. Der Maschendraht wurde in regelmäßigen kurzen Abständen von dicken Betonstützen gehalten, die offensichtlich tief im Erdreich verankert waren. Man müßte schon einen Panzer haben, um bei einem Überfall auf die Farm dieses Hindernis zu durchbrechen, fuhr es Somala durch den Kopf. Behutsam veränderte er die Blickrichtung des Fernglases. Ein muskulöser Wachmann, der ein Repetiergewehr über der Schulter trug, kam in Sicht. Der Wachmann hatte sich mit dem Rücken an ein hölzernes Wachhäuschen gelehnt, das in der Nähe des Eingangstors plaziert war. Somala dachte nach. Diese Wachmänner konnten verhältnismäßig leicht überrascht und unschädlich gemacht werden. Die elektrischen Kabel, die vom Maschendrahtzaun zum Herrenhaus führten, machten ihm schon mehr Sorgen. Er brauchte nicht die Kenntnisse und den geschulten Blick eines Elektroingenieurs, um aus dem Gesehenen die Vermutung abzuleiten, daß der Maschendrahtzaun mit einem Stromgenerator verbunden war. Über die Höhe der elektrischen Spannung, mit der der Zaun geladen war, konnte Somala nur vage Vermutungen anstellen. Dann fiel ihm auf, daß eine der Kabelverbindungen in das Wachhäuschen führte. Das konnte nur bedeuten, daß sich im Wachhäuschen ein Schalter befand, mit dem der elektrische Strom vorübergehend abgestellt werden konnte, während das Tor geöffnet wurde.

Dies war – so erkannte Somala ganz klar – die Achillesferse im ausgeklügelten Verteidigungsbollwerk der Fawkes-Farm. Höchst zufrieden mit der soeben gemachten Beobachtung, setzte er sich in seinem dunklen Versteck auf einen Baumstumpf. Er war gespannt, was er bei der Beobachtung der Fawkes-Farm noch alles zu sehen bekommen würde.

12

Patrick McKenzie Fawkes, Kommandant a.D. der Königlichen Marine Ihrer Majestät der Britischen Königin, schritt mit der gleichen mühsam beherrschten Erregung über die Veranda seines Hauses, wie er sie früher verspürt hatte, wenn sein Schiff nach monatelanger Fahrt auf See wieder in den Heimathafen einlief. Fawkes war von beeindruckender Statur, er maß einen Meter fünfundachtzig und brachte über einhundertvierzig Kilo auf die Waage. Seine Augen hatten einen ernsten Ausdruck, ihre Farbe war grau wie das Wasser im Ärmelkanal, wenn es von den Novemberstürmen gepeitscht wird. Das feinsäuberlich gekämmte Haar war sandfarben, ebenso wie der von einigen weißen Strähnen durchzogene, gepflegte Bart, der die englischen Freunde von Kommandant Fawkes immer etwas an das Vorbild von König George V. erinnerte. Von Aussehen und Gestik her, hätte man Fawkes für einen alten schottischen Schiffskapitän halten können. Und in der Tat war der aus Aberdeen stammende Fawkes jahrzehntelang als Marineoffizier zur See gefahren, bevor er sich im Alter entschloß, Farmer in der südafrikanischen Provinz Natal zu werden.

»Zwei Tage!« rief er aufgebracht, wobei sein starker schottischer Akzent deutlich wurde. »Ich kann es mir einfach nicht leisten, die Farm zwei Tage lang allein zu lassen! Niemand kann das von mir verlangen. Ich wiederhole, niemand!« Während er sprach und energisch hin und her schritt, hielt Fawkes eine Tasse Tee in der Hand, aus der er jedoch wunderbarerweise keinen Tropfen verschüttete.

»Doch, Patrick«, antwortete die Frau, der Fawkes erregte Worte gegolten hatten. »Wenn der Minister für Verteidigung persönlich um ein Treffen mit dir nachsucht, dann mußt du auch hingehen. Ich sehe da gar keine andere Möglichkeit!«

»Verdammt noch mal, Frau! Der Minister weiß gar nicht, was er damit von mir verlangt.« Fawkes schüttelte ärgerlich den Kopf. »Wir sind mitten bei der Rodung neuer Felder. Der Zuchtbulle, den ich vergangenen Monat in Durban gekauft habe, wird morgen geliefert. Ich muß auch unbedingt dabei sein, wenn die Traktoren überholt werden. Die Leute schaffen das nicht alleine. Du kannst sagen, was du willst, ich fahre nicht!«

»Geh jetzt, und laß den Wagen warmlaufen«, sagte Myrna Fawkes mit fester Stimme. Sie legte Nadel und Faden zur Seite, mit denen sie den Saum eines Kleides erneuert hatte, und sah ihrem Mann mit einem Ausdruck fast herrischer Entschlossenheit in die Augen. »Ich habe deine Sachen bereits gepackt, und ich habe dir auch ein Lunchpaket dazugelegt, damit du mit gefülltem Magen und bester Laune beim Sonderzug des Ministers in Pembroke ankommst.«

Fawkes schnaufte vor Empörung und machte ein zorniges Gesicht. Er wußte zugleich, daß dies Myrna gegenüber eine völlig nutzlose Geste war. Nach fünfundzwanzig Ehejahren war ihm klar, wer von beiden bei Streitigkeiten im Ernstfall die Oberhand behielt. Mehr aus Sturheit als aus Überzeugung versuchte er eine neue Taktik.

»Es wäre einfach unverantwortlich von mir, dich und die Kinder hier auf der Farm alleinzulassen. Die Gegend ist voll von gottlosen Terroristen, die einem Christenmenschen nach dem anderen den Hals abschneiden.«

»Bei den Vorfällen, die du erwähnst, handelt es sich um örtliche Unruhen, und nicht um einen Heiligen Krieg.«

»Immerhin«, beharrte Fawkes, »wurde erst vor wenigen Tagen drüben in Umoro ein Farmer und seine Frau von den Rebellen umgebracht.«

»Umoro ist einhundertundzwanzig Kilometer von hier entfernt«, wandte seine Frau mit sachlicher Stimme ein.

»So etwas kann hier auf unserer Farm aber genauso gut passieren!«

»Und ich sage dir, du wirst nach Pembroke gehen, und du wirst dort den Minister für Verteidigung treffen!« Myrna Fawkes sprach jetzt mit schneidender Stimme, so als ob sie einem Untergebenen den Text für ein Ultimatum diktierte. »Hör zu, Patrick Fawkes! Ich habe wirklich etwas Besseres zu tun, als den ganzen Morgen auf der Veranda zu sitzen und mit dir über etwas zu diskutieren, das schon längst entschieden ist. Fahr jetzt los! Und bleib mir aus den Kaschemmen von Pembroke raus, wenn das Gespräch mit dem Minister zu Ende ist!«

Fawkes kratzte sich verlegen den graumelierten Bart und sah zu Boden. Seine Frau Myrna – das wußte er aus bitterer Erfahrung – gehörte zu jenen Personen, gegen die jeder Widerstand zwecklos war. Obwohl von kleiner Statur und eher magerem Körperbau, besaß sie mehr Willen und Entschlußkraft als irgendein anderer Mensch, den er kannte. Sie war eine ebenso harte wie tüchtige Frau. Fawkes kannte sie seit Jahren praktisch nur in Khakihemd und Jeans, die Hosenbeine in halbhohen Stiefeln. Sie konnte fast alles, was er konnte: Bei der Geburt eines Kalbes tatkräftig mithelfen, die einheimischen Landarbeiter beaufsichtigen, Reparaturen an Autos und Werkzeug durchführen, Kranke und Verletzte pflegen und gut kochen. Wenn er ehrlich war, mußte er sogar zugeben, daß Myrna es mit einem mittleren französischen Feinschmeckerkoch aufnehmen konnte. Seltsamerweise hatte sie nie Auto fahren oder reiten gelernt, sie machte keinen Hehl daraus, daß sie beides in keiner Weise interessierte. Ihren asketischen Körper hielt sie in Form, indem sie täglich mehrere Kilometer spazierenging.

»Mach dir um uns auf der Farm keine Sorgen«, fuhr Myrna Fawkes fort. »Wir haben fünf bewaffnete Leibwächter. Deine Tochter Jenny und dein Sohn Patrick können einer Mamba auf fünfzig Meter Entfernung den Kopf wegschießen. Wenn es trotz allem hier irgendwelche Schwierigkeiten geben sollte, kann ich die nahe Polizeistation per Funk verständigen. Vergiß nicht den elektrisch geladenen Zaun. Und selbst, wenn die Rebellen den elektrischen Zaun überwinden sollten, gibt es immer noch meine gute alte Schrotflinte, mit der sie dann fertig werden müßten.« Sie deutete auf eine Schrotflinte des Typs Holland & Holland, die unweit von ihr am Türrahmen lehnte.

Bevor Fawkes in der Lage war, weiteren Widerspruch anzubringen, fuhren sein Sohn und seine Tochter in dem Wagen vor, von dem Myrna Fawkes gesprochen hatte. Sie hielten vor der Verandatreppe und sprangen heraus. »Der Wagen ist getankt und fahrbereit, Käptn«, rief der junge Patrick. Er war zwanzig Jahre alt und hatte die Gesichtszüge und Schlankheit seiner Mutter sowie die Körpergröße seines Vaters geerbt, den er noch um eine Handbreite überragte. Seine Schwester war ein Jahr jünger. Sie hatte kräftige Gliedmaßen und einen großen, festen Busen. Ein spitzbübisches Lächeln spielte über ihr sommersprossiges Gesicht. »Mein Badeöl geht zu Ende, Papi«, sagte Jenny. »Denkst du bitte daran, mir neues zu kaufen, wenn du in Pembroke bist?«

»Badeöl!« fauchte Fawkes. »Endlich habe ich einen dringenden Grund, nach Pembroke zu fahren: Badeöl! Meine ganze Familie hat sich gegen mich verschworen. Ihr glaubt, ihr könnt auch ohne mich auskommen? Bitte schön! Ich werdet selbst sehen, was ihr davon habt. Ich fahre!«

Nach außen hin noch widerspenstig, innerlich jedoch von der Entschlossenheit seiner Frau Myrna und durch die charmante Beredsamkeit seiner Kinder überzeugt, kletterte Fawkes ans Steuer des bereitstehenden Geländewagens. Er startete den Wagen und fuhr bis zum Zaun. Während er darauf wartete, daß der Wachmann das Tor öffnete, sah er zum Herrenhaus auf dem Hügel zurück. Es war ein schöner Anblick. Myrna und die Kinder standen auf den Stufen der Veranda, die von einem Meer blauer Blüten umrankt war. Die drei winkten ihm zu, und auch Fawkes bewegte die Hand zu einem Abschiedsgruß. Dann war das Tor offen. Er legte den Gang ein und begann seine Fahrt auf der staubbedeckten Landstraße.

Somala hatte die Abfahrt von Fawkes von seinem Versteck in dem hohlen Baum beobachtet. Wobei er ganz besonders auf die Gesten des Wachmanns achtete, der den Strom für den elektrischen Zaun abstellte, als er das Tor öffnete und den Zaun wieder unter Spannung setzte, nachdem das Tor wieder geschlossen war. Die Bewegungen des Mannes wirkten uninteressiert, nahezu mechanisch. Ein gutes Zeichen, dachte Somala. Dieser Mann langweilte sich, er war unaufmerksam. Um so leichter würde er zu überwältigen sein, wenn irgendwann einmal die Zeit für einen Überfall gekommen war.

Mehr zufällig richtete Somala sein Fernglas auf das mannshohe dichte Elefantengras, das die Fawkes-Farm umgab. Was er sah, machte ihn erstaunen. Er hätte den Mann nicht bemerkt, wenn nicht eine Gürtelschnalle von der Uniform des anderen die Sonne reflektiert hätte. Somalas erste Reaktion auf die seltsame Beobachtung, die er soeben gemacht hatte, bestand darin, sich ungläubig die Augen zu reiben. Dann sah er aufs neue durchs Glas.

Es war kein Traum. Ein anderer farbiger Rebell, den Somala noch nie in seinem Leben gesehen hatte, lag im Schutze des Elefantengrases auf dem Bauch. Er wirkte etwas jünger als Somala, und seine Haut war um ein oder zwei Töne heller. Bekleidet war der Fremde mit der gleichen gefleckten Uniform, die auch Somala trug. Er führte ein automatisches Gewehr chinesischer Herkunft, Modell CK-88, und einen mit Munition gespickten Patronengurt mit sich. Die Standardausrüstung der Guerillas von der Afrikanischen Revolutionsarmee, dachte Somala. Einen Augenblick lang hatte er das komische Gefühl, in einen Spiegel zu sehen.

Seine Gedanken jagten sich. Wer war das? Mit Sicherheit war das niemand von seinem Trupp. Noch nie hatte er diesen Mann im Ausbildungslager gesehen. Hatten die vietnamesischen Berater etwa einen Spitzel entsandt, um ihn, Somala, bei der Ausführung seiner revolutionären Aufgabe zu überwachen? Er verwarf den Gedanken. Seine Loyalität zur Afrikanischen Revolutionsarmee stand bei Vorgesetzten und Untergebenen außer Frage. Was Somala dann sah, ließ ihm das Blut in den Adern erstarren. Der andere Rebell sah nicht in Richtung Somala. Er lag von Somala abgewandt und hatte ein Präzisionsgewehr mit Zielfernrohr auf das Herrenhaus der Fawkes-Familie gerichtet.

13

Es hatte geregnet. Die feuchtigkeitsgeschwängerte Luft hing als aufsteigender Wasserschleier über der Straße und verhinderte, daß das Wasser in den Pfützen trocknete. Fawkes starrte auf die Uhr am Armaturenbrett – sie zeigte auf drei Uhr fünfunddreißig.

Noch ungefähr eine Stunde Fahrt bis Pembroke, dachte er. Seine Kehle war trocken. Er sehnte sich danach, bei der Ankunft in der Ortschaft ein ordentliches Glas Whisky zu trinken.

Fawkes Wagen passierte zwei dunkelhäutige Jugendliche, die neben der Straße im Gras hockten. Er achtete nicht weiter auf sie, so daß er nicht merkte, wie die beiden Jungen aufsprangen und im Schutz der hochgewirbelten Staubwolken hinter Fawkes Jeep herliefen. Nach etwa einhundert Metern verengte sich die Straße. Auf der rechten Seite konnte Fawkes ein ausgedehntes Sumpfgebiet ausmachen, auf der Linken eine steil abfallende Böschung, die weiter unten in einem lehmigen Flußbett mündete. Dann erst bemerkte er einen farbigen Jungen von etwa sechzehn Jahren, der mitten auf der Straße stand, einen breiten Zulu-Speer in der Rechten, einen Felsbrocken in der Linken.

Fawkes stoppte. Der Junge draußen blieb ruhig stehen und starrte ihn mit grimmiger Entschlossenheit an. Er trug zerlumpte Shorts und ein verdrecktes T-Shirt. Fawkes kurbelte sein Fenster herunter und lehnte sich hinaus. Er lächelte, seine Stimme war freundlich: »Wenn du gerne Räuber und Gendarm spielen willst, dann solltest du dir ein anderes Opfer aussuchen, mein Junge. Nicht mich, das könnte übel ausgehen.«

Der Junge schwieg. Fawkes wollte schon aussteigen, als er drei wichtige und besorgniserregende Beobachtungen machte. Einmal waren da eine Reihe von Bruchstücken aus Sicherheitsglas, die achtlos in eine Pfütze gekehrt worden waren. Zweitens fielen Fawkes Reifenspuren auf, die über die Böschung in die Tiefe führten. Vor allem aber beunruhigte ihn der Blick in den Rückspiegel, wo jetzt die beiden Jungen sichtbar wurden, die dem Wagen nachgelaufen waren. Der dickere der beiden Jungen schwenkte ein Gewehr, der andere eine Machete.

Um Gottes willen! fuhr es Fawkes durch den Kopf. Ich bin von diesen Kindern in einen Hinterhalt gelockt worden!

Die einzige Waffe, die er mit sich führte, war das Jagdmesser im Handschuhfach. Fawkes' Familie hatte so sehr auf seine rasche Abfahrt nach Pembroke gedrängt, daß er ganz vergessen hatte, seinen 44er Magnum-Revolver mitzunehmen.

Aber jetzt war keine Zeit, über seine Nachlässigkeit nachzudenken. Mit einer raschen Bewegung legte Fawkes den Rückwärtsgang ein und trat aufs Gas. Die Reifen quietschten, und das Fahrzeug machte einen plötzlichen Satz nach hinten. Dem jungen Angreifer, der die Machete in der Hand gehalten hatte, gelang es, im letzten Augenblick zur Seite zu springen. Der andere mit dem Gewehr jedoch wurde von dem rückwärtigen Aufbau des Jeeps erfaßt und in einem weiten Bogen in den Sumpf geschleudert. Fawkes stoppte, legte den Vorwärtsgang ein, und fuhr, so schnell er konnte, auf den dritten Angreifer zu, der vor ihm auf der Straße stand und ihn mit einem Speer und einem Stein bedrohte.

Gebannt starrte er auf den Jungen, der trotz des herannahenden Wagens unbewegt mitten auf der Straße stehenblieb und nun mit seinen beiden Waffen zum Angriff ausholte. Zuerst dachte Fawkes, sein Angreifer habe ihn verfehlt, weil er hörte, wie der Speer das metallene Dach des Wagens traf und abprallte. Im gleichen Augenblick jedoch zerbarst die Windschutzscheibe in tausend Stücke. Der Stein verfehlte Fawkes Kopf nur um Haaresbreite und landete neben ihm auf dem Sitz. Ohne jeden Schmerz, wie jemand, der mit der ganzen Sache eigentlich nichts zu tun hatte, spürte Fawkes, wie die winzigen Glassplitter der zerbrechenden Scheibe ihm die Gesichtshaut zerschnitten. Er erinnerte sich später, daß in diesem Augenblick weniger der Schmerz von der Verletzung als das hilflose Erstaunen über den kalten Haß in den Augen seines jugendlichen Angreifers für ihn von Bedeutung gewesen war.

Ein fast unmerklicher Ruck ging durch den Wagen, als die Frontpartie auf den Körper des Jungen auftraf, der von dem Aufprall unter die Räder geschleudert wurde. Fawkes trat mit aller Gewalt auf die Bremse, aber es war zu spät. Er spürte, wie das schwere Fahrzeug über den Körper des Jungen hinwegrollte, und hörte, wie Knochen, Haut und Sehnen in einem ekelhaften Geräusch zu entseelter Materie zermalmt wurden.

Einige Meter weiter gelang es ihm, den Wagen zum Stehen zu bringen. Er stieg aus und ging, indem er sich vorsichtig nach allen Seiten umsah, zu der Stelle zurück, wo der Körper des Jungen lag. Sein Angreifer war tot. Sein Schädel war nach dem Aufprall direkt unter die Reifen geraten und zerquetscht worden, auch die Gliedmaßen wirkten verrenkt und gebrochen wie die einer unbrauchbar gewordenen Marionette. Geschockt wandte sich Fawkes von den blutigen Überresten seines Widersachers ab. Der andere Angreifer, der von dem zurückstoßenden Jeep zur Seite geschleudert worden war, lag regungslos in dem algenübersäten Sumpf seitlich der Straße. Sein Kopf war in einer seltsamen Stellung nach hinten gebogen, er hatte sich das Genick gebrochen. Fawkes hielt Ausschau nach dem dritten Angreifer, den er im Rückspiegel gesehen hatte. Aber der war wie vom Erdboden verschluckt.

Er hob das Gewehr auf, das neben dem toten Jungen im Sumpf lag, entlud es und prüfte die Mechanik. Bald fand er heraus, daß sein Angreifer mit diesem Gewehr keinen Schuß hatte abgeben können, weil der Zündmechanismus defekt war. Fawkes warf das Gewehr, so weit er konnte, in den Sumpf hinein und sah zu, wie es versank.

Dann ging er zur anderen Straßenseite hinüber und blickte in den Abgrund, den er bei seinem erzwungenen Halt nur schemenhaft hatte mustern können. Die Reifenspuren, die er bemerkt hatte, führten ihn zu einem mittelgroßen Lastkraftwagen, der 20 oder 30 m unterhalb der Straße, mit den Rädern nach oben, im Felsgeröll lag. Die Türen waren geöffnet, verbogen und geborsten. Zwei leblose Körper lagen unmittelbar neben dem Fahrzeugwrack, ein Mann und eine Frau, beides Europäer. Sie waren ermordet und auf abstoßende Weise verstümmelt worden. Ein dicker Schwarm von bläulich schimmernden Fliegen hatte sich auf den blutüberströmten Leichen niedergelassen.

Fawkes prüfte sorgfältig die Verletzungen, an denen der Mann und die Frau zu Tode gekommen sein mußten. Bald stand für ihn fest, daß die drei jungen Afrikaner diese beiden Reisenden, ähnlich wie ihn, oben auf der Straße überfallen hatten. Es war ihnen gelungen, den Fahrer zu verletzen, den Wagen dann, samt seinen beiden Insassen, in den Abgrund zu stürzen. Dort wurden die beiden verletzten Weißen sodann von ihren jugendlichen Angreifern in einem quälenden Gemetzel zu Tode gebracht. Im Hochgefühl über ihren Erfolg waren die Jungen dann auf die Straße zurückgerannt, um dort ihrem nächsten Opfer aufzulauern.

»Diese armen dummen Kinder!« sagte Fawkes, wie zu sich selbst, in die Totenstille hinein, die ihn umgab. »Mein Gott, wie soll das hier alles enden?«

Wie benommen stand er eine Weile lang tatenlos auf dem Schauplatz der blutigen Ereignisse. War denn wirklich alles, was er und die anderen Weißen in Südafrika geschaffen hatten, umsonst gewesen? Fawkes kam sich vor wie ein Marathonläufer, der wenige Meter vor dem Ziel kraftlos zusammenbricht. Erschöpfung und tiefe Mutlosigkeit überfielen ihn. Langsam, wie in Trance, kletterte er die steile Böschung zur Straße hoch, bestieg seinen Geländewagen und wischte sich mit einem Tuch die Blutspuren aus seinem kreuz und quer zerschnittenen Gesicht ab. Dann betätigte er das Funkgerät und verständigte die Polizeistation in Pembroke von dem Überfall auf ihn und die anderen beiden Weißen.

Nachdem er seine Durchsage gemacht hatte, stieg er wieder aus seinem Wagen und betrachtete ein letztes Mal die Szene. Er fluchte, als er feststellte, daß er die Geier, die sich inzwischen auf den Leichen niedergelassen hatten, mit seinen ungelenken Steinwürfen nicht verscheuchen konnte.

14

»Fawkes läßt uns warten«, sagte Pieter De Vaal, Verteidigungsminister der Republik Südafrika, auf Afrikaans. Er öffnete das Fenster des Salonwagens, lehnte sich hinaus und suchte die Landstraße, die auf den Bahnhof zuführte, nach der Silhouette des von ihm erwarteten Autos ab. Der Gesprächspartner des Ministers war ein großer, schlanker Mann mit stahlblauen Augen, der die Uniform eines Obersten der Armee trug.

»Wenn Patrick Fawkes zu spät kommt«, erwiderte der Oberst, indem er das Stück Eis in seinem Drink, hin und her schwenkte, »dann muß er einen sehr triftigen Grund dafür haben.«

De Vaal wandte sich von dem geöffneten Fenster ab und fuhr sich mit beiden Händen durch das dicht gewellte, graue Haar. Er sah keineswegs aus, wie das, was er war, nämlich der willensstarke Befehlshaber der zweitgrößten Armee auf dem afrikanischen Kontinent. Eher wirkte er wie ein gutmütiger Archäologieprofessor, den es auf einen Forschungsausflug in die südafrikanische Steppe verschlagen hatte. Ein gewisser harter Zug um den Mund jedoch ließ ahnen, daß eine schwere und widersprüchliche Aufgabe auf seinen Schultern ruhte. De Vaal war nun der fünfte Verteidigungsminister in nur sieben Jahren , sein Vorgänger war nur ganze fünf Monate im Amt gewesen.

»Ich finde Patrick Fawkes und seine Unpünktlichkeit typisch englisch«, sagte er achselzuckend. »Die Engländer hier leben und sterben für die allabendliche Flasche Gin, die Königin und eine gepflegte Form insularer Gleichgültigkeit. Das ist das einzige, worauf man sich bei ihnen verlassen kann.«

»Wenn Sie Fawkes gegenüber auch nur andeuten, daß Sie ihn für einen Engländer halten, dann werden Sie Ihr blaues Wunder erleben!« erwiderte der Mann in der Uniform. Oberst Jorist Zeegler leerte sein Glas und schenkte sich nach. »Fawkes ist nämlich Schotte! Ich gestatte mir den Vorschlag, Herr Minister, daß Sie diese Tatsache während Ihres ganzen Gesprächs mit Fawkes unbedingt beherzigen.«

De Vaal machte keine Anzeichen, daß er über die mangelnde Unterwürfigkeit in Zeeglers Gesprächston verärgert war. Er pflegte alles, was der Chef der südafrikanischen Geheimpolizei ihm zu sagen hatte, sehr ernst zu nehmen. In den Kreisen der politischen und militärischen Führung von Südafrika war es kein Geheimnis, daß sich De Vaals Erfolge bei der Bekämpfung einheimischer und infiltrierter Terroristengruppen ganz wesentlich auf Zeeglers hohe Intelligenz und organisatorische Fähigkeiten gründeten. »Engländer hin, Schotte her – ich würde, ehrlich gesagt, viel lieber mit einem Buren verhandeln.«

»Das kann ich gut verstehen«, sagte Zeegler. »Aber Fawkes ist nun einmal Schotte. Und er ist im vorliegenden Fall der bestverfügbare Fachmann, um das geplante Unternehmen und seine Erfolgschancen zu beurteilen. Der Computer hat Fawkes aus einer großen Anzahl von erfahrenen Militärexperten als den bestgeeigneten herausgefischt.« Er blätterte eine vor ihm liegende Mappe auf. »Fünfundzwanzig Jahre bei der Royal Navy. Fünfzehn Jahre davon als Schiffsingenieur. Zwei Jahre Kapitän des britischen Kriegsschiffes ›Audacious‹. Gegen Ende seiner Dienstzeit war Fawkes technischer Direktor der Schiffswerft von Grimsby an der englischen Küste. Dort werden die Kriegsschiffe der Marine gewartet. Vor elf Jahren nahm Fawkes dann aus Altersgründen seinen Abschied aus dem Militärdienst und zog sich nach Südafrika zurück, wo er hier im Inneren der Provinz Natal eine Farm kaufte.«

»Was sagt der Computer zu der Tatsache, daß Fawkes den Farbigen im allgemeinen, und seinen Bantu-Arbeitern im besonderen, geradezu in den Hintern kriecht?«

»Es trifft leider zu, daß Fawkes gegenüber den farbigen Arbeitskräften auf seiner Farm eine sehr liberale Haltung einnimmt. Andererseits kann man nicht an der Tatsache vorbeisehen, daß es Fawkes gelungen ist, die ertragreichste und bestfunktionierende Farm im ganzen Norden von Natal aufzubauen – und das in einer unglaublich kurzen Zeit. Seine Leute halten zu ihm, daß es eine Freude ist. Radikale Nationalisten, die uns in anderen Landesteilen durch ihre Untergrundtätigkeit das Leben schwer machen, haben auf der Fawkes-Farm keine Chance.«

De Vaal wollte gerade der Auffassung seines Geheimdienstchefs widersprechen, weil der, wie es ihm schien, die Dinge allzu positiv ausgelegt hatte. In diesem Moment war ein Klopfen an der Tür des Salons, der den Kernteil des Sonderzuges darstellte, zu vernehmen. Ein junger Offizier trat ein und nahm Haltung an.

»Entschuldigen Sie, bitte, die Unterbrechung, Herr Minister, aber Kommandant Fawkes ist soeben angekommen.«

»Bringen Sie ihn herein!« befahl De Vaal.

Fawkes mußte sich ducken, um unter dem etwas niedrigen Türrahmen hindurch eintreten zu können. Schweigend, mit prüfendem Blick, betrachtete De Vaal den Ankömmling. Er erinnerte sich nicht, je in seinem Leben einen Mann von der Physiognomie und von den körperlichen Ausmaßen wie Kommandant Fawkes gesehen zu haben. Und auch nicht an jemanden, der ihm mit einem kreuz und quer zerschnittenen, noch blutigen Gesicht, seine Aufwartung gemacht hätte. Er gab dem Besucher die Hand.

»Kommandant Fawkes, ich freue mich sehr, Sie endlich persönlich kennenzulernen«, begrüßte er ihn auf Afrikaans. »Es ist gut, daß Sie die Fahrt hierher möglich machen konnten.«

Fawkes drückte die Hand De Vaals so kräftig, daß dieser sie schnell zurückzog. »Es tut mir leid, Herr Minister«, sagte er dann. »Aber ich verstehe kein Afrikaans.«

Ohne zu zögern, ging De Vaal zum Englischen über. »Entschuldigen Sie bitte«, sagte er mit einem etwas aufgesetzt wirkenden Lächeln. »Ich vergaß, daß Ihr Eng... äh Schotten im Erlernen von Fremdsprachen nicht sehr begabt seid.«

»An der Begabung fehlt es nicht«, entgegnete Fawkes. »Wir Schotten sind wohl einfach etwas stur.«

»Entschuldigen Sie bitte, Kommandant Fawkes, aber Sie sehen so aus, als hätten Sie sich heute morgen mit einem sehr stumpfen Messer rasiert.«

»Ich bin in einen Hinterhalt geraten«, berichtete Fawkes. »Ein paar halbwüchsige Afrikaner warfen mir die Windschutzscheibe ein. Ich wäre noch zum nächsten Krankenhaus gefahren, um die Schnittverletzungen dort provisorisch versorgen zu lassen, aber dann wäre ich noch später zu unserem Treffen gekommen als so.«

Mit einer Geste, die herzlich wirken sollte, nahm De Vaal seinen Besucher am Arm und begleitete ihn zu einem der bequemen Sessel, die in dem Besprechungsraum des Salonwagens herumstanden. »Was darf ich Ihnen zu trinken anbieten?« erkundigte er sich.

»Jorist, würden Sie bitte für etwas zu trinken sorgen? Darf ich vorstellen, Kommandant Fawkes, dies ist Oberst Jorist Zeegler, der Leiter unseres Geheimdienstes und der Spionageabwehr.«

Zeegler, der hinzugetreten war, sah Fawkes freundlich an, verbeugte sich leicht und hielt ihm mit einladender Geste eine Flasche entgegen. »Ich nehme an, Kommandant Fawkes, daß Sie als rechter Schotte einen guten Whisky bevorzugen, habe ich recht?«

»Genauso ist es, Oberst Zeegler.«

De Vaal begab sich zur Tür und öffnete sie. »Leutnant Anders«, rief er hinaus, »informieren Sie bitte Dr. Steedt, daß wir einen Patienten für ihn haben. Der Doktor ist sicher in seiner Koje und schläft.« Er schloß die Tür, kam wieder in die Mitte des Raumes zurück und sah Fawkes fest in die Augen. »Zur Sache, Kommandant Fawkes! Während wir auf den Doktor warten, wäre es nett, wenn Sie uns Einzelheiten über diese jugendlichen Gangster und Ihren Überfall auf Sie erzählen.«

Bevor Fawkes der Aufforderung seines Gastgebers Folge leisten konnte, trat der Arzt ein, der Fawkes fachmännisch begutachtete und ärztlich versorgte. Zwei klaffende Platzwunden, die eine an der Stirn, die andere am Ohr, wurden mit wenigen Stichen genäht, die weniger tiefen Schnitte mit einer antiseptischen Flüssigkeit abgetupft. »Sie haben noch Glück, daß die Schnitte und Schürfwunden nicht wie Kratzer von zarter Hand aussehen«, scherzte er nach seiner Behandlung. »Sonst hätten Sie Schwierigkeiten gehabt, die ganze Sache daheim Ihrer Frau zu verkaufen.«

»Sind Sie sicher, daß es sich bei dem Überfall auf Ihr Fahrzeug nicht um eine von langer Hand geplante Aktion handelte?« fragte Zeegler, nachdem der Arzt seine Tasche zugeklappt und den Raum verlassen hatte.

»Es sah nicht so aus«, gab Fawkes zur Auskunft. »Meine drei Angreifer sahen eigentlich mehr aus wie verlumpte Kinder aus dem Busch. Gott weiß, was in diese Kinder gefahren ist, daß sie sich zu einem solchen Überfall verleiten ließen.«

»Ich bin da anderer Meinung als Sie«, sagte De Vaal sanft. »Dieser Überfall auf Sie wurde von blutrünstigen und gefährlichen Gangstern unternommen, deren geringes Alter nichts zur Sache tut. Der Vorfall steht in einer logischen Reihe mit mindestens zwölf ähnlichen Überfällen in der Gegend.«

Zeegler nickte. »Das meine ich auch. Man sollte einen Übergriff dieser Art nicht als isoliertes Vorkommnis sehen.«

»Wenn ich es recht bedenke«, sagte Fawkes, »dann könnte die

Sache auch auf das Konto der Afrikanischen Revolutionsarmee gehen.«

»Genau!« Zeegler sog an einer bleistiftdünnen Zigarre. »Auch wenn diese drei Burschen vielleicht keine offiziellen Parteigänger der Untergrundbewegung sind, so ist es doch wahrscheinlich, daß sie von der Afrikanischen Revolutionsarmee mit Waffen unterstützt wurden.«

»Jedenfalls kommt es nicht zum ersten Mal vor, daß jugendliche Gangster für die Revolutionsarmee in die Bresche springen«, warf De Vaal ein. »Die meisten farbigen Jugendlichen in Südafrika würden sich, wenn es sein müßte, ohne Betäubung kastrieren lassen, wenn sie damit offiziell als Soldaten in die ARA aufgenommen würden. Für diese Jugendlichen ist jeder Mordanschlag der Aufrührer eine Art Heldentat.«

»Ich warne davor, die Gegenseite als eine Bande von kriminellen Halbstarken zu verteufeln«, sagte Zeegler.

»Wir haben es mit einer ernstzunehmenden Untergrundorganisation zu tun. Hiram Lusana, der Anführer der Aufständischen, ist ein Militärtaktiker, Psychologe und Propagandist der ersten Garnitur.«

»Das scheint mir auch so«, sagte Fawkes. »Ich habe schon viel über diesen verdammten Hurensohn gehört. Was ich nicht weiß, ist, wie er es schaffte, sich an die Führungsspitze der ARA zu setzen.«

»Das kann ich Ihnen sagen«, antwortete Zeegler. »Lusana ist eine schillernde Figur, eine Art Senkrechtstarter im schwarzafrikanischen Nationalismus. Er kommt aus dem Ausland, er ist ein amerikanischer Neger. Es heißt, daß er mit internationalem Drogenschmuggel ein Vermögen gemacht hat. Aber das viele Geld genügte ihm nicht. Für sein übersteigertes Ego brauchte Lusana auch politische Macht und Einfluß. Er verkaufte seine Schmuggelorganisation an ein französisches Verbrechersyndikat, kam nach Afrika und schuf sich mit eigenem Geld eine eigene Armee, eben die ARA, die uns jetzt zunehmend Ärger macht.«

»Ein einzelner Mann, selbst wenn er ein vielfacher Millionär ist, kann doch nicht eine ganze Armee finanzieren«, wandte Fawkes ein.

»Doch, und zwar dann, wenn er von interessierter ausländischer Seite dabei kräftig unterstützt wird«, erklärte Zeegler.

»Die Chinesen liefern Lusana Waffen, soviel er will. Und die Vietnamesen bilden mit einer Fülle von illegal eingeschleusten

Beratern gratis Lusanas Truppen aus. Gott sei Dank haben wir diese Aufständischen bisher einigermaßen unter Kontrolle halten können.«

»Eines ist klar«, warf De Vaal mit bedeutungsschwerer Stimme ein. »Unsere derzeitige weiße Regierung wird zu Fall kommen, wenn wir internationalem Druck und einer längeren Wirtschaftsblockade ausgesetzt werden. Lusana will sich das dadurch entstehende innenpolitische Chaos zunutze machen. Er will einen offenen Waffengang von enormen Ausmaßen, einen militärischen Konflikt, wie er im Buche steht. Keinen wilden Terrorismus, der die Schwarzen weltweit Sympathien kostet, kein blutiges Abschlachten unschuldiger Frauen und Kinder. Lusanas Marschrichtung ist klar und konsequent. Bisher haben seine Truppen ausschließlich militärische Einrichtungen angegriffen. Indem sich Lusana als hochherziger Retter der schwarzen Mehrheit aufspielt, gewinnt er die öffentliche Meinung und die finanzielle Unterstützung der Vereinigten Staaten, der Europäischen Großmächte und der Dritten Welt. Sobald dieses Nahziel einmal gesichert ist, plant Lusana seinen inzwischen gestärkten Einfluß einzusetzen, um unsere lebenswichtigen Handelsbeziehungen mit dem Ausland zu torpedieren. Das Ende der weißen Herrschaft in Südafrika wäre dann wirklich nur noch eine Frage von Wochen.«

»Gibt es denn keine Möglichkeit, diesen Verbrecher zu stoppen?« fragte Fawkes.

De Vaal runzelte die Brauen und machte eine Pause. »Doch«, sagte er dann. »Vorausgesetzt, Sie, Kommandant Fawkes, geben Ihren Segen dazu ...«

Fawkes starrte den Minister an, als ob dieser ihm in einem Anfall geistiger Umnachtung den Nobelpreis angetragen hätte. »Wie Sie mich hier sehen, meine Herren, bin ich ein gestrandeter Seemann, ein Farmer. Ich verstehe nichts von der Guerillabekämpfung. Was könnte ich schon dazu beitragen, um Lusana und die ARA zu Fall zu bringen?«

De Vaal antwortete nicht. Er ging zu einem Tresor, der an der Wand des Salonwagens stand, entnahm ihm eine in Leder gebundene Kladde mittlerer Größe und legte sie dem erstaunten Fawkes in die Hand. »Lesen Sie das!« forderte er ihn auf. »Wir nennen diesen Plan das ›Unternehmen Wilde Rose‹.«

Draußen war die Dämmerung hereingebrochen. Durch die Fenster des Salonwagens konnte man sehen, wie in einiger Entfernung die

Straßenbeleuchtung von Pembroke und die Lichter in den Häusern angezündet wurden. Es hatte zu regnen begonnen. Über das staubbedeckte Glas der Fenster des Eisenbahnwagens rannen die Schlieren. Fawkes saß da und las. Er hatte sich eine altmodische Lesebrille aufgesetzt, durch die seine Augen unnatürlich vergrößert wirkten. So sehr war er in seine Lektüre vertieft, daß er gar nicht bemerkte, daß ihm schon vor geraumer Zeit die Pfeife ausgegangen war.

Es war schon einige Minuten nach acht, als Fawkes die Lederkladde mit den Aufzeichnungen zum ›Unternehmen Wilde Rose‹ zuklappte. Einige endlos erscheinende Minuten lang saß er schweigend, in Gedanken versunken, da. Dann schüttelte er müde, fast angewidert, den Kopf. »Ich bete zu Gott, daß dieser Plan nie Wirklichkeit wird«, sagte er mit ruhiger Stimme.

»Ich teile Ihre Gefühle, Kommandant Fawkes«, antwortete ihm De Vaal. »Aber die politische Zeitbombe Südafrika tickt. Wie die Dinge sich derzeit entwickeln, wird es nicht mehr lange dauern, bis wir mit dem Rücken zur Wand stehen. Das ›Unternehmen Wilde Rose‹ würde in diesem Falle unsere letzte Chance sein, die Ausrottung der weißen Rasse in Südafrika zu verhindern.«

»Ich sehe trotzdem nicht, was ich mit der ganzen Sache zu tun habe«, sagte Fawkes.

»Wir möchten nur Ihre Meinung zu diesem Plan, Kommandant Fawkes«, sagte Zeegler. »Mit dem Computer haben wir die Erfolgschancen, die Vor- und Nachteile dieses Plans von vorne bis hinten durchgerechnet. Jetzt aber brauchen wir das Urteil eines Marineexperten aus Fleisch und Blut. Sie, und nur Sie, haben die nötige Erfahrung. Was meinen Sie zu dem Plan?«

»Ich meine, daß die erfolgreiche Durchführung dieses Plans praktisch unmöglich ist«, antwortete Fawkes. »Abgesehen davon ist das ›Unternehmen Wilde Rose‹ eine Ausgeburt des Wahnsinns. Der Plan wäre genau das, was wir den schwarzen Untergrundkämpfern immer vorwerfen: Terrorismus in seiner schlimmsten Form!«

»Sie sagen es«, pflichtete ihm De Vaal bei. »Terrorismus in seiner schlimmsten Form – genau das soll ja mit dem ›Unternehmen Wilde Rose‹ der internationalen Öffentlichkeit signalisiert werden. Indem wir die Männer, die den Plan ausführen, mit Uniformen der schwarzen Afrikanischen Revolutionsarmee ausstaffieren, haben wir die Möglichkeit, die Schuld für die Folgen den Schwarzen zuzuschieben.

Die Untergrundbewegung der schwarzen Afrikaner würde damit die Sympathie der internationalen Öffentlichkeit verlieren. Die Welt würde für uns, für die weiße Minderheit von Südafrika, Partei ergreifen.«

»Und diese Sympathie des Auslands brauchen wir wie das tägliche Brot. Ohne die moralische und finanzielle Unterstützung durch Länder wie die Vereinigten Staaten von Nordamerika kann unser Regime nicht überleben«, fügte Zeegler hinzu.

»Wenn wir den Gegnern nicht ganz klar Einhalt gebieten, dann wird in Südafrika genau das passieren, was in Rhodesien passiert ist«, zog De Vaal nach. »Die Schwarzen werden alles verstaatlichen, die Häuser und das Privateigentum der Weißen, die Farmen, Geschäfte und Banken. Alles werden sie nehmen, zerstören, verschleudern oder in Grund und Boden wirtschaften. Unschuldige Weiße und Schwarze werden mitten auf der Straße und in ihren Häusern abgeschlachtet werden. Tausende werden völlig mittellos ins Ausland fliehen müssen, nur um ihr nacktes Leben zu retten. Die von den Schwarzen eingesetzte Regierung wird natürlich kommunistisch orientiert sein. Irgendeiner der afrikanischen Stämme wird eine Diktatur errichten, wie sie im Buche steht. Ihre eigenen Leute werden sie versklaven und schlimmer behandeln, als es je ein Weißer getan hat. Wenn wir das zulassen, überliefern wir ganz Südafrika der Sklaverei. Sie können sicher sein, Kommandant Fawkes, wenn unsere Regierung stürzt, dann ist es mit der Demokratie in Südafrika zu Ende.«

»Niemand weiß genau, welche Folgen eine Machtübernahme der Schwarzen in Südafrika haben würde«, wandte Fawkes ein. »Aber selbst, wenn man in die Zukunft schauen könnte und dort ein schlimmes Schicksal für die Weißen in Südafrika sähe, dann würde dies immer noch nicht ein Wahnsinnsunternehmen wie die Aktion ›Wilde Rose‹ rechtfertigen!«

»Nach Ihrer ethischen oder moralischen Einschätzung des Plans war nicht gefragt worden, Kommandant Fawkes«, sagte De Vaal mit fester, verletzend kühl klingender Stimme. »Es ging uns ausschließlich um Ihr Urteil als nautischer Fachmann und Techniker. Sie sagen, der Plan ist undurchführbar. Das genügt mir.«

Als Fawkes gegangen war, goß sich De Vaal ein neues Glas Whisky ein. »Der Kommandant hat kein Blatt vor den Mund genommen«, bemerkte er achselzuckend.«

»Er hat gesagt, was seine Überzeugung ist«, antwortete Zeegler.

Und er hat die Wahrheit gesagt. Das ›Unternehmen Wilde Rose‹ bedeutet Terrorismus in seiner schlimmsten Form, und diesmal aus unserer eigenen Werkstatt.«

»Das mag sein«, murmelte De Vaal. »Aber haben wir wirklich eine andere Wahl? So wie es derzeit aussieht, gewinnen wir die einzelnen Schlachten und verlieren den Krieg!«

»Ich bin kein Militärstratege, das wissen Sie«, antwortete Zeegler. »Aber ich bin sicher, daß ein Plan wie das ‹Unternehmen Wilde Rose‹ keine Lösung für unsere Probleme ist. Herr Minister, ich bitte Sie, diesen Plan zu vergessen.«

Nachdenklich sah De Vaal einige Minuten lang in sein Glas. »Sie haben recht, Oberst Zeegler«, sagte er schließlich. »Nehmen Sie alle Unterlagen, Papiere, Notizen und Daten, die zu dem Plan des ›Unternehmens Wilde Rose‹ gehören, versiegeln Sie sie in einem Umschlag, und begraben Sie diesen Umschlag im Geheimtresor des Verteidigungsministeriums, zusammen mit den anderen Notfallplänen!«

»Sehr wohl, Herr Minister«, sagte Zeegler, sichtlich erleichtert.

De Vaal sah in den stärker werdenden Regen hinaus. Er wirkte nachdenklich und abgespannt. »Eigentlich schade«, murmelte er. »Der Plan war gut. Statt dessen lassen wir uns freiwillig aufhängen. Wir liefern den Schwarzen sogar noch die Stricke dazu, wenn nötig auf Kredit.«

Fawkes hatte über den Durst getrunken.

Wenn eine Riesenfaust die lange Mahagonitheke der Bar im Pembroke Hotel unter ihm weggezogen hätte, wäre er halb bewußtlos auf sein ohnehin bandagiertes Gesicht gefallen. Wie durch einen Nebelvorhang hindurch bemerkte er, daß er jetzt der einzige Gast in der Bar war. Es war spät geworden. Er orderte noch einen Drink, wobei er mit nahezu sadistischer Freude feststellte, daß die offizielle Sperrstunde schon lange überschritten war. Kein Wunder, daß der kleinwüchsige Barkeeper unruhig auf seine Armbanduhr schielte und darüber nachdachte, wie er den betrunkenen Gast zum Verlassen der Bar bewegen könnte.

»Fühlen Sie sich wohl, Sir?« fragte er vorsichtig.

»Nein, verdammt noch mal!« schimpfte Fawkes. »Ich fühle mich alles andere als wohl. Ich fühle mich beschissen!«

»Seien Sie mir nicht böse, Sir, aber wenn Ihnen das Zeug nicht gut tut, warum trinken Sie's?«

»Ist nicht der Whisky, der mich krank macht«, lallte Fawkes.

Es ist dieses ›Unternehmen Wilde Rose‹. Zum Kotzen!«

»Wie meinen Sie, Sir?«

Fawkes sah sich flüchtig im Raume um. Außer ihm und dem Barkeeper war die Bar menschenleer. Er lehnte sich über die Theke. »Was würden Sie sagen, wenn ich Ihnen erzähle, daß ich vor drei Stunden höchstpersönlich mit dem Verteidigungsminister der Republik Südafrika konferiert habe. Und zwar nicht weit von hier, auf dem Bahnhof, im Sonderzug des Ministers, in seinem Salonwagen.«

Der Barkeeper lächelte vorsichtig. Der Minister scheint ein Zauberer zu sein, Mr. Fawkes.«

»Ein Zauberer?«

»Ja, weil er an zwei Plätzen zur gleichen Zeit sein kann.«

»Sprechen Sie im Klartext, Mann!«

Der Barkeeper langte in das Regal hinter sich, nahm eine Zeitung und legte sie vor Fawkes auf die Theke. Gleichzeitig wies er mit dem Finger auf einen Artikel auf der ersten Seite und las seinem späten Gast laut die Schlagzeile dazu vor:

»Verteidigungsminister Pieter De Vaal zur Operation ins Port Elizabeth Hospital eingeliefert.«

»Das ist doch völlig unmöglich!«

»Was da vor Ihnen liegt, ist die Abendzeitung vom heutigen Datum«, sagte der Barkeeper. »Sie müssen zugeben, daß der Minister sich nicht nur sehr schnell von Operationen erholt, sondern auch über einen verdammt schnellen Zug verfügt. Port Elizabeth ist immerhin über 1000 km von hier entfernt.«

Mit einer wütenden Bewegung ergriff Fawkes die Zeitung, schüttelte – so gut es ging – die Benommenheit des Alkohols ab, setzte seine Brille auf und las den Zeitungsartikel.

Es war so, wie der Barkeeper gesagt hatte: Der Verteidigungsminister befand sich in Wirklichkeit in Port Elizabeth. Unbeholfen tastete Fawkes nach den Geldnoten in seiner Brieftasche, bezahlte und stolperte durch die Eingangshalle des Hotels nach draußen, auf die nächtliche Straße.

Wenige Minuten später stand er auf dem menschenleeren, verlassenen Bahnhof, wo er – wie er sich zu erinnern glaubte – vor drei Stunden den Minister getroffen hatte. Jetzt stand kein Zug mehr da. Das fahle Mondlicht brach sich auf den leeren Schienen. War De Vaal überhaupt dagewesen?

15

Sie kamen, als die Sonne aufging. Somala zählte mindestens dreißig Männer, die die gleiche gesprenkelte Uniform trugen wie er. Wie Schatten krochen sie aus der Deckung des Buschwerks. Mit wenigen Sprüngen waren sie dann im Sichtschutz des hohen Zuckerrohrs verschwunden.

Somala richtete sein Fernglas auf die Akazie, wo er zuvor den anderen Rebellen entdeckt hatte. Jetzt war der Mann nicht mehr zu sehen. Wahrscheinlich hatte er sich zu den anderen gesellt, die sich in der Zuckerrohrpflanzung versteckt hielten, dachte Somala. Aber wer waren diese Rebellen? Obwohl ihre Gesichter deutlich zu sehen waren, hatte Somala niemanden wiedererkannt. Waren es vielleicht Guerilleros von einer aufständischen Splittergruppe? Kameraden, die auf anderem Wege das gemeinsame Ziel, nämlich die Beendigung der weißen Herrschaft in Südafrika, erreichen wollten? Und wenn das so war, warum trugen die anderen dann die charakteristische schwarze Baskenmütze, die doch den Kämpfern der ARA vorbehalten war?

Einen Augenblick lang war Somala versucht, sein Versteck in dem ausgehöhlten Baumstamm zu verlassen und die Fremden geradeheraus nach ihrer Identität zu fragen. Dann aber verwarf er den Gedanken. Er war entschlossen, abzuwarten und zu beobachten, was geschah. So lautete der Befehl, den er zu Beginn seines Einsatzes erhalten hatte. Und diesen Befehl würde er befolgen.

Frühmorgendliches Leben erfüllte die Fawkes-Farm. Die schwarzen Arbeiter waren bereits zu den Feldern unterwegs, um dort die ihnen aufgetragenen Arbeiten zu verrichten. Patrick, der Sohn der Fawkes-Familie, passierte das Tor des elektrisch geladenen Maschendrahtzaunes und begab sich zu einem Traktor, den er reparieren wollte. Die Wachmänner am Tor vollzogen die Ablösung. Der Mann, dessen Nachtschicht zu Ende war, stand vor dem Wachhäuschen und palaverte mit dem Neuen, der tagsüber den Tordienst versehen würde. Somala traute seinen Augen nicht, als in diesem Moment der neu hinzugekommene Wachmann ohne ersichtlichen Grund umfiel und liegenblieb. Ein Schuß war nicht zu hören gewesen. Eine Sekunde später brach auch der andere Wachmann zusammen und stand nicht wieder auf.

Im nächsten Augenblick begann eine größere Gruppe von Rebellen in gesprenkelten Tarnanzügen in einer losen Angriffslinie aus dem schützenden Zuckerrohrfeld auf das Tor des Maschendrahtzaunes zuzulaufen, das die beiden Wachmänner nicht mehr hatten schließen können. Die Angreifer waren mit automatischen Gewehren chinesischer Herkunft, Typ CK-88, ausgerüstet. Zwei von ihnen trugen – wie Somala bemerkte – langläufige Präzisionsgewehre mit aufgesetzten Zielfernrohren und Schalldämpfern.

Dann waren Schüsse, die aus den CK-88-Gewehren abgegeben wurden, zu hören. Der junge Fawkes wurde von mindestens zehn Kugeln durchlöchert, bevor er auch nur eine Chance hatte, zu seinem eigenen Gewehr zu greifen. In einer Geste der Hilflosigkeit und des Schreckens fuhren seine Hände in die Luft, dann sank er leblos über der geöffneten Motorhaube des Traktors, an dem er gearbeitet hatte, zusammen.

Vom Geräusch der Schüsse alarmiert, rannte seine Schwester Jenny, die sich in der ersten Etage des Herrenhauses befand, ans Fenster.

»Um Himmels willen, Mutter!« schrie sie. »Der Hof ist voll von Rebellen. Sie haben Patrick erschossen!«

Myrna Fawkes ergriff ihre Schrotflinte, rannte zur Ausgangstür des Hauses und sah hinaus. Mit einem Blick erkannte sie, daß die schwarzhäutigen Eindringlinge das Hindernis des elektrisch geladenen Maschendrahtzaunes überwunden hatten. Unbehindert strömten sie durch das offenstehende Tor auf das Herrenhaus zu. Sie schlug die Tür ins Schloß und riegelte ab.

»Jenny!« schrie sie dann die Treppe hinauf. »Geh sofort ans Funkgerät und rufe die Polizeistation an!«

Dann setzte sie sich in stoischer Ruhe auf einen Stuhl, lud die doppelläufige Flinte mit zwei Schrotpatronen und wartete.

Die Intensität des Gewehrfeuers nahm zu, und von der nahen Wohnsiedlung der afrikanischen Arbeiter waren die verzweifelten Schmerzenslaute und Todesschreie von Frauen und Kindern zu hören. Wie Myrna Fawkes mit einem vorsichtigen Blick aus dem Fenster wahrnahm, wurde nicht einmal das Vieh verschont, die Tiere blökten und wälzten sich in ihrem Blute. Myrna Fawkes weigerte sich, den Alptraum um sie her zur Kenntnis zu nehmen. Mit Gewalt unterdrückte sie ein verzweifeltes Schlucken, das ihr die Kehle hinaufzusteigen drohte.

Als der erste Eindringling durch die zerschmetterte Eingangstür sprang, hob sie den Lauf ihres Gewehres und zielte.

Der Mann, der mit erhobenem Gewehrkolben vor ihr stand, war

der bestaussehende Afrikaner, den sie je gesehen hatte. Er war von großer Gestalt, hatte einen muskulösen Körperbau, einen gut geschnittenen Kopf und eine blauschwarz schimmernde Hautfarbe. Bevor der Gewehrkolben des Angreifers sie erreichen konnte, drückte Myrna Fawkes ab und feuerte.

Die Gewalt des aus dieser Nähe abgegebenen Schusses war so groß, daß der Kopf des Afrikaners bis zur Unkenntlichkeit zerfetzt wurde. Sein Gesicht verwandelte sich in einen Brei aus Knochen und rötlich-grauem Gewebe. Der so Getroffene brach zusammen und fiel hintenüber gegen die Tür. Todeszuckungen erschütterten den verstümmelten Körper.

Mit einer automatisch anmutenden Bewegung, als befinde sie sich bei einem Schießwettbewerb, lud Myrna nach. Sie war gerade wieder schußbereit, als zwei weitere Männer durch die Tür hereinkamen. Den ersten traf sie ins Herz, er war sofort tot. Der zweite Angreifer sprang über den zusammengesackten Körper seines Kameraden hinweg, so daß Myrnas Schuß ihn tiefer als geplant traf. Er bekam die Schrotladung in den Unterleib. Er stieß einen Schmerzensschrei aus, warf die Waffe weg und bedeckte die tiefe, blutige Verletzung in seiner Leistengegend mit den Händen. Dann brach er zusammen und kroch, unzusammenhängende Worte stammelnd, zur Tür hinaus.

Myrna lud nach. Ein Fenster wurde eingeschlagen, und fast im gleichen Moment erschienen auf der tapezierten Wand hinter Myrnas Stuhl eine Reihe von Einschüssen. Myrna verspürte keinen Schmerz, sie wußte nur, daß irgend etwas nicht mehr in Ordnung war. Aufmerksam sah sie an sich herunter und entdeckte Blut, das in einem immer dickeren Strom ihre Jeans tränkte. Oben, im ersten Stock des Herrenhauses, ertönte jetzt ein lauter Schuß. Das war – wie Myrna annahm – Jenny, die mit dem 44er Magnum-Revolver ihres Vaters in den Hof hinunterschoß.

Der nächste Afrikaner, der ins Haus kam, war vorsichtiger als seine beiden Kameraden. Er gab von der Terrasse her im schrägen Winkel eine Salve von Schüssen ins Innere des Hauses ab und wartete. Nachdem er festgestellt hatte, daß seine Schüsse aus dem Inneren des Hauses nicht beantwortet wurden, trat er ein, indem er vorsichtig ins Dunkle spähte. Der Doppelschuß, den Myrna aus ihrer Flinte abgab, riß ihm den linken Arm weg. Sekundenlang starrte der Verstümmelte wie benommen auf den blutigen Armstumpf, der abgetrennt vor ihm auf dem Boden lag und dessen Finger sich noch bewegten. Das Blut schoß in einem mächtigen, pulsierenden Strom aus dem Armstumpf und spritzte auf den Teppich. Dann stürzte der Rebell zu Boden, wo er, vor Schmerzen wimmernd, verharrte, bis ihn die Ohnmacht und der nahende Tod umfingen.

Myrna versuchte, ihre Schrotflinte jetzt mit einer einzigen Hand zu laden. Drei Schüsse des letzten Angreifers hatten ihre rechte Hand zerschmettert und den rechten Arm praktisch unbrauchbar gemacht. Sie stöhnte vor Anstrengung, bis es ihr schließlich gelang, die leeren Schrothülsen aus der Waffe zu entfernen und neue Munition einzulegen. Ihr ganzer Körper schien von einem seltsamen Brennen erfüllt.

»Mama?«

Myrna sah auf. Jenny stand schwankend auf der Treppe, den schweren Revolver lose in der Hand. Die weiße Bluse über ihren festen Brüsten war von Blut getränkt.

»Mama, ich bin verletzt!« stöhnte sie.

Bevor ihre Mutter antworten konnte, kam ein weiterer Afrikaner in den Raum gelaufen. Vergeblich versuchte Jenny, von der Treppe aus, ihren Revolver auf ihn zu richten. Ihre Bewegung war zu langsam. Der Angreifer feuerte zuerst, so daß das Mädchen getroffen wurde. Diesmal war es das Ende. Lautlos brach sie zusammen und rollte die Treppe hinunter wie eine Puppe, die von einem zornigen Kind weggeworfen wird.

Alles, was Myrna angesichts des entsetzlichen Geschehens um sie her tun konnte, war dasitzen und sich mit letzter Kraft auf ihre Flinte stützen. Der starke Blutverlust zerrte an ihrer Energie und begann ihre Sinne zu vernebeln. In einem letzten Aufflackern ihres schwindenden Geistes gewahrte sie einen bewaffneten Mann, der in geringer Entfernung vor ihr stand und ihr die Mündung seines automatischen Gewehres an die Schläfe hielt.

»Vergeben Sie mir, Madam!« stammelte der Mann.

»Warum tut ihr das?« fragte sie zurück.

Der Mann gab keine Antwort und schoß. Myrna Fawkes war es, als ob die violetten Blüten draußen auf der Veranda plötzlich zu roten Fuchsien und schließlich zu gleißenden Sonnenrädern würden. Dann umhüllte sie das Dunkel des Todes.

Ratlos stapfte Somala zwischen den Leichen umher, die in grotesken Verrenkungen überall auf dem Gelände lagen und in die Ewigkeit zu starren schienen. Erbarmungslos hatten die Angreifer fast alle Arbeiter samt ihren Familien in der nahegelegenen Wohnsiedlung getötet. Allerhöchstens ein halbes Dutzend Frauen und Kinder, so schätzte er, konnten – in Angst und Panik – in den Busch entkommen sein. Vor ihrem Rückzug hatten die Angreifer noch Feuer an das gesamte Anwesen gelegt. Es brannte lichterloh.

Etwas war seltsam, dachte Somala. Niemand in der Führung seiner Untergrundorganisation hatte ihm gesagt, daß ein Angriff auf die Fawkes-Farm geplant war. Wer waren die Fremden? Warum hatten sie beim Abrücken so gründlich das gesamte Gelände abgesucht? Und warum hatten sie, trotz aller Eile, ihre Toten mitgenommen? Der ganze Überfall war, wie er fand, mit geradezu geisterhafter Präzision abgelaufen.

Nicht einmal, als aus der Ferne das Motorengeräusch der herannahenden Hubschraubereinheiten der Armee hörbar wurde, hatten die Angreifer irgendwelche Anzeichen von Panik gezeigt. In einer geordneten Absetzbewegung verschwanden sie im umliegenden Busch, als ob es sie nie gegeben hätte.

Nachdenklich ging Somala zu seinem Versteck im Baum zurück, um die Ausrüstung an sich zu nehmen, die er dortgelassen hatte. Dann machte er sich, in einer Art langsamem Dauerlauf, auf den Weg zum vereinbarten Treffpunkt mit seinen Kameraden. Es kam jetzt darauf an, so schnell wie möglich wieder über die Grenze nach Moçambique zu kommen, um die Führung über das Vorgefallene zu informieren. Somala sah nicht mehr zurück. Er achtete weder auf die entsetzlich verstümmelten Leichen in der Wohnsiedlung am Fluß, den er passierte, noch auf die Geier, die sich an den Überresten des Massakers gütlich taten. Und er hörte auch den Schuß nicht, der ihn in den Rücken traf und zu Boden warf.

16

Kommandant Patrick Fawkes erinnerte sich später nicht mehr daran, wie er den Heimweg von Pembroke nach Umkono geschafft hatte. Mechanisch bediente er das Steuer seines Wagens und die Fußpedale. Seine Augen waren glasig – starr auf die Straße gerichtet. Er war gerade in einer kleinen Drogerie gewesen, um das Badeöl für seine Tochter Jenny zu kaufen, als ein eigens nach ihm entsandter Polizist von der Polizeistation Pembroke ihn aufspürte und ihn mit wenigen Worten über die Tragödie informierte, die sich zu Hause ereignet hatte. Aus Trotz, oder auch um sich doch noch eine verzweifelte Hoffnung zu erhalten, hatte Fawkes sich zunächst geweigert, das Gehörte zu glauben. Erst später, als es ihm gelang, Shawn Francis, den irischen Chef der Polizeistation Umkono, über Funk zu erreichen, wurden ihm der Wahrheitsgehalt der Meldung und das Ausmaß des Unglücks klar. »Du mußt sofort nach Hause kommen, Patrick. Und du mußt stark sein!« hatte Francis gesagt. Weitere Einzelheiten hatte der Polizeichef über Funk nicht durchgegeben. Fawkes hatte auch nicht danach gefragt.

Die Sonne stand noch hoch am Himmel, als Fawkes von weitem das erblickte, was einmal seine Farm gewesen war. Von dem Herrenhaus war wenig übriggeblieben. Nur der Kamin und das ausgeglühte Eisengerippe der Veranda standen noch. Der Rest war ein Haufen rauchender Trümmer. Auf dem Hof standen ausgebrannte Traktoren, von deren geschmolzenen Reifen beißender, dunkler Rauch aufstieg. Die afrikanischen Farmarbeiter lagen noch genauso, wie sie erschossen oder niedergemetzelt worden waren. Ein ganzer Schwarm von Geiern tauchte seine gebogenen Schnäbel in die blutigen Eingeweide der zahlreichen verwesenden Rinderkadaver.

Dann bemerkte Fawkes einige Soldaten der Armee und Shawn Francis. Sie standen um drei leblose Gestalten herum, die auf den Boden gelegt und mit Decken bedeckt worden waren. Fawkes fuhr in den Hof und stoppte.

Francis kam zu ihm herüber, während er langsam aus seinem Geländewagen ausstieg und das Grauen der Szene, die sich ihm bot, zu erfassen versuchte. Das Gesicht des Polizeichefs war gefaßt und bleich.

»Mein Gott, so sag doch etwas!« brach es aus Fawkes heraus. »Meine Familie! Was ist mit meiner Familie?«

Vergeblich versuchte der Polizeichef, ein paar erklärende Worte herauszubringen. Schließlich gab er es auf und begnügte sich mit einer knappen Kopfbewegung in Richtung auf die zugedeckten Leichen, die unweit von ihnen auf dem Boden lagen. Fawkes stürzte nach vorne, wurde aber von dem Polizeichef ebenso liebevoll wie bestimmt am Arm festgehalten.

»Laß das, Patrick! Ich habe deine Angehörigen bereits identifiziert.«

»Verdammt noch mal, Shawn, das ist meine Familie, die da liegt.«

»Bitte, Patrick, schau sie nicht an!«

»Laß mich! Ich muß sie sehen.«

»Nein!« beharrte Shawn Francis. Immer noch hielt er Fawkes, den er seit vielen Jahren kannte, am Arm, um ihn zu hindern, zu den Toten hinzugehen. Fawkes blieb stehen. »Myrna und Jenny sind in dem Feuer, das die Banditen nach dem Überfall gelegt haben, fast völlig verkohlt. Deine Lieben sind tot, Patrick. Behalte sie so in Erinnerung, wie sie im Leben waren, nicht so, wie sie jetzt im Tode aussehen.«

Der Polizeichef spürte, wie die Spannung in Fawkes Körper nachließ. Er lockerte seinen Griff.

»Wie ist es geschehen?« fragte Fawkes gefaßt.

»Genaues wissen wir nicht. Sie haben auch alle deine Arbeiter getötet. Es gibt keine Verwundeten, die uns Näheres sagen könnten.«

»Irgend jemand muß den Überfall doch gesehen haben...«

»Ja, das nehme ich auch an. Vermutlich gibt es den einen oder anderen überlebenden Zeugen, der vor lauter Panik in den Busch geflüchtet ist. Wenn das der Fall ist, wird er nach einiger Zeit zurückkommen.«

Das Gespräch zwischen den beiden Männern wurde unterbrochen, weil ein Hubschrauber landete. Behutsam hoben die Soldaten die Leichen von Myrna, Jenny und Fawkes Sohn Patrick auf, legten sie auf den Boden des Frachtraumes und banden sie fest. Fawkes machte keinerlei Anstalten, zum Hubschrauber hinzugehen und die Leichen anzusehen. Er blieb, ohne eine Regung zu zeigen, stehen und sah dem Hubschrauber zu, wie er startete und über seinen Kopf hinweg in einem großen Bogen nach Umkono flog, wo die Toten in der Leichenhalle aufgebahrt werden sollten.

»Wer hat das getan?« fragte Fawkes den Polizeichef, der neben ihm gewartet hatte. »Sag mir, wer meine Frau und meine Kinder und meine Arbeiter umgebracht hat! Sag mir, wer meine Farm niedergebrannt hat!«

»Die einzigen Spuren, die wir haben, sind zwei Geschoßhülsen, die zur CK-88 passen. Außerdem wurde ein verkohlter Armstumpf mit einer Uhr chinesischer Herkunft gefunden. Die Fußspuren deuten auf Soldatenstiefel.

Alles zusammengenommen, sieht es so aus, als ob dies ein Werk der ARA ist.«

»Du hast gesagt, ein oder zwei Geschoßhülsen«, erkundigte sich Fawkes. »Bei dem Blutbad, das diese Verbrecher angerichtet haben, müßten doch Hunderte von Geschoßhülsen herumliegen.«

Der Polizeichef machte eine hilflose Handbewegung. »Nein. Das ist typisch für die Überfälle der ARA. Nach einem solchen Massaker wie hier suchen sie immer genau das Gelände ab, damit möglichst wenig verwertbare Spuren zurückbleiben. Wenn keine Geschoßhülsen da sind, kann man auch schwer nachweisen, wer geschossen hat. So kann die ARA bei jeder internationalen Untersuchungskommission auf ihre Unschuld pochen und die Verantwortung an dem Überfall auf irgendwelche anderen Befreiungsorganisationen abschieben, über die sie angeblich keine Kontrolle hat. Auch die beiden Geschoßhülsen und den verkohlten Arm, den ich erwähnte, haben wir erst mit Hilfe der Spürhunde gefunden. Ich stelle mir vor, daß alles ungefähr folgendermaßen vor sich gegangen ist. Sie haben vermutlich die Wachen beim Schichtwechsel erschossen – in dem Augenblick, wo das Tor offen und die elektrische Spannung im Maschendrahtzaun unterbrochen war. Deinen Sohn haben sie in der Nähe jenes ausgebrannten Traktors getötet. Myrna und Jenny lagen, als wir sie fanden, in der Wohnhalle. Sie sind erschossen worden. Es gibt keinerlei Hinweise darauf, daß sie vergewaltigt oder verstümmelt worden sind.«

Der Polizeichef nahm einen Schluck aus einer flachen Feldflasche, die er bei sich trug. Er bot die Flasche auch Fawkes an, der jedoch den Kopf schüttelte.

»Trink, Patrick! Es ist Whisky.«

Noch einmal schüttelte Fawkes schweigend den Kopf.

»Wir fingen in der Polizeistation über Funk einen Hilferuf von Jenny auf. Sie sagte, daß dein Sohn erschossen worden sei, eine große Zahl von Afrikanern in gesprenkelten Tarnanzügen seien dabei, die Farm anzugreifen. Jenny und Myrna müssen sich bis zum letzten Atemzug gewehrt haben, sie haben den Angreifern einen Kampf auf Leben und Tod geliefert. Das geht aus verschiedenen Blutspuren hervor, die wir auf der Terrasse vorfanden. Jennys letzte Worte am Funkgerät waren: ›Gott steh uns bei! Jetzt erschießen sie die Kinder von den Arbeitern.‹ Wir flogen dann, so schnell wir konnten, mit den Hubschraubern hierher. Innerhalb von dreizehn Minuten waren wir am Tatort. Aber da brannte schon alles, und die Angreifer waren verschwunden, wie vom Boden verschluckt. Zwei Armeeinheiten und ein Hubschrauber der Armee versuchen derzeit, sie im Busch ausfindig zu machen.«

»Meine Arbeiter, die Frauen und Kinder ...« murmelte Fawkes und wies auf die zahlreichen Leichen, die auf dem Gelände lagen. »Wir können sie doch nicht den Geiern überlassen.«

»Natürlich nicht. Dein Nachbar Brian Vogel ist unterwegs hierher. Er bringt seine Arbeiter mit, um die Leichen zu begraben. Sie werden bald hier sein. Bis sie kommen, werden meine Männer dafür sorgen, daß die Geier ferngehalten werden.«

Fawkes hatte das beklemmende Gefühl, einen unerträglichen Alptraum zu träumen, als er die Stufen zur Veranda seines abgebrannten Hauses emporging. Immer noch konnte er das Ausmaß der Tragödie, die ihn getroffen hatte, nicht verstehen. Tief in seinem Herzen hatte er auch jetzt noch die wahnwitzige Hoffnung, seine drei Lieben dort oben auf der Veranda lebendig anzutreffen. Er erinnerte sich an das Bild, das sich ihm bei der Abreise von seiner Farm ins Herz gegraben hatte. Sein Sohn Patrick, Jenny und Myrna hatten, von den violetten Blüten der Kletterpflanzen umrankt, auf den Stufen der Terrasse gestanden und ihm lächelnd nachgewinkt. Auf der Terrasse, die jetzt von verkohlten Trümmern und Blutspuren übersät war. Die Blutspuren – so schien es Fawkes – verliefen so, daß sie auch von drei oder vier Leichen stammen konnten, die man aus dem Hause geholt und über den Boden der Terrasse geschleift hatte, bevor das Anwesen dann angezündet worden war. Inzwischen war das Blut geronnen und verkrustet. Fette, in allen Regenbogenfarben schillernde Fliegen hatten sich wie eine böse, gespenstische Saat auf die Blutreste herniedergesenkt. Fawkes spürte, wie Ekel ihm die Kehle hochstieg.

Vom Schmerz der Erinnerung an seine Lieben überwältigt, lehnte er sich an das ausgeglühte Stahlgerippe der Veranda. Das Haus, das er für seine Familie gebaut hatte, war nicht mehr. Es lag als grotesker Trümmerhaufen inmitten der sorgfältig geschnittenen Rasenfläche, umgeben von unversehrten Gladiolen und Lilien. Hatte es dieses Haus überhaupt je gegeben?

Der Polizeichef Shawn Francis fand eine halbe Stunde später einen schweigsamen, seltsam veränderten Patrick Fawkes vor. Der Schotte saß im Rasen und starrte ins Leere.

»Komm jetzt mit, Patrick! Wir fahren zu mir nach Hause. Es gibt nichts, was du hier noch tun kannst.«

»Fawkes widersprach nicht. Schweigend folgte er dem Polizeichef zum Jeep und setzte sich auf den Beifahrersitz.

Er sah sich nicht um, als sie das Tor des niedergebrannten Anwesens passierten, sondern schloß die Augen. Er wußte, daß er nie wieder seinen Fuß auf dieses Stück Land setzen würde.

17

Hiram Lusana hatte sieben Stunden lang geschlafen, als er durch ein Klopfen an der Tür geweckt wurde. Wie er durch einen raschen Blick auf die Armbanduhr feststellte, war es schon sechs. Er fluchte, rieb sich den Schlaf aus den dunkelbraunen Augen und setzte sich auf. »Herein!«

Noch einmal klopfte es.

»Ich sagte, herein!« rief er unwirsch.

Hauptmann John Mukuta trat ein und nahm militärische Haltung an. »Es tut mir leid, Sir, daß ich Sie aufwecken muß, aber die Einheit Nr. 14 ist gerade von ihrem Aufklärungsauftrag in der Gegend von Umkono zurückgekommen.«

»Was ist daran so dringend? Ich werde mir ihren Bericht später ansehen.«

Hauptmann Mukutas Augen schienen auf einen imaginären Punkt an der Wand zu starren. »Die Patrouille geriet in einen Hinterhalt. Der Führer der Einheit wurde schwer verletzt, er befindet sich in kritischem Zustand. Und er besteht darauf, nur Ihnen zu berichten und niemandem sonst.«

»Wie heißt er?«

»Marcus Somala.«

»Somala?« Lusana runzelte die Brauen. Entschlossen sprang er vom Bett auf. »Sagen Sie Somala, ich komme.«

Der Hauptmann salutierte und verließ den Raum, indem er vorsichtig die Tür hinter sich zuzog. Um seinen Vorgesetzten nicht in Verlegenheit zu bringen, hatte er die ganze Zeit so getan, als hätte er den anmutig geformten Frauenkörper, der neben Lusana unter der Satindecke lag, nicht bemerkt.

Lusana stand vor dem Bett und reckte sich. Dann griff er nach dem Bettuch und zog es mit einem einzigen schnellen Ruck zur Seite. Felicia Collins schlief tief und fest. Ihr schönes Haar, das im Afro-look frisiert war, glänzte im Gegenlicht. Es umrahmte ein hübsches Gesicht, in dem besonders die wohlgeformten, sinnlichen Lippen auffielen. Ihre Haut hatte die Farbe von gemahlenem Kakao. Interessiert beobachtete Lusana, wie sich ihre festen, spitzen Brüste mit den reizvollen Warzenhöfen bei jedem Atemzug anmutig hoben und senkten. Lusana lächelte. Dann löste er sich mit einem fast unhörbaren Seufzer von dem angenehmen Anblick seines schlafenden Gastes und begab sich ins Badezimmer.

Mit etwas kaltem Wasser, das er sich auf das Gesicht spritzte, verscheuchte er die restliche Müdigkeit. Dann betrachtete er sich prüfend im Spiegel. Seine Augen waren rot unterlaufen, das Gesicht – eine Folge der alkoholischen und sexuellen Ausschweifungen des vorhergehenden Abends – übernächtigt.

Bedächtig trocknete er sich ab, dann massierte er sein Gesicht mit den Händen, bis er sich wieder etwas wohler und frischer fühlte. Schließlich kehrte er in den Schlafraum zurück, um sich anzuziehen.

Lusana war von verhältnismäßig kleiner Statur. Seine Haut war um einen Grad heller als die der Afrikaner, die er befehligte. »Afrikanischen Sonnenbrand« nannten die Soldaten diesen Farbton, wenn sie glaubten, daß Lusana sie nicht hören konnte. Solche Bemerkungen über seine andersartige Hautfarbe bezogen sich auf seine amerikanische Herkunft ebenso wie auf seine amerikanischen Lebensgewohnheiten, die zu den Sitten der Männer aus dem Busch in einem starken Gegensatz standen. Trotz solcher Unterschiede jedoch brachten ihm seine Leute ein hohes Maß an Respekt entgegen. Lusana war für sie eine Art Halbgott. Und sie bewunderten seine Ausstrahlung einer schlafwandlerischen Sicherheit, wie man sie gelegentlich bei Boxern zu Anfang ihrer Laufbahn vorfindet. Seine Feinde nannten es Arroganz und Überheblichkeit. Für Lusana selbst war es egal, ob man ihn haßte oder liebte – solange man ihn überhaupt genug beachtete. Er warf einen letzten Blick auf das entblößte Negermädchen in seinem Bett, dann ging er entschlossen zur Tür, um sich zur Krankenabteilung des Ausbildungslagers zu begeben.

Der chinesische Arzt, den er dort antraf, machte ein sorgenvolles Gesicht.

»Die Kugel ist von hinten in den Körper eingetreten. Sie hat die halbe Lunge weggerissen, eine Rippe zerschmettert und vorne, unterhalb des linken Schulterblattes, wieder den Körper verlassen. Es ist ein medizinisches Wunder, daß der Mann überhaupt noch am Leben ist.«

»Kann er sprechen?« fragte Lusana.

»Ja, aber jedes Wort bedeutet für ihn einen starken Kräfteverlust.«

»Wie lange...«

»Wie lange er noch zu leben hat?«

Lusana nickte.

»Marcus Somala hat eine unglaublich starke körperliche Konstitution«, antwortete der Arzt. »Trotzdem bezweifle ich, daß er die kommende Nacht überlebt.«

»Können Sie ihm ein Stimulans geben, damit er für ein paar Minuten wieder zu sich kommt?«

Der Chinese in dem weißen Kittel zuckte die Schultern. »Er wird ohnehin sehr bald sterben. Es ist nicht so schlimm, wenn das Unvermeidliche infolge der Anstrengung, die ihm das Sprechen bereiten wird, noch etwas früher eintritt.« Er drehte sich um und gab der Krankenschwester mit leiser Stimme eine Anweisung. Die Schwester verließ den Raum.

Lusana ging ans Bett und betrachtete den Schwerverletzten. Die Gesichtszüge von Somala waren verzerrt, seine Brust hob sich in kurzen unregelmäßigen Abständen. Ein Gewirr von Plastikschläuchen hing von einem stählernen Galgen auf das weißbezogene Bett hinunter. Einige dieser Schläuche endeten in den Nasenlöchern des Verletzten, andere waren mit besonderen Injektionsnadeln verbunden, die man dem Patienten in die Arme gestochen hatte. Auf der Brust klebte ein dicker, blutdurchtränkter Wundverband.

Die Krankenschwester kam zurück und überreichte dem Arzt eine gefüllte Injektionsspritze. Vorsichtig, mit gleichmäßigem, leichtem Druck, entleerte der Arzt den Inhalt der Spritze in die Adern des Schwerverletzten. Es dauerte nur wenige Minuten, bis Somalas Augenlider zu flattern begannen. Er stöhnte.

Lusana machte eine leichte Kopfbewegung zu dem Arzt und zur Schwester, die daraufhin sofort den Raum verließen und die Türe hinter sich schlossen.

Dann beugte er sich über das Bett. »Somala, ich bin Hiram Lusana. Können Sie mich verstehen?«

Somalas Antwort kam als kaum hörbares Flüstern. »Ich kann Sie... nicht sehen, General Lusana. Sind Sie es wirklich?«

Lusana ergriff Somalas schweißnasse Hand und drückte sie. »Jawohl, mein tapferer Krieger, ich bin es selbst. Ich bin gekommen, weil du mir Bericht erstatten wolltest.«

Der Schwerverletzte verzog das schmerzentstellte Gesicht zu der Grimasse eines dankbaren Lächelns. Dann plötzlich trat ein gehetzter Ausdruck in seine Augen. »General Lusana, warum haben Sie kein Vertrauen zu mir gehabt?« stöhnte er kaum vernehmlich.

»Kein Vertrauen?«

»Warum haben Sie mir nicht gesagt, daß Sie einen zweiten

Kommandotrupp losgeschickt hatten, um den Überfall auf die Fawkes-Farm durchzuführen?«

Lusana war erschüttert. »Davon weiß ich nichts. Erzähle, was du gesehen hast. Ich muß alles genau wissen. Du darfst nichts vergessen!«

Marcus Somala begann seinen Bericht, er flüsterte jetzt so leise, daß sein Vorgesetzter ihn nur mit großer Mühe verstehen konnte. Zwanzig Minuten lang sprach er. Dann fiel er in tiefe Bewußtlosigkeit zurück, die Anstrengung war zu groß gewesen. Mittags war er tot.

18

Patrick Fawkes stand allein auf dem kleinen Friedhof. Mit kräftigen, entschlossenen Bewegungen schaufelte er Erde auf die Särge seiner Lieben, die soeben in die frisch ausgehobenen Gräber hinabgelassen worden waren. Ein leichter Nieselregen ging nieder und durchnäßte seine Kleider. Es war sein Wunsch gewesen, die Gräber selbst auszuheben und auch wieder zuzuschaufeln. Die einfache Trauerfeier am Grabe war vorüber, und die Freunde und Nachbarn, die ihr beigewohnt hatten, waren bereits nach Hause gegangen, so daß sich Fawkes ungestört seiner traurigen Aufgabe widmen konnte.

Als die drei Gräber mit Erde angefüllt waren, nahm er den Spaten, hielt ihn flach, kniete sich nieder und klopfte das lose Erdreich fest, so daß es mit der umgebenden Erde eine ebene Fläche bildete.

Dann trat er einige Schritte zurück, um das Ergebnis seiner Arbeit zu betrachten. Der Grabstein, den er in Auftrag gegeben hatte, würde erst in einigen Wochen fertig werden. Vorläufig wirkten die drei eingeebneten Gräber mit der unbepflanzten Erde wie häßliche Fremdkörper, die sich unangenehm von dem gepflegten Rasen und dem Blumenmeer der älteren Gräber ringsumher abhoben. Fawkes kniete sich hin und griff mit der Rechten in die Außentasche seines Mantels. Er suchte und fand die Handvoll Blütenblätter von den Bougainvillea-Sträuchern von der Terrasse seines niedergebrannten Hauses. Mit einer liebevollen Bewegung verstreute er die rosa-violetten Blütenblätter über das frische Erdreich der drei

Gräber. Dann ließ er seinem lange aufgestauten Schmerz freien Lauf. Er weinte, bis die Sonne unterging.

Wie ein allzuschnell ablaufender Film flimmerten die Bilder aus seiner Erinnerung an ihm vorüber. Da waren Myrna und die Kinder vor dem Hintergrund seiner kleinen Farm im Küstengebiet bei Aberdeen im heimatlichen Schottland. Noch einmal erlebte er den Ausdruck von Überraschung und Freude in ihren Gesichtern, als er ihnen erzählt hatte, daß sie nun alle nach Südafrika auswandern würden, um dort eine große, schöne Farm zu gründen. Er erinnerte sich daran, wie käsig weiß die kleine Jenny und ihr Bruder Patrick gewesen waren, als sie zu den stämmigen Siedlerkindern in die Weiße Schule von Umkono kamen. Schon einige Monate später waren die beiden kleinen Bleichgesichter zu robusten und sonnengebräunten Kindern geworden, die mutig und vertrauensvoll in die Zukunft blickten.

Fawkes war stolz auf seine Kinder und auf Myrna gewesen. Anfangs hatte Myrna das gewohnte Leben und den schottischen Alltag vermißt. Dann aber hatte sie das große und verheißungsvolle Afrika ebenso liebgewonnen wie er, Patrick. Sie hatte ihn sogar damit aufgezogen, daß es ihm zuweilen schwerfiel, seine seemännische Vergangenheit zu vergessen. »Du wirst nie ein richtiger Farmer«, hatte sie lächelnd gesagt und ihm dabei mit einer scheuen Geste über den Kopf gestreichelt.

»Du bist und bleibst ein Seemann, mit Salzwasser in den Adern.«

In seiner Erinnerung hörte Fawkes die Stimme seiner toten Frau so klar und deutlich, daß es ihm schwerfiel zu glauben, daß sie nun unter ihm in der Erde lag und vermoderte. Plötzlich wurde ihm bewußt, daß er jetzt allein war. Ein Gefühl grenzenloser Verlassenheit und Hoffnungslosigkeit beschlich ihn. Wenn eine Frau ihren Mann verliert – so hatte er einmal sagen gehört – dann trauert sie, aber das Leben geht weiter. Wenn hingegen einem Mann die Frau starb, starb auch er – mit einer Hälfte seines Herzens.

Mühsam zwang Fawkes die Erinnerung an die Bilder einstigen Glücks in sein Unterbewußtsein zurück. Vor seinem inneren Auge wurden die Konturen eines Mannes sichtbar. Es war ein Schattenbild, und der Mann hatte kein Gesicht, weil es sich um jemanden handelte, den Fawkes nie von Angesicht zu Angesicht gesehen hatte – um Hiram Lusana, den Führer der Afrikanischen Revolutionsarmee.

Fawkes spürte, wie seine abgrundtiefe Verzweiflung von einer

Woge kalten Hasses überspült wurde. Grimmig ballte er die Fäuste und schlug mit ihnen wieder und wieder auf das nasse Erdreich der Gräber, vor denen er kniete. Schließlich ebbte seine Erregung ab, sein Blick klärte sich. Er seufzte und begann in der zunehmenden Dämmerung die Bougainvillea-Blüten so auf dem Erdreich anzuordnen, daß sie die Anfangsbuchstaben der Namen seiner Lieben bildeten. Dann stand er auf. Er wußte, was es jetzt zu tun galt.

19

Lusana hielt den Vorsitz der Versammlung. Gesenkten Blickes saß er am Kopfende des ovalen Konferenztisches und spielte mit dem goldenen Füllfederhalter, der vor ihm auf der mattglänzenden Tischplatte lag. Auf der gegenüberliegenden Schmalseite des Tisches saß Oberst Duc Phon Lo, der stets lächelnde asiatische Militärberater der ARA. Er war zu beiden Seiten von einer dichten Traube junger Offiziere umgeben, die soeben die bequemen Polsterstühle an den beiden Breitseiten der Tafel eingenommen hatten.

»Ich wiederhole es noch einmal langsam zum Mitschreiben, meine Herren«, sagte Lusana, nicht ohne Schärfe in seiner wohlklingenden Stimme. »Sie sind sich über den Ernst der Situation offenbar nicht im klaren.«

»Irgendein hirnverbrannter Neandertaler geht los, läßt ein beispielloses Massaker vom Stapel, brennt die Farm des angesehensten Bürgers der Provinz Natal nieder – und Sie alle sitzen hier um mich herum, als ob Sie kein Wässerlein trüben könnten!« Er machte eine Pause, um prüfend in die Augen der Männer zu sehen, die schweigend rings um den Tisch saßen und ihn mit undurchdringlichen Gesichtern anstarrten. »Schluß jetzt mit dem Versteckspiel, meine Herren, ich möchte jetzt reinen Wein eingeschenkt bekommen! Wer von Ihnen steckt dahinter?«

Schweigen folgte seiner Frage. Oberst Duc Phon Lo beugte sich vor, stützte die Hände auf und spreizte die Finger auf der Tischplatte. Mit seiner gelblichen Haut, seinen mandelförmig geschnittenen Augen und dem kurzgeschnittenen glatten Haar bildete er einen seltsamen Gegensatz zu den dunkelhäutigen Afrikanern, die ihn umgaben. Lo sprach langsam, indem er jedes einzelne Wort sorgfältig betonte.

»Ich gebe Ihnen mein Ehrenwort, General Lusana, daß niemand von Ihren Leuten für den rätselhaften Überfall auf die Fawkes-Farm verantwortlich ist. Ich habe mir die genaue Stationierung jeder einzelnen Einheit der ARA zum Zeitpunkt des Überfalls persönlich angesehen. Alle Daten sind mehrfach überprüft worden. Außer dem von Somala geführten Spähtrupp waren alle unsere Soldaten zum Zeitpunkt des Massakers über zweihundert Kilometer vom Tatort entfernt.«

»Wer hat den Überfall denn dann durchgeführt?«

»Ich weiß es nicht.«

Mißtrauisch sah Lusana seinen asiatischen Gesprächspartner an. Nachdem er in dessen Miene nichts Verdächtiges entdeckte, wandte er sich von ihm ab und betrachtete schweigend die anderen Männer, die um den Konferenztisch saßen. Gleich rechts von ihm war Major Thomas Machita, Chef der Spionageabwehr der ARA, neben ihm saß Oberst Randolph Jumana, Lusanas Stellvertreter. Ihnen gegenüber saß Oberst Oliver Makeir, Propagandachef der ARA, und einige Offiziere der mittleren Chargen.

»Wer außer uns könnte den Überfall auf die Fawkes-Farm unternommen haben?« wandte sich Lusana brüsk an seine Zuhörer. Lusanas Stellvertreter Jumana strich zum wiederholten Male über den geglätteten Falz eines unbeschriebenen Bogens Papier, wobei er es vermied, Lusana direkt in die Augen zu sehen. »Was ist, wenn Somala das Ganze nur erfunden hat? Er war ja schwer verletzt und befand sich bereits im Delirium, als er mit Ihnen sprach.«

Lusana runzelte die Stirn und schüttelte abweisend den Kopf. Er verhehlte nicht, daß er über Jumanas Einwand verärgert war. »Oberst Jumana! Sie vergessen, wer Somala war. Er gehörte zu den Männern, auf die sich die ARA hundertprozentig verlassen konnte. Somala war der beste Kommandoführer, den ich je hatte. Als er mir seinen Bericht abstattete, war er zwar sehr geschwächt. Aber er war keinesfalls im Delirium, und er hatte auch keinerlei Grund, irgendwelche Märchen zu erfinden, wo er doch wußte, daß sein Ende unmittelbar bevorstand.«

»Eines ist klar«, warf Makeir ein. »Der Überfall auf die Fawkes-Farm ist weder eine Erfindung von Somala noch eine Propagandalüge der weißen Imperialisten. Es gibt unwiderlegbare Indizien, daß dieses sinnlose Gemetzel wirklich stattgefunden hat. In der in- und ausländischen Presse sowie im Fernsehen ist in Wort und Bild glaubwürdig über alle Einzelheiten des Überfalls berichtet worden. Alles, was offiziell gesagt wurde, stimmt lückenlos mit dem Bericht überein, den Somala gegenüber General Lusana gegeben hat. Das einzige, was es zur Stunde noch nicht gibt, ist eine verläßliche Identifizierung der Soldaten, die den Überfall durchführten. Somala scheint der einzige Augenzeuge gewesen zu sein. Es war ein glücklicher Zufall, das er es trotz seiner schweren Verletzung noch schaffte, hierher ins Basislager zurückzukehren und uns zu erzählen, was er gesehen hatte.«

»Hat Somala den Mann zu Gesicht bekommen, der auf ihn geschossen hat?« fragte Jumana.

»Nein. Er wurde aus großer Entfernung in den Rücken geschossen«, gab Lusana zur Auskunft. »Wahrscheinlich das Werk eines Scharfschützen, der mit Zielfernrohr arbeitete. Trotz der schweren Verletzung gelang es Somala, die fünf Kilometer bis zum vereinbarten Treffpunkt mit dem Rest seines Kommandos kriechend zurückzulegen. Sie legten ihm einen Notverband an und brachten ihn, so schnell sie konnten, in unser Camp zurück.« Thomas Machita schüttelte verständnislos den Kopf. »Das kommt mir alles wie eine mißglückte Operettenrevolution vor. Ich kann mir einfach nicht vorstellen, daß sich eine andere Befreiungsorganisation mit unseren Uniformen maskiert, um einen solchen Überfall durchzuführen.«

»Es gibt noch eine andere mögliche Erklärung«, sagte Makeir. »Könnte es nicht sein, daß die Weißen den Überfall inszeniert haben, um uns die Schuld in die Schuhe zu schieben und die Aufmerksamkeit der internationalen Öffentlichkeit von ihren eigenen Untaten abzulenken?«

»Ich bin in engem Kontakt mit meinen Landsleuten, die die anderen afrikanischen Befreiungsorganisationen beraten«, sagte Oberst Lo. »Den anderen Befreiungsorganisationen paßt dieser Überfall genausowenig in den Kram wie der ARA. Sie sind alle empört darüber, daß so etwas passiert ist. Niemand hat einen Vorteil von dem Überfall auf die Fawkes-Farm. Wenn diese Schlächterei eines bewirkt hat, dann ist es die verstärkte Entschlossenheit der Weißen, der indischen Minderheit und sogar vieler Schwarzer, künftig gegen jede Einmischung von außen fest zusammenzustehen.«

Lusana stützte seine Ellenbogen auf und plazierte sein Kinn auf die verschränkten Hände.

»Ich fasse zusammen«, sagte er. »Wir sind es nicht gewesen.

Eine andere afrikanische Befreiungsorganisation auch nicht. Wer bleibt als Verdächtiger übrig?«

»Südafrikanische Weiße«, antwortete Duc Phon Lo, der asiatische Militärberater, mit leiser Stimme.

Aller Augen richteten sich auf ihn, und auch Lusana starrte den unergründlichen Vietnamesen erstaunt an. »Würden Sie bitte wiederholen, was Sie da eben gesagt haben?«

»Ich habe die Vermutung geäußert, daß irgend jemand an einflußreicher Stelle innerhalb der weißen südafrikanischen Minderheitsregierung die Ermordung der Fawkes-Familie und der Farmarbeiter befohlen haben könnte.«

Die Männer schwiegen.

Schließlich ergriff Machita das Wort.

»Ich sehe kein Motiv.«

»Ich auch nicht«, sagte der Militärberater und zuckte die Achseln. »Aber betrachten wir doch einmal die Begleitumstände des Überfalls. Wer sonst, außer der südafrikanischen Regierung, wäre in der Lage, eine so große Zahl von Männern mit Waffen und Uniformen auszustatten, die mit der ARA-Ausrüstung hundertprozentig identisch sind? Und macht es Sie denn nicht mißtrauisch, meine Herren, daß die anrückenden Hubschrauber der Regierungstruppen keinen einzigen der Angreifer mehr schnappen konnten, obwohl sie schon dreizehn Minuten nach Beginn des Überfalls am Tatort waren? Es ist doch eine der erprobten Faustregeln im Guerillakrieg, daß man ein Minimum von einer Stunde braucht, um sich erfolgreich absetzen zu können. Ein Zeitabstand von schätzungsweise zehn Minuten zwischen dem Abrücken des Kommandos und der Ankunft der Hubschrauber mit den Spürhunden der Regierungstruppen ist Selbstmord.«

»Ihre Vermutung, Oberst Lo, hat vieles für sich«, sagte Lusana und trommelte nervös mit den Fingern auf die Tischplatte. Gleichzeitig ist Ihre Version aber so abenteuerlich, daß sie uns kaum jemand glauben wird. Sie haben keinerlei Beweise für Ihre These. Aber gut – ich werde herausfinden lassen, ob etwas dran ist.« Er wandte sich zu Machita. »Haben wir einen Spitzel im Verteidigungsministerium?«

»Ja, sogar an recht hoher Stelle«, antwortete Machita. »Der Mann kostet uns eine ganz schöne Stange Geld, aber was er liefert, ist erstklassig. Der Kontakt mit ihm ist sehr schwierig. Unsere Kontaktleute treffen ihn jedesmal an einer anderen Stelle und in einer anderen Verkleidung.«

»Sie stellen es so dar, als ob dieser Spitzel geradezu magische Kräfte hat«, sagte Jumana.

»Vielleicht hat er das«, entgegnete Machita. »Emma taucht auf, wo man ihn am wenigsten erwartet.«

»Sie sagten Emma?«

»Ja, das ist sein Deckname.«

»Entweder der Mann hat einen sehr abwegigen Humor, oder er ist ein Transvestit«, warf Lusana ein.

»Beides ist möglich, General Lusana. Wir wissen es nicht, weil niemand Emma je näher zu Gesicht bekommen hat.«

»Auf welche Weise kontaktieren Sie ihn denn?«

»Wir kontaktieren nicht ihn, sondern er kontaktiert uns. Er setzt sich mit uns in Verbindung, sobald er wertvolle Informationen zu verkaufen hat.«

Jumanas Gesichtsausdruck verdüsterte sich. »Welche Garantie haben wir, daß er uns nicht mit gefälschtem Material an der Nase herumführt?«

»Bis zum heutigen Tage war alles, was er uns geliefert hat, hundertprozentig einwandfrei. Wir haben alles gecheckt. Er ist verläßlich.«

Lusana sah mit einer Geste, die Entschlossenheit und Bestimmtheit verriet, zu Machita hinüber. »Werden Sie sich persönlich um die Sache kümmern?«

Machita nickte. »Ich werde sofort nach Pretoria fliegen, um bei Emmas nächstem Kontaktversuch zur Verfügung zu stehen. Wenn irgend jemand das Rätsel des Überfalls auf die Fawkes-Farm aufklären kann, dann er.«

20

Der Stützpunkt der Afrikanischen Revolutionsarmee war mit der von den Revolutionären verwendeten Bezeichnung »Camp« schlicht unterbewertet. Es handelte sich, was Funktion und Ausdehnung des Stützpunktes anging, eigentlich eher um das wohletablierte Hauptquartier der schwarzen Revolutionäre. Untergebracht war das Hauptquartier in den Räumen einer Universität, die aus der Zeit der portugiesischen Herrschaft in Moçambique zurückgeblieben und nun für paramilitärische Bedürfnisse zweckentfremdet worden war. Für das Studium der befreiten schwarzen Intelligenz hatte man eine neue Universität nahe einer ebenfalls neugegründeten Stadt am Malawi-See gegründet.

Das umgebaute Universitätsgebäude erwies sich als ideales Basislager für Lusanas Truppe. Es gab zahlreiche Schlafsäle für die Soldaten, Speisesäle, die als Versammlungsräume genutzt werden konnten, Sportanlagen, die bei der Nahkampfausbildung Verwendung fanden, bequeme Räumlichkeiten für die Offiziere. Und einen aufwendig ausgestatteten Festsaal, in dem die ARA prestigefördernde Tribunale für die internationale Presse sowie Veranstaltungen für gleichgesinnte Kameraden aus aller Herren Länder durchführte.

Frederick Daggat, der dunkelhäutige Kongreßabgeordnete der Demokratischen Partei von New Jersey, war beeindruckt. Er hatte wild durcheinanderschwirrende afrikanische Stammeskrieger zu sehen erwartet, die beglückt mit sowjetischen Raketen und chinesischen Uniformen herumspielten und zwischendurch abgegriffene marxistische Schlagworte skandierten. Statt dessen fand er eine militärische Organisation vor, die nach straffen Grundsätzen und mit der Leistungsfähigkeit einer amerikanischen Ölgesellschaft geführt wurde. Lusana und seine Offiziere – das war der Eindruck, den Frederick Daggat gewann – sahen nicht wie Guerilleros aus, sondern wie erfolgreiche amerikanische Geschäftsleute. Auch die Cocktailparty, die die Revolutionäre für die insgesamt drei zu Besuch befindlichen amerikanischen Kongreßabgeordneten veranstaltet hatten, unterschied sich kaum von einer Party, wie sie eine große Bank oder ein einflußreiches Wirtschaftsunternehmen in New York für ihre Geschäftsfreunde ausgerichtet hätten.

Felicia Collins, die hübsche dunkelhäutige Hosteß, hätte auch bei einer gesellschaftlichen Veranstaltung mit weniger kriegerischem Hintergrund die Blicke aller Männer auf sich gezogen. Frederick Daggat, dem Felicia aufgefallen war, versuchte vergeblich, seine Blicke von der verlockenden Gestalt, die da, in nur wenigen Metern Entfernung, mit einer Gruppe somalischer Parlamentarier zusammenstand, zu lösen. Felicia Collins spürte den Blick. Sie entschuldigte sich bei den Besuchern aus Somalia, kam zu Daggat hinüber und legte ihre schmalgliedrige Hand auf seinen Arm. »Kann ich irgend etwas für Sie tun, Herr Abgeordneter?«

»Ich würde ja gern irgendeinen Wunsch erfinden, wo Sie mich

schon so nett fragen«, antwortete Daggat und lächelte. »Aber, ehrlich gesagt, habe ich gar keinen Wunsch. Alles ist bestens.«

»Das freut mich. Hiram und ich würden uns freuen, wenn Sie noch übers Wochenende bleiben.«

»Das tut mir leid. Aber ich habe morgen nachmittag einen Termin in Kenia, den ich nicht verlegen kann.«

»Wie schade. Sind Sie gut untergebracht? Den gewohnten Luxus amerikanischer Hotels können wir Ihnen hier im Busch ja leider nicht bieten.«

»Besten Dank. Mein Zimmer ist bequem. Mister Lusanas Gastfreundschaft läßt nichts zu wünschen übrig.«

Daggat betrachtete die Frau, die vor ihm stand. Es war das erste Mal, daß er Felicia Collins so nahe sah. Sie war, wie er wußte, daheim in den Vereinigten Staaten eine erfolgreiche und berühmte Soul-Sängerin, der schon drei goldene Schallplatten verliehen worden waren. Weiter hatte Felicia mit einer Filmrolle, in der sie eine farbige Frauenrechtlerin verkörperte, Aufsehen erregt und Anerkennung gefunden. Vor allen Dingen aber war sie, wie Daggat höchst interessiert feststellte, wenn sie in Fleisch und Blut vor einem stand, mindestens so hübsch wie auf dem Fernsehschirm oder auf der Kinoleinwand.

Felicia Collins, der Gegenstand der ungewöhnlichen Aufmerksamkeit des farbigen Parlamentariers, trug ein elegantes Abendkleid aus grünem Crèpe de Chine, das lose um ihre verführerischen Formen floß und, wenn sie sich bewegte, den Blick auf ihre Brüste und ihre langen Beine freigab.

»Hiram Lusana ist ein Mann von staatsmännischer Größe. Wußten Sie das?« sagte sie in seine Gedanken hinein.

Frederick Daggat hob die Schultern und lächelte abschätzig. Das haben manche Leute auch von Attila dem Hunnenkönig und von Adolf Hitler gesagt.«

»Jetzt verstehe ich, warum Ihre Pressekonferenzen in Washington immer so gut besucht sind, Herr Abgeordneter.« Sie verstärkte den Druck auf seinen Arm, den sie immer noch mit ihrer Hand umfaßt hielt. »Sie haben eine sehr scharfe Zunge...«

»Ich kann auch nette Dinge sagen, wenn man mir Gelegenheit dazu gibt«, entgegnete er, ohne dem Blick ihrer verlangenden dunklen Augen auszuweichen. »Verraten Sie mir bitte eines, Felicia Collins. Was bringt eine erfolgreiche amerikanische Sängerin und ein verwöhntes Luxusgeschöpf wie Sie hierher in die afrikanische Wildnis?«

»Das gleiche, was das enfant terrible des amerikanischen Kongresses, Frederick Daggat, hierher treibt«, konterte sie. »Ich glaube, Sie und ich haben das gleiche Ziel wie Hiram Lusana. Wir wollen die Interessen der schwarzen Rasse fördern.«

»Ich habe eher den Eindruck, daß Hiram Lusana hier das gleiche tut, was immer schon sein Hauptanliegen war. Nämlich die Interessen seines privaten Bankkontos fördern.«

Felicia Collins zeigte ein verächtliches Lächeln. »Sie enttäuschen mich, Herr Abgeordneter. Wenn Sie – was eigentlich Ihre Pflicht ist – die Informationsquellen nutzen würden, die Ihnen als Politiker zur Verfügung stehen, dann wüßten Sie, daß eine solche Anschuldigung, wie Sie sie da eben ausgesprochen haben, völlig unhaltbar ist.«

Daggat sog spöttisch die Luft ein. Das Duell ist eröffnet, dachte er. Er löste ihre Hand von seiner Schulter und trat so nahe an sie heran, daß sein Gesicht nur noch wenige Zentimeter von dem ihren entfernt war. »In der Arena der afrikanischen Nationen, wo Buschmänner und andere Wilde zum Ergötzen der übrigen Welt aufeinanderschlagen und ihre Lieblingsfarce, nämlich den Kampf gegen die abgrundböse weiße Minderheit, aufführen, erscheint plötzlich der strahlende Ritter. Wie heißt er? Es ist natürlich Hiram Lusana, unser hilfreicher internationaler Rauschgifthändler. Mitten zwischen Heroinlieferungen hat sich der Überbeschäftigte Zeit abgezwackt, um sich um die Belange seiner schwarzen Brüder in der alten Heimat zu kümmern. Die Schwarzen in aller Welt, die schon immer leicht zu betrügen waren, jubeln. Auch die internationale Presse, die gerade ein gewisses Nachholbedürfnis in Sachen Menschenrechte pflegt, freut sich wie ein Schneekönig. Was passiert? Plötzlich schaut einen von jedem Zeitungskiosk der westlichen Welt das markige Konterfei des selbstlosen Freiheitskämpfers Hiram Lusana an. Vor lauter Rührung über die Welt, die ihm zu Füßen liegt, verkauft unser flinker Drogenhändler jetzt sein gutgehendes Geschäft für ein paar satte Millionen an andere Gangster, die ihm versprechen, die Süchtigen in aller Welt auf keinen Fall ohne ihren täglichen Schuß zu lassen. Lusana darf in amerikanischen Universitäten lesen, und er wird auf den Partys der Oberen Zehntausend als Vorzeigeneger herumgereicht. Und in der Hoffnung, daß in seinem Mastdarm noch Platz ist, kommt das amerikanische Showgeschäft in Person der leichtlebigen Felicia Collins nach Afrika, um dem selbsternannten Retter des schwarzen Mannes in den Hintern zu kriechen. Wobei für die schöne

Dame aus Amerika, weil sie bei ihrem unappetitlichen Tauchgang so schön singt, auch noch ein dicker Batzen Geld abfällt.«

Felicia Collins' Augen blitzten. Sie schnaufte vor Empörung. »Wer gibt Ihnen das Recht, mich so zu beleidigen?«

»Wenn die Wahrheit Sie beleidigt, kann ich Ihnen auch nicht helfen«, sagte Daggat. Er genoß Felicias wachsende Unsicherheit. »Was glauben Sie eigentlich, was Lusana tut, wenn er den Krieg gewinnt und die rassistische weiße Regierung von Südafrika zu Fall bringt?« fuhr er fort. »Wird er, wie einstmals Cincinnatus, auf Ämter und Würden verzichten und an den Pflug zurückkehren? Wohl kaum. Er wird sich, ehe man sich versieht, zum Präsidenten proklamieren und der rückschrittlichste Diktator sein, den Afrika je gesehen hat.«

»Sie sind blind!« entgegnete Felicia Collins verärgert. »Hiram ist ein Mensch, dessen Handlungen den höchsten moralischen Maßstäben standhalten. Es ist völlig unvorstellbar, daß er die Prinzipien der Menschenwürde für irgendeinen Vorteil, sei er nun politischer oder finanzieller Natur, verrät.«

»Ich kann Ihnen das Gegenteil beweisen«, sagte Daggat. »Wollen wir wetten?«

»Wie meinen Sie das?« fragte Felicia, vor Zorn bebend.

»So, wie ich's sage. Es kostet Sie einen Dollar, wenn Sie verlieren. Einen lumpigen Yankee-Dollar – wenn ich einmal von gewissen Zugaben absehe. Nun, wie sieht's aus?«

Felicia Collins dachte nach. »Die Wette gilt!« sagte sie dann unvermittelt mit belegter Stimme.

Daggat deutete eine galante Verbeugung an und geleitete die aufsehenerregende schwarze Schönheit zu General Lusana, der einige Meter weiter stand und sich mit einer Gruppe von Militärattachés aus Moçambique unterhielt. Als er Daggat und Felicia Collins auf sich zukommen sah, unterbrach er sein Gespräch mit den Afrikanern, eilte auf sie zu und begrüßte sie. »Willkommen, meine lieben Freunde aus der Heimat. Ich sehe, Sie beide haben sich schon miteinander bekanntgemacht.«

Daggat machte keine Anstalten, auf die Begrüßungsfloskeln einzugehen. »Kann ich Sie und Frau Collins einen Augenblick alleine sprechen, General Lusana?« fragte er.

»Gewiß, warum nicht.«

Ohne zu zögern, begleitete sie Lusana aus dem Festsaal, in dem die Party stattfand, hinaus und führte sie in ein modern eingerichtetes Büro.

»Sie haben's nett hier«, bemerkte Daggat.

»Was kann ich für Sie tun, Herr Abgeordneter?« kam Lusana zur Sache.

»Ich habe das Bedürfnis, einmal ein paar sehr freimütige Worte mit Ihnen zu reden. Und ich bitte Sie, mir ebenso freimütig zu antworten. Haben Sie die Party heute abend, dieses ganze aufwendige und verlogene Revuetheater, nicht nur veranstaltet, um mich zu beeinflussen? Ist es nicht so, daß Sie sich durch mich eine Umorientierung der amerikanischen Außenpolitik zugunsten der ARA erhoffen?«

»So würde ich es nicht sagen, Herr Abgeordneter. Natürlich freue ich mich, wenn Sie die Sache der schwarzen Afrikaner politisch unterstützen. Aber natürlich möchte ich einen Mann, der so unbestechlich ist wie Sie, nicht beeinflussen.«

»Ich hatte gesagt, wir sollten beide die Karten auf den Tisch legen!« entgegnete Daggat schroff. »Wieviel ist drin für mich?«

Überrascht starrte Lusana seinem Gegenüber in die Augen. Diese Offenheit hatte er nicht erwartet. Er hatte vorgehabt, den aus den Vereinigten Staaten angereisten schwarzen Politiker auf subtilere Art und Weise zu umgarnen. Nun aber bot der Besucher von sich aus den Handel an, zu dem Lusana erst nach mannigfaltigen Vorbereitungen und verschämten Umwegen gelangt wäre. Daß Frederick Daggat unverhohlen ein Bestechungsgeld verlangte, um die afrikanische Sache beim amerikanischen Kongreß zu unterstützen, schockte ihn. Er entschloß sich, vorsichtig zu sein und Zeit zu gewinnen.

»Ich verstehe Sie nicht, Herr Abgeordneter.«

»Es ist ganz einfach, Lusana. Wenn Sie wollen, daß ich etwas für Sie tue, müssen Sie mir etwas dafür geben.«

»Ich fürchte, ich verstehe immer noch nicht recht, worauf Sie hinauswollen...«

»Hören Sie doch auf, Süßholz zu raspeln, Lusana! Sie und ich sind aus dem gleichen Holz geschnitzt. Lieber reich und korrupt als arm und anständig – das ist doch auch Ihre Devise, oder?«

Lusana schien einen Augenblick nachzudenken. Er drehte sich zur Seite, zündete eine Zigarette an und trat dann freundlich lächelnd nahe an den amerikanischen Kongreßabgeordneten heran. »Möchten Sie, daß ich Ihnen ein genau spezifiziertes finanzielles Angebot mache, Herr Abgeordneter?«

»Geld brauche ich nicht. Ich möchte von Ihnen eine Zuwendung anderer Art.«

»Was denn?«

Ein Lächeln spielte um Daggats Lippen. »Der Preis heißt Felicia Collins.«

Überrascht trat Lusana einige Schritte zurück. »Felicia Collins?« echote er. »Ich sehe nicht ganz, was Felicia Collins mit unserem Handel zu tun hat?«

»Dann will ich Ihnen auf die Sprünge helfen, Lusana. Dies ist ein ebenso einfacher wie erfreulicher Kuhhandel, und die Kuh heißt Felicia Collins. Sie überlassen mir den kleinen Schokoladenengel, der sich dort so willig im Sessel räkelt, und ich kümmere mich darum, daß die amerikanische Regierung für ein Waffenlieferprogramm an die Afrikanische Revolutionsarmee votiert.«

Felicia war aufgesprungen. »Ich lasse mir das nicht länger gefallen«, fauchte sie.

»Wer so edle Ziele verfolgt wie Sie, Felicia Collins, sollte auch Opfer bringen können«, sagte Frederick Daggat sarkastisch. Felicia war zu Lusana getreten. »Hiram«, bat sie, »sag diesem Affen, er soll sich verpissen!«

Lusana hatte es mit seiner Antwort nicht eilig. Er kuschelte sich in seinen Sessel, bis er bequem saß, und betrachtete angelegentlich seine Knie. Sorgfältig entfernte er sodann ein imaginäres Stäubchen von der messerscharfen Bügelfalte seiner Hose. Schließlich begann er mit sanfter Stimme zu sprechen. »Es tut mir leid für dich, Felicia, aber ich kann mir Sentimentalitäten nicht leisten.«

»Dies ist ein Irrenhaus!« rief Felicia aus. »Und ein Sklavenmarkt dazu! Ihr seid ja beide verrückt. Ihr glaubt doch wohl nicht im Ernst, daß ich mich füge?«

Lusana stand auf, beugte sich zu Felicia hinunter und küßte sie flüchtig auf die Stirn. »Sei mir nicht böse«, murmelte er. Dann sah er zu Daggat hinüber. »Herr Abgeordneter, viel Spaß mit Ihrer Beute.«

Nach diesen Worten verließ er entschlossenen Schrittes den Raum.

Eine Weile stand Felicia regungslos da. Feindseligkeit und Unsicherheit spiegelten sich in ihrem hübschen Gesicht. Dann begriff sie, was geschehen war. Ihre Augen füllten sich mit Tränen. Sie wehrte sich nicht, als Frederick Daggat sie behutsam an sich zog und auf den Mund küßte.

»Du Schuft«, flüsterte sie. »Du dreimal verfluchter Hurensohn! Bist du jetzt zufrieden?«

»Noch nicht ganz.«

»Du kannst mit mir machen, was du willst. Ist das nicht genug?« Daggat zog ein weißes Taschentuch aus seiner Brusttasche und tocknete eine Träne, die Felicia über die Wange gelaufen war. »Du vergißt«, sagte er zufrieden schmunzelnd, »daß du mir noch einen Dollar schuldig bist.«

21

Pieter De Vaal schloß die Akte mit dem Bericht über das Massaker auf der Fawkes-Farm. Müde und sorgenvoll sah er vom Schreibtisch auf: »Ich bin immer noch schockiert über diese Tragödie. Ein wildes und unnützes Morden, das namenloses Leid bereitet und niemandem genutzt hat. Ich verstehe nicht, warum die Gegenseite zu solchen Maßnahmen greift.«

Fawkes schwieg. Seinem Gesicht war keine Regung anzumerken. Er saß vor dem Schreibtisch des Verteidigungsministers und sog an seiner geliebten Pfeife. Ein bedrückendes Schweigen stand zwischen den beiden Männern, das nur von dem schwachen Widerhall des Straßenverkehrs von Pretoria gebrochen wurde, dessen Geräusche von ferne durch die großen Fenster drangen.

Nach einer Weile nahm De Vaal die Akte, in der er gelesen hatte, hoch und verschloß sie in einem Fach seines Schreibtisches. »Es tut mir leid«, sagte er, ohne Fawkes dabei anzusehen, »aber unsere Patrouillen haben die Rebellen, die für den Überfall auf Ihre Farm verantwortlich sind, nicht ausfindig machen können.«

»Ein einziger Mann ist für den Überfall verantwortlich«, sagte Fawkes grimmig. »Die Männer, die meine Familie abschlachteten, handelten auf seinen Befehl.«

»Ich weiß, wen Sie meinen, Kommandant Fawkes, aber wir haben keinen Beweis dafür in Händen, daß Lusana hinter der Sache steckt.«

»Ich bin sicher, daß Lusana für das Massaker verantwortlich ist«, sagte Fawkes mit haßerfüllter Stimme.

»Was soll ich Ihnen dazu sagen? Selbst wenn wir sichere Beweise hätten, daß Lusana der Verantwortliche für diese Morde ist, könnten wir ihn nicht zur Verantwortung ziehen. Er ist außerhalb der Landesgrenzen.«

»Ich wüßte schon, wie man Lusana entscheidend treffen kann.«

»Wie denn?«

»Indem wir das ›Unternehmen Wilde Rose‹ durchführen. Ich selbst könnte es leiten.«

De Vaal sah Fawkes an. Er konnte den Haß, der den Schotten erfüllte und nach Vergeltung drängte, fast körperlich spüren. Mit einer gemächlichen Bewegung stand er vom Schreibtisch auf und ging zum Fenster, aus dem er lange Zeit auf die Jacaranda-Bäume im Burger-Park, der das Gebäude umgab, hinaussah.

»Ich habe volles Verständnis dafür, wie Sie sich fühlen, aber die Antwort lautet nein.«

»Warum nicht?«

»Das Unternehmen ist zu gefährlich. Wenn es schiefgeht, steht die ganze Regierung auf dem Spiel.«

Erzürnt sprang Fawkes auf und schlug mit dem Kopf seiner Pfeife so fest auf den Schreibtisch des Ministers, daß sie abbrach. »Der Überfall auf meine Farm war doch nur der Anfang! Lusana und seine Killer müssen gestoppt werden, bevor das ganze Land in Blut versinkt.«

»Die Risiken stehen in keinem Verhältnis zu den möglichen Vorteilen.«

»Es gibt keine Risiken. Sie können sich darauf verlassen, daß das ›Unternehmen Wilde Rose‹ unter meiner Leitung reibungslos über die Bühne geht.«

De Vaal sah aus wie jemand, der in einen schlimmen Konflikt gestürzt wird. Nervös begann er im Raum auf und ab zu gehen. Schließlich blieb er stehen und sah Fawkes, der sich in einen Sessel gesetzt hatte, nachdenklich an. »Ich kann Ihnen keine Garantie geben, Fawkes, daß ich Sie aus dem Ausland wieder raushole, wenn Sie im Verlauf des Unternehmens dort festgenommen werden sollten.

Ohnehin wird das südafrikanische Verteidigungsministerium jede Kenntnis von der ganzen Sache leugnen, falls die Sache auffliegt.«

»Dafür habe ich Verständnis«, sagte Fawkes und gab einen Seufzer der Erleichterung von sich. Dann fiel ihm etwas ein, was er sich zu fragen vorgenommen hatte. »Der Zug, Herr Minister. Wie konnten Sie so schnell vom Krankenhaus in Durban nach Pembroke kommen, wo wir uns zum ersten Mal trafen?«

De Vaal lächelte. »Eine simple Kriegslist, Fawkes. Ich war gar nicht krank, von einer Operation war auch keine Rede. Ich ging vorne ins Krankenhaus hinein und hinten wieder hinaus. In einem Krankenwagen fuhr ich zum Militärflugplatz Heidriek, von wo mich ein Jagdflugzeug zu einem Militärflughafen bei Pembroke flog. Der Salonzug, in dem wir uns trafen, gehört dem Präsidenten der Republik von Südafrika. Ich habe mir den Zug nur für ein paar Stunden ausgeborgt, er war sowieso zu einer Reparatur unterwegs.«

»Und warum das komplizierte Täuschungsmanöver?«

»In meiner politischen Stellung ist es oft angebracht, seine Bewegungen zu tarnen. Es geht niemanden etwas an, daß ich zum fraglichen Zeitpunkt in Pembroke war und mit Ihnen gesprochen habe. Gerade bei der Operation, die wir vorhaben, ist absolute Geheimhaltung für den Erfolg entscheidend. Sie sehen doch ein, daß die Regierung mit einem Vorhaben wie diesem nicht hausieren gehen kann, oder?«

»Das verstehe ich nur zu gut.«

»Was nun Sie angeht, Kommandant Fawkes, können Sie denn auch von der Bildfläche verschwinden, ohne daß die Menschen, die Sie kennen, mißtrauisch werden und Nachforschungen anstellen?«

Fawkes nickte bedächtig.

»Ganz Umkono weiß von der Tragödie, die mich getroffen hat. Meine Freunde und Nachbarn denken, ich habe Südafrika für immer verlassen und bin nach Schottland zurückgekehrt.«

»Ja, so könnte es gehen.« De Vaal nickte, griff nach einem Schreibblock, schrieb ein paar Zeilen auf ein Stück Papier, das er herausriß, und übergab es Fawkes. »Ich gebe Ihnen diese Adresse eines Hotels fünfzehn km außerhalb Pretorias. Schreiben Sie sich bitte in diesem Hotel ein, und warten Sie auf die Anweisungen, die ich Ihnen nach dort zugehen lassen werde. Ich habe Ihnen zu keinem Zeitpunkt verhehlt, daß es sich um ein sehr riskantes Unternehmen handelt. Von diesem Moment an betrachtet Sie die Regierung von Südafrika als verschollen, als tot, wenn ich so sagen darf.« Er ließ die Schultern sinken. »Gott helfe uns!«

»Gott?« Ein haßerfülltes und zugleich schuldbewußtes Flackern war in den Augen von Fawkes zu sehen. »Ich glaube nicht, daß Gott mit dieser Sache etwas zu tun haben will.«

Im gleichen Gebäude, eine Etage tiefer, stand Oberst Zeegler vor einem großen Kartentisch, über den er eine Reihe großformatiger Hochglanzfotos ausgebreitet hatte.

Zum ersten Male in seiner ganzen militärischen Laufbahn war der Geheimdienstchef völlig ratlos. Der Überfall auf die Fawkes-Farm barg ein Rätsel in sich, er paßte nicht ins Schema der Sabotageakte, wie sie sonst von Terroristen und schwarzen Freiheitskämpfern in Südafrika unternommen wurden.

Die minutiöse Vorbereitung und die hohe Präzision dieses Kommandounternehmens sprachen gegen eine Beteiligung der Afrikanischen Revolutionsarmee, die vom Verteidigungsminister als Urheber verdächtigt worden war. Die Art, wie die Operation ausgeführt worden war, entsprach auch nicht Lusanas Handschrift. Zwar war Lusana dafür bekannt, daß er bei Zusammenstößen mit den weißen Regierungstruppen den Tod gegnerischer Soldaten eiskalt in Kauf nahm, aber der Ermordung der farbigen Arbeiter auf der Fawkes-Farm hätte er nie zugestimmt, geschweige denn der unsinnigen und unmenschlichen Tötung afrikanischer Frauen und Kinder.

»Wer steckt dahinter?« murmelte Zeegler zu sich selbst. »Wer? In Dreiteufelsnamen, wer?«

Farbige Soldaten der südafrikanischen Armee konnten den Überfall jedenfalls nicht ausgeführt haben. Ein solcher Einsatz wäre – das wußte Zeegler – ohne Wissen des Geheimdienstes und der Spionageabwehr unmöglich gewesen.

Seufzend beugte er sich ein weiteres Mal über die Fotografien, die am Tatort auf der Fawkes-Farm aufgenommen worden waren. Kein einziger Augenzeuge hatte sich gefunden, und keiner der Banditen, die das Massaker veranstaltet hatten, war gefangen worden. Es war, sinnierte Zeegler, ein perfektes Verbrechen. Ein Verbrechen, bei dem den Mördern anscheinend kein einziger Fehler unterlaufen war.

Trotz sorgfältigster Untersuchungen waren keinerlei Anhaltspunkte gefunden worden, die klare Aussagen über die Täterschaft zuließen. Und doch sagte Zeegler sein in langen Jahren geschärfter Spürsinn, daß es einen Schlüssel gab, mit dem das Rätsel gelöst werden konnte.

Mit der Geste eines Chirurgen, der sich vor Beginn einer komplizierten Operation die Röntgenaufnahmen des Patienten ansieht, ergriff Zeegler ein Vergrößerungsglas und musterte zum zigsten Male eine bestimmte Stelle auf einer der Fotografien, die er zur Seite gelegt hatte.

22

Die Passagiermaschine der Air Malawi aus Lourenço Marques in Moçambique war auf dem Flugplatz von Pretoria gelandet und rollte nun mit pfeifenden Düsen auf das Abfertigungsgebäude zu, vor dem sie eingewiesen wurde und zum Stehen kam. Nachdem die Motoren abgestellt worden waren, zog ein Traktor eine Gangway an die Maschine, so daß die Passagiere aussteigen konnten. Mit einer freundlichen Handbewegung oder einem Lächeln verabschiedeten sie sich von den hübschen dunkelhäutigen Flugbegleiterinnen, die an der geöffneten Kabinentüre standen. Dann begaben sich die Passagiere in das Abfertigungsgebäude.

Major Machita befand sich unter den Ankömmlingen. Als die Warteschlange vor dem Paßschalter vorgerückt war und er nach seinem Reisedokument gefragt wurde, legte er einen gefälschten Paß von Moçambique auf die Schalterplatte. Der südafrikanische Grenzbeamte, ein Weißer, studierte den Namen, auf den der Paß ausgestellt war, und das eingeheftete Foto. Dann lächelte er unergründlich und nickte.

»Das wäre in diesem Monat schon Ihre dritte Reise nach Pretoria, Mr. Yariko.« Mit einer leichten Kopfbewegung deutete er auf das schmale schwarze Diplomatenköfferchen, das durch eine Kette mit Machitas Handgelenk verbunden war. »Ihr Botschafter in Pretoria scheint in der letzten Zeit einen besonders großen Bedarf an Diplomatenpost zu haben.«

Machita alias Yariko hob die Schultern. »Wenn mich unser Außenminister nicht zum Botschafter nach Pretoria schickt, dann schickt er mich irgendwo anders hin. Job ist Job. Ich will Ihnen als Südafrikaner nicht zu nahe treten, aber ehrlich gesagt, habe ich Kurierflüge, die nach Paris oder London gehen, viel lieber.«

Der Beamte verbarg ein Gähnen, klappte Machitas Paß zu und machte ein einladendes Handzeichen zum Ausgang hin. »Bitte, Mr. Yariko. Wir freuen uns, Sie wiederzusehen. Haben Sie einen angenehmen Aufenthalt!«

Machita dankte und zeigte ein strahlendes Lächeln. Dann bahnte er sich ohne sonderliche Eile einen Weg durch die wartende Menge zum Taxistand. Mit der freien Hand bedeutete er dem Taxi, das als erstes in einer langen Warteschlange freier Droschken vor dem Flughafengebäude stand, zu ihm vorzufahren. Der Fahrer nickte und ließ seinen Wagen an. Bevor er jedoch die kurze Strecke bis zu Machita zurücklegen konnte, scherte ein anderes Taxi aus dem hinteren Teil der Warteschlange aus, preschte mit aufheulendem Motor zu Machita vor und kam dort mit quietschenden Reifen zum Stehen.

Zornige Schimpfworte und ein mißtönendes Hupkonzert der anderen Taxifahrer waren die Quittung für den frechen Außenseiter, der unbeeindruckt von dem Protest seiner Kollegen die Türe aufhielt. Machita amüsierte sich über die Szene. Er stieg ein und setzte sich in den Fond. »Zur Botschaft von Moçambique!« rief er nach vorne.

Der Fahrer tippte an seine Mütze, schob die Zählmechanik des Taxameters nach unten und fädelte sich in den Verkehr ein, der vom Flugplatz nach Pretoria hineinbrandete. Machita lehnte sich bequem zurück und betrachtete die Vororte, die an ihm vorbeiglitten. Erst auf der Mitte der Strecke öffnete er die Fessel, mit der die Diplomatentasche an seinem Handgelenk befestigt war, und legte die Kette in das Köfferchen zu den Papieren. Es war nicht das erstemal, daß er auf diese Weise nach Südafrika einreiste, um den befreundeten afrikanischen Revolutionären schriftliche Informationen für den gemeinsamen Kampf gegen das verhaßte Regime der Weißen zu geben. Der Botschafter von Moçambique in Pretoria stand der Sache der ARA sehr positiv gegenüber. Er bot Machita und anderen Abgesandten von dessen Untergrundorganisation die Möglichkeit, als Diplomaten einzureisen und unter diesem Deckmantel auch diplomatische Kurierpost, die von den Grenzbeamten nicht geöffnet werden durfte, zu befördern. Wobei es sich bei der angeblichen Diplomatenpost selbstverständlich regelmäßig um subversives Schriftgut für die aufständischen Schwarzen handelte. Nach einem längeren Proformabesuch in der Botschaft gingen Machita und seine Leute dann jeweils ihrer Untergrundarbeit in Pretoria nach.

Ein seltsames Gefühl der Unsicherheit beschlich ihn jetzt. Er setzte sich aufrecht und sah hinaus, um festzustellen, ob von draußen Gefahr drohte. Wie er feststellte, hatte der Fahrer nicht den direkten Weg vom Flugplatz zur Botschaft eingeschlagen. Statt dessen deutete die Kühlerfigur des dahinrumpelnden alten Wagens in Richtung auf die wimmelnde, geschäftige Altstadt von Pretoria, von der jetzt die ersten Häuser sichtbar wurden.

Machita beugte sich vor und tippte dem Fahrer auf die Schulter. »Ich bin kein amerikanischer Tourist, den du ausnehmen kannst wie eine Weihnachtsgans«, sagte er. »Wenn du nicht sofort den kürzesten Weg zur Botschaft nimmst, zahle ich keinen Cent. Dann hast du mich umsonst spazierengefahren.«

Die einzige Reaktion des Fahrers auf Machitas Worte war ein gleichgültiges Schulterzucken. Ein paar Minuten vergingen, während derer sie immer mehr in den dichten Altstadtverkehr eintauchten. Plötzlich fuhr der Fahrer eine scharfe Kurve und lenkte den Wagen in eine menschenverlassene Tiefgarage. Machita fluchte; er war in eine Falle geraten. Er spürte, wie die Zunge unter seinem Gaumen vor Nervosität anschwoll und sein Herz den Schlag beschleunigte. Vorsichtig klappte er im Sichtschutz der vorderen Sitzlehne den neben ihm liegenden Diplomatenkoffer auf und entnahm ihm eine achtunddreißiger Mauserpistole.

Inzwischen war der Fahrer, der den Wagen über die Betonserpentine in die Tiefe steuerte, im untersten Geschoß des Parkhauses angekommen.

Er lenkte den Wagen in eine Ecke, die von der Auffahrtrampe her nicht einsehbar war, und stoppte. Als er sich umdrehte, blickte er in die Mündung von Machitas Revolver.

Es war das erstemal während der Fahrt, daß Machita das Gesicht des Taxifahrers deutlich zu sehen bekam. Die glatte, dunkle Haut und die Gesichtszüge des Mannes am Steuer deuteten darauf hin, daß er indischer Herkunft war, ein Angehöriger der indischen Minderheit, die in Südafrika Geschäfte und Restaurants betrieb und immerhin über eine halbe Million Köpfe zählte. Trotz des Revolvers, der zwischen seine Augen zielte, trug der Inder ein entspanntes Lächeln zur Schau. Anders als Machita erwartet hatte, war ihm keinerlei Unsicherheit angesichts der bedrohlichen Situation anzumerken.

»Wir brauchen uns nicht länger mit dem theatralischen Vorspiel aufzuhalten, Major Machita«, sagte er und schüttelte mißbilligend den Kopf, als ob er ein übereifriges Schulkind tadele. »Nehmen Sie den Revolver weg, es besteht keine Gefahr für Sie.«

Machita überlegte. Aber er hielt die Waffe unverändert auf die Stirn des anderen gerichtet. »Egal was passiert, wir sterben zusammen«, sagte er.

»Sie reagieren emotional«, sagte der Inder mit einem geringschätzigen Tonfall in der Stimme, der Machita ärgerte. »Und Sie reagieren auch etwas dumm. Ein Mann mit Ihrer militärischen Ausbildung sollte sich nicht benehmen wie ein Schuljunge, der beim Klauen von Bonbons erwischt worden ist.«

»Halt die Schnauze!« fauchte Machita erzürnt. »Und leg die Karten auf den Tisch!«

Der Inder lachte spöttisch. »Der reinste Ghettoslang. Was soll man auch von einem amerikanischen Neger, der aus der Gosse kommt, anderes erwarten! Nicht wahr, Luke Sampson aus Los Angeles, alias Charley Le Mat aus Chicago, alias Major Machita von der Afrikanischen Revolutionsarmee...«

Irritiert fuhr Machita zusammen. Die Gedanken in seinem Kopf jagten sich. Woher wußte der andere, wer er war? »Sie irren sich«, versuchte er seine Tarnung zu wahren. »Mein Name ist Yariko, George Yariko.«

»Nennen Sie sich, wie Sie wollen«, sagte der Inder leicht dahin. »Was mich angeht, so bitte ich um Ihr freundliches Verständnis, daß ich Sie während unserer Unterhaltung mit Ihrem wirklichen Namen anrede, Major Machita.«

»Wer sind Sie?«

»Für den Chef des Geheimdienstes der Afrikanischen Revolutionsarmee haben Sie ein bemerkenswert schlechtes Personengedächtnis.« Der Inder begann jetzt, seinem Englisch einen Afrikaans-Akzent beizumischen. »Immerhin haben wir beide uns schon zweimal getroffen.« Machita senkte den Revolver. »Sind Sie Emma?«

»Aha, der Nebel lichtet sich«, spottete sein Gegenüber.

Machita stieß einen Seufzer der Erleichterung aus und legte seine Waffe in den offenen Diplomatenkoffer zurück. »Wie konnten Sie wissen, in welcher Maschine ich ankommen würde?«

»Ein Vöglein hat es mir erzählt«, sagte Emma, sichtlich nicht bereit, weiter auf Machitas Neugierde einzugehen.

Ungläubig und immer noch überrascht starrte Machita den Mann an, der auf dem Fahrersitz vor ihm saß. Er musterte das Gesicht und die glatte, ölige Haut. Der Mann hatte nicht die leiseste Ähnlichkeit mit dem Gärtner und auch nicht mit dem Kellner aus dem Café, die sich ihm bei den vorgehenden zwei Kontakten als »Emma« vorgestellt hatten.

»Ich wußte, daß Sie wieder mit mir in Kontakt treten würden. Aber so schnell hatte ich das zugegebenermaßen nicht erwartet.«

»Ich habe Ihnen etwas anzubieten, das für Hiram außerordentlich interessant sein dürfte.«

»Der Preis?« fragte Machita trocken.

Die Antwort des Inders kam ohne das geringste Zögern. »Zwei Millionen amerikanische Dollar.«

Machita grinste, als ob er soeben einen etwas schwachen Witz vernommen hätte. »Ich wüßte nicht, warum Lusana auf die Offerte eines Geisteskranken eingehen sollte.«

»Ich habe keine Zeit, um mit Leuten der zweiten Garnitur fruchtlose Gespräche zu führen«, sagte Emma. Dann übergab er Machita einen kleinen verschlossenen Umschlag. »In diesem Umschlag ist eine stichwortartige Beschreibung eines Geheimplans der südafrikanischen Regierung, von dem ich eine vollständige Kopie habe. Es handelt sich um einen gegen die Afrikanische Revolutionsarmee gerichteten Vernichtungsschlag, der bei der Regierung unter dem Decknamen ›Unternehmen Wilde Rose‹ läuft. In der Beschreibung, die ich Ihnen mitgebe, wird das Konzept des Plans natürlich nur in großen Zügen erklärt. Geben Sie die Notiz an General Lusana. Wenn er mit dem geforderten Preis einverstanden ist, liefere ich Ihnen den vollständigen Text des Plans.«

Machita legte den kleinen weißen Umschlag, den ihm der Inder aushändigte, in seinen Diplomatenkoffer, so daß er zwischen der Handkette und der Mauserpistole zu liegen kam. »Der Umschlag wird morgen abend bei Lusana sein«, versprach er.

»Bestens. Soll ich Sie jetzt zur Botschaft von Moçambique fahren?« »Eine Frage noch.« Der Inder mit dem Decknamen ›Emma‹ schaute über seine Schulter. »Bitte, ich höre.«

»General Lusana möchte wissen, wer die Fawkes-Farm in Natal überfallen hat.«

Interessiert und überrascht musterte Emma die Augen seines Gesprächspartners. »Ihr General hat Humor. Alle Spuren, die am Tatort gefunden wurden, deuten darauf hin, daß die ARA selbst das Massaker durchgeführt hat.«

»Das ist nicht wahr! Die ARA hat mit dieser Sache nichts zu tun. Wir möchten wissen, wer dahintersteckt.«

Der Inder nickte leicht. »Gut, ich will sehen, was sich herausfinden läßt.«

Er startete den Wagen, legte den Rückwärtsgang ein und lenkte das Fahrzeug die Fahrtrampe hoch bis zum Ausgang, wo sie sich wieder in den dahinflutenden Verkehr der Altstadt einordneten. Acht Minuten später hielten sie vor der Botschaft von Moçambique. »Darf ich Ihnen zum Abschied einen kleinen Tip geben, Major Machita?«

Machita, der schon ausgestiegen war, beugte sich zum Fahrer hinunter. »Welchen Tip?«

»Ein guter Agent nimmt nie das Taxi, das ihm zuerst angeboten wird, sondern das zweite oder dritte der Schlange.

Man lebt länger, wenn man das beachtet...«

Dann war Emma verschwunden. Major Machita, der sich plötzlich wie ein zurechtgewiesener Schuljunge vorkam, stand an der Kante des Bürgersteigs und sah dem Taxi nach, das bereits in den dahinrollenden Großstadtverkehr eingetaucht war.

23

Der Mittagsdunst war einem klaren Himmel gewichen. Die Strahlen der Nachmittagssonne fielen auf den Westflügel des Hochhauses. Sie liebkosten einen schlanken, dunklen Frauenkörper, der auf der Terrasse einer der teuersten Suiten des New Stanley Hotels im ostafrikanischen Nairobi ausgestreckt lag.

Felicia Collins trug einen knappsitzenden Bikini. Sie legte sich auf die Seite, so daß die Sonne sie nicht mehr blendete, zündete sich eine Zigarette an und dachte über die Ereignisse der letzten Tage nach. Zugegeben, sie hatte in der Vergangenheit schon mit einer ganzen Reihe von Männern intimere Bekanntschaft gemacht. Ihr erstes sexuelles Erlebnis hatte sie mit ihrem 16jährigen Cousin gehabt, als sie selbst erst 14 war. Sie erinnerte sich heute nicht mehr genau daran, ob sie schon beim erstenmal das leidenschaftliche Mädchen gewesen war, das später die Sinne aller Männer, die sie traf, verwirrte.

Als sie zwanzig war – so erinnerte sie sich – kannte sie die Betten und die sexuellen Neigungen von mindestens zwanzig Männern so ausführlich, daß sie ein Buch darüber hätte schreiben können. Die Namen dieser Männer aber hatte sie vergessen, und wenn sie versuchte, sich an die Gesichter zu erinnern, sah sie nur verschwommene Schemen. Agenten von Plattenfirmen, Discjockeys, Bandleader, Komponisten, Fernseh- und Presseleute hatten bei der Karriere von Felicia Collins Spalier gestanden. Mit jedem von ihnen war sie ins Bett gegangen, um ihrem Ehrgeiz zum Durchbruch an die Spitze Geltung zu verschaffen. Dann kam Hollywood, der Erfolg und das teure, süße Leben im schillernden Umfeld des amerikanischen Jet-set.

Wie seltsam – dachte sie – daß sie sich an die Gesichter ihrer Liebhaber nicht erinnern konnte. Mit den zahlreichen Betten, mit den Wohnungen und den Badezimmern, die sie bei ihrem Marsch an die Spitze kennengelernt hatte, war das anders. Die Einrichtung der verschiedenen Schlafzimmer, die unterschiedliche Weichheit der Matrazen, die Muster auf den teuren Tapeten und die verschiedenartigen Armaturen und sanitären Installationen in den Badezimmern hatten sich unauslöschlich in ihre Erinnerung eingegraben. Sie hätte das Muster von rund zwanzig verschiedenen, in Stuck ausgeführten Deckenreliefs aufzeichnen können, die sie beim Geschlechtsakt mit ihren Liebhabern angestarrt und unbewußt in ihre Erinnerung aufgenommen hatte.

Sex war für Felicia Collins, wie für manche anderen Frauen auch, eine von zahlreichen Formen der Unterhaltung; nicht mehr. Wie viele Male hatte sie gewünscht, statt der Liebesnacht, der ihre jeweilige Eroberung zustrebte, die Zeit mit einem guten Buch zu verbringen. Auch die Nächte mit Hiram Lusana, ihrem farbigen Freund, machten da keine Ausnahme. Auch sein Gesicht war in ihrer Erinnerung immer undeutlicher, immer bedeutungsloser geworden.

In der ersten Zeit hatte sie Frederick Daggat, der sie unter demütigenden Begleitumständen von ihrem früheren Liebhaber »übernommen« hatte, gehaßt. Es hatte sie geärgert, daß sie dieser Mann sexuell erregte. Bei jeder Gelegenheit hatte sie ihn beleidigt – und doch war er immer freundlich und zuvorkommend geblieben. Was sie sagte oder tat, schien ihn nicht zu berühren, egal wie unmöglich sie sich aufführte. Es war zum Verrücktwerden, dachte sie, eine unmögliche Situation, über die Daggat allein die Kontrolle hatte. Wenn er sie wenigstens geschlagen oder gedemütigt hätte – dann hätte der Haß, den zu fühlen sie sich vorgenommen hatte, wenigstens ein solides Fundament gehabt. Aber dazu war Frederick Daggat zu klug. Er behandelte sie freundlich und mit größter Umsicht. Wie ein Angler, der einen dicken Fisch am Haken hat, und ihn nun nicht mit einem unvorsichtigen Manöver oder einem ungeduldigen Reißen an der Schnur verlieren will.

Die Tür vom Inneren der Suite zur Terrasse öffnete sich, Daggat trat hinaus. Felicia setzte sich auf und nahm ihre Sonnenbrille ab. Sie spürte, daß Daggats Schatten ihren Rücken bedeckte.

»Hast du geschlafen?«

Sie schenkte ihm ein flüchtiges Lächeln.

»Nein, nur etwas gedöst.«

»Es wird bald zu kühl, um draußen zu liegen. Komm rein.« Er ergriff sie an beiden Händen und zog sie zu sich hoch. In einer Mischung von Erstaunen und guter Laune musterte sie seine Augen und seinen muskulösen Körper. Dann löste sie den Verschluß am Oberteil ihres Bikinis und preßte ihre festen vollen Brüste an seinen Oberkörper. »Wir können noch miteinander ins Bett gehen, bevor wir uns zum Abendessen anziehen«, sagte sie. »Es ist noch genügend Zeit.«

Die Art, wie sie ihn diesmal zum Liebesakt einlud, erstaunte ihn. Seit sie gemeinsam Lusana und das Basislager der Afrikanischen Revolutionsarmee verlassen hatten, war Felicia Collins zwar willig, aber keineswegs eine leidenschaftliche Liebhaberin gewesen. Mit dem Temperament eines wohlerzogenen Roboters hatte sie alles über sich ergehen lassen, was er mit ihr tat. »Warum?« fragte er unvermittelt.

Fragend musterte sie ihn mit ihren großen braunen Augen.

»Was meinst du mit ›warum‹?«

»Warum hast du Lusana verlassen und bist mit mir gekommen? Ich bin kein Mann, der so gut aussieht, daß die Frauen Herzklopfen bekommen. Ich kenne mein häßliches Gesicht seit vierzig Jahren, und ich weiß, daß ich nicht das Zeug zu einem Superstar habe. Es gab keinen Grund für dich, dem Handel zwischen Lusana und mir zuzustimmen. Du warst nicht sein Eigentum, und ich bezweifle sehr, ob du je das Eigentum irgendeines Mannes sein wirst. Die normale Reaktion wäre gewesen, uns beide zum Teufel zu jagen. Das hast du nicht getan, sondern du bist mit mir gekommen. Warum?«

Felicia nahm Daggats Kopf zwischen ihre Hände und schnupperte an seinen Schläfen. Ein starker, männlicher Geruch ging von ihm aus, ein Geruch, der sie über die Maßen erregte. »Ich glaube, ich bin mit dir gekommen, weil ich Hiram zeigen wollte, daß es auch ohne ihn geht. Er hatte mich beleidigt.«

»So gesehen, war deine Reaktion verständlich.«

Sie bedeckte sein Gesicht mit Küssen. »Vergib mir, Frederick. In gewisser Weise behandle ich dich ganz ähnlich wie Hiram. Er benutzt dich, um im amerikanischen Kongreß die Waffenhilfe für seine Revolutionsarmee durchzubringen. Und ich benutze dich, um ihn eifersüchtig zu machen und um ihm weh zu tun.«

Daggat lächelte. »Dies ist das erste Mal in meinem Leben, daß es mir Spaß macht, von jemandem ausgenützt zu werden.«

»Der Spaß wird dir schon noch vergehen«, sagte Felicia verschmitzt. »Andererseits ... wenn du fleißig bist, gibt's eine Belohnung.«

»Kann ich mir wieder einen schnellen Dollar verdienen?«

»Viel mehr«, flüsterte sie erregt. Sie nahm ihn an der Hand, zog ihn hinter sich her, bis sie im Schlafzimmer waren, und entkleidete ihn. »Diesesmal«, flüsterte sie, »lernst du die wirkliche Felicia Collins kennen.«

Es war gegen neun Uhr abends, als sie erschöpft und glücklich voneinander abließen. Felicia war leidenschaftlicher gewesen, als es sich Daggat je hatte vorstellen können. Eine Woge von Lust und ungehemmter Sinnlichkeit war über ihnen zusammengeschlagen. Einige Minuten lang blieb er nachdenklich im Bett liegen und hörte Felicia zu, die im Badezimmer unter der Dusche stand und einen Soul-Schlager summte. Dann stand er gähnend auf, streifte sich eine Hose über, setzte sich an den Schreibtisch und blätterte in geheimen Dokumenten, die er dort bereitgelegt hatte. Wenig später kam Felicia aus dem Badezimmer. Sie war noch naß. Und sie sah hübscher aus denn je. Die Anstrengung der vergangenen Stunden war ihr nicht anzumerken.

Gefällig betrachtete sie sich in dem großen Ankleidespiegel. Sie musterte ihr gut geschnittenes, faltenloses Gesicht und ihre entblößten Brüste. Zweiunddreißig Jahre – und noch heiß wie eine Novizin im Beichtstuhl, wenn der Pfarrer hübsch und jung ist, dachte sie lächelnd, nicht unzufrieden mit dieser Selbsteinschätzung, die ihr in den vergangenen Stunden noch eindringlich bestätigt worden war. Sie hatte noch einige flotte Jahre vor sich, sinnierte sie, in denen sie die Rolle der jugendlichen Liebhaberin spielen konnte. Und das nicht nur auf der Leinwand oder auf dem Fernsehschirm, sondern auch im Bett.

»Glaubst du, daß er gewinnt?« fragte Daggat.

»Wer?«

»Lusana. Glaubst du, daß er die südafrikanische Regierung in die Knie zwingt?«

»Über die Chancen der schwarzafrikanischen Revolution kann ich wenig sagen«, antwortete Felicia. »Meine einzige Funktion in der ARA bestand darin, in der amerikanischen Öffentlichkeit und bei den politischen Organisationen Geld lockerzumachen.«

Daggat grinste. »Du hast dich doch auch sehr bei der Truppenbetreuung bewährt, besonders wenn das Publikum aus gewissen Generälen bestand.«

»Das habe ich immer erst nach Dienstschluß gemacht«, sagte sie und lachte.

»Du hast meine Frage nicht beantwortet.«

Felicia schüttelte den Kopf. »Hiram Lusana könnte den Kampf gegen die südafrikanische Regierung nicht einmal mit einer Armee von einer Million Mann gewinnen«, sagte sie. »In einem offenen militärischen Konflikt hat er keine Chance. Die Franzosen und die Amerikaner haben den Krieg in Vietnam aus dem gleichen Grunde verloren, aus dem die weiße Minderheit in Rhodesien die Herrschaft verlor: wegen des Dschungels. Befreiungsarmeen, die im Schutze des Dschungels kämpfen, haben alle Vorteile auf ihrer Seite. Zum Unglück für die schwarzen Afrikaner bestehen jedoch achtzig Prozent der südafrikanischen Republik aus offener, baumloser Steppe. Ein erfolgreicher Guerillakampf ist dort nicht möglich.«

»Wie will Lusana denn dann seinen Kampf gewinnen?«

»Er zählt auf die Unterstützung der Weltöffentlichkeit und auf wirtschaftliche Sanktionen der großen Industriestaaten gegen die südafrikanische Regierung.«

Daggat stützte seinen Kopf in die Hände. »Ist er Kommunist?«

Felicia warf lachend ihren Kopf nach hinten. »Hiram hat alles, was er besitzt, als Kapitalist verdient. Er ist so kommunistisch wie Rockefeller oder Paul Getty.«

»Wie erklärt sich dann die Tatsache, daß er vietnamesische Militärberater hat und Waffenhilfe von China bekommt?«

»Die Welt will betrogen werden – und das ist die Devise, nach der Lusana handelt.

Er nutzt die Vietnamesen und die Chinesen für seine Zwecke aus. Die Vietnamesen sind so revolutionssüchtig, daß sie ihre Ausbilder für den Guerillakampf auch gratis zu uns nach Florida einfliegen würden, wenn die amerikanische Regierung sie darum bäte. Was die Chinesen angeht, so sind sie etwas traurig, daß man ihnen in acht verschiedenen afrikanischen Ländern den Laufpaß gegeben hat. Sie sind bereit, jedem – auch Lusana – in den Hintern zu kriechen, wenn sie damit in Afrika ein Bein an der Erde behalten können.«

»Ist das nicht ein sehr gewagtes Spiel, was Lusana da treibt?«

»Du unterschätzt Hiram«, entgegnete Felicia. »Er schickt die Asiaten in der Minute nach Hause, wo sie für die ARA ausgedient haben.«

»Das ist leichter gesagt als getan.«

»Lusana weiß, was er tut, versichere ich dir. Innerhalb von neun Monaten wird er Premierminister von Südafrika sein.«

»So genau hat er seine politische Karriere vorausgeplant?« fragte Daggat ungläubig.

»Auf den Tag genau.«

Daggat nahm die Dokumente, die vor ihm auf dem Schreibtisch lagen, ordnete sie zu einem übersichtlichen Stapel und verschloß sie in einer Aktentasche.

»Pack deine Sachen!«

Erstaunt sah Felicia auf. Reisen wir denn schon ab?«

»Wir fliegen nach Washington.«

Der sehr bestimmte Ton, mit dem Daggat gesprochen hatte, verunsicherte sie. »Und warum sollte ich mit dir in die Vereinigten Staaten fliegen?«

»Weil du gar nichts Besseres tun kannst.

Nachdem die Zeitungen drüben lang und breit darüber berichtet haben, daß du ein ganzes Jahr lang mit einem amerikafeindlichen Revolutionär herumgebumst hast, könnte es für dein Image bei deinen Fans ganz gut sein, wenn du am Arm eines angesehenen amerikanischen Kongreßabgeordneten zurückkommst.«

Felicia dachte nach, ob sie schmollen oder zustimmen sollte. Wenn sie ehrlich war, hatte Daggat recht. Die Verkaufszahlen ihrer Schallplatten waren zurückgegangen, und sie bekam weniger Film- und Fernsehangebote als früher. Es war Zeit, etwas für ihr Ansehen beim amerikanischen Publikum zu tun.

»Ich komme mit. In einer halben Stunde bin ich fertig«, sagte sie kurzentschlossen.

Daggat nickte und lächelte ihr aufmunternd zu. Eine Idee ging ihm im Kopf herum. Vieles sprach dafür, daß Lusana in der Tat innerhalb der nächsten neun Monate die politische Führung der südafrikanischen Republik übernehmen würde. Wenn er, Daggat, innerhalb der amerikanischen Öffentlichkeit rechtzeitig auf das Pferd setzte, daß dann wenig später als Gewinner durchs Ziel lief, konnte er nur gewinnen – an politischem Ansehen in der amerikanischen Regierung und auch bei den Wählern, die ihm politische Weitsicht zubilligen würden. Es war ein Spiel mit guten Gewinnmöglichkeiten. Wenn er alles richtig machte, würde er vielleicht die Chance bekommen, zum Vizepräsidenten der Vereinigten Staaten nominiert und gewählt zu werden...

24

Lusana hob die Angelrute bis in Augenhöhe, dann warf er das Bleigewicht samt dem Angelhaken, dem als Köder dienenden Stück Käse und dem Schwimmer in weitem Bogen in den Fluß. Die Schnur spulte ab, während die Strömung den Schwimmer mit sich fortriß. Er sah auf die Stelle, wo der Schwimmer auf den Wellen tanzte, und versuchte zu erahnen, was dort in der Tiefe vor sich ging. Er war sicher, daß der Fluß voller Fische war. Behutsam sicherte er den Stand seiner hohen Gummistiefel auf dem schlüpfrigen Untergrund des Flußbettes, in dem er bis zu den Hüften im Wasser stand, und begann langsam die Angelleine einzuholen.

Er hatte eine Viertelstunde geangelt, als er ein hartes Rucken an der Schnur spürte. Wie beim Näherholen des zappelnden Fisches sichtbar wurde, hatte er einen Tigerfisch, einen afrikanischen Verwandten der gefürchteten Piranhas vom Amazonas, am Haken. Um das Reißen der Angelschnur zu verhindern, spulte er soviel ab, wie er nur konnte. Plötzlich verstärkte sich der Zug an der Angel. Die Rute bog sich, dann plötzlich fühlte sie sich ganz leicht an. Der Fisch war verschwunden. Er war an einem versunkenen Baumstumpf vorbeigeschwommen, in dem sich die Angelschnur verfing und riß.

»Ich hätte nicht gedacht, daß man mit solch einem kleinen Köder, wie sie ihn verwendet haben, einen so großen Fisch an den Haken bekommen kann«, sagte Oberst Jumana. Er kauerte am Ufer, den Rücken gegen einen Baum gelehnt. In seiner Hand hielt er den weißen Umschlag, den Major Machita aus Pretoria mitgebracht hatte. Das Angebot des Agenten Emma, der Untergrundorganisation den Plan für das ›Unternehmen Wilde Rose‹ zu verkaufen, war Gegenstand eingehender Beratungen der Revolutionäre gewesen.

»Es ist beim Angeln wie beim Geschäft«, sagte Lusana. »Wenn die Beute sehr hungrig ist, ist die geringe Größe des Köders kein Hindernis.« Er watete ans Ufer zurück, um einen neuen Angelhaken an der Schnur zu befestigen.

Jumana ging einige Schritte das abschüssige Ufer hinauf, um zu prüfen, ob die aufgestellten Sicherheitsposten an den ihnen zugewiesenen Positionen geblieben waren. Mit Befriedigung stellte er fest, daß das der Fall war. Die Soldaten der Afrikanischen Revolutionsarmee waren treue und ergebene Kämpfer. Lusana selbst hatte jeden einzelnen von ihnen ausgesucht, wobei er nicht nur auf Mut und körperliche Robustheit, sondern vor allem auf Intelligenz geachtet hatte. Die Mündungen ihrer Maschinenpistolen schräg nach unten gerichtet, verharrten die Wachen im Sichtschutz des niedrigen Buschwerks, um Lusana vor unliebsamen Besuchern zu schützen.

»Was halten Sie von Emmas Angebot, Jumana?« fragte Lusana, nachem er seine Angel aufs neue ausgeworfen hatte.

Jumana sah auf den Umschlag in seinen Händen und legte sein Gesicht in skeptische Falten.

»Ein Bluff. Ein Zweimillionendollarbluff.«

»Glauben Sie, daß der Plan für das ›Unternehmen Wilde Rose‹ gefälscht ist?«

»Es gibt keinen Plan.«

Jumana war aufgestanden und bürstete die Schmutzspuren des lehmigen Bodens von seiner Uniform. »Der Plan ist eine Erfindung. Der Agent Emma hat Major Machita mit einigen kleineren Bissen auf den Geschmack gebracht. Jetzt will er absahnen und uns das große Geld aus der Nase ziehen.« Er schüttelte den Kopf. »Der Plan, den Emma uns verkaufen will, ist absurd. In den Stichworten, die Machita mitgebracht hat, heißt es, daß die Weißen irgendwo in der Welt einen größeren terroristischen Anschlag unternehmen werden. Die Ausführung des Anschlages soll in den Händen von Farbigen liegen, die die Weißen als ARA-Soldaten ausstaffieren wollen, damit sie uns später die Schuld in die Schuhe schieben können. Ich habe noch nie einen größeren Unsinn gehört. Die südafrikanische Regierung würde auf keinen Fall die internationalen Konsequenzen riskieren, die aus solch einem Unternehmen für sie entstehen würden.«

Lusana warf von neuem seine Angel aus. »Nur einmal angenommen, Premierminister Koertsmann ist in Torschlußpanik. Er sieht, daß die Zeit gegen ihn arbeitet und versucht ein letztes riskantes Spiel, um das Rad der Geschichte zurückzudrehen. Wäre da eine Aktion wie das ›Unternehmen Wilde Rose‹ so unwahrscheinlich?«

»Aber wie würde ein solcher Terroranschlag denn im einzelnen aussehen?« fragte Jumana. »Und wo würde er stattfinden?«

»Um das zu erfahren, müßten wir zwei Millionen Yankee-Dollars zahlen.«

»Ich bin sicher, das Ganze ist ein Schwindel. Der Agent Emma blufft, um uns Angst zu machen und uns dann das Geld aus der Tasche zu ziehen.«

»Ich bin da etwas anderer Meinung als Sie«, entgegnete Lusana. »Der Plan hat geniale Züge. In Emmas Papier steht, daß der Terroranschlag zu zahlreichen Todesopfern führen wird. Die Nation, die Opfer des Anschlags wird, würde uns sofort jede Hilfe entziehen, da sie uns für den Urheber des Anschlags hält. Aus aller Welt würden Waffen geliefert werden, um das weiße Regime von Koertsmann gegen die Schwarzen, die derartig verabscheuungswürdige Anschläge unternehmen, zu unterstützen.«

»Welche Nation kommt denn Ihrer Meinung nach als Opfer in Frage?« erkundigte sich Jumana.

»Ein reicher Industriestaat mit leicht verletzbarer Infrastruktur. Die Vereinigten Staaten zum Beispiel.«

Jumana kniff die Augen zusammen und warf den Umschlag, der Emmas Angebot enthielt, mit einer ärgerlichen Geste auf den Boden. »Fallen Sie nicht auf diesen plumpen Trick herein, General Lusana. Wir können das Geld wirksamer einsetzen als für einen geldgierigen und größenwahnsinnigen Agenten namens Emma. Ich wiederhole meinen Vorschlag, eine Reihe von Überfällen auf Farmen von Weißen zu starten, damit Panik unter den Imperialisten ausbricht.«

Lusana nahm Jumanas Ungestüm mit undurchdringlichem Gesicht entgegen. »Sie wissen, was ich von derartigen Massakern halte.«

»Genau das könnte aber zum Erfolg führen«, beharrte Jumana. »Tausende von einzelnen kleinen Terroranschlägen auf Städte, Dörfer und Farmen – und die Weißen verlassen das Land.«

»Wir werden weiterhin einen gezielten Krieg führen«, entgegnete Lusana kühl. »Die ARA wird sich nicht wie ein Haufen wildgewordener Kopfjäger aufführen.«

»Sie sehen das falsch, General Lusana. In Afrika muß man mit eiserner Hand regieren, wenn man am Ruder bleiben will. Meist wissen die Leute ja nicht, was gut für sie ist.«

»Aber Sie, Oberst Jumana, wissen es. Würden Sie es bitte mir, der ich nicht so erleuchtet bin, verraten?«

Jumana verzog sein Gesicht zu einer ärgerlichen Grimasse. »Wir Afrikaner wissen, was gut für Afrika ist!«

Lusana verzichtete darauf, seinen Gesprächspartner wegen der beleidigenden Anspielung auf seine amerikanische Herkunft zur Rede zu stellen. Ihm war klar, daß in Jumanas Gedanken die widersprüchlichsten Impulse gegeneinander kämpften: Der Haß gegen alles Fremde, ein verzehrender Ehrgeiz, das berauschende Gefühl von rasch erworbener Macht, Mißtrauen gegen alles Neue, und der naive Glaube, mit möglichst viel Blutvergießen könne die Welt verändert werden. Würde Jumana im Kampf, wenn es darauf ankam, klaren Kopf behalten? Lusana bezweifelte es. Er fragte sich, ob er nicht einen großen Irrtum begangen hatte, als er Jumana zu so hohen Führungsaufgaben bestimmt hatte.

Bevor er weiter über die Probleme nachdenken konnte, die sich möglicherweise zwischen ihm und seinem Untergebenen anbahnen würden, beanspruchte das Geräusch nahender Schritte seine Aufmerksamkeit. Es war Major Machita, der gelaufen kam. Vor Lusana angelangt, blieb er stehen und salutierte. Er war völlig außer Atem.

»Einer unserer Agenten aus Pretoria ist soeben eingetroffen und hat Emmas Bericht über den Überfall auf die Fawkes-Farm mitgebracht.«

»Was steht in dem Bericht?«

»Emma schreibt, es gäbe keinerlei Hinweise darauf, daß die Weißen den Überfall inszeniert hätten.«

Lusana dachte nach. »Damit sind wir wieder dort, wo wir waren.«

»Mir will nicht in den Kopf, daß ein Kommando fünfzig Menschen umbringen kann, ohne daß es gelingt, später auch nur einen der Täter zu identifizieren«, sagte Machita.

»Vielleicht weiß Emma mehr, als er sagt.«

»Mag sein. Da wir ihn für jedes Wort, das er sagt, bezahlen, halte ich das jedoch für unwahrscheinlich.«

Lusana antwortete nicht. Er versuchte sich wieder auf das Angeln zu konzentrieren. Neugierig sah Machita zu Jumana hinüber, der jedoch schwieg und seinen Blick vermied.

Machita war irritiert. Er fragte sich, was zu der Spannung geführt hatte, die hier in der Luft zu liegen schien. Nach einer langen, von Machita sehr unangenehm empfundenen Pause, in der nur das Tanzen der Angelschnur auf der Oberfläche des rasch dahinströmenden Flusses zu hören war, ergriff er das Wort.

»Haben Sie schon eine Entscheidung über den Ankauf des Plans für das ›Unternehmen Wilde Rose‹ getroffen, General Lusana?«

»Das habe ich in der Tat!« antwortete Lusana und begann seine Angelschnur einzuholen.

Machita schwieg, er wartete auf den Rest der Antwort.

»Ich habe vor, dem Agenten Emma seine dreißig Silberlinge für alle Details des Plans in den Rachen zu werfen«, sagte Lusana schließlich. Erzürnt fuhr Jumana auf. »Das können Sie nicht tun! Auch Sie, General Lusana, dürfen das Geld der ARA nicht aus dem Fenster werfen.«

Machita holte tief Luft und blickte gespannt zu Jumana und Lusana hinüber. Es war klar, daß sich der Oberst gegenüber dem General im Ton vergriffen hatte. Lusana schien dem respektlos formulierten Einwand seines Untergebenen keine weitere Bedeutung beizumessen. Er drehte seinen beiden Gesprächspartnern den Rücken zu und hielt die Angel in den Fluß, als ob nichts geschehen wäre. »Ich möchte Sie an etwas erinnern«, sagte er nach einer Weile über seine linke Schulter hinweg in Richtung Jumana. »Die Dollars, die in der Kriegskasse der ARA sind, befinden sich dort, weil ich sie reingelegt habe. Es ist mein eigenes Geld, und ich kann es jederzeit so verwenden, wie es mir Spaß macht.«

Jumana war vor unterdrückter Erregung rot angelaufen. Seine Hände waren zu Fäusten verkrampft, und seine Nackenmuskeln standen heraus. Er machte eine unkontrollierte Bewegung auf den Fluß zu, dann blieb er stehen und fletschte die Zähne in einem Ausdruck nervöser Hilflosigkeit. Plötzlich, so als habe er seinem Gehirn nach einem Kurzschluß wieder die Sicherung eingesetzt, wich jede Spur von Zorn aus seinem Gesicht. Er sprach leise, mit einem Unterton von Bitterkeit.

»Ich bedaure meine Bemerkung von vorhin. Ich bin überanstrengt.«

Dieser Mann ist unberechenbar, resümierte Machita in Gedanken. Es sah nicht so aus, als ob Jumana sich je mit der Position des zweiten Mannes abfinden würde.

»Ist schon vergessen«, sagte Lusana. »Das wichtigste ist jetzt, daß wir möglichst schnell an den Plan für das ›Unternehmen Wilde Rose‹ kommen.«

»Ich werde alles veranlassen, um das Geld für den Austausch vorzubereiten«, sagte Machita.

»Sie werden noch mehr tun«, sagte Lusana, mit dem Blick auf den Fluß. »Sie werden Emma das Geld aushändigen. Und dann werden Sie ihn töten!«

Jumana war so erstaunt, daß sein Kiefer herunterklappte. »Sie hatten nie vor, die zwei Millionen Dollar wirklich zu zahlen?« stotterte er.

Lusana grinste. »Natürlich nicht. Wenn Sie etwas mehr Geduld gehabt hätten, dann hätten Sie uns die Auseinandersetzung von vorhin ersparen können.«

Jumana antwortete nicht. Es gab nichts, was er hätte sagen können. So versuchte er sich in einem unbestimmten Lächeln. Machita beobachtete ihn und bemerkte, daß sein Blick nicht auf Lusana gerichtet war, sondern auf einen ganz bestimmten Punkt im Fluß.

»Wachen!« schrie Machita. »Hierher, zum Fluß! Schießt doch! Um Gottes Willen, so schießt doch!«

Die Reaktion der Wachen ließ nur knappe zwei Sekunden auf sich warten. Eine Salve von Schüssen dröhnte in Machitas Ohren, während sich im Fluß, in etwa einem Meter Entfernung von Lusana, unzählige kleine Wassersäulen von den Einschlägen der Schüsse zeigten. Ein etwa sechs Meter langes Reptil, über und über von Schüssen durchlöchert, fuhr mit einem wilden Peitschen seines Schwanzes in die Höhe. Wenig später versank es regungslos im schlammigen Wasser.

Lusana, der immer noch mit seinen Gummistiefeln bis zu den Hüften im Wasser stand, war trotz der bedrohlichen Situation regungslos stehengeblieben. Mit undurchdringlichem Gesicht schaute er dem Kadaver des Krokodils nach, daß flußabwärts trieb und das Wasser rotbraun färbte.

Machita war außer sich vor Erregung, nicht so sehr, weil General Lusana soeben nur knapp dem Tode entgangen war, sondern weil Jumana keinerlei Anstalten gemacht hatte, den General zu schützen. Sehr wohl hatte er den satanischen Gesichtsausdruck von Jumana bemerkt, als jener – ohne den General zu warnen – das Reptil in bedrohlicher Nähe von Lusana entdeckt hatte.

25

Chesapeake Bay, USA – 1988

Es war zwei Stunden vor Sonnenaufgang, als Patrick Fawkes an der Werft mit der Aufschrift »Forbes Marine Scrap & Salvage Company« ankam. Er stieg aus dem Taxi, bezahlte den Fahrer und ging zu dem mit Flutlicht angestrahlten Eingangstor. Der uniformierte Wachmann, der im Wachhäuschen saß, stellte das Fernsehgerät, dessen Programm er angesehen hatte, leiser und gähnte verstohlen, während ihm Fawkes ein vorbereitetes Ausweisdokument durch das kleine Fenster reichte. Der Wachmann prüfte das Dokument und verglich das Foto mit dem Mann, der da vor ihm stand und mitten in der Nacht Einlaß begehrte. Dann nickte er befriedigt und reichte das Dokument zurück.

»Willkommen in Amerika, Kommandant Fawkes. Sie sind mir angekündigt worden. Meine Vorgesetzten hatten Sie schon gestern erwartet.«

»Wo ist das Schiff?« fragte Fawkes ungeduldig.

»Fest vertäut am östlichen Dock«, erwiderte der Wachmann und reichte Fawkes die Fotokopie eines Lageplanes der Werft durch das Fensterchen. »Passen Sie auf, daß Sie nicht stolpern. Seit der neuen Energiekrise wird die Außenbeleuchtung auf der Werft nachts abgestellt. Es ist dort dunkler als in der Unterwelt.«

Mit behutsam ausgreifenden Schritten durchmaß Fawkes die Strecke vom Eingang der Werft bis zum Schiff, dem Ziel seines Besuches. Während er unter den gigantischen Hebekränen, mit denen die Bauteile der Schiffe bewegt wurden, dahinging, fiel ihm der kühle Wind auf, der sich erhoben hatte. Es war kälter hier als in Südafrika. Vor allem aber war da eine Erinnerung, die bei dem vom Wind herangetragenen Aroma von Öl, Teer und Salzwasser in ihm aufstieg: die Erinnerung an jene Zeiten, wo er zur See gefahren war. Es war, als ob das Schicksal sein Lebensrad für einen Moment zurückgedreht hätte, zurück in eine Zeit, in der er glücklich gewesen war.

Er war am Dock angekommen. Neugierig suchte er nach Anzeichen menschlicher Aktivität, aber er fand niemanden. Nur eine Möwe saß auf einem rostigen Geländer und sah ihn aus kleinen bösen Augen an.

Fawkes ging weiter. Über eine provisorisch errichtete Gangway betrat er das große alte Kriegsschiff, das in der Dunkelheit am Pier vertäut lag. Er schlenderte über das endlos erscheinende Deck, dann tauchte er im Licht seiner mitgebrachten Taschenlampe in das stählerne Labyrinth der Treppen, Gänge und der verschiedenen Decks des Veteranen hinab.

Als die Sonne fahl über dem Horizont aufstieg, stand er wieder an Deck. Erst jetzt wurde die Häßlichkeit des verstümmelten stählernen Riesen offensichtlich. Die Farbe war abgebröckelt. Überall lagen dicke Schichten von Rost, und die Narben der Schweißarbeiten, bei denen Teile des Schiffes ausgeschlachtet worden waren, wirkten wie Spuren einer abstoßenden, tödlichen Krankheit. Fawkes aber sah durch die Narben und durch die Häßlichkeit hindurch. Wie der Vater einer mißgestalteten Tochter sah er nur jene Teile, die von der grausamen Krankheit nicht beeinträchtigt waren.

»Du bist ein gutes Schiff«, murmelte er, als er schließlich wieder auf der Brücke stand. »Du bist genau richtig.«

Die Bergung

Washington D. C., USA – November 1988

26

Es dauerte zwei volle Monate, bis sich Steigers Vorgesetzte im Pentagon endlich entschlossen, den ihnen vorgelegten Bericht über die Entdeckung der Cargo 03 offiziell zur Kenntnis zu nehmen. Er wurde aufgefordert, nach Washington zu kommen und sich dort für eine nähere Befragung zur Verfügung zu halten. An einem Montag, morgens um acht, war es dann soweit. Die versammelten Militärs musterten ihn abschätzig und kühl, als er in den Amtsraum von General Ernest Burgdorf eintrat. Einen Augenblick lang hatte Steiger das Gefühl, vor dem Volksgerichtshof eines totalitären Staates zu stehen. Noch ehe er den Mund aufgemacht hatte, war er – wie es ihm schien – vom Zeugen zum Angeklagten geworden. Es war wie ein Wirklichkeit gewordener Alptraum.

General Burgdorf, Chef der Abteilung Flugsicherheit der amerikanischen Luftwaffe, eröffnete die Verhandlung. Nach einer kurzen Einführung erteilte er dem Staatssekretär General John O'Keefe das Wort, der alsbald die Zweifel der Regierung an der Bedeutung des gesunkenen Flugzeugwracks zum Ausdruck brachte. Warum in aller Welt, so fragte er, solle man dieses Wrack ans Tageslicht bringen? Das einzige Ergebnis würden sensationell aufgemachte Berichte in den Nachrichtenmedien sein. Neue Erkenntnisse würden nicht gewonnen werden. Und die Toten würden durch die aufwendige Bergungsaktion, die zur Hebung erforderlich wäre, auch nicht wieder lebendig.

»Aber die Familien dieser Soldaten...« protestierte Steiger.

»Man kann doch nicht den Familien der abgestürzten Mannschaft verschweigen, daß wir die sterblichen Überreste dieser Männer aufgefunden haben.«

»Kommen Sie doch zur Vernunft, Oberst Steiger. Was haben denn diese Familien davon, wenn alte Wunden wieder aufgerissen werden? Die Eltern der abgestürzten Mannschaftsangehörigen sind mit großer Wahrscheinlichkeit schon lange tot. Die Frauen haben sich wieder verheiratet. Die Kinder sind groß geworden, von neuen Vätern erzogen und liebgewonnen worden. Es ist doch wirklich das beste, wenn alle diese Menschen ihr Leben in Ruhe und Frieden so weiter führen wie bisher.«

»Damit wäre aber immer noch nicht das Problem der Ladung aus der Welt geschafft«, wandte Steiger ein. »Es besteht die Möglichkeit, daß die Cargo 03 auf ihrem Unglücksflug Nuklearsprengköpfe transportierte…«

»Das haben wir doch alles schon doppelt und dreifach gecheckt!« fiel ihm O'Keefe ins Wort. »Eine genaue Überprüfung aller Waffenlager hat ergeben, daß keinerlei Nuklearsprengköpfe vermißt werden. In den Listen wird genauestens Nachweis geführt über alle Atomwaffen und über alles radioaktive Rüstungsmaterial, von der Hiroshimabombe bis zum kleinsten Uranbrennstab irgendeines Atommeilers in der amerikanischen Provinz. Es gibt keine Fehlbestände, Oberst Steiger, und wenn Sie sich noch so als wiederauferstandener James Bond gebärden.«

»Es ist aber doch eine Tatsache, Sir, daß nukleares Rüstungsmaterial in der Art von rostfreien Edelstahlbehältern transportiert wurden und immer noch transportiert werden, wie ich sie auf dem Grunde des Table-Lake in dem gesunkenen Wrack gesehen habe.«

»Ist Ihnen vielleicht schon einmal der Gedanke gekommen, Oberst Steiger, daß die Behälter, die Sie *behaupten* gesehen zu haben, leer sein könnten?«, sagte Burgdorf scharf.

Steiger schwieg resigniert. Er hatte das Gefühl, gegen Windmühlenflügel zu kämpfen. Man behandelte ihn hier wie ein übergeschnapptes Kind, das behauptete, mitten in Minnesota einem lebenden Mammut begegnet zu sein.

»Selbst wenn ich einmal davon ausgehe, daß es sich bei dem Wrack wirklich um das gleiche Flugzeug handelt, das wir bisher auf dem Grunde des Pazifischen Ozeans vermuteten, dann bin ich doch dafür, schlafende Hunde nicht zu wecken«, fügte Burgdorf hinzu.

Staatssekretär O'Keefe meldete sich zu Wort. »Es gibt da noch einen Gesichtspunkt, der zu bedenken ist. Die Luftwaffe kann wenig Interesse daran haben, eine öffentliche Diskussion über die enorme Kursabweichung auszulösen, die damals die Suche nach der Cargo 03 zum Scheitern verurteilt hat. Eine solche Kursabweichung muß auf eklatanten Fehlern des technischen Geräts oder auf menschlichem Versagen von unvorstellbarem Ausmaß beruhen. Denken Sie doch einmal nach! Wenn ein mit allen technischen Finessen ausgerüstetes Flugzeug der amerikanischen Luftwaffe eintausendfünfhundert Kilometer weit in entgegengesetzter Richtung zum vorgegebenen Kurs fliegt, dann müssen gleichzeitig fünf voneinander unabhängige Instrumentensysteme versagt haben. Oder aber die Mannschaft muß von einer Sekunde auf die andere dem Wahnsinn verfallen sein. Eine dritte Möglichkeit wäre es, wenn die Mannschaft sich entschlossen hätte, das Flugzeug zu entführen, weiß Gott, zu welchem Zweck. So etwas Jahrzehnte nachher auszugraben, wäre natürlich für die Luftwaffe auch nicht gerade schmeichelhaft.«

»Aber irgend jemand muß den Flug doch angeordnet haben«, sagte Steiger ratlos.

»Natürlich hat irgend jemand den Flug angeordnet«, bestätigte O'Keefe. »Wir wissen auch den Namen des Mannes. Der Flugbefehl für die Cargo 03 wurde auf dem Luftwaffenstützpunkt Travis in Kalifornien von einem Oberst Michael Irwin ausgestellt.«

Steiger sah den General zweifelnd an. »Nach allem, was ich weiß, werden die Kopien der Flugpläne doch selten länger als ein paar Monate aufbewahrt. Wie kommt es, daß gerade die Kopie dieses Flugplans über einen Zeitraum von mehr als dreißig Jahren erhalten geblieben ist?«

O'Keefe hob die Schultern. »Das weiß ich auch nicht, Oberst Steiger. Aber ich gebe Ihnen mein Ehrenwort als Soldat: Bei dem Dokument, das in den Archivunterlagen des Militärflugplatzes Travis aufgefunden wurde, handelt es sich um den Originalflugplan der Cargo 03.«

»Und was ist mit dem Flugplan, den ich im Wrack vorgefunden habe?«

»Die Papiere, die Sie vom Grunde des Bergsees hochgeholt haben, sind so stark vom Wasser beschädigt, daß eine vernünftige Interpretation der verbleibenden Schriftreste nicht mehr möglich ist. Sie geheimnissen einfach mehr in die Sache hinein, als drin ist.«

»Soweit ich betroffen bin«, sagte O'Keefe mit abschließender

Bestimmtheit, »so halte ich die Diskussion um die Kursabweichung eines Militärflugzeuges drei Jahrzehnte nach seinem Absturz für ausgemachten Blödsinn und für eine Vergeudung von Steuergeldern. Die Angelegenheit ist erledigt.« Er sah zu General Burgdorf hinüber. »Wie ist Ihre Meinung, General Burgdorf?«

»Sie haben recht, O'Keefe.«

O'Keefe sah Steiger an, seine Miene war undurchdringlich.

»Gibt es noch irgend etwas, was Sie uns in dieser Angelegenheit sagen möchten, Oberst Steiger?«

Ruhig, in hilfloser Resignation, betrachtet Steiger die Militärs, die um ihn herum an dem mit grünem Filz belegten Sitzungstisch saßen und ihre Akten zugeklappt hatten. Es gab nichts mehr zu sagen. Nichts mehr, was bei seinen Vorgesetzten eine Meinungsänderung hätte bewirken können. Er stand am Ende einer Sackgasse. Und er sah auch das Damoklesschwert, das über ihm hing. Ihm war klar, was jetzt von ihm erwartet wurde. Entweder er vergaß mit dem Verlassen des Sitzungsraumes alles, was er über die Cargo 03 und ihren rätselhaften Absturz herausgefunden hatte, oder seine Karriere in der amerikanischen Luftwaffe war zu Ende.

Es war einer jenen schönen Tage, bei denen man ein schlechtes Gewissen hat, wenn man sie, abgeschirmt hinter Glas und Beton, im Büro verbringt. Der Präsident der Vereinigten Staaten stand auf dem Golfrasen hinter dem Weißen Haus. Steif vornübergebeugt, mühte er sich, eine Reihe von Golfbällen mit leichten Schlägen in das nur eineinhalb Meter entfernte Loch zu befördern. Keiner der Bälle traf das Ziel, was den Präsidenten in der Auffassung bestätigte, daß Golf ein Spiel war, in dem er es wohl nie zur Meisterschaft bringen würde. Daß Timothy March, der Verteidigungsminister, ihn während seiner unrühmlichen Golfübungen beobachtet hatte, machte die Sache nicht besser.

»Ich habe alles mitangesehen«, sagte March, der aus dem Schatten eines nahen Baumes zu ihm getreten war. »Ich weiß jetzt, mit welchen Enthüllungen ich meine Memoiren beginnen kann.« Er lächelte.

Der so Angesprochene zuckte grinsend die Schultern. »Ich scheine in der letzten Zeit überhaupt wenig Glück zu haben, meinen Sie nicht, March?«

»Das würde ich nicht sagen, Herr Präsident«, entgegnete March. Er war ein Mann von gedrungener Statur, der jede Art von körperlicher Bewegung im allgemeinen und Golf im besonderen haßte. »Auch wenn Ihre Regierungsperiode jetzt zu Ende geht – Ihre Chancen für eine Neuwahl stehen doch recht gut. Immerhin sind Sie beim ersten Mal doch mit einer recht soliden Mehrheit in ihr Amt gekommen. Sie haben die Wahl gewonnen.«

»Niemand gewinnt eine Wahl«, murmelte der Präsident düster. »Man wird gewählt, sicher. Aber ohne eigenes Zutun. Man kann das überhaupt nicht beinflussen. Was ist, Tim? Sie sehen aus, als ob Sie mir etwas sagen wollen.«

»Ich dachte, es interessiert Sie vielleicht, daß ich die Sache mit dem Flugzeugwrack in den Rocky Mountains unter den Teppich kehren konnte.«

»Gut so.«

»Es schien mir das beste, was wir tun konnten«, sagte March. »Die ganze Sache war sehr rätselhaft. Es gab nur die gefälschten Flugpläne. Keinen Hinweis auf den wirklichen Zweck des Fluges.«

»Lassen wir's schlafen«, nickte der Präsident, dem es in diesem Augenblick gelang, endlich einen Golfball ins Loch zu befördern. »Wenn Eisenhower damals einen großen Nebelschleier um die ganze Sache gelegt hat, dann wird er schon gewußt haben warum. Ich sehe jedenfalls nicht ein, weshalb ich die Skelette, die er damals verbuddelt hat, unbedingt in meiner Amtszeit aus dem Schrank holen soll.«

»Ich schlage immerhin vor, daß die Überreste der Mannschaft geborgen und mit den üblichen militärischen Ehren beigesetzt werden. Das sind wir diesen Männern schuldig.«

»Einverstanden. Aber ich wünsche keinerlei Berichterstattung an die Nachrichtenmedien über diese Angelegenheit.«

March nickte.

»Ich werde dafür sorgen, daß das bei der Bergung beachtet wird.«

Der Präsident richtete sich auf, wischte sich den Schweiß von der Stirn und reichte seinen Golfschläger einem in Zivil gekleideten Beamten des Geheimdienstes, der zusammen mit drei weiteren Leibwächtern in Sichtweite der beiden Spieler im Schatten eines Baumes gestanden hatte und nun, auf ein Handzeichen des Präsidenten, herbeigeeilt war. Dann bat er March, ihn in sein Büro zu begleiten.

»Bevor wir den Rüstungshaushalt durchgehen, Tim, noch eine Frage. Was könnte eigentlich der Grund für Eisenhower gewesen sein, daß er den Absturz der Cargo 03 damals, im Jahre 1954, totgeschwiegen hat?«

»Genau diese Frage hat mir eine Reihe schlafloser Nächte bereitet«, antwortete March. »Ich habe nicht die leiseste Ahnung.«

Steiger war nicht der einzige, der sich an diesem Mittag entschlossen hatte, seinen Drink in den gemütlichen Räumen des »Cottonwood Inn« einzunehmen. Im Vergleich zu den acht oder zehn Personen, die in der Empfangshalle des beliebten Restaurants darauf warteten, einen frei werdenden Tisch angewiesen zu bekommen, hatte er jedoch einen Vorteil: Er wurde erwartet. Pitt, der in einer Nische Platz genommen hatte, winkte ihm zu, an seinen Tisch zu kommen, und bat mit einer weiteren Handbewegung eine Kellnerin, die Bestellung für den neu hinzugekommenen Gast aufzunehmen. Steiger setzte sich auf den Stuhl, der Pitt gegenüberstand, während die attraktiv gekleidete Kellnerin sich über den Tisch beugte, so daß die weiße Haut ihrer üppigen Brüste und der verlockende dunkle Schatten zwischen den beiden wohlgeformten Halbkugeln zur Besichtigung freigegeben wurden.

»Haben die Herren irgendwelche Bedürfnisse, die ich erfüllen könnte?« fragte sie, wobei sie darauf achtete, daß ihre großen Augen in einem betörenden Lächeln erstrahlten.

»So könnte man's auch sagen«, murmelte Steiger, der seine Blicke auf die vor seinen Augen ausgebreitete Verheißung fleischlicher Freuden gerichtet hielt. »Einen Martini, bitte. Oder – wenn ich Sie und Ihren Beitrag zur Filmwirtschaft so ansehe – besser einen doppelten.«

»Für mich bitte noch ein Glas Sangrita«, sagte Pitt und hielt sein leeres Glas der Kellnerin entgegen.

»Wie überlebst du das?« fragte Steiger lächelnd. »Welche Jungfrau in ganz Washington ist vor dir noch sicher, wenn du erst einmal zwei oder drei dieser Molotowcocktails in den Adern hast?«

»Jungfrauen in Washington?« entgegnete Pitt. »Da müßte ich mich schon auf den Spielplätzen nach den kleinen Mädchen mit Zöpfen und Schleifen im Haar umsehen, fürchte ich.«

Beide lachten. Die gute Laune, die Pitt verbreitete, war ansteckend. Zum ersten Male seit Tagen fühlte sich Steiger unbeschwert und voller Lebensfreude. Dann aber, als er seinen doppelten Martini geleert hatte, kam ihm wieder der Gedanke an das Wrack der Cargo 03. Seine Gesichtszüge verdüsterten sich.

Pitt schien erraten zu haben, was in Steigers Kopf vorging. »Ich vermute, du bist bei den Generälen im Pentagon ganz schön vor die Wand gelaufen. Habe ich recht?«

Steiner nickte schwerfällig. »Es hätte gar nicht schlimmer kommen können«, sagte er. »Die haben meinen Bericht zerpflückt, als ob es sich um ein Handbuch zum Umsturz des kapitalistischen Systems gehandelt hätte.«

»Im Ernst?«

»Ja. Sie wollen nichts mit der Sache zu tun haben.«

»Was sagen sie zu den Metallbehältern und zu dem fünften Skelett?«

»Sie gehen bequemerweise davon aus, daß die Metallbehälter leer sind. Was das fünfte Skelett und seine vermutete Identität mit Laura Smiths Vater angeht, so habe ich diesen Punkt gar nicht mehr erwähnt. Die ganze Sache klang, als ich sie vortrug, sowieso schon so abenteuerlich, daß die Theorie von der Ermordung des fünften Mannes mich völlig unglaubwürdig gemacht hätte.«

»Haben sie dir verboten, die Untersuchung weiterzuführen?«

»Nein. Aber ich muß die Sache auf sich beruhen lassen, wenn ich eine Chance behalten will, als General in Pension zu gehen.«

»Haben sie irgendwelchen Druck auf dich ausgeübt?«

»Eine offene Drohung wurde nicht ausgesprochen. Aber es wurde klar, daß sie von mir erwarten, daß ich ab sofort die Finger von der Sache lasse.«

»Was nun? Wie geht's weiter?«

Ihre Blicke trafen sich.

»Ich brauche deine Hilfe.«

»Willst du, daß ich das Wrack vom Grunde des Sees berge?«

»Warum nicht? Du hast immerhin die ›Titanic‹ aus über viertausend Meter Tauchtiefe aus dem Atlantik geholt. Ein Flugzeug aus einem verhältnismäßig flachen Bergsee hochzuholen, müßte für dich vergleichsweise ein Kinderspiel sein.«

»Vielen Dank für die Blumen. Aber vergiß nicht, daß ich bei uns in der NUMA nicht mein eigener Boß bin. Um die Cargo 03 zu heben, brauche ich eine Bergungsmannschaft von zwanzig Mann, mehrere Lkw-Ladungen Ausrüstung, drei Wochen Arbeitszeit und ein Budget von mindestens vierhunderttausend Dollar. Aus eigenen Mitteln kann ich das Vorhaben nicht finanzieren. Und der Chef der NUMA, Admiral Sandecker, würde dem Projekt nie zustimmen, ohne vorher die Genehmigung der Regierung einzuholen. Wie die Regierung dazu steht, hast du ja mit genügender Deutlichkeit zu hören bekommen.«

»Wie wäre es denn, wenn wir auf eigene Faust einen der Metallbehälter herausholen? Und gleichzeitig die Überreste von Smith an die Oberfläche bringen, damit sie identifiziert werden können?«

»Dann hätten wir wieder den Schwarzen Peter in der Hand. Darin kann ich keinen Vorteil sehen.«

»Wir sollten es zumindest versuchen«, sagte Steiger, in dessen Stimme jetzt wachsende Begeisterung zu hören war.

»Du könntest morgen schon nach Colorado zurückfliegen, um an Ort und Stelle die nötigen technischen Vorbereitungen zu treffen. Ich würde in der Zwischenzeit die Zustimmung der Regierung einholen, daß die sterblichen Überreste der Mannschaft geborgen werden.«

Pitt schüttelte den Kopf. »So schnell, wie du dir das vorstellst, geht das nicht. Ich bin für die nächsten Wochen ausgebucht. Admiral Sandecker hat mich beauftragt, die Bergung eines alten Kriegsschiffes zu überwachen, das im Bürgerkrieg vor der Küste von Georgia gesunken ist.« Er sah auf seine Uhr. »In sechs Stunden geht mein Flug.«

Steiger seufzte und ließ die Schultern sinken. »Wirst du die Bergung der Mannschaft und eines der Metallbehälter aus der Cargo 03 denn zu einem späteren Zeitpunkt durchführen?«

»Ja, das verspreche ich dir. Sorge dafür, daß du die Zustimmung der Regierung bekommst. Ich komme nach Colorado, sobald ich das Kriegsschiff gehoben habe.«

»Hast du Laura Smith schon gesagt, daß wir möglicherweise die Leiche ihres Vaters gefunden haben?«

»Ehrlich gesagt, ich habe bisher nicht den Mut dazu gehabt.«

»Bist du denn nicht ganz sicher, daß es sich bei dem fünften Skelett um ihren Vater handelt?«

»Ja, das kommt erschwerend hinzu.«

Abe Steigers Miene verdüsterte sich. »Ich fürchte, wir haben uns da eine ganz schöne Suppe eingebrockt...«

Er leerte den Rest seines Martinis in einem Zug und starrte auf das Glas, das er vor sich stellte und mit gespreizten Fingern nervös hin und her drehte.

Die Kellnerin hatte die Speisekarten gebracht, und sie gaben ihre Bestellung auf. Mit nachdenklich-verspieltem Gesichtsausdruck betrachtete Steiger die Schenkel und das Hinterteil des hübschen Mädchens, die sich unter dem dünnen Stoff ihrer Uniform abzeichneten, während sie in aufreizendem Gang in Richtung Küche tänzelte. Er seufzte. »Anstatt hier in der Fremde herumzusitzen, drallen Kellnerinnen nachzustellen und mir den Kopf über mysteriöse Flugzeugwracks zu zerbrechen, sollte ich lieber nach Kalifornien zurückfliegen und mich mit meiner Frau und den Kindern in den Garten legen.«

»Wie viele Kinder hast du?«

»Acht, wenn ich mich nicht verrechne. Fünf Jungen und drei Mädchen.«

»Bist du katholisch?«

Steiger grinste. »Ein Katholik namens Abraham Lewi Steiger? Du hast Humor.«

»Übrigens ... du hast vergessen, mir zu sagen, was die Generäle vom Pentagon zu dem alten Flugplan gesagt haben, den wir aus der Cargo 03 geborgen haben.«

»Ganz einfach. General O'Keefe hat das angebliche Original des Flugplans dagegen gehalten, das sich im Archiv des Luftwaffenstützpunktes Travis in Kalifornien angefunden hat. Das angebliche Original stimmt natürlich nicht mit dem Exemplar überein, das wir im Wrack gefunden haben. Unser Flugplan ist also überhaupt kein Flugplan, verstehst du? Alles ist unheimlich überzeugend, wenn man nur genügend Sterne an der Uniform hat.«

Pitt dachte einen Augenblick lang nach. »Hast du eine Kopie von unserem Exemplar dabei, die du mir geben könntest?«

»Draußen im Wagen. Warum?«

»Nur so eine Idee«, sagte Pitt. »Ich kann's einfach nicht mit ansehen, wie deine neue Karriere als Superdetektiv in die Brüche geht. Der Zufall will es, daß ich einen guten Freund im FBI habe. Einen Freund, der ganz wild auf mysteriöse Flugzeugabstürze ist.«

»Mußt du wirklich heute abend noch abreisen?« fragte Laura.

»Leider ja«, antwortete Pitt. »Ich muß morgen früh um sieben eine wichtige Besprechung in der NUMA leiten.« Er sprach vom Badezimmer aus, wo er sein Rasierzeug zusammensuchte.

»Wie mir die Zigeunerin damals schon sagte, ich habe kein Glück in der Liebe«, konterte sie schmollend. »Mein Liebster reist herum, anstatt sich mit mir ins Bett zu legen. Ich könnte genausogut ein Verhältnis mit einem überbeschäftigten Handelsvertreter haben.«

Pitt war ins Schlafzimmer getreten. »Gib's doch zu«, sagte er in einem Ton, der zwischen Spaß und Ernst schwankte. »Ich bin für dich nur das Spielzeug der Saison.«

»Das ist nicht wahr«, beteuerte sie. Sie schlang ihre Arme um ihn. »Nach Phil Sawyer bist du mein bevorzugter Liebhaber.«

Überrascht sah Pitt sie an. »Phil Sawyer? Seit wann treibst du es mit dem Pressechef des Präsidenten?«

»Wenn die Katze verreist, tanzen die Mäuse auf dem Tisch. Du bist die Katze, ich bin die Maus. Alles klar?«

»Phil Sawyer – du leidest wohl an Geschmacksverirrung! Das ist doch so ein Typ, der ständig mit hochgeschlossenem Kragen herumläuft und wie ein Lexikon redet.«

»Das Lexikon möchte mich heiraten.«

»Hast du ein Alka Seltzer im Haus? Mir kommt das Essen hoch.«

Sie umfing ihn zärtlich. »Bitte, sei nicht zynisch. Nicht heute abend, wo du gleich abreist.«

»Es tut mir leid, daß ich vielleicht nicht so ein hundertprozentiger Liebhaber bin, wie du ihn brauchst, Laura. Ich habe eben außer dir und deinem hübschen Körper noch andere Dinge im Sinn. Ich habe meinen Beruf.«

»Verlaß mich nicht«, bat sie. »Du bist der beste Liebhaber, den ich mir wünschen kann.«

Er beugte sich über sie und bedeckte ihren Hals mit Küssen. »Du bist keine Frau für Phil Sawyer. Es genügt, daß du *einen* Mann unglücklich machst.«

27

Thomas Machita bezahlte die Eintrittskarte für den Rummelplatz und ging durch die Sperre. Es war einer jener anspruchslosen Vergnügungsparks, wie sie von geschäftstüchtigen Kirmesunternehmern in der Ferienzeit provisorisch im Umkreis der südafrikanischen Städte errichtet wurden. Es war Sonntag. Die kinderreichen Bantu-Familien standen in Schlangen an den Eintrittskassen der Karussells und der Achterbahnen sowie vor den Schaltern der Spielbuden. Machita lenkte seine Schritte zur Geisterbahn, gemäß den Instruktionen, die er von dem Agenten Emma für das geplante Treffen erhalten hatte.

Er war noch unentschieden, welche Waffe er benützen würde, um Emma zu töten. Das Rasiermesser, das er sich mit einem Streifen Heftpflaster auf die Innenseite des linken Unterarms geklebt hatte, war keine sehr sichere Waffe. Es eignete sich nur für den Nahkampf, nämlich um dem Opfer in einem Moment der Unaufmerksamkeit die Kehle durchzuschneiden. Machita sah nur eine geringe Wahrscheinlichkeit, Emma in Gegenwart so vieler Augenzeugen auf diese Weise ins Jenseits zu befördern.

Nach einigem Nachdenken entschied er sich für ein scharfes Stilett als Mordwaffe. Er war froh, endlich einen Entschluß getroffen zu haben, und seufzte zufrieden, so als ob er soeben ein schwieriges wissenschaftliches Problem gelöst hätte. Das Stilett war unauffällig in dem Korb verborgen, den er in der Hand trug. Der hölzerne Griff des Korbes war ausgehöhlt worden, und das Stilett hatte in dem entstandenen Hohlraum Platz gefunden. Sodann war der Griff mit Isolierband umwickelt worden. Das Stilett war leicht zu entnehmen. Ein einziger tiefer Stich ins Herz des Gegners, wenn nicht anders möglich auch in die Augenhöhle oder ins Ohr, genügte, um den schnellen und sicheren Tod herbeizuführen.

Machita verstärkte den Griff um den Handgriff des Korbes, in dem auch die zwei Millionen Dollar für den Agenten lagen. Inzwischen war die Schlange, in der er gewartet hatte, so weit vorgerückt, daß er vor dem Kassenhäuschen stand. Er zahlte und begab sich auf die hölzerne Plattform, von der die Wagen der Geisterbahn starteten. Sinnend beobachtete er, wie in dem Wagen vor ihm ein kichernder Mann mit seiner unförmig dicken Frau Platz nahm. Der Platzanweiser, ein alter, ungepflegter Tagelöhner, schloß den Sicherheitshebel über den Knien der beiden Passagiere, dann drückte er mit nachlässiger Routine einen großen Eisengriff nach vorn, der an der Spitze einer rostigen Eisenstange aus dem Boden der Plattform ragte. Mit einem heftigen Ruck wurde das kleine Gefährt, in dem der Mann und die Frau Platz genommen hatten, seitlich weggezogen. Eine Sekunde später stieß es gegen die beiden zerkratzten Schwingtüren, die den Eingang zur Geisterbahn bildeten. Bald waren erschreckte Schreie und hysterisches Lachen zu hören, wobei Machita nicht unterscheiden konnte, ob es von den beiden letzten Passagieren oder von anderen Gästen des Etablissements stammte.

Entschlossen setzte er sich in den nächsten Wagen, der von dem Platzanweiser für ihn bereitgehalten wurde. Der Gedanke daran, daß das bedeutungsvolle Treffen mit dem geheimnisvollen Agenten ausgerechnet in einer Geisterbahn stattfinden würde, amüsierte ihn. Bilder aus seiner Kinderzeit kamen ihm in Erinnerung.

Er sah sich als kleinen Jungen allein in einem Wagen durch eine Geisterbahn fahren, in der phosphoreszierende Gespenster mit kratzigen Strohbesen und klebrigen Federwischen nach ihm langten.

Machita achtete nicht darauf, daß der Platzanweiser den Starthebel für seinen Wagen bereits betätigt hatte. Und er war völlig überrascht, als der Alte sich mit einem behenden Sprung zu ihm in den Wagen setzte und den Sicherheitshebel herunterzog, worauf sich das Gefährt quietschend und ruckend in Bewegung setzte.

»Ich hoffe, Sie genießen die Fahrt«, sagte die Stimme neben ihm. Es war Emma. Wieder einmal – so fuhr es Machita durch den Kopf – war der andere klüger und schneller gewesen. Seine Maske war perfekt. Machitas Chancen, den Agenten in einer Überraschungsaktion zu überrumpeln und ohne irgendwelches Aufsehen zu töten, hatten sich drastisch verringert.

Machita spürte, wie Emmas Hände ihn im Dunkeln nach Waffen abtasteten. »Wie klug von Ihnen, daß Sie unbewaffnet gekommen sind, Major Machita«, sagte die Stimme neben ihm.

Vorsichtig tastete Machita nach dem Stilett, dessen Griff er im Henkel des Korbes spürte. »Haben Sie den Plan für das ›Unternehmen Wilde Rose‹ bei sich?« fragte er in sachlichem Ton.

»Und Sie, haben Sie die zwei Millionen Dollar mitgebracht?«, war die Gegenfrage.

Machita zögerte mit der Antwort. Plötzlich bemerkte er, wie aus dem Dunkel über ihren Häuptern eine Anzahl rötlich beleuchteter Fässer auf sie zugeschleudert wurden. Nur wenige Handbreit vor ihnen wurden die Fässer, die zu den Schrecknissen der Geisterbahn zu gehören schienen, von einem unsichtbaren Mechanismus gestoppt. Machita atmete auf.

»Hier im Korb ist das Geld«, sagte er.

Emma zog einen Umschlag aus der Brusttasche seines verdreckten Anzuges. »Ihr Anführer wird das mit großem Interesse lesen«, sagte er.

»Wir hoffen sehr, daß der Plan wirklich das Geld wert ist, das er kostet«, entgegnete Machita reserviert.

Mit einer raschen Bewegung schlitzte er den Umschlag auf und überflog die darin enthaltenen Dokumente. Er wurde in seiner Lektüre abgelenkt, als von beiden Seiten zwei grotesk bemalte Hexenfiguren auf den dumpf dahinrumpelnden Wagen zuschnellten. Aus versteckt angebrachten Lautsprechern war das infernalische Gekreisch zu hören, daß der Konstrukteur der Geisterbahn mit dem Mechanismus der beiden Puppen gekoppelt hatte. Unbeeindruckt von dem Getöse um sie her, nahm Emma einige Dollarnoten aus den dicken Bündeln, die auf dem Boden des Korbes lagen, und hielt sie prüfend gegen das geisterhaft violette Licht, das in diesem Augenblick über ihnen aufleuchtete. Der Wagen glitt weiter, und in der nächsten Sekunde wurden die beiden Hexenpuppen von unsichtbaren mechanischen Federn in seitliche Vertiefungen zurückgerissen, so daß sie aus Machitas Blickfeld verschwanden. Einen Augenblick lang herrschte völlige Dunkelheit.

Jetzt oder nie! durchfuhr es Machita. Mit einem raschen Ruck löste er das Stilett aus seinem Versteck am Korbgriff und stieß es auf die Stelle, an der er Emmas rechte Augenhöhle vermutete. In diesem Moment wurde der Wagen von der in einem Bodenschlitz dahingleitenden Zugkette abrupt in eine scharfe Kurve gezogen. Machitas Hand glitt aus. Statt in der Augenhöhle seines Gegners landete das Stilett in dessen Stirn, oberhalb der Augenbrauen, wo der Stich – wie Machita wußte – nicht tödlich sein konnte. Emma stieß einen markerschütternden Schrei aus, schlug Machitas Hand in einer instinktiven Gegenwehr zur Seite und zog sich das Stilett, das nicht besonders tief eingedrungen war, aus der Wunde, die sofort stark zu bluten begann. Machita war in den Bruchteilen von Sekunden, die der Zweikampf dauerte, nicht untätig gewesen. Er hielt bereits das Rasiermesser in der Hand, das er unter dem linken Vorderarm getragen hatte und versuchte es mit einer weitausholenden, kräftigen Bewegung zum tödlichen Schnitt an Emmas Kehle zu bringen. Er war überrascht, als er – bevor er die Bewegung zu Ende führen konnte – einen harten Schlag auf seinem Handgelenk verspürte. Eine maskierte Teufelsfigur, die zunächst wie eine mechanische Puppe ausgesehen hatte, war aus der Ecke auf Machita zugefahren und hatte mit einem Schlag ihrer Heugabel Machitas Hand außer Gefecht gesetzt. Der Teufel war echt gewesen. Offensichtlich handelte es sich um einen Komplizen von Emma, der für alle Fälle im schützenden Dunkel der Geisterbahn postiert worden war.

Machita stieß den Sicherheitsbügel, der über seine Knie gelegt war, nach oben und sprang auf die Füße. Es gelang ihm, den kostümierten Mann, der die Heugabel geschwungen hatte, mit einem Tritt seines rechten Fußes in die Leistengegend zu treffen. Schmerzerfüllt fuhr der Gegner zurück und wurde im nächsten Augenblick von der Dunkelheit, in der sich der Kampf abspielte, verschlungen. Ohne weiter nachzudenken, schwang Machita seine rechte Faust in jene Richtung, wo er Emma vermutete. Er stieß ins Leere, der Sitz neben ihm war verlassen. Eine blendende Sonne brach durch den Spalt der Schwingtür, der sich Machitas Wagen auf seinem Weg zum Ausgang näherte. Die Tür schwang auf, und Machita stieg aus. Er war allein. Emma, den er hatte töten sollen, war durch einen zweiten Ausgang entkommen – nicht ohne den Korb mit den zwei Millionen Dollar mitzunehmen.

28

»Eine schöne Pleite!« sagte Oberst Jumana mit kaum verhohlenem Zorn, der sich mit Befriedigung über Machitas Versagen mischte.

»Ich hatte Sie gewarnt, General. Es war ein Fehler, auf Emmas Angebot einzugehen.«

Nachdenklich starrte Lusana zum Fenster hinaus, vor dem eine Abteilung von Soldaten exerzierte. »Wir haben Emma unterschätzt, Oberst Jumana, das ist alles. Wir werden nicht den Krieg verlieren, nur weil wir zwei Millionen Dollar verloren haben.«

Thomas Machita saß beschämt am Tisch. Seine Stirn war schweißüberströmt. Verlegen sah er auf den Gipsverband, der sein Handgelenk umhüllte. »Ich konnte doch nicht wissen, daß Emma …«

Jumana war aufgesprungen. Sein Gesicht war rot vor Zorn, als er den Umschlag, den Machita von Emma erhalten hatte, vom Tisch nahm und die daraus hervorquellenden Papiere seinem Widersacher ins Gesicht warf.

»Sie konnten nicht wissen, daß Emma Sie in eine Falle locken würde?« fauchte er. »Natürlich nicht! Sie sind ja auch nur der Chef unserer Spionageabwehr. Wie könnte man auch von Ihnen erwarten, daß Sie in der Lage wären, einen unbewaffneten Mann in einer dunklen Geisterbahn umzubringen? Ich gratuliere Ihnen zu Ihrem fabelhaften Erfolg. Und zu dem wertlosen Spielmaterial, das Ihnen Emma für zwei Millionen Dollar angedreht hat.«

»Ruhe jetzt!« bestimmte Lusana.

Oberst Jumana verstummte, holte tief Luft und ging langsam zu seinem Stuhl zurück. Sein Gesichtsausdruck verriet, daß er mit seiner Kritik an Machita keineswegs zu Ende war. »Mit Naivität und Schlendrian kann man keinen Befreiungskrieg gewinnen«, murmelte er bitter.

»Sie überbewerten die Panne, die Machita unterlaufen ist«, befand Lusana kühl. »Oberst Jumana, Sie sind ein hervorragender Soldat, und Sie kämpfen wie ein Tiger. Wie die meisten Berufssoldaten sind administrative Dinge jedoch nicht gerade Ihre Stärke.«

»Ich bitte Sie, Ihren Zorn nicht auf mich zu richten«, verteidigte sich Jumana. Er deutete auf Machita. »Hier sitzt der Mann, der Tadel verdient. Er hat versagt, nicht ich.«

Lusana seufzte. Immer wieder war es ihm bei der Zusammenarbeit mit Afrikanern aufgefallen, daß sie ihre Probleme emotional zu lösen versuchten. Ein sachliches Gespräch am Konferenztisch war mit ihnen nicht zu bewerkstelligen. Noch schwerer war es, einem Afrikaner zu sagen, daß er sich falsch verhielt. Jeder Tadel galt als tödliche Beleidigung.

»Der Fehler für das, was geschehen ist, liegt bei mir. Ich übernehme die Verantwortung. Wenn ich Major Machita nicht die Weisung gegeben hätte, Emma zu töten, läge jetzt der Plan für das ›Unternehmen Wilde Rose‹ vor uns. Hätte der Major sich bei dem Treffen mit Emma nicht notwendigerweise auf die geplante Beseitigung dieses Agenten konzentriert, dann hätte er die nötige Zeit gehabt, um den Inhalt des Umschlags sorgfältiger zu prüfen. Emma hätte auf Verlangen auch den richtigen Plan herausgerückt, weil er auf andere Weise nicht an das Geld gekommen wäre.«

»Glauben Sie etwa immer noch, daß es einen Plan für ein ›Unternehmen Wilde Rose‹ gibt?« fragte Jumana kopfschüttelnd.

»Ja, das glaube ich«, sagte Lusana mit fester Stimme. »Und ich werde die Amerikaner vor diesem Unternehmen warnen, wenn ich nächste Woche nach Washington fliege, um vor dem Kongreß meine Überlegungen zur Waffenhilfe für die schwarzafrikanischen Befreiungsbewegungen darzulegen.«

»Sie sind hier wichtiger, General«, sagte Machita, dessen Gesichtsausdruck wachsende Besorgnis verriet. »Senden Sie jemand anderen nach Washington! Ich bitte Sie darum, General Lusana.«

»Es gibt niemand anderen, der dafür so gut geeignet wäre wie ich«, erklärte Lusana. »Wie Sie wissen, bin ich immer noch amerikanischer Staatsbürger und habe einen amerikanischen Paß. Ich werde Gelegenheit haben, mit einer Reihe von einflußreichen Kontaktleuten zu sprechen, um für unseren Freiheitskampf die nötige Unterstützung zu bekommen.«

»Sobald Sie amerikanischen Boden betreten, schweben Sie in großer Gefahr.«

»Sind wir nicht alle ständig in Gefahr?« fragte Lusana. »Die Gefahr ist der Weggefährte der Revolution.« Er wandte sich zu Jumana. »Sie, Oberst Jumana, übernehmen während meiner Abwesenheit die Führung. Ich werde Sie mit entsprechenden Vollmachten ausrüsten.«

Jumana verbeugte sich und nickte gehorsam. Er war geschmeichelt.

Machita dachte nach. Er spürte, wie ein unbestimmtes Gefühl der Angst in ihm hochstieg. War Lusana nicht dabei, sich sein eigenes Grab zu schaufeln? Würde die wagemutige Selbstüberschätzung des ehrgeizigen Amerikaners nicht eine Woge unkontrollierbarer Ereignisse entfesseln, die die schwarzafrikanischen Freiheitskämpfer in ihrem eigenen Blut ertränken konnte?

29

Laura Smith war von ihrem Schreibtisch aufgestanden und streckte dem Besucher ihre Hand entgegen. Frederick Daggat war erstaunt, daß sie so hübsch war. Er setzte sich auf den Stuhl, der ihm angeboten wurde und zauberte zur Eröffnung des Gespräches ein charmantes Lächeln auf sein Gesicht.

»Ich hoffe, Sie nehmen es mir nicht übel, daß ich ohne Voranmeldung bei Ihnen eindringe...« Er zögerte, weil ihm die Anrede »Frau Abgeordnete« nicht über die Lippen gehen wollte. Laura hatte das Zögern ihres Gesprächspartners bemerkt. Es amüsierte sie, daß Frederick Daggat mit ihrem Titel genau die gleichen Schwierigkeiten hatte wie die meisten anderen männlichen Besucher, die zu ihr kamen.

»Ich freue mich über Ihren Besuch«, sagte sie höflich. »Wissen Sie, ich bin für jeden Vorwand dankbar, der mich von der Arbeit abhält.« Sie hielt ihm eine geöffnete Schachtel Zigarren entgegen. Überrascht bediente sich Daggat.

»Ich hätte nicht erwartet, im Büro einer Kongreßabgeordneten eine Zigarre angeboten zu bekommen«, sagte er. »Macht es Ihnen wirklich nichts aus, wenn ich Ihnen das Büro verpeste?«

»Aber nein«, sagte sie lachend. »Mich stört Zigarrenrauch gar nicht. Ich gebe ja zu, daß es ein wenig ungewöhnlich ist, wenn ich als Frau einem Besucher eine Zigarre anbiete. Ich habe mir die Zigarrenkiste nur deshalb zugelegt, weil ich viel mehr männlichen Besuch bekomme als weiblichen.«

»Das kann ich verstehen«, gab Daggat zurück.

»Wenn Sie eine nähere Erklärung für dieses ungewöhnliche Phänomen suchen, empfehle ich Ihnen, sich einmal im Spiegel anzusehen.«

»Vielen Dank, Mr. Daggat. Aber Ihre geschärfte Beobachtungsgabe für weibliche Anmut ist sicher nicht der Grund Ihres Besuches. Was führt Sie zu mir?«

Daggat blies genüßlich einige Ringe blauen Rauch zur Zimmerdecke, dann kam er zur Sache. »Frau Abgeordnete, Sie haben gegen meinen Initiativentwurf einer Waffenhilfe für die Afrikanische Revolutionsarmee votiert.«

Laura nickte. Sie sah Daggat abwartend an, der in seiner Rede fortfuhr.

»Es dürfte Ihnen als gut informierte Politikerin nicht unbekannt sein, daß die weiße Minderheitsregierung von Südafrika kurz vor ihrem Sturz steht. Die Wirtschaft des Landes befindet sich infolge der politischen Ereignisse der letzten Jahre in einem desolaten Zustand. Die Devisenreserven sind erschöpft. Grausam und rücksichtslos hat die weiße Minderheit die schwarze Bevölkerung seit Generationen unterdrückt und ausgebeutet. Seit vor zehn Jahren im Nachbarland Rhodesien eine von Schwarzen geführte Regierung an die Macht kam, ist der Druck der weißen Siedler auf die Bantus in Südafrika immer stärker geworden. Die Folge waren Meutereien und Streiks, bei deren Niederschlagung fünftausend Schwarze getötet wurden. Es liegt auch im Interesse der Vereinigten Staaten und ihrer Politik der Menschenrechte, daß dieses Morden aufhört. Hiram Lusana und seine Afrikanische Revolutionsarmee sind eine gemäßigte politische Kraft, die den schwarzen Bevölkerungsanteil von Südafrika voll hinter sich hat. Die ARA bietet die Gewähr dafür, daß in Südafrika bald wieder Friede herrscht.

Um diesen Frieden zu erreichen, müssen die Vereinigten Staaten die ARA finanziell und militärisch unterstützen.«

»Wie man hört, handelt es sich bei Hiram Lusana um einen Kommunisten wie er im Buche steht«, entgegnete Laura kühl. Daggat schüttelte heftig den Kopf. »Ich fürchte, da sind Sie falsch informiert, Frau Abgeordnete. Es trifft zu, daß Lusana sich vietnamesischer Militärberater bedient. Das ist jedoch eine reine Zweckmäßigkeitsmaßnahme, die nichts mit seiner politischen Einstellung zu tun hat. Ich kann Ihnen persönlich versichern, daß Lusana kein Lakai des internationalen Kommunismus ist.«

»Das freut mich zu hören«, sagte Laura mit kaum überhörbarem Spott. Sie war entschlossen, sich von Daggat nicht aufs Kreuz legen zu lassen.

»Hiram Lusana ist ein Mann von hohen Idealen«, fuhr Daggat fort. »Er hat immer darauf geachtet, daß bei der politischen Auseinandersetzung zwischen der ARA und den südafrikanischen Weißen keine Zivilpersonen zu Schaden kamen. Lusana führt einen verantwortlichen Kampf. Er kämpft gegen die rassistische Idee einer undemokratischen Minderheitenregierung, nicht gegen die weißen Siedler, die das Land zum Blühen bringen. Im Unterschied zu den anderen Befreiungsorganisationen in Afrika haben Lusanas Truppen nie Städte oder Dörfer angegriffen und keine blutrünstigen Sabotageakte auf zivile Ziele durchgeführt. Nur militärische Ziele wurden angegriffen. Der Kongreß der freiheitlich gesinnten Vereinigten Staaten sollte diesen Freiheitskampf und die ARA, die ihn trägt, unterstützen.«

»Ich glaube, ich träume, Herr Abgeordneter«, entgegnete Laura Smith mit beißender Ironie. »Sie wissen doch genausogut wie ich, daß Hiram Lusana ein jämmerlicher Betrüger ist. Ich habe mir seine FBI-Akte zu Gemüte geführt. Die Akte liest sich wie die Biographie von Al Capone. Lusana hat die Hälfte seines Lebens in den verschiedensten amerikanischen Zuchthäusern verbracht. Vergewaltigung und bewaffneter Raub, Erpressung und schwere Körperverletzung – es gibt eigentlich keine Straftat, die er ausgelassen hat. Lusana ist illegal außer Landes gegangen, um sich der Ableistung seines Wehrdienstes zu entziehen. Er ist verhaftet worden, weil er ein Bombenattentat auf den Regierungssitz des Bundesstaates Alabama plante. Nach einem äußerst ertragreichen Zwischenspiel als Geldtransport-Räuber warf er sich auf den Rauschgifthandel und verdiente damit ein Vermögen. Ihm verdanken wir, daß zehntausende von amerikanischen Schulkindern süchtig sind. Inzwischen hat Lusana die Vereinigten Staaten verlassen, weil ihm die Steuerbehörde auf den Fersen ist. Und diesem Mann sollen wir aus Steuergeldern Unterstützung gewähren?«

»In der Geldtransport-Geschichte ist Lusana nie rechtskräftig verurteilt worden«, wandte Daggat ein.

Laura zuckte die Schultern.

»Das mag sein«, sagte sie. »Aber die anderen Verbrechen, die er begangen hat, genügen mir. Er ist wirklich nicht der Mann, der den Kreuzzug für Recht und Freiheit der unterdrückten afrikanischen Massen anführen könnte.«

»Man sollte einem Menschen von der Wandlungsfähigkeit Lusanas nicht immer seine Vergangenheit vorhalten«, beharrte Daggat.

»Ich gebe zu, daß er einige Flecken auf der Weste hat. Aber wir müssen auch die politischen Realitäten sehen. Lusana ist heute unsere einzige Hoffnung, daß in Südafrika wieder geordnete politische Verhältnisse einkehren, wenn die Schwarzen die Regierungsgewalt übernehmen. Es liegt im amerikanischen Interesse, den Mann zum Freund zu haben, der künftig das Sagen über Südafrika und seine Bodenschätze hat.«

»Ich bin da anderer Meinung. Der amerikanische Kongreß tut am besten, wenn er weder für die eine noch für die andere Seite Partei ergreift.«

Daggat runzelte die Brauen. »Sie flüchten sich in eine Vogel-Strauß-Politik. Damit läßt sich der Führungsanspruch Amerikas in der Welt nicht sichern.«

»Sehen Sie sich doch einmal an, wohin uns das amerikanische Experiment in Rhodesien gebracht hat«, entgegnete Laura.

»Nur wenige Monate, nachdem die Regierungsgewalt auf unser Betreiben von den Weißen auf die Schwarzen überging, brach dort der Bürgerkrieg aus. Die extremistischen Splittergruppen der schwarzen Parteien bekriegten sich, und das Ergebnis war eine Militärdiktatur, die die freiheitliche Entwicklung dieses Landes um viele Jahre zurückwirft. Können Sie garantieren, daß sich in Südafrika nicht das Gleiche wiederholt, wenn es dort zum Umsturz kommt?«

Daggat spürte, daß er Terrain zu verlieren begann. Es war ihm höchst unangenehm, von einer Frau rhetorisch in die Ecke manövriert zu werden.

Erzürnt sprang er auf, stützte seine Hände auf Lauras Schreibtisch und beugte sich zu ihr vor, so daß sein Gesicht von dem ihren nur noch wenige Zentimeter entfernt war. »Ich warne Sie! Wenn Sie meine Gesetzesvorlage für die Militärhilfe an die Afrikanische Revolutionsarmee von Lusana nicht unterstützen, werden Sie es bereuen. Ich werde dafür sorgen, daß Ihre politische Karriere dann zu Ende ist. Sie werden so tief im Keller landen, daß Sie für den

Rest Ihres Lebens nicht mehr rauskrabbeln können, das garantiere ich Ihnen!«

Zu Daggats Erstaunen brach Laura, kaum daß er geendet hatte, in lautes Lachen aus.

»Sie sind wirklich witzig! Glauben Sie wirklich, daß Sie mir drohen können?«

»Und ob ich das kann! Wenn Sie sich der schwarzafrikanischen Revolution und meiner Gesetzesvorlage in den Weg stellen, werde ich dafür sorgen, daß Ihnen kein einziger Schwarzer in Ihrem Wahldistrikt mehr seine Stimme gibt.«

»Das glaube ich nicht.«

»Sie werden es glauben müssen! Sie werden hier, mitten in Amerika, Farbigenunruhen erleben, gegen die die Aufstände der fünfziger Jahre nur ein Kinderspiel waren. Die einzige Möglichkeit, das zu vermeiden, besteht in der Unterstützung von Hiram Lusana und seiner Afrikanischen Revolutionsarmee.«

»Aus welcher Quelle stammen Ihre Informationen über die geplanten Farbigenunruhen?« verlangte Laura zu wissen.

»Ich bin selbst Farbiger«, sagte Daggat ausweichend. »Da erfährt man so manches, was Weiße nicht erfahren.«

»Sie sind Farbiger, und Sie sind schlechter informiert als der letzte Ghettostrolch«, sagte Laura scharf. »Ich bin mit hunderten von farbigen Wählern in meinem Distrikt in ständigem Kontakt. Diese Leute haben die gleichen Probleme wie andere Amerikaner auch. Sie stöhnen über hohe Steuern und über die steigenden Kosten für Nahrungsmittel und Energie, genauso wie alle anderen Bürger. Sie lügen sich selbst in die Tasche, Daggat, wenn Sie glauben, daß die amerikanischen Schwarzen sich darum kümmern, wie die Afrikaner sich zur Freiheit durchbomben. Die schwarzen Amerikaner sind an dem Schicksal der Schwarzafrikaner genauso uninteressiert wie die Afrikaner am Schicksal der schwarzen Amerikaner. Die Gleichgültigkeit ist gegenseitig.«

»Das stimmt nicht. Sie irren sich!«

»Nein, *Sie* irren sich«, fuhr Laura auf. »Sie sind jemand, der Probleme erfindet, wo keine sind. Die schwarze Rasse bekommt ihre Chancengleichheit durch bessere Erziehung, genauso wie jede andere Minderheit auch. Denken Sie an die Amerikaner japanischer Herkunft! Als wir sie nach dem Ende des Zweiten Weltkrieges aus den Internierungslagern freiließen, schufteten sie auf den kalifornischen Feldern, um ihre Söhne und Töchter auf die Universität schicken zu können. Viele schafften es, ihre Kinder sind heute angesehene Rechtsanwälte und Ärzte. Genauso können sich auch die Schwarzen in unserem Lande hocharbeiten, und sie sind auf dem besten Wege dazu, wenn sie nicht von geisteskranken Wanderpredigern wie Ihnen daran gehindert werden.

Sie dürfen jetzt gehen, Daggat, bevor die Männer in den weißen Kitteln kommen!«

Daggat starrte sie an. Sein Gesicht war zu einer haßerfüllten Maske geworden. Er zwang sich zu einem Grinsen, hielt die glimmende Zigarre mit ausgestrecktem Arm von sich und ließ sie mit verächtlicher Geste auf den Teppich fallen. Dann drehte er sich abrupt um und verließ mit raschen Schritten das Büro.

»Du siehst aus wie ein kleiner Junge, dem man seinen Roller gestohlen hat«, sagte Felicia Collins. Sie saß im Fond von Daggats Dienstwagen, durch eine Scheibe von dem am Steuer wartenden Fahrer getrennt, und feilte an ihren langen Fingernägeln.

Daggat setzte sich neben sie und bedeutete dem Fahrer durch ein Handzeichen, daß er losfahren solle. Der Wagen setzte sich in Bewegung. Daggat stützte den Kopf in die Arme und schwieg. Sein Gesicht schien müde und ausdruckslos.

Felicia legte die Nagelfeile in ihre Handtasche zurück und betrachtete Daggat einige Minuten mit interessierter Neugierde. Schließlich brach sie das Schweigen.

»Laura Smith hat dir eine Abfuhr erteilt, oder?«

»Diese eingebildete weiße Hure!« brach es aus ihm hervor.

»Die denkt, sie kann mich wie einen Negersklaven vor dem Bürgerkrieg behandeln.«

»Was sagst du da?« fragte Felicia erstaunt. »Ich kenne Laura Smith persönlich. Sie hat keinerlei Rassenvorurteile, und sie hat das oft bewiesen.«

Daggat fuhr herum. »Woher kennst du sie?«

»Wir haben uns auf der Universität kennengelernt. Hin und wieder treffen wir uns. Wir sind Freundinnen.« Ein besorgter Ausdruck senkte sich wie ein Schatten auf Felicias Gesicht. »Warum fragst du? Du führst etwas Böses im Schilde, Frederick. Was hast du vor?«

»Ich brauche die Unterstützung der Kongreßabgeordneten Laura Smith, wenn ich meine Gesetzesinitiative für eine Waffenhilfe an die ARA durchkriegen will.«

»Möchtest du, daß ich einmal mit ihr spreche?«

»Sprechen genügt nicht.«

»Soll ich sie etwa schlagen, damit sie endlich tut, was dem Freiheitskämpfer und Kongreßabgeordneten Frederick Daggat in den Kram paßt?«

»Es geht auch anders. Ich möchte, daß du Repressalien gegen sie sammelst, damit ich sie zwingen kann, meine Gesetzesvorlage zu unterstützen.«

Felicia starrte ihn erstaunt an. »Laura erpressen? Das kann ich nicht tun. Sie ist meine Freundin.«

»Was ist dir lieber: Eine weiße Schulfreundin oder die Freiheit von Millionen unserer schwarzen Brüder und Schwestern, die von der tyrannischen Regierung in Südafrika unterdrückt werden?«

»Und wenn ich nichts Belastendes gegen sie herausfinden kann?« sagte Felicia. »Laura ist eine absolut korrekte Politikerin.«

»Jeder hat etwas Dreck am Stecken, auch sie.«

»Was meinst du damit?«

»Laura Smith ist eine junge, attraktive und alleinlebende Frau. Willst du behaupten, daß sie nie mit jemandem ins Bett geht? Daraus müßte sich doch etwas machen lassen!«

»Ich verstehe dich nicht«, wandte Felicia ein. »Natürlich hat sie ihre Affären, wie andere junge Frauen auch. Aber solange sie nicht verheiratet ist, ist auch kein betrogener Ehemann da, und solange wir keinen betrogenen Ehemann haben, kann man auch keinen Skandal provozieren.«

Daggat grinste. »Doch! Genau das werden wir tun: Einen Skandal provozieren.«

»Das hat Laura nicht verdient.«

»Wenn sie sich für unsere Sache stark macht, hat sie ja nichts zu befürchten.«

Felicia biß sich auf die Lippen. »Ich weiß nicht. Ich kann meiner Freundin doch nicht in den Rücken fallen. Außerdem... Hiram würde so etwas nie billigen.«

»Daß ich nicht lache!« entgegnete Daggat. »Du hast vielleicht mehr als tausendmal mit Hiram geschlafen – und trotzdem hast du noch keine Ahnung, wer er wirklich ist. Schau dir doch einmal seine Vergangenheit an! Er ist ein Gangster, gegen den die schlimmsten Killer der Mafia Waisenknaben sind. Hast du vergessen, daß er dich an mich verkauft hat wie ein Stück Vieh?«

»Nein. Und das werde ich ihm auch nie vergessen.«

Felicia hatte Tränen in den Augen. Sie wandte sich ab und starrte zum Fenster hinaus, hinter dem das Stadtbild Washingtons vorbeiglitt. Daggat nahm ihre Hand und drückte sie. »Mach dir keine Sorgen, Liebling«, sagte er beschwichtigend. »Wenn du es richtig anfängst, kriege ich meine Gesetzesvorlage durch, ohne daß Laura irgendwelcher Schaden entsteht.«

Felicia seufzte, führte seine Hand an ihre Lippen und küßte sie. Sie glaubte ihm kein Wort.

30

Im Unterschied zu ihrem berühmten Schwesterschiff, der »Monitor«, war die »Chenago« ein sehr unbekanntes Schiff. Nur eine Handvoll von Militärhistorikern kannte ihren Namen. 1862 in New York gebaut, wurde sie alsbald auf die Reise nach Savannah geschickt, wo sie an der Blockade des Hafens im Rahmen des Bürgerkrieges teilnehmen sollte. Aber die »Chenago« kam nie dazu, einen Schuß aus ihren Kanonen abzugeben. Wenige Seemeilen von ihrem geplanten Einsatzort entfernt, kenterte sie bei schwerer See und nahm ihre gesamte Mannschaft von zweiundvierzig Seeleuten mit ins nasse Grab.

Pitt saß im Kapitänszimmer des Bergungsschiffes »Visalia« und studierte die Unterwasserfotos, die seine Taucher von der »Chenago« aufgenommen hatten. Jack Folsom, der Leitende Ingenieur des Schiffes, stand neben ihm, schob seinen Kaugummi von einer Backe in die andere und wartete auf die Fragen, die ihm Pitt stellen würde. Alsbald ließ Pitt seiner Neugier, die sich – wie der Leitende Ingenieur wußte – üblicherweise auf technische Details des zu bergenden Schiffes bezog, freien Lauf.

»Ist der Rumpf des Schiffes noch intakt?«

»Soweit die Taucher feststellen konnten, ja. Eine endgültige Feststellung läßt sich nur treffen, wenn man das Schiff ausbuddelt. Es ist zwei Meter tief in den Schlamm eingesackt, und das Innere ist mit einer Schicht von einem Meter Sand gefüllt. Daß sie uns beim Anheben durchbricht, halte ich für unwahrscheinlich. Ich wette, wir kriegen sie in einem Stück rauf.«

»Welche Methode schlagen Sie vor?«

»Aufblasbare Lufttanks«, antwortete Folsom. »Wir versenken die Tanks in leerem Zustand und befestigen sie zu beiden Seiten des Schiffsrumpfes. Erst dann werden sie aufgeblasen. Das gleiche

Prinzip, das wir bei der Hebung des Unterseebootes »F-four« angewendet haben, das wir bei Hawaii hoben. Wir werden Saugpumpen verwenden müssen, um den Sand wegzukriegen. Je leichter das Schiff ist, desto weniger Gefahr besteht, daß es uns bei der Bergung auseinanderbricht. Die Eisenteile scheinen ja noch einigermaßen fest zu sein, aber die Holzstützen sind natürlich alle verfault, so daß das Schiff viel Festigkeit eingebüßt hat.«

»Wir könnten die Kanonen abmontieren, um das Gewicht beim Heben zu verringern«, schlug Folsom vor.

Pitt betrachtete die Planzeichnung der »Chenago«. Das Schwesterschiff, die »Monitor«, hatte nur einen Geschützturm besessen, aber auf der »Chenago« waren derer zwei angebracht worden, einer an jedem Ende des Schiffes. Die Geschütztürme waren mit Dreißig-Zentimeter-Zwillingsgeschützen der Marke Dahlgren ausgerüstet, von denen jedes mehrere Tonnen wog.

»Wie bewähren sich die aufblasbaren Lufttanks eigentlich bei der Hebung von versunkenen Flugzeugwracks?« fragte Pitt unvermittelt.

Folsom schob seinen Kaugummi in die andere Mundhälfte und sah zu Pitt hinüber. »Kommt drauf an, wie schwer das Flugzeug ist.«

»Neunzig Tonnen, inklusive Ladung.«

»Wie tief?«

»Fünfzig Meter.«

Pitt konnte förmlich sehen, wie die Angaben, die er gemacht hatte, in Folsoms Gehirn in den Computer gefüttert und verarbeitet wurden.

Schließlich hörte der Ingenieur zu kauen auf und sagte: »So was hebt man mit Kränen.«

»Mit Kränen? Wie denn?«

»Zwei Schwimmkräne, einer auf jeder Seite des Flugzeuges«, erklärte Folsom. »Von der Hebekraft her müßten die es schaffen. Kräne sind auch besser, weil da die Festigkeit des Flugzeugwracks nicht so sehr beansprucht wird. So ein Ding ist ziemlich zerbrechlich. Wenn man aufblasbare Lufttanks dranbindet, könnte einer während des Hebevorgangs verrutschen. Dann bricht das ganze Wrack auseinander.« Fragend schaute er Pitt an.

»Warum fragen Sie?«

»Nur so«, sagte Pitt lächelnd. »Man weiß nie, ob man nicht einmal in die Verlegenheit kommt, ein Flugzeugwrack heben zu müssen.«

Folsom zuckte die Schultern »Ihre Sorgen möcht' ich haben. Was die ›Chenago‹ angeht...«

Er ging zu einer Wandtafel und begann die dunkle Fläche mit technischen Skizzen zu bedecken. Er notierte Stichworte zum geplanten Tauchprogramm, zur Größe der aufblasbaren Lufftanks und zur Zahl der Boote, die zur Bergung gebraucht würden. Gleichzeitig schilderte er Pitt den Zeitplan und die Stufen der geplanten Bergungsoperation. Pitt gab sich den Anschein, als ob er aufmerksam zuhörte. In Wirklichkeit war er mit seinen Gedanken 3000 km weit weg – in Colorado, wo das Wrack der Cargo 03 auf dem Grunde des Table Lake lag.

Es klopfte. Ein Arbeiter trat ein.

»Ein Anruf für Sie, Sir. Sie brauchen nur abzunehmen, das Gespräch wird durchgestellt.«

Pitt nickte, langte hinter sich und hob das Telefon, das auf einer Kommode stand, zu sich herüber.

»Hier spricht Pitt.«

»Sie sind schwerer aufzuspüren als Howard Hughes«, sagte die Stimme am anderen Ende, die von auf- und abschwellenden Störgeräuschen in der Leitung verfremdet wurde.

»Wer spricht dort?«

»Ich bin enttäuscht«, sagte die Stimme sarkastisch. »Ich arbeite für Sie bis drei Uhr morgens wie ein Sklave, um Ihnen einen Gefallen zu tun, und Sie erinnern sich nicht einmal an meine Stimme.«

»Tut mir leid, Paul«, sagte Pitt und lachte. »Aber Ihre Stimme war bei diesen Störgeräuschen schwer zu erkennen.«

Paul Buckner, Pitts Freund im Federal Bureau of Investigation, sprach lauter. »Geht's jetzt besser?«

»Ja, bestens. Haben Sie was herausgefunden?«

»Sogar mehr, als Sie gefragt haben.«

»Da bin ich aber neugierig.«

»Der Mann, der den Flugbefehl für die Cargo 03 gab, war kein General, wie Sie bisher annahmen.«

»Aber ›General‹ war doch der einzige militärische Rang, zu dem sich die Buchstabenreste auf dem Flugplan ergänzen ließen.«

»Das dachten wir. Aber das stimmt eben nicht. Klar ist, daß es sich um ein Wort mit sieben Buchstaben handelte.

Nur der fünfte Buchstabe war noch lesbar, ein R. Sie hatten natürlich angenommen, daß die Cargo 03, weil sie der Luftwaffe gehörte, ihren Flugplan von einem General bekommen hätte.«

»War das denn nicht so?«

»Nein. Es gab auch zum fraglichen Zeitpunkt keinen General der Luftwaffe, dessen Name sich aus den verbleibenden Buchstabenresten im Logbuch der Cargo 03 hätte ergänzen lassen. Dann fiel mir aber ein, daß auch das Wort ›Admiral‹ sieben Buchstaben hat. Und auch hier ist der fünfte Buchstabe ein R.« Pitt verspürte ein Gefühl, als habe ihm ein Schwergewichtsboxer die geballte Rechte in die Magengrube geschlagen. Admiral – das war es! Ein Admiral mußte den Flugbefehl gegeben haben. Weder er noch Steiger waren darauf gekommen. Sie hatten nicht an die Möglichkeit gedacht, daß ein Flugzeug der Armee militärisches Material der Marine befördern würde.

Dann durchzuckte Pitt eine Frage. »Wie ist der Name des Admirals? Haben Sie darüber etwas herausfinden können?« fragte er.

»Das war nicht so schwer, wie Sie vielleicht denken. Von dem Vornamen wußten wir aufgrund der Schriftreste im alten Flugplan, daß er aus sechs Buchstaben bestand. Davon waren drei Buchstaben bekannt: l, t und r. Aufgrund der Stellung der Buchstaben im Wort ergab sich zwingend, daß der Vorname ›Walter‹ gelautet haben muß. Als pièce de resistance erwies sich der Nachname. Wir wußten, daß der Familienname aus vier Buchstaben bestehen mußte.

Der erste und der letzte Buchstabe waren bekannt: B und s. Wir ließen also die Datenbänder aus dem alten Militärarchiv rotieren um herauszufinden, ob es zur fraglichen Zeit einen Admiral mit vier Buchstaben gab, der mit B anfing und mit s aufhörte. Es gab einen. Er hieß Bass. Admiral Walter Horatio Bass.«

Pitt bohrte weiter. »Jemand, der im Jahre 1954 im Rang eines Admirals war, müßte heute über achtzig Jahre sein. Oder tot...«

»Ich habe mir die Personalakte von Bass kommen lassen und genau angesehen«, fuhr Buckner fort. »Bass war ein Senkrechtstarter. Schon mit achtunddreißig Jahren wurde er Admiral, seine weitere Karriere schien vorprogrammiert. Aber dann muß er sich irgendwie mit einem Vorgesetzten angelegt haben und in Ungnade gefallen sein. Genaues war da nicht zu erfahren. Jedenfalls stellte ihn die Navy plötzlich auf einen unbedeutenden Außenposten im Indischen Ozean ab. Für einen ehrgeizigen Flottenadmiral ist das ungefähr so, als ob Sie einen begeisterten Anhänger des Schwimmsports in der Wüste Gobi aussetzen. Im Oktober 1959 ging Bass in Pension. Er wird nächsten Dezember siebenundsechzig Jahre alt.«

»Wollen Sie damit sagen, daß Bass noch am Leben ist?« fragte Pitt hoffnungsvoll.

»Zumindest erhält er noch regelmäßig seine Bezüge, wie aus den Gehaltslisten des Verteidigungsministeriums hervorgeht. Ich glaube nicht, daß das Pentagon an eine Leiche zahlt.«

»Wo wohnt er?«

»Bass besitzt einen Landgasthof südlich von Lexington im Bundesstaat Virginia.

Der Gasthof, den er selbst bewirtschaftet, heißt ›Anchorage House‹. Ein piekfeiner Kasten. Sie wissen schon: ›Kinder und Hunde nicht erwünscht‹. Fünfzehn Räume mit antiker Einrichtung und Himmelbetten, und an jedem Bett ein Messingschildchen, daß George Washington höchstpersönlich drin geschlafen hat.«

»Paul, ich habe das Gefühl, als ob ich Ihnen ein Bier schulde. Oder zwei.«

»Einverstanden. Lassen Sie mich wissen, wenn Sie das Geld dafür zusammenhaben.«

»Nur Geduld, ich verdiene ja meine Hosenknöpfe nicht so leicht wie die Leute von FBI.«

»Eine Frage noch, Pitt. Steckt auch wirklich nichts dahinter, wovon ich meine Vorgesctzten informieren müßte?«

»Nein, die Sache fällt offiziell überhaupt nicht in euren Bereich.«

»Okay, schreib deiner Mutti, wenn du endlich Arbeit findest.«

Pitt grinste, legte den Hörer auf die Gabel zurück und holte tief Luft. Er war erleichtert. Ein weiterer Teil des Schleiers, der das Schicksal der Cargo 03 verhüllte, war gelüftet worden. Einen Augenblick lang überlegte er, ob er das Gehörte sofort an Abe Steiger durchgeben sollte. Er entschloß sich zu warten. »Folsom«, fragte er, »können Sie mich über das Wochenende vertreten?«

Folsom grinste. »Ich habe ja nie behauptet, daß die Arbeit am besten läuft, wenn der Boß nicht dazwischenfummelt. Wenn wir uns alle sehr anstrengen, dann glaube ich schon, daß wir das Unternehmen während Ihrer Abwesenheit einigermaßen über Wasser halten können. Wo geht's denn hin?«

»In ein kleines, gemütliches Landhotel«, gab Pitt zur Auskunft. »Werde mich dort mit einem vierunddreißig Jahre alten Kreuzworträtsel befassen.«

Folsom sah ihn einige Sekunden lang an, als zweifle er daran, daß er richtig gehört hatte. Pitts Gesichtsausdruck machte ihm klar, daß sein Chef keine weiteren Einzelheiten über seine Wochenendpläne preisgeben würde. Achselzuckend ging Folsom an seine Wandtafel zurück. Vorgesetzte sind manchmal eine sehr komische Sorte Mäuse, dachte er.

31

Pitt nahm den Frühflug. Nur ein Dutzend Passagiere saßen in der Maschine nach Richmond – Geschäftsleute oder Handelsvertreter, die einer frühen Verabredung mit einem Kunden oder ihrem heimatlichen Büro entgegenflogen. Pitt hielt die Augen geschlossen, er dachte nach. Immer noch bewegten sich seine Gedanken um das Rätsel der im Bergsee versunkenen Cargo 03. Es war doch sehr ungewöhnlich, daß die Air Force den ungeklärten Vorfall damals so mir nichts dir nichts unter den Teppich gekehrt hatte. Normalerweise hätte eine großangelegte Untersuchung anberaumt werden müssen, um zu prüfen, warum die Crew so weit vom vorgesehenen Kurs abgewichen war. Es gab einfach keine logische Erklärung, weder für die Kursabweichung noch für das Verhalten des Pentagons nach dem Verschwinden der Maschine!

Der Tod der Mannschaft und die Beschaffenheit der Ladung waren so mysteriös wie eh und je.

Die Maschine der Eastern Airlines landete und rollte zum Abfertigungsgebäude. Pitt nahm einen Mietwagen und lenkte das Fahrzeug vom Flugplatz auf die Überlandstraße in Richtung Lexington. Nachdem er die anheimelnd wirkende kleine Stadt passiert hatte, bog er in Richtung Süden auf eine kleinere Landstraße ab. Die Gegend wurde ländlich. Nach einigem Suchen auf der Straßenkarte, die er mitgenommen hatte, fand er die Wegabzweigung, die zum Gasthaus von Admiral Bass führte. Die Einfahrt war mit einem Schild gekennzeichnet, auf dem der Name des Landgasthauses und ein Anker aufgemalt waren. Langsam fuhr Pitt den sanft ansteigenden Kiesweg hinauf.

Er parkte sein Fahrzeug und trat ins Haus. Die Rezeption war nicht besetzt. Pitt zögerte, das Schweigen in der menschenleeren und auf gemütliche Art altmodischen Empfangshalle zu brechen. Als er sich nach einigen Minuten des Wartens schon entschlossen hatte, auf die Glocke zu drücken, die auf der blankpolierten Theke stand, trat eine hochgewachsene Frau aus einem der hinteren Räume in die Halle. Sie trug Reitstiefel und balancierte einen antiken Lehnstuhl, den sie hochgehoben und mit ihren kräftigen Armen an sich gepreßt hatte, vor sich her. Die Frau war um die fünfunddreißig Jahre alt und mit Jeans sowie einer einfachen, aber geschmackvollen Popelinebluse bekleidet. Die aschblonden Haare hatte sie am Hinterkopf mit einem roten Band zusammengebunden.

Es fiel Pitt auf, daß ihre Haut trotz der ländlichen Umgebung, in der dieser Gasthof sich befand, nicht von der Sonne gebräunt war. Die Frau hatte den gepflegten Teint eines Mannequins. Sie schien in keiner Weise beeindruckt, plötzlich vor einem Fremden zu stehen. Vermutlich – sinnierte Pitt – stammte sie aus einer jener anglosächsischen protestantischen Familien, deren höhere Töchter von Jugend an darauf gedrillt wurden, unter keinen Umständen die Fassung zu verlieren, es sei denn, angesichts der nichtstandesgemäßen Liaison des Großvaters mit der mexikanischen Küchenhilfe.

»Tut mir leid, daß Sie warten mußten«, sagte sie, indem sie den Stuhl neben einen herrlichen alten Kerzenleuchter plazierte. »Ich habe gar nicht gehört, wie Sie ankamen.«

»Ein besonders hübscher Stuhl«, bemerkte Pitt. »Ist das nicht ein Shaker-Modell?«

Sie nickte, beeindruckt von seiner Sachkenntnis. »Ja. Der Stuhl kommt aus der Manufaktur von Elder Henry Blinn aus Canterbury.«

»Sie haben eine ganze Reihe kostbarer alter Stücke hier, wie ich sehe.«

»Die Stücke, die Sie sehen, gehören zur Antiquitätensammlung von Admiral Bass, dem Besitzer des Hauses.« Die Frau war hinter die Empfangstheke getreten. »Der Admiral liebt Antiquitäten, wissen Sie.«

»Das sieht man. Und er hat einen guten Geschmack.«

»Möchten Sie ein Zimmer?«

»Ja, für eine Nacht.«

»Das geht. Länger wäre es leider nicht möglich. Ab morgen sind die Zimmer für die Teilnehmer einer Tagung reserviert.«

Pitt nickte höflich. »Das macht nichts. Ich muß sowieso morgen weiterfahren.«

Die Frau hinter der Empfangstheke schenkte ihm ein geschäftsmäßiges Lächeln. Sie schon ihm das Anmeldeformular hinüber, das er ausfüllte und unterschrieb.

»Sie haben Zimmer vierzehn. Die Treppe hoch und dann die dritte Tür links. Willkommen in unserem Hause, Mr. Pitt.« Sie hielt den Anmeldezettel in der Hand, von dem sie seinen Namen abgelesen hatte. »Ich bin Heidi Milligan. Wenn Sie irgend etwas benötigen, drücken Sie bitte auf die Klingel, die sich neben Ihrer Zimmertür befindet. Macht es Ihnen etwas aus, Ihr Gepäck selbst hinaufzunehmen?«

»Kein Problem. Was ich Sie fragen wollte – könnte ich einmal mit dem Admiral sprechen? Ich möchte ihn gern etwas zu einer...« – Pitt zögerte – »...Antiquität fragen.«

Sie deutete auf eine dunkelglänzende Schwingtür, die an der Schmalseite der Empfangshalle nach draußen führte.

»Sie finden Admiral Bass im Park, am Teich. Er schneidet die Wasserlilien.«

Pitt dankte und deutete eine leichte Verbeugung an. Dann ging er in die Richtung, die ihm Heidi Milligan angewiesen hatte. Die Schwingtür öffnete sich auf eine kleine, helle Vorhalle, aus der Pitt auf einen gepflegten breiten Gartenweg trat. Der Weg führte einen sanft abfallenden Hügel hinunter.

Admiral Bass hatte, wie Pitt anerkennend feststellte, den Park seines Anwesens im gefälligen Stil französischer Landschaftsgärten gestaltet. Unebenheiten, Findlinge und Felsen waren nicht eingeebnet, sondern in ihrer natürlichen Lage belassen worden. Bunte Feldblumen sprossen aus dem saftigen Rasen, der hier und da von alten Laubbäumen und weit ausragenden Pinien überschattet wurde. Einen Augenblick lang vergaß Pitt, warum er eigentlich hierhergekommen war, so sehr nahm ihn der Anblick der Landschaft gefangen.

Er fand Admiral Bass am Teich, wie die Frau im Empfang gesagt hatte. Bass war ein kräftiger, älterer Mann. Er trug hüfthohe Stiefel und war dabei, die Lilienblätter, die den Wasserzufluß zum Teich überwuchert hatten, mit einer scharfgezinkten Gabel hochzureißen und ans Ufer zu werfen. Seine Bewegungen waren zielstrebig und von Energie erfüllt, er wirkte jünger, als er nach der Auskunft von Buckner vom FBI sein mußte. Trotz der stechenden Sonne trug er keine Kopfbedeckung. Schweißtropfen rannen über seinen kahlen Kopf und tropften von seiner Nasenspitze und von seinem Kinn zu Boden.

»Sind Sie Admiral Bass?« fragte Pitt.

Die Gabel stoppte mitten in der Bewegung. »Ganz recht, ich bin Walter Bass.«

»Mein Name ist Dirk Pitt. Könnte ich Sie einen Augenblick sprechen?«

»Kein Problem«, sagte Bass und führte die Bewegung mit der beladenen Gabel zu Ende. »Es macht Ihnen hoffentlich nichts aus, wenn ich währenddessen weiterarbeite.

Ich habe mir vorgenommen, noch vor dem Abendessen damit fertig zu werden. Wenn ich den Teich nicht mindestens einmal in der Woche sauber mache, wird der ganze Park überschwemmt.«

Der Admiral wandte sich wieder seiner Arbeit zu, und Pitt trat ein paar Schritte zurück, weil eine Ladung schlammiger Blätter und Wurzeln zu seinen Füßen landete. Es war eine unangenehme Situation. Admiral Bass stand vornübergebeugt im Teich und wandte Pitt den Rücken zu. Der zögerte. Dann entschloß er sich, alles auf eine Karte zu setzen und mit der Tür ins Haus zu fallen. »Admiral Bass, ich habe einige wichtige Fragen an Sie. Sie betreffen ein Flugzeug, daß bei seinem Absturz die Codebezeichnung ›Cargo 03‹ trug.«

Bass hatte seine Arbeit, während Pitt sprach, keinen Moment lang unterbrochen. Trotzdem fiel es Pitt auf, daß die Knöchel der Hände, mit denen der Admiral die Heugabel umklammert hielt, plötzlich weiß geworden waren.

»Cargo 03?« sagte Bass und zuckte die Achseln. »Kann mich nicht erinnern, diese Codebezeichnung je gehört zu haben. Warum fragen Sie?«

»›Cargo 03‹ war die Codebezeichnung für ein Militärflugzeug, das 1954 bei einem Transportflug abstürzte.«

»Das ist lange her.« Bass starrte nachdenklich in das trübe Wasser des Teiches. »Nein«, sagte er dann mit Bestimmtheit. »Über einen solchen Flug weiß ich nichts. Es wäre auch ein Zufall, wenn ich damals von einem Transportflugzeug Kenntnis erhalten hätte. Ich hatte in meiner Militärlaufbahn meist mit der Ausbildung der Truppen zu tun. Von Transporten erfährt man da wenig.«

»Hatten Sie je Kontakt zu einem Major der Luftwaffe namens Vylander?«

»Vylander?« Bass schüttelte den Kopf. »Nicht, daß ich mich erinnern könnte.« Er schaute etwas irritiert zu Pitt hinüber. »Wie war Ihr Name noch? Sind Sie überhaupt befugt, mir solche Fragen zu stellen?«

Pitt wiederholte seinen Namen. »Ich arbeite für die Nationale

Unterwasser- und Marine-Arbeitsgemeinschaft. Ich bin im Besitz alter Dokumente, aus denen hervorgeht, daß Sie damals die Flugorder für die Cargo 03 ausgestellt haben.«

»Da muß ein Irrtum vorliegen.«

»Mag sein«, sagte Pitt. »Der Irrtum wird sich aufklären, sobald das Flugzeugwrack gehoben und untersucht worden ist.«

»Sagten Sie nicht, das Flugzeug sei damals auf ungeklärte Weise verschwunden?«

»Ja, das sagte ich. Aber ich habe das Wrack entdeckt«, gab Pitt zur Auskunft.

Er beobachtete Bass und war gespannt, ob sein letzter Hinweis irgendwelche Reaktionen bei seinem Gesprächspartner hervorrufen würde. Bass schien nicht beeindruckt. Pitt entschied sich, ihn im eigenen Saft schmoren zu lassen.

»Entschuldigen Sie bitte, daß ich Sie bei der Arbeit gestört habe, Admiral Bass. Vielleicht ist das wirklich alles nur ein Irrtum.«

Er drehte sich um und machte sich auf den Rückweg zum Gasthaus. Als er zwanzig oder dreißig Schritte gegangen war, hörte er, wie Bass hinter ihm herrief.

»Mr. Pitt!«

Pitt wandte sich um. »Ja, bitte?«

»Wie lange bleiben Sie bei uns?«

»Bis morgen früh.«

Der Admiral nickte. Als Pitt auf der Terrasse des Gasthauses ankam, sah er zum Teich zurück, dessen spiegelnde Wasserfläche zwischen den Büschen hindurchschimmerte. Admiral Bass war immer noch dabei, mit kräftigen Bewegungen die aus dem Teich gehobenen Blätter und Schlingpflanzen aufzuhäufen. Es war ein Bild ruhiger Harmonie und arbeitsamer Rechtschaffenheit. So als ob es in der kurzen Unterhaltung nur um Blumenzwiebeln und die Wetterlage gegangen wäre, dachte Pitt.

32

Pitt war beeindruckt. Der Speisesaal des Landgasthauses, in dem er und die anderen Gäste das Abendessen einnahmen, verriet erlesenen Geschmack. Es war im Stil einer französischen Taverne des achtzehnten Jahrhunderts eingerichtet. Echte alte Gewehre, wertvolle Zinngefäße und antike landwirtschaftliche Gerätschaften hingen an den holzgetäfelten Wänden und an den rauchgeschwärzten Deckenbalken. Auch das Essen erwies sich als vorzüglich. Pitt aß zwei Portionen von dem rosa-saftigen Rindfleisch, das aufgetragen wurde. Dazu ließ er sich gedämpfte Karotten und Süßkartoffeln reichen, die in einer besonderen Sauce zubereitet worden waren. Er bedauerte es, daß er danach schon satt war und auf den hausgemachten Apfelkuchen, der als Nachtisch angeboten wurde, verzichten mußte.

Heidi Milligan bediente die Gäste. Als das Essen vorüber war, brachte sie aromatisch dampfenden Kaffee an die Tische, wobei sie für jeden der Gäste ein paar nette Worte hatte. Es fiel Pitt auf, daß die meisten Besucher dieses Landgasthauses ältere und anscheinend gutsituierte Leute waren. Für junge Paare war die friedvoll-gemütliche Ausstrahlung des gepflegten Landhauses vermutlich langweilig. Pitt trank seinen Irish Coffee, dann trat er auf die nächtliche Terrasse hinaus. Im Osten war ein klarer Vollmond aufgegangen, der ein silbriges Licht auf die hohen alten Pinien warf. Er setzte sich in einen der leeren Schaukelstühle, die auf der Terrasse standen, stützte seine Beine am Geländer ab und wartete darauf, was Admiral Bass als nächstes tun würde.

Eine Viertelstunde verging. Dann hörte Pitt, wie das typische Geräusch weiblicher Absätze sich näherte. Er wandte den Kopf. Heidi Milligan war hinter ihn getreten. »Gefällt es Ihnen in Virginia?«

»Ich genieße diesen Abend«, antwortete Pitt.

»Und das Essen? Ich hoffe, Sie waren zufrieden.«

»Das kann man wohl sagen. Wie das bei kleinen Jungen so ist: die Augen sind immer größer als der Mund. Ich habe mehr in mich hineingestopft, als für meine schlanke Linie gut ist. Übermitteln Sie bitte Ihrem Küchenchef mein Kompliment.«

Heidi Milligans Gesichtsausdruck veränderte sich zu einem strahlenden Lächeln. »Dazu brauche ich gar nicht in die Küche zu gehen«, sagte sie. »Der Küchenchef steht vor Ihnen.«

Pitt lächelte und machte eine entschuldigende Geste. »Ich bin und bleibe ein eingefleischter männlicher Chauvinist. Immer diese Unsitte, Frauen keine Spitzenleistungen zuzutrauen.«

Die Frau war um ihn herumgegangen und setzte sich auf das Geländer. Ihr Gesicht war wieder ernst geworden. »Sagen Sie bitte, Mr. Pitt, warum sind Sie hier?«

Pitt stoppte die sanfte Bewegung seines Schaukelstuhls und sah ihr in die Augen. »Fragen Sie, weil Sie den Erfolg Ihrer Zeitungsanzeigen kontrollieren wollen?«

»Nein, natürlich nicht. Es tut mir leid, wenn ich neugierig erscheine. Aber Walter war so aufgeregt, als er von der Arbeit aus dem Park zurückkam. Vielleicht lag es daran, daß Sie –«

»Sie meinen, daß er sich über etwas aufgeregt hat, was ich gesagt habe?« vollendete Pitt ihren Satz.

»Ich weiß es nicht.«

»Leben Sie mit Admiral Bass zusammen?«

Mit dieser Frage hatte Pitt das Startsignal für einen längeren Monolog von Heidi Milligan gegeben. Sie erzählte, daß sie als Angestellte des Verteidigungsministeriums in der Marinewerft von Norfolk arbeitete. Wie sie sagte, fehlten noch elf Jahre bis zu ihrer Pensionierung. Ihr Mann, von dem sie sich hatte scheiden lassen, war Oberst in der Marine gewesen und hatte sie während ihrer ganzen Ehe wie einen Schiffsjungen herumkommandiert.

Wegen einer Gebärmutteroperation konnte sie keine Kinder bekommen. Nein, sie lebte nicht dauernd mit dem Admiral zusammen. Sie hatte ihn kennengelernt, als er bei einem von der Marine veranstalteten Seminar einen Vortrag hielt. Wenn sie dienstlich abkömmlich war, ging sie Admiral Bass bei der Bewirtschaftung des »Anchorage House« zur Hand. Die Verbindung zwischen Bass und ihr sei, wie sie andeutete, »keine Liebe fürs Leben«. Plötzlich unterbrach sie ihren Redefluß und schaute auf ihre Armbanduhr.

»Ich muß mich um einige späte Gäste kümmern, die jetzt ankommen.« Sie lächelte. Wie vorhin schon wich der unbeschwerte Gesichtsausdruck aber bald wieder einer sorgenvollen Miene. »Wenn Sie sich hier auf der Terrasse langweilen, sollten Sie einen Spaziergang zum Hügel hinter dem Haus machen. Die Aussicht bei Vollmond ist herrlich.«

Die Empfehlung, fand Pitt, war in einem sehr bestimmten Ton gegeben worden. Es war ein Befehl gewesen, keine Bitte.

Heidi Milligan hatte recht gehabt. Die Aussicht vom Hügel, von dem Pitt auf die im Tal blinkenden Lichter von Lexington hinabblickte, war wirklich atemberaubend. Der Mond strahlte über das weitgeschwungene stille Tal, und die Straßenlampen des fernen Ortes glitzerten in der Abendluft wie die Sterne einer Lichtjahre entfernten Galaxis. Pitt hatte den Anblick, zu dem er von Heidi Milligan beordert worden war, einige Minuten lang genossen, als er plötzlich spürte, daß jemand hinter ihm stand.

»Admiral Bass?« fragte er, ohne sich umzudrehen.

»Heben Sie Ihre Hände hoch, und rühren Sie sich nicht!« hörte er Bass mit brüsker Stimme sagen.

Pitt gehorchte.

Er war erstaunt, daß er nicht nach Waffen abgetastet wurde. Statt dessen zog der Admiral ihm die Brieftasche aus dem Anzug, klappte sie auf und betrachtete den Inhalt im Licht einer mitgebrachten Taschenlampe. Nach einigen Minuten löschte er die Taschenlampe und steckte die Brieftasche wieder in Pitts Brusttasche.

»Sie können jetzt die Hände runternehmen, Mr. Pitt, und sich umdrehen.«

»Was soll der Zirkus?« fragte Pitt mit einer Kopfbewegung zu dem Revolver, den Bass in der linken Hand hielt.

»Sie haben da heute einige delikate militärische Fragen gestellt. Deshalb mußte ich mich vergewissern, wer Sie wirklich sind.«

»Glauben Sie mir jetzt, daß ich wirklich Dirk Pitt heiße?«

»Ja. Ich habe ihre Identität auch bei Ihrem Chef in der NUMA abgecheckt. Ich kenne Jim Sandecker vom Pazifik-Feldzug im Zweiten Weltkrieg her. Er sagte mir am Telefon, daß Sie ein recht tüchtiger Bursche sind. Dann erkundigte er sich, was Sie wohl hier in Virginia machen, wo Sie doch offiziell bei einer Bergungsaktion an der Küste des Bundesstaates Georgia sein müßten...«

»Ich habe Admiral Sandecker nicht gesagt, daß ich das Flugzeugwrack entdeckt habe. Deshalb habe ich ihm auch von meiner Reise zu Ihnen nichts erzählt.«

»Wie kommen Sie darauf, daß das Wrack, von dem Sie sprechen, die Cargo 03 sein könnte?«

»Weil ich im Wrack gewesen bin und die Maschine identifiziert habe, Admiral Bass. Ich bin an Bord der Cargo 03 gewesen, so wahr ich hier vor Ihnen stehe.«

Bass schoß ihm einen feindseligen Blick zu. »Das ist ein Bluff, Mr. Pitt. Sie lügen! Und ich möchte jetzt von Ihnen erfahren, warum Sie das tun.«

»Ich lüge nicht«, entgegnete Pitt kühl. »Was ich sage, kann ich beweisen. Ich habe zwei Augenzeugen und einwandfreie Videobänder als Beweis.«

Das Gesicht seines greisen Gesprächspartners überzog sich mit einem Ausdruck der Verständnislosigkeit. »Das ist doch unmöglich! Die Cargo 03 ist damals über dem Pazifik verschwunden. Wir haben damals eine monatelange Suchaktion gestartet und nichts gefunden.«

»Weil Sie an der falschen Stelle gesucht haben, Admiral Bass. Die Cargo 03 liegt auf dem Grunde eines Bergsees im Bundesstaat Colorado.«

Bass schien in sich zusammenzusinken. Im bleichen Licht des Mondes, das auf sein Gesicht fiel, sah er plötzlich wie ein resignierter und besiegter Mann am Rande des Grabes aus. Er ließ die Pistole sinken, die er bis dahin auf Pitt gerichtet hatte, und taumelte mit unsicherem Gang zu einer Bank, die unweit von ihnen auf der Anhöhe stand. Pitt schritt neben ihm her und stützte ihn.

»Danke!« Stöhnend sank Bass auf die Bank. »Es mußte so kommen«, sagte er, als ob er zu sich selbst spräche. »Ich habe es vom ersten Tag an gewußt, daß die ganze Tragödie ans Licht kommen würde.« Wie in einer plötzlichen Eingebung sah er auf und umklammerte Pitts Arm. »Die Ladung! Was ist mit der Ladung?«

»Die Metallbehälter haben sich aus ihren Verankerungen im Frachtraum gelöst, aber sie sind noch unversehrt.«

»Dem Himmel sei Dank!« seufzte Bass erleichtert. »In einem Bergsee im Bundesstaat Colorado liegt das Wrack, sagten Sie? Also in den Rocky Mountains. Major Vylander ist also in dem gleichen Bundesstaat abgestürzt, wo er gestartet ist.« »Er startete also nicht in Kalifornien, sondern in Colorado?« fragte Pitt.

»Ja, auf dem Militärflugplatz Buckley.« Bass begrub sein resigniertes Gesicht in den Händen. »Was mag da schiefgegangen sein, daß er so kurz nach dem Start abgestürzt ist?«

»Es scheint, als ob die Cargo 03 eine technische Panne hatte«, erklärte Pitt. »Vylander versuchte, auf der einzigen Fläche notzulanden, die er fand. Es war Winter, der See war zugefroren und mit einer Schneeschicht bedeckt. Es muß für die Mannschaft so ausgesehen haben, als ob sie ein flaches Feld in einem Tal vor sich hätten. Durch das Gewicht des landenden Flugzeugs brach das Eis, die Cargo 03 sank samt ihrer Mannschaft und der Ladung in die Tiefe. Das Eis fror sofort wieder zu. Und als der See im Frühjahr wieder auftaute, lag das Wrack so tief unter Wasser, daß es weder vom Ufer noch vom Suchflugzeug aus entdeckt werden konnte.«

»Und die ganze Zeitlang haben wir gedacht, die Cargo 03 sei für alle Ewigkeit im Pazifik versunken...« Bass hielt inne, als ob er einen Gedanken, der ihm auf der Zunge lag, nicht aussprechen wollte. Eine Zeitlang schwieg er. Dann holte er tief Luft. »Die Metallbehälter müssen unbedingt schnellstens geborgen werden.«

»Enthalten sie Atomwaffensprengköpfe?« fragte Pitt.

»Wie kommen Sie darauf?« fragte Bass zurück.

»Das Datum des Fluges fällt zeitlich mit den H-Bombenversuchen auf dem Bikini-Atoll zusammen. Außerdem habe ich bei einem der toten Flieger ein Metallschild gefunden, auf dem das Symbol für Radioaktivität eingraviert war.«

Bass nickte schwer. »Es stimmt schon, daß die Metallbehälter ursprünglich für die Aufnahme von radioaktivem Material bestimmt waren. Beim Transportflug der Cargo 03 wurden die Behälter jedoch für einen ganz anderen Zweck verwandt.«

»So sprechen Sie doch!«

Bass saß da wie eine Wachsfigur. »Radioaktivität...«, murmelte er. »Wenn es so einfach wäre! Leider gibt es viel gefährlichere Waffen als atomare Sprengköpfe.«

»Was könnte denn noch gefährlicher sein?«

»Bakteriologische Waffen«, sagte Bass. »In den Metallbehältern sind Pestbazillen. Neuartige Bazillen, die absolut tödlich wirken und gegen die es auf der ganzen Welt kein Gegenmittel gibt.«

33

Ein unheilvolles Schweigen hatte sich nach den Worten von Admiral Bass zwischen die beiden Männer gelegt. »Kein Gegenmittel?« fragte Pitt. »Das klingt nach einer Weltuntergangsdroge.«

»Genau das ist es«, antwortete Bass ernst. »Chemisch gesehen, handelt es sich um eine Substanz mit einem ellenlangen und unaussprechlichen lateinischen Namen. Für militärische Zwecke wurde ein Kürzel verwendet. Wir nannten das Zeug ›ST‹, eine Abkürzung für ›Schneller Tod‹.«

»Wie kam es denn zu dieser unseligen Erfindung?«

»Vor fünfunddreißig Jahren erfand ein amerikanischer Mikrobiologe namens Dr. John Vetterly eine biologische Waffe, die aus künstlich erzeugten Bakterien bestand. Die Bakterien verursachen eine tödliche Krankheit, deren nähere Ursache unbekannt ist. Die Substanz ist an der Luft unzerstörbar. Jedes lebende Wesen, das mit der Substanz in Berührung kommt, stirbt innerhalb von Minuten.«

»Wird mit Nervengas nicht die gleiche Wirkung erzielt?«

»Nicht ganz. Gas ist bei der Kriegführung nur sehr beschränkt anwendbar, weil man bei seinem Einsatz sehr von den meteorologischen Bedingungen abhängig ist, die gerade herrschen. Das Gas kann schlecht auf ein bestimmtes Einsatzgebiet beschränkt werden, es besteht immer die Gefahr, daß es auf das eigene Gebiet zurückweht. Im Gegensatz dazu ist ST unabhängig vom Wetter einsetzbar. Man kann gezielt ganze Landstriche damit entvölkern, wobei die dort wohnenden Menschen keinerlei Möglichkeit haben, sich gegen die tödliche Substanz zu schützen.«

»Das glaube ich nicht. Die Wissenschaft müßte doch in der Lage sein, eine durch ST verursachte Epidemie einzudämmen.«

»Nein. Gegen andere Mikroorganismen kann man mit Desinfizierungsmitteln, Impfungen und Antibiotika vorgehen. Aber gegen ST gibt es kein Mittel. Die Stadt, über der eine Ladung ST explodiert, ist eine tote Stadt.«

»Wenn man das weiß, warum hat man dann das ST im Bundesstaat Colorado, im Zentrum der dichtbevölkerten Vereinigten Staaten, aufbewahrt?« fragte Pitt.

»Sehr einfach. Weil die Substanz im Rocky Mountain Arsenal bei Denver erfunden und hergestellt wurde. Dieses Arsenal war zwanzig Jahre lang das amtliche Zentrum für die Herstellung von chemischen und biologischen Kampfstoffen.«

Pitt nickte und bat den gebrochenen alten Mann, der ins Stocken zu kommen schien, in seinem Bericht fortzufahren. Mit glasigem Blick, ohne einen bestimmten Punkt zu fixieren, schaute Bass auf das nächtliche Panorama hinunter, das sich ihren Blicken bot. »Es war im März des Jahres 1954«, sagte er dann, als ob er sich schmerzlich an etwas erinnerte, das er für immer hatte vergessen wollen. »Die H-Bombenversuche über dem Bikini-Atoll waren erfolgreich verlaufen. Ich war damals von der militärischen Führung mit der Überwachung der Einsatzversuche des neuerfundenen ST beauftragt worden. Wir wußten damals noch nicht so recht, um was für eine fürchterliche Waffe es sich bei der Erfindung von Dr.

Vetterly handelte. Der Zeitpunkt für die ST-Tests war günstig, weil die Aufmerksamkeit der Öffentlichkeit damals ganz auf die H-Bombenversuche gerichtet war, so daß niemand auf die anderen Versuche achtete. Die ST-Tests sollten unter strengster Geheimhaltung auf der Insel Rongelo, 600 Kilometer nordöstlich vom Bikini-Atoll, durchgeführt werden. Es waren zwei Versuchsstufen geplant.«

»Rongelo...«, wiederholte Pitt nachdenklich. »Das war doch auch der Zielflughafen der Cargo 03!«

Admiral Bass nickte. »Die Insel ist unbewohnt und fast unbekannt. Nichts als ein Korallenriff, umgeben vom Pazifischen Ozean.«

Bass dachte nach, so als ob er die Vergangenheit erst wieder aus den Tiefen seines Unterbewußtseins zurückholen mußte. »Bei der ersten Versuchsstufe war eine sehr kleine Menge ST in geringer Höhe über der Insel Rongelo versprüht worden. In der zweiten Versuchsstufe sollte ST von dem dreißig Kilometer vor der Insel ankernden Schlachtschiff ›Wisconsin‹ auf das Versuchsgelände geschossen werden. Dieser zweite Test fand nie statt.«

»Weil Major Vylander abstürzte?« fragte Pitt.

»Er hatte den Kampfstoff an Bord«, gab Bass zu. »Die Blechkanister im Laderaum der Cargo 03 waren mit ST gefüllt.«

»Ist denn kein neues ST mehr hergestellt worden, nachdem die Cargo 03 mit ihrer Ladung verschollen war?«

»Nein«, erklärte Bass. »Inzwischen lagen nämlich die Meßergebnisse von der ersten Versuchsstufe vor. Diese Ergebnisse waren fürchterlich. So entsetzlich, daß ich die Testserie sofort abbrach.«

»Sie sprechen, als ob durch das versprühte ST die ganze Insel verwüstet worden ist.«

»Nach außen hin hatte sich nichts verändert«, sagte Bass mit kaum vernehmbarer Stimme. »Der Strand, die Palmen – alles schien wie zuvor. Die Tiere, die wir vorher auf der Insel ausgesetzt hatten, waren natürlich alle tot, das hatten wir auch nicht anders erwartet. Ich bestand auf einer Wartepause von zwei Wochen, bevor die Wissenschaftler auf die Insel gehen konnten, um die Resultate an Ort und Stelle zu überprüfen. Dr. Vetterly und drei seiner Assistenten landeten am Strand. Sie trugen ihre dreifach gesicherte Schutzkleidung und eine Atemmaske. Trotzdem waren sie siebzehn Minuten später tot, wie wir durchs Fernglas vom Schiff aus feststellen mußten.«

»Wie war das möglich?« fragte Pitt fassungslos.

»Dr. Vetterly hatte die Durchschlagskraft und Aggressivität der von ihm erfundenen Giftbakterien weit unterschätzt. Bei allen anderen giftigen Stoffen ist es so, daß ihre Intensivität nach einer gewissen Zeit nachläßt. Im Gegensatz dazu potenziert sich die tödliche Wirkung von ST, je älter es wird. Wir wissen nicht, auf welche Weise die Bakterien die Spezialkleidung der Wissenschaftler haben durchdringen können.«

»Sind die Leichen der Männer denn nicht geborgen worden?«

»Das war nicht möglich. Die Toten liegen immer noch dort«, sagte Bass mit einer Traurigkeit im Ausdruck, die Pitt erschütterte. »Sehen Sie, Mister Pitt, die außerordentlich starke Giftwirkung von ST ist nur eine der bösartigen Eigenschaften dieses Stoffes. Das Schlimmste am ST ist, daß dieser Stoff unsterblich zu sein scheint. Die Chemiker haben mir gesagt, daß der ST-Bazillus bei seiner Spaltung und Vermehrung superresistente Sporen bildet, die in der Lage sind, viele Meter tief in Boden und Gestein einzudringen. Diese Sporen haben eine außerordentlich hohe Lebenserwartung.«

»Wollen Sie damit sagen, daß auch heute, vierunddreißig Jahre nach dem Test, niemand ohne Lebensgefahr auf die Insel gehen kann, um die sterblichen Überreste der vier toten Wissenschaftler zu bergen?« sagte Pitt ungläubig.

Admiral Bass senkte den Kopf. »Heute nicht – und auch in hundert Jahren nicht! Die Chemiker sagen, daß die Insel Rongelo für die nächsten dreihundert Jahre unrettbar verseucht ist.«

34

Fawkes hatte die Konstruktionszeichnung des Kriegsschiffes vor sich liegen und beschrieb sie mit Notizen und Zahlen. Zwei muskulöse Ingenieure, hoch aufgeschossene, wettergegerbte Männer, standen neben ihm und warteten auf seine Anweisungen. Fawkes sah von der Konstruktionszeichnung auf. »Das Schiff muß vollständig ausgeweidet werden, verstehen Sie. Die Stahlzwischenwände im Laderaum, die nicht mehr benötigten Rohre und Leitungen und die schweren Eisenschotten, alles muß raus!«

»Das ist doch Wahnsinn, Käptn«, schnaufte der Ingenieur, der Fawkes am nächsten stand, verächtlich. »Wenn man die Schotten aus dem Schiff schneidet, bricht es zusammen wie ein Kartenhaus.«

»Dugan hat recht«, sagte der andere Ingenieur. »Wenn Sie die Stützschotten aus einem Kriegsschiff dieser Größe herausnehmen, verliert es jede Widerstandsfähigkeit gegen die See.«

»Das wichtigste ist, daß das Schiff möglichst wenig Tiefgang hat«, beharrte Fawkes. »Um den Tiefgang auf den nötigen Wert zu verringern, muß das Schiff um vierzig Prozent leichter werden.«

»Warum eigentlich? Ich habe noch nie von einem Kriegsschiff gehört, dessen Gewicht um vierzig Prozent reduziert werden mußte, nur damit es weniger Tiefgang hatte«, sagte Dugan. »Was soll das Ganze?«

Fawkes überhörte die Frage. »Auch die Geschütze müssen abmontiert werden. Wir brauchen sie nicht.«

»Ein Kriegsschiff ohne Geschütze ist kein Kriegsschiff mehr, Käptn«, sagte Dugans Kollege. »Wir ruinieren das Schiff, wenn wir es so ausweiden, wie Sie es vorhaben. Die Konstrukteure haben doch einen Grund gehabt, diese Schotten und Stützen einzuziehen.«

»Sicher«, gab Fawkes ihnen recht. »Aber dieses Schiff ist damals für andere Zwecke konstruiert worden als die, für die wir es jetzt einsetzen müssen. Die amerikanische Regierung hat das Kriegsschiff zum Schrottpreis verkauft, und der Käufer, die Afrikanische Revolutionsarmee, hat das Schiff nun für ein ganz spezielles Kommandounternehmen ausersehen. Für dieses Unternehmen muß es hergerichtet werden. Und zwar so, daß es einen möglichst geringen Tiefgang hat. Verstanden?«

»Das ist es ja gerade! Der Zweck, für den wir das Schiff herrichten, macht uns nicht besonders glücklich«, sagte Dugan. »Wir rakkern uns hier ab, damit eine Handvoll radikale Nigger das umgebaute Schiff bei irgendeinem Kommandounternehmen gegen unschuldige Weiße einsetzen.«

Fawkes legte den dicken Filzschreiber, mit dem er den Konstruktionsplan beschriftet hatte, aus der Hand. Seine Miene war eisig. »Ich fürchte, Sie und Ihre Männer verkennen die wirtschaftliche Situation, in der Sie sich befinden«, sagte er. »Was die Afrikanische Revolutionsarmee mit dem Schiff tut, wenn es diese Werft verlassen hat, geht Sie hier nichts mehr an. Für Ihre Rassenphilosophie können Sie sich in keinem Geschäft etwas kaufen. Was zählt, ist die Tatsache, daß die ARA Ihre Löhne und die Ihrer Männer bezahlt, ebenso wie sie mich bezahlt. Der Auftrag der ARA verschafft einhundertundsiebzig Männern Arbeit und Brot. Wenn Sie allerdings darauf bestehen, dann werde ich den Verantwortlichen bei der ARA sagen, daß Sie Skrupel haben, den Auftrag auszuführen. Ich bin sicher, daß sich sehr schnell eine andere Werft finden läßt, die den Umbau des Schiffes ohne Quengeleien durchführt. Daß Ihre hundertsiebzig Arbeiter dann auf der Straße stehen, haben *Sie* dann zu verantworten. Sie können ja dann den hungrigen Familien Ihrer Arbeitslosen die politischen Gesichtspunkte erklären, warum Sie den Auftrag abgaben.«

Verärgert und niedergeschlagen sahen sich die beiden Ingenieure an.

»Okay, Käptn, der Umbau wird so ausgeführt, wie Sie es wünschen«, murmelte der Ältere schließlich.

Fawkes lächelte versöhnlich. Er wußte aus den langen Jahren bei der Marine, in denen er mit den unterschiedlichsten Mannschaften zu tun gehabt hatte, daß es jetzt an der Zeit war, den aufgebrachten Männern wieder etwas lange Leine zu geben.

»Ich danke Ihnen, meine Herren«, sagte er. »Ich freue mich, daß wir die Mißverständnisse in beiderseitigem Einvernehmen beilegen konnten. An die Arbeit!«

Eine Stunde später standen die beiden Ingenieure im schwacherleuchteten Zwischendeck des Schiffes, um einige Maße für die geplanten Umbauten zu notieren. »Ich habe geglaubt, ich höre nicht richtig«, sagte der eine. »Hat er wirklich gesagt, wir sollen jede zweite Stütze rausnehmen, die Schornsteine wegschweißen, die Geschütztürme abmontieren und als Versteifung Holzbalken einsetzen?«

»Genau das ist die Order«, antwortete Dugan. »Er geht davon aus, daß das Gewicht des Schiffes auf diese Weise um fünfzehntausend Tonnen vermindert werden kann.«

»Und warum sollen die Geschütztürme dann mit graugestrichenem Holz nachgebaut werden? Wozu diese Potemkinschen Dörfer?«

»Wahrscheinlich will er mit den Holzkanonen die südafrikanische Marine zu Tode erschrecken.«

»Wenn die sich nicht vorher totlachen.«

Die beiden Ingenieure schmunzelten.

»Was ich auch nicht verstehe«, sagte Dugan, »ist, daß der ganze

Umbau mitten unter der Nase der amerikanischen Regierung passiert. Wenn ich so ein Schiff kaufe, um es im Ausland in einem Krieg einzusetzen, dann würde ich das doch unbedingt geheimhalten. Meinst du nicht?«

»Ich will dir mal was sagen! Am liebsten wäre es mir, wir könnten diesem überheblichen Schotten seinen ganzen Auftrag in den Hintern stecken.«

»Das können wir eben nicht, das weißt du doch ganz genau.«

»Glaubst du, der hat sie nicht alle?«

»Du meinst, ob er reif ist für die Zwangsjacke?«

»Ja.«

»Das glaube ich nicht. Etwas sagt mir, daß dieser Schotte genau weiß, was er tut.«

»Was glaubst du, hat die ARA mit dem Schiff vor, wenn es einmal drüben in Afrika ist?«

»Dieses Schiff schafft es nie bis Afrika«, entgegnete der andere Ingenieur. »Wenn wir alle Stützen und Zwischenwände rausgenommen haben, so wie es der Schotte will, dann liegt der Pott so schlecht im Wasser, daß er sich noch vor Verlassen der Chesapeake Bay freiwillig auf die Seite legt und sinkt.«

Die Arbeit war zu Ende, sie stiegen ans Oberdeck. Schweigend betrachteten sie den verrosteten Rumpf des stählernen Kolosses. Die großen verwitterten Eisenflächen hatten eine kalte und bösartige Ausstrahlung, die selbst den nüchternen Technikern nicht verborgen blieb. Es war, als ob dieses Schiff insgeheim den Atem anhielt, um bei einem unvorstellbaren Wahnsinnsakt ein letztes Mal seine zerstörerische Kraft auszuspielen.

»Der Auftrag stinkt!« sagte Dugan, während sie die wippende Gangway hinüber ans Pier gingen. »Ich hoffe zu Gott, daß wir das, was wir hier tun, nie bereuen müssen.«

Fawkes glättete die Seekarte, die aufgefaltet vor ihm auf dem Kapitänstisch lag. Auf einem großen Bogen Millimeterpapier notierte er die Geschwindigkeit der Strömung, die Uhrzeiten für Ebbe und Flut und die Navigationsgeschwindigkeit, die das umgebaute Schiff mit seinem neuen Gewicht haben würde. Eine ganze Weile rechnete er, dann nickte er zufrieden mit dem Kopf. Mit einem roten Filzschreiber bezeichnete er auf der Seekarte als nächstes die Fahrtroute, die er für das Schiff vorgesehen hatte. Jede Boje und jede Untiefe, die auf der Karte vermerkt war, prägte er sich in sein Gedächtnis ein.

Die Aufgabe, die er sich gesetzt hatte, war schwierig. Selbst wenn er davon ausgehen konnte, daß ihm jetzt alle möglichen Hindernisse bekannt waren, so gab es doch so viel variable Größen in der Rechnung, daß der Erfolg in Frage gestellt sein konnte. Es gab keine Möglichkeit, schon jetzt das Wetter vorauszusagen, das in einigen Wochen, beim geplanten Einsatztermin des Schiffes, herrschen würde. Die ausgebaggerte Fahrtrinne war – wie aus der Seekarte hervorging – so schmal, daß ein Ausweichen vor einem entgegenkommenden Schiff kaum möglich schien. Trotzdem verscheuchte Fawkes alle Gedanken, die ihn bei dem ganzen von De Vaal inspirierten Unternehmen zur Vorsicht mahnten.

Es war schon zehn Minuten vor Mitternacht, als Fawkes seine Brille abnahm und sich die müdegewordenen Augen rieb. Er zog ein Foto seiner ermordeten Frau und der beiden Kinder aus der Brieftasche und betrachtete es lange, mit Tränen in den Augen. Dann legte er sich auf das Feldbett, das ihm die Männer auf seinen Wunsch in der Nähe seines Arbeitstisches aufgebaut hatten. Während der ersten Woche des Umbaus hatte er noch in den komfortabel ausgestatteten Räumlichkeiten des früheren Kapitäns geschlafen. Auch die Einrichtung dieser Räume war jedoch dem Umbau gewichen, der den Gewichtsverlust des schweren Schiffes bewirken sollte.

Er faltete die grobe Wolldecke auseinander, die am Fußende der spartanischen Pritsche lag, und deckte sich zu. Ein letztes Mal betrachtete er das Foto seiner Lieben, deren verbrannte und entstellte Leichname er in Südafrika zurückgelassen hatte. Dann knipste er das Licht aus und sank in ein traumloses Meer von Dunkelheit, Einsamkeit und unversöhnlichem Haß.

35

»Wird Fawkes den Termin schaffen? Was meinen Sie?« Nervös klopfte De Vaal mit einem Ende seiner Zigarette auf die Tischplatte.

»Mir ist berichtet worden, daß er den Werftarbeitern mit einer Beharrlichkeit im Nacken sitzt, die an Sadismus grenzt«, antwortete Zeegler. »Es sieht ganz so aus, als ob der Kapitän das ›Unternehmen Wilde Rose‹ zur vereinbarten Zeit über die Bühne bringt.«

»Wie weit sind wir mit der farbigen Besatzung für das Schiff?«

»Die Besatzung, die wir für das Unternehmen angeheuert haben, wartet unter strikten Sicherheitsvorkehrungen auf einem Frachtschiff, das bei den Azoren ankert.« Zeegler setzte sich so an den Konferenztisch, daß er De Vaal gegenübersaß. Dann fuhr er in seinem Bericht fort. »Wenn Fawkes grünes Licht gibt, fährt das Frachtschiff mit der Crew bis zur amerikanischen Küste, wo die Männer dann an Bord des Kriegsschiffes geschmuggelt werden.«

»Werden die Leute das Schiff denn bedienen können?«

»Sie werden von dem Schulungspersonal an Bord des Frachters dafür vorbereitet. Sobald Fawkes die Leinen löst, wird jeder an Bord wissen, was er zu tun hat.«

»Was hat man der Mannschaft denn gesagt, damit sie nicht mißtrauisch wird?«

»Daß sie ein Schiff von den Vereinigten Staaten nach Afrika überführen soll und unterwegs ein paar Schießübungen machen müsse.«

De Vaal schien nachzudenken. Dann lächelte er verkniffen. »Schade, daß wir Lusana nicht auch an Bord dieses Himmelfahrtkommandos schicken können.«

»So ausgeschlossen ist das nicht«, antwortete Zeegler.

De Vaal sah auf. »Meinen Sie das im Ernst?«

»Unsere Informanten haben berichtet, daß Lusana in die Vereinigten Staaten abgereist ist«, entgegnete Zeegler. »Es war sinnlos zu versuchen, ihn bei der Ausreise aus Afrika zu schnappen. Es gibt zu viele undichte Stellen, durch die er hinausschlüpfen kann. Anders ist es, wenn er wieder aus den Vereinigten Staaten abreist. Er kann dort drüben seine Ziele nicht verfolgen, ohne an irgendeiner Stelle offiziell in Erscheinung zu treten. Dann haben wir seine Spur. Wenn er die Vereinigten Staaten verläßt, werde ich dafür sorgen, daß er uns in die Falle geht.«

»Eine Entführung!« Genießerisch ließ De Vaal das Wort auf der Zunge zergehen. »Genau das i-Tüpfelchen, das die Operation ›Wilde Rose‹ krönen wird.«

36

Der Übersee-Jet der »Moçambique Airlines« bog von dem Runway auf einen selten benutzten Seitenstreifen ab und stoppte. Die Tür schwang auf, und ein Mechaniker, der mit einem weißen Overall und einer roten Schirmmütze bekleidet war, kletterte heraus. Er befestigte eine Aluminiumleiter, die ihm aus dem Inneren nachgereicht wurde, am Rumpf. Dann half er einem Mann, das Flugzeug über die soeben befestigte Leiter zu verlassen. Er fing auch die schwere Reisetasche auf, die aus dem Innern des Flugzeugs nach unten gereicht wurde. Wenig später wurde die Aluminiumleiter wieder hochgezogen, die Tür schloß sich, und der Düsenclipper nahm seine Fahrt zum Abfertigungsgebäude des Dulles Airport wieder auf.

Die beiden Männer, die abseits der Landebahn zurückgeblieben waren, sprachen kein Wort. Mit wenigen geschickten Bewegungen streifte sich der Passagier, der auf so ungewöhnliche Weise und unter Vermeidung jeglicher Paßkontrolle aus dem Flugzeug gestiegen war, den frischen Overall über, den ihm der Mechaniker reichte. Beide bestiegen die Sitzbank eines kleinen Traktors, der vier leere Gepäckanhänger hinter sich herzog, und steuerten dem Wartungsbereich des Flugplatzes zu. Nach mehreren großen Bögen, die sie um wartende Passagiermaschinen machen mußten, erreichten sie ein hellerleuchtetes Tor. Müde trat der Wärter, der es bewachte, aus seinem Wachhäuschen heraus. Als er den Fahrer des Traktors, einen Kollegen, erkannte, verbarg er ein Gähnen und winkte sie hindurch. Der echte Mechaniker winkte zurück und steuerte sein Gefährt samt dem ungewöhnlichen Passagier auf den Angestelltenparkplatz des Flughafens, wo sie neben einer großen dunkelblauen Limousine zum Stehen kamen. Alsbald wurde von dem Chauffeur der Limousine die Fondtür geöffnet. Der mit dem Mechaniker-Overall bekleidete Passagier sprach kein Wort. Er nahm auf dem Rücksitz des dunkelblauen Wagens Platz, worauf der Chauffeur die Tür schloß, die Reisetasche des Ankömmlings in den bereits geöffneten Kofferraum hob und den Wagen startete.

Erst als sie die Vororte von Georgetown passiert hatten, atmete Hiram Lusana auf und streifte sich den Overall, mit dem er das Tor des Flugplatzes passiert hatte, wieder ab. Wenn er in früheren Jahren in die Vereinigten Staaten zurückgereist war, hatte er die Paß- und Zollkontrolle wie jeder andere Reisende hinter sich gebracht. Das waren allerdings Jahre gewesen, in denen er noch nicht auf der Abschußliste des südafrikanischen Verteidigungsministeriums gestanden hatte. Er wußte durch Informanten im Ministerium, daß seine Furcht vor einem Attentat nur allzu begründet war.

Der Wagen kam zum Stehen, und Lusana erkannte die Fassade eines wohlvertrauten Hauses, dessen Fenster erleuchtet waren. Ohne ein Wort zu sagen, lud der Chauffeur die schwere Reisetasche aus und stellte sie vor die Türe des Hauses. Auch Lusana war ausgestiegen. Er hörte durch das offene Fenster die Musikfetzen eines Fernseh- oder Radioprogramms nach draußen dringen, und betätigte die Klingel.

Wenige Sekunden später wurde die Beleuchtung über dem Eingang von innen angezündet. Die Haustür öffnete sich einen Spalt breit und eine vertraute Stimme fragte: »Wer ist da?«

Lusana stellte sich so unter die Eingangsleuchte, daß sein Gesicht deutlich zu sehen war. »Ich bin's, Felicia«, sagte er dann mit leiser Stimme.

»Hiram?« Felicias Stimme hatte erstaunt geklungen.

»Ja.«

Vorsichtig öffnete sie die Tür. Sie trug eine Chiffonbluse, durch deren Stoff die dunklen Halbkugeln ihrer hochangesetzten Brüste deutlich sichtbar waren, und einen lockerfallenden Rock aus Jerseystoff. Um ihr Haar hatte sie ein hübsches buntes Seidentuch geschlungen. Regungslos stand sie eine Weile da und sah ihm fragend in die Augen. Verzweifelt überlegte sie, was sie in diesem Augenblick Geeignetes hätte sagen können. Ihr fiel nichts ein. »Komm herein« – das war alles, was sie hervorbrachte.

Hiram Lusana betrat das Haus und stellte die Reisetasche auf den Boden. »Ich hatte gehofft, daß ich dich hier treffen würde«, sagte er.

Ihre dunklen Augen, die den unerwarteten Besucher bisher eher ängstlich gemustert hatten, kamen zur Ruhe. Sie verzog die Lippen zu einem freundlichen Lächeln.

»Du hast ein knappes Timing, das muß ich schon sagen. Ich bin erst vor einer Stunde aus Hollywood zurückgekommen. Habe dort ein neues Album aufgenommen und Probeaufnahmen für eine Fernsehserie gemacht.«

»Ich freue mich für dich, daß alles so gut läuft.«

Sie sah ihn an, ihr Lächeln war verschwunden. »Du hättest mich nicht mit Frederick wegschicken sollen!«

»Falls es dich interessiert: ich habe meinen hastigen Entschluß von damals inzwischen schon viele Male bereut.«

»Warum gehen wir nicht zusammen nach Afrika zurück?«

Er schüttelte traurig den Kopf. »Vielleicht später. Du kannst jetzt mehr für die schwarze Sache tun, wenn du hierbleibst.«

Das Geräusch nahender Schritte war zu hören. Beide drehten sich um, als Frederick Daggat, nur mit einem Bademantel bekleidet, zu ihnen trat.

»Welch eine Überraschung, General Lusana!« Er blickte auf die Reisetasche, die am Boden stand, und zeigte einen besorgten Gesichtsausdruck. »Sie haben uns gar nicht gesagt, daß Sie kommen. Hat es... irgendwelchen Ärger gegeben?«

Lusana grinste. »Ein Revolutionär lebt gefährlich, das ist nun einmal so. Allerdings soll man die Gefahr auch nicht herausfordern. Ich habe es deshalb vorgezogen, so unauffällig wie möglich in das Bollwerk der westlichen Freiheit zurückzukehren.«

»Aber die Zollkontrolle?« fragte Daggat. »Hat man Sie nicht angehalten?«

Lusana lächelte und schüttelte den Kopf. »Während des Fluges saß ich beim Piloten in der Kanzel. Und bei der Landung waren die nötigen Vorkehrungen getroffen worden, daß ich das Flugzeug verlassen konnte, ohne die Kontrollen zu passieren.«

»Eine illegale Einreise ist doch streng verboten.«

»Ich bin amerikanischer Bürger. Und ich habe ein Recht darauf, lebendig wieder in meine Heimat zurückzukommen.«

Daggats ernster Blick wich einem Schmunzeln. Mit freundlicher Geste legte er Lusana die Hand auf die Schulter. »Wenn Sie irgendwelche Schwierigkeiten haben sollten, dann werde ich mich darum kümmern. Jedenfalls sind Sie hier, und das ist das wichtigste.«

»Warum die ganzen Vorsichtsmaßnahmen bei der Einreise?« fragte Felicia.

»Ich habe meine Gründe«, sagte Lusana kühl. »Die ARA hat Kenntnis von einem geheimen Plan, und unsere Kenntnis dieses Planes könnte für die südafrikanische Minderheitenregierung außerordentlich unangenhm werden.« Daggats Gesichtsausdruck schwankte zwischen Verwirrung und Neugier. Er machte eine einladende Geste in Richtung auf das Wohnzimmer. »Kommen Sie, und machen Sie es sich bequem, General Lusana. Es gibt eine ganze Reihe Dinge, über die wir dringend reden müssen.«

»Du könntest mir einmal verraten, wie du das machst. Jedesmal wenn ich dich treffe, siehst du genauso jung aus wie auf den alten Fotografien aus unserer Universitätszeit.«

»Danke, Laura«, sagte Felicia und erwiderte den bewundernden Blick, den ihr ihre Freundin hatte zukommen lassen. »Für Komplimente bin ich ja empfänglich. Besonders wenn Sie von dir kommen.« Sie bewegte die Eisstücke in ihrem Glas. »Es ist schon seltsam, wie schnell die Zeit vergeht. Wie lang das alles schon her ist. Unsere schöne Zeit an der Universität...«

»Erinnerst du dich noch an die letzte Tanzveranstaltung, zu der wir gemeinsam hingegangen waren?«

»Und ob!« sagte Felicia und lachte. »Wir haben doch nachher noch mitten in der Nacht nackt gebadet. Männer waren auch dabei. Und es ist nicht nur beim Baden geblieben, wenn ich mich recht erinnere. Warst du nicht mit einem großen Typen mit Bernhardineraugen zusammen?«

»Ja«, sagte Laura schmunzelnd. »Ich war mit dem Kongreßabgeordneten Louis Carnady gekommen. Carnady verlor bei den letzten Wahlen.«

»Der Ärmste.« Felicia zündete sich eine Zigarette an. »Mein Freund bei jenem nächtlichen Badevergnügen war Hiram Lusana. Wir sind nachher noch oft zusammengewesen.«

»Ich weiß.«

»Die Sache mit Hiram ist vor einem Monat auseinandergegangen«, fuhr Felicia fort. »Ich weiß nicht, ob ich mein Leben bisher richtig eingeteilt habe. Es kommt mir so vor, als ob ich wie eine Verrückte hinter jedem Freiheitskämpfer hergerannt bin, der auf die Bühne trat und behauptete, er sei der Retter der Menschheit.«

Laura bat den Ober, ihnen zwei weitere Drinks zu servieren. »Du solltest dir keine Vorwürfe machen, daß du an bestimmte Menschen und an ihre Ideale glaubst. Das ist mehr, als mancher von sich sagen kann.«

»Was hab' ich denn davon? Jedesmal, wenn ich bei solch einer politischen Aktion mitmache, lande ich im Bett des Parteiführers. Sie nehmen mich einfach nicht ernst.«

»Ich möchte nicht neugierig sein«, erkundigte sich Laura. »Aber du und Lusana – seid Ihr wegen persönlicher Differenzen auseinandergegangen? Oder waren es politische Meinungsunterschiede?«

»Rein persönliche Gründe«, sagte Felicia. Sie hatte das Gefühl, daß Laura nun bald an dem Köder anbeißen würde, den sie ihr so unverdächtig angeboten hatte. »Ich war einfach nicht länger wichtig für Hiram. Seine einzige Liebe ist die Politik und der Kampf für seine Sache. Ich glaube, daß er mich ganz zu Beginn schon sehr lieb gehabt hat. Als er jedoch immer mehr in den Freiheitskampf verstrickt wurde, trieben wir auseinander. Ich weiß jetzt, daß er mich in der letzten Zeit nur noch ausgebeutet hat. Ich bin für ihn auswechselbar – wie ein Soldat in seiner Armee...«

Laura sah, wie sich die Augen ihrer Freundin mit Tränen füllten. »Du mußt ihn wohl sehr hassen, oder?«

Felicia sah auf, sie schien überrascht. »Hiram hassen? Aber nein, du verstehst mich falsch. Ich bin nicht fair mit ihm gewesen. Ich habe zugelassen, daß meine egoistischen Wünsche uns auseinandergebracht haben. Ich hätte mehr Geduld haben müssen. Vielleicht kommen wir wieder zusammen, wenn Hiram den Kampf für die Freiheit seiner afrikanischen Brüder gewonnen hat.«

»Ich weiß gar nicht, ob das gut für dich wäre. Du solltest dir den Mann, mit dem du dich zusammentust, schon etwas genauer ansehen. Ich kenne Lusana, und ich kenne seine Lebensgeschichte. Er nutzt die Leute aus, solange er kann. Dann wirft er sie weg, sie haben ausgedient. Jeden, den er in die Finger kriegt, quetscht er aus wie eine Zitrone.«

Felicias Miene wurde von einem Anflug von Ärger überschattet. »Du siehst Hiram so, wie du ihn sehen willst. Aber du bist im Unrecht. Das Gute überwiegt bei ihm das Böse.«

Laura seufzte und lehnte sich zurück, während der Kellner die nachbestellten Drinks auf den Tisch stellte.

»Wir treffen uns so selten, da sollten wir uns in der kurzen Zeit, die wir zusammen sind, nicht auch noch streiten«, sagte sie versöhnlich. »Laß uns von etwas anderem sprechen!«

»Einverstanden«, sagte Felicia. Ihr Ärger schien verflogen. »Du erzählst gar nichts von dir, Laura? Wie steht es mit den Männern?«

»Zwei«, sagte Laura trocken.

Felicia lachte. »Von einem weiß ich, weil ganz Washington von der Affäre spricht: Dein Flirt mit Phil Sawyer, dem Pressechef des Präsidenten. Und wer ist die Nummer zwei?«

»Einer der leitenden Direktoren bei der NUMA. Er heißt Dirk Pitt.«

»Hast du mit einem von den beiden irgendwas Ernsteres im Sinn?«

»Schwer zu sagen. Die beiden sind sehr verschieden. Phil ist der

Typ, den man heiraten könnte: ernsthaft, anständig und verläßlich. Er stellt dich auf einen Sockel, und du bist das Denkmal. Du brauchst nur noch Kinder kriegen, dann ist alles in Ordnung.«

Felicia verzog abschätzig ihr Gesicht. »Das klingt ja nicht sehr begeisternd. Wie ist denn dieser Pitt?«

»Ein Raubtier mit Reisepaß. Dirk stellt keine Ansprüche. Aber er läßt sich auch nicht festlegen. Er kommt und geht, wann er will, wie eine streunende Katze. Ich glaube nicht, daß irgendeine Frau Dirk je ganz besitzen kann. Aber irgendwie ist er immer da, wenn man ihn braucht. Er ist jemand, der eine tiefe Leidenschaft in dir entfachen kann. Aber er ist niemand, mit dem man zusammenziehen kann, um gemeinsam alt zu werden.«

»Der ist schon mehr nach meinem Geschmack«, lächelte Felicia. »Schick ihn mir vorbei, wenn die Sache auseinandergeht...« Sie nippte an ihrem Getränk. »Ist es nicht schwierig, mit den beiden Männern zu verkehren, und gleichzeitig gegenüber den Wählern das Image der puritanischen Kongreßabgeordneten aufrechtzuerhalten?«

Laura errötete. »Ja«, gab sie zu. »Es ärgert mich, daß ich solche Dinge im Geheimen tun muß. Ich war noch nie sehr gut im Versteckspielen.«

»Machst du dir nicht zuviel daraus, was die Leute sagen? Es ist doch heute nicht mehr ungewöhnlich, daß eine Frau zwei Männer hat.«

»Ungewöhnlich wird es nur, wenn die Frau mit den zwei Männern eine Kongreßabgeordnete ist. Verstehst du?«

»Die übliche doppelbödige Moral... Die männlichen Politiker können drei oder vier Freundinnen nebeneinander haben, und kein Mensch kümmert sich darum. Aber wenn eine Frau zwei Männer hat, dann ist sie eine Hure.«

»Traurig, aber wahr«, nickte Laura. »In meinem Falle kommt noch hinzu, daß mein Wahldistrikt in einem sehr konservativen, ländlichen Gebiet liegt. Meine Wähler glauben noch an die elf Gebote.«

»Welches ist denn das elfte?«

»Du sollst dich nicht von zwei Männern bumsen lassen, wenn du in den Kongreß gewählt werden willst.«

Felicia lachte. »Wo triffst du dich eigentlich mit Pitt?«

»Entweder ich fahre zu ihm, oder aber wir gehen in ein abgelegenes kleines Hotel.«

»Das klingt ja sehr romantisch.«

»Hast du eine Ahnung! Ich finde es entwürdigend, daß wir uns in so einem Hotel vom Personal komisch ansehen lassen müssen.«

»Ich wüßte eine Lösung für deine Probleme...«

Erstaunt sah Laura zu Felicia hinüber. »Was denn?«

Felicia griff in ihre Tasche, ihre Hand kam mit einem Schlüssel wieder zum Vorschein. Sie legte den Schlüssel in Lauras Hand. »Behalte ihn. Die Adresse steht drauf.«

»Was ist das für ein Schlüssel?«

»Der Schlüssel zu einem Unterschlupf, den ich drüben in Arlington gemietet habe. Sobald du scharf darauf bist, mit deinem Pitt ins Bett zu gehen, fährst du einfach hin.«

»Und du? Was machst du, wenn der Dschungel ruft?«

Felicia lächelte hintergründig. »Ich bin frisch verliebt und wohne bei meinem neuen Freund. Und da bringen mich in den nächsten Wochen auch keine zehn Pferde weg. Schon gar nicht nachts. Immer noch Gewissensbisse?«

Zögernd betrachtete Laura den Schlüssel, der in ihrer Hand lag. »Ich weiß nicht, ich komm' mir vor wie eine Dirne...«

Felicia lächelte und legte ihrer Freundin zutraulich eine Hand auf die Schulter. Mit der anderen schloß sie Lauras Finger um den Schlüssel. »Du bist ja jetzt schon ganz erregt, wenn du nur an diese Wohnung denkst. Warte erst, was für ein herrlich obszönes Gefühl du hast, wenn du dort im Schlafzimmer bist und dein Pitt heißhungrig über dich herfällt.«

37

»Nun, Mr. Jarvis, was halten Sie davon?« fragte Daggat. Er saß an seinem Schreibtisch. Hiram Lusana stand in der Mitte des Raumes. Er hatte seine Ellenbogen über einen hohen Armstuhl gelegt. Sein Gesichtsausdruck war besorgt.

Dale Jarvis, der Direktor des Nationalen Sicherheitsdienstes der USA, zögerte einige Sekunden, bevor er antwortete. Er hatte ein freundliches, fast väterlich wirkendes Gesicht. Sein braunes Haar war von grauen Strähnen durchzogen, er trug es sehr kurzgeschnitten. Gekleidet war er mit einem legeren Tweedanzug. Eine große rote Fliege, die er um den Hals gebunden hatte, hatte sich gelöst und baumelte als trauriges Anhängsel unter seinem Adamsapfel hin und her. »Meine Meinung ist, daß wir den Plan von der Operation ›Wilde Rose‹ nicht ernstzunehmen brauchen.«

»Wollen Sie damit sagen, daß der Plan gefälscht ist?« brauste Lusana auf.

»Das habe ich nicht gesagt«, entgegnete Jarvis ruhig. »Jede größere Industrienation in der ganzen Welt unterhält Dutzende von glänzend bezahlten Wissenschaftlern und Militärexperten, die den ganzen Tag lang nichts anderes machen, als sich solche Planspiele wie Operation ›Wilde Rose‹ auszudenken. Es handelt sich dabei regelmäßig um Pläne, deren Ausführung höchst unwahrscheinlich ist. Man macht das, um alle möglichen Varianten von Angriffen und Gegenangriffen, von Sabotageakten und Terrorangriffen durchzuspielen. Auf diese Weise kann man sich besser auf unvorhergesehene Ereignisse einstellen. Fast alle diese Pläne wandern unbenutzt ins Archiv. Alpträume, die Gott sei Dank nie Wirklichkeit werden...«

»Ist das alles, was Sie zu meiner Nachricht vom ›Unternehmen Wilde Rose‹ zu sagen haben?« fragte Lusana, nicht ohne Schärfe.

»Wenn sich nicht neue Hinweise ergeben, aus denen sich eine konkrete Bedrohung der Vereinigten Staaten ergibt – ja«, antwortete Jarvis. »Dies ist keine Gefahr, sondern ein Stück Papier, wie es sie zu Hunderten in den Aktenschränken der Militärs gibt. Ich bin sicher, daß der südafrikanische Verteidigungsminister Einsatzpläne für Sabotageeinsätze an mindestens fünfzig verschiedenen Nationen in seinem Schreibtisch hat.«

»Glauben Sie das wirklich?«

»Das glaube ich nicht nur, ich weiß es«, sagte Jarvis mit fester Stimme. »Was ich Ihnen jetzt sage, sollten Sie vielleicht nicht gerade an die Presse geben. Aber in unserem eigenen Verteidigungsministerium gibt es ebenfalls einige Panzerschränke voll der wildesten und unverantwortlichsten militärischen Einsatzpläne, die je von Menschen und Computern ersonnen worden sind. Es gibt minutiös vorbereitete Pläne, wie die Regierungen ganz bestimmter Nationen gestürzt werden könnten, und solche Planspiele machen nicht einmal vor unseren westlichen Verbündeten halt. Es gibt Pläne, Atombomben auf die Ghettos von Minderheiten zu werfen, um eventuelle Aufstände zu unterdrücken. Und es gibt Pläne, Invasionen aus Mexiko oder Kanada mit allen möglichen und unmöglichen Waffen zurückzuschlagen. Es gibt zehntausende solcher Pläne. Aber es ist sehr unwahrscheinlich, daß auch nur ein einziger davon je in die Wirklichkeit umgesetzt wird. Diese Pläne sind nur eine Art Versicherung. Eine Versicherung gegen das Undenkbare.«

»Sie enttäuschen mich!« fuhr Lusana hoch. »Sie behandeln mich wie ein Kind, das Ihnen von seinem Alptraum erzählt.«

»Sie messen dem Plan für das ›Unternehmen Wilde Rose‹ zuviel Bedeutung bei, General Lusana.« Jarvis war trotz der wütenden Gesten seines dunkelhäutigen Gesprächspartners ruhig und kühl geblieben.

»Sie müssen die Realitäten sehen. Wie mein Großvater zu sagen pflegte: Angst ist ein schlechter Ratgeber.«

»Ich bin nicht einverstanden mit der Art und Weise, wie mein Hinweis auf das ›Unternehmen Wilde Rose‹ von Ihnen behandelt wird«, sagte Lusana stur. Der Leiter des Nationalen Sicherheitsdienstes, dem sein Protest galt, nahm mit einer beiläufigen Geste seine Brille ab und legte sie in ein altmodisch aussehendes Brillenetui.

»Es steht Ihnen natürlich frei, Herr General, auch noch das Urteil der Abwehrdienste anderer Länder einzuholen. Ich bin sicher, daß man Ihnen dort, was den Plan zur Operation ›Wilde Rose‹ angeht, das gleiche sagen wird wie ich.«

»Ich verlange von Ihnen, daß die Sache offiziell überprüft wird!« schrie Lusana wütend.

Jarvis war aufgestanden. Nur mühsam unterdrückte er seinen Ärger. Er knöpfte mit betonter Ruhe sein Jackett zu und sah seine beiden Besucher an. »Meine Herren, ich bitte Sie, mich jetzt zu entschuldigen. Ich werde in meinem Büro erwartet.« »Selbstverständlich«, sagte Daggat. Er stand auf und ergriff Jarvis mit höflicher Geste am Arm. »Ich darf Sie hinausbringen.«

Jarvis schritt auf die Tür zu. Vor dem Verlassen des Raumes nickte er Lusana zu, wobei er sich zu einem gefrorenen Lächeln zwang. »Es war mir ein Vergnügen.«

Lusana schwieg. Er zitterte vor Wut, die Hände hatte er zu Fäusten geballt. Als Jarvis und Daggat den Raum verließen, drehte er sich beleidigt zum Fenster und starrte hinaus.

»Es tut mir leid, daß General Lusana so heftig geworden ist«, sagte Daggat zu Jarvis, als sie im Foyer auf den Fahrstuhl warteten.

»Lusana ist in den letzten Monaten einem unerhörten Streß ausgesetzt gewesen. Er hat auch den langen Überseeflug von Moçambique noch in den Knochen.«

»Ich weiß. Durch die Zeitverschiebung bei solchen Flügen wird man nervös und gereizt.« Jarvis blinzelte. »Oder sollte es Lusanas schlechtes Gewissen über seine illegale Einreise sein?«

Daggat fuhr mit der Zunge über seine Lippen, die plötzlich trokken geworden waren. »Sie wissen Bescheid?«

Jarvis lächelte gemütvoll. »Reine Routinesache. Es gehört zu unserem Job, ein Auge auf Leute wie General Lusana zu haben. Aber machen Sie sich keine Sorgen, daß wir ihn wegen dem illegalen Grenzübertritt vor den Kadi zerren. Der Nationale Sicherheitsdienst gibt sich nicht mit der Verfolgung solch kleiner Gesetzesverletzungen ab. Und den Einreisebehörden werden wir es auch nicht sagen.« Er lachte. »Sie wissen ja – was man nicht weiß, macht einen nicht heiß. Übrigens ... darf ich Ihnen einen kleinen Rat geben?«

Daggat nickte.

»Wenn ich Sie wäre, dann würde ich General Lusana nicht allzu lang bei mir beherbergen. Er ist ein radikaler Revolutionär, und der Kontakt mit einem solchen Mann ist schlecht für Ihren guten Ruf.«

»Ich bin durchaus nicht der Auffassung, daß General Lusana zu den Radikalen gerechnet werden muß.«

Jarvis zuckte die Schultern. »Ich beurteile einen Mann nicht danach, was er sagt, sondern danach, was er tut. Und was Lusana tut, ist radikal. Noch Fragen?«

Ein rotes Licht und ein akustisches Signal kündigten das Nahen des Aufzugs an.

Jarvis wandte sich zur Tür, die gleich aufgehen würde.

»Ich hätte eine Bitte«, sagte Daggat.

Der Aufzug war angekommen, die Türen öffneten sich. Er war leer. »Was für eine Bitte?« fragte Jarvis.

»Prüfen Sie mir zuliebe, ob nicht doch etwas hinter dem ›Unternehmen Wilde Rose‹ steckt, von dem Lusana gesprochen hat. Es ist für Sie sicher nicht so schwierig, das zu prüfen. Ich bitte Sie darum!«

Die Türen des Aufzugs begannen sich zu schließen. Jarvis stellte einen Fuß in den Spalt, so daß der Mechanismus angehalten wurde. »Ich werde eine Untersuchung einleiten«, versprach er. »Ich bin nur nicht sicher, daß das Ergebnis sehr nach Ihren Wünschen ausfällt ...«

Es war zweiundzwanzig Uhr, als Daggat aufwachte. Er mußte – so stellte er fest – am Schreibtisch eingeschlafen sein. Sein Sekretär und die drei Schreibkräfte waren offensichtlich schon lange nach Hause gegangen. Er sah auf seine Armbanduhr und stellte fest, daß er über eine Stunde geschlafen haben mußte. Müde rieb er sich die Augen und reckte sich, als er hörte, wie die Tür zum Vorraum geöffnet wurde. Das mußte das Putzkommando sein, dachte er.

Erst als er nach einiger Zeit das vertraute Geräusch der aufheulenden Staubsauger vermißte, wurde ihm klar, daß jemand anderer eingetreten sein mußte. Neugierig sah er auf. Felicia Collins lehnte, verführerisch hingegossen, am Türrahmen und sah Daggat mit gutmütigem Spott aus ihren großen dunklen Augen an. Jetzt fiel es Daggat ein: er hatte die Verabredung mit Felicia vergessen. Mit einer entschuldigenden Geste kam er ihr entgegen. »Es tut mir leid, Liebling, aber ich habe völlig unser Rendezvous vergessen. Ich muß am Schreibtisch eingenickt sein.«

»Ich bin dir nicht böse«, sagte sie.

Er griff nach seinem Mantel. »Du bist sicher schon ganz schwach vor Hunger, oder?«

»Ich hab' mich mit ein paar Drinks getröstet«, lachte sie. »Nach dem zwanzigsten Martini war jedes Hungergefühl verschwunden.« Sie ging um die Ecke, um in den Besprechungsraum zu sehen. »Ich hatte gedacht, du hättest mit Hiram noch eine längere Besprechung?«

»Nein. Ich habe Hiram heute nachmittag zum State Department rübergebracht. Sie verpassen ihm die Art von Empfang, wie sie Washington für Leute der dritten Garnitur bereithält.«

»Ist es nicht gefährlich, wenn sich Hiram ungeschützt in der Öffentlichkeit zeigt?«

»Er ist nicht ungeschützt. Ich habe dafür gesorgt, daß er rund um die Uhr von Leibwächtern umgeben ist.«

»Er wohnt also ab sofort nicht mehr bei uns zu Hause?«

»Nein. Er hat eine Suite im ›Mayflower-Hotel‹. Die Regierung bezahlt.«

Felicia streckte und reckte sich, wobei sie darauf achtete, daß ihre langen Beine und ihre schwellenden Brüste vorteilhaft zur Geltung kamen. »Ich habe übrigens Laura Smith zum Mittagessen getroffen. Sie hat mir ihr ganzes Liebesleben berichtet.«

»Hat sie angebissen?«

»Wenn du damit meinst, ob sie den Schlüssel zu der Wohnung in Arlington mitgenommen hat – ja!«

Er nahm sie in den Arm und betrachtete sie mit Genugtuung.

»Du wirst sehen, daß die Sache zu einem guten Ende führt, Felicia.«

»Erzähl das Laura Smith«, sagte sie, indem sie sich seiner Liebkosung entzog.

»Du sagtest, sie hat dir ihr Liebesleben gebeichtet. Hat sie irgendwelche Namen erwähnt?«

»Sie sagte, daß sie Phil Sawyer als Ehemann festnageln will, und daß sie sich die heißen Nächte mit einem Typen von der NUMA um die Ohren schlägt.«

»Wie heißt der Partner ihrer heißen Nächte?«

»Dirk Pitt.«

Daggat fuhr auf. »Hast du ›Dirk Pitt‹ gesagt?«

Felicia nickte.

Daggat ließ den Namen, den er soeben gehört hatte, in sein Gehirn einsinken, so wie man eine Information in einen Computer füttert. Nach einer Weile wußte er, wo er bei der beabsichtigten Erpressung ansetzen konnte. »Perfekt!« murmelte er. »Es könnte gar nicht besser sein!«

»Von was redest du?« fragte Felicia.

»Dirk Pitt ist der Sohn des berühmten alten Senators George Pitt. Der alte Senator genießt in den ganzen Staaten hohes Ansehen. Na, wie paßt das? Die unantastbare Kongreßabgeordnete Laura Smith hurt mit dem Sohn dieses angesehenen Senators herum.«

Felicia spürte ein Frösteln. »Ich bitte dich, Frederick, laß diesen unguten Plan fallen!«

»Ich denke gar nicht daran!« sagte Daggat mit zynischem Lächeln. »Ich tue, was gut für unser Land ist.«

»Du meinst, du tust, was gut für Frederick Daggat ist!«

Er nahm sie zärtlich am Arm und geleitete sie aus dem Büro hinaus. »Du wirst sehen, daß mein Plan funktioniert, und daß ich Recht hatte.« Er drehte das Licht aus. »Laß uns jetzt rasch noch etwas zu Abend essen«, sagte er gutgelaunt. »Nachher werden wir dann Lauras Liebesnest präparieren.«

38

Admiral James Sandecker war ein kurzatmiger, dicker Mann mit rotem Haar und galliger Miene. Als sein Abschied in der Marine bevorstand, hatte er seine ganzen politischen Verbindungen eingespannt, um Leiter der soeben gegründeten Nationalen Unterwasser- und Marine-Arbeitsgemeinschaft, der NUMA, zu werden.

Der Job erwies sich als Senkrechtstart. In nur sieben Jahren gelang es Sandecker, das unbedeutende Achtzig-Mann-Unternehmen zu einem einflußreichen Apparat von fünftausend Wissenschaftlern und Technikern auszubauen. Das Budget, das der NUMA zur Verfügung stand, hatte sich im letzten Geschäftsjahr auf vierhundert Millionen Dollar erhöht.

Seine Kritiker pflegten zu sagen, daß Sandecker ein Angeber sei, der viele seiner ozeanographischen Bergungsprojekte mehr aus Sucht nach Publizität denn aus wissenschaftlichem Interesse unternehme. Die Befürworter von Admiral Sandecker pflegten ins Feld zu führen, daß unter seiner Initiative das früher sehr elitäre Gebiet der Ozeanographie zu einer populären Wissenschaft geworden sei. Wie auch immer man zu Sandecker stand, so war es doch eine Tatsache, daß er ebenso untrennbar zur NUMA gehörte wie weiland der legendäre J. Edgar Hoover zum FBI.

Sandecker nahm einen letzten Schluck aus einer Flasche Seven-Up, zog an dem Rest einer Zigarre und betrachtete die ernsten Gesichter von Admiral Bass, Oberst Steiger, Al Giordino und Dirk Pitt.

»Was ich nicht verstehe«, fuhr er fort, »ist dieses völlige Desinteresse beim Pengaton. Es wäre doch nur logisch, wenn Oberst Steigers Bericht über die Entdeckung der Cargo 03 und die Fotos den Verantwortlichen einen großen Schrecken eingejagt hätte. Oberst Steiger berichtet aber, daß die Entscheidungsträger im Pentagon die ganze Episode am liebsten sofort vergessen würden.«

»Es gibt einen logischen Grund für das Desinteresse im Pentagon«, warf Bass ungeduldig ein. »Die Generäle O'Keefe und Burgdorf wissen nicht, daß die Cargo 03 in ihren Metallbehältern den bakteriologischen Kampfstoff ST beförderte.«

»Wieso sollten sie darüber nicht Bescheid wissen?«

»Als damals die Einzelheiten über die fürchterlichen Auswirkungen des Kampfgiftes und über den Tod von Dr. Vetterly und seinen Wissenschaftlern bekannt wurden, waren die Beteiligten sich darüber einig, daß alle Unterlagen über die Angelegenheit sofort vernichtet werden sollten.«

»Wollen Sie damit sagen, daß das Pentagon damals nicht über die Hintergründe des ST-Projektes informiert worden ist?« fragte Sandecker ungläubig.

»Genau. Ich erhielt von Präsident Eisenhower persönlich die Weisung, in meinem Bericht an das Pentagon das Scheitern der Versuche und die endgültige Einstellung der Experimente bekanntzugeben. In meinem Bericht stand, daß Dr. Vetterly die Formel für die Herstellung des ST mit in den Tod genommen hatte.«

»Und das Pentagon schluckte die Story?«

»Das Pentagon hatte keinen Grund, mir nicht zu glauben«, sagte Bass. »Außer Präsident Eisenhower, Verteidigungsminister Wilson, mir selbst und zwei Wissenschaftlern wußte niemand, was Dr. Vetterly entdeckt hatte. Für das Pentagon war das Ganze nur ein unbedeutendes Experiment in dem ungeliebten Bereich der chemisch-biologischen Kriegführung. Man war dort froh, daß die Sache in einer Sackgasse geendet war und daß keine neuen Budgetgelder dafür angefordert wurden.«

»Was könnte denn Präsident Eisenhower für einen Grund gehabt haben, die normale Kommandostruktur der Militärs zu umgehen?«

»Eisenhower war ein Feldherr von altem Schrot und Korn. Er verabscheute Massenvernichtungswaffen aus tiefster Seele.« Bass schien in seinem Stuhl zusammenzuschrumpfen, während er versuchte, seine Erinnerung an die Geschehnisse zu ordnen. »Ich bin der letzte Überlebende jener Personen, die über das ST-Projekt Bescheid wissen«, fuhr er schleppend fort. »Anders, als ich hoffte, wird das Geheimnis um dieses fürchterliche Kampfgift nicht mit mir von der Erde verschwinden. Mr. Pitt hat das Wrack der Cargo 03 entdeckt, das noch voll von Behältern mit ST ist. Ich war und bin dagegen, daß wir die Verantwortung für die ganze Angelegenheit auf das Pentagon abwälzen. Wie ich die Militärbürokratie kenne, würde die geborgene Ladung der Cargo 03 nicht vernichtet, sondern für einen künftigen Einsatz gegen irgendeinen Feind aufbewahrt werden. Das gilt es zu verhindern!«

»Wenn das Kampfgift aber nötig wäre, um unser Land gegen einen Angriff von außen zu verteidigen?« gab Sandecker zu bedenken. Bass schüttelte lebhaft den Kopf. »Sie haben noch nicht begriffen, welche schrecklichen Folgen der ST-Bazillus für das Leben auf der ganzen Erde haben kann. Es gibt auf der ganzen Welt keine lebende oder tote Substanz, die in der Lage wäre, gegen die tödliche Kraft des ST-Bazillus etwas auszurichten. Erlauben Sie mir einen ganz einfachen Vergleich. Wenn fünfzig Gramm ST im Luftraum über Manhattan versprüht werden, dann würde der Bazillus sich durch Sporenteilung so schnell ausbreiten, daß binnen vier Stunden 98% der gesamten Bevölkerung dort getötet wären.

Kein lebendes Wesen könnte innerhalb der nächsten drei Jahrhunderte seinen Fuß auf die Insel Manhattan setzen. Die künftigen Generationen müßten hilflos drüben, am Ufer von New Jersey, stehen und zusehen, wie die Häuser und die Wolkenkratzer zerfallen und über den Gebeinen der Millionen von Toten zusammenstürzen.«

Die vier Männer am Konferenztisch waren bleich geworden. Eine Weile lang sprach niemand. Zu nahe stand vor ihnen das Bild einer Geisterstadt, in der sich Millionen von unbegrabenen Leichnamen in den Straßen stapeln. Es war Pitt, der zuerst das unheilschwangere Schweigen brach.

»Die Bewohner der Stadtteile Brooklyn und Bronx wären nicht betroffen?«

»Nein. Der ST-Bazillus lebt in Kolonien. Anders als die bisher bekannten Bakterien oder Viren kann er nicht von Mensch zu Mensch übertragen oder vom Wind transportiert werden. Er wirkt nur direkt und an dem Ort, wo er ursprünglich eingesetzt wurde. Natürlich besteht theoretisch die Möglichkeit, große Mengen von ST über das ganze Land zu verteilen. Man könnte damit ganz Nordamerika vernichten. Auf dem ganzen nordamerikanischen Kontinent wäre dann bis zum Jahre 2300 nach Christus kein menschliches Leben mehr möglich.«

»Wie könnte man sich denn des Giftes entledigen, wenn wir es bergen?« fragte Steiger.

»Man kann es im Meer versenken«, antwortete Bass. »Der ST-Bazillus kann nur in einer Sauerstoff-Stickstoff-Atmosphäre existieren. Wenn er in eine Wassertiefe von mehr als tausend Meter gebracht wird, in der extreme Druckverhältnisse herrschen, stirbt er für immer.«

»Gibt es wirklich niemanden sonst, der über die Formel des ST-Giftbazillus Bescheid weiß?« fragte Pitt.

Bass schüttelte den Kopf. »Ich habe persönlich alle Unterlagen über das Projekt vernichtet.«

»Es gibt da noch diese Skelette von Dr. Vetterly und seinen Wissenschaftlern, die auf der Insel Rongelo am Strand liegen«, gab Pitt zu bedenken. »Was ist, wenn harmlose Fischer, die von der Verseuchung der Insel nichts wissen, dort an Land gehen?«

»Auf den nautischen Kartenwerken wird die Insel Rongelo als Lagerplatz für Hydrogen-Cyanid ausgewiesen. Um die Insel herum sind in kurzen Abständen Warnbojen angebracht, die auf die Gefahr hinweisen«, erklärte Bass.

»Was ist Hydrogen-Cyanid?« fragte Giordino.

»Die Gefährlichkeit dieses Stoffes ist weltweit bekannt. Es handelt sich um einen chemischen Stoff, der die Atmung lähmt. Ab einer gewissen Mindestdosis tritt der sofortige Tod ein. So steht es auch auf den Warnschildern, die in sechs Sprachen auf den Bojen vor der Insel Rongelo befestigt sind.« Bass hielt inne und zog ein Taschentuch heraus, mit dem er sich den Schweiß von der Stirn abtupfte. »Es gibt übrigens im Pentagon einen Hinweis auf das ST-Projekt, ohne daß die Militärs davon wissen.«

»Wie ist das möglich?« fragte Pitt.

»Präsident Eisenhower übergab dem Pentagon einen geschlossenen Umschlag, der erst im Jahre 2550 geöffnet werden darf. Das Dokument ist dort unter der Code-Bezeichnung ›FEO‹ klassifiziert.«

»Was bedeutet das: FEO?«

»FEO ist die Abkürzung für die drei Worte ›Future Eyes Only‹«, erklärte Bass. »Der Umschlag mit der ST-Information ist nicht der einzige, der als ›FEO‹ klassifiziert ist. Wichtige Informationen über die UFOs aus den siebziger Jahren ruhen dort, und Einzelheiten zu politischen Skandalen, gegen die die Watergate-Affäre ein kleiner Fisch ist. Alle diese Umschläge sind versiegelt und mit dem Datum versehen, wann sie geöffnet werden dürfen. Nicht einmal der amerikanische Präsident ist berechtigt, einen dieser Umschläge vor der Zeit zu öffnen. Den Tresor, in dem die Umschläge liegen, nennen die Experten den ›Kleiderschrank, in dem die Skelette der Nation aufbewahrt werden‹.«

Niemand in der Runde hatte von der Existenz der FEO-Dokumente schon einmal etwas gehört, so daß die Erklärung von Admiral Bass entsprechendes Erstaunen hervorrief.

»Darf ich fragen, Admiral Bass, warum Sie uns ins Vertrauen ziehen?« fragte Pitt nach einigen Momenten allgemeinen Schweigens.«

»Ich habe dieses Treffen einberufen, weil es notwendig ist, die

Gefahr der im Bergsee lagernden ST-Behälter ernstzunehmen. Diese Behälter müssen innerhalb kürzester Frist geborgen und zerstört werden. Nur Sie können das tun.«

»Es ist viel verlangt, daß wir diese Bergungsaktion ohne Wissen des Pentagon durchführen sollen«, sagte Sandecker. »Wenn die Sache auffliegt, laufen wir Gefahr, als Hochverräter gebrandmarkt zu werden.«

»Das ist ein Risiko, das wir eingehen müssen«, sagte Bass mit schwerer Stimme.

»Ich sehe mich so gar nicht als Retter der Menschheit«, murmelte Giordino.

Auch Steiger schien nicht geneigt zu sein, seine Karriere in der Luftwaffe ohne viel Federlesens zu opfern. »Ich weiß nicht, warum Sie sich gerade uns als Komplizen für das Unternehmen ausgesucht haben, Admiral Bass. Ich zum Beispiel – warum sollte gerade ich so unentbehrlich bei der Bergung der Cargo 03 sein?«

Bass lächelte. »Ob Sie's glauben oder nicht, Oberst Steiger, Sie sind der wichtigste Mann im Team. Durch Ihren Bericht wurde die Luftwaffe auf die Existenz des Wracks aufmerksam gemacht. Glücklicherweise hat man an höherer Stelle in der Regierung entschieden, daß die Sache nicht weiter verfolgt werden soll. Ihre Aufgabe besteht nun darin, dafür zu sorgen, daß das Pentagon an der ganzen Sache höchst uninteressiert bleibt.«

Pitt nickte. »Das klingt einleuchtend. Steiger sichert die Sache nach außen hin ab. Admiral Sandecker gibt das Geld für die Hebung des Wracks, Giordino und ich bewerkstelligen die eigentliche Bergung. Was machen wir mit den Kanistern, wenn wir sie gehoben haben?«

»Wir versenken sie bei über tausend Meter Tauchtiefe in den Pazifik«, antwortete Bass ohne Zögern. »Das ist die beste Garantie, um das Kampfgift für alle Zeiten zu zerstören!«

»Ich könnte Jack Folsom und seine Mannschaft von der ›Chenago‹ abziehen und sie innerhalb von 48 Stunden zum Table Lake beordern«, schlug Pitt vor.

»Was meinen Sie, Admiral Sandecker?«

Sandecker dachte nach. Er war eigentlich niemand, der etwas aus Erwägungen unternommen hätte, die sich nicht in Geld oder Publizität auszahlten. Im vorliegenden Falle jedoch sah er die Prioritäten. Die vier Männer am Konferenztisch blickten gespannt auf den energischen kleinen Direktor der NUMA, der zeitweise in den Tabakwolken der Havanna, an der er zog, zu verschwinden schien. Nach einer Zeit, die ihnen endlos vorkam, nickte Sandekker.

»Ich bin einverstanden. Es kann losgehen.«

»Ich danke Ihnen, Admiral Sandecker«, sagte Bass, sichtlich beeindruckt. »Ich weiß nicht, was ohne Ihre Hilfe aus der ganzen Sache werden würde.«

»Wir haben eine gute Chance, diesen ganzen ST-Alptraum ein für allemal aus der Welt zu bringen. Wir müssen sie nutzen«, antwortete Sandecker.

»Mir fällt da etwas ein«, meldete sich Giordino zu Wort. »Was geschieht eigentlich, wenn wir die Stahlblechbehälter mit dem ST einfach unten im Wrack lassen? Admiral Bass sagte doch, daß der ST-Bazillus vom Wasser vernichtet wird.«

Bass schüttelte bedächtig den Kopf. »Nein, das geht nicht. In dieser geringen Tiefe ist die chemische Zersetzung beim Zusammentreffen mit H_2O-Molekülen nicht sichergestellt. Das ist erst bei den Druckverhältnissen der Fall, wie sie in einer Meerestiefe von mehr als tausend Metern herrschen. Es ist außerdem viel zu gefährlich, das ST in diesem Bergsee, mitten in unserem Land, liegen zu lassen. Genauso wie Mr. Pitt es gefunden hat, könnte sich auch jemand anders Zugang verschaffen. Die Folgen wären unabsehbar.

Wir müssen das ST-Kampfgift so versenken, daß sich keine menschliche Seele mehr dazu Zugang verschaffen kann. Wir müssen es für alle Zeiten vernichten! Es ist sowieso ein Wunder, daß die Behälter mit dem Gift über all die Jahre unentdeckt geblieben sind.«

»Es gibt da noch einen wichtigen Punkt, der zu klären wäre«, sagte Pitt. Die besorgten Mienen von Giordino und Steiger waren ihm nicht entgangen.

Admiral Sandecker kippte die Asche seiner Havanna-Zigarre in eine grüngeäderte Marmorschale. »Heraus mit der Sprache!«

»Nach den Flugunterlagen hat die Cargo 03 den Militärflugplatz Buckley doch mit einer Crew von vier Personen verlassen. Ist das richtig, Admiral Bass?«

Bass sah ihn fragend an. »Gewiß, es waren vier Besatzungsmitglieder an Bord.«

»Was ich jetzt sagen will, hätte ich vielleicht früher zur Sprache bringen sollen«, sagte Pitt. »Aber ich hatte Angst, die Sache noch weiter zu komplizieren.«

»Alles, was wichtig ist, muß jetzt auf den Tisch!« sagte Bass mit

Nachdruck. »Wir können uns nicht erlauben, daß Sie mit irgend etwas hinter dem Berg halten. Was haben Sie auf dem Herzen?«

»Das fünfte Skelett, Sir.«

»Das *was?*«

»Als ich ins Wrack hinabtauchte, fand ich die skelettierten Überreste eines fünften Mannes vor. Der Tote war an die Verankerungsringe im Frachtraum gefesselt.«

Auskunftheischend sah Admiral Sandecker zu Bass hinüber. »Haben Sie irgendeine Idee, wer der fünfte Tote sein könnte?«

Bass saß da wie jemand, dem man einen entscheidenden Stoß versetzt hat. Sein Gesicht war aschfahl geworden. »Jemand von der Wartungsmannschaft vielleicht...«, murmelte er so leise, daß die Männer ihn kaum verstanden. »Er muß aus Versehen an Bord gewesen sein, als die Cargo 03 startete.«

»Das kann nicht sein«, wandte Pitt ein. »Am Skelett waren noch deutliche Gewebereste erhalten, während die Leichen der vier anderen Besatzungsmitglieder völlig skelettiert waren. Das bedeutet, daß der fünfte Mann noch nicht so lange dort unten liegt wie die anderen. Er hat erst Jahre später den Tod gefunden.«

»Sie sagten, daß die Metallbehälter noch unversehrt sind«, warf Bass ein. »Stimmt das?«

»Ja, Admiral«, nickte Pitt. »Ich sah keine Spuren, daß irgend jemand versucht hätte, die Metallbehälter zu öffnen.«

»Trotzdem – der fünfte Mann muß einen Grund gehabt haben, in das Wrack hinabzusteigen. Er ist tot – aus Gründen, über die wir nur Vermutungen anstellen können.« Bass sah plötzlich wie ein hundertjähriger Clochard aus. Er barg sein sorgenzerfurchtes Gesicht in den zitternden Händen. »Mein Gott! Es gibt irgend jemanden außer uns, der von der Existenz des Wracks weiß...«

»Jedenfalls können wir diese Möglichkeit nicht ausschließen«, stellte Steiger sachlich fest.

Bass nahm mit einer unendlich müden Geste die Hände vom Gesicht und starrte Pitt aus glasigen Augen an. »Heben Sie das Wrack, Mister Pitt! Im Namen der Menschlichkeit bitte ich Sie darum. Bringen Sie das Wrack der Cargo 03 ans Tageslicht.« Er griff sich ans Herz. »Ich... wir haben nicht mehr viel Zeit.«

Es gelang Pitt nicht, das ungemütliche Gefühl zu verdrängen, das er beim Verlassen der Sitzung verspürt hatte. Sinnend ging er durch die neonerleuchtete menschenleere Eingangshalle im Verwaltungsgebäude der NUMA und betätigte die schwere Drehtür.

Die feuchte Abendkühle Washingtons schlug ihm entgegen. Das niederdrückende Wetter verstärkte die trüben Gefühle, die ihm durch den Kopf gingen. Langsam schlenderte er über den verlassenen Parkplatz, auf dem zu dieser späten Stunde nur noch sein Wagen stand. Er saß schon halb am Steuer, als er die Gestalt bemerkte, die sich auf der hintersten Ecke des Beifahrersitzes im Halbdunkel zusammengekauert hatte.

Laura schlief. Sie hatte sich wie eine junge Katze zusammengerollt, und Pitt betrachtete, wie sich bei jedem ihrer ruhigen Atemzüge die zarten Brüste unter ihrem Kleid anmutig hoben und senkten. Sie trug ein langes, grünes Pariser Modellkleid, kastanienbraune Lederstiefel und einen Pelzmantel, den sie lose um ihre wohlgeformten Schultern gelegt hatte. Pitt beugte sich über sie und strich ihr eine Haarsträhne, die sich gelöst hatte, aus der Wange. Dann küßte er sie zärtlich, bis sie aufwachte. Ein oder zwei Sekunden lang klimperte sie verständnislos mit ihren hübschen langbewimperten Augen. Dann, als der Schlaf verflogen war, schenkte sie ihm ein spitzbübisches Lächeln des Wiedererkennens. Ihr Gesicht – so schien es Pitt – war blaß und auf seltsame Weise jünger, als er es je erlebt hatte.

»Du hast doch nichts dagegen, wenn du in deinem Wagen eine zugelaufene kleine Zigeunerin vorfindest?«

Er beugte sich über sie, um sie liebevoll aufs Ohr zu küssen. »Was mich wundert«, sagte er lächelnd, »ist, daß sich noch niemand um die kleine Zigeunerin gekümmert hat. So ein lustbetontes Go-go-girl wehr- und hilflos auf dem Präsentierteller – und das mitten auf einem verlassenen Washingtoner Parkplatz. Es ist ein Wunder, daß du nicht schon dreizehn Mal vergewaltigt und gekidnappt worden bist.«

»Die Gangster sind auch nicht mehr das, was sie einmal waren«, lächelte sie. Sie kräuselte die Nase. »Du riechst nach kalten Zigarren.«

»Ich war auch sechs Stunden lang mit einem gewissen Admiral Sandecker eingesperrt«, stöhnte er. Er lehnte sich zurück und startete den Wagen. »Wie hast du mich gefunden?«

»Sie sind nicht so schwer zu finden, wie Sie sich einbilden, Herr Generaldirektor«, sagte sie mit gespieltem Ernst. »Ich habe dein Büro angerufen, um deine Telefonnummer in Savannah herauszukriegen. Deine Sekretärin sagte mir, daß du vorzeitig von dort zurückgekehrt bist. Du wärest heute Nachmittag in einer Konferenz. Also kam ich her.«

»Erstaunlich zutraulich für eine Wildkatze wie dich«, sagte er anerkennend.

»Ich habe vergeblich versucht, meine Leidenschaft zu bezähmen«, lächelte sie. »Ist es so schlimm, daß ich mich nicht beherrschen kann?« Zärtlich streichelte sie eine Rippe, die sich an seinem muskulösen Oberkörper unter dem dünnen Hemd abzeichnete. »Kannst du mir den Überfall verzeihen?«

»Ich kann schlecht lügen, du kennst mich ja«, antwortete Pitt grinsend. »Nach dem Alptraum, mit dem ich in den letzten Stunden zu kämpfen hatte, bist du genau die Medizin, die mir der Arzt verschrieben hat.«

»Medizin?« schmollte Laura. »Zunächst möchte ich deine weißgestärkte Krankenschwester sein, die dich verwöhnt. Was hältst du davon?«

»Ich fühle mich schon ganz krank«, ging Pitt auf ihr Angebot ein, das ihm im Detail nicht wenig verlockend erschien. »Leider haben wir diesmal wenig Zeit für die Heilbehandlung. Ich muß schon morgen früh schon wieder gesund sein...«

»Ich will dich ja auch nicht in meine Berghütte verschleppen«, sagte sie tröstlich. »Krankenschwester Laura hat eine Überraschung für den Patienten.«

Sie schmiegte sich an ihn und begann sein Hemd aufzuknöpfen.

»Das ist wirklich ein Traum von einer Wohnung«, murmelte Pitt anerkennend.

»Felicia hatte angedeutet, daß es ein schnuckeliges Versteck ist. Aber so schön hatte ich es mir auch nicht vorgestellt«, flüsterte Laura.

Pitt und Laura standen mit nackten Füßen knöcheltief in einem flauschigen weißen Berberteppich, der den Fußboden des großen Raumes bedeckte. Die Wände waren mit cremefarbener Seide tapeziert, die Decke bestand aus einem riesigen Spiegel. Einziges Mobiliar des Raumes war ein großes Rundbett, das auf einem flachen Sockel stand und mit rotschimmernder Satinbettwäsche bezogen war. Die gemütliche Beleuchtung des Raumes kam von vier versteckt angebrachten Punktstrahlern, die das Ganze in ein geheimnisvolles, warmes Licht tauchten, das Laura an die luxuriösen Boudoirs französischer Schloßhotels erinnerte.

Auf Zehenspitzen näherte sie sich dem einladend dastehenden Bett und streichelte die schwellenden Kissen, als handele es sich um unschätzbare Kunstwerke. Pitt betrachtete Laura mit wachsender Erregung. Wortlos trat er zu ihr und begann sie auszuziehen.

Dann lagen sie, von dem immer stärker werdenden Wunsch nach Vereinigung durchströmt, auf dem Bett und betrachteten ihr Spiegelbild. Laura wippte mit dem Fuß und versetzte das Bett in ein sanftes Schaukeln. »Beweg dich nicht«, sagte er. »Ich liege gerade mit der hübschesten Frau der Welt im Bett. Und du weißt nichts Besseres zu tun, als das Bild zu verwackeln!«

Laura errötete. Voller Scham schmiegte sie sich an ihn. »Es erregt mich, aber ich schäme mich hinzusehen«, flüsterte sie. »Ich habe das Gefühl, als ob uns tausend Menschen zuschauen.«

Das Telefon klingelte und holte Frederick Daggat aus einem tiefen, traumlosen Schlaf. Neben ihm lag Felicia. Sie schien das Klingeln im Halbschlaf vernommen zu haben, drehte sich, etwas Unverständliches flüsternd, auf die andere Seite und schlief weiter. Daggat sah auf das leuchtende Zifferblatt seiner Armbanduhr, die er neben dem Bett auf die Kommode gelegt hatte, und stellte fest, daß es vier Uhr morgens war. Er griff nach dem Hörer.

»Daggat hier.«

»Hier spricht Sam Jackson. Die Fotos sind im Kasten.«

»Gab's irgendwelche Probleme?«

»Nein, alles lief wie geschmiert. Sie haben übrigens Recht behalten, ich brauchte kein Infrarot zu verwenden. Die beiden haben das Licht angelassen. Wäre auch schade gewesen, wenn uns irgendeine Einzelheit entgangen wäre. Die beiden haben eine ganz schöne Show hingelegt. Ich habe hochempfindlichen Film verwendet, der die Details genau rausbringt. Schade, daß wir keine Tonbandaufnahmen gemacht haben. Es gab einiges zu hören.«

»Haben die beiden zu keinem Zeitpunkt irgendwelchen Verdacht geschöpft?«

»Nein. Man kann von unten ja wirklich nicht feststellen, daß es sich bei der Spiegeldecke um einen Zweiwegspiegel handelt. Die beiden waren außerdem viel zu sehr mit sich selbst beschäftigt, als daß sie auf die Zimmerdecke hätten achten können. Ich glaube, die hätten nicht einmal bei einem Erdbeben aufgehört. Um sicher zu gehen, habe ich trotzdem eine absolut geräuschlose Kamera verwendet.«

»Wann werden Sie die Abzüge fertig haben?«

»Um acht Uhr morgens, wenn ich die Filme besonders schnell entwickle. Besser wäre, wenn ich vor der Arbeit noch ein paar

Stunden schlafen könnte. Sie könnten die Bilder dann am frühen Nachmittag haben. Ich verspreche Ihnen gestochen scharfe Hochglanzfotos im Format achtzehn mal vierundzwanzig Zentimeter. Ausstellungsreifes Material, wenn auch nicht ganz jugendfrei.« Er kicherte anzüglich.

»Lassen Sie sich Zeit, und machen Sie's sorgfältig«, sagte Daggat. »Ich möchte, daß jedes anatomische Detail genau zu erkennen ist.«

»Sie können sich drauf verlassen«, versprach Jackson. »Übrigens – wer ist der heiße Ofen, den sich der Typ da an Land gezogen hat?«

»Das geht Sie einen Scheißdreck an, Jackson. Rufen Sie mich an, wenn die Abzüge fertig sind. Achten Sie darauf, daß auch ausgefallene Positionen mit dabei sind. Die sind mir sogar besonders wichtig.«

»Ich weiß, was Sie brauchen. Sie werden zufrieden sein. Gute Nacht, Herr Abgeordneter.«

39

Dale Jarvis rieb sich die Hände. Er war gerade dabei, die letzten Schriftstücke von seiner Schreibtischplatte fortzunehmen, um sich auf die dreißigminütige Heimfahrt zu seiner Frau und zu einem genüßlichen Freitag-Abend-Schweinebraten zu begeben, als es an die Tür klopfte. Wenig später trat John Gossard, Leiter der Afrika-Sektion des Sicherheitsdienstes, ein. Gossard war nach dem Vietnamkrieg zum Nationalen Sicherheitsdienst gekommen, wobei für ihn von Vorteil war, daß er große Erfahrungen in der Guerillakriegsführung anzubieten hatte. Er war von ruhigem Wesen, mit einer gehörigen Prise zynischem Humor, der ihn regelmäßig die Sympathie neuer Freunde und Bekannter kostete. In Vietnam war er von einem Granatsplitter an der Hüfte verletzt worden, seitdem hinkte er. Er galt bei seinen Vorgesetzten, die näheren Einblick in seine Lebensführung hatten, als Trinker, der ohne ein tüchtiges Quantum Alkohol zu keiner vernünftigen Leistung fähig war. Auf der anderen Seite waren die Ergebnisse, die Gossard erbrachte, so präzis und verläßlich, daß man ihn trotz seiner offiziell mit Mißbilligung betrachteten Neigung zum Alkohol nicht entbehren mochte. Seine geheimen Informationsquellen bei Agenten und Doppelagenten waren der Neid jedes anderen Abteilungsleiters im Hause.

»Entschuldige, John.« Jarvis war aufgestanden und ging seinem späten Besucher mit einer um Nachsicht bemühten Handbewegung entgegen. »Ich wollte dir noch Bescheid sagen, aber ich hab's völlig verschwitzt. Ich werde jetzt privat schon genauso unzuverlässig wie im Dienst.« Er lachte, zufrieden über sein indirektes Selbstlob. »Also – was deine Einladung zum Angeln angeht, ich komme mit. Wer ist sonst noch mit von der Partie?«

»Mc Dermott und Sampson von der Abteilung Sowjetunion.«

»Gut. Dann werden wir diesen Kremlastrologen einmal zeigen, was eine Harke ist.«

»Fein. Wir treffen uns am Pier Neun im ›Plum Point‹-Jachthafen um Punkt fünf am Sonntag.« Gossard hob ein ledernes Aktenköfferchen, das er bei sich trug, hoch, legte es auf Jarvis' Schreibtisch und öffnete die Schlösser. »Ich habe Ihnen noch ein kleines Feierabendgeschenk mitgebracht.« Er entnahm dem Aktenkoffer eine rote Plastikmappe mit Dokumenten und reichte sie Jarvis hinüber. »Sie können es über's Wochenende behalten, wenn Sie mir versprechen, daß Sie es nicht zur Schnitzeljagd an Ihre Enkelkinder verteilen.«

Jarvis lächelte. »Keine Sorge. Was ist in der Mappe?«

»Die Daten, um die Sie gebeten hatten. Das südafrikanische Planspiel mit dem Codenamen ›Unternehmen Wilde Rose‹.«

Jarvis war erstaunt. »Das ging aber schnell. Wie haben Sie das innerhalb von wenigen Stunden geschafft?«

»Das ist unser normales Arbeitstempo in der Sektion Afrika«, verkündete Gossard geschmeichelt.

»Muß ich noch irgend etwas wissen, bevor ich's daheim zu lesen beginne?«

»Nein. Die Sachlage ist ganz klar. Ein Planspiel, aber mit ernstzunehmendem Hintergrund.«

»Dann hat Lusana also doch die Wahrheit gesagt...«

»Jedenfalls ist der Plan keine Fälschung«, gab Gossard zu bedenken. »Die Sache ist recht gut ausgeklügelt. Die Einzelheiten lassen einem als alten Guerillataktiker das Herz höher schlagen.«

»Sie machen mich neugierig. Wie will die südafrikanische Regierung das denn hinkriegen? Glauben Sie wirklich, daß die eine weiße Kommandotruppe mit schwarzer Farbe anpinseln, damit sie wie ein ARA-Kommando aussieht?«

»Tut mir leid«, sagte Gossard mit maliziösem Lächeln. »Die Lösung des Kriminalromans wird nicht verraten. Das müssen Sie schon selber lesen.«

Jarvis musterte seinen Gesprächspartner mit ernstem Blick. »Wie sicher ist die Quelle, aus der Sie Ihre Informationen haben?«

»Der fachmännische Kommentar zum Plan, den Sie lesen werden kommt von einem seltsamen Typen, der unter dem Codenamen ›Emma‹ arbeitet. Wir haben leider nie seine Identität feststellen können, wir wissen nicht, wer Emma ist. Aber alle Informationen, die er bisher geliefert hat, haben sich als absolut zuverlässig erwiesen. Er verkauft an jeden, der's bezahlen kann.«

»Emma hat Sie wohl für seinen Kommentar zum ›Unternehmen Wilde Rose‹ ganz schön zur Kasse gebeten, oder?«

»Eigentlich nicht. Er verkaufte uns seinen Kommentar zu dem Plan zusammen mit fünfzig weiteren Geheimdokumenten zum Vorzugspreis von insgesamt zehntausend Dollar.«

Sam Jackson glättete die Fotos, die aus dem Trockner fielen, mit dem Handrücken. Der Fotograf war ein jugendlich aussehender Mann mit dunklem Haar und langen schmalen Händen. Er reichte Daggat den zusammengelegten Stapel Hochglanzfotos und zog sich dann die Schürze über den Kopf, die er angelegt hatte, um seinen Anzug vor der ätzenden Wirkung der Entwicklerflüssigkeit zu schützen.

»Das ist alles!« sagte er grinsend. »Dann waren unsere beiden Hauptdarsteller müde.«

»Wieviel Fotos sind es?« fragte Daggat.

»Ungefähr dreißig, auf denen die Gesichter klar zu erkennen sind. Ich habe mir die Kontaktabzüge mit dem Vergrößerungsglas angesehen. Die anderen Negative, von denen ich keine Abzüge gemacht habe, sind Ausschuß.«

»Schade, daß die Fotos nicht in Farbe sind.«

»Dazu war die Beleuchtung nicht gut genug«, sagte Jackson. »Sie wollten ja, daß die Stellungen der beiden klar herauskommen.«

Sorgsam betrachtete Daggat die großformatigen Hochglanzabzüge, die Jackson ihm gegeben hatte. Er ließ sich nicht anmerken, ob er mit dem Ergebnis zufrieden war.

»Geben Sie mir einen großen Umschlag, in dem ich alles verstauen kann und legen Sie mir auch die Negative und die Kontaktabzüge dazu.«

»Die Negative auch? Könnte es nicht sein, daß Sie später weitere Abzüge brauchen?«

»Nein. Es ist besser, wenn das ganze Material bei mir ist. Sie sind doch sicher meiner Meinung, oder?«

Es lag auf der Hand, daß Jackson durchaus nicht der Meinung war, daß er sich von den Negativen trennen sollte. Er warf Daggat einen mißgelaunten Blick zu. »Mein lieber Freund«, sagte er dann in forschem Ton. »Es ist nicht üblich, daß die Fotografen ihre Negative an den Kunden geben. Ich mache Ihnen private Pornofotos, soviel sie wollen. Aber die Negative bleiben bei mir!«

Daggat kniff die Augen zusammen, ging mit ernster Miene auf Jackson zu, ergriff ihn mit beiden Händen an den Anzugaufschlägen und zog ihn so nahe zu sich heran, daß ihre beiden Gesichter nur noch Zentimeter voneinander entfernt waren.

»Zunächst mal eines«, sagte er mit eisigem Zynismus. »Ich bin nicht Ihr ›Lieber Freund‹. Ich bin der amerikanische Kongreßabgeordnete Frederick Daggat. Und ich ramme Sie für alle Zeiten ungespitzt in den Boden, wenn nicht innerhalb der nächsten fünf Sekunden alle Negative hier in meiner Hand landen. Haben wir uns verstanden?«

Zwei oder drei Sekunden hielt Jackson dem drohenden Blick seines Gegenüber stand. Dann schlug er seine Augen nieder und starrte auf den Linoleumboden des Labors, auf dem sich häßliche Flecken der chemischen Flüssigkeiten eingegraben hatten. Daggat, das wußte er, hatte Beziehungen. Auf Grund seiner politischen Einflußmöglichkeiten hielt er alle Trümpfe in der Hand. Er konnte ihm, dem unbekannten Fotografen, unüberbrückbare Schwierigkeiten bereiten.

»Wie Sie wünschen, Mister Daggat«, sagte er leise.

Daggat nickte. Dann lächelte er, als ob der Wortwechsel nur um bedeutungslose technische Details, etwa um die Größe des Rasters, gegangen wäre. »Nehmen Sie mir's nicht übel, aber ich hab's eilig. In meinem Wagen wartet eine hübsche, aber leider sehr ungeduldige Frau. Wenn Sie verstehen, was ich damit andeuten will...«

Schweigend schob Jackson die Negative, Kontakte und Hochglanzabzüge in einen großen braunen Umschlag, den er sorgfältig verschloß und Daggat aushändigte. »Mein Honorar, bitte.«

Daggat zog eine Hundertdollarnote heraus und gab sie ihm.

»Aber wir haben doch fünfhundert Dollar vereinbart!« sagte Jackson.

»Betrachten Sie's als Rabatt an die Regierung, als Dienst für's Vaterland«, sagte Daggat spöttisch, während er zur Tür ging. Bevor er den Raum verließ, drehte er sich noch einmal um. »Was ich noch sagen wollte, Jackson, wenn Sie keine privaten und beruflichen Probleme haben wollen, dann wäre es gut, wenn Sie die ganze Episode in diesem Augenblick für immer vergessen. Die ganze Sache ist nie passiert. Roger?«

Jackson gab die einzig mögliche Antwort. »Wie Sie wünschen, Herr Kongreßabgeordneter.«

Daggat nickte und verließ den Raum, indem er die Tür leise und sorgfältig hinter sich ins Schloß zog.

»Du verdammter Klugscheißer!« murmelte Jackson mit zusammengebissenen Zähnen, als Daggat weg war. »Ich werd's dir schon zeigen!« Mit diesen Worten zog er einen Packen frischer Hochglanzabzüge aus der Schublade. Es waren die gleichen Fotos, von denen er Daggat die Negative, Kontakte sowie einen Satz Abzüge mitgegeben hatte.

Die Frau von Dale Jarvis war daran gewöhnt, daß ihr Mann im Bett las. Als sie müde wurde, gab sie ihm einen Gutenachtkuß, legte sich so, daß sie von dem Schein seiner Lampe nicht geblendet wurde und schlief ein.

Jarvis hatte sich zwei Kissen in den Rücken gelegt, damit ihm das lange Aufrechtsitzen im Bett nicht zu unbequem wurde. Er stellte die Lampe so, daß sie das von ihm gewünschte Licht bot, setzte seine Brille auf, entfaltete die Mappe, die ihm John Gossard gegeben hatte und begann zu lesen. Hin und wieder nahm er einen auf dem Nachttisch liegenden Schreibblock und machte sich Notizen. Es war zwei Uhr morgens, als er endlich die Akte mit dem Kommentar des Agenten Emma über die Operation ›Wilde Rose‹ schloß. Er legte sich lang, um sein Kreuz zu entspannen, und starrte einige Minuten lang ins Leere. Das Pro und Contra in dieser Affäre hielt sich die Waage. Jarvis war unentschlossen, ob er die ganze Angelegenheit als erledigt betrachten oder aber seinem Stab eine Weisung zur weiteren Erforschung der Angelegenheit geben sollte. Nach sorgfältiger Überlegung entschloß er sich zu einem Kompromiß. Vorsichtig, um seine Frau nicht zu wecken, stand er auf und begab sich mit leisen Schritten in seine an das eheliche Schlafzimmer grenzende Bibliothek. Trotz des Halbdunkels hatte er das Telefon rasch gefunden. Er wählte eine Nummer. Der Teilnehmer am anderen Ende meldete sich schon nach dem ersten Rufzeichen.

»Hier spricht Jarvis«, sagte er. »Ich möchte eine aktuelle Aufstellung über alle amerikanischen und ausländischen Kriegsschiffe. Ja, Sie haben richtig verstanden – Kriegsschiffe! Alles, was schwimmt und Kanonen hat, egal wo. Montag um acht auf meinem Schreibtisch! Danke. Gute Nacht.«

Er legte auf, wanderte zu seinem zerwühlten Bett zurück, küßte seine schlafende Frau sanft auf die Wange und knipste das Licht aus.

40

Sitzungssaal, Zuschauerraum und Pressetribüne des amerikanischen Außenministeriums waren halb leer, als das »Komitee für Wirtschaftshilfe an die afrikanischen Nationen« seine Sitzung begann. Neben Frederick Daggat, der den Vorsitz innehatte, saß der Abgeordnete der Demokraten Earl Hunt aus Iowa. Unweit davon hatte der Republikaner Roscoe Meyers aus dem Bundesstaat Oregon Platz genommen. Laura Smith saß allein, an der Schmalseite des Sitzungstisches.

Die Sitzung dauerte bis zum Nachmittag. Eine Reihe von Regierungsvertretern afrikanischer Länder sprachen und unterbreiteten dem Komitee die Vorstellungen ihrer Länder, welche Wirtschaftshilfe sie zu erhalten wünschten. Es war vier Uhr nachmittags geworden, als Hiram Lusana aufgefordert wurde, seine vorbereitete Rede zu halten. Über die Afrikanische Revolutionsarmee und ihren Wunsch, von den Vereinigten Staaten im Kampf gegen die weiße Minderheit in Südafrika unterstützt zu werden, war in den vorangehenden Tagen viel geschrieben worden. Lusanas Rede wurde deshalb mit Spannung erwartet. Der Sitzungssaal hatte sich gefüllt. Auf der Pressetribüne hatten sich die Fotografen auf ihre Stühle gestellt, um einen besseren Blickwinkel zu dem angekündigten Redner zu haben. Ein Blitzlichtgewitter ging nieder, während die Reporter ihre Notizblocks füllten und andere Berichterstatter mit gedämpfter Stimme in die Spezialmikrofone ihrer Aufnahmegeräte sprachen. Lusana schenkte dem Wirbel, der sich um ihn entfachte, keine Beachtung. Mit der ruhigen Würde eines Mannes, der sich seiner glänzenden Gewinnchancen bewußt ist, saß er auf dem ihm zugewiesenen Platz am Sitzungstisch und wartete darauf, daß ihm das Wort erteilt wurde.

»General Lusana«, begrüßte ihn Daggat. »Ich heiße Sie als Gast bei dieser Sitzung des Komitees für Wirtschaftshilfe im Außenministerium willkommen. Ich glaube, Sie kennen die Regeln, nach denen diese Sitzungen stattfinden. Es geht uns hier darum, die nötigen Informationen zusammenzutragen, damit das Komitee und der Außenminister später in geheimer Sitzung Entschlüsse fassen können. Irgendwelche Entscheidungen werden in der heutigen Sitzung noch nicht getroffen. Sie haben zwanzig Minuten, um den Standpunkt Ihrer Regierung darzulegen. Im Interesse der Chancengleichheit mit den Regierungsvertretern der anderen afrikanischen Staaten darf ich Sie bitten, diese Redezeit nicht zu überschreiten. Nach Ihrer Rede kann das Komitee Ihnen Fragen stellen. Ich bitte Sie, diese Fragen zu beantworten. Das Ergebnis der heutigen Sitzung wird dem Außenminister übermittelt. Alles weitere wird dort entschieden.«

»Vielen Dank, Herr Vorsitzender«, sagte Lusana und schlug sein Redemanuskript auf.

»Herr Vorsitzender?«

Daggat wandte sich zu Laura um, die sich gemeldet hatte, bevor Lusana zu seiner Rede ansetzen konnte.

»Bitte, Frau Abgeordnete?«

»Ich protestiere mit aller Entschiedenheit dagegen, daß General Lusana vor diesem Komitee spricht. Er ist nicht befugt, irgendwelche Erklärungen abzugeben, weil er keiner gesetzmäßigen afrikanischen Regierung angehört.«

Im Zuhörerraum und auf der Pressetribüne war aufgeregtes Gemurmel zu hören. Die Presse hatte die Sensation, auf die sie gewartet hatte.

Lusana blieb ruhig. »Es trifft zu«, sagte er, den ernsten Blick seiner dunklen Augen auf Laura gerichtet, »daß ich nicht als Vertreter einer etablierten afrikanischen Regierung zu Ihnen spreche. Ich spreche zu Ihnen als Vertreter der unterdrückten schwarzafrikanischen Mehrheit in Südafrika.«

»Sprechen Sie, für wen Sie wollen«, entgegnete Laura kühl. »Aber in diesem Hause wollen wir nur Vertreter demokratischer und gesetzmäßig gewählter Regierungen hören. So sind nun mal die politischen Spielregeln in Amerika!«

»Die weiße Minderheitenregierung von Südafrika ist nicht demokratisch gewählt. Dieses hohe Komitee kann sich nicht wegen einer Formalität den Bitten von Millionen unterdrückter Schwarzer verschließen!« Lusana sprach eindringlich. Seine Stimme war so leise, daß die Menschen auf den hinteren Reihen der Zuschauertribüne ihn kaum noch verstehen konnten. »Eines der wichtigsten Dinge im Leben der unterdrückten Schwarzen ist ihre Menschenwürde«, fuhr er fort. »Ohne ihre Menschenwürde sind sie ein Nichts. In Afrika kämpfen wir dafür, daß diese Menschenwürde denjenigen zuteil wird, die durch Hautfarbe und Herkunft ein natürliches Recht darauf haben, den Schwarzen nämlich, die in Afrika geboren sind! Die Freiheit des ganzen schwarzen Kontinents steht auf dem Spiel. Und auch das freiheitliche Selbstverständnis Ihres großen Landes, meine Damen und Herren! Ich bitte Sie hier nicht um Geld für Waffen. Ich bitte Sie auch nicht um das Eingreifen der amerikanischen Truppen zu unseren Gunsten. Ich bitte Sie im Namen der unterdrückten Schwarzen um Geld für Nahrungsmittel und Medikamente. Essen und Medizin für jene Tausende von Unschuldigen, die in Südafrika unmenschlich unterdrückt werden.«

Interessiert hatte Laura den Ausführungen von Lusana zugehört. Sie war keineswegs bereit, ihm auf den Leim zu gehen.

»Sie sind ein kluger Mann, General Lusana. Wenn ich auf Ihre Argumente eingehen würde, würde ich damit meine Zustimmung geben, daß Sie vor dem Kongreß sprechen.« Sie wandte sich in Richtung Daggat. »Herr Vorsitzender! Ich wiederhole meinen Einspruch, daß General Lusana hier Gelegenheit zu einer Rede erhält.«

Daggat gab einem seiner Mitarbeiter, der im Hintergrund wartete, ein geheimes Handzeichen. »Der Einspruch der Abgeordneten Smith wird zu Protokoll genommen«, sagte er dann in das vor ihm stehende Mikrofon. »Das Wort hat jetzt der Abgeordnete Hunt.«

Während Earl Hunt, der Abgeordnete der Demokratischen Partei von Iowa, seine Meinung zur Vertretungsberechtigung von Lusana verkündete, war Daggats Mitarbeiter zu Laura gegangen und hatte ihr einen großen verschlossenen Umschlag überreicht.

»Was ist darin?« fragte Laura leise, um die Rede ihres Kollegen aus Iowa nicht zu stören.

»Man hat mich gebeten, Ihnen zu sagen, Sie möchten diesen Umschlag sofort öffnen.« Ohne weitere Erklärung hatte Daggats Abgesandter nach diesen Worten Laura verlassen und war durch einen Seiteneingang des Sitzungssaals hinausgeeilt.

Arglos schlitzte Laura den Umschlag auf. Die großformatigen Hochglanzfotos, die ihr entgegenfielen, zeigten sie und Pitt splitternackt, in intimster Umarmung. Der Fotograf hatte sich Mühe gegeben, die ausgefallendsten Positionen aufzunehmen. Unter anderem war auf den Fotos Lauras Gesicht in den Momenten höchster Lust erkennbar. So rasch sie konnte, schob sie die Fotos in die Umschlaghülle zurück. Alles Blut war aus ihrem Gesicht gewichen. Sie fühlte sich krank vor Scham und Ekel. Daggat schien sie bei der Entgegennahme des Umschlags beobachtet zu haben. Er benutzte die Situation, um das Wort an sie zu richten.

»Frau Abgeordnete, das Komitee ist beschlußunfähig. Der Abgeordnete Hunt und ich vertreten die Auffassung, daß General Lusana Redemöglichkeit erhalten soll. Der Kongreßabgeordnete Meyers und Sie haben sich gegen diese Möglichkeit ausgesprochen. Wäre es nicht ein Gebot des politischen Fair Play, den General sprechen zu lassen?«

Laura spürte, wie ein Gefühl der Abscheu und der Hilflosigkeit sie befiel. Daggat ließ sie nicht aus den Augen, es war offensichtlich, daß er den Inhalt des Umschlags kannte. Er war es, der sie erpreßte! Sie kämpfte gegen das Gefühl von Übelkeit, das ihr die Kehle hochstieg, während ihr klar wurde, daß ihre Freundin Felicia Collins sie ausspioniert und verraten hatte. Sie war naiv gewesen, dümmer als ein Teenager!

»Frau Abgeordnete?« Daggats Ton klang ungeduldig.

Es gab keinen Ausweg, er hatte sie in der Hand. Laura senkte ihre Augen, ihre Stimme zitterte.

»Herr Vorsitzender«, sagte sie niedergeschlagen. »Ich ziehe meinen Einspruch zurück.«

Trotz ihrer neununddreißig Jahre hatte Barbara Gore noch die Figur eines Mannequins. Sie war schlank geblieben, hatte wohlgeformte, lange Beine und ein hübsches Gesicht, dessen strahlend blaue Augen von slawisch anmutenden Jochbögen umrahmt wurden. Vor Jahren war sie mit Deale Jarvis intim befreundet gewesen. Aber das war lange vorbei. Jetzt waren sie nur noch gute Freunde – mit der Besonderheit, daß Barbara nach wie vor als persönliche Sekretärin von Jarvis arbeitete.

Jarvis saß an seinem Schreibtisch. Barbara saß ihm gegenüber und nahm ein Diktat auf. Ihre verführerischen langen Beine hatte sie übereinander gelegt. Jarvis achtete nicht darauf, er diktierte – der besseren Konzentration wegen – mit geschlossenen Augen. Zu Barbaras Erstaunen brach er sein Diktat, kaum daß er es begonnen hatte, mitten im Satz ab und begann nervös, einen Packen von geheimen Schriftstücken zu durchwühlen, der auf seinem Schreibtisch lag.

»Würden Sie mir vielleicht sagen, was Sie suchen?« sagte Barbara mit geduldigem Lächeln.

»Eine Liste mit Kriegsschiffen. Sie war mir für heute früh versprochen worden.«

Barbara lächelte mild, gab einen mißbilligenden Seufzer von sich und langte hinter sich ins Regal, wo ein dünner Stapel blauer Papierbögen lag. »Der Bericht lag heute morgen um acht Uhr auf Ihrem Schreibtisch. Sie haben ihn, als Sie zu arbeiten anfingen, mit anderen Papieren zugedeckt«, sagte sie. In den ersten Jahren der Zusammenarbeit war Barbara oft über Jarvis' chaotische Organisation im Büro entsetzt gewesen. Inzwischen hatte sie gelernt, seine Eigenarten als Nonchalance eines erfolgreichen Nachrichtenfachmanns hinzunehmen.

»Was steht in dem Bericht?« fragte er.

»Die Liste der Schiffe«, sagte sie achselzuckend.

»Das weiß ich auch. Aber ich will von Ihnen etwas anderes wissen. Welches Schiff soll ich kaufen?«

Barbara lächelte. Es war nicht ungewöhnlich, daß ihr Chef sie auf diese Weise an der Arbeit beteiligte.

»Ich müßte mir die Liste erst einmal durchlesen, um zu sehen, welche Schiffe überhaupt zum Verkauf stehen«, erklärte sie.

»Ich bitte darum«, sagte Jarvis, so als ob er erstaunt sei, daß Barbara die Liste nicht schon von sich aus in dieser Hinsicht überprüft hatte.

Für einige Minuten vertiefte sie sich in die Lektüre der blauen Bögen. Dann sah sie auf. »Der Markt ist eng. Die Sowjetunion hat ein Schlachtschiff, das zum Verkauf steht. Aber sie brauchen es noch ein Jahr lang, um Kadetten darauf auszubilden. Die Franzosen haben ihren ganzen Schrott verkauft. Auch die Engländer. Einige Kriegsschiffe sind dort als Marinemuseen hergerichtet.«

»Wie steht's mit den alten Schlachtschiffen der Vereinigten Staaten?«

»Die alten Schlachtschiffe der USA stehen unter Denkmalschutz«, erklärte Barbara nach einem Blick auf die blauen Seiten. »Man hat sie außer Betrieb gesetzt und in die Bundesstaaten geschleppt, nach denen sie benannt sind – North Carolina, Texas, Alabama und Massachusetts.«

»Vier Stück. Ist das alles?«

»Nein. Da gibt es noch die ›Missouri‹. Sie liegt in Bremerton bei Washington. Und die ›Arizona‹, die noch in Dienst ist.«

Jarvis lehnte sich bequem in seinem Ledersessel zurück, verschränkte die Hände hinter den Kopf und starrte auf die Decke. »Gab es da nicht noch die ›Wisconsin‹ und die ›Iowa‹, die vor zwei oder drei Jahren in die Marinewerft nach Philadelphia geschleppt wurden?«

»Wenn ich einmal gesagt habe, Sie hätten kein gutes Gedächtnis, so nehme ich das hiermit in aller Form zurück«, sagte Barbara und bemühte sich, Lob und Wärme in ihrer Stimme durchklingen zu lassen. »Sie haben recht. Aber beide Schiffe wurden inzwischen zur Verschrottung freigegeben.«

»Weiß man denn, ob die Verschrottung schon durchgeführt ist?«

Barbara blickte in den blauen Ordner, den sie auf den Knien hielt. »Darüber steht hier nichts.« Sie zuckte die Schultern. Jarvis seufzte, stand auf und ging zum Fenster. Eine Weile lang sah er, in Gedanken versunken, hinaus. »Bitte die Akte von der Operation ›Wilde Rose‹!« sagte er dann unvermittelt.

Barbara, die – wie es Jarvis manchmal schien – Gedanken lesen konnte, hielt die Akte bereits in der Hand.

»Geben Sie die Akte mit Dank an John Gossard in der Afrika-Sektion zurück, und sagen Sie ihm, daß mir die Lektüre viel Spaß gemacht hat. Ich danke ihm.«

»Ist das alles?«

Jarvis löste seinen Blick von einer hübschen Studentin mit Pferdezopf, die unten über die Straße ging und in den letzten Sekunden Objekt seiner Aufmerksamkeit gewesen war. »Ja«, sagte er besinnlich. »Die Sache mit der ›Wilden Rose‹ liest sich sehr interessant. Das ist alles, was man zu diesem Plan sagen kann.«

Das Motorboot hatte Anker geworfen. Langsam drehte es sich in die Strömung, bis sein Bug flußaufwärts zeigte. Nur hundert Meter entfernt war die Anlegestelle von Walnut Point, Virginia. Aber Patrick Fawkes hatte nicht vor, an Land zu gehen. Er klappte einen aus lackiertem weißen Holz und Segeltuch gefertigten Deckstuhl auseinander, stellte ihn an die Reeling, setzte sich hinein, ergriff die bereitgestellte Angelrute und warf den Schwimmer ohne Angelhaken mit großem Schwung in die vorbeigleitende Strömung.

Aufmerksam registrierte er den Schiffsverkehr auf diesem Teil des Flusses. Er hatte gerade den neben ihm stehenden Vorratskorb mit Käsebroten und einer Flasche Whisky geöffnet, als ihm ein Schlepper auffiel, der drei Lastkähne voller Abfälle am Tau hatte. Bei der Annäherung an Fawkes Motorboot gab der Kapitän des Schleppers die vorgeschriebenen Warnsignale ab. Fawkes winkte zurück. Als der Schleppzug außer Sicht war, nahm er die Füße von der Reeling, ergriff einen Notizblock, den er ebenfalls im Vorratskorb verstaut hatte, und notierte die Uhrzeit, zu der das Schleppgespann die Anlegestelle passiert hatte.

Auch alle anderen Boote und Schiffe, die in den folgenden Stunden vorbeifuhren, wurden mit Uhrzeit und ein paar Bemerkungen zu ihrer Tonnage ins Buch eingetragen, außerdem notierte Fawkes ihre Fahrtrichtung und geschätzte Geschwindigkeit. Sein besonderes Interesse erweckte ein in militärischem Grau gestrichenes größeres Boot der Marine, das am Spätnachmittag in geringer Entfernung vorbeituckerte. Es fiel ihm auf, daß die Mannschaft an Deck nicht zum Dienst eingeteilt war, sondern die Fahrt in ausgelassener Freizeitlaune absolvierte.

Als es dunkel geworden war, begann es zu regnen. Nachdenklich betrachtete Fawkes die Regentropfen, die sich auf dem mit zerkratzten Stahlplatten ausgelegten Deck des alten Motorbootes zu kleinen Pfützen sammelten. Er liebte den Regen. Als er noch zur See fuhr, hatte er oft solche Regennächte trotz Wind und Kälte auf der Brücke verbracht und sich über die jungen Marineoffiziere mokiert, die es vorzogen, bei solchem Wetter mit viel heißem Tee und noch mehr Rum unten in der warmen Messe zu sitzen. Auch jetzt, viele Jahre später, verschmähte Fawkes den schützenden Komfort der Kajüte und blieb an Deck. Gegen den stärker werdenden Regen und die eisigen Windböen schützte er sich mit einem imprägnierten Umhang.

So, umgeben von Wind und Wetter, fühlte er sich wohl. Mit vollen Zügen atmete er die kühle, regengeschwängerte Luft ein. Er nahm ein paar tiefe Schlucke aus der Whiskyflasche, bis er spürte, wie die Wärme des Alkohols sich vom Magen her in den ganzen Körper ausbreitete. Dann ließ er seinen Gedanken freien Lauf. Bald standen die vertrauten Traumbilder seiner toten Familie wieder vor seinen Augen. Er erinnerte sich an den Duft der

Stallungen und an die morgendlichen Geräusche im Wirtschaftsgebäude seiner geliebten südafrikanischen Farm. Dann hörte er Myrnas Stimme, die ihn zum Frühstück rief. Saßen die Kinder schon am Tisch?

Erst vier Stunden später kehrte Fawkes mit seinen Gedanken aus seiner schmerzlich-süßen Phantasiewelt in die nächtliche Wirklichkeit zurück. Der Schlepper, den er am Vorabend mit vollbeladenen Lastkähnen im Schlepp hatte vorbeifahren sehen, glitt jetzt in entgegengesetzter Richtung an ihm vorbei. Die Kähne waren leer. Aufmerksam notierte Fawkes Zahl und Farben der Positionslichter, die der Kapitän des Schleppers gesetzt hatte. Dann lichtete Fawkes den Anker, ließ den Bootsmotor an, und folgte dem Schleppzug im Schutz der Dunkelheit.

41

Der Schnee fiel dicht, aber trotz der geringen Außentemperaturen verwandelten sich die Schneekristalle beim Auftreffen auf die Wasseroberfläche des Table Lake in Wasser. Die Bergungstaucher der NUMA hatten zum Schutz gegen die grimmige Kälte geheizte Tauchanzüge angelegt, so daß die Arbeiten auf dem Grunde des Sees trotz der Wassertemperatur, die dort fast den Gefrierpunkt erreichte, zügig vorangingen. Die Hauptarbeit unter Wasser hatte darin bestanden, Tragwerk und Schwanzflossen der gesunkenen Cargo 03 abzutrennen, um die Hebung des Wracks zu erleichtern. Nachdem diese Schweißarbeiten zu Ende geführt waren, befestigten die Taucher zwei mächtige Stahlschlingen an dem verstümmelten Flugzeugrumpf.

Inzwischen waren auch Admiral Bass und Abe Steiger am Ort des Geschehens eingetroffen. Sie wurden von einem Transport-Lkw und einem blaugestrichenen Mannschaftswagen der Luftwaffe begleitet. Fröstelnd sahen sie zu, wie die Mannschaft fünf leere Särge auslud. Um zehn Uhr waren alle Vorbereitungen getroffen, so daß die Hebung der Cargo 03 vonstatten gehen konnte. Pitt gab den beiden Kranführern das vereinbarte Handzeichen. Die dicken Stahlkabel, die von der Winde der Schwimmkräne ins windgepeitschte Wasser hinunterhingen, strafften sich. Langsam neigten sich die Schwimmkräne, dem zunehmenden Druck nachgebend, um einige Grad nach vorn. Dann gab es einen leichten Ruck. Als ob ihnen plötzlich von unsichtbarer Hand Gewicht abgenommen worden sei, kippten die beiden Schwimmkräne wieder in ihre Ausgangsposition zurück. Pitt, der neben Admiral Bass stand, nickte. »Der Rumpf ist aus dem Schlamm heraus. Jetzt geht's leichter«, erklärte er.

Er sah zu Giordino hinüber, der Kopfhörer angelegt hatte und ihm ein Zeichen mit dem nach oben weisenden Daumen gab. »Die Taucher sagen, der Rumpf kommt rauf!« schrie er.

»Sag dem Mann an der vorderen Schlinge, daß er den vorderen Teil vom Rumpf möglichst tiefhängen läßt. Das Loch ist im Heck. Wenn wir nicht aufpassen, fallen uns die Behälter raus«, rief Pitt zurück. Mit Hilfe eines kleinen Mikrophons gab Giordino die Weisung zu den Tauchern durch.

Gespannt beobachteten die Männer an der Oberfläche das Manöver, von dem sie vorläufig nur die sanft nach oben gleitenden Stahlseile sehen konnten. Alle starrten auf die Stelle zwischen den beiden Schwimmkränen, wo innerhalb der nächsten Minuten das Wrack der Cargo 03 erscheinen mußte, das so viele Jahre auf dem Grunde des Bergsees gelegen hatte. Niemand sprach. Nur das Maschinengeräusch der Kräne war zu hören. Trotz der vielen Wracks, die die Bergungsmannschaft im Laufe der Jahre aus Flüssen, Seen und dem offenen Meer gehoben hatte, hatte sich keine Routine eingestellt. Die Erregung, wenn ein schlammtriefendes Wrack mit seinem unbekannten Inhalt an die Oberfläche kam, war immer die gleiche.

Immer noch schneite es. Admiral Bass erinnerte sich an den nächtlichen Schneesturm, bei dem die Cargo 03 vor vielen Jahren zu ihrem Unglücksflug gestartet war. Er dachte an das Gespräch mit dem Piloten Vylander, der wenig später abgestürzt war und dessen bleiche Gebeine in diesen Sekunden im Inneren des Wracks nach oben schwebten. Vorsichtig trat Bass näher ans Ufer heran. Er verspürte ein seltsam brennendes Gefühl, das von der Brust zur linken Schulter hin ausstrahlte. Dann färbte sich das graublaue Wasser zwischen den beiden Schwimmkränen schmutzigbraun, und der geschwungene Rumpf der Cargo 03 kam an die Oberfläche. Die einst silbrigschimmernde Aluminiumhaut war in den vierunddreißig Jahren unter Wasser zu einem bleiernen Grau geworden, auf dem sich die dunklen Linien verrotteter Schlingpflanzen abzeichneten, die die Kräne mit an die Oberfläche gezogen hatten. Lehmiges Wasser ergoß sich in einer breiten Kaskade aus dem riesigen Leck, während die Hebekräne ihre Last höher und höher in den trüben Winterhimmel hoben.

Die blaugelben Buchstaben, die man bei der Indienststellung der Maschine auf beide Seiten des Rumpfes gepinselt hatte, waren noch einwandfrei zu lesen. »MILITARY AIR TRANSPORT SERVICE« entzifferte Pitt. Wie ein Flugzeug sah der schlicktriefende Rumpf der Cargo 03 allerdings nicht mehr aus. Das Gebilde, das jetzt mit leichtem Schaukeln zwischen den beiden Hebekränen hing, glich mehr einem in Auflösung befindlichen Wal, dem Flossen und Schwanz gekappt worden waren. Wie blutige Eingeweide hingen die abgeschnittenen und labyrinthartig verdrehten Kontrollkabel, elektrischen Drähte und hydraulischen Leitungen aus der klaffenden Wunde des Lecks.

Abe Steiger war der erste, der zu sprechen begann. »Ich wette, das war der Grund für den Absturz«, sagte er und deutete auf das gezackte Loch zwischen Cockpit und Frachtraum. »Beim Flug muß sich das Blatt eines Propellers gelöst haben. Es ist dann wie ein Schrapnell in den Rumpf eingedrungen.«

Bass betrachtete das traurige Bild von dem, was vor vierunddreißig Jahren ein stolzes funktionsfähiges Flugzeug mit allen Raffinessen der damaligen Technik gewesen war. Der Schmerz in Bass' Brust war stärker geworden. Er zwang sich, nicht darauf zu achten, während er mit einer unbewußten Bewegung die prikkelnde Innenseite seines linken Oberarmes zu massieren begann. Angestrengt versuchte er einen Blick in das Cockpit des Wracks zu werfen. Die Scheiben waren jedoch so sehr mit Schlamm verschmiert, daß er nichts erkennen konnte. Als die Schwimmkräne den mächtigen Rumpf fünf Meter hoch über die Wasseroberfläche gehievt hatten, durchfuhr Bass ein Gedanke. Er drehte sich um und sah fragend zu Pitt hinüber.

»Sie haben ja gar kein Transportschiff besorgt, Mr. Pitt. Wie wollen Sie das Wrack denn an Land bringen?«

Pitt grinste. »Dafür gibt's den Himmelshaken, Admiral.«

Er gab Giordino ein Zeichen. »Der Dumbo soll starten.«

Zwei Minuten später kam ein unförmig dicker Lasthubschrauber über die Baumspitzen gebrummt. Er sah aus wie eine stahlgepanzerte urzeitliche Flugechse – mit der Besonderheit, daß dieses Urtier seine Flügel auf der Stirn trug. Das dumpfe Blubbern der beiden gigantischen Rotoren, die die dünne Bergluft zerschnitten, war so laut, daß es ein Gespräch unmöglich machte.

In einer präzis geschwungenen Anflugkurve brachte der Pilot den Lasthubschrauber auf seine Einsatzposition zwischen den beiden Schwimmkränen. Zwei mächtige Haken wurden an hydraulisch bewegten Stahlseilen aus dem Bauch des Flugkörpers herabgelassen und in die Stahlschlaufen an der Oberseite der Cargo 03 eingeklinkt. Dann war das Donnern der auf volle Kraft gestellten Rotoren zu hören. Langsam schwebte das Wrack höher, bis die Stahlseile, die es noch mit den beiden Schwimmkränen verband, entlastet wurden und lose durchhingen. Nachdem das Bedienungspersonal der Schwimmkräne die beiden Krankabel abgekoppelt hatte, stieg der Dumbo in die Luft. So vorsichtig, als befördere er einen gläsernen Sarg, flog der Pilot des Lasthubschraubers mit seiner makabren Beute ans Ufer. Eine schmutzige Gischtwolke ging aus großer Höhe aus dem fortschwebenden Wrackteil auf die Bergungsmannschaft nieder. Die Vorstellung, daß dieses Wasser eben noch die verwesten Skelette der abgestürzten Flugzeugmannschaft umspült hatte, war so unangenehm, daß Pitt sich abwandte. Er schämte sich, daß er nichts gegen den Ekel tun konnte, der ungewollt in ihm aufstieg. Als er sich wieder umwandte, bemerkte er, daß Giordino die Einweisung des Lasthubschraubers übernommen hatte. Er hatte sich abseits von den anderen Mitgliedern der Bergungsmannschaft gestellt, so daß ihn der Pilot des Hubschraubers von oben besser sehen konnte. Mit weitausholenden Armbewegungen und Korrekturen, die er über das Mikrophon zum Hubschrauber hinauf funkte, dirigierte er die Aktion.

Nachdem der donnernde Riesenvogel seine nasse Last auf einer Freifläche am Ufer abgeladen hatte und davongeflogen war, begann der delikate Teil der Operation. Die Soldaten der Luftwaffe, die mit dem Mannschaftswagen gekommen waren, begaben sich zum Lastwagen und luden die fünf Särge aus, die in einer ordentlichen Reihe vor dem Flugzeugwrack auf den Boden gestellt wurden. Einer von Pitts Männern brachte eine Aluminiumleiter und lehnte sie an den Flugzeugrumpf, so daß ihr oberes Ende in die klaffende Öffnung im Frachtraum reichte. Mit einer Kopfbewegung bedeutete Pitt dem neben ihm stehenden Admiral Bass, zuerst hinaufzusteigen. Mit schwerfälligen Bewegungen erklomm Bass die Leiter und verschwand im Innern des verstümmelten Metallrumpfes. In der Frachtkabine angekommen, ging er an den übereinandergestürzten Metallbehältern vorbei auf die offenstehende Tür zum Cockpit zu. Vor der Tür blieb er stehen. Er war bleich geworden, und seine Beine waren wie Blei.

»Ist Ihnen nicht wohl, Sir?« fragte Pitt, der Bass nachgegangen war. Bass antwortete mit einer seltsam unbeteiligten Stimme, so als ob seine Gedanken weit weg wären. »Ich kann sie nicht ansehen...«

»Das sollten Sie auch nicht«, sagte Pitt beruhigend. »Bleiben Sie hier im vorderen Teil des Frachtraums. Ich sehe mich inzwischen etwas näher um.«

»Danke.« Bass lehnte schwer atmend an der Kabinenwand. Er spürte, wie der Schmerz in seiner Brust stärker wurde. »Ich muß mich einen Augenblick ausruhen«, flüsterte er. »Ich... werde dann... das Inventar der Metallbehälter aufnehmen.«

Inzwischen war auch Steiger an Bord gekommen. In respektvollem Abstand ging er um die Metallbehälter herum, als ob er Angst hätte, sich an ihnen zu verbrennen. Dann wandte er sich an Pitt. »Sollen wir nicht als erstes die Überreste der Mannschaft abtransportieren?«

»Okay!« nickte Pitt. »Hol deine Leute rauf! Am besten, ihr nehmt euch zuerst den fünften Mann vor. Unseren geheimnisvollen blinden Passagier.« Er deutete auf einen hohen Stapel übereinandergestürzter Metallbehälter. »Hinter diesem Stapel muß er liegen, etwa drei Meter nach rechts.«

Steiger begab sich zu der Stelle, die ihm bezeichnet worden war. Nach wenigen Sekunden kam er mit ratlosem Gesicht zu Pitt zurück. »Dort ist nichts. Bist du sicher, daß du ihn dort gesehen hast?«

»Aber ja!« sagte Pitt ungeduldig. »Du stolperst drüber, wenn du um den Stapel herumgehst.«

»Schau doch selbst!« widersprach Steiger ungehalten. »Ich sage dir, da liegt niemand.«

»Man müßte eben Augen im Kopf haben«, brummte Pitt, schob Steiger zur Seite und ging selbst um den Stapel herum, hinter dem das Skelett des fünften Mannes liegen mußte. Die Stahlfässer waren immer noch so an den Verankerungsringen für die Ladung befestigt, wie Pitt sie von seinem Tauchgang in Erinnerung hatte. Aber das Skelett in der Khaki-Uniform war verschwunden! Erstaunt starrte Pitt auf die Stelle am Boden, wo das Skelett gelegen hatte. Fieberhaft arbeiteten seine Gedanken, um eine Erklärung für die überraschende Situation zu finden. Er kniete nieder und musterte die Fesseln aus nächster Nähe. Sie waren durchgeschnitten worden.

Steiger war hinter ihn getreten. »Du bist damals in dem eiskalten Wasser sehr lange drunten geblieben«, sagte er. »Du weißt ja, daß man sich auf seine Beobachtungen bei Sauerstoffmangel nicht sehr verlassen kann. Könnte es nicht sein, daß du nur ...« Er sprach die Vermutung, daß Pitt einer Täuschung zum Opfer gefallen war, nicht zu Ende.

Pitt, der immer noch am Boden kniete, richtete sich mit einer hastigen Bewegung auf. »Der Mann war hier!« sagte er in einem Ton, der seinem Gesprächspartner klarmachte, daß er keine Zweifel mehr zu hören wünschte.

»Vielleicht ist die Leiche bei der Hebung durch das Leck hinausgespült worden«, sagte Steiger.

»Das ist nicht möglich. Der Mann war fest angekettet«, entgegnete Pitt. »Außerdem sind die Bergungstaucher während des gesamten Auftauchvorgangs neben dem Wrack hergeschwommen. Sie hätten es uns selbstverständlich berichtet, wenn sich eine Leiche aus dem Wrack gelöst hätte.«

Steiger hatte gerade zu einer Antwort angesetzt, als er plötzlich ein seltsames Stöhnen hörte, das aus dem vorderen Teil des Frachtraums zu kommen schien. »Um Gottes Willen, was ist da los?«

Pitt antwortete ihm nicht. Er ahnte, was geschehen war.

Sie fanden Admiral Bass am Boden liegen. Sein Körper zuckte. Er röchelte, seine Stirn war mit kaltem Schweiß bedeckt. Er schien unerträgliche Schmerzen zu haben, sein Gesicht war zu einer Maske namenlosen Leids erstarrt.

»Er stirbt!« sagte Pitt. »Ruf Giordino und sag ihm, er soll sofort den Hubschrauber herbeordern!«

Während Steiger davonlief, um die erhaltene Weisung auszuführen, kniete sich Pitt neben den vom Tode Gezeichneten und öffnete ihm die Kleidung am Hals, um ihm die Atmung zu erleichtern.

Der Admiral hielt die Augen geschlossen, die Todesangst stand ihm ins Gesicht geschrieben. Als er spürte, daß ihn jemand berührte, ergriff er Pitts Handgelenk. »Die Metallbehälter ...« stammelte er.

»Machen Sie sich jetzt darum keine Sorgen«, bemühte sich Pitt ihn zu beruhigen. »Der Hubschrauber ist gleich da und fliegt sie ins Hospital.«

»Die Giftbazillen«, flüsterte Bass.

»Die ST-Behälter sind unversehrt. Das Gift ist noch drin«, versicherte ihm Pitt.

»Sie... verstehen... mich... nicht.« Bass' Stimme war jetzt nur noch ein Wispern. »Es sind... nur noch... achtundzwanzig...« Immer noch bewegten sich die Lippen des Admirals, der mit dem Tode rang. Er sprach jetzt so leise, daß Pitt ihm sein Ohr an den Mund legen mußte, um überhaupt noch etwas zu verstehen. Giordino kam in den Frachtraum des Wracks gestürzt. Er hatte Decken mitgebracht. Der Hubschrauber ist benachrichtigt«, sagte er aufgeregt. »Wie geht es Bass?«

»Sieht böse aus«, flüsterte Pitt mit abgewandtem Kopf. Er löste die Finger des Admirals, die ihn wie ein Schraubstock umklammert hielten, von seinem Handgelenk und begann den Handrükken des Dahingestreckten zu massieren. »Ich kümmere mich um die Sache, Admiral«, sagte er ernst. »Ich verspreche es Ihnen!«

Bass versuchte zu sprechen, aber er brachte nichts mehr heraus. So nickte er zum Zeichen, daß er Pitt verstanden hatte.

Mit Hilfe von Giordino stützte Pitt Admiral Bass auf und legte zwei zusammengefaltete Decken unter seinen Kopf. Eine weitere Decke breitete er über den Körper des Schwerkranken, damit er nicht fror. Wenige Augenblicke später kam Steiger zurück, der von zwei Soldaten der Luftwaffe begleitet wurde. Sie legten Admiral Bass auf eine Trage und transportierten ihn vorsichtig zum Hubschrauber, der bereits gelandet war und mit laufendem Motor wartete. Bass war noch bei Bewußtsein, als sie ihn in die Maschine hoben.

Besorgt ergriff Steiger Pitt beim Arm. »Hat er noch irgend etwas gesagt?«

»Er hat gesagt, daß nur noch achtundzwanzig Metallbehälter an Bord sind«, antwortete Pitt.

»Meinst du, daß er es überlebt?« fragte Steiger.

Pitt hob resigniert die Schultern.

»Jedenfalls hat er die Genugtuung gehabt, daß der Alptraum jetzt zu Ende ist. Wir brauchen das Zeug jetzt nur noch in den Pazifik zu kippen. Ende der Horrorstory.«

»Irrtum. Die Horrorstory fängt erst an!«

»Was meinst du damit?«

»Ich sagte dir doch, daß Admiral Bass nur achtundzwanzig Metallbehälter vorgefunden hat. Die Cargo 03 startete aber mit sechsunddreißig. Acht Stück fehlen. Gnade uns Gott, wenn wir sie nicht finden.«

Der Überfall

Washington, D.C. – Dezember 1988

42

Das Verwaltungsgebäude der Nationalen Unterwasser- und Marine-Arbeitsgemeinschaft war eine modernistische Konstruktion mit zylindrischem Grundriß und dreißig Stockwerken. Das Gebäude war in voller Höhe mit reflektierendem grünen Glas verblendet und bildete den architektonischen Hauptanziehungspunkt auf einem der Hügel im östlichen Teil von Washington. Im obersten Stockwerk des fashionablen Bauwerks hatte sich Admiral James Sandecker, Herr über die Geschicke dieser mächtigen halbstaatlichen Organisation, seine großzügige Chefetage einrichten lassen. Sandecker saß an seinem mattglänzenden, aus massivem Stahl gefertigten Schreibtisch. Eines der Telefone klingelte. Er nahm ab.

»Sandecker hier«, meldete er sich.

»Hier spricht Pitt.«

Sandecker betätigte einen der zahlreichen Knöpfe an einem mit Plexiglas verblendeten Schaltpult.

Der Kontakt setzte eine holographische Kamera in Tätigkeit. Im Bruchteil einer Sekunde wurde mitten im Raum das dreidimensionale und farbige Bild von Sandeckers fernem Gesprächspartner Pitt sichtbar.

»Stellen Sie die Aufnahmekamera etwas höher«, bat ihn Sandecker. »Ich sehe Sie hier mit abgeschnittenem Kopf.«

In dem durch einen Satelliten übertragenen dreidimensionalen Bild wurde alsbald sichtbar, wie Pitt den Einfallwinkel der Aufnahmekamera veränderte, so daß auch sein Kopf in dem projizierten Hologramm erschien. Es sah so aus, als ob er sich in Fleisch und Blut mitten in Sandeckers Exekutivetage befände. Der einzige Unterschied war, daß Sandecker durch seinen lebensecht projizierten Gesprächspartner hindurchgehen konnte – ein harmloses Spiel mit der Technik, daß der Leiter der NUMA sich bisweilen leistete, wenn er besonders guter Laune war.

»Sehen Sie mich jetzt besser?« erkundigte sich Pitt am anderen Ende.

»Wenigstens haben Sie jetzt einen Kopf. Was ja nicht alle Herren hier im Hause von sich behaupten können«, sagte Sandecker sarkastisch. Dann kam er zur Sache. »Was gibt's Neues von Admiral Bass?«

Pitt antwortete. Er sah müde aus.

»Der Herzspezialist im ›Fitz Simons Armee Hospital‹ in Denver sagt, daß die befürchtete Verschlechterung seines Zustandes nicht eingetreten ist. Wenn er die nächsten 48 Stunden überlebt, hat er eine gute Chance.

Sobald er stark genug ist, wollen sie ihn ins ›Bethesda Marine Hospital‹ verlegen.«

»Wo habt ihr die achtundzwanzig ST-Behälter hingebracht?«

»In ein Lagerhaus bei Leadville«, gab Pitt zur Auskunft. »Steiger ist dabei, den Weitertransport zum Hafen von San Francisco zu organisieren.«

»Sagen Sie Steiger bitte, daß ich ihm für seine Hilfe danke. Ich habe bereits Anordnung gegeben, daß das im Pazifik stationierte Forschungsschiff der NUMA sich zur Verfügung hält, um die Ladung aufs offene Meer hinauszubringen. Wir werden die Behälter mit dem Kampfgift dann auf dreitausend Meter Tiefe versenken.« Sandecker zögerte, dann sprach er weiter. »Gibt es irgendeine Spur von den vermißten acht Behältern?«

Pitts Gesichtsausdruck übermittelte ihm die negative Antwort, bevor der sie aussprechen konnte. »Leider nein, Herr Admiral. Auch eine nochmalige Suche im Table Lake hat nichts erbracht.«

Sandecker schwieg und dachte nach. »Wir sind jetzt an einem Punkt angelangt, wo wir das Pentagon informieren müssen.«

»Meinen Sie wirklich, daß das eine gute Entscheidung ist?«

»Was sollten wir sonst tun?« war Sandeckers Gegenfrage. »Für eine Suchaktion auf dem ganzen Gebiet der Vereinigten Staaten haben wir kein Geld.«

»Man braucht auch nicht die ganzen Vereinigten Staaten abzusuchen«, wandte Pitt ein. »Wir brauchen nur eine Spur. Ich wette, daß das Zeug irgendwo herumsteht und Staub ansetzt. Die Diebe wissen vielleicht gar nicht, was sie da gestohlen haben.«

»Hoffentlich nicht«, sagte Sandecker. »Aber versetzen wir uns doch einmal in die Situation der Diebe. Sie werden die Behälter samt Inhalt irgendwie zu Geld machen wollen.«

»Und dazu müssen sie aus ihrem Versteck herauskommen. Dann können wir sie packen. Wenn wir die Diebe haben, dann haben wir auch den Mörder von Laura Smith's Vater.«

»Was heißt hier Mord«, wandte Sandecker ein. »Keine Leiche, kein Mord!«

»Ich weiß, was ich gesehen habe«, beharrte Pitt.

»Wie dem auch sei, wir müssen die ST-Behälter finden, bevor irgend jemand damit eine Katastrophe entfesselt.«

»Geben Sie mir fünf Tage Zeit! Wenn ich die acht Behälter bis dahin nicht aufgespürt habe, ist immer noch Zeit, das Pentagon zu informieren.«

Grübelnd betrachtete Sandecker das farbige Abbild von Pitt, das sich vor ihm im Raume bewegte. Dann lächelte er grimmig. »Wenn die Sache ins Auge geht, muß ich dafür gradestehen«, sagte er scharf.

»Ich bin ohnehin gegen meinen Willen in die ganze Sache verstrickt. Schon seit Sie das Transportflugzeug und die Unterwasserkameras für Ihren ersten Tauchgang gekidnappt haben. Niemand im Pentagon wird mir glauben, daß mir meine eigenen Leute ein ausgewachsenes Flugzeug samt TV-Ausrüstung für ihr privates Wochenende in Colorado klauen.«

Pitt machte ein schuldbewußtes Gesicht. Er wuße jetzt, daß sein Chef ihm und Giordino auf die Spur gekommen war. Aber wann? Hatte Sandecker von Anfang an Bescheid gewußt? »Gut«, sagte Sandecker nach längerem Schweigen zu Pitts Erstaunen. »Ich mache mit. Sie haben fünf Tage! Nutzen Sie die Zeit. Wenn Sie mit leeren Händen zurückkommen, sollten Sie mein Büro nur noch mit Fallschirm betreten. Beim Sturz aus der dreißigsten Etage bleibt sonst wenig von Ihnen übrig.«

Pitt lächelte erleichtert. Noch ehe er Sandecker danken konnte, hatte der die Verbindung unterbrochen. Pitts farbiges Bild im Raum wurde grau und blaß wie ein Geist. Dann entmaterialisierte es sich.

43

Es war kurz vor Sonnenuntergang. Mrs. Raferty hatte die Wäsche von der Wäscheleine genommen und war dabei, ins Haus zurückzugehen, als sie Pitt erblickte, der die Straße heraufkam.

Sie blieb stehen und wartete.

»Nett, Sie wieder einmal zu sehen«, begrüßte sie ihn.

»Ganz meinerseits, Mrs. Raferty.«

»Ist Laura oben im Blockhaus?«

»Nein, sie konnte nicht mitkommen. Sie hat in Washington zu tun.«

»Ist Ihr Mann zu sprechen?«

»Lee ist im Haus, er repariert den Abfluß in der Küche.«

Eine Windböe wehte von den Bergen herunter. Es war empfindlich kühl, und Mrs. Raferty wunderte sich, daß Pitt trotz der Kälte seine Jacke über dem Arm trug. »Kommen Sie herein, Sie erkälten sich ja.«

Lee Raferty saß am Küchentisch. Er hatte ein Rohrstück vor sich hingelegt, an dessen Gewinde er feilte. Als Pitt eintrat, sah er auf, so als ob er den Besuch als willkommene Unterbrechung der Arbeit begrüßte.

»Willkommen Mr. Pitt. Setzen Sie sich, Sie kommen gerade richtig. Ich hatte gerade vor, eine Flasche von meinem selbstgemachten Wein aufzumachen.«

Pitt zog sich einen Stuhl heran und setzte sich. »Ich wußte gar nicht, daß Sie außer Bier auch Wein herstellen?«

»Hier oben in der Wildnis muß man sich selbst versorgen«, grinste Lee. Er unterbrach die Arbeit an dem Rohrstück, um den abgebrochenen Stumpen einer Zigarre in seine Pfeife zu stopfen. »Dieses kaputte Abflußrohr zum Beispiel würde mich ein Vermögen kosten, wenn ich einen Klempner aus Leadville kommen lasse. Da mach ich's lieber selbst.«

Raferty schob die alte Zeitung zur Seite, die er als Arbeitsunterlage unter sein Rohrstück gelegt hatte, legte beides an den äußersten Rand des Tisches, stand auf und kehrte mit zwei Gläsern und einem Krug, den er aus einem Regal geholt hatte, zurück.

»Ich hätte ein paar Fragen an Sie, Mister Raferty«, sagte Pitt.

»Ich stehe ganz zu Ihrer Verfügung«, sagte Raferty leutselig. Er füllte die Gläser bis zum Rand. »Haben Sie übrigens von dem Bergungsunternehmen unten am See gehört? Es heißt, sie sollen ein altes Flugzeugwrack geborgen haben. War es vielleicht das Wrack, das Sie suchten?«

»Ja«, sagte Pitt knapp und nippte an seinem Weinglas. Er war erstaunt, daß Raferty's selbstgemachtes Gebräu recht angenehm schmeckte. »Dieses Flugzeugwrack bringt uns zum Thema. Warum haben Sie Charlie Smith ermordet?«

Die einzige sichtbare Reaktion auf Pitts Frage bestand in einem leichten Zucken der buschigen Augenbrauen seines Gegenübers.

»Charlie ermordet? Ich? Wie kommen Sie denn darauf?«

»Zwei Partner entdecken eine Goldmine mitten in einem Bergsee. Und dann geraten sie sich in die Haare. So war es doch?«

Raferty starrte Pitt an und schüttelte entgeistert den Kopf. »Sie sind ja verrückt geworden!«

»Was Sie danach am wenigsten erwartet haben, ist, daß ein Fremder kommt und sich nach einem abgestürzten Flugzeug erkundigt. Sie haben einen Fehler gemacht, indem Sie das Bugrad und die Sauerstoffflasche nicht verschwinden ließen. Dafür spielten Sie und Ihre Frau mir dann bei meinem Besuch ein vollendetes Bauerntheater vor. Das gute alte Ehepaar, das keiner Fliege etwas zuleide tun kann. Von diesem Moment an beobachteten Sie mich. Als Sie sahen, daß ich im Table Lake nach dem Wrack tauchte, wußten Sie auch, daß ich dort unten Charlie Smith' Leiche entdeckt hatte. Da begingen Sie Ihren größten Fehler. Sie gerieten in Panik und entfernten die Leiche, um das corpus delicti für Ihren Mord zu beseitigen. Sie hatten Angst, daß die Polizei Sie mit dem Mord in Verbindung bringen würde.«

Lee Raferty war bemerkenswert ruhig geblieben. Gemütlich zündete er sich seine Pfeife an. »Ohne Leiche dürfte es dem Staatsanwalt schwerfallen, mich zu beschuldigen.« Er grinste hämisch.

»Es gibt zwar keine Leiche, aber es gibt ein Motiv!« sagte Pitt. »Habgier! Aber beginnen wir doch bei Kapitel Eins von Mister Rafertys Horrorstory. Ein verrückter Erfinder namens Charlie Smith testet sein neuestes Geisteskind, eine Angelautomatik. Als der Angelhaken an einem Hindernis hängenbleibt, zerrt Charlie Smith so lange an der Leine, bis das Hindernis nachgibt. Zu seinem Erstaunen kommt eine Sauerstoff-Flasche an die Oberfläche. Eine Sauerstoff-Flasche, die aus einem Flugzeug stammt. Die Befestigungsmechanik der Sauerstoff-Flasche war in den langen Jahren unter Wasser korrodiert und so lose, daß Charlies Angelhaken genügte, um die Flasche ganz vom Wrack zu trennen.

Jetzt hätte Charlie eigentlich die Polizei oder die Armee verständigen müssen. Aber Charlie war ein neugieriger Mensch. Alles mußte er selbst rausfinden! Er holte sich ein dünnes Stahlseil aus seiner Werkstatt, befestigte ein schweres Eisenstück daran und zog das Gebilde so lange kreuz und quer über den Seegrund, bis er das Wrack lokalisiert hatte. Mit der Suchmechanik riß er das Bugrad los, das ebenfalls an die Oberfläche trieb und seine Vermutung bestätigte. Da unten lag ein Flugzeug! Etwas, mit dem sich Geld verdienen ließ. Man mußte den Schatz nur heben. Anstatt die Entdeckung den Behörden zu melden, zog unser verrückter Schatzsucher seinen Nachbarn Lee Raferty ins Vertrauen.«

»Warum sollte Charlie mir von seiner Entdeckung etwas erzählen?«

»Weil Sie ein erfahrener Taucher sind. Wären sie nicht gewesen, man hätte Sie erfinden müssen. Sie kamen für die Aufgabe wie gerufen. Jedenfalls wurden Sie Charlies Partner. Ich wette, die Tauchausrüstung und der Kompressor liegen jetzt noch in Ihrer Garage. Sie legten sich also Ihre Tauchausrüstung an und stiegen hinab. Nur sechsundvierzig Meter Tauchtiefe, ein Kinderspiel für einen Tiefseetaucher wie Sie. Dann entdeckten Sie die Stahlkanister. Eine geheimnisvolle Ladung. War vielleicht nukleares Material darin, das man unter der Hand an irgendwelche Geschäftemacher verkaufen konnte? Um den Inhalt zu prüfen, holten Sie sich ein paar Behälter nach oben. Ein ganz schönes Stück Arbeit, alle Achtung! Ich hoffe, ich bin auch noch so fit, wenn ich einmal in Ihr Alter komme.«

Lee widersprach nicht, er grinste. Er schien Pitts Enthüllungen nicht zu fürchten. »Es war nicht so schwer, wie Sie denken«, sagte er so beiläufig, als ob er über die Gartenarbeit vom letzten Herbst spräche. »Charlie brachte eine Sprengladung am Rumpf an, um das schon vorhandene Leck noch zu vergrößern. So konnten wir die Metallbehälter problemlos herausziehen. Wir banden sie einfach mit einem Stahlseil fest, das dann an den Geländewagen gebunden wurde.«

»Wo ein Wille ist, da ist auch ein Weg«, kommentierte Pitt das unverfrorene Geständnis sarkastisch. »Als die Beute oben war, begann es nach Geld zu riechen. Was war drin in den Behältern? Vielleicht Explosivstoffe?«

»Was drin war, hatten wir bald heraus«, sagte Raferty. »Charlie wußte innerhalb von zehn Minuten, daß Giftgas drin war.«

Pitt erschrak.

»Haben Sie die Behälter etwa geöffnet?«

»Ja. Und auch eine der Giftgranaten, die drin lagen! Uns war gleich aufgefallen, daß die Granaten in ihrer äußeren Form den Christbaum-Fackeln ähnelten, wie man sie vor dem Bombardement von Städten abwirft, um das Ziel zu erleuchten. Die Bombe fällt nur bis zu einer gewissen Höhe, dort wird bei Erreichung eines entsprechenden Luftdrucks eine kleine Explosivladung gezündet. Brennendes Phosphor fließt aus und leuchtet wie eine Fackel. Deshalb auch die schöne Bezeichnung ›Christbaum‹. Die Granaten aus dem Wrack enthielten jedoch kein Phosphor, sondern Giftgas.«

»Hat Charlie das herausbekommen, ohne die Granaten zu öffnen?«

»Er entdeckte die Vorrichtung für den Fallschirm, und das verriet ihm das Konstruktionsprinzip der Bombe. Er öffnete sie, entschärfte sie und schaute sich den Sprengkopf an. Das Giftgas ließen wir drin.«

Pitt atmete erleichtert auf.

»Und was haben Sie dann mit den Behältern voll Granaten gemacht?«

»Verkauft.«

»*Was* haben Sie getan?« stöhnte Pitt. »Verkauft? An wen?«

»An die Phalanx Arms Corporation in Newark im Bundesstaat New Jersey. Diese Firma betreibt ein internationales Waffengeschäft. Ich verhandelte mit dem Geschäftsführer. Komischer Knabe. Sieht gar nicht aus wie ein Waffenhändler, eher wie ein Altwagenhändler. Heißt Orville Mapes. Er kam zur Besichtigung der Ware nach Colorado und bot uns fünftausend Dollar pro Behälter. Der Handel war perfekt.«

»Der Rest läßt sich vermuten«, sagte Pitt. »Charlie bekam Gewissensbisse. Ihm war klar, daß bei der Explosion eines Behälters Tausende oder Hunderttausende unschuldiger Menschen sterben würden. Ihnen, Lee, war das egal. Sie sahen nur das Geld. Es gab einen Streit, bei dem Sie Charlie erschossen. Die Leiche verbargen Sie in dem gesunkenen Wrack. Dann zündeten Sie mit ein paar Stangen Dynamit eine Explosion in Charlies Werkstatt, warfen einen Stiefel und einen Daumen in die rauchenden Trümmer und warteten, bis die Polizei kam und Charlies Unfalltod feststellte. Und bei Charlies Begräbnis waren Sie natürlich untröstlich.«

Raferty zeigte keine Reaktion auf die Anschuldigung, die Pitt ausgesprochen hatte. Immer noch beschäftigte er sich geruhsam mit seiner Pfeife, deren geriffelten Kopf er genüßlich zwischen Daumen und Zeigefinger hin und her bewegte. Raferty, fand Pitt, war erstaunlich ruhig für die bedrohliche Situation, in der er sich befand.

»Es war schade, daß Charlie soviel Skrupel hatte«, nahm Raferty den Faden des Gespräches wieder auf. Er trug jetzt einen seltsam traurigen Gesichtsausdruck zur Schau. »Sie irren sich übrigens, Mister Pitt, wenn Sie denken, daß ich habgierig bin. Wenn ich das wäre, hätte ich alle Metallbehälter auf einmal verkauft. Statt dessen entschloß ich mich, den Fund als eine Art Sparkasse zu benutzen. Immer wenn ich etwas Geld brauchte, hob ich von dieser Sparkasse ab. Ich holte dann wieder einen der Metallbehälter aus dem Wrack und rief Mapes an. Der schickte mir einen Lastwagen zur Abholung der Ware. Mapes zahlte immer in bar. Ein gutes und völlig steuerfreies Geschäft.«

»Auf welche Weise haben Sie Charlie Smith ins Jenseits befördert?«

»Ich muß Sie enttäuschen, Mister Pitt, aber Mord liegt mir nicht.« Er lehnte sich vor und blinzelte. »Maxine macht das besser. Sie tötete Charlie mit einem einzigen Schuß.«

»Ihre Frau?« Pitt erschrak. Er wußte jetzt, daß er einen Fehler gemacht hatte. Und er ahnte auch, warum Lee Raferty während seines Geständnisses so ruhig und sorglos gewesen war.

»Maxine kann Ihnen auf hundert Meter Entfernung eine Dollarmünze aus der Hand schießen. Möchtest du's ihm nicht mal vormachen, Maxine?«

Pitt fuhr herum. Maxine Raferty stand in geringer Entfernung hinter ihm und hielt ein Gewehr auf ihn gerichtet.

»Maxines gute alte Winchester ist geladen und entsichert«, bemerkte Raferty und lächelte dünn. »Irgendwelche Zweifel?«

Pitt bewegte vorsichtig die rechte Hand. Immer noch trug er seine Jacke über dem Arm. Und während des ganzen Gespräches mit Raferty hatte er darauf geachtet, daß seine Hand bedeckt blieb. »Ein herrlicher Bluff, Lee.«

»Wenn Sie's herausfinden wollen – bitte! Ich warne Sie! Keine schnelle Bewegung!«

Langsam drehte sich Pitt so, daß er Maxine Raferty von Angesicht zu Angesicht gegenüberstand. Sie hielt das Repetiergewehr auf seine Stirn gerichtet. Pitt schaut in ihre Augen, die ihn über Kimme und Korn hinweg musterten.

»Tut mir leid«, sagte sie mit einem Anflug von Bedauern in ihrer Stimme. »Aber Lee und ich haben wirklich nicht vor, den Rest unseres Lebens im Gefängnis zu verbringen.«

»Ein neuer Mord macht die Sache auch nicht besser«, sagte Pitt. Verstohlen überlegte er, wie weit Maxine Raferty von ihm entfernt stand. Er schätzte, daß die Distanz ungefähr einen Meter fünfzig betrug.

»Ich habe übrigens ein paar Zeugen mitgebracht«, sagte Pitt und bemühte sich, seine Bemerkung möglichst beiläufig klingen zu lassen.

»Hast du irgend jemanden draußen gesehen, Maxine?« fragte Lee.

Maxine schüttelte verneinend den Kopf. »Er ist allein gekommen. Er blufft!«

»Das habe ich mir gedacht«, sagte Lee Raferty und atmete auf. »Wenn Sie Beweise gehabt hätten, hätten Sie den Sheriff mitgebracht.«

»Das habe ich auch«, sagte Pitt mit gespieltem Selbstvertrauen. »Er sitzt samt dem Staatsanwalt und zwei Polizisten nur fünfhundert Meter von hier in seinem Wagen und hört jedes Wort, was wir sagen.«

Lee Raferty war das Grinsen vergangen. »Sie lügen!« zischte er.

»Wollen Sie den Sender sehen?« sagte Pitt. »Ich trag ihn hier auf der Brust.« Er führte die linke Hand an sein Hemd und begann es aufzuknöpfen. »Das Mikrofon ist mit einem Klebestreifen auf meiner Brust befestigt«, fuhr er fort. »Alles was wir...«

Für den Bruchteil einer Sekunde hatte Maxine Raferty den Lauf ihres Gewehres gesenkt. Die winzige Zeitspanne genügte Pitt, um sich zur Seite zu werfen und im Fallen den Abzug des automatischen Colts zu betätigen, den er unter den Falten seiner Jacke verborgen gehalten hatte. Die Schüsse des Gewehrs und des Colts gingen zur gleichen Zeit los.

Giordino und Steiger sahen Pitt nach, der die sanft gebogene Straße hinunterging, die auf das Haus der Raferttys zuführte. Durch ihre starken Feldstecher beobachteten sie, wie Maxine Raferty ihre Wäsche aufhing. »Kannst du irgend etwas von ihrem Mann sehen?« fragte Giordino.

»Nein. Er muß im Haus sein.« Er bewegte das Fernglas leicht nach links. »Pitt kommt jetzt auf das Haus zu. Jetzt hat sie ihn gesehen.«

»Ist der vierundvierziger Colt auch nicht zu sehen?«

»Nein. Er hat seine Jacke drübergelegt.« Steiger brach einen kleinen Zweig ab, der ihm die Sicht versperrte. »Pitt geht jetzt ins Haus rein.«

»Dann wird's Zeit, daß wir näher ran gehen«, sagte Giordino.

»Warte noch! Die alte Hexe ist draußen geblieben, um zu sehen, ob er alleine gekommen ist.«

Aus sicherer Entfernung beobachteten sie, wie Maxine Raferty um ihr Haus herumging und prüfend in alle Richtungen schaute. Sie trat auch auf die Straße hinaus, um nach möglichen Begleitern von Pitt Ausschau zu halten. Erst dann ging sie zum Haus zurück und entschwand ihren Blicken.

»Es geht los!« sagte Steiger. »Ich nehme die hintere Seite des Hauses, du kommst von vorn.«

Giordino nickte. »Vorsicht, wenn du einen Bär siehst«, flachste er.

Steiger grinste und machte sich auf den Weg. Er nutzte den Sichtschutz, den ihm eine buschbestandene Bodenwelle bot, um sich langsam und unbemerkt an das Haus heranzupirschen. Nur noch fünfzig Meter trennten ihn vom Hintereingang des Hauses, als er die Schüsse hörte.

Giordino war nach einem mit Steiger abgestimmten Zeitplan auf die Vorderseite des Raferty-Anwesens zugekrochen, als er das Geräusch der Schüsse vernahm. Er sprang auf und lief, so schnell er konnte, auf den Vordereingang zu. Im gleichen Moment wurde die Haustür aufgestoßen. Maxine Raferty torkelte hinaus und fiel zu Boden. Sie war blutüberströmt. Überrascht beobachtete Giordino, wie sie trotz ihrer Verletzung, die erheblich sein mußte, wieder auf die Beine kam. Zu spät sah er das Gewehr, das sie in der Hand trug. Auch die Frau hatte ihn bemerkt. Sie betätigte den Abzug der Winchester, ohne zu zielen. Durch die Gewalt des Schusses wurde Giordino ins Gras geschleudert. Sein linker Oberschenkel war getroffen, und auf dem Stoff seiner Hose breitete sich ein großer roter Fleck aus.

Für Pitt war das Geschehen nach dem Schußwechsel wie ein Zeitlupenfilm abgelaufen. Das Gewehr Maxine Rafertys war in unmittelbarer Nähe seines Gesichtes losgegangen. Zuerst hatte er geglaubt, er sei getroffen. Dann aber fand er sich am Boden wieder und bemerkte erstaunt, daß er noch seine Arme und Beine bewegen konnte. Der Schuß hatte sein Ohrläppchen zerfetzt. Auch seine Widersacherin schien verletzt zu sein.

Pitt war dabei, aufzustehen, als er von Lee Raferty, der wütend sein Rohrstück schwang, an der Schulter getroffen wurde. Das scharfkantige Rohr hatte im Niedergehen auch seine Schläfe geritzt. Er schrie auf vor Schmerz und zwang sich dazu, den Nebel, der sich vor seine Augen zu legen drohte, abzuschütteln. So gut er konnte, zielte er mit dem Colt auf Lee Raferty, der vor ihm stand und gerade zu einem neuen Schlag ausholte.

Bevor Pitt abdrücken konnte, wurde ihm der Revolver aus der Hand geschlagen. Maxine Raferty hatte offenbar noch keine Zeit gehabt, ihr Gewahr nachzuladen. Sie hatte den stählernen Lauf benutzt, um Pitts zweiten Schuß zu verhindern. Hastig versuchte sie nachzuladen. In diesem Augenblick trat Pitt dem vor ihm stehenden Lee Raferty mit aller Kraft ans Schienbein. Schmerzerfüllt ging Lee in die Knie, stolperte und kam auf Pitt zu liegen, der von dem Anprall nach hinten geschleudert wurde.

»Schieß doch!« schrie Lee. »Schieß!«

»Ich kann nicht«, rief seine Frau zurück. »Du bist in der Feuerlinie.«

Lee hatte das metallene Rohrstück, das er als Waffe benutzte, im Fallen verloren. Verzweifelt versuchte er, sich aus der Umklammerung von Pitt zu lösen, während Maxine Raferty versuchte, einen sicheren Schuß anzubringen. Pitt achtete darauf, daß er Lee wie einen Schutzschild vor sich hatte. Aber als er von seinem Gegner einen Tritt in die Weichteile bekam, mußte er seinen Griff lockern. Lee wand sich frei.

Es gelang Pitt, die in seiner Reichweite befindliche Petroleumlampe zu fassen und auf Maxine zu schleudern. Er traf sie an der Brust. Der Glasschirm zerbrach, und die von den gezackten Splittern getroffene Frau stieß einen Schmerzensschrei aus. Ihre Brust war aufgeschlitzt worden, ein Blutstrom schoß hervor. Pitt holte mit aller Kraft, die ihm verblieben war, zu einem Faustschlag aus, der Maxine mitten ins Gesicht traf. Der Schlag war von solcher Wucht gewesen, daß sie quer durch den Raum gegen die Tür geschleudert wurde.

»Du Hund!« schrie Lee Raferty. Er hatte Pitts zu Boden geschleuderten Colt aufgehoben und zielte auf Pitts Herz.

Das Fenster zerbarst, als Abe Steiger hindurchgesprungen kam. Er landete auf dem Küchentisch, der krachend unter ihm zusammenbrach. Abgelenkt durch das Geräusch, hatte Lee die Haltung des Revolvers geändert, so daß Pitt dem Schuß um Haaresbreite entging. Es gelang ihm, das Rohrstück, das am Boden lag, zu ergreifen. Nie würde Steiger das seltsame Knacken vergessen, mit dem das schwere metallene Instrument Lee Raffertys Stirn und Gehirn zertrümmerte.

Giordino saß am Boden, halb benommen von dem Schuß, der seinen Oberschenkel getroffen hatte. Er versuchte aufzustehen, aber alles schien sich um ihn zu drehen, so daß er wieder zusammensackte. Hilflos sah er zu, wie in nächster Nähe von ihm das Repetiergewehr neu geladen wurde, dessen erster Schuß ihn vor wenigen Sekunden kampfunfähig gemacht hatte. Jetzt zielte Maxine Raferty sorgfältig auf seine Brust.

Der Schuß war ohrenbetäubend. Er durchdrang das Brustbein, so daß eine Mischung von Blut und zerfetztem Fleisch auf Giordinos Füße spritzte. Regungslos stand Maxine Raferty drei Sekunden lang da, bevor sie in einer grotesken Spirale zusammenknickte und leblos ins Gras sank.

Pitt lehnte am Geländer. Er ließ den Colt sinken und kam langsam, mit steifen Schritten, auf Giordino zu. Steiger war aus dem Haus getreten. Er wurde bleich vor Ekel, als er die blutigen Überreste von Maxine Raferty am Boden erblickte.

Giordino starrte wie gebannt auf ein weißliches Stück menschlichen Gewebes, das neben ihm auf dem Boden lag. Pitt kniete sich neben ihn hin. »Hast du die alte Dame auf dem Gewissen?« fragte ihn Giordino. »Ist sie wirklich tot?«

»Ja«, antwortete Pitt. »Sie ist tot.«

»Bin ich erleichtert!« murmelte Giordino. »Ich dachte schon, das weiße Ding da gehört mir.«

44

»Sie Idiot!« schrie Thomas Machita über den Tisch. »Sie Schwachkopf!«

Oberst Jumana nahm Machitas Wutausbruch mit betont gleichgültiger Miene hin. »Ich hatte meine Gründe für diesen Befehl.«

»Welche Gründe? Woher nehmen Sie das Recht, ein Dorf zu überfallen und unsere schwarzen Brüder abzuschlachten?«

»Sie haben eine Kleinigkeit vergessen, Major Machita. Vielleicht darf ich sie Ihnen ins Gedächtnis rufen.« Jumana nahm seine Hornbrille ab und massierte seine schmerzende Nasenwurzel mit ausgestreckten Zeigefingern. »Während der Abwesenheit von General Lusana bin *ich* der Oberkommandierende der ARA. Ich führe Lusanas Befehle aus.«

»Indem Sie Eingeborenendörfer statt militärische Ziele angreifen?« sagte Machita zornerfüllt. »Hat General Lusana Ihnen den Befehl gegeben, die schwarze Bevölkerung zu terrorisieren? Hat er Sie angewiesen, unsere Brüder und Schwestern zu ermorden, deren einziges Verbrechen darin besteht, daß sie als unterbezahlte Angestellte für die Weißen schuften?«

»Meine Strategie, Major Machita, besteht darin, einen Keil zwischen die Weißen und die Schwarzen zu treiben. Jeder Schwarze, der sich der Regierung verdingt, muß wie ein Verräter behandelt werden.«

»Die schwarzen Soldaten der südafrikanischen Streitkräfte – meinetwegen«, widersprach ihm Machita. »Aber Sie können doch nicht die schwarzen Schullehrer, Briefträger oder Straßenarbeiter umbringen!«

Jumanas Gesicht verzerrte sich zu einer kalten und zynischen Grimasse. »Wenn wir den Endsieg über die Weißen durch den Tod von hundert Kindern auch nur um eine einzige Stunde beschleunigen könnten, würde ich keinen Moment zögern, einen entsprechenden Befehl zu geben.«

Machita schüttelte sich vor Abscheu. »Das ist Mord!«

»Die Weißen haben ein sehr interessantes Sprichwort«, kommentierte Jumana verächtlich. »Der Zweck heiligt die Mittel.«

Wütend starrte Machita den dicklichen Oberst an. »Wenn General Lusana von dieser Schlächterei erfährt, wird er Sie aus der ARA ausstoßen.«

Jumana grinste. »Das wird ihm nicht mehr gelingen. Mein Programm, ganz Südafrika in Blut und Terror zu tauchen, ist unumstößlich.« Haßerfüllt fletschte Jumana die Zähne in seinem fleischigen Gesicht. »General Lusana ist ein Außenseiter. Er wird von den Stämmen im Innern des Landes nie ganz akzeptiert werden, und von den Farbigen in den Städten auch nicht. So wahr ich hier sitze: Lusana wird nie Premierminister von Südafrika sein!«

»Was Sie da sagen, ist Hochverrat!«

»Ich würde Ihnen empfehlen, von Lusana abzurücken«, fuhr Jumana fort. »Ich weiß, daß Sie aus Liberia stammen. Sie sind ein echter Afrikaner. Ihre Haut ist genauso schwarz wie meine. Ihr

Blut ist nicht mit weißem Blut vermischt wie das Blut der amerikanischen Farbigen. Sie sollten zu mir halten, nicht zu einem ausländischen Mischling.«

Machita bewahrte seine Fassung. »Sie haben den gleichen Eid geschworen wie ich, als Sie in den Dienst der Afrikanischen Revolutionsarmee getreten sind. Sie haben geschworen, die Grundsätze zu beachten, die von Hiram Lusana festgelegt worden sind. Ihre Aufforderung zum Verrat ekelt mich an. Ich denke nicht einen Moment daran, Ihrem Vorschlag zu folgen. Ich werde General Lusana unverzüglich über Ihr Verhalten informieren.«

Machita stürmte hinaus und warf die Tür von Jumanas Büro mit lautem Krachen hinter sich ins Schloß.

Wenige Sekunden später trat Jumanas Adjutant ein. »Der Major schien sehr aufgeregt«, sagte er. »Was ist passiert?«

»Nur eine kleine Meinungsverschiedenheit«, erklärte Jumana. »Schade, daß er so uneinsichtig ist.« Er deutete hinaus. »Nehmen Sie zwei meiner Leibwächter mit und gehen Sie sofort in unsere Nachrichtenzentrale. Major Machita versucht dort, entgegen meinem Befehl eine Nachricht an General Lusana in Washington durchzugeben. Unterbrechen Sie die Verbindung, und nehmen Sie Major Machita fest!«

»Major Machita festnehmen?« fragte der Adjutant erstaunt. »Unter welcher Beschuldigung?«

Jumana überlegte. »Wegen Geheimnisverrat an den Feind«, sagte er dann, sichtlich zufrieden über seinen guten Einfall. »Bringen Sie ihn in die Arrestzelle im Keller. Dort bleibt er, bis er verurteilt und hingerichtet wird.«

Hiram Lusana stand in der Bibliothek des amerikanischen Repräsentantenhauses und sah suchend umher, bis er Frederick Daggat entdeckte. Der Kongreßabgeordnete hatte an einem langen Mahagonitisch Platz genommen und war dabei, Notizen zu machen, die er aus einem dicken Buch mit Ledereinband abschrieb.

»Ich hoffe, ich störe Sie nicht«, sagte Lusana. »Die Nachricht, die Sie mir schickten, klang sehr dringend, und Ihre Sekretärin sagte mir, daß ich Sie in der Bibliothek finden könnte.«

»Setzen Sie sich«, sagte Daggat kühl.

Lusana zog sich einen Stuhl heran, setzte sich und wartete.

»Haben Sie schon die Morgenzeitung gelesen?« fragte Daggat, ohne von der Lektüre in seinem Buch aufzusehen.

»Nein. Ich hatte gleich nach dem Frühstück eine längere Unterhaltung mit Senator Moore aus Ohio. Es gelang mir, ihn von den Zielen und Ideen der Afrikanischen Revolutionsarmee zu überzeugen.«

»Offensichtlich hat auch Senator Moore noch nicht die Zeitung gelesen«, sagte Daggat mit verletzender Schärfe.

»Was wollen Sie damit sagen?«

Daggat griff in seine Brusttasche, nahm einen zusammengefalteten Zeitungsausschnitt heraus und übergab ihn Lusana. »Hier! Damit Sie was zum Lachen haben!«

FARBIGE AUFSTÄNDISCHE TÖTEN EINHUNDERTFÜNFUNDSECHZIG DORFBEWOHNER BEI ÜBERFALL

TAZAREEN, Südafrika (UPI).

Mindestens einhundertfünfzig farbige Einwohner der kleinen Ortschaft Tazareen in der Provinz Transvaal sind Opfer eines unerklärlichen Überfalls durch Einheiten der Afrikanischen Revolutionsarmee geworden. Wie von einem Sprecher des südafrikanischen Verteidigungsministeriums mitgeteilt wurde, wurde der Überfall in den frühen Morgenstunden von etwa zweihundert Guerilleros der extremistischen Afrikanischen Revolutionsarmee ausgeführt. Die Soldaten schossen auf alles, was sich bewegte. Unter den Opfern waren sechsundvierzig Frauen und Kinder. Einige der Kinder wurden in ihren Betten erschossen. Das Dorf, das Opfer des Überfalls wurde, ist ohne jede militärische Bedeutung.

Ein vierjähriges Mädchen wurde mit durchschnittener Kehle aufgefunden. Unter den Opfern befinden sich mehrere schwangere Frauen, die bei lebendigem Leibe zu Tode getrampelt wurden. Das Verteidigungsministerium war nicht in der Lage, Gründe zu nennen, die den Überfall auf das Dorf ausgelöst haben könnten. Alle Opfer sind Zivilpersonen. Die nächste militärische Einrichtung ist achtzehn Kilometer vom Ort des blutigen Geschehens entfernt.

Bisher hatte die Afrikanische Revolutionsarmee, die von dem aus Nordamerika ausgewanderten Hiram Jones, mit neuem Namen Hiram Lusana, geleitet wird, nur militärische Ziele angegriffen.

Der einzige vergleichbare Überfall fand vor kurzem auf

die Fawkes-Farm in Umkono in der Provinz Natal statt. Damals wurden zweiunddreißig Farbige und drei Weiße getötet. Auch für den Überfall auf die Fawkes-Farm wird die Urheberschaft der ARA angelastet, ohne daß bisher allerdings schlüssige Beweise für diese Annahme erbracht werden konnten. Hiram Jones-Lusana befindet sich gegenwärtig in Washington, um wegen einer amerikanischen Unterstützung für die Afrikanische Revolutionsarmee zu verhandeln.

Lusana schüttelte den Kopf. Er mußte den Zeitungsartikel mehrere Male lesen, bis er den Sinn und die Tragweite des Berichtes verstand. Schließlich stand er auf. Er war sichtlich erschüttert.

»So etwas habe ich nicht angeordnet«, sagte er. »Ich distanziere mich von diesen Morden.«

Daggat sah von seinem Buch auf. »Ich glaube Ihnen, Lusana. Trotzdem bleiben Sie auch während Ihrer Abwesenheit verantwortlich für das Verhalten Ihrer Truppen.«

Lusana schien in düsteren Gedanken versunken. »Jumana!« rief er plötzlich aus. »Nur er kann dahinterstecken. Major Machita hatte mich vor ihm gewarnt, aber ich habe nicht auf ihn gehört.«

»Der dicke Oberst mit den vielen Medaillen?« fragte Daggat.

Lusana nickte.

»Ich erinnere mich gut an ihn«, sagte Daggat. »Ich habe ihn damals auf dem Empfang kennengelernt, den Sie für mich gaben. Sie sagten mir, daß Jumana ein bedeutender Stammesführer ist, glaube ich.«

Lusana nickte. »Jumana ist Anführer des Srona-Stammes. Er hat acht Jahre in südafrikanischen Gefängnissen verbracht, bevor ich seine Flucht arrangierte. Jumana hat viele Anhänger in der Provinz Transvaal. Deshalb habe ich ihn auch zu meinem Stellvertreter ernannt.«

»Das muß ihm in den Kopf gestiegen sein.«

Lusana lehnte sich müde an einen Pfeiler der Bibliothek. »Dieser Narr!« murmelte er. »Er versteht nicht, daß er mit diesen Morden alles zerstört, wofür wir gekämpft haben.«

Daggat war aufgestanden. Er legte Lusana die Hand auf die Schulter. »Es ist am besten, wenn Sie den nächsterreichbaren Flug nach Moçambique nehmen, um Ihre Truppen wieder unter Kontrolle zu bekommen. Geben Sie eine Presseverlautbarung heraus, in der die ARA sich von dem Massaker distanziert. Wenn nötig, lasten Sie den Überfall anderen afrikanischen Befreiungsbewegungen an. Inzwischen werde ich hier so gut wie möglich die öffentliche Meinung von dem Vorfall ablenken.«

Lusana streckte Daggat die Hand entgegen. »Ich danke Ihnen, Herr Abgeordneter. Sie haben mir sehr geholfen.«

Daggat ergriff die ihm gebotene Rechte und schüttelte sie lange.

»Ist schon bekannt, wie sich das Komitee, das Sie leiten, entscheiden wird? Wird die Afrikanische Revolutionsarmee von den Vereinigten Staaten Hilfe erhalten?« fragte Lusana.

Daggat lächelte zuversichtlich. »Das Komitee wird sich mit drei gegen zwei Stimmen für die ARA aussprechen, vorausgesetzt, es gelingt Ihnen, sich in aller Öffentlichkeit überzeugend von dem Tazareen-Massaker zu distanzieren.«

Oberst Zeegler hatte das Erdgeschoß eines Schulhauses, fünfzehn Kilometer von der Grenze zu Moçambique, für die Armee in Beschlag genommen. Während in den anderen beiden Stockwerken der Schule der Unterricht für die Kinder normal weiterging, saßen Zeegler und einige hohe Offiziere der südafrikanischen Streitkräfte an provisorisch zusammengestellten Tischen und studierten eine aus großer Höhe geschossene Luftaufnahme des Hauptquartiers der Afrikanischen Revolutionsarmee. Zeegler hatte außerdem ein maßstabgetreues Modell des ARA-Hauptquartiers anfertigen lassen, das nun der Gegenstand der allgemeinen Aufmerksamkeit im Raume war.

Zeegler schob seine Zigarette in den äußersten Mundwinkel und deutete mit einem Zeigestab auf ein kleines Gebäude in der Mitte des plastischen Modells.

»Die Ansammlung von Häusern, die Sie hier sehen, ist nur vierzig Kilometer Luftlinie von hier entfernt«, sagte er. »Kernzelle des Hauptquartiers ist dieses verhältnismäßig kleine Gebäude hier. Früher wurde es als Verwaltungsgebäude der Universität genutzt. Heute ist es das Nervenzentrum der ARA. Alles, was die ARA unternimmt, geht von dort aus. Die Nachrichtenverbindungen ,die Büros der leitenden Offiziere, Geheimdienst und Spionageabwehr, Kartenraum, Schulungsräume – alles ist hier konzentriert. Es ist höchste Zeit, daß wir zuschlagen! Und wenn es uns gelingt, das Hauptquartier zu zerstören und alle ARA-Offiziere, die sich dort befinden, zu töten, dann haben wir der ARA den Kopf abgeschlagen.«

»Ich bitte um Entschuldigung, Sir«, wandte ein älterer Offizier, ein rotgesichtiger Mann mit buschigem Schnurrbart, ein. »Soweit ich weiß, befindet sich General Lusana in den Vereinigten Staaten.«

»Ganz recht. Lusana liegt in dieser Minute vor den Yankees auf den Knien und bittet um Unterstützung.«

»Was für einen Zweck hat es denn, der Schlange den Kopf abzuschlagen, wenn das Gehirn sich woanders befindet? Warum warten wir nicht, bis Lusana zurück ist, und rotten das Unkraut mit der Wurzel aus?«

Oberst Zeegler sah den älteren Offizier mit ruhig-kühlem Blick an. »Der Moment zum Zuschlagen ist jetzt besonders günstig, weil die ARA zur Zeit durch eine Meuterei geschwächt ist. Ein Oberst namens Randolph Jumana probt den Aufstand.«

Die im Raum versammelten Offiziere sahen sich überrascht an. Es war das erste Mal, daß etwas von einer Meuterei innerhalb der ARA durchsickerte.

»Wir müssen das Eisen schmieden, solange es heiß ist«, fuhr Zeegler fort. »Für den brutalen Mord an den hilflosen Frauen und Kindern von Tazareen muß Jumana, der diesen Überfall befehligte, so schnell wie möglich unsere Vergeltung zu spüren bekommen. Das Kommandounternehmen, bei dem unsere Truppen die Grenze nach Somalia überschreiten müssen, ist vom Premierminister gebilligt worden. Wir werden die üblichen diplomatischen Proteste von Ländern der dritten Welt erhalten. Es sind die gleichen Länder, die bei Massakern an Weißen heuchlerisch die Augen schließen.«

Ein Offizier in Fallschirmjägerkleidung hob die Hand, um sich zu Wort zu melden. Zeegler nickte ihm aufmunternd zu. »Der Geheimdienst sagt, daß im Hauptquartier der ARA auch vietnamesische und chinesische Berater tätig sind. Müssen wir nicht politische Konsequenzen befürchten, wenn bei unserer Strafaktion Vietnamesen oder Chinesen ums Leben kommen?«

»Eine Strafaktion ist kein Spaziergang, und kein Krieg ist ein Zuckerschlecken«, stellte Zeegler fest. »Wenn eine verirrte Kugel einen dieser Asiaten trifft, dann sollte uns das keine schlaflosen Nächte bereiten. Die Vietnamesen und die Chinesen haben nichts in Afrika verloren. Ich habe mit Verteidigungsminister De Vaal über das Problem der asiatischen Militärberater bei der ARA gesprochen. Er ist nicht der Meinung, daß wir diese fremdländischen Agenten mit Samthandschuhen anfassen sollten.«

Zeegler deutete auf das plastische Modell, das in der Mitte des

Tisches aufgebaut war. »Das Kraftzentrum der ARA muß jetzt zerstört werden, meine Herren. Wir müssen der ARA und der Weltöffentlichkeit zeigen, auf welcher Seite die besseren Soldaten sind.«

Thomas Machita zitterte vor Kälte. Seine Zelle war feucht und ungeheizt. Es war ihm nicht mehr gelungen, die Meldung von Jumanas Meuterei an General Lusana in Washington durchzugeben. Die Leibwächter seines Widersachers, die ihn arrestiert hatten, waren wie die Wilden über ihn hergefallen. Er war zusammengeschlagen und schließlich in eine dunkle Zelle in den Kellerräumen des Hauptquartiers gesteckt worden. Ein Auge von Machita war so stark geschwollen, daß er mit ihm nichts mehr sehen konnte. Über dem anderen Auge war die Augenbraue verletzt worden. Dicke verkrustete Blutspuren zeugten von der Mißhandlung. Seine Lippen waren geschwollen, zwei Zähne waren ihm ausgeschlagen worden, als einer der Leibwächter mit dem Gewehrkolben auf ihn eindrosch. Mühsam legte er sich auf die andere Seite. Ein scharfer Schmerz durchzuckte ihn an jener Stelle, wo ihm seine Peiniger eine Rippe gebrochen hatten.

In dumpfer Verzweiflung starrte Machita durch die Eisengitter des schmalen Oberlichtes, hinter denen das Licht des neuen Tages sichtbar wurde. Die Zelle, in die er gepfercht worden war, war nur ein Meter fünfzig breit, ebenso lang und ebenso hoch. Er konnte sich nicht einmal ganz ausstrecken. Die Tür bestand aus zehn Zentimeter dickem Hartholz. Eine Klinke oder einen Griff gab es an der Innenseite nicht.

Er hörte die Bruchstücke eines lauten Gesprächs, das draußen auf dem Hof stattzufinden schien. Mühsam zog er sich so weit zu dem kleinen Oberfenster hoch, daß er einen Blick nach draußen erhaschen konnte. Der Exerzierplatz des Hauptquartiers war zu sehen. Die Elitekommandos der ARA waren angetreten. Im Hintergrund, in einem weiter entfernten Gebäude, waren die offenen Feuer zu erkennen, die dort von den Köchen angefacht wurden, um das Essen zuzubereiten. Eine Kompanie Rekruten aus Angola und Zimbabwe kroch verschlafen aus ihren Zelten, angetrieben von den Rufen ihrer Anführer. Weder Machita in der Zelle noch die exerzierenden Männer draußen wußten, daß dem Hauptquartier der ARA ein Tag bevorstand, wie ihn keiner der Männer je erlebt hatte.

Joris Zeegler betrachtete angestrengt den Sekundenzeiger seiner Armbanduhr. Mit leiser Stimme sprach er in das Mikrofon eines Funkgerätes. »Tonic eins?«

»Tonic eins in Ausgangsposition, Sir«, kam die Antwort.

»Tonic zwei?«

»Wir sind schußbereit, Oberst.«

»Noch zehn Sekunden«, sagte Zeegler. »Noch fünf, vier, drei, zwei...«

Die Soldaten der Elitekommandos, die zum Exerzieren angetreten waren, fielen, als sei ihnen von ihren Kommandeuren das sofortige Niederlegen befohlen worden. Machita, der das Geschehen vom Kellerfenster aus beobachtete, konnte nicht verstehen, daß zweihundert seiner Kameraden durch eine einzige Feuersalve, die aus dem Busch zu kommen schien, niedergemäht worden waren. Ohne auf den stechenden Schmerz in seiner Brust zu achten, preßte Machita sein Gesicht an die Eisenstäbe. Das Feuer, das von unsichtbaren Schützen rings um den Exerzierplatz abgegeben wurde, verstärkte sich, als einige ARA-Soldaten aus den Häusern gelaufen kamen und eine Gegenattacke versuchten.

Inmitten des ungleichen Kampfes vermochte Machita zwei Dinge zu unterscheiden. Da war einmal der typische Knall der automatischen CK-Achtundachtzig-Gewehre, die die Chinesen an die ARA geliefert hatten. Ganz anders klangen die in Israel gefertigten Felo-Gewehre, die – wie Machita wußte – von den Soldaten der südafrikanischen Streitmächte verwendet wurden. Das Felo-Gewehr verursachte ein scharfes, bellendes Geräusch. Aus dieser neuartigen Waffe wurden mit jedem Schuß Hunderte von rasiermesserscharfen kleinen Scheiben geschleudert, von denen jede einzelne tödlich wirkte. Die gefährlichen Projektile waren so scharf, daß sie einen fünfundzwanzig Zentimeter dicken Baumstamm durchtrennen konnten.

Aus den zahlreichen Schüssen von Felo-Gewehren schloß Machita, daß die südafrikanische Armee die Grenze überschritten hatte, um eine Blitzaktion zur Rache für Tazareen durchzuführen. »Sei verflucht, Jumana!« schrie er in hilflosem Zorn. »Du bist schuld an diesen Morden.«

Überall waren Sterbende zu sehen und Tote, die in grotesker Verkrümmung dalagen. Der Exerzierplatz war von zerfetzten Körpern und blutigen Leichenteilen übersät. Vor Schreck wie erstarrt, bemerkte Machita einen Hubschrauber der Südafrikanischen Armee, der über dem großen Mannschaftsgebäude kreiste und sich nun mit einem bedrohlichen Aufheulen seiner Rotoren zum Angriff niedersenkte. Vereinzeltes Gewehrfeuer, das von den Verteidigern abgegeben wurde, war zu hören. Dann sah Machita, wie der Schatten einer großen Bombe sich im rasenden Fluge auf das Dach des Mannschaftsgebäudes senkte. Sekunden später erfolgte eine ohrenbetäubende Detonation. Ein Inferno von Flammen, Gebäudetrümmern, Staub und Rauch hüllte das Gelände in gespenstische Dunkelheit. Immer noch war nicht zu erkennen, wo die Bodentruppen der Angreifer Stellung genommen hatten. Aus gutgetarnten Positionen ringsumher beschossen sie mit automatischen Waffen die wenigen ARA-Rebellen, die noch von der Feuerwalze des plötzlichen Überfalls verschont geblieben waren. Die Operation verriet erstklassige Planung und eine militärisch perfekte Durchführung.

Inmitten der von den brennenden Gebäuden aufsteigenden Rauchwolken erkannte Machita jetzt die rasch wachsenden Konturen des angreifenden Armeehubschraubers, der auf das Gebäude zugeflogen kam, in dessen Keller Machita, gezwungenermaßen untätig, als Gefangener ausharrte. Er glitt von der hohen Fensterbrüstung, an die er sich geklammert hatte, herunter und warf sich flach auf den modrig-kalten Kellerboden. Die Explosion, die in der nächsten Sekunde das Gebäude erschütterte, war wesentlich stärker, als er befürchtet hatte. In einem Zustand schmerzlich-traumhafter Unbeteiligtheit spürte er, wie die Luft von der mächtigen Druckwelle aus seinen Lungen gepreßt wurde. Dann schien sich die schwere Betondecke seiner Zelle wie ein einstürzendes Grabgewölbe auf ihn zu senken, und eine erinnerungslose Dunkelheit umfing ihn.

»Sie kommen, Sir«, meldete der Unteroffizier mit militärischer Ehrenbezeugung.

Pieter De Vaal quittierte die Meldung, indem er seine dünnen Lippen zu einem genüßlich-selbstsicheren Lächeln verzog. »Ich sollte unsere tapferen Jungens vielleicht persönlich begrüßen, was meinen Sie?«

»Gewiß, Sir.« Eilfertig öffnete der Unteroffizier die Tür der dunkelglänzenden Limousine und stand in Habachtstellung zur Seite, während Verteidigungsminister De Vaal ausstieg. Geruhsam, penibel und nicht ohne Eitelkeit glättete er zwei oder drei Fältchen, die sich beim Sitzen im Fond an den Hosen seiner maßgeschneiderten Uniform gebildet hatten. Dann ging er erhobenen

Hauptes auf die abgezirkelte große Rasenfläche zu, die als Landegrund diente.

Der Unteroffizier, der ihn am Wagenschlag empfangen hatte, war ihm gefolgt. Gemeinsam hielten sie eine knappe Minute lang nach den Positionslichtern der nahenden Kampfhubschrauber Ausschau. Dann überstrahlten, wie aus dem Nichts kommend, die plötzlich aufblendenden Landescheinwerfer der niedergehenden Helikopter die Abenddämmerung. De Vaal und sein Begleiter waren gezwungen, ihre Kopfbedeckung gegen die böigen Luftwirbel zu schützen, die von den mächtigen Rotorblättern der Hubschrauber über ihnen verursacht wurden.

Die zwölf Kampfhubschrauber des Vergeltungskommandos der südafrikanischen Armee vollzogen eine Präzisionslandung. Zu einer mustergültigen Formation geordnet, gingen sie auf dem windgepeitschten Rasen nieder. De Vaal sah zu, wie die Landelichter abgeschaltet wurden. Dann kamen auch die Rotoren zum Stehen. An dem in vorderster Position niedergegangenen Befehlshubschrauber öffnete sich die Luke. Zeegler stieg aus und ging auf De Vaal zu, der ihm erwartungsvoll entgegensah.

»War die Operation erfolgreich?« fragte der Verteidigungsminister.

Zeegler lächelte stolz. »Ein historischer Schlag gegen die Rebellen, Herr Minister. Unsere Männer haben Großartiges geleistet.«

»Irgendwelche Verluste?«

»Vier Verwundete, keine Toten.«

»Und auf der Seite der Rebellen?«

Zeegler zögerte mit der Antwort, um seiner Mitteilung den nötigen Nachdruck zu verleihen. »Unsere Beobachter zählten zweitausenddreihundert gegnerische Tote. Weitere zweihundert müssen unter den Trümmern des zerstörten Hauptquartiers liegen.«

»Sind Sie sicher?« De Vaal gab sich erstaunt.

»Ja. Unsere Zählung der gegnerischen Verluste ist absolut zuverlässig.«

De Vaal nickte, ernst und beeindruckt. »Wir hatten doch allerhöchstens mit einigen hundert Toten auf der Gegenseite gerechnet. Was ist passiert?«

»Ein Glücksfall«, erklärte Zeegler. »Die Rebellen waren fast vollständig zum Appell angetreten. Sie standen in Reih und Glied auf dem Exerzierplatz, als unsere Hubschrauber runterkamen. Gleichzeitig wurden sie von unseren Bodentruppen von allen vier Seiten mit automatischen Waffen unter Beschuß genommen. Wir hatten ideale Bedingungen für den Angriff, das reinste Tontaubenschießen. Oberst Jumana erwischten wir mit der ersten Salve.«

»Jumana war nicht wichtig«, entgegnete De Vaal achselzuckend. »Ein vom Ehrgeiz zerfressener Wirrkopf, weiter nichts. Seine Tage waren gezählt. Viel wichtiger ist Major Machita. Er ist der einzige, der in General Lusanas Fußstapfen treten könnte.«

»Wir haben unter den Toten einige Offiziere aus Lusanas Führungsstab identifiziert, aber Machitas Leiche war nicht dabei. Ich bin ziemlich sicher, daß er tot unter den Trümmern liegt.«

Zeegler machte eine Gedankenpause, so als ob er seinen Mut für einen ungewöhnlichen Vorschlag zusammennehmen wollte. »Ich hätte eine Anregung, Herr Minister. Das Hauptquartier der ARA haben wir nun zerschlagen. Sollten wir nach diesem Erfolg nicht das ›Unternehmen Wilde Rose‹ stoppen?«

»Ich bin da anderer Meinung, Zeegler«, entgegnete De Vaal.

»Wir dürfen jetzt nicht auf halbem Wege haltmachen.«

»Wir haben dem Gegner einen entscheidenden Schlag versetzt«, hielt Zeegler ihm entgegen.«

»Ich bin da weniger optimistisch, Zeegler. Es mag Monate dauern, vielleicht auch Jahre, bis sich die Afrikanische Revolutionsarmee von diesem Schlag erholt. Aber sie wird sich erholen – wenn wir auch nur einen dieser Burschen am Leben lassen.« De Vaal verstummte. Einige Sekunden lang schien er in grüblerische Gedanken versunken, deren Bedeutung Zeegler nicht zu erahnen vermochte. Plötzlich, als habe er eine schmerzliche Entscheidung getroffen, schüttelte De Vaal den Kopf. »Solange das Damoklesschwert einer schwarzen Herrschaft über Südafrika hängt, müssen wir jedes Mittel nutzen, um zu überleben. Das ›Unternehmen Wilde Rose‹ wird wie geplant durchgeführt!«

»Mir wäre wohler, wenn wir bei dem Überfall auch General Lusana erwischt hätten«, sagte Zeegler, ohne weiter auf De Vaals Entschluß einzugehen.

Um De Vaals schmale Lippen spielte ein hintergründiges Lächeln. »Ach, das wissen Sie ja noch gar nicht...«

»Was denn, Sir?«

»General Lusana kommt nicht mehr nach Afrika zurück. Nie mehr.«

Machita hatte keine Erinnerung daran, wann er das Bewußtsein wiedererlangt hatte. Er war wach, aber seine Augen sahen in ein zeitloses Dunkel. Plötzlich stellte sich der Schmerz wieder ein, der ihn während seiner lang andauernden Ohnmacht verlassen zu haben schien. Er stöhnte. Seine Ohren registrierten das Geräusch, als ob die Schmerzenslaute von einem Fremden stammten.

Mühsam hob er den Kopf. Eine fahl gelbliche Scheibe bedeckte sein in undurchdringlichen Nebel getauchtes Gesichtsfeld. Schließlich schien die Scheibe in den Hintergrund zu rücken, und ihre ausgefransten Konturen verschmolzen zu einem runden Rand. Er erblickte den Mond, der über dem verwüsteten Hauptquartier der Afrikanischen Revolutionsarmee aufgegangen war.

Machita nahm alle Kraft zusammen, um sich vom schmutzignassen Boden zu der kalten Kellerwand hochzuarbeiten. Es gelang ihm, sich mit seinem schmerzenden Rücken an die Wand anzulehnen. Das fahle Licht des Mondes erleuchtete die zerborstene Betonplatte der Zellendecke, die durch die Explosion abgesprengt worden war. Das mächtige Bruchstück war auf einer Tiefe von einem halben Meter in das schmale Verlies gerutscht und dann von den konisch zulaufenden Zellenwänden aufgehalten worden.

Nach einer kleinen Pause, in der er Kräfte sammelte, begann Machita, die Trümmer und das Geröll, die ihn behinderten, zur Seite zu räumen. Er entdeckte eine zersplitterte Holzlatte, die er benutzte, um die obere Öffnung seines Verlieses zu erweitern. Vorsichtig kroch er nach oben und zwängte sich durch das gezackte Loch, hinter dem sich ein nachtklarer Himmel abzeichnete. Vor ihm lag der Exerzierplatz, der zum Schauplatz des vernichtenden Überfalls auf die ARA-Truppen geworden war. Erstaunt sah sich Machita um. Alle Gebäude, die der Revolutionsarmee als Unterschlupf gedient hatten, waren dem Erdboden gleichgemacht worden. Die Leichen seiner Kameraden waren verschwunden. Es war, als ob das Hauptquartier der Afrikanischen Revolutionsarmee und seine Besatzung nie existiert hätten.

45

»Es tut mir leid, aber ich kann Ihnen nicht helfen, Mr. Pitt.«

Lee Raferty hatte Recht gehabt, sinnierte Pitt. Orville Mapes sah wirklich wie ein typischer Schrotthändler aus, gar nicht wie ein Waffenhändler. In einem anderen Punkt allerdings hatte die

Wirklichkeit inzwischen Rafertys Aussage von damals überholt. Mapes war nicht mehr Vizepräsident, er war – so wies es sein Türschild aus – zum Präsidenten und Aufsichtsratsvorsitzenden der Phalanx Arms Corporation befördert worden. Pitt blickte dem kleinen stämmigen Mann, der soeben seine Bitte um eine Auskunft abschlägig beschieden hatte, in die wasserblauen Augen.

»Ich bin sicher, daß aus Ihren Geschäftsunterlagen der Verbleib dieser Munition hervorgeht«, sagte er.

Mapes schüttelte den Kopf. »Meine Geschäftsunterlagen sind nicht zur Einsicht von Unbefugten bestimmt, die von der Straße hereinschneien. Meine Kunden und Geschäftspartner haben einen Anspruch darauf, daß die geschäftlichen Vorgänge vertraulich behandelt werden.«

»Sie sind gesetzlich verpflichtet, über alle Käufe und Verkäufe von Waffen und Rüstungsmaterial Buch zu führen und diese Buchführung dem Verteidigungsministerium offenzulegen. Warum also die Geheimniskrämerei?«

»Sind Sie denn vom Verteidigungsministerium, Mr. Pitt?« fragte Mapes.

»Nicht direkt.«

»Für wen kommen Sie denn? Wozu brauchen Sie die Informationen?«

»Es tut mir leid, aber darüber kann ich keine Auskunft geben.«

Mapes stand verärgert auf. »Ich bin ein vielbeschäftigter Mann, Mr. Pitt. Ich habe keine Zeit für solche Kindereien. Sie wissen, wo's rausgeht.«

Pitt blieb sitzen. »Wir sind noch nicht miteinander fertig, Mr. Mapes.«

Mapes musterte ihn erstaunt. Als er den harten, entschlossenen Ausdruck in Pitts Augen sah, wurde er unsicher. Er ahnte, daß dieser Mann nicht gekommen war, um sich mit ein paar lauwarmen Hinweisen auf die geschäftliche Intimsphäre im Waffenhandel abspeisen zu lassen.

Pitt machte eine Kopfbewegung in Richtung auf das Telefon. »Wenn Sie mir die gewünschte Auskunft nicht geben wollen, dann können Sie Ihr süßes Geheimnis auch General Grosfield ins Ohr sagen.«

Mapes hatte plötzlich den Gesichtsausdruck einer in die Enge getriebenen Ratte. »Meinen Sie Grosfield, den Kontrollkommissar für Waffenverkäufe ins Ausland?«

»Genau den, Mr. Mapes! Übrigens – Grosfield hat etwas gegen amerikanische Waffenhändler, die Offensivwaffen an kriegführende Mächte verkaufen.«

Mißgelaunt kniff Mapes die Lippen zusammen. »Ich weiß. General Grosfield hat eine sehr kleinliche Sicht dieser Dinge.« Er lehnte sich in seinem Chefsessel zurück und blickte Pitt mißtrauisch an. »Darf ich fragen, in welcher Beziehung Sie zu Grosfield stehen?«

»Ich möchte es einmal so sagen«, formulierte Pitt. »General Grosfield würde im Zweifelsfall mehr auf mich als auf Sie hören.«

»Soll das eine Drohung sein, Mr. Pitt?«

»Nehmen Sie's, wie Sie wollen«, sagte Pitt.

»Ich möchte jetzt von Ihnen einen Nachweis darüber, an wen Sie die Metallbehälter verscherbelt haben, die Sie von Lee Raferty in Colorado gekauft haben!«

»Zu einer derartigen Auskunft bin ich nicht verpflichtet«, sagte Mapes stur. »Da müssen Sie schon mit einem Gerichtsurteil in der Hand wiederkommen.«

»Wenn General Grosfield die Auskunft von Ihnen haben will – muß der auch eine gerichtliche Anordnung mitbringen?«

»Natürlich nicht. Das ist etwas anderes.«

Von neuem deutete Pitt auf das Telefon. »Dann darf ich Sie bitten, General Grosfield jetzt anzurufen, damit er Ihnen die Rechtmäßigkeit meiner Anfrage bestätigt. Seine private Telefonnummer ist...«

Mapes blätterte mit fleischigen Fingern in einer Kartei, die vor ihm auf dem Schreibtisch stand. »Nicht, daß ich kein Vertrauen zu Ihnen habe, Mr. Pitt. Aber wenn ich General Grosfield anrufe, dann möchte ich die Nummer benutzen, die er mir gegeben hat. Sie haben sicher nichts dagegen.«

»Natürlich nicht«, sagte Pitt.

Mapes hob den Hörer und wählte. »Es ist schon nach zwölf«, sagte er mit einem Blick auf Pitt. »Der General ist sicher zu Tisch.«

Pitt schüttelte den Kopf. »Lassen Sie das Telefon ruhig ein paarmal läuten. General Grosfield geht mittags nicht ins Kasino zum Essen. Er nimmt sich sein Essen im Henkelmann von zu Hause mit. Wußten Sie das nicht?«

»Ich wußte, daß er ein Geizhals ist«, murmelte Mapes. Pitt lächelte. Er hoffte inständig, daß Mapes nicht merkte, wie nervös er war.

Abe Steiger nahm den Hörer ab, nachdem das Telefon drei Mal geläutet hatte. Bevor er sich meldete, biß er von der Banane ab, die er in der Hand gehalten hatte.

»Hier Grosfield«, murmelte er kauend.

»General Grosfield, hier spricht Orville Mapes von der Firma Phalanx Arms.«

»Von wo rufen Sie an, Mapes? Ihre Stimme kommt so undeutlich…«

»Ihre auch, Herr General.«

»Ich bin beim Essen. Vertilge gerade ein Sandwich mit Erdnußbutter. Was haben Sie auf dem Herzen, Mapes?«

»Es tut mir leid, daß ich Sie beim Essen störe. Aber kennen Sie einen Mr. Pitt?«

Steiger zwang sich zu einer Pause. Bevor er antwortete, holte er tief Luft.

»Pitt. Ja, ich kenne Pitt. Er ist Kontrollbeauftragter beim Rüstungskomitee des Senats.«

»Dann hat er sicher die nötigen Befugnisse, um Auskünfte zu verlangen?«

»Wenn irgend jemand zu Nachforschungen autorisiert ist, dann Pitt«, sagte Steiger und nahm einen neuen Bissen von seiner Banane. »Warum fragen Sie, Mapes?«

»Weil er vor mir sitzt und eine Auskunft über einen Waffenverkauf von mir haben will.«

»Wird auch Zeit, daß Pitt bei den privaten Waffenhändlern einmal nach dem Rechten schaut. Er ist mit der Aufklärung der Stanton-Affäre befaßt.«

»Stanton-Affäre? Nie davon gehört.«

»Das würde mich auch wundern. Die Sache ist streng geheim. Irgendein übereifriger Senator aus der Provinz hat den Verteidigungsminister beschuldigt, Giftgasgranaten zum Verkauf ins Ausland freigegeben zu haben. Das ist natürlich Unsinn. Trotzdem müssen wir der Sache nachgehen. Die ganze Untersuchung liegt in den Händen von Pitt. Die Giftgasbestände der Armee hat er schon kontrolliert. Dort sind keine Fehlbestände. Deshalb geht er jetzt privaten Waffenhändlern wie Ihnen an den Kragen.«

»Was schlagen Sie vor, wie soll ich mich verhalten?«

»Am besten ist, Sie machen, was Pitt sagt«, murmelte Steiger, immer noch an seiner Banane kauend. »Wenn Sie irgendwelche Giftgasbestände auf Lager haben, geben Sie sie an Pitt heraus, das spart Ihnen viel Probleme. Es wird Ihnen niemand einen Vorwurf machen, daß Sie das Zeug von irgendwoher gekauft haben. Wir wollen nur, daß es nicht ans Ausland geht. Der Präsident hat Angst, daß sich irgendein Diktator in der Dritten Welt das Zeug unter den Nagel reißt.«

»Vielen Dank für Ihren Rat, General Grosfield«, sagte Mapes. »Es tut mir wirklich leid, daß ich Sie beim Essen gestört habe. Soll nicht wieder vorkommen. Sagten Sie, Sie bevorzugen Ihr Sandwich mit Erdnußbutter?« Steiger grunzte zustimmend.

»Ich esse Sandwiches lieber mit Sardellenpaste«, sagte Mapes.

»Jeder so, wie's ihm am besten schmeckt, Mr. Mapes. Auf Wiederhören!«

Steiger legte auf und seufzte erleichtert. Dann wischte er den Telefonhörer, der von der Banane klebrig geworden war, mit einem Taschentuch sauber, schob die Bananenschale in eine Schublade und verließ General Grosfields Büro. Er hatte die Tür noch nicht hinter sich geschlossen, als ihm auf dem Gang ein uniformierter Adjutant entgegenkam. Mißtrauisch sah er Steiger an, der ebenfalls uniformiert war.

»Wenn Sie General Grosfield sprechen wollen, Oberst, müssen Sie einen Moment warten, er ist zu Tisch.«

Steiger sah den jungen Adjutanten mit soviel Selbstsicherheit an, wie er aufbringen konnte. »Ich will nicht zu General Grosfield«, sagte er dann mit ungeduldiger Geste. »Ich habe mich nur in Ihrem fabelhaften Bürosilo verlaufen. Ich suche eigentlich die Abteilung für Unfallverhütung. Bin ins erste beste Büro gegangen, um zu fragen.«

»Ich arbeite schon sechs Monate hier, und verirre mich immer noch«, sagte der Adjutant höflich. »Die Abteilung Unfallverhütung ist genau eine Etage tiefer. Der Fahrstuhl ist den Gang entlang um die Ecke links.«

»Besten Dank!«

»Keine Ursache, Sir.«

Steiger atmete auf, als er im Fahrstuhl war und nach unten fuhr. Er grinste, als er sich vorstellte, was für ein Gesicht General Grosfield machen würde, wenn er die Bananenschale in seinem Schreibtisch entdeckte.

Im Unterschied zu den 08/15-Leibwächtern, die man an ihren von der Pistole ausgebeulten Anzügen erkennt, sahen Mapes' Leibwächter wie Dressmen aus, die den Modeseiten eines Herrenmagazins entstiegen waren. Zwei dieser schneidig uniformierten Prachtexemplare hatten an dem Einfahrtstor zum Lagergelände der Firma Phalanx Aufstellung genommen. Pitt betrachtete interessiert die supermodernen Maschinenpistolen, die sie an losen Lederriemen um die Schulter trugen.

Mapes verlangsamte das Fahrttempo seines Rolls-Royce und hob für die Dauer von einer Sekunde beide Hände vom Steuerrad hoch, als der Wagen die Sperre passierte. Es sah wie ein einstudiertes Grußzeremoniell aus. Der erste der beiden Leibwächter nickte und gab seinem Kollegen ein Zeichen. Erst dann rollte das Tor, das den inneren Teil der Kontrollschleuse zu dem Lagergelände bildete, auf Knopfdruck zur Seite. »Ich nehme an, das war ein vereinbartes Zeichen«, bemerkte Pitt.

»Was meinen Sie?« Mapes tat, als ob er die Frage nicht verstand.

»Daß Sie die Hände vom Steuer genommen haben, als wir in die Schleuse fuhren.«

»Äh... ja«, sagte Mapes zögernd. »Wenn Sie eine versteckte Waffe auf mich gerichtet hätten, dann hätte ich bei der Einfahrt in die Schleuse meine Hände am Steuerrad gelassen. Während Sie von dem Öffnungsvorgang des automatischen Tores abgelenkt gewesen wären, hätte Ihnen der erste der beiden Leibwächter von hinten ein sauberes Loch in den Kopf geschossen.«

»Ich bin ja so froh, daß Sie nicht vergessen haben, Ihre Hände hoch zu nehmen«, sagte Pitt.

»Sie haben eine gute Beobachtungsgabe, Mr. Pitt«, entgegnete Mapes. »Wirklich lobenswert. Ich muß mir jetzt allerdings ein neues Verständigungszeichen einfallen lassen.«

»Dabei hätte ich nie ein Sterbenswörtchen von Ihrem Trick verraten«, sagte Pitt.

Mapes schien Pitts Versuch, die Atmosphäre aufzulockern, keinen Reiz abzugewinnen. Er hielt seinen Blick auf den Asphaltweg gerichtet, der zwischen einer Reihe militärgrau gestrichener Wellblechbaracken dahinführte. Nach einer Fahrtstrecke von etwa eineinhalb Kilometern rollte der Rolls-Royce auf einen großen Lagerplatz, auf dem Hunderte von Panzern der verschiedensten Modelle und Jahrgänge vor sich hin rosteten. Eine größere Anzahl Techniker war dabei, zehn Panzer wieder instandzusetzen, die in geordneter Formation am Rande des Platzes abgestellt waren.

»Wie groß ist Ihr Gelände?« erkundigte sich Pitt.

»Wir haben hier zwanzig Millionen Quadratmeter«, erklärte Mapes mit spürbarer Herablassung. »Phalanx Arms ist der siebtgrößte Waffenhändler der Welt.«

Sie fuhren weiter. Mapes steuerte das chromblitzende Gefährt auf einen breiten Feldweg, der zu einem Hügel führte, in den eine Reihe von Betonbunkern eingelassen waren. Er stoppte vor einem Bunker, vor dem ein Schild mit der Aufschrift »Arsenal 6« angebracht war. Sie stiegen aus. Mapes zog einen Schlüssel aus seiner Tasche und öffnete damit die Stahltür des Bunkers. Sie traten ein. Pitt hatte den Eindruck, eine Höhle von enormen Ausmaßen zu betreten. Es roch nach Öl. Tausende und Abertausende von Munitionskisten mit Granaten der verschiedensten Größen waren zu ordentlichen Stapeln angeordnet. Die Stapel bildeten vier Reihen, die sich in einer neonangestrahlten Unendlichkeit zu verlieren schienen. Noch nie hatte Pitt soviel Zerstörungskraft auf einem Haufen gesehen.

Mapes deutete auf einen Golfcart. »Wir fahren. Wir holen uns Blasen an den Füßen, wenn wir hier zu Fuß gehen. Unser unterirdisches Lager ist drei Kilometer lang.«

Es war kalt. Das summende Geräusch des elektrisch betriebenen kleinen Wagens schien von den feuchtglänzenden Felswänden, an denen sie vorbeifuhren, aufgesogen zu werden. Nachdem sie etwa achthundert Meter zurückgelegt hatten, bog Mapes in einen seitlich in den Fels gehauenen Tunnel ab und brachte den Wagen zum Stehen. Er faltete einen mitgebrachten Lageplan auseinander, hielt ihn ans Licht und studierte ihn sorgfältig. »Hier liegen die Vierzigzentimetergranaten. Und hier müßten auch die acht Metallbehälter mit den Giftgasgranaten sein, die ich von Raferty gekauft habe.«

Er stieg aus dem niedrigen Wagen, ging auf einen etwa fünfzig Meter entfernten Stapel zu und winkte dann Pitt zu sich. »Hier sind sie!«

Pitt konnte in der düsteren Beleuchtung des Seitentunnels, in dem sie sich befanden, die Zahl der gelagerten Metallbehälter nicht genau erkennen. Er sah aber, wie die Zufriedenheit, die eben noch auf Mapes' Zügen gelegen hatte, einem jähen Erstaunen Platz machte.

»Gibt es irgendein Problem, Mr. Mapes?«

Mapes antwortete nicht, er schüttelte nur den Kopf. »Das verstehe ich nicht. Ich sehe nur vier. Gekauft habe ich acht.«

Pitt erstarrte. »Vielleicht sind sie ein paar Meter weiter gelagert.«

»Das werden wir gleich haben«, sagte Mapes. »Beginnen Sie dort hinten beim Stapel Nr. 1. Ich komme von der anderen Seite, vom Stapel Nr. 30. Wir treffen uns in der Mitte. Sie wissen ja, wie die Dinger aussehen.«

Ebenso verärgert wie beunruhigt machte sich Pitt an die Inspektion der endlos erscheinenden Reihe von Munitionsbehältern. Nach vierzig Minuten angestrengter Suche traf er sich mit Mapes auf der Mitte der Strecke. Mapes schaute ihn ratlos an. Seine kleinen kalten Augen strahlten eine spießig anmutende Verständnislosigkeit aus. »Nichts«, sagte er. »Keine Spur!«

»Verdammt noch mal, Mapes!« explodierte Pitt. »Halten Sie mich doch nicht zum Narren! »Was haben Sie mit den Dingern angestellt?«

»Ich schwöre Ihnen, ich habe keinen von diesen Metallbehältern verkauft. Die anderen vier müssen noch hier sein, irgendwo im Lager! Es war ein schlechter Kauf. Ich weiß noch genau, wie wir auf die Schnauze gefallen sind, als wir das Zeug überall im Ausland angeboten halben. Seit Vietnam will kein Staat mehr Giftgas kaufen. Zum Kotzen!«

Pitt zwang sich, ruhig zu bleiben. »Acht Behälter waren es. Vier sind hier, vier fehlen. Wo sind sie? Ich möchte eine Antwort von Ihnen!«

Mapes war blaß geworden. »Gehen wir ins Büro«, sagte er nervös. »Vielleicht helfen uns das Inventarverzeichnis oder die Rechnungskopien der Verkäufe weiter...«

Von einem Telefon, das am Eingang des unterirdischen Waffenlagers installiert war, benachrichtigte Mapes das Büro. Er wies seinen Gesprächspartner an, die Inventaraufzeichnungen und die Rechnungen aller Verkäufe der letzten drei Monate bereitzulegen. Als Pitt und Mapes nach kurzer Fahrt im Rolls-Royce des Waffenhändlers am Büro eintrafen, war schon alles vorbereitet. Zuerst prüfte Mapes die Rechnungskopien, die in chronologischer Reihenfolge in mehreren dicken Plastikordnern abgelegt waren. Dann ergriff er das eingebundene Journal, das der Bürovorsteher auf den Schreibtisch gelegt hatte, und schlug es auf. Pitt sah ihm über die Schulter, während Mapes mit zunehmender Nervosität in den handbeschriebenen Seiten blätterte.

Zehn Minuten waren vergangen, als Mapes sich in seinem Bürosessel zurücklehnte. Auf seiner Stirn waren kleine Schweißperlen zu erkennen.

»Ich habe mich geirrt«, sagte er.

Pitt antwortete nicht.

»Die vier fehlenden Metallbehälter sind verkauft worden«, ergänzte Mapes.

Immer noch schwieg Pitt. Aber der Blick aus seinen Augen machte dem Waffenhändler klar, daß er eine sofortige und vorbehaltlose Klärung erwartete.

»Meine Leute haben die vier Metallbehälter geöffnet. In jedem Behälter waren zehn Giftgasgranaten vom Kaliber Vierzig Zentimeter. Sie müssen verstehen, Mr. Pitt, ich bin oft unterwegs. Die Burschen haben die vierzig Granaten einzeln verkauft, ohne mich zu fragen.«

Oh Gott, dachte Pitt. Warum kann ich nicht auch einmal Glück haben!

»An wen verkauft, Mapes?« fragte er drohend.

Mapes zierte sich. »Sie bringen mich da in eine schwierige Situation«, sagte er ausweichend. Sein schleimiger Geschäftston, der Pitt schon beim ersten Kennenlernen unangenehm berührt hatte, war wieder da, und auch die ganze von unbeherrschter Habgier geprägte Unaufrichtigkeit, mit der dieser Händler seine dubiosen Geschäfte betrieb. »Wenn meine Kunden erfahren, daß ich ihre Identität preisgebe, bin ich geliefert. Ich muß mich darauf verlassen können, Mr. Pitt, daß meine Angaben vertraulich behandelt werden...«

»Sie kotzen mich an, Mapes, und Ihre Kunden auch«, sagte Pitt mit kalter Wut. »Am liebsten würde ich Sie in eine Ihrer verdammten Kanonen stopfen und auf den Mond schießen.« Pitt schlug mit der Faust auf den Tisch. »Wenn Sie mir jetzt nicht die Empfänger der vierzig Giftgasgranaten nennen, dann ist in einer Stunde der Generalstaatsanwalt hier und nimmt Ihren kriminellen Saftladen auseinander, daß Ihnen Hören und Sehen vergeht.«

Eine fleckige Röte überzog das Gesicht des Waffenhändlers. Mit einer unwilligen Geste ergriff er einen Füllfederhalter und begann eine Reihe von Namen und Anschriften aus dem Journal auf einen Notizblock zu übertragen. Als er fertig war, riß er das beschriftete Blatt vom Block und hielt es Pitt hin, so als ob er sich einer verendeten Ratte entledigen wollte.

Pitt las. Eine der vierzig Giftgranaten, die sich in den vermißten vier Metallbehältern befunden hatten, war an das britische Kriegsmuseum nach London verkauft worden. Zwei der mächtigen Giftgranaten waren als Erinnerungsstücke von der »Vereinigung ehemaliger Frontkämpfer« in Dayton City, Oklahoma erworben worden. Als Pitt den dritten Namen las, der auf Mapes'

Zettel stand, stockte ihm das Blut in den Adern. Die übrigen Granaten waren von einem Beauftragten der Afrikanischen Revolutionsarmee erworben, bezahlt und mitgenommen worden. Eine Adresse dieses Empfängers war nicht verzeichnet.

Pitt faltete den beschrifteten Zettel sorgfältig zusammen und steckte ihn in seine Brieftasche. Dann stand er mit einer raschen, entschlossenen Bewegung auf. »Ich schicke morgen ein Transportteam, das die vier Behälter aus dem Bunker abholt«, sagte er. Sein Ton war kühl. Er verachtete Mapes. Und er verabscheute das skrupellose Handwerk, das dieser fette kleine Unterhändler des Todes betrieb.

»Mapes?«

»Ja, bitte?«

Pitt zögerte mit dem Weitersprechen, bis ihn sein Gegenüber unsicher ansah. »Führen Sie Buch, wie viele Menschen Sie mit Ihren Waffenlieferungen pro Jahr umbringen? Vielleicht unterteilt nach Frauen, Kindern und Greisen? Und mit einer Unterspalte, wie viele nur verstümmelt und entstellt werden?«

»Ich liefere die Waffen«, sagte Mapes ungerührt. »Für das, was die Empfänger damit tun, bin ich nicht verantwortlich.«

»Sie irren«, sagte Pitt bedeutungsschwer. »Wenn eine dieser Giftgasgranaten explodiert, haben Sie eine Million Tote auf dem Gewissen!«

»Eine Million Tote, sagen Sie?« Mapes Augen hatten einen harten Ausdruck bekommen. »Für mich sind Tote nur eine Statistik.«

46

Ein wolkenloser blauer Himmel wölbte sich über Texas, als Steiger nach einem problemlosen Landeanflug mit dem Spook F-140-Düsenjäger auf der Betonpiste der Sheppard Air Force Base in Wichita Falls aufsetzte. Er meldete sich bei dem diensthabenden Offizier in dem kleinen Verwaltungsgebäude, dann begab er sich zum Fuhrpark, ließ sich den für ihn reservierten Dienstwagen aushändigen und lenkte das Fahrzeug auf die Landstraße nach Oklahoma. Nach kurzer Fahrt in nördlicher Richtung überquerte er den Red River und bog sodann auf den State Highway No. 53 ein. Nachdem er einige Zeit gefahren war, hielt er auf einem Parkplatz an, um auszutreten. Es war wenige Minuten nach ein Uhr mittags. Völlig verlassen lag die breite Überlandstraße da, meilenweit waren weder ein Auto noch irgendwelche Menschen zu sehen.

Steiger konnte sich nicht erinnern, je in seinem Leben eine so flache und eintönige Landschaft gesehen zu haben.

Die grenzenlose Öde und Einsamkeit wirkte bedrückend. Hätte er einen Revolver in der Hand gehabt, so wäre er versucht gewesen, ihn an die Schläfe zu setzen und abzudrücken. Er ärgerte sich, als er sich des törichten Gedankens bewußt wurde, dann zog er den Reißverschluß seiner Hose wieder hoch und kehrte zu seinem geparkten Wagen zurück.

Die Überlandstraße, auf der er weiterfuhr, verlief schnurgerade und verlor sich am Horizont im Dunst. Nach weiteren zwanzig Minuten Fahrt kam auf der linken Seite mitten in der einsamen Landschaft ein Wasserturm in Sicht. Wenig später war auch der kleine Ort, für den der Wasserturm gebaut worden war, zu erkennen. »Dayton City, Queen City of the Wheat Belt« las Steiger auf dem Ortsschild, das er passierte. Vor einer veraltet wirkenden Tankstelle hielt er an.

Ein älterer Mann, der mit einem schmutzigen blauen Arbeitsanzug bekleidet war, kletterte aus der Abschmiergrube, in der er gewerkelt hatte, und kam zu Steiger an den Wagen.

»Kann ich Ihnen helfen?« fragte er.

»Ich suche das Vereinslokal der Ehemaligen Frontsoldaten«, sagte Steiger.

»Ach ja, das Jahrestreffen«, nickte der Alte. »Zum Mittagessen werden Sie wohl zu spät kommen.«

»Spielt keine Rolle«, erwiderte Steiger und verbarg seine Ungeduld hinter einem höflichen Lächeln.

Der Tankwart hob die Schultern, zog umständlich ein ölverschmiertes Tuch aus seiner Hosentasche und wischte seine öltriefenden Hände darin ab. »Fahren Sie bis zum Stopschild in der Mitte des Ortes, Mister. Dann links. Sie können es gar nicht verfehlen.«

Steiger folgte der Beschreibung, die ihm der Mann von der Garage gegeben hatte und gelangte nach dem Passieren des Zentrums an einen Neubau, der sich in Farbe und Größe seiner Fassade deutlich von den Häusern der Umgebung abhob. Vor dem Gebäude befand sich ein großer kiesbestreuter Platz, der als Parkfläche hergerichtet war. Gerade verließen eine Anzahl von Autos das Gelände, jedes der Fahrzeuge zog eine rote Staubwolke hinter sich her. Das Essen, mit dem die »Vereinigung der ehemaligen Frontsoldaten« ihr Jahrestreffen gefeiert hatte, mußte gerade zu Ende gegangen sein, vermutete Steiger. An dem mit den amerikanischen Farben verzierten Vereinsemblem vorbei betrat er das Gebäude. Nach dem Durchschreiten der Eingangshalle kam er in einen großen Raum, dessen Boden mit Parkett ausgelegt war. Weißgedeckte Tische waren zu einem großen Hufeisen zusammengestellt, auf den Tischen befanden sich noch die Teller und die Speisereste der Gäste, die den Raum schon verlassen hatten. Drei ältere Tagungsteilnehmer, die in ein Gespräch vertieft am Fenster standen, hatten Steigers Eintreten bemerkt und winkten ihm zu. Ein großer, magerer Mann löste sich von der kleinen Gruppe und kam auf Steiger zu. Er hatte ein rötliches Gesicht und kurzgeschorene Haare. Als er bei Steiger angekommen war, streckte er ihm freundlich lächelnd die Hand entgegen.

»Willkommen, Oberst. Was führt Sie nach Dayton City?«

»Ich suche den örtlichen Vorsitzenden des Veteranenvereins, Mr. Billy Lovell.«

»Der steht vor Ihnen«, sagte der Mann lächelnd.

»Was kann ich für Sie tun?«

»Es freut mich sehr, Sie kennenzulernen«, sagte Steiger höflich. »Ich bin Abe Steiger. Ich komme aus Washington in einer sehr dringenden Angelegenheit.«

Lovell musterte Steiger mit leichtem Erstaunen. »Sie machen mich neugierig, Oberst. Sagen Sie nur nicht, ein russischer Spionagesatellit ist in Dayton City gelandet.«

Steiger lächelte beiläufig. »Nichts dergleichen. Ich bin auf der Suche nach zwei alten Granaten, die Sie von der Waffenhandlung ›Phalanx Arms‹ gekauft haben.«

»Blindgänger sind das«, sagte Lovell. »Die beiden Dinger haben uns viel Ärger gemacht.«

»Blindgänger? Wie meinen Sie das?«

»Wir haben versucht, die beiden Granaten heute früh zur Feier des Tages abzuschießen. Aber sie sind nicht detoniert.«

Steiger mußte Luft holen, seine Knie fühlten sich wie Gummi an. Er tastete nach einem Stuhl, der hinter ihm stand, und setzte sich. Lovell musterte ihn voller Anteilnahme.

»Ist Ihnen nicht gut?«

»Sie haben versucht, die beiden Granaten zur Explosion zu bringen?« fragte Steiger ungläubig.

»Natürlich. Ohne eine tüchtige Knallerei ist so ein Veteranentreffen nur halb so schön. Was soll ich Ihnen sagen... Weil die beiden Granaten in unserer alten Kanone nicht detonierten, haben wir sie auf dem Schießplatz aufgebaut und als Zielscheibe benutzt. Hat aber auch nichts gebracht. Diese beiden Riesendinger waren einfach nicht zur Explosion zu bringen. Nach ein paar hundert Schuß haben wir's dann aufgegeben.«

»Ein Alptraum!« murmelte Steiger.

»Was sagten Sie?«

»Nichts weiter«, sagte Steiger. »Ich kann Ihnen sagen, warum die beiden Granaten nicht explodiert sind. Es handelt sich um Giftgasgranaten, die mit dem Fallschirm abgeworfen werden. In einer gewissen Höhe öffnet sich der Fallschirm automatisch und die Bombe explodiert. Für den Abschuß durch konventionelle Geschütze ist dieser Typ von Granate nicht geeignet.«

»Um Gottes Willen!« stöhnte Lovell. »Die beiden Riesenbabys sind Giftgasgranaten... Ist das wahr?«

Steiger nickte. Sein Gesprächspartner war bleich geworden. »Wenn die Dinger explodiert wären, hätten wir die ganze Stadt verseucht...«

»Die Stadt – oder das ganze Land!« antwortete Steiger. Er war aufgestanden. »Wo sind die beiden Granaten?«

»Noch draußen auf dem Schießplatz«, sagte Lovell.

»Bringen Sie mich bitte hin!«

Lovel nickte. Er begleitete Steiger nach draußen. Das Schießgelände des Veteranenvereins lag etwas abseits. Schon von weitem erkannte Pitt die beiden großen Granaten, die wie durch ein Wunder trotz der Sprengversuche dieser Männer nicht detoniert waren. Deutlich waren auf der stählernen Außenhaut die Stellen zu erkennen, wo die Schüsse der nichtsahnenden Schützen aufgeprallt waren.

»Die Granaten müssen auf dem schnellsten Wege hier weg«, erklärte Steiger. »Und ich brauche jetzt Ihre Hilfe, Mr. Lovell. Wo ist das nächste Telefon?«

»Unten in meinem Büro.« Er zögerte weiter zu sprechen und bemühte sich, das listige Blinzeln, das sein Gesicht überzog, nicht allzusehr die Oberhand gewinnen zu lassen. »Wir haben die beiden Granaten für teures Geld gekauft. Wenn Sie sie uns wieder wegnehmen, dann...«

»Ich verspreche Ihnen, daß ich Ihnen im Austausch zehn erstklassige Vierzigzentimetergranaten schicke. Und zwar keine

Blindgänger, sondern superscharfe Knallfrösche, mit denen Sie bei der nächsten Jahrestagung ganz Dayton City erzittern lassen können«, versprach Steiger.

Lovell grinste von einem Ohr zum andern. »Abgemacht, Oberst!« sagte er zufrieden.

Sie gingen zurück ins Haus. Bevor Steiger telefonierte, begab er sich zum Waschraum, um sich frisch zu machen. Nach einigen kräftigen Spritzern kalten Wassers auf das Gesicht war ihm wohler. Er schaute in den Spiegel, der über dem Waschbecken angebracht war. Seine Augen sahen rotgerändert und müde aus. Trotzdem entdeckte er in dem Blick des Mannes, der ihm aus dem Spiegel entgegensah, auch eine Spur Hoffnung. Acht Metallbehälter, die achtzig Giftgasgranaten enthalten hatten, waren aus dem Wrack der Cargo 03 verschwunden. Vierzig Granaten hatten sie bei dem dicken Waffenhändler sichergestellt. Eine Granate befand sich beim Britischen Kriegsmuseum, das bereits benachrichtigt worden war. Zwei der verhängnisvollen ST-Zeitbomben hatte er soeben hier, in Dayton City, ausfindig gemacht. Jetzt fehlten nur noch die siebenunddreißig Granaten, die an die Afrikanische Revolutionsarmee gegangen waren.

Pitt hatte versprochen, sich darum zu kümmern. Hoffentlich war Pitt ebenso erfolgreich gewesen wie er, dachte Steiger. Er ging in Lovells Büro, um ein Ferngespräch zur NUMA anzumelden.

Pitt hatte sich zu einem Nachmittagsnickerchen auf die Couch in seinem Büro gelegt, als er von seiner jungen Sekretärin Zerri Pochinsky geweckt wurde. Einen Augenblick lang wußte Pitt nicht, wo er war. Er schaute verschlafen in Zerris lächelndes Gesicht, das von hellbraunen Haaren umrahmt wurde und von einer unverhohlenen Bewunderung für ihren Chef erfüllt war.

»Sie haben einen Besucher, sowie zwei Telefongespräche«, sagte sie freundlich. »Sind Sie zu sprechen?«

Pitt rieb sich den letzten Rest von Schlaf aus den Augen und setzte sich auf. »Wer ist denn am Apparat?« fragte er.

»Die Kongreßabgeordnete Smith auf der einen Leitung und Oberst Steiger auf der anderen«, gab Zerri zur Auskunft.

»Und wer ist der Besucher, der mich sprechen will?«

»Ein Fotograf namens Sam Jackson. Er hat keinen Termin in Ihrem Kalender, aber er sagt, er muß dringend mit Ihnen sprechen.«

Pitt nickte. Er fühlte sich jetzt frisch und ausgeruht. »Geben Sie mir zuerst das Gespräch mit Steiger, und sagen Sie Laura Smith bitte, ich rufe sie gleich zurück. Jackson können Sie mir reinschikken, wenn ich mit dem Telefonieren fertig bin.«

Zerri nickte und sah ihren Chef aufmunternd an.

»Der Oberst ist auf Leitung Nummer drei.«

Mit wenigen Schritten war Pitt an seinem Schreibtisch, wo er auf einen Leuchtknopf der Telefonanlage drückte. »Bist du's, Abe?«

»Ja, dein Mann in Oklahoma.«

»Wie weit bist du gekommen?«

»Ganz schön weit«, sagte Steiger. »Du kannst zwei Granaten von deiner Liste streichen.«

»Gut gemacht«, lobte Pitt. Er lächelte – zum erstenmal seit Tagen. »Gab's irgendwelche Probleme?«

»Nein. Ich bleibe hier und warte, bis das Transportkommando die beiden Granaten abholt.«

»Gut. Ich schicke dir ein Flugzeug samt Mannschaft und Gabelstapler. Wo kann das Flugzeug landen?«

»Warte bitte, ich muß fragen...«

Pitt hörte, wie Steiger am anderen Ende der Leitung mit jemandem sprach. Dann meldete sich Steiger wieder.

»Mein Gastgeber hier sagt, daß es am Stadtrand einen Privatflugplatz mit einer Achthundert-Meter-Landebahn gibt.«

»Mehr als genug für das Flugzeug, das ich dir schicke«, sagte Pitt.

»Wie weit bist du mit deiner Suche gekommen?«

»Ich tappe noch im Dunkeln. Admiral Sandecker ist jetzt dabei, einen guten Freund in die Suche einzuschalten, den er beim Nationalen Sicherheitsdienst hat.«

»Wenn der Nationale Sicherheitsdienst in der Sache rumbohrt, landen wir alle vor dem Kriegsgericht.«

»Wohl kaum«, sagte Pitt. Er klang ruhig und überzeugt. »Sandecker hat dem Sicherheitsdienst eine so schöne Story erzählt, daß ich sie fast selbst geglaubt habe.«

47

Dale Jarvis hatte die Qual der Wahl. Auf der einen Seite bot sich als Dessert ein knusprig-würziger Apfelkuchen an. Neben dem Apfelkuchen allerdings stand ein verlockendes Stück Sahnetorte. Nach kurzem Zögern entschied sich Jarvis für eine durchgreifende Lösung, die indes einen eklatanten Verrat an seiner Schlankheitsdiät darstellte. Er nahm beides. Nachdem er Apfelkuchen und Torte auf sein Tablett gestellt und an der Registrierkasse der Cafeteria bezahlt hatte, setzte er sich an einen leeren Tisch an der Wand. Die schmackhaften Desserts gehörten – neben der schwarzgelockten Achtzehnjährigen, bei der man sie bezahlte – zum Besten, was das Hauptquartier des Nationalen Sicherheitsdienstes in Fort Meade im Bundesstaat Maryland zu bieten hatte.

»Wenn Sie so weiter essen, werden Sie Ihre Leber zugrunde richten.« Jarvis sah auf. Der Mann, der zu ihm gesprochen hatte, war Jack Ravenfoot, Leiter der Inlandsabteilung des Nationalen Sicherheitsdienstes. Ravenfoot war ein magerer, aber muskulöser Typ, ein Indianer vom Stamm der Cheyennes, der in Yale mit Auszeichnung studiert hatte und es während seiner Marinedienstzeit bis zum Kapitän zur See gebracht hatte.

»Wenn ich mich nur von gesalzenem Büffelfleisch ernähren würde wie Sie, wäre ich schon seit zwanzig Jahren tot«, frotzelte Jarvis zurück.

»Büffelfleisch«, sagte Ravenfoot verklärt. »Wenn es das in der Cafeteria des Sicherheitsdienstes zu essen gäbe, dann wäre das Leben unter euch Bleichgesichtern direkt erträglich.«

Jarvis grinste. Es machte ihm Spaß, seinen Kollegen aufzuziehen. Und auch Ravenfoot ließ keine Gelegenheit vorübergehen, sich mit dem scharfzüngigen Freund anzulegen.

»Setzen Sie sich doch zu mir!«

»Danke«, sagte Ravenfoot. Er blieb stehen. »Ich habe in fünf Minuten eine Verabredung. Aber weil wir gerade zusammen sind: John Gossart von der Abteilung Afrika, sagte mir, daß Sie sich derzeit mit einem Problem herumschlagen, das mit Kriegsschiffen zu tun hat.«

Jarvis schob sich ein Stück Apfelkuchen in den Mund. »Kriegsschiff, Einzahl. Stimmt. Warum fragen Sie?«

»Weil ich auch gerade an einem seemännischen Problem herumbastele. James Sandecker von der NUMA hat mich gebeten, ihm bei der Suche nach alten Marinegranaten vom Kaliber Vierzig Zentimeter mitzuhelfen.«

»Haben Sie irgendeine Idee, wozu Sandecker diese alten Dinger braucht?« erkundigte sich Jarvis, der inzwischen an der Mittelschicht seiner Sahnetorte angelangt war.

»Sandecker sagt, er braucht die Granaten für ein Forschungsprojekt der NUMA. Sie wollen die Granaten auf eine Koralleninsel im Pazifik fallen lassen.«

Jarvis hielt mit dem Kauen inne. »Eine Pazifikinsel mit uralten Marinegranaten bombardieren? Wir sind doch nicht mehr im Krieg mit den Japanern.«

»Die NUMA führt seismologische Tests durch, sagt Sandecker. Die Wissenschaftler wollen die alten Marinegranaten aus einer Höhe von sechshundert Metern auf die Koralleninsel fallen lassen und dann die Erschütterung messen, die durch die Explosion hervorgerufen wird. Die Schwingungen bei der Explosion dieses Granatentyps gleichen nämlich den Schwingungen, die bei einem Erdbeben entstehen.«

»Warum läßt die NUMA denn nicht einfach Explosivladungen am Boden detonieren? Das ist genauso wirksam und billiger.« Ravenfoot zog die Schultern hoch. »Keine Ahnung. Ich bin kein Erdbebenspezialist.«

Jarvis war am kandierten Biskuitboden seiner Sahnetorte angelangt, den er mit einer kleinen Gabel genüßlich zerhackte. »Hat Sandecker eine Idee, wo er seine alten Granaten auftreiben will?« fragte er kauend.

»Ja. Es scheint, als ob die Afrikanische Revolutionsarmee über Munition dieses Typs verfügt.«

Jarvis nahm einen Schluck Kaffee, spülte die Flüssigkeit in seinem Mund hin und her, schluckte und tupfte sich sodann die sahneverschmierten Lippen mit einer Serviette ab. »Warum in die Ferne schweifen? Solche Granaten kann sich Sandecker doch sicher auch von einem der großen Waffenhändler in den Vereinigten Staaten besorgen.«

»Eben nicht. Diese Granaten sind nicht mehr im Handel. Sie wurden versuchsweise gegen Ende des Koreakriegs entwickelt, aber nie eingesetzt. Sandecker sagt, er weiß nicht, wie die Afrikanische Revolutionsarmee an diese Munition drangekommen ist. Jedenfalls sind diese Granaten für sein Forschungsprojekt im Pazifik sehr viel besser geeignet als die moderne Standardmunition, die es in den Staaten zu kaufen gibt.«

Ravenfoot stützte seine Ellenbogen auf eine Stuhllehne.

»Ich habe auch Gossard gefragt, was er von der Sache hält«, fuhr er fort. »Gossard glaubt, daß Sandecker einer Fehlinformation aufgesessen ist. Er hält es für unwahrscheinlich, daß die Afrikanische Revolutionsarmee Marinegranaten vom Kaliber vierzig Zentimeter verwendet. Diese Munition eignet sich nur für Seegeschütze. Für den Landkrieg, wie ihn die afrikanischen Guerilleros führen, ist sie nicht verwendbar.«

Jarvis begann seine Zähne mit einem Zahnstocher zu bearbeiten. »Wenn die Afrikanische Revolutionsarmee wirklich solche Granaten hat, wie will Sandecker sie ihnen denn abluchsen?«

»Kaufen, schätze ich. Er wird ihnen einfach doppelt soviel bieten, wie die Dinger wert sind. Schließlich sind es ja nur Steuergelder, mit denen die NUMA finanziert wird.« Jarvis hatte die Reinigungsarbeit an seinen Zähnen beendet. Er lehnte sich zurück und begann die benutzten Zahnstocher zu kurzen Holzsplittern zu zerbrechen, die er aus sorgfältig bemessener Höhe in den Aschenbecher fallen ließ. »Ich möchte ganz gerne mit Sandecker einmal über die Angelegenheit sprechen. Haben Sie etwas dagegen?«

»Keineswegs. Vielleicht ist es aber praktischer, wenn Sie direkt mit seinem Leiter für Spezialprojekte sprechen. Der macht die seismologischen Tests und weiß deshalb auch über die ganze Suchaktion nach den Marinegranaten Bescheid.«

»Wie heißt der Mann?«

»Dirk Pitt.«

»Der Name kommt mir bekannt vor. Ist das nicht der Spezialist, der vor ein paar Monaten die ›Titanic‹ gehoben hat?«

»Genau.« Ravenfoot sah auf seine Armbanduhr. »Ich muß mich beeilen. Es wäre nett, wenn Sie Sandecker und der NUMA bei der Suche nach den Marinegranaten helfen könnten. Jim ist ein guter alter Freund von mir. Er hat mir schon oft geholfen, und ich würde mich gern revanchieren.«

»Sie können sich drauf verlassen, Ravenfoot.«

Nachdenklich blieb Jarvis am Tisch sitzen, als Ravenfoot zu seiner Verabredung geeilt war. Er ergriff den mit Zahnstocherstückchen gefüllten Aschbecher, der vor ihm stand, mit Daumen und Mittelfinger an den Kanten und schüttelte ihn in einer raschen elliptischen Bewegung wie ein winziges Goldwäschersieb hin und her. Nach einigen Minuten stand er auf und wanderte gedankenverloren in sein Büro zurück.

Schon in dem Moment, wo ihr Chef die Tür aufmachte, wußte

Barbara Gore, daß Jarvis dabei war, in Gedanken eine harte Nuß zu knacken. Zu oft hatte sie den in unbestimmte Ferne gerichteten Ausdruck in seinen Augen gesehen, als daß sie nicht erkannt hätte, daß es diesmal wieder um ein ganz besonders kniffliges Problem ging. Ohne seine Weisung abzuwarten, nahm sie Block und Bleistift und folgte Jarvis in sein Büro. Dort setzte sie sich ihm gegenüber an den Schreibtisch, kreuzte ihre hübschen langen Beine und wartete.

Jarvis war hinter seinem Schreibtisch stehengeblieben und schien durch Barbara und ihre beachtenswerten anatomischen Reize hindurchzusehen. Nach einigen Minuten schweigsamen Grübelns holte er seinen Blick aus der Ferne zurück und fixierte sie. »Rufen Sie bitte Gossard an und sagen Sie ihm, daß ich ihn gerne möglichst bald treffen würde. Er soll die besten Afrika-Spezialisten mitbringen, die er hat, und die Mappe mit dem Plan vom ›Unternehmen Wilde Rose‹.«

»Ist vielleicht doch etwas dran an dem Plan?«

Jarvis zögerte mit der Antwort. »Vielleicht«, sagte er gedehnt.

»Sonst noch etwas, Chef?«

»Ja. Ich brauche vom Erkennungsdienst alles, was über Admiral James Sandecker und einen gewissen Dirk Pitt zu erfahren ist.«

»Sandecker und Pitt von der NUMA?«

Jarvis bejahte.

Barbara sah ihn fragend an. »Darf man erfahren, um was es geht?«

»Es ist zu früh, darüber Genaues zu sagen«, antwortete Jarvis in Gedanken versunken. »Ich habe zwei lose Fäden gefunden. Und ich will erst einmal sehen, ob die Fäden zur gleichen Spule führen.«

48

Frederick Daggat und Felicia Collins warteten in ihrem Wagen, als Laura die Treppe vom Capitol herunterkam. Trotz der Stunden, die sie in der Kommissionssitzung und im Büro verbracht hatte, war die Gesichtsfarbe der Abgeordneten frisch und ihre weibliche Ausstrahlung so anziehend, daß die Männer sich nach ihr umdrehten. Ihr rotbraun glänzendes Haar war von der leichten Brise zerzaust. Sie trug ein sportlich-elegantes Kostüm und eine flachkantige Aktentasche, die mit dem gleichen Stoff wie ihre Kleidung bezogen war.

Daggats Fahrer riß den hinteren Wagenschlag auf. Laura stieg ein, lächelte zur Begrüßung und nahm dann neben Felicia Platz, während Daggat es sich auf einem der gepolsterten Klappsitze, die im geräumigen Fond des Wagens zur Verfügung standen, bequem machte. »Sie sehen blendend aus, Laura«, begrüßte Daggat seine Kollegin. »Es wundert mich nicht, daß die männlichen Abgeordneten sich nicht mehr auf die Debatte konzentrieren können, wenn eine solche Schönheit ihre Sinne verwirrt.«

»Konzentrationsmängel hat von den Abgeordneten nur einer«, konterte Laura die plumpe Anzüglichkeit. »Du siehst fantastisch aus, Felicia«, fügte sie, zu ihrer ehemaligen Freundin gewandt, hinzu.

Felicia errötete. Sie hatte nicht erwartet, daß Laura ihr bei dem ersten Zusammentreffen nach der Affäre mit den Nacktfotos ein Kompliment machen würde. Beschämt strich sie ein imaginäres Fältchen an ihrem cremfarbenen Modellkleid glatt, wobei sie es vermied, Laura in die Augen zu sehen.

»Es ist nett von dir, daß du unserer Einladung gefolgt bist«, sagte sie schließlich, um die ungemütliche Stille zu unterbrechen.

»Ich hatte wohl auch keine andere Wahl«, sagte Laura vorwurfsvoll. »Was verlangt ihr diesmal von mir?« Daggat schloß durch einen Knopfdruck die Trennscheibe zum Fahrer. »Morgen wird im Abgeordnetenhaus über die Unterstützung für die Afrikanische Revolutionsarmee abgestimmt.«

»Und da wollten Sie einmal ausprobieren, ob Ihre erprobte Erpressungsmasche mit den Fotos immer noch funktioniert«, vollendete Laura seinen Satz.

»Du siehst das falsch«, sagte Felicia. »Weder Frederick noch ich haben irgendeinen persönlichen Vorteil von der Sache. Es geht uns nur um die Hilfe für unsere schwarzen Brüder.«

Laura sah sie aufgebracht an. »Eine Hilfe, die durch Lug und Betrug erreicht wird, durch die Erpressung eines Freundes.«

»Wenn es um das Leben von Tausenden unserer Brüder geht, haben wir keine andere Wahl, als auch zu solchen Mitteln Zuflucht zu nehmen.« Daggat sprach mit belehrender Stimme, so als ob er einem Kind die schwere Verantwortung deutlich machen müsse, die er als Erwachsener zu tragen hatte. »Jeder Tag, den der Bürgerkrieg zwischen Schwarz und Weiß in Südafrika andauert, kostet Hunderte von Todesopfern. Es steht schon jetzt fest, daß die Schwarzen diesen Krieg gewinnen werden. Aber es ist nicht egal, mit welchen Mitteln er gewonnen wird. General Lusana ist kein psychopathischer Mörder wie Idi Amin, der frühere Diktator von Uganda. Lusana hat mir versichert, daß sein politisches Ziel die politische Gleichberechtigung der Schwarzen von Südafrika ist. Wenn er Premierminister wird, bleiben die demokratischen Rechte für die Weißen in Südafrika ungeschmälert erhalten.«

»Ich sehe keinen Grund, warum man dem Wort eines Gewohnheitsverbrechers Glauben schenken sollte«, wandte Laura ein.

»Hiram Lusana ist in den schlimmsten Slums der Vereinigten Staaten aufgewachsen«, dozierte Daggat geduldig. »Sein Vater verließ die zehnköpfige Familie, als Lusana noch ein achtjähriger Junge war. Können Sie sich vorstellen, was es heißt, seine eigenen Schwestern als Prostituierte vermitteln zu müssen, nur damit man Geld zum Essen hat? Können Sie sich vorstellen, was es heißt, in einem abbruchreifen Haus ohne Fenster und Türen zu leben? Ohne sanitäre Anlagen? Mit Ratten, die nachts in die Räume kommen und die schlafenden Säuglinge annagen? Wenn man nur überleben kann, indem man ein Verbrechen begeht, dann würden vermutlich auch Sie zur Kriminellen, Laura. Es stimmt, Lusana war ein Verbrecher. Aber er hat sich über seine Vergangenheit erhoben. Heute kämpft er mit all seiner Kraft gegen das, was ihm früher zum Verbrecher gemacht hat.«

»Und dazu muß er in Afrika den Lieben Gott spielen?« sagte Laura verächtlich. »Warum kämpft er nicht dafür, daß die Lebensbedingungen der amerikanischen Schwarzen verbessert werden?«

»Weil Lusana leidenschaftlich davon überzeugt ist, daß die schwarze Rasse eine feste Basis haben muß, auf die sie sich stützen kann. Die Schwarzen brauchen einen Kraftquell, ein Vaterland. Die Juden haben Israel, die angelsächsische Bevölkerung der Vereinigten Staaten hat ihr britisches Erbe. Das Heimatland der amerikanischen Schwarzen aber ist Afrika. Dort herrschen immer noch die primitiven Lebensformen vor. Es ist kein Geheimnis, daß viele der selbständig gewordenen schwarzafrikanischen Nationen aus ihrer Freiheit eine chaotische Diktatur gemacht haben. Hiram Lusana ist unsere einzige Hoffnung, daß das Steuer in Afrika wieder in die richtige Richtung geworfen wird. In die Richtung der Freiheit.«

»Das ist doch optimistisches Wunschdenken. Die Schwarzen in Afrika sind auf dem Rückmarsch.«

Daggats Augen weiteten sich. »Auf dem Rückmarsch?«

»Nach den letzten Berichten ist die südafrikanische Armee in Moçambique eingedrungen und hat dort das Hauptquartier der Afrikanischen Revolutionsarmee zerstört.«

»Ich kenne diese Berichte«, sagte Daggat. »Das verbrecherische Kommandounternehmen der Weißen hat keine neuen Tatsachen geschaffen. Es ist ein vorübergehender Rückschlag, nicht mehr. Der Führer der Afrikanischen Revolutionsarmee heißt Lusana, und er ist so lebendig wie eh und je. Lusana wird binnen kürzester Zeit eine neue Armee aufstellen. Und ich werde ihm dabei helfen.«

»So ist es!« kam Felicia ihrem schwarzen Freund zu Hilfe.

Alle drei waren nach diesem Wortwechsel so sehr in ihren Gedanken vertieft, daß keiner von ihnen den Wagen bemerkte, der sie überholt hatte und nun vor ihnen herfuhr. Als sie an einer roten Ampel stoppen mußten, fuhr der Fahrer des vorderen Wagens sein Fahrzeug auf den Bürgersteig und sprang heraus. In wenigen Sätzen war er bei Daggats Wagen, dessen rechte Fondtür er aufriß.

Felicia war vor Schreck wie gebannt, und Daggat war vor Überraschung der Mund offen stehen geblieben. Nur Laura bewahrte die Fassung.

»Wer sind Sie? Was wollen Sie?« fauchte Daggat aufgebracht, während sein Chauffeur, der den Vorfall bemerkt hatte, bereits nach der Pistole griff.

»Sie enttäuschen mich, Daggat«, sagte der ungewöhnliche Fahrgast. »Sie müßten mich doch von den Fotos kennen.«

Felicia stieß Daggat mit dem Ellenbogen an. »Er ist es!« flüsterte sie.

»Ich kenne Sie nicht. Raus mit Ihnen!« schrie Daggat wütend.

»Sonst sind Sie gastfreundlicher«, sagte der Fremde zynisch, »dann verteilen Sie sogar Wohnungsschlüssel. Mein Name ist Pitt. Dirk Pitt.«

Ungläubig musterte Laura den seltsamen Fahrgast. Sie hatte Pitt einige Tage lang nicht gesehen und dieser Mann, der da zu ihnen ins Auto gestiegen war, sah so gar nicht aus, wie der Mann, den sie als Liebhaber kennengelernt hatte. Vom Schlafmangel hatte Pitt tiefe Augenringe. Ein Stoppelbart bedeckte sein Gesicht und veränderte seine Züge. Tiefe Falten hatten sich in sein Gesicht eingegraben, Falten der Anstrengung, der Sorge und Erschöpfung... Sie beugte sich vor und drückte seine Hand.

»Wo kommst du her?« fragte sie.

»Ich habe dich gesehen, als du aus dem Capitol gekommen bist«, erklärte Pitt. Ich wollte dich sowieso sprechen. Als ich sah, daß du in diesen Wagen eingestiegen bist, bin ich euch gefolgt.«

Daggats Chauffeur hatte während Pitts Worten das Trennfenster zwischen Fahrerraum und Fond heruntergelassen und hielt nun einen Revolver auf Pitts Schläfe gerichtet. Daggat atmete auf. Er genoß es, daß er die Situation wieder unter Kontrolle bekam.

»Es ist vielleicht ganz gut, daß wir uns kennenlernen, Mister Pitt«, sagte er. Zugleich machte er eine entwarnende Handbewegung. Der Chauffeur nickte zum Zeichen des Verständnisses und senkte den Lauf des Revolvers in einer vorsichtigen Bewegung, so als ob aus dem von Daggat verfügten Frieden jederzeit wieder Krieg werden könnte.

»Ich freue mich auch, Sie kennenzulernen«, sagte Pitt, indem er ein strahlendes Lächeln auf sein unrasiertes Gesicht brachte. »Das Zusammentreffen spart mir sogar den Besuch in Ihrem Büro, den ich geplant hatte.«

»Wieso wollten Sie mich denn treffen?«

»Weil ich noch ein paar Abzüge nachbestellen möchte.« Pitt zog einen Packen Fotos aus der Tasche und schwenkte sie in der Hand.

Laura erschrak. »Mein Gott, Pitt. Du kennst diese entsetzlichen Nacktfotos?«

»So entsetzlich sind sie gar nicht«, sagte Pitt zu Daggat gewandt. »Sie gefallen mir so gut, daß ich den selbstlosen Auftraggeber um weitere Abzüge bitten werde.« Er ließ ein Foto nach dem andern in Daggats Schoß fallen. »Von diesem möchte ich ein Dutzend, von dem da fünf Stück –«

»Ich finde Sie nicht besonders witzig«, unterbrach ihn Daggat ärgerlich.

Pitt sah ihn mit unschuldiger Mine an. »Als Pornofotograf sollte man nicht so empfindlich sein«, sagte er. »Wenn Sie sich schon mit dem schmutzigen Geschäft befassen, dann kennen Sie sicher auch die Regeln der Branche. Die Modelle bei Pornoaufnahmen kriegen Gratisabzüge.«

»Was haben Sie uns anzubieten, Mister Pitt?« fragte Felicia.

»Anzubieten?« Pitt lachte amüsiert. »Ich habe etwas zu bekommen. Ich bin der Star der Show.«

»Hör auf, Pitt«, fiel ihm Laura ins Wort. »Solange Daggat die Negative besitzt, hat er uns in der Hand.«

»Unsinn«, sagte Pitt grinsend. »Der Kongreßabgeordnete Daggat ist dabei, sich vom Erpressungsgeschäft zurückzuziehen. Gegen einen Profi hat er keine Chance.«

»Gegen einen Profi wie Sie?« sagte Daggat.

»Nein, gegen einen Profi wie meinen Vater, Senator George. Sie wollten ihn doch in die Sache mithineinziehen, Daggat. Die Arbeit habe ich Ihnen abgenommen. Als ich ihm Ihren flotten Plan erklärte, war er außer sich vor Freude. Er wollte unbedingt Abzüge von den Nacktfotos. Sie müssen das verstehen. Mein alter Herr hat seinen Sohn eben noch nie so schön in Aktion gesehen. Jedenfalls war er von Ihren fotografischen Leistungen sehr angetan. Er hält das Ganze für eine gute Werbung.«

»Sie sind ja wahnsinnig«, fauchte Felicia haßerfüllt.

»Haben Sie wirklich mit Ihrem Vater über die Sache gesprochen?« murmelte Daggat verunsichert. »Das glaube ich Ihnen nicht.«

»Weil Sie ein Hilfsschüler sind, will ich Ihnen die Auflösung des Rätsels etwas erleichtern«, bot Pitt an. »Sagt Ihnen der Name Sam Jackson etwas?«

Daggat schnaufte. »Der Schweinehund hat gesungen!«

»Wie ein Opernstar!« sagte Pitt mit breitem Lächeln. »Ich weiß nicht, was Sie Sam angetan haben. Jedenfalls haßt er Sie wie die Pest. Er kann es nicht erwarten, vor dem ›Ausschuß für gute parlamentarische Sitten‹ gegen Sie auszusagen. Wie gefällt Ihnen das, Ex-Abgeordneter Daggat?«

Daggats Stimme verriet, daß er von Pitts Vorstoß nicht ganz unbeeindruckt geblieben war.

»Sie würden es nicht wagen, diese Fotos einem Ausschuß des Abgeordnetenhauses vorzulegen!«

»Warum denn nicht?« sagte Pitt. »Was habe ich denn zu verlieren? Mein Vater will sein Mandat noch dieses Jahr aus Altersgründen aufgeben. Und was mich angeht: Wenn diese Fotos einmal veröffentlicht sind, werde ich an Washingtons unternehmungslustige Junggesellinnen Wartenummern ausgeben müssen, damit sie sich in meinem Vorzimmer nicht in die Haare geraten.«

»Sie egoistisches Schwein«, sagte Felicia. »Es kümmert Sie wohl gar nicht, wie Laura bei der ganzen Sache abschneidet.«

»Das kümmert mich sehr wohl«, sagte Pitt mit großem Ernst. »Natürlich ist eine solche Veröffentlichung für sie als Frau unangenehm. Dafür hat sie aber auch die Genugtuung, daß unser Freund Daggat für ein paar Jahre hinter Schloß und Riegel wandert. Wenn er wieder raus kommt, kann er sich als Staubsaugervertreter bewerben. Seine Partei will dann sicher nichts mehr mit ihm zu tun haben.«

Daggats Gesicht verzerrte sich, er war weiß vor Zorn. »Das werden Sie mir teuer bezahlen, Pitt«, drohte er.

Pitt warf Daggat einen verächtlichen Blick zu. »Sie sind es, Daggat, der jetzt zur Kasse gebeten wird. Sie haben keine Chance. Der amerikanische Kongreß wehrt sich mit allen Mitteln gegen Leute wie Sie, die versuchen, illegalen Druck auf den Gesetzgeber auszuüben. Es gab Zeiten, wo Ihre schmutzige Rechnung aufgegangen wäre. Aber diese Zeiten sind vorbei. Washington ist voll von ehrenhaften Volksvertretern, die mit Betrügern Ihrer Sorte kurzen Prozeß machen.«

Daggat biß sich auf die Lippen. Er hatte ausgespielt, und er wußte es. »Was soll ich tun?«

»Die Negative vernichten!«

»Ist das alles?« – Pitt nickte.

Daggat schaute ungläubig. »Werden Sie die Sache bestimmt nicht noch einmal aufrollen, Mr. Pitt?«

»Ich wüßte nicht, warum«, entgegnete Pitt. »Es ist für uns alle am besten, wenn wir die ganze Geschichte begraben.«

Der Wagen hatte angehalten. Pitt öffnete die Tür und half Laura hinaus. »Was ich noch sagen wollte, Daggat: Ich habe eine eidesstattliche Erklärung von Jackson, in der Ihr Erpressungsmanöver bezeugt ist. Ich hoffe, daß ich von diesem Dokument nie Gebrauch machen muß. Das nächste Mal, daß Sie versuchen, mich reinzulegen, landen Sie unweigerlich im Kittchen, das verspreche ich Ihnen.«

Pitt schlug die Fondtür zu. Sie warteten, bis sich Daggats chauffeurgesteuerte Limousine in den Straßenverkehr eingeordnet hatte und sahen dem Wagen nach, wie er kleiner und kleiner wurde und schließlich ganz im Dunst der Autoabgase verschwand. Dann stellte sich Laura auf die Zehenspitzen und gab Pitt einen Kuß auf die stoppelige Wange.

»Womit hab' ich das verdient?« erkundigte er sich lächelnd.

»Eine kleine Belohnung, weil du mir aus einer sehr unangenehmen Situation geholfen hast.«

»Pitt, der Retter«, frotzelte er. »Ich habe schon immer eine Schwäche für Kongreßabgeordnete in Not gehabt. Besonders wenn sie weiblich sind – und so hübsch wie du.« Er küßte sie auf die Lippen.

»Das ist meine Belohnung dafür, daß du so tapfer gewesen bist.«

»Tapfer?«

»Du hättest mir von Daggats Erpressung erzählen sollen. Ich hätte dir einige schlaflose Nächte ersparen können.«

»Ich dachte, ich könnte die Sache alleine durchstehen«, sagte sie und vermied, ihn anzusehen.

»Man kann die weibliche Gleichberechtigung auch übertreiben«, sagte er.

»Am besten wäre es, du würdest sofort deine Mitgliedschaft im Feministinnen-Verein aufgeben.«

»Werden die sich wundern, daß sie keine Präsidentin mehr haben«, quittierte Laura seinen Scherz.

Sie gingen zum Wagen, den Pitt auf dem Bordstein geparkt hatte. Unter dem Scheibenwischer steckte ein Stück Papier. Zuerst nahm Pitt an, daß es sich um einen Reklamezettel handelte. Er war schon dabei, das Papier wegzuwerfen, als er darauf eine handschriftliche Notiz entdeckte:

»Ich wäre Ihnen sehr dankbar, wenn Sie so bald wie möglich die Nummer 555-5971 anrufen. Jarvis«

Überrascht sah Pitt sich nach den Passanten um, die in näherer und weiterer Entfernung vom Wagen zu erkennen waren. Irgendeiner von ihnen mußte den Zettel während seiner Auseinandersetzung mit Daggat unter den Scheibenwischer geschoben haben. Aber das Unternehmen, den geheimnisvollen Sendboten aus den vielen Menschen herauszufinden, war hoffnungslos.

»Kennst du jemanden mit dem Namen Jarvis?« fragte er Laura.

Sie dachte nach. »Nein, der Name ist mir unbekannt. Warum fragst du?«

»Jemand, der Jarvis heißt, hat mir einen Liebesbrief geschickt«, sagte Pitt. »Ich hoffe, du bist nicht eifersüchtig.«

49

Die eisige Winterluft drang durch die Ritzen der Ladefläche des offenen Lastwagens. Lusana fror. Er lag mit dem Bauch auf der rostigen Metallunterlage, seine Arme und Beine waren gefesselt. Bei jeder Bodenunebenheit, die der Lastwagen passierte, schlug der Gefesselte mit dem Kopf auf die harte Unterlage. Eine dumpfe Benommenheit lähmte seine Sinne. Die Kapuze, die man ihm über den Kopf gezogen hatte, erlaubte keine Sicht und keinerlei Orientierung. Durch die lange Bewegungsunfähigkeit waren seine Glieder gefühllos geworden.

Mühsam versuchte er sich zu erinnern, was geschehen war. Im Warteraum Erster Klasse am Flugplatz von Washington war er von einem freundlich lächelnden Flugkapitän empfangen worden. »Ich bin Flugkapitän Mutaapo«, hatte der schlanke, großgewachsene Pilot sich vorgestellt. Er war mittleren Alters, fast kahl und trug ein sympathisches Lächeln zur Schau. Seine Uniform war in dem vertrauten Dunkelgrün der »BEZA-Moçambique Airlines« gehalten, wobei der Träger eine besonders reiche Ansammlung von golddurchwirkten Streifen an den Ärmeln aufweisen konnte. »Meine Regierung hat mich beauftragt, mich beim Rückflug um Ihre Sicherheit zu kümmern, Mr. Lusana.«

»Beim Betreten der Vereinigten Staaten waren Sicherheitsvorkehrungen erforderlich«, hatte Lusana eingewandt. »Ich glaube aber nicht, daß das beim Rückflug und in Gesellschaft so vieler Touristen, die mit mir fliegen, notwendig ist.«

»Wir sind für Ihre Sicherheit verantwortlich, und auch für die Sicherheit der einhundertundfünfzig anderen Passagiere. Ich bitte Sie, das zu verstehen. Bis zum Flugzeug stehen Sie unter meinem Schutz. An Bord werden Ihnen zwei Leibwächter zugeteilt, die während des Fluges nicht von Ihrer Seite weichen.«

»Wenn Ihnen das nötig erscheint – bitte«, hatte Lusana gesagt. »Gut.« Der Flugkapitän strahlte zufrieden. »Stoßen wir an auf einen angenehmen und sicheren Flug. Was darf ich Ihnen zu trinken anbieten, Sir?«

»Einen Martini mit einem Schnitzer Zitrone, bitte.«

Er war leichtsinnig gewesen, dümmer als ein Schuljunge, resümierte Lusana, während der Lastwagen über die holperigen Schwellen eines Bahnübergangs rumpelte. Zu spät war es ihm gedämmert, daß die Piloten der Luftfahrtgesellschaften in den letzten vierundzwanzig Stunden vor dem Abflug keinen Alkohol zu sich nehmen dürfen. Zu spät hatte er gemerkt, daß eine starke Droge in sein Getränk gemischt worden war. Augenblicke später war das lächelnde Gesicht des falschen Kapitäns zu einer milchigen Fratze verschwommen. Dann hatte sich ein Gefühl schwammiger Dunkelheit über ihn gesenkt. Es war, als ob eine unsichtbare Hand das Spinnrad seiner Existenz angehalten hätte. Lusana wußte nicht, wieviel Stunden oder Tage dahingegangen waren. Er merkte nicht, wie er durch regelmäßige Injektionen starker Beruhigungsmittel in einem Zustand eingeschränkter Wahrnehmungsfähigkeit gehalten wurde. Gelegentlich wurde ihm die dunkle Kapuze abgenommen. Verschwommene Gesichter unbekannter Menschen erschienen und traten wenige Augenblicke später in eine gnadenlos dunkle Unendlichkeit zurück. Der Lastwagen hielt mit quietschenden Bremsen, und Lusana hörte das unklare Geräusch von Stimmen. Dann setzte sich der Wagen aufs neue in Bewegung. Nach einigen Minuten Fahrt stoppte er endgültig und der Motor wurde abgestellt.

Dann hörte Lusana das Geräusch näherkommender Schritte. Mit groben Griffen wurde er gepackt und eine Art Rampe hochgetragen. Seltsame Geräusche drangen aus der nachtschwarzen Finsternis an sein Ohr. Das Tuten ferner Signalhörner war zu hören. Der Klang von Eisentüren, die auf- und zugeschlagen wurden. Es roch nach frischer Farbe und Maschinenöl.

Unvermittelt ließ man ihn auf den harten Boden fallen. Er hörte, wie die Schritte der unsichtbaren Träger sich entfernten, bis sie außer Hörweite waren. Jemand, der schon im Raum gewesen sein mußte, schnitt seine Fesseln auf. Dann wurde ihm die Kapuze abgenommen. Dumpf-feuchte Düsternis umgab ihn. Die einzige schwache Lichtquelle war eine rote Glühbirne, die in halber Höhe an der Wand befestigt war und einen gespenstischen Lichtkegel auf den Boden projizierte.

Minutenlang lag Lusana regungslos auf dem Boden, der aus Eisenplatten zu bestehen schien. Er fühlte, wie nach und nach das Blut in seine steifgewordenen Glieder zurückkehrte. Mit aller Anstrengung, der er fähig war, stützte er sich mit den Ellenbogen vom Boden ab und starrte in das undurchdringliche Halbdunkel, das ihn umgab. Der Raum mit der niedrigen Decke und dem zu beiden Seiten sanft abfallenden Fußboden ähnelte der Kommandobrücke eines Schiffes. In der Tat entdeckte Lusana in einiger Entfernung die Umrisse eines Steuerrads, das aus einer verrosteten Stahlkonsole hervorragte. Er blinzelte, langsam begannen sich seine Augen an das herrschende Halbdunkel zu gewöhnen. Auf drei Seiten – so glaubte er jetzt zu erkennen – schien der Raum von rechteckigen Fenstern umgeben. Die vierte Wand, in deren Nähe Lusana auf dem Boden lag, bestand aus einer graugestrichenen, nietenübersäten Stahlplatte.

Lusana erschrak. Über ihm wurde plötzlich der mächtige Schatten eines kräftigen Mannes sichtbar. Der Mann hielt die Kapuze, die Lusana abgenommen worden war, in der Hand. Er schaute mit einem fast väterlichen Gesichtsausdruck auf Lusana hinab und schien zu lächeln. Lusana ließ sich nicht täuschen. Nur zu gut wußte er, daß auch die härtesten Killer ein versonnenes Lächeln auf ihr Gesicht zauberten, bevor sie ihren wehrlosen Opfern die Kehle durchschnitten. Und doch – das Gesicht des Kolosses über ihm verriet keine blutrünstigen Absichten, eher strahlte es eine wehmütige Neugier aus.

»Sie sind also Hiram Lusana.«

Die Baßstimme des massig-muskulösen Mannes hallte von den Wänden wider.

»So heiße ich«, bestätigte Lusana heiser. Seine Stimme klang, als ob sie gar nicht ihm gehörte. Es fiel ihm ein, daß er sie seit Tagen nicht gebraucht hatte.

»Sie glauben gar nicht, wie ich mich freue, Sie kennenzulernen«, sagte der Riese.

»Wer sind Sie?«

»Sagt Ihnen der Name Fawkes vielleicht etwas?«

Lusana dachte nach, dann schüttelte er den Kopf.

»Sie sollten sich die Namen der Leute, die Sie ermorden, etwas besser merken«, sagte der Riese, immer noch lächelnd.

Ein plötzliches Erinnern durchzuckte Lusana. »Fawkes – das war doch die Farm, die überfallen wurde. Die Farm in der Provinz Natal...«

Fawkes nickte schwer. »Meine Frau und meine Kinder haben Sie abgeknallt. Mein Haus niedergebrannt. Meine Arbeiter abgeschlachtet. Männer, Frauen und Kinder von der gleichen Hautfarbe wie Sie.«

»Fawkes... Sie sind Fawkes«, stammelte Lusana, während sein Verstand vergeblich versuchte, die Ereignisse in Zusammenhang zu bringen.

»Und Sie sind der Mann, der den Befehl zum Morden gab!« sagte Fawkes. Sein Lächeln war verschwunden, und seine Stimme war metallisch-hart geworden.

»Ich bin für den Überfall auf Ihre Farm nicht verantwortlich!« beteuerte Lusana. Langsam dämmerte ihm, welche Folgen die fürchterliche Verwechslung für ihn haben konnte. Er versuchte aufzustehen, aber die seit Tagen untätigen Glieder versagten ihm den Dienst. »Es tut mir leid, was Ihrer Familie geschehen ist. Ein tragischer Vorfall, ein sinnloses Blutvergießen. Aber die Schuldigen müssen Sie woanders suchen. Ich habe keinen Befehl für diesen Überfall gegeben. Die Afrikanische Revolutionsarmee hat mit der Sache nichts zu tun.«

»Ich habe erwartet, daß Sie lügen würden«, sagte Fawkes bitter.

»Was werden Sie mit mir tun?« fragte Lusana mit fester Stimme.

Fawkes blickte in das nächtliche Dunkel hinaus. Ein leichter Nebel hatte sich auf die schrägstehenden Glasscheiben der Schiffsbrücke gelegt. Lusana bemerkte die befremdliche Mischung von Härte und Traurigkeit, die Fawkes Augen überschattet. Mit einer unendlich langsamen Bewegung wandte sich der hünenhafte Schotte zu Lusana um.

»Sie und ich werden eine kleine Reise machen. Eine Reise ohne Wiederkehr.«

50

Es war genau neun Uhr dreißig, als das Taxi die rückwärtige Einfahrt des Inlandflughafens von Washington passierte. An der Seitenfront einer verlassenen Flugzeughalle, die sich in einem wenigbenutzten Teil des Geländes befand, stieg Jarvis aus. Bis auf eine in mattem Licht erstrahlende Glastür an der Schmalseite des mächtigen Gebäudes schien die Halle leblos und leer. Jarvis drückte die polierte Metallklinke nieder und stieß die Tür auf. Er war überrascht, daß sie nicht quietschte. Die Angeln schienen frisch geölt worden zu sein.

Er stand in einer geräumigen, von gleißendem Neonlicht überfluteten Halle. In der Mitte des Raumes stand ein dreimotoriges Veteranenflugzeug der Marke Ford auf einem Podest. Es sah von weitem wie der leicht verunglückte Nachbau einer überdimensionalen Gans aus. Die mechanischen Schwingen der Riesengans waren über Dutzende von Oldtimer-Automobilen ausgebreitet, die in ästhetisch ausgerichteter Formation über den ganzen Bereich der Halle aufgestellt waren. Auffallend war, daß die historischen Automobile sich in unterschiedlichen Stadien der Restaurierung befanden. Interessiert ging Jarvis auf ein amerikanisches Gangsterauto der dreißiger Jahre zu, unter dem zu seinem Befremden zwei leblos scheinende Füße hervorragten. Aber dann bewegten sich die

Füße, und das Gesicht eines unbekannten Mannes in mittleren Jahren kam zum Vorschein.

»Sind Sie Dirk Pitt?« fragte Jarvis.

Pitt nickte. »Sie sind Jarvis, nehme ich an.«

»Ja.«

Mit einer raschen Bewegung schob sich Pitt unter dem Wagen hervor und stand auf. »Haben Sie mein kleines Versteck ohne Schwierigkeiten gefunden?«

Jarvis nickte. Unschlüssig betrachtete er Pitts ölverschmierten Monteuranzug und fixierte dann das schmutzige Gesicht und das ungekämmte Haar seines Gegenübers. »Wohnen Sie etwa hier?«

»Ich habe ein Appartement im ersten Stock der Halle«, erklärte Pitt und deutete auf eine verglaste Zwischenetage, die auf der Stirnseite der Flugzeughalle in halber Höhe eingezogen war.

»Sie haben da eine herrliche Oldtimer-Sammlung«, sagte Jarvis anerkennend und machte eine Kopfbewegung zu den Ausstellungsstücken. »Was ist das für ein Wagen dort, der mit den riesigen schwarzen Kotflügeln?«

»Ein Maybach Zeppelin Baujahr 1936«, gab Pitt zur Auskunft.

»Und der hier, an dem Sie gearbeitet haben?«

»Das Lieblingsauto von Al Capone«, sagte Pitt. »Mein teuerstes Stück.«

»Wie schade, daß die früheren Besitzer ihre Fahrzeuge nicht immer sehr pfleglich behandelt haben«, sagte Jarvis und durchbohrte mit seinem Zeigefinger die völlig durchgerostete Motorhaube eines alten Renaults. »Die meisten dieser Autos scheinen jahrelang draußen gestanden zu haben.«

»So kann man's auch sagen«, lächelte Pitt verschmitzt. »Die meisten dieser alten Schlitten haben jahrzehntelang im Wasser gelegen.«

Jarvis schaltete sofort. »An Bord der untergegangenen ›Titanic‹?«

»Genau. Ich durfte diese Autos nach der erfolgreichen Bergungsaktion behalten. Eine Art Bonus, weil man mit mir zufrieden war.«

Pitt machte eine auffordernde Verbeugung und geleitete seinen Besucher die stählerne Treppe zu seinem Appartement hinauf. Jarvis trat ein. Sein Auge wurde von der ungewöhnlichen Ausstattung der Räumlichkeiten gefangengenommen. Der Besitzer der Wohnung – so konnte man aus den Einzelheiten des Interieurs schließen – war ein weitgereister Mann, der ungewöhnliche Fundstücke aus der ganzen Welt hier zusammengetragen hatte. Taucherhelm der vergangenen Jahrhunderte schmückten die Wände. Historische Kompasse, die Steuerräder versunkener Schiffe, geheimnisvolle alte Schiffsglocken, sogar mittelalterliche Nägel und seltsam geformte antike Flaschen – alle Objekte waren mit sauberen kleinen Schildern gekennzeichnet. Auf jedem der Schilder war der Name des Schiffes vermerkt, aus dem Pitt das betreffende Stück geborgen hatte. Es war ein Museum – und zugleich die illustrierte Lebensgeschichte eines passionierten Tiefseetauchers.

Jarvis machte es sich in einem Ledersofa bequem, das Pitt ihm anbot. Er verschränkte die Arme über seinen Knien und beugte sich vor. »Sie haben keine Ahnung, wer ich bin, Mr. Pitt?«

»Nein.«

»Hatten Sie keine Bedenken, einen völlig Unbekannten zu sich einzuladen?«

»Ich habe nun einmal eine Schwäche für ungelöste Geheimnisse«, grinste Pitt. »Es passiert einem schließlich nicht jeden Tag, daß man unter seinem Scheibenwischer einen Zettel mit der Telefonnummer vom Nationalen Sicherheitsdienst findet. Darf ich fragen, warum Sie mich sprechen wollten, Mr. Jarvis?«

»Gern, Mr. Pitt«, sagte Jarvis. »Legen wir die Karten auf den Tisch. Was ist der wahre Grund, warum die NUMA wie geisteskrank einen bestimmten Typus vorsintflutlicher Schiffsgranaten sucht?«

»Möchten Sie nichts zu trinken?« sagte Pitt ausweichend.

»Danke, nein«, antwortete Jarvis und musterte Pitt prüfend.

»Sie kennen doch die Aufgabe der NUMA. Dann wissen Sie auch, wofür wir die Marinegranaten brauchen.«

»Für seismologische Tests?«

Pitt nickte.

Jarvis lehnte sich zurück und streckte seine Arme auf der Rücklehne des Sofas aus. »Wann finden die Tests statt?«

»März nächsten Jahres.«

»Sehr schön.« Jarvis blickte Pitt mit einem väterlichen Lächeln an. Dem wurde es ungemütlich. »Dann werde ich einmal Ihre Wissenslücken in der Erdbebenforschung beseitigen, Mr. Pitt«, begann er. »Ich habe eingehende Gespräche mit vier Erdbebenforschern geführt. Zwei von ihnen arbeiten bei der NUMA. Alle vier Spezialisten sind sehr erstaunt über Ihre Idee, Vierzigzentimetergranaten, die ursprünglich für Schiffsgeschütze bestimmt sind, auf ein Korallenriff fallen zu lassen, um dann seismographische Messungen vorzunehmen. Um es genau zu sagen, meine vier Gesprächspartner fanden diese Idee sogar ausgesprochen idiotisch. Es steht außerdem fest, daß die NUMA in absehbarer Zeit im Pazifik keine seismographischen Versuche durchführt. Alles in allem, Mr. Pitt: Ihre kleine Ausrede ist leider nicht sehr wasserdicht.«

Pitt bedeckte seine Augen mit dem Handrücken und dachte nach.

Er konnte jetzt weiterlügen oder jeden weiteren Kommentar verweigern. Nein, entschloß er sich. Er mußte seine Strategie jetzt ändern.

Seine Alternativen waren zu einem Nichts zusammengeschrumpft. Es bestand keine Hoffnung mehr, daß Steiger und Sandecker kurzfristig an die Befehlshaber der Afrikanischen Revolutionsarmee herankommen würden, um wegen eines Ankaufs der tödlichen ST-Granaten zu verhandeln. Die Mittel und Wege, die der NUMA zur Verfügung standen, waren erschöpft. Es war jetzt an der Zeit, Profis an die Sache heranzulassen.

Er nahm die Hand von den Augen und sah Jarvis ernst an. »Wenn ich dem Nationalen Sicherheitsdienst eine große Ladung tödlicher Mikroben auf dem Silbertablett serviere, Mikroben, die dreihundert Jahre lang leben und in dieser Zeit immer virulenter werden – was würden Sie mit dem Zeug tun?«

Pitts Frage traf Jarvis sichtlich unvorbereitet. »Ich weiß nicht, worauf Sie hinaus wollen«, sagte er zögernd.

»Ich wiederhole meine Frage«, sagte Pitt.

»Handelt es sich um ein Kampfgift, um eine Waffe?«

Pitt nickte. »Ja.«

Nervös veränderte Jarvis seinen Sitz auf dem Ledersofa.

»Eine solche Waffe gibt es nicht. Seit zehn Jahren sind chemische und biologische Waffen durch einstimmigen Beschluß der Vereinten Nationen in Acht und Bann getan.«

»Beantworten Sie bitte meine Frage, Mr. Jarvis«, beharrte Pitt.

»Ich schätze, ich würde ein solches Kampfgift der Regierung aushändigen müssen.«

»Sind Sie sicher, daß das der richtige Weg ist?«

»Was sollte ich anders tun? Die Sache fällt in die Zuständigkeit der Militärs.«

Pitt schüttelte lebhaft den Kopf. »Nein!« sagte er hart. »Eine solche Waffe muß zerstört und für alle Zeiten vernichtet werden.« Sein Blick schien Jarvis durchdringen zu wollen.

Ein kurzes Schweigen folgte. Dann fand Jarvis die Sprache wieder. »Diese Waffe, von der Sie da sprechen – ist das ein Projekt, von dem es vorläufig nur die Formel gibt? Oder existieren diese tödlichen Mikroben bereits?«

»Sie existieren.«

Jarvis seufzte. Die fehlenden Stücke zu dem Puzzlespiel, an dem er herumgerätselt hatte, lagen in seiner Hand. Zum ersten Mal während all der Jahre, die er als Nachrichtenfachmann im Nationalen Sicherheitsdienst tätig war, wünschte er, er wäre nicht so findig und erfolgreich gewesen. Er sah Pitt mit einem Lächeln, das Zustimmung verriet, an. »Sie hatten mir vorhin einen Drink angeboten«, sagte er dann gefaßt, »den könnte ich jetzt gut gebrauchen. Vielleicht lassen Sie die Flasche gleich auf dem Tisch stehen. Ich glaube, wir beide haben uns viel zu erzählen.«

Eine ruhige, mondlose Nacht hatte sich über Washington gesenkt. Es war schon nach Mitternacht, als Phil Sawyer seinen Wagen vor dem Appartementhaus parkte, in dem Laura Smith ihre Wohnung hatte. Sawyer war ein Mann von einem Aussehen, wie es Frauen bevorzugen, die bei der Wahl ihres Partners unbewußt eine Vaterfigur suchen. Sein Gesichtsausdruck wirkte reif und zuverlässig. Er trug kurzgeschnittenes Haar, das an den Schläfen vorzeitig grau geworden war.

Galant öffnete er Laura die Wagentür. Sie stieg aus und sah ihn aufmunternd an. »Wären Sie so nett, mir zu helfen, die Tür meines Appartements aufzuschließen? Das Schloß klemmt, und ich brauche immer sehr lange, bis ich es aufbekomme.«

Sawyer lächelte. »Ehe Sie die Nacht im kalten Hausflur verbringen, werde ich mich wohl opfern müssen. Schon überredet.« Beide lachten.

Langsam gingen sie nebeneinander her, durch den mit Blumen und Rasen geschmückten Vorgarten des Appartementhauses. Der gepflasterte Weg war naß vom Regen, das Licht der Straßenlampen spiegelte sich in den Pfützen. Ein leichter Sprühregen hatte eingesetzt. Laura fröstelte und schmiegte sich beim Gehen an Sawyer, der ihre rechte Schulter mit väterlicher Geste umfaßt hielt. Dann waren sie in der hellerleuchteten Empfangshalle des Appartementhauses angekommen. Ein uniformierter Portier begrüßte sie und drückte auf den Fahrstuhlknopf, worauf zwei mattschimmernde Türen lautlos zur Seite glitten. Sie stiegen ein und fuhren nach oben. Als sie vor Lauras Wohnungstür angekommen waren, fischte sie ihren Schlüssel aus der Tasche und händigte ihn Sawyer aus, der sich damit an dem Türschloß zu schaffen machte. In wenigen Sekunden hatte er das schwergängige Schloß geöffnet. Sie traten ein.

»Nehmen Sie sich etwas zu trinken aus der Bar«, sagte Laura, warf ihren Kopf nach hinten und fuhr sich mit den Händen durch ihr langes rotbraunes Haar, das vom Sprühregen feucht geworden war. »Ich bin gleich wieder da.«

Während Laura ins Schlafzimmer ging, öffnete Sawyer die kleine Hausbar und goß sich einen alten französischen Cognac ein. Er war gerade dabei sich nachzuschenken, als Laura wieder zurückkam. Sie trug einen verführerischen Seidenpyjama. Überrascht sah Sawyer zu ihr auf. Das Licht aus dem Schlafzimmer schien durch den dünnen Nylonstoff und umfloß wie eine Aura die Konturen ihres großen schlanken Körpers. Das dunkle seidenweiche Haar hing in großen, lockeren Strähnen über ihre nackten Schultern. Aus strahlend blauen Augen, die Sawyer an glitzernde Bergseen erinnerten, sah sie ihn an.

»Sie sehen bezaubernd aus«, sagte er. Einen Augenblick lang hatte er das Gefühl, ein Schuljunge zu sein, der mit klopfendem Herzen vor seiner hübschen, aber unnahbaren Lehrerin steht.

»Danke«, lächelte sie geschmeichelt. Sie mixte sich einen Campari-Soda. Dann kuschelte sie sich auf die Couch neben Sawyer. »Es war ein herrlicher Abend, Phil. Vielen Dank für das wunderbare Essen.«

»Ich habe zu danken«, sagte er höflich.

Laura ergriff seine wohlgeformte kräftige Hand und streichelte ihm mit ihren Fingern sanft über den Handrücken. »Sie sind angenehm verändert heute Abend«, sagte sie. »Noch nie habe ich Sie so entspannt erlebt. Wie geht's denn im Büro? Sie erzählen so gar nichts vom Präsidenten.«

»Es sind nur noch sechs Wochen bis zu den Neuwahlen. Nur noch sechs Wochen muß ich mich mit den Fragen der Presseleute und Fernsehberichterstatter rumschlagen. Ich bin ganz erleichtert, daß ich endlich das Licht am Ende des Tunnels sehe.«

»Keine festen Pläne für die Zeit nach der Wahl?«

»Nein. Jedenfalls nicht in beruflicher Hinsicht. Ich werde es ganz ähnlich machen wie mein Chef. Sobald er sein Amt an den neuen Präsidenten übergeben hat, wird er auf irgendwelche Tropeninseln verschwinden. Er hat vor, mit einer Segeljacht im südlichen Pazifik herumzugondeln. Der Rest seines Lebens, sagt er, gehört dem Whisky und schönen Frauen, nicht unbedingt in dieser Reihenfolge.« Sawyer stellte den Cognacschwenker, aus dem er getrunken hatte, auf den niedrigen Marmortisch und sah Laura in die Augen. »Was mich angeht – ich zöge ja die Karibik vor. Besonders für eine Hochzeitsreise.«

»Denken Sie als Partnerin für Ihre Hochzeitsreise an jemanden bestimmten?« erkundigte sich Laura. Sie hatte einen aufreizenden Schmollmund gemacht.

Mit einer liebevollen Geste nahm Sawyer ihr das Glas aus der Hand, stellte es auf den Tisch zurück und umfaßte ihre Hände. »Abgeordnete Smith!« sagte er und machte eine Amtsmiene.

»Ich darf Sie bitten, Ihre Ja-Stimme für Ihre Eheschließung mit dem Pressesprecher des amerikanischen Präsidenten, Herrn Phil Sawyer, abzugeben.«

Lauras Gesichtsausdruck war nachdenklich und besorgt geworden. Sie hatte damit gerechnet, daß Sawyer ihr irgendwann einmal einen Heiratsantrag machen würde. Aber sie war zutiefst unentschieden, wie sie darauf reagieren sollte. Sawyer mißverstand ihr Zögern.

»Ich weiß, was Sie jetzt denken«, sagte er rücksichtsvoll. »Sie fragen sich vermutlich, wie es sein wird, mit einem ehemaligen Pressesprecher des Präsidenten zusammenzuleben, der den ganzen Tag nur Zeitung liest oder Golf spielt. Ich darf Sie beruhigen. Ich habe nicht vor, den Rest meines Lebens als Privatier und Partylöwe zu verbringen. Meine Partei hat vor, mich zur Wahl als Senator in meinem Heimatstaat vorzuschlagen.«

Laura hatte sich entschlossen. »Die Stimmauszählung hat ein großes Übergewicht der Ja-Stimmen ergeben«, sagte sie, indem sie auf seine Persiflage des politischen Tagesgeschäfts im Abgeordnetenhaus einging.

Sawyer übersah den sorgenvollen Ausdruck, der immer noch in Lauras Augen nistete. Er hatte die Antwort bekommen auf die er gehofft hatte. Gerührt wandte er sich ihr zu, nahm ihren Kopf zwischen seine Hände und küßte sie sanft auf die Lippen. Der Raum um ihn her schien zu versinken. Beglückt atmete er den erregenden Duft ein, der von ihrem halbentblößten Körper ausging. Ein süßes Gefühl sinnlicher Erfüllung durchströmte ihn, als er seinen Kopf in der Mulde zwischen ihren vollen Brüsten barg.

Als Sawyer später in einen erschöpften Schlaf gefallen war, lag Laura wach und starrte ins Dunkel. Sie spürte, wie ihre Tränen das Kissen benetzten, das sie umklammert hielt. Sie hatte alles versucht, um Sawyer glücklich zu machen und Pitt zu vergessen. Pflichtschuldig hatte sie höchste Erregung und einen Orgasmus vorgetäuscht. Sawyer hatte die Täuschung nicht bemerkt. Und trotzdem war alles sinnlos gewesen. Mitten beim Liebesakt ertappte sie sich dabei, wie sie Sawyer mit Pitt verglich. Rein körperlich gesehen, fühlte sie keinen Unterschied.

Sawyer war, ähnlich wie Pitt, ein starker und männlicher Liebhaber. Während sie jedoch Pitts Umarmungen in ein leidenschaftliches und unersättliches Raubtier zu verwandeln pflegten, blieb sie beim Zusammensein mit Sawyer innerlich leer und unbefriedigt. Verzweifelt drückte sie ihr Gesicht in das Kissen, um Sawyer nicht zu wecken. Geh mir aus den Gedanken, Dirk Pitt, dachte sie in hilflosem Ingrimm. Zur Hölle mit dir!

»Ich könnte nicht sagen, welche von den beiden Storys sich am verrücktesten anhört, Ihre oder meine«, sagte Pitt, als die gegenseitige Beichte der beiden Männer in der ersten Etage des Flugzeugschuppens zu Ende ging.

Jarvis zuckte die Schultern. »Wahr sind sie beide«, entgegnete er. »Das Schlimme ist, daß zwischen Ihren tödlichen ST-Granaten und meiner Story von dem geplanten ›Unternehmen Wilde Rose‹ wahrscheinlich ein Zusammenhang besteht.«

»Wie meinen Sie das? Glauben Sie etwa, daß südafrikanische Weiße sich als schwarze ARA-Terroristen verkleiden und in diesem Aufzug die südafrikanische Küste mit Giftgasgranaten bombardieren? Das ist doch heller Wahnsinn!«

»Ich sehe das anders«, widersprach Jarvis. »Der Plan für das ›Unternehmen Wilde Rose‹ ist genial. Bisher haben die Schwarzen in Südafrika doch nur eine Strategie der Nadelstiche betrieben. Mit wenig Erfolg. Wenn sie aber im großen Stil angreifen, von einem Kriegsschiff aus, das die wehrlose Zivilbevölkerung mit Giftgas beschießt, dann erzielen sie genau das allgemeine Chaos, das sie brauchen.«

»Gibt es irgendeinen Hinweis, welche südafrikanische Küstenstadt zum Ziel des Angriffs vorgesehen ist?«

»Nein. Darüber steht nichts im Plan.«

»Gott sei Dank fehlt den Afrikanern die Hauptsache, um das Unternehmen durchzuführen.«

»Und das wäre?«

»Das Kriegsschiff«, sagte Jarvis. »Die letzten verfügbaren Kriegsschiffe unserer Marine wurden vor einigen Monaten zur

Verschrottung freigegeben. Die anderen alten Kriegsschiffe, die es gibt, sind außer Dienst gestellt. Sie sind zu Museen umgebaut worden.«

Pitt nickte und starrte eine Weile lang ins Leere. »Ich erinnere mich, daß ich erst vor wenigen Wochen bei einem Flug über die Chesapeake Bay ein großes Kriegsschiff gesehen habe, das an einem Reparaturdock verankert war.«

»Das kann allerhöchstens ein größeres Patrouillenboot gewesen sein«, mutmaßte Jarvis.

»Durchaus nicht«, widersprach Pitt mit Bestimmtheit. »Das Kriegsschiff, das ich gesehen habe, hatte drei massive Geschütztürme.« Jarvis schien wenig überzeugt von der Zuverlässigkeit der Beobachtung, die Pitt gemacht hatte. »Ich bin ganz sicher, daß der Statusreport vom Nationalen Sicherheitsdienst hundertprozentig korrekt ist. Sie müssen sich bei der Beobachtung aus großer Höhe geirrt haben. Aber falls es Sie beruhigt – ich werde die Sache nachprüfen lassen.«

»Es gibt da noch etwas, worüber ich mir den Kopf zerbreche«, sagte Pitt.

Er stand auf und ging zu einem wohlgefüllten Bücherregal hinüber, stellte sich auf die Zehenspitzen und zog aus der obersten Reihe einen dicken Lexikonband heraus. Gesenkten Blickes kam er zurück, legte den Band auf den Tisch und begann darin zu blättern.

»Was suchen Sie«, fragte Jarvis neugierig.

»Unternehmen Wilde Rose«, gab Pitt zur Auskunft.

»Na und? Glauben Sie, das steht im Lexikon?«

»Nein. Aber die Bezeichnung ›Wilde Rose‹ könnte doch auf irgend etwas hinweisen.«

»Solche Codenamen haben meist keine wirkliche Bedeutung«, sagte Jarvis. »Man vermeidet das, eben weil kein außenstehender einen Hinweis auf Zeit oder Ort der geplanten Operation bekommen soll.«

»Ort der Operation«, sagte Pitt nachdenklich. »Das ist es, da müßte der Schlüssel liegen. Ich wette eine gute Flasche Wein mit Ihnen, daß die Bezeichnung Wilde Rose eine verborgene Bedeutung hat!«

Er blätterte weiter in dem dicken Lexikon und schlug es schließlich beim Stichwort »Iowa« auf. Auf der gleichen Seite befand sich eine kleinformatige Landkarte des gleichnamigen amerikanischen Bundesstaates. Pitt fuhr mit seinem Zeigefinger suchend die neben der Landkarte ausgedruckte Textspalte entlang. Schließlich stoppte er.

»Das müßte es sein...« sagte er bedächtig. Er schob Jarvis das geöffnete Lexikon hinüber. Der setzte sich seine Lesebrille auf und widmete der aufgeschlagenen Seite einen beiläufigen Blick. »Iowa«, begann er zu lesen. »Hauptstadt: Des Moines. Neunundzwanzigster Staat der Union.

Und nun?«

»Sie sind in der falschen Zeile«, sagte Pitt lächelnd. »Lesen Sie, was weiter unten steht.« Verständnislos schüttelte Jarvis den Kopf. Er las weiter: »Das Symbol des Bundesstaates Iowa ist die wilde Rose.«

Jarvis schob das Lexikon von sich weg. Alle Farbe war aus seinem Gesicht gewichen. »Die Verbindung ist klar. Zum Unternehmen ›Wilde Rose‹ haben die Afrikaner das Kriegsschiff vorgesehen, das nach dem Bundesstaat ›Iowa‹ benannt ist. Trotzdem verstehe ich das nicht. Das Kriegsschiff ›Iowa‹ ist doch verschrottet worden.«

»Verschrottet? Oder nur zum Verschrotten freigegeben? Das ist ein großer Unterschied«, sagte Pitt.

Eine Reihe tiefer Sorgenfalten erschien auf Jarvis' Stirn.

Pitt betrachtete ihn in aller Gemütsruhe und wartete, bis die Verunsicherung seines Gesprächspartners auf dem Höhepunkt war.

»Ich habe einen Vorschlag«, sagte er dann trocken.

»Und der wäre?« Jarvis bemühte sich nicht, seine Ungeduld zu verbergen.

»Wenn ich Sie wäre, würde ich sofort alle Werften im Umkreis von fünfzig Kilometern um die Chesapeake Bay überprüfen. Ich bin sicher, die ›Iowa‹ ist das Schiff, das ich vom Flugzeug aus gesehen habe.«

»Ihr Telefon!« sagte Jarvis. Es klang wie ein Befehl.

Pitt deutete auf das Telefon, das am Ende des Bücherregals auf einem niedrigen Tisch stand.

Jarvis ging hinüber und wählte eine Nummer. Während er darauf wartete, daß der Ruf durchging, drehte er sich zu Pitt um.

»Haben Sie hier auch irgendein Auto, das nicht antik ist? Eines, das noch richtig fährt?«

»Ja. Ich habe einen Dienstwagen hinter der Halle stehen.«

»Ich bin mit einem Taxi gekommen«, sagte Jarvis. »Könnten Sie mich fahren?«

»Kein Problem«, nickte Pitt.

Er ging, um von einer Schalttafel an der verglasten Empore aus die Neonbeleuchtung über seiner Oldtimer-Sammlung abzuschalten. Als er zurückkam, hatte Jarvis sein Telefongespräch bereits beendet.

»Sie hatten Recht«, sagte er knapp. »Das Schlachtschiff ›Iowa‹ ist noch nicht verschrottet. Gestern lag es jedenfalls noch am Reparaturpier einer gewissen ›Forbes‹-Werft im Bundesstaat Maryland. ›Forbes Marine Scrap and Salvage Yard‹ heißt die Werft mit vollem Titel.«

»Ich kenne die Werft«, sagte Pitt. »Sie liegt an der Mündung des Patuxent River.«

51

Es regnete. Pitt saß am Steuer. Sein Beifahrer Jarvis schien in Gedanken versunken. Wie hypnotisiert starrte er auf die Scheibenwischer, die auf der gewölbten Panoramascheibe hin und her zuckten.

Plötzlich lehnte er sich zurück, als ob ihm eben etwas eingefallen sei. »Ich bin diese Strecke schon einmal gefahren«, sagte er. »Gleich kommt die Ortschaft Lexington Park.«

»Nach der Karte sind es noch ungefähr zehn Kilometer bis dahin«, sagte Pitt, ohne seinen Blick von der Straße abzuwenden.

»In Lexington Park gibt es eine Tankstelle mit Nachtdienst«, fuhr Jarvis fort. »Halten Sie dort bitte, ich muß mit meiner Dienststelle telefonieren.«

Wenige Minuten später kamen die nächtlichen Lichter von Lexington Park in Sicht. Sie durchquerten den Ort. Zwei Kilometer hinter dem Ortsende tauchte aus dem nächtlichen Dunkel die hellerleuchtete Servicestation auf, von der Jarvis gesprochen hatte. Pitt verlangsamte die Fahrt des Wagens, bog ab, fuhr über den regenglänzenden Vorplatz und brachte den Wagen in unmittelbarer Nähe einer verglasten Telefonzelle zum Stehen.

Der Tankwart, der es sich im geheizten Innenraum der Tankstelle bequem gemacht hatte, sah von seiner Zeitung auf und beobachtete Pitt und Jarvis durch die regenüberströmte Glasscheibe.

Nachdem er den Eindruck gewonnen hatte, daß es sich bei den beiden Fremden nicht um Übeltäter handelte, die von der Telefonzelle aus ihren Überfall auf seine Kasse vorbereiteten, wandte er sich wieder seiner Lektüre zu.

Jarvis stieg aus, telefonierte und kam zurück.

Pitt hatte durch die geöffnete Tür hindurch zugehört, während Jarvis sprach, aber den Sinn der Unterhaltung nicht völlig erfassen können.

»Hat der Nationale Sicherheitsdienst irgend etwas Neues herausgefunden?« erkundigte er sich.

»Neues und Schlechtes«, informierte ihn Jarvis. »Mein Stab hat die Versteigerungsunterlagen der ›Iowa‹ überprüft. Das Schiff wurde einem ausländischen Unternehmen mit dem Namen ›Walvis Bay Investment Corporation‹ zugeschlagen.«

»Nie gehört.«

»Diese Firma ist das finanzielle Aushängeschild der Afrikanischen Revolutionsarmee.«

Pitt zog das Steuer scharf nach rechts, um einer plötzlich auftauchenden Pfütze auszuweichen.

»Könnte es sein, daß Lusana die südafrikanische Armee bei der Versteigerung überboten hat?«

»Das bezweifle ich.« Jarvis schüttelte sich vor Kälte und hielt seine Hände über die Ausgangsöffnungen der Wagenheizung. »Ich nehme eher an, daß die südafrikanische Armee hinter dem Kauf der ›Iowa‹ steckt. Vermutlich haben sie den Namen der ›Walvis Bay Investment‹ nur angegeben, um ihre Spuren zu verwischen und außenstehende Neugierige irre zu führen.«

»Sie meinen, das südafrikanische Militär hat sich beim Erwerb der ›Iowa‹ fälschlich als Beauftragter der ›Walvis Bay Investment‹ ausgegeben?« – Jarvis nickte.

»Könnte es nicht sein, daß Lusana in die Sache eingeweiht ist?«

»Das halte ich für unmöglich«, sagte Jarvis. »Ich sehe keinen Grund, warum er mit seinen schlimmsten Feinden zusammenarbeiten sollte.«

»Lusana weiß also nicht, daß das Schiff offiziell unter dem Namen der ›Walvis Bay Investment‹ gekauft ist.«

»Er hat gar keine Möglichkeit, das in Erfahrung zu bringen«, erklärte Jarvis. »Die Namen der Käufer, denen bei der Versteigerung der Zuschlag erteilt wird, werden – wenn die Käufer das wünschen – geheimgehalten.«

»Immerhin hat die Afrikanische Revolutionsarmee aber die

Giftgasgranaten gekauft, wie wir bei dem Waffenhändler festgestellt haben«, stellte Pitt fest.

»Wenn wir noch ein bißchen tiefer graben« – Jarvis sprach hörbar gestreßt – »könnte sich herausstellen, daß auch diese Spur falsch ist. Vielleicht haben Lusana und die Afrikanische Revolutionsarmee mit dem Kauf der Giftgasgranaten überhaupt nichts zu tun.«

»Da vorne ist die Forbes-Werft«, sagte Pitt.

Sie fuhren einen hohen Maschendrahtzaun entlang, der auf einigen hundert Metern parallel zur Straße verlief. Dann bogen sie in die hellerleuchtete Einfahrt ein, wo Pitt vor einem Stahlseil anhielt, das die Durchfahrt versperrte. Es regnete in Strömen, von einem Schiff war weit und breit nichts zu sehen. Nicht einmal die großen Laufkräne konnte man von hier aus im nächtlichen Dunkel ausmachen. Noch bevor Pitt das Fenster auf seiner Wagenseite heruntergekurbelt hatte, war ein Wachmann an den Wagen herangetreten.

»Kann ich Ihnen irgendwie helfen?« fragte er höflich.

Jarvis beugte sich an Pitt vorbei und reichte dem Wachmann seinen Dienstausweis. »Wir kommen, um zu überprüfen, ob die ›Iowa‹ noch in der Werft ist.«

»Die ›Iowa‹ liegt schon seit sechs Monaten im Dock. Sie wird umgebaut«, versicherte der Wachmann.

Pitt und Jarvis wechselten besorgte Blicke.

»Können wir hineinfahren?«

»Ich habe Order, nachts niemanden auf das Gelände zu lassen, wenn er nicht eine schriftliche Spezialgenehmigung von der Werftleitung hat«, sagte der Wachmann.

»Kommen Sie morgen wieder, wenn das Büro geöffnet ist.«

Jarvis wollte soeben zu einem regierungsamtlichen Donnerwetter ansetzen, als ein Wagen neben ihnen hielt, aus dem ein Mann im Abendanzug ausstieg.

»Gibt es irgendwelche Probleme, O'Shea?« fragte er, zum Wachmann gewandt.

»Diese Herren möchten in die Werft reinfahren, aber sie haben keine Spezialgenehmigung«, gab der Wachmann zur Auskunft.

Jarvis öffnete die Wagentür und stieg aus. »Mein Name ist Jarvis, ich bin Leiter des Nationalen Sicherheitsdienstes. Mein Begleiter ist Herr Pitt von der NUMA. Wir müssen dringend die ›Iowa‹ inspizieren.«

»Um drei Uhr nachts?« murmelte der Mann im Abendanzug.

Schweigend studierte er den Ausweis, den Jarvis ihm reichte. Dann wandte er sich an den Wachmann. »Lassen Sie die beiden Herren durchfahren, O'Shea! Die Sache geht in Ordnung.« Er kam zu Jarvis zurück.

»Der Weg zum Reparaturdock ist nachts nicht ganz leicht zu finden. Ich komme am besten mit. Übrigens, mein Name ist Metz. Lu Metz, Geschäftsführer der Werft.«

Metz ging zu seinem Wagen zurück und sagte etwas zu der Frau, die auf dem Beifahrersitz wartete.

»Meine Frau«, erklärte er, während er sich auf den Rücksitz von Pitts Wagen zwängte. »Wir feiern heute nacht unseren sechsten Hochzeitstag. Wir waren auf dem Heimweg vom Restaurant. Da fiel mir ein, daß ich ein paar Pläne im Büro vergessen habe.«

O'Shea hakte das Stahlkabel aus, das die Toreinfahrt versperrte, und legte es auf den regennassen Boden.

Er bedeutete Pitt, der hindurchfahren wollte, zu halten, kam an den Wagen und lehnte sich ans offene Wagenfenster. »Wenn Sie drinnen irgendwo den Busfahrer sehen, Mr. Metz, fragen Sie ihn doch bitte, warum er solange braucht. Er hatte doch gesagt, er käme in zehn Minuten zurück.«

»Busfahrer?« fragte Metz erstaunt.

»Ja. Um sieben Uhr abends kam ein Bus mit siebzig farbigen Seeleuten. Sie wollten alle zur ›Iowa‹.«

»Und *die* haben Sie reingelassen?« fragte Metz ungläubig.

»Sie hatten alle einwandfreie Ausweise, auch der Busfahrer, der sie reinfuhr.«

»Da steckt sicher Fawkes dahinter!« knurrte Metz ärgerlich. »Möchte gern wissen, was der verrückte Schotte jetzt wieder vorhat...«

Pitt legte den Gang ein und steuerte den Wagen auf das nachtdunkle Gelände.

»Wer ist Fawkes?« fragte er.

»Kommandant Patrick Mc Kenzie Fawkes«, antwortete Metz. »Ehemaliger Kapitän der Britischen Kriegsmarine. Er beaufsichtigt den Umbau der ›Iowa‹ im Auftrag einer schwarzafrikanischen Befreiungsbewegung. Dieser Mann ist reif fürs Irrenhaus.«

Jarvis drehte sich um und sah Metz fragend an. »Reif fürs Irrenhaus? Wieso?«

»Fawkes hat die Werftarbeiter, die das Schiff umbauen, regelmäßig auf die Palme gebracht. Er ist völlig verrückt. Alle Versteifungen und Stahlschotten mußten sie rausschweißen.«

»Dann hat das Schiff doch keine Festigkeit mehr«, sagte Pitt. »Ohne Querstützen kentert es beim kleinsten Sturm.«

»Da sagen Sie mir nichts Neues!« brummte Metz. »Genau wegen diesem Punkt habe ich mich mit dem sturen Idioten herumgestritten. Aber es war, als ob man gegen eine Wand redet. Fawkes hat sogar darauf bestanden, daß wir zwei noch völlig intakte Turbinen ausbauen.« Er unterbrach seinen Redefluß und tippte Pitt, der vor ihm saß, auf die Schulter. »Beim nächsten Stapel Stahlplatten scharf rechts, und dann links, den Schienen vom Laufkran nach.«

Die Nacht war kühler geworden und die Regentropfen, die durch das offene Wagenfenster hereinpeitschten, fühlten sich wie eisige Nadelstiche an. Im Licht der Wagenscheinwerfer wurden die Umrisse von zwei Fahrzeugen sichtbar. Beim Heranfahren, konnten sie erkennen, daß es sich um einen Bus und einen Lastwagen mit offener Pritsche handelte. Pitt brachte den Wagen neben den beiden anderen Fahrzeugen zum Stehen, ließ jedoch den Motor laufen und die Scheinwerfer brennen.

»Von den Fahrern und Insassen ist keine Spur zu sehen«, stellte Jarvis fest.

Pitt nahm eine Taschenlampe aus dem Handschuhkasten und stieg aus. Jarvis folgte ihm, während Metz – ohne ihnen irgendeine Erklärung zu geben – aus dem Wagen sprang und fort ins Dunkel lief. Pitt richtete den Strahl der Taschenlampe durch die Fenster ins Innere des Busses, dann ging er zu dem Lastwagen und äugte im Licht der Taschenlampe durch die Seitenscheiben. Beide Fahrzeuge waren leer.

Rasch gingen Pitt und Jarvis um die verlassenen Fahrzeuge herum, wo sie Metz trafen, der gerade außer Atem von der etwa achtzig Meter entfernten Kaimauer zurückgekommen waren. Er hatte seine Arme in die Seiten gestemmt. Die Jacke seines Abendanzugs war von dem niedergehenden Regen durchweicht, sein Haar klebte in triefenden Strähnen an der Stirn. Einen Augenblick lang erinnerte der Anblick Jarvis an einen Ertrunkenen, den man soeben wiederbelebt hat.

»Was ist mit der ›Iowa‹?« fragte er.

Metz machte eine wütende Geste zur dunklen Kaimauer hin. »Sie ist weg!«

»Wie ist das möglich?«

»Der verdammte Schotte ist mit dem ganzen Schiff auf und davon!« sagte Metz wuterstickt.

»Sind Sie ganz sicher, daß das Schiff hier gelegen hat?«

Metz schluckte ärgerlich. »Sie können mir schon glauben, daß ich weiß, wo unsere Schiffe liegen. Genau an dieser Stelle war die ›Iowa‹ während des Umbaus vertäut.« Er starrte zur Kaimauer hinüber und schien etwas Wichtiges zu bemerken. Mit raschen Schritten ging er hinüber, Jarvis und Pitt folgten ihm. »Sehen Sie sich das an!« sagte er, als sie alle drei am Rande des Reparaturdocks standen. »Diese Idioten haben die Haltetaue nicht mitgenommen, sondern an Land gelassen. Es sieht geradewegs so aus, als ob sie nie wieder irgendwo anlegen wollen.«

Vorsichtig trat Jarvis an den Rand des Docks, beugte sich leicht vornüber und starrte in die düstere Tiefe, wo die schweren Taue ins Wasser hingen.

»Es ist meine Schuld«, murmelte er, zu Pitt. »Es war sträflicher Leichtsinn von mir, daß ich die ersten Warnzeichen nicht ernstgenommen habe.«

»Meinen Sie wirklich, daß Fawkes dieses Wahnsinnsunternehmen durchführt?« sagte Pitt.

»Genau das wird er tun! Da können Sie Gift drauf nehmen!«

Mutlos lehnte sich Jarvis an einen stählernen Poller. »Wenn wir nur wüßten, zu welchem Datum das ›Unternehmen Wilde Rose‹ angesetzt ist...«

»Das Datum ist eigentlich nicht so schwer zu erraten«, sagte Pitt.

Ungläubig starrte Jarvis ihn an. »Was ist Ihre These?«

»Sie sagten doch, daß das ›Unternehmen Wilde Rose‹ zum Ziel hat, bei der amerikansichen Öffentlichkeit Sympathie für die südafrikanischen Weißen und Haßgefühle gegen die schwarzen Revolutionäre zu mobilisieren«, erklärte Pitt. »Welches Datum wäre dazu geeigneter als heute?«

Jarvis sah auf das Datumsfenster seiner Armbanduhr. »Es ist jetzt Mittwoch nacht, null Uhr und fünf Minuten. Ich sehe nicht, wieso das irgendein besonderes Datum sein sollte.«

»Die Drahtzieher des ›Unternehmens Wilde Rose‹ haben ein phantastisches Timing«, widersprach Pitt trocken. »Heute ist der siebte Dezember, der Jahrestag des japanischen Überfalls auf Pearl Habor.«

Die Iowa

Pretoria, Südafrika – 7. Dezember 1988

52

Minister De Vaal war allein. Er saß in seinem Büro im Verteidigungsministerium und las in einer Akte. Es war Spätnachmittag, die Strahlen der flach einfallenden Sonne drangen durch die hohen Rundfenster und tauchten den großen Raum in ein ungemütliches Licht. De Vaal beschattete seine Augen mit der Hand und blinzelte, als er bei seiner Lektüre durch ein sanftes Klopfen an der Tür unterbrochen wurde.

»Herein!« sagte er, ohne von seinem Schreibtisch aufzusehen. Zeegler trat ein. »Ich habe soeben die Meldung erhalten, daß Fawkes die Operation gestartet hat.«

De Vaals Gesicht blieb unbewegt wie eine Maske. Er schob die Akte, in der er gelesen hatte, mit spitzen Fingern zur Seite, so daß sie millimetergenau mit dem linken Rand des Schreibtisches abschloß.

Dann händigte er Zeegler ein handbeschriebenes Blatt Papier aus. »Sorgen Sie dafür, daß dieser Text unverzüglich als Fernschreiben mit höchstem Dringlichkeitsgrad an das amerikanische Außenministerium durchgegeben wird.«

Zeegler ergriff das Papier mit beiden Händen und las:

> Ich halte es für meine Pflicht, Sie von einem unmittelbar bevorstehenden Terroranschlag zu unterrichten, den die Afrikanische Revolutionsarmee unter Führung von Kapitän Patrick Fawkes, einem ehemaligen Kapitän der Britischen Kriegsmarine, auf eine Stadt an der amerika-

nischen Küste unternehmen wird. Ich bedaure zutiefst die Tatsache, daß meine Regierung an der Vorbereitung des verabscheuungswürdigen Anschlags unabsichtlich beteiligt war.
ERIC KOERTSMANN
PREMIERMINISTER

»In diesem Fernschreiben geben sie im Namen unseres Premierministers eine Schuld zu, obwohl der Premierminister über das ›Unternehmen Wilde Rose‹ überhaupt nicht informiert ist«, sagte Zeegler erstaunt.

»Darf ich fragen, warum Sie das tun?«

De Vaal fuhr sich mit dem Nagel seines rechten Mittelfingers über die Oberlippe, stützte seine Ellenbogen auf den Schreibtisch, preßte die abgespreizten Finger seiner beiden Hände gegeneinander und sah Zeegler mit kaum verhohlener Herablassung an. »Ich sehe keinen Grund, warum ich die Gründe für meine Entscheidung mit Ihnen diskutieren sollte.«

»Darf ich Sie dann fragen, warum Sie Fawkes den Wölfen zum Fraß vorwerfen?«

Der Verteidigungsminister hatte das Aktenstück von der linken Schreibtischkante wieder zur Mitte des Tisches zurückgeschoben und seine Lektüre fortgesetzt. »Kümmern Sie sich darum, daß das Fernschreiben unverzüglich abgeht. Wenn ich es zu einem späteren Zeitpunkt für richtig halte, das Thema mit Ihnen zu erörtern, werde ich es Sie wissen lassen.«

Er machte eine kurze Kopfbewegung zum Zeichen, daß er nun alleingelassen werden wollte.

»Wir haben Fawkes doch versprochen, daß wir versuchen wollen, ihn nach dem Anschlag herauszuholen«, beharrte Zeegler. Ungehalten sah De Vaal auf. »Fawkes wußte, daß er vom Moment der Übernahme des Kommandos praktisch ein toter Mann war!«

»Wenn er das Unternehmen überlebt und bei den amerikanischen Behörden auspackt, könnte das für unsere Regierung katastrophal werden.«

»Keine Sorge«, sagte De Vaal mit hinterhältigem Lächeln. »Fawkes wird den Anschlag nicht überleben.«

»Sie scheinen sich dessen schon ganz sicher zu sein, Herr Minister.«

»Das bin ich auch«, entgegnete De Vaal kühl. »Absolut sicher.«

Der Mann, der tief im Innern des Schlachtschiffes »Iowa« in einem dunklen Korridore stand, trug einen ölverschmierten Overall, über den er eine schwere Wolljacke gestreift hatte. Vorsichtig sah er sich um, dann schlüpfte er in den völlig ausgeweideten Raum, in dem einmal die komplett eingerichtete Krankenabteilung des Schiffes untergebracht gewesen war. Er zog die Tür hinter sich zu und knipste die Taschenlampe an, deren Lichtkegel er prüfend durch den riesigen Raum wandern ließ. Alle Zwischenwände und auch die Betten und Möbel waren entfernt worden. Das Krankenrevier ähnelte jetzt einer Leichenhalle. Der Mann, der sich die Dunkelheit in diesem abgelegenen Teil des Schiffes zunutze machte, legte die Taschenlampe auf den Boden, kniete sich hin und holte eine Pistole hervor, die er unter seinem Overall verborgen hatte. Mit geübtem Griff befestigte er einen Schalldämpfer am Ende des Laufes und schob ein Magazin mit zwanzig Schüssen in die Waffe. Prüfend hielt er den Revolver vom Typ 27.5 Hocker-Rodine Automatic auf ein imaginäres Ziel in der Dunkelheit und betätigte den Abzug. Nur ein leiser Laut, wie von einem Blatt Papier, das zu Boden gleitet, war zu hören, gefolgt von dem Auftreffen der Kugel auf einer fernen Stahlwand. Zufrieden mit dem Resultat seines Probeschusses, befestigte er den Revolver mit Klebepflaster an seiner rechten Wade. Er machte ein paar Schritte, um zu prüfen, ob die Waffe auch festsaß und ihn nicht beim Gehen behinderte. Dann knipste Emma die Taschenlampe aus, schlich sich in den Korridor zurück und begab sich auf den Weg zum Maschinenraum.

53

Carl Swedborg, der Kapitän des Fischkutters »Molly Bender«, klopfte mit den Fingerknöcheln an das Barometer, betrachtete es einige Sekunden lang mit stoischer Ruhe und ging dann zum Kartentisch hinüber, auf dem eine dampfende Tasse Kaffee stand. Er überdachte die Fahrtstrecke, die heute noch vor ihm lag, schlürfte an dem heißen Kaffee und sah durch die milchig-verschwommenen Scheiben auf das Eis hinaus, das sich draußen auf den Deckaufbauten zu bilden begann. Er haßte diese naßkalten

Nächte. Die Kälte kroch in seine siebzig Jahre alten Knochen und verursachte quälende Schmerzen in seinen Gelenken. Schon vor zehn Jahren hätte er in Pension gehen können. Aber seine Frau war gestorben, und seine Kinder lebten über den ganzen Kontinent verstreut. Swedborg grauste sich vor der Idee, untätig und allein in einem menschenleeren Haus herumzusitzen. Solange er als Kapitän Arbeit fand, wollte er auf See bleiben – bis er irgendwo zwischen zwei Häfen das Zeitliche segnete.

»Wir haben nur fünfhundert Meter Sicht«, sagte er zerstreut.

»Ich hab' schon eine viel dickere Suppe erlebt.« Bran Donegal, ein hochaufgeschossener, struppiger Seemann, der aus Irland in die Vereinigten Staaten eingewandert war, hatte diese Antwort gegeben. Donegal stand am Steuerrad. »Besser, das schlechte Wetter geht, als daß es kommt«, beschloß er seine Betrachtungen zur Wetterlage.

»Recht hast du«, bestätigte ihn Swedborg. Er fröstelte und knöpfte den obersten Knopf seines Ölzeugs zu. »Achte gut auf den Kurs, und achte auf die zwei Bojen am Spitzen Eck.«

»Keine Sorge, Käptn. Meine irische Nase riecht die Bojen wie ein Bluthund.«

Donegals irische Sinnsprüche wurden vom Kapitän der »Molly Bender« meist mit einem Lächeln quittiert. Aber diesmal blieb Swedborg ernst. »Es ist besser, wenn du zum Aufspüren der Bojen deine Augen benutzt!«

In einem weiten Bogen steuerte die »Molly Bender« um die Bojen am Spitzen Eck herum. Dann folgte sie weiter ihrem geplanten Kurs flußabwärts. Dann und wann passierte der Kutter eine befeuerte Markierungsboje, die in der dunklen Nacht wie die Straßenbeleuchtung an einer regennassen, menschenleeren Kreuzung wirkte. In den Regen, der niederging, hatte sich Schnee zu mischen begonnen.

»Ein Schiff kommt uns entgegen«, kündigte Donegal an.

Swedborg nahm das Glas an die Augen und betrachtete das ferne Schiff, um Näheres über seine Größe und Geschwindigkeit herauszufinden.

»Wir sind auf Kollisionskurs, Käptn!« meldete Donegal.

»Was hat der verdammte Idiot auf unserer Seite zu suchen?« schimpfte Swedborg. »Weiß dieser Hilfsschüler denn nicht, wie man in einem Kanal navigiert?«

»Wir sind kleiner«, sagte Donegal. »Wir können unseren Kurs leichter ändern als er. Am besten, wir geben ihm ein Warnsignal und wechseln auf die Seite rüber, wo eigentlich er fahren müßte.«

»Okay, Donegal. Kurswechsel und zwei Warnsignale!«

Seltsamerweise blieben die Warnsignale der »Molly Bender« unbeantwortet. Die Lichter des fremden Schiffes näherten sich viel schneller, als man es bei der im Kanal zugelassenen Geschwindigkeit vermuten durfte. Kapitän Swedborg war vor Schreck wie erstarrt, als er plötzlich entdeckte, daß das fremde Schiff neuerlich seinen Kurs gewechselt hatte und nun frontal auf die »Molly Bender« zugerauscht kam.

»Vier kurze Warnsignale!« ordnete er an.

Dies war das Warnsignal, das in der Kanalschiffahrt benutzt wird, um einem entgegenkommenden Schiff verständlich zu machen, daß man über seinen Kurs im unklaren ist. Zwei Mitglieder der Mannschaft der »Molly Bender«, die von den gellenden Signalen geweckt worden waren, kamen verschlafen ins Steuerhaus gestolpert. Sprachlos vor Entsetzen sahen sie, wie kurz vor ihnen die mächtig aufragende Silhouette des entgegenkommenden Schiffes immer größer wurde. Die blendenden Scheinwerfer des schwimmenden Riesen strahlten auf den hilflosen kleinen Fischkutter hernieder, als ob es sich um ein Insekt handelte, das unter dem Mikroskop ausgeleuchtet werden sollte, um es besser in Augenschein nehmen zu können.

Swedborg hatte verstanden, daß der Zusammenstoß unvermeidlich war. Gefaßt schaute er auf den mächtigen Schiffsrumpf, der sich immer schneller näherte. In einem verzweifelten Rettungsmanöver versuchte Donegal das Steuer herumzureißen und die Maschinen zu stoppen. Das letzte, was sie sahen, war die hausgroße Zahl 61, die auf dem Bug des Ungetüms prangte und nun über ihnen in dem nächtlichen Himmel zu steigen schien. Eine Sekunde später wurde der kleine Fischkutter in unzählige Splitter zerschmettert und von den eisigen Fluten verschlungen.

Pitt brachte seinen Wagen vor der Einfahrt zum Weißen Haus zum Stehen. Jarvis war schon halb ausgestiegen, als er sich noch einmal umwandte. »Ich danke Ihnen für Ihre wertvolle Hilfe«, sagte er zu Pitt.

»Was nun?« fragte Pitt.

»Der Schwarze Peter liegt jetzt bei mir«, sagte Jarvis mit einem traurigen Lächeln. »Ich habe jetzt die undankbare Aufgabe, mitten in der Nacht den Präsidenten zu wecken.«

»Kann ich Ihnen in der Sache noch irgendwie helfen?«

»Nein. Sie haben schon mehr als genug getan. Jetzt ist die Regierung am Ball.«

»Was die Giftgasgranaten mit den ST-Mikroben angeht«, sagte Pitt. »Kann ich sicher sein, daß Sie das Zeug tief im Pazifik versenken, wenn Sie's aufspüren?«

»Versuchen will ich's. Aber ich kann nichts versprechen.«

»Das genügt mir nicht«, sagte Pitt.

Jarvis war zu müde, um noch über Pitts Bitte länger zu verhandeln. Pitt hatte den Eindruck, daß sich sein Gesprächspartner für die Vernichtung der fürchterlichen Waffe nicht mehr sonderlich interessierte. »Sorry, aber auf die künftige Verwendung der Gasgranaten habe ich keinen entscheidenden Einfluß«, sagte Jarvis schulterzuckend. Dann warf er die Wagentür ins Schloß, ging zum Eingangstor des Weißen Hauses hinüber, zeigte dem Posten seinen Ausweis und war verschwunden.

Pitt wendete und fuhr die Vermont Avenue zurück. Nach einigen Kilometern langsamen Dahingleitens entdeckte er eine Cafeteria die durchgehend geöffnet hatte, bog ab und parkte. Nachdem ihm die gähnende Kellnerin einen kochendheißen, aber hoffnungslos verwässerten Kaffee serviert hatte, ging er zum Münztelefon hinüber und machte zwei Anrufe. Dann stürzte er den kalt gewordenen Kaffee hinunter, zahlte und ging hinaus.

54

Pitt traf Heidi Milligan auf den Stufen des Bethesda-Marine-Krankenhauses. Sie trug ein hübsches Stirnband über ihrem jugendlich frisierten Haar. Trotz Spuren von Müdigkeit um ihre Augen sah sie hoffnungsfroh und unternehmungslustig aus.

»Wie geht es Admiral Bass?« erkundigte sich Pitt.

Sie sah ihn betont zuversichtlich an. »Walter muß noch einige Zeit liegen. Aber er ist stark. Er wird durchkommen.«

Pitt glaubte ihr kein Wort. Ihm war klar, daß Heidi sich an einen Hoffnungsfaden klammerte, der mit jedem Tag dünner wurde, während sie nach außen hin eine unbekümmerte Fassade zur Schau trug.

»Begleiten Sie mich hinein, und zeigen mir, wo Admiral Bass liegt?« bat Pitt.

»Gern, Mr. Pitt.«

Er geleitete sie die Stufen hinauf und öffnete ihr die gläserne Eingangstür. Gemeinsam gingen sie die langen, nach Desinfektionsflüssigkeit duftenden Korridore entlang.

»Kann er sprechen?« fragte Pitt.

Heidi Milligan machte eine besorgte Miene. »Die Ärzte sind nicht sehr begeistert von der Idee. Aber Walter bat selbst um das Gespräch mit Ihnen, nachdem ich ihm Ihren Brief gegeben hatte.«

»Ich hätte das Gespräch nicht vorgeschlagen, wenn es nicht so wichtig wäre«, sagte Pitt.

Sie sah zu ihm hinüber. »Ich verstehe.«

Sie waren vor der Tür von Bass' Krankenzimmer angekommen. Heidi öffnete die Tür und bedeutete Pitt mit einem Kopfnicken, zum Bett des Kranken vorzugehen, das an der Fensterseite des großen Einzelzimmers stand.

Pitt haßte Krankenhäuser. Der Geruch nach Äther, die bedrückende Stimmung, die nüchtern-herablassende Geschäftigkeit der Ärzte und Schwestern – all das war ihm zuwider. Er war entschlossen, zu Hause, in seinem eigenen Bett, zu sterben, wenn es einmal soweit war.

Sein Entschluß wurde bekräftigt von dem erschreckenden ersten Eindruck, den der Kranke, dessen Zimmer er soeben betreten hatte, auf ihn machte. Admiral Bass war kaum noch wiederzuerkennen. Die wächserne Farbe seines Gesichtes unterschied sich kaum noch von dem aseptischen Weiß der Bettwäsche, mit der das Krankenlager bezogen war. Man hatte den Kranken an ein Atemgerät angeschlossen. Sein rasselnder Atem ging im Takt mit dem regelmäßigen leisen Zischen der makabren Mechanik. Eine Reihe von dünnen und dicken Schläuchen führte von aufgehängten Tropfern und medizinischen Geräten zu verschiedenen Klebepflastern an den Armen des Kranken und unter die Bettdecke. Der einst muskulöse Mann schien zum Skelett abgemagert.

Ein Arzt, der beim Eintreten von Heidi und Pitt mit wartend verschränkten Armen am Fenster gestanden hatte, kam auf die beiden Besucher zu und ergriff Pitt mit einer besorgten Geste am Oberarm. »Ich bezweifle, ob er noch Kraft genug hat, mit Ihnen zu sprechen«, flüsterte er.

Bass schien das Flüstern gehört zu haben. In einer mühsamen Bewegung wandte er seinen Kopf in die Richtung, wo Pitt stand, dann machte er eine schwache Bewegung mit den mageren langen Fingern seiner Hand. »Kommen Sie näher, Pitt«, röchelte er.

Der Arzt, der neben Pitt stand, hob resigniert die Schultern. »Gehen Sie nur«, sagte er. »Ich bleibe in der Nähe, für alle Fälle.«

Er ging zur Tür und verließ den Raum.

Pitt zog sich einen Stuhl heran und setzte sich an die Längsseite des niedrigen Bettes. Dann beugte er sich vor und brachte seinen Mund in die Nähe von Bass' Ohren. »Was haben die ST-Geschosse für eine Flugmechanik?« fragte er. »Was geschieht auf der Flugbahn der Geschosse?«

»Rotation... durch... Luftwiderstand«, flüsterte Bass.

»Ich verstehe«, sagte Pitt. »Das Geschoß ist konisch gerillt. Beim Flug wird es durch den Luftwiderstand in eine zentrifugale Bewegung gesetzt.«

Der Kranke deutete ein Nicken an. »Die Drehung... aktiviert... einen Generator. Der Generator... speist... einen automatischen Höhenmesser.«

»Höhenmessung durch Barometer?«

»Nein«, flüsterte Bass kaum vernehmbar. »Für einen Barometer... ist die Flugbahn meist zu flach. Deshalb hat das Geschoß... eine Höhenmessung... durch Radar...«

»Wie kann ein Radar-Höhenmesser denn die hohen Beschleunigungskräfte beim Abfeuern der Geschosse aushalten?« fragte Pitt. Bass brachte die Andeutung eines Grinsens zustande. »Habe... das Ding... selbst konstruiert. Sie können sich drauf verlassen, Pitt. Es funktioniert.«

Der Admiral schloß die Augen. Er schien völlig erschöpft von der Anstrengung, die ihm das Gespräch bereitete. Heidi Milligan kam ans Bett und berührte Pitt an der Schulter.

»Vielleicht sollten Sie besser am Nachmittag wiederkommen, wenn er wieder etwas ausgeruht ist.«

Pitt schüttelte den Kopf. »Dann ist es zu spät!« flüsterte er.

»Sie werden ihn umbringen«, sagte Heidi. Sie hatte Tränen in den Augen.

Pitt wandte sich wieder zu dem Kranken, dessen Hand in einer mühsamen Bewegung über die Bettdecke strich und Pitt am Handgelenk ergriff. Bass öffnete die Augen. Sein Blick flackerte. »Ich mußte nur... etwas... zu Kräften kommen... Bleiben Sie hier... und... hören Sie zu! Ich... befehle es Ihnen.«

Pitt beugte sich voller Anteilnahme über den Admiral. »Zu Befehl«, sagte er ernst.

Unter Aufbietung aller Kräfte bewegte der Kranke die Lippen. »Der Fallschirm im Geschoß öffnet sich... in einer Höhe von fünfhundert Metern. Dadurch wird... der Fall... stark verlangsamt... Gleichzeitig... wird eine kleine Sprengladung... ausgelöst.«

»Fallschirmöffnung in einer Höhe von fünfhundert Metern«, wiederholte Pitt.

»Die Sprenglandung... öffnet... die Schutzhülle... um die Splitterbomben. Ausgestreut... werden die Splitterbomben erst später.«

»Wann?«

»Tiefer... zur Erde.« Bass' Stimme wurde unverständlich, nur die Bewegung der Lippen deutete noch darauf hin, das er sprach. Pitt wartete geduldig.

»Absprengung der Splitterbomben... mit einer zweiten Explosivladung... in dreihundert Meter Höhe.« Kalter Schweiß erschien auf der Stirn des Kranken, er schloß die Augen.

»Der Zeitfaktor, Admiral Bass! Wieviel Sekunden liegen zwischen der Öffnung des Fallschirms und der Absprengung der Splitterbomben mit dem ST-Giftstoff?«

»Ich weiß... es... nicht mehr.«

»Bitte!« flehte Pitt. »Versuchen Sie, sich zu erinnern!«

Es war offensichtlich, daß die Geisteskräfte des Admirals, je näher er dem Koma kam, nachließen. Sein Gesicht war vom Schmerz gezeichnet, seine Gehirnzellen versagten ihm den Dienst. Plötzlich richtete er sich auf und begann zu wispern. »Ich glaube... dreißig Sekunden... Fallgeschwindigkeit... sechs Meter pro Sekunde...«

»Abstand zwischen Fallschirmöffnung und Absprengung des Giftstoffes dreißig Sekunden«, wiederholte Pitt zur Bestätigung.

Die knöcherne Hand des Admirals hatte Pitts Handgelenk losgelassen und war auf die Bettdecke zurückgefallen. Die Augen des Kranken waren geschlossen. Er war bewußtlos geworden.

55

Die einzigen Spuren, die die »Iowa« von der Kollision mit der »Molly Bender« davontrug, waren ein paar Kratzer am Bug. Fawkes, der das Ruder führte, hatte nicht die leiseste Erschütterung im Rumpf des Kriegsschiffes bemerkt. Er hätte die Tragödie, die für die Männer des kleinen Fischkutters das Ende und ein nasses Grab bedeutete, vermeiden können, wenn er auf die vorgeschriebene Seite ausgewichen wäre. In diesem Falle hätte die »Iowa« allerdings die ausgebaggerte Fahrrinne in der Mitte des Kanals verlassen müssen. Sie wäre auf Grund gelaufen und hoffnungslos im zähen Schlick steckengeblieben.

Fawkes wußte, daß der Zwischenraum zwischen dem dahinpflügenden Kiel des mächtigen Schlachtschiffes und dem Kanalbett nur noch sehr knapp bemessen war. Zwar hatte die Entfernung von mehreren tausend Tonnen Ballast den Tiefgang des Schiffes von zwölf auf sieben Meter verringert. Aber das genügte gerade, um mit dem ungefügen Schiffsrumpf in der Mitte der ausgebaggerten Furche zu manövrieren. Schon jetzt wirbelten die Schrauben der »Iowa« Tonnen von Schlamm und Schmutz auf, die das Kielwasser des mit voller Fahrt dahinstampfenden Schiffes auf einer Strecke von mehreren Kilometern lehmigbraun färbten.

Fawkes' zahlreiche mit dem Kajütboot unternommenen Inspektionsfahrten machten sich jetzt bezahlt. Minutiös hatte er jede Biegung des Kanals, jede Boje, jede Änderung in der Linienführung der Fahrrinne ausgekundschaftet. Jetzt wurde hinter dem Schleier des windgepeitschten Graupelregens die Warnboje sichtbar, die die St. Clements-Insel markierte. Fünf Minuten später pflügte die »Iowa« an dem grünbewachsenen Eiland vorbei. Das vertraute Bimmeln der automatischen Warnglocke, das vom weißgetünchten Bojenhaus herüberwehte, klang in Fawkes' Ohren wie das Läuten einer Totenglocke. Mit einer nachdenklichen Geste wischte er sich die von Öl und Schweiß glänzenden Hände an den Ärmelaufschlägen sauber. Jetzt kam der schwierigste Teil der Strecke.

Schon seit dem nächtlichen Auslaufen aus der Werft hatte Fawkes wieder und wieder darüber nachgedacht, wie er die Sandbänke von Kettle Bottom, einem zehn Kilometer langen Abschnitt mit zahlreichen Untiefen, am besten überwinden könnte. Wenn die »Iowa« den tiefhängenden Kiel ihres viele Tausend Tonnen schweren Rumpfes in eines dieser Hindernisse rammte, war die Reise des Schiffes zu Ende – wenige Kilometer vor dem angesteuerten Ziel.

Fawkes nahm eine Hand vom Ruder und griff nach dem Mikrofon. »Ich möchte ab sofort laufend Tiefenangaben«, ordnete er an.

»Verstanden, Käptn«, tönte es aus dem Lautsprecher. Mehrere Decks tiefer begannen zwei Mitglieder von Fawkes schwarzer Mannschaft die Tiefenangaben abzulesen, die auf der Skala eines Tiefenmessers erschienen.

»Neun Meter Wassertiefe... acht Meter siebzig... acht Meter sechzig...«

Die Sandbänke von Kettle Bottom kündigten sich an, und Fawkes umklammerte die Speichen des Steuerrads mit der erbarmungslosen Kraft eines Schraubstocks.

Im dämmrigen Halbdunkel des Maschinenraums hatte sich der Agent Emma unbemerkt unter die Mannschaft gemischt. Es waren erbärmlich wenige Männer, die das große Schiff – so gut sie konnten – in Fahrt hielten. Alle waren in Schweiß gebadet. Nicht nur, daß die Aufgaben, mit denen Fawkes sie betraut hatte, für viele von ihnen neu waren. Unter normalen Umständen hätte die Bedienungsmannschaft fünfmal so groß sein müssen. Gewiß, zwei Turbinen waren beim Abspecken des Schiffes ausgebaut worden. Aber es gab immer noch übergenug zu tun. Besonders wenn man bedachte, daß die verhältnismäßig unerfahrenen Männer sich nicht nur als Schiffsingenieure, sondern jetzt auch als Kanoniere an den Schiffsgeschützen bewähren sollten.

Emma vermied es, in dem chaotischen Gewimmel unter Deck Aufgaben zugewiesen zu bekommen, die in schwere körperliche Arbeit ausarteten. Er beschränkte sich darauf, Wasserkannen an die Männer auszuteilen, die gestreßt und schwitzend vor den Maschinen und an den Instrumententafeln standen. Niemandem in dieser zischenden und dampfenden Unterwelt schien sein fremdes Gesicht aufzufallen. Alle waren zu sehr mit ihrer Aufgabe beschäftigt. Und jeder dieser armen Teufel war dankbar, wenn er mit ein paar tiefen, kühlen Schlucken die Flüssigkeit ersetzen konnte, die ihm in Strömen aus den Poren rann.

Niemand von den Männern im Maschinenraum wußte, daß jenseits der stählernen Außenhaut des Rumpfes nur wenige Zentimeter Wasser das Schiff vor dem Auflaufen auf Grund trennten. Niemand von den Männern, die Fawkes rekrutiert hatte, kannte das wirkliche Ziel der Fahrt. Als sie an Bord kamen, hatte ihnen

Fawkes erklärt, daß das umgebaute Kriegsschiff eine kurze Probefahrt machen werde. Die Funktion der alten Maschinen sollte geprüft werden. Außerdem sollten draußen, auf offener See, Zielübungen mit den alten Schiffsgeschützen veranstaltet werden. Entsprechend den Erklärungen, die Fawkes gegeben hatte, nahmen die Männer an, daß sie in diesem Augenblick die Bucht verließen, um auf den Atlantik hinauszusteuern. Sie waren deshalb sehr erstaunt, als ein plötzliches Rütteln durch den Schiffsrumpf ging, das unmißverständlich das Auflaufen auf Grund signalisierte.

Die »Iowa« schlitterte mit ihrem mächtigen Kiel auf einer Sandbank entlang. Durch das Hindernis verlor das Schiff erheblich an Fahrt. »Maschinen volle Kraft voraus!« befahl Fawkes über die Sprechanlage. Die Maschinen erdröhnten, während sie auf die höchste Drehzahl kamen und ihre 106000 Pferdekräfte an die gigantischen Schiffsschrauben abgaben.

Verunsichert sahen sich die Männer im Maschinenraum an. Sie hatten fest angenommen, daß das Schiff sich schon im tiefen Wasser befände.

Charles Shaba, der Chefingenieur, meldete sich zur Brücke. »Sind wir auf Grund, Käptn?«

»Wir streifen eine Untiefe, die auf der Seekarte nicht verzeichnet ist«, schrie Fawkes zurück. »Weiter volle Kraft voraus, bis wir ganz drüber sind!«

Shaba übermittelte die Weisung an die Männer, die vor den Maschinen standen. Aber er war skeptisch, ob sich das Schiff freikämpfen würde. Trotz der mit höchster Kraft laufenden Motoren hatte man unter Deck den Eindruck, daß das Schiff kaum noch Fahrt machte. Der ganze Rumpf quietschte und stöhnte in seinen Verankerungen, während sich der stählerne Koloß langsam über die Sandbank schob. Dann plötzlich klang es, als ob die Schrauben frisches Wasser faßten. Eine Minute später kam Fawkes Durchsage von der Brücke.

»Sagen Sie den Männern, wir sind durch. Wir sind wieder im tiefen Wasser!«

Die Männer mit den ölverschmierten, schwitzenden Gesichtern hatten sich wieder ihrer Arbeit an den Maschinen und Instrumenten zugewandt. Die Erleichterung war ihnen anzumerken. Einer von ihnen begann die Melodie eines Seemannslieds zu summen, und wenig später fielen die Kameraden, die neben ihm arbeiteten, ein.

Der Agent Emma sang nicht mit. Er war der einzige unter Deck, der die wahre Bestimmung der »Iowa« kannte. Der grotesk verstümmelte stählerne Riese hatte seine letzte Fahrt angetreten. In wenigen Stunden – so wußte der Agent – würden die Männer, die jetzt sangen, tot sein. Wäre die »Iowa« auf der Sandbank steckengeblieben, hätten sie eine Chance gehabt. Das Schicksal hatte es anders gewollt. Fawkes hatte Glück, dachte Emma. Verdammtes Glück...

56

Der amerikanische Präsident saß an der Kopfseite eines langen Konferenztisches in der Kommandozentrale, die für Katastrophenfälle in einer Tiefe von einhundertzwanzig Metern unter dem Weißen Haus errichtet worden war. Ungehalten sah er Dale Jarvis an. »Das letzte, was ich jetzt zu Ende meiner Amtszeit brauchen kann, ist eine Krise. Vor allen Dingen habe ich wenig Verständnis dafür, daß Sie eine Sache hochspielen, die in aller Ruhe nach meiner Amtszeit geregelt werden kann.«

Jarvis musterte den mächtigsten Mann der Vereinigten Staaten. Der Präsident war für sein aufbrausendes Temperament bekannt. Mehr als einmal hatte Jarvis die unkontrollierten Wutausbrüche des Präsidenten erlebt, bei denen sein berühmter Schnurrbart, das Lieblingsobjekt der Karikaturisten, vor Zorn erbebte. Jarvis dachte nach. Er, der Leiter des Nationalen Sicherheitsdienstes, hatte nichts zu verlieren. Nichts als seinen Job...

»Ich würde Sie und die Minister nicht aus dem Schlaf holen, Herr Präsident, wenn dafür nicht wichtige Gründe vorlägen.«

Verteidigungsminister Timothy March holte tief Luft und setzte zu einer vermittelnden Stellungnahme an. »Was Jarvis sagen will, ist...«

»Was ich sagen will«, fiel ihm Jarvis ins Wort, »ist, daß in der Chesapeake Bay ein Schiff mit unbekannter Besatzung herumfährt, das bakteriologische Waffen an Bord hat. Waffen, die innerhalb weniger Minuten jedes menschliche Leben einer ganzen Großstadt auslöschen können. Waffen mit tödlicher Wirkung, die noch zig Generationen andauert!«

General Higgins sah Jarvis zweifelnd an. »Ich kenne keine Waffe mit diesen Eigenschaften. Alle Giftgase und bakteriologischen Waffen sind auf Regierungsbeschluß schon vor Jahren vernichtet worden. Niemand in den USA hat die Möglichkeit, an derartige Waffen heranzukommen.«

»Das ist das leere Gewäsch, das Sie den Wählern draußen im Lande um die Ohren hauen«, sagte Jarvis zornig. »Jeder hier im Raum weiß, daß das gelogen ist. Tatsache ist, daß die Armee zu keinem Zeitpunkt aufgehört hat, Giftgase, Kampfgifte und bakteriologische Waffen zu entwickeln und zu lagern.«

»Mäßigen Sie sich, Jarvis!« Um die Lippen des Präsidenten spielte ein dünnes Lächeln, das durch den Schnurrbart – so schien es Jarvis – zu der zweifelhaften Imponiergebärde eines Vorstadtcasanovas abgefälscht wurde. Es war bekannt, daß es dem Präsidenten ein perverses Vergnügen bereitete, seine Untergebenen zu beobachten, wenn sie sich in die Haare gerieten. Schweigend betrachtete er General Higgins und Jarvis, die sich wutschnaubend gegenübersaßen. Nachdem er die Situation lange genug genossen hatte, lehnte er sich in seinem Lederstuhl zurück, drehte sich leicht zur Seite und plazierte das linke Bein so, daß die Kniekehle bequem über der linken Armlehne zu liegen kam. »Ich bin untröstlich, General Higgins«, sagte er mit spöttisch gekräuselten Lippen. »Für den Augenblick bin ich dafür, daß wir die Warnung von Jarvis ernstnehmen.« Er wandte sich zu Admiral Kemper, dem Befehlshaber der Marine, der ihm schräg gegenübersaß. »Joe, wie unser guter Jarvis hier beteuert, findet die Sache auf dem Wasser statt. Das wäre dann Ihr Bier!«

Kemper nickte. Wieder fiel es Jarvis auf, daß Kemper, der die mächtigste Flotte der Welt befehligte, überhaupt nicht militärisch aussah. Er war dick, hatte weiße Haare und wirkte wie ein gemütlicher Geschäftsmann in den Fünfzigern. Man konnte ihn sich viel eher vorstellen, wie er einem als seriöser Abteilungsleiter eines renommierten Warenhauses auf den mit dicken Spannteppichen belegten Gängen der Abteilung Pelzmäntel entgegenkam. Aufmerksam betrachtete Admiral Kemper die Notizen, die er sich während des Wortwechsels zwischen Jarvis, March und Higgins gemacht hatte.

»Es gibt zwei Faktoren, die die Warnung von Mr. Jarvis erhärten. Erstens einmal wissen wir, daß das Kriegsschiff ›Iowa‹ an die ›Walvis Bay Investment‹, eine Deckadresse für die Afrikanische Revolutionsarmee, verkauft worden ist. Zweitens steht fest, daß dieses Schiff nicht verschrottet, sondern umgebaut wurde. Nach den Satellitenaufnahmen von gestern lag es in den Docks der Forbes-Werft.«

»Und wo ist die ›Iowa‹ jetzt?« fragte der Präsident.

Kemper antwortete nicht. Er drückte auf einen Knopf, der in der Schreibtischplatte vor ihm eingelassen war, und stand auf. An der Stirnwand der unterirdischen Kommandozentrale glitt die Wandvertäfelung zur Seite. Ein großflächiger Projektionsschirm wurde sichtbar. Kemper ergriff den Telefonhörer, der in einer blaßschimmernden Plastikmulde vor ihm lag. »Bild bitte!« sagte er ungeduldig.

Das Bild, das im nächsten Augenblick auf der Leinwand erschien, war in großer Höhe über der Erde aufgenommen. Die Satellitenkamera lieferte ein gestochen scharfes Farbbild. Das ausgeklügelte Auflösungsvermögen der Hochleistungsoptik sorgte dafür, daß das näherkommende Luftbild der Chesapeake Bay so klar und wirklichkeitsgetreu aussah, als befänden sich die Zuschauer nicht viele Kilometer entfernt unter der Erde, sondern in der Gondel eines Freiballons, mitten über der Bucht. Admiral Kemper ging zum Projektionsschirm vor und deutete mit einem Bleistift auf eine bestimmte Stelle des Bildes.

»Dies ist die Mündung des Patuxent.« Der Bleistift fuhr nach rechts. »Diese schmalen dunklen Striche sind die Reparaturdocks der Forbes-Werft. Wie Sie sehen, war die Warnung von Mr. Jarvis berechtigt. Von der ›Iowa‹ ist keine Spur mehr zu sehen!«

Auf Kempers telefonische Weisung wurden die Objektive der Satellitenkamera jetzt auf den oberen Teil der Bucht gerichtet. Frachter und Fischkutter kamen in Sicht. Aber keines der Schiffe, deren Bild in die unterirdische Kommandozentrale übermittelt wurde, wies die charakteristischen Umrisse eines Kriegsschiffes auf. Dann wurde rechts auf dem Schirm die Ortschaft Cambridge sichtbar, und wenig später erschienen die Marineakademie von Annapolis, die Mautbrücke von Dandy Point und der Patapsco River im Bild.

»Welche Städte liegen südlich?« fragte der Präsident.

»Außer Norfolk gibt es keine größere Stadt im Umkreis von fünfhundert Kilometern von der Bucht.«

»Und die ›Iowa‹? Warum zeigen Sie uns nicht die ›Iowa‹?«

Kemper zuckte die Achseln. »Ich kann nicht zeigen, was nicht da ist.«

»Das verstehe ich nicht, meine Herren«, sagte der Präsident.

»Ein Schlachtschiff von dieser Größe kann sich doch nicht in Luft auflösen.«

Bevor einer der Versammelten einen Kommentar abgeben konnte, betrat ein Adjutant den Konferenzraum und überreichte dem Präsidenten ein Schriftstück.

»Ein Fernschreiben, das mir soeben vom Außenminister zugeleitet wird«, informierte der Präsident die Anwesenden. »Es kommt von dem südafrikanischen Premierminister Koertsmann. Er warnt uns vor einem unmittelbar bevorstehenden Terroranschlag der Afrikanischen Revolutionsarmee auf die Vereinigten Staaten. Und er sagt, daß das südafrikanische Kabinett bei der Vorbereitung des Anschlags irgendwie die Finger im Spiel hatte. Er entschuldigt sich dafür.«

»Es leuchtet mir nicht ein, daß Koertsmann und sein Kabinett bei der Vorbereitung eines Terroranschlages mitmachen, der von den ärgsten Feinden der südafrikanischen Weißen geplant wird«, warf Verteidigungsminister March in die Debatte. »Es wäre im Gegenteil logisch, wenn die südafrikanische Regierung jede Beteiligung an dem Terroranschlag von sich weist.«

»Vielleicht hat die weiße Minderheitenregierung von Südafrika tatsächlich einen Anschlag auf die Vereinigten Staaten geplant«, wandte Jarvis ein. »Und es könnte sein, daß sie inzwischen Angst vor der eigenen Courage bekommen haben. Koertsmann befürchtet möglicherweise, daß das ›Unternehmen Wilde Rose‹ an uns verraten worden ist. Jetzt will er sich im letzten Augenblick noch aus der Schlinge ziehen.«

Der Präsident betrachtete das Fernschreiben in seinen Händen, als hätte ihm jemand eine lebendige Kröte hineingelegt.

»Es sieht so aus«, sagte er ernst, »als ob jetzt die Hölle losbricht.«

Der einzige Fehler, der Fawkes bei der Planung der Fahrtroute der »Iowa« unterlaufen war, war die Brücke gewesen. Die Aufbauten des Kriegsschiffes waren neunzig Zentimeter höher, als er ausgerechnet hatte. Zwischen dem Schlachtschiff und seinem Ziel lag der Brückenbogen, ein stählernes und unüberwindlich erscheinendes Hindernis. Zu spät vernahm Fawkes das splitternde Geräusch der Holzverkleidung, die er über dem Geschützturm hatte errichten lassen. Die »Iowa« war dabei, an dem massivem Hindernis zu zerschellen.

War alles umsonst gewesen?

Howard McDonald trat so stark auf die Bremse, daß die Ladung seines Lieferwagens – sie bestand aus Milchflaschen – mit scheppherndem Geräusch übereinanderfiel. Die weitgespannte Mautbrücke über den Kanal lag ganz am Anfang seiner gewohnten Fahrtroute, die er immer schon vor Sonnenaufgang begann. Weniger gewöhnlich war das Hindernis, vor dem er so plötzlich hatte bremsen müssen. Es sah aus, als ob ein Flugzeug gegen die hochaufragenden Pfeiler der Hängebrücke geflogen und mitten auf die Fahrbahn der Brücke abgestürzt sei. Im Licht der Wagenscheinwerfer erkannte Howard McDonald ein unentwirrbares Chaos von Trümmern. Er stieg aus seinem Wagen und ging vorsichtig an die Unfallstelle heran. Er war sicher, daß inmitten der Trümmer irgendwo die Leiche des Piloten liegen mußte.

Alles, was er bei näherer Betrachtung des Trümmerhaufens entdeckte, war graugestrichenes, zersplittertes Holz. Seine erste Reaktion auf die seltsame Beobachtung war ein Blick hinauf in den bewölkten Nachthimmel. Vielleicht, so dachte er, kurvte der Rest der Formation noch dort oben herum. Flugzeuge waren jedoch am Himmel nicht zu sehen. Alles, was er entdeckte, waren die Blinklichter von der Spitze der beiden Brückenpfeiler, die ihre stumme Warnung in die Finsternis abstrahlten, so als ob nichts geschehen wäre. McDonald ging zum Brückengeländer und sah hinab.

Er entdeckte ein großes, nur undeutlich erkennbares Schiff, das in einiger Entfernung in ruhiger Fahrt gen Norden tuckerte. Abgesehen davon war der Kanal leer.

57

Pitt, Steiger und Admiral Sandecker standen vor dem Zeichentisch in Pitts Flugzeughalle am Inlandsflughafen von Washington und betrachteten eine großformatige Karte der Wasserwege dieses Landesteiles. »Fawkes hat schon gewußt, warum er die ›Iowa‹ so brutal abgespeckt hat«, sagte Pitt. »Die Leute von der Werft sagen, er hat sie um Tausende von Tonnen leichter gemacht!«

»Sind Sie sicher, daß diese Angaben der Werft stimmen?« fragte Admiral Sandecker. Er schüttelte den Kopf. »Ich kann mir nicht vorstellen, daß das Schiff mit so wenig Gewicht und entsprechend geringem Tiefgang noch sicher navigieren kann.«

»Ich bin sicher, daß die Angaben der Werft stimmen«, antwortete Pitt.

»Während Jarvis mit dem Nationalen Sicherheitsdienst telefonierte, habe ich Metz, den Boss der Werft angerufen. Die technischen Angaben stammen von ihm, und er schwört Stein und Bein darauf, daß sie stimmen.«

»Ich verstehe trotzdem nicht, warum Fawkes das gemacht hat«, sagte Steiger. »Durch den Ausbau der Geschütze ist die ›Iowa‹ als Kriegsschiff nutzlos geworden!«

»Wie kommst du denn darauf, daß er alle Geschütze ausgebaut hat?« entgegnete Pitt. »Der Geschützturm Nummer zwei ist noch voll funktionsfähig, Fawkes hat ihn nur mit einem Tarnverschlag aus Holz umkleidet. Wie Metz sagt, kann die ›Iowa‹ mit den Geschützen, die ihr bleiben, schwere Vierzigzentimeter-Granaten abschießen. Die Zieloptik von Geschützturm Nummer zwei funktioniert noch so gut, daß die Burschen auf dreißig Kilometer Entfernung einen fahrenden Möbelwagen treffen können.«

Sandecker war angelegentlich dabei, sich eine seiner großen Zigarren anzustecken. Als die wichtige Operation gelungen war, trat er vor, legte seine linke Hand auf die ausgebreitete Karte, blies drei blaue Ringe in die Luft und begann mit den Fingerknöcheln der Rechten auf den Tisch zu klopfen. »Es ist vollkommen verrückt, Pitt, wenn wir uns bei dem Stand der Dinge noch einmischen. Die Sache ist uns über den Kopf gewachsen. Jetzt kann nur noch die Regierung die Kohlen aus dem Feuer holen!«

»Wir können einfach nicht zusehen, wie der Karren vor die Wand fährt«, widersprach ihm Pitt. »Ich weiß jetzt schon, wie es laufen wird. Die Strategen vom Pentagon werden dem Präsidenten in den Ohren hängen, daß er die ›Iowa‹ in die Luft sprengt. Oder aber sie kriegen ihn rum, daß er seine Genehmigung für ein Himmelfahrtkommando gibt, das die ›Iowa‹ entert und die Giftgasgranaten mit den tödlichen ST-Bakterien rettet. ›Rettung‹ im Sinne des Pentagons heißt, daß sie das entsetzliche Zeug für den alsbaldigen Gebrauch in den Waffenarsenalen der Armee einlagern.«

»Aber die ST-Giftorganismen sind militärisch doch gar nicht kontrolliert einsetzbar«, wandte Steiger ein.

»Du kennst doch die Wissenschaftler«, sagte Pitt. »Die werden so lange herumexperimentieren, bis sie ein Gegenmittel gegen die ST-Bakterien gefunden haben. Damit wäre der Einsatz dieser fürchterlichen Waffe vorprogrammiert. Denn dann kann sie ohne Gefahr für die eigene Seite auf den Gegner abgeworfen werden. Das müssen wir verhindern. Wenn wir jetzt handeln, können wir unzählige Menschenleben retten. Wenn wir die Hände in den Schoß legen, machen wir uns schuldig!«

»Hört sich alles sehr edel an«, sagte Sandecker. »Wenn Sie mir jetzt noch sagen, wie wir drei den Wettlauf mit der Armee um die Giftgranaten gewinnen können, dann hätte ich überhaupt keine Kopfschmerzen mehr.«

»Wenn es uns gelänge, der Armee zuvorzukommen und einen Mann an Bord der ›Iowa‹ zu schmuggeln, dann könnte dieser Mann die Zünder der beiden Giftgranaten entschärfen und die beiden Projektile in Sicherheit bringen. Wir können dann in eigener Regie dafür sorgen, daß sie für alle Zeiten vernichtet werden...« Pitt schwieg, um seine Worte einwirken zu lassen.

»Der geheimnisvolle Mann, den Sie an Bord der ›Iowa‹ schmuggeln wollen, heißt Dirk Pitt?« sagte Sandecker.

»Sie haben es erraten«, antwortete Pitt und lächelte. »Ich bin für diese Aufgabe am besten qualifiziert«, fügte er ernst hinzu.

»Warum kann *ich* das nicht machen?« warf Steiger ein.

»Weil wir einen Hubschrauber brauchen, wenn unser Projekt im ersten Anlauf mißlingt. Du bist der einzige von uns dreien, der einen Hubschrauber fliegen kann. Also gehe ich an Bord, und du bleibst zu Hause, in deinem Donnervogel!«

»Schon überredet«, sagte Steiger trocken. »Wie geht's weiter?«

»Das wichtigste ist jetzt, daß wir die ›Iowa‹ erwischen, bevor die Jungens von der Armee sie finden«, sagte Sandecker. »Unsere Chancen stehen schlecht, denn die Armee kann bei ihrer Suche mit Satelliten arbeiten, wir aber nicht.«

»Wie wäre es denn, wenn ich euch verrate, wo die ›Iowa‹ hinfährt? Würde das nicht etwas weiterhelfen?« sagte Pitt grinsend.

»Woher willst du das denn wissen?« maulte Steiger skeptisch.

»Der Tiefgang der umgebauten ›Iowa‹ verrät es uns«, antwortete Pitt. »Es gibt in der Reichweite dieses Schiffes nur einen einzigen Wasserweg, dessen Fahrrinne so flach ist, daß die Schiffe nicht mehr als sieben Meter Tiefgang haben dürfen.«

Gespannt und atemlos sahen Sandecker und Steiger ihn an.

»Das Ziel des Terroranschlags ist die Hauptstadt«, sagte Pitt mit abschließender Bestimmtheit. »Fawkes fährt den Potomac River rauf, um Washington zu bombardieren!«

Fawkes Arme schmerzten, und der Schweiß der Anstrengung rann ihm über das wettergegerbte Gesicht. Er war am Rande der Erschöpfung. Seit nahezu zehn Stunden hielt er das mächtige Steuerrad der »Iowa« umklammert. In einer Reihe von waghalsigen und schwierigen Manövern hatte er das unförmige Schiff durch schmale Kanäle gesteuert, für die es nicht gebaut war. An seinen Händen hatten sich schmerzende Blasen gebildet, er achtete nicht darauf. Fawkes war fast am Ziel seiner verzweifelten Reise. Schon jetzt war die Innenstadt von Washington in Reichweite der Kanonen des Geschützturms.

Er ergriff das Mikrofon und gab Weisung an den Maschinenraum, die Geschwindigkeit noch zu steigern. Alsbald spürte er, wie die Vibration des Stahlrumpfes stärker wurde. Wie ein altes Schlachtroß, wenn es die Fanfare hört, schien sich die »Iowa« ins Zeug zu legen, um das Vertrauen, das von ihrem Herrn und Meister in sie gesetzt wurde, nicht zu enttäuschen. Unverdrossen durchpflügten ihre Schrauben den lehmigen Fluß, bis das Schiff an der Schmalstelle bei Cornwallis Neck an den Maryland Banks seine Fahrt wieder verlangsamen mußte.

Die »Iowa« sah aus wie ein Wesen aus einer anderen Welt. Fawkes erschien sie wie ein feuerspeiendes Ungeheuer, das aus den Tiefen der Hölle kam, um für ein unvorstellbares Verbrechen Rache zu nehmen. Ein riesiges Wesen aus Fleisch und Blut, das um sein unabänderliches Schicksal zu wissen schien.

Fasziniert starrte Fawkes auf die Lichter von Washington, die aus einer Entfernung von dreißig Kilometern herüberblinkten. Das Schiff passierte den Marinestützpunkt Quantico, Hallowing Point und Gunston Cove. Nur noch eine Flußbiegung, dann mußte man die Einmündung des Flusses in den Kanal sehen können, der am Golfplatz des East Potomac Park vorbeiführte. »Acht Meter Wassertiefe«, kam die Meldung des Mannes, der den Tiefenmesser ablas, über den Lautsprecher. »Sieben Meter zwanzig... sieben Meter sechzig... sieben Meter vierzig...«

Mit schäumender Bugwelle stampfte das Schiff an der nächsten Kanalboje vorbei. Die sechs Meter großen Schrauben begannen den Schlick auf dem Grunde des Flusses zu erfassen und in die Höhe zu wirbeln. Die Gischt im Kielwasser färbte sich dunkelbraun. »Sieben Meter zwanzig, Käptn!« Die Stimme des Mannes, der die Meldung über Lautsprecher durchgab, klang besorgt. »Sieben Meter zehn... immer noch sieben Meter zehn... um Himmels willen, sieben Meter!«

Der Kiel der »Iowa« hatte sich mit der wütenden Gewalt eines überdimensionalen Dampfhammers in das Flußbett gerammt. Immer noch dröhnten die Motoren, und auch die Schrauben hatten nicht aufgehört, sich zu drehen. Aber die »Iowa« bewegte sich trotz der verschwenderisch verströmenden Kraft ihrer Antriebswerke um keinen Zentimeter. Sie lag fest. Sie war am Ende ihrer Reise.

58

»Ich hätte nicht gedacht, daß so etwas möglich ist!« sagte Admiral Kemper, als er die Silhouette der »Iowa« auf dem live übertragenen Satellitenbild entdeckte. »Mit einem schwerfälligen alten Schlachtschiff bei stockdunkler Nacht einhundertfünfunddreißig Kilometer lang einen gewundenen Flußlauf hinaufzufahren – das ist schon ein seemännisches Meisterstück.«

Der Präsident schaute nachdenklich. Mit einer ratlosen Geste rieb er sich mit dem Zeigefinger die Schläfe. »Was wissen wir über diesen Fawkes?«

Kemper gab einem Adjutanten, der hinter ihm stand, ein Zeichen, worauf dieser eine blaue Mappe zum Präsidenten hinübertrug. »Was dort drin steht, hat uns die Britische Admiralität auf Anfrage übermittelt«, sagte er erklärend. »Mr. Jarvis hat noch einen Bericht aus den Akten vom Nationalen Sicherheitsdienst dazugelegt.«

Mit unbewegter Miene setzte der Präsident seine Brille auf und öffnete die Mappe. Er überflog den Inhalt in wenigen Minuten. Dann schaute er die Teilnehmer des Krisenstabes über die Brillengläser hinweg an.

»Der beste Mann, den sie für diesen Job finden konnten! Was ich nicht verstehe, ist, warum ein Mann aus geordneten Verhältnissen sich für so ein Verbrechen hergibt.«

Jarvis hob die Schultern. »Ich vermute, daß er durch den Terroristenüberfall auf seine Frau und seine Kinder aus der Bahn geworfen worden ist.«

Einige endlose Sekunden lang sann der Präsident über Jarvis' Worte nach, dann wandte er sich an die um den Tisch versammelten Politiker und Militärs. »Meine Herren, ich bitte um Ihre Vorschläge.«

General Higgins stand auf, schob seinen Stuhl zurück und ging zum Leuchtschirm vor, wo das Satellitenbild der »Iowa« zu sehen war. »Mein Stab hat verschiedene Alternativen ausgearbeitet. Sie basieren alle auf der Annahme, daß die ›Iowa‹ einen tödlichen bakteriologischen Giftstoff an Bord hat. Ein Vorschlag sieht vor, die ›Iowa‹ durch eine Schwadron Specter-Düsenjäger mit ferngelenkten Geschossen zu bombardieren.«

»Das scheint mir zu unsicher«, sagte der Präsident.

»Wenn die Mannschaft nicht schon mit dem ersten Geschoß außer Gefecht gesetzt wird, würde ihr Zeit bleiben, die Giftgasgranaten mit den ST-Organismen abzufeuern.«

»Die zweite Alternative« – fuhr Higgins fort – »ist ein Überraschungsangriff auf die ›Iowa‹ vom Wasser her. Wir könnten ein Kommando von Marineschwimmern übers Wasser heranbringen und von diesen Schwimmern jenen Teil des Schiffes besetzen lassen, wo sich die Landeplattform für Hubschrauber befindet. Auf dieser Plattform könnten dann Truppen der Marine landen und sich zum Innern des Schiffes vorkämpfen.«

Higgins machte eine Pause, er schien auf die Kommentare seiner Zuhörer zu warten.

»Wie könnte das Marinekommando denn ins Innere des Schiffes vordrängen« – fragte Kemper – »wenn Fawkes alle Schotten dichtgemacht hat?«

Jarvis übernahm es, auf diesen Einwand einzugehen. »Die Verantwortlichen der Werft, wo das Schiff umgebaut wurde, haben mir gesagt, daß Fawkes die meisten Stahlaufbauten und auch die massiven Schotten durch Holz ersetzt hat. Es wäre ein leichtes, mit ein paar Sprengladungen durch die Holzverblendungen ins Innere des Schiffes zu gelangen. Vorausgesetzt natürlich, daß unser Kommando nicht vorher von den Bordwaffen der ›Iowa‹ niedergemäht wird.«

»Für den Fall, daß alles andere schiefgeht«, ergänzte General Higgins, »gibt es noch eine dritte Alternative. Sie besteht in der Versenkung der ›Iowa‹ durch ein ferngelenktes Geschoß mit Nuklearsprengkopf.«

Higgins dritter Vorschlag wurde mit Schweigen quittiert. Niemand der Versammelten wagte es, sich zu den unausdenkbaren Konsequenzen dieses letzten Vorschlages zu äußern. Schließlich ergriff der Präsident das Wort.

»Wäre es nicht sicherer, die ›Iowa‹ mit einer kleinen Neutronenbombe in die Luft zu sprengen?«

»Auf die Wirksamkeit der ST-Bazillen hat Radioaktivität keinerlei Einfluß«, wandte Jarvis ein.

Auch Kemper meldete einen Einwand. »Es ist sehr zu bezweifeln, daß die Neutronenstrahlen den Geschützturm des Schiffes außer Gefecht setzen würden. Die Panzerplatten halten den größten Teil der Strahlen ab, so daß es schwierig ist, die Bedienungsmannschaft tödlich zu treffen.«

Von der Last der Verantwortung gebeugt, sah der Präsident zu Higgins hinüber. »Dann bleibt uns wohl nichts anderes als die Alternative Nummer Zwei. Sind Sie sich über die Verluste im klaren, die uns dieser Überraschungsangriff unter unseren Marinetruppen kosten kann?«

General Higgins nickte ernst. »Es ist das alte Problem, vor dem man bei jeder militärischen Entscheidung steht. Wir haben keine andere Wahl, als einige wenige zu opfern, um viele zu retten.«

»Mit wie vielen Opfern unter der Zivilbevölkerung müssen wir denn rechnen, wenn unser Überraschungsangriff auf die ›Iowa‹ mißlingt, so daß Fawkes die Granaten mit dem ST-Wirkstoff abschießen kann?«

»Fünfzig bis sechzigtausend Tote. Vielleicht die doppelte Anzahl Verletzte.«

»Wie schnell könnte unser Angriff auf die ›Iowa‹ stattfinden?« fragte der Präsident.

»Wir haben vorsorglich einen Kampfhubschrauber in strategischer Reichweite zum Fluß stationiert«, schaltete sich General Guilford ein. »Die Kampftaucher, die wir brauchen, um die Hubschrauber-Landeplattform freizukämpfen, sind schon auf einem Patrouillenboot der Küstenwache. Das Boot fährt flußabwärts und hat auf die ›Iowa‹ Kurs genommen.« – »Auf dem Boot befinden sich drei Kampfeinheiten zu je zehn Mann«, ergänzte Admiral Kemper.

Das Telefon, das an General Higgins' verlassenem Platz stand, klingelte. Kemper lehnte sich hinüber, nahm den Hörer ab, lauschte eine Weile und legte den Hörer dann in seine Plastikmulde zurück. Er sah zu Higgins hinüber, der immer noch vor dem Bildschirm stand.

»Unsere Nachrichteneinheiten haben Fernsehkameras mit Tele-Objektiven auf den südlichen Hügeln zu beiden Seiten der

›Iowa‹ installiert«, sagte er. »Sie beginnen die Bildübertragung in wenigen Sekunden.«

Admiral Kemper hatte kaum zu Ende gesprochen, als die Satellitenaufnahmen auf dem Bildschirm verschwanden und durch ein Bild ersetzt wurden, welches das Kriegsschiff ganz nahe zeigte. Bedächtig goß sich der Präsident eine Tasse Kaffee ein, ließ sie jedoch unberührt stehen. Zehn oder zwanzig Sekunden lang starrte er auf das bedrohliche Abbild der »Iowa«, das vor ihnen an der Stirnwand der unterirdischen Kommandozentrale erstrahlte. Schließlich seufzte er und wandte sich zu General Higgins. »Mein Entschluß steht fest. Die Alternative Nummer zwei, und zwar so schnell wie möglich! Wenn der Überraschungsangriff nicht zum Erfolg führt, sollen die Specter-Düsenjäger den verdammten Kahn in Grund und Boden bomben.«

»Wäre der nukleare Schlag nicht doch sicherer?« fragte Higgins. Der Präsident schüttelte den Kopf. »Nein. Das Risiko von Opfern unter der Zivilbevölkerung ist zu groß. Ich habe nicht vor, als Massenmörder wider Willen in die amerikanische Geschichte einzugehen.«

»Wir haben noch eine halbe Stunde bis Sonnenaufgang«, sagte Admiral Kemper. »Fawkes braucht Tageslicht, um schießen zu können. Er kann sonst nicht mit Sicherheit feststellen, ob seine Schüsse treffen.«

»Hat er Radar an Bord?« fragte General Guilford.

»Nein. Die gesamte Radarausrüstung, die zur Zielüberwachung dient, wurde bei der Außerdienststellung der ›Iowa‹ ausgebaut. Die einzige Möglichkeit für Fawkes, um bei Tagslicht festzustellen, ob er getroffen hat oder nicht, besteht in einem Melder. Ein Mann, der in der Nähe des Ziels ist und über Funk die Korrekturen durchgibt.«

»Ein Mann auf einem Hausdach. Vielleicht sitzt er über uns auf dem Dach des Capitols«, spottete der Präsident.

»Wenn er dortsitzt, dann wird er nicht lange oben bleiben«, erwiderte Kemper. »Wo immer er sitzt – sobald er zu funken beginnt, können wir ihn mit unseren elektronischen Ortungsgeräten innerhalb von wenigen Sekunden aufspüren.«

Der Präsident seufzte. »Das wär's dann, meine Herren. Jetzt brauchen wir nur noch etwas Glück.«

»Es gibt da noch einen Aspekt, Herr Präsident, der geklärt werden muß«, sagte General Higgins.

»Tun Sie sich keinen Zwang an.«

»Die ST-Projektile. Wenn uns die Granaten mit den Giftbakterien intakt in die Hände fallen, schlage ich vor, daß wir sie durch die Wissenschaftler des Verteidigungsministeriums analysieren lassen und sie dann...«

»Auf keinen Fall!« fiel ihm Jarvis ins Wort. »Diese Giftbakterien müssen zerstört werden. Eine solche Waffe darf nicht aufbewahrt werden.«

»Ich glaube, es gibt ein Problem, das im Augenblick viel dringender ist«, warf der Verteidigungsminister March ein. »Sehen Sie sich das an!«

Aller Augen wandten sich zum Projektionsschirm. Kemper nahm den Telefonhörer hoch. »Holen Sie die Positionslichter des Flugkörpers näher heran!«

Im Blickfeld der Fernsehkameras wurde jetzt das sanft hin und her schwingende Positionslicht eines Flugkörpers sichtbar, der sich langsam auf die »Iowa« zubewegte.

»Was ist das?« verlangte der Präsident zu wissen. »Ein Flugzeug?«

»Ein Hubschrauber!« sagte General Higgins ärgerlich. »Irgendein verdammter Zivilist hat von der Sache Wind bekommen und ist dabei, die ›Iowa‹ auf eigene Faust anzugreifen.«

Aufgeregt waren die Mitglieder des Krisenstabs in der unterirdischen Kommandozentrale des Weißen Hauses aufgestanden. Ebenso überrascht wie hilflos betrachteten sie den Hubschrauber, mit dem ein Unbekannter gezielt auf das unbeweglich im Fluß liegende Schlachtschiff zusteuerte.

»Wenn Fawkes den Hubschrauber sichtet und seine ST-Granaten abfeuert, kriegen wir genau die Katastrophe, die wir vermeiden wollten«, sagte Admiral Kemper mit einer Stimme, die angesichts der verzweifelten Sachlage seltsam gefaßt und unbeteiligt klang.

Fawkes stand auf der Brücke. Die schweren Schiffsmotoren der »Iowa« waren zum Stillstand gekommen. Der ehemalige Kommandant der Britischen Marine dachte über seine Mannschaft nach, auf die es jetzt ankam. Die Schwarzen, die auf diesem Schiff unter seinem Kommando standen, waren mit keiner jener Mannschaften zu vergleichen, die er während seiner langen Militärlaufbahn befehligt hatte. Einige von der Mannschaft waren noch sehr jung. Alle trugen die gesprenkelte Dschungeluniform der Afrikanischen Revolutionsarmee. Wenn man von der Zuverlässigkeit absah, mit der diese Schwarzen an Bord der »Iowa« ihre Pflicht versahen, so gab es nichts, was verriet, daß die gesamte Mannschaft Fawkes von der südafrikanischen Marine zur Verfügung gestellt worden war.

Charles Shaba, der Chefingenieur, war – nachdem die Arbeit an den Schiffsmaschinen entfiel – mit der Betreuung der Geschütze beauftragt worden. Als Shaba die Brücke betrat, sah Fawkes vom Funkgerät auf, an dessen Skalen er gerade etwas eingestellt hatte. Shaba salutierte.

»Entschuldigen Sie, Käptn, kann ich Sie kurz sprechen?« Fawkes ging auf Shaba zu und legte ihm väterlich den Arm auf die Schulter.

»Was gibt's?« fragte er lächelnd.

Erleichtert, den Kapitän bei guter Laune anzutreffen, brachte Shaba die Frage vor, die ihm und der Mannschaft auf der Seele brannte. »Sir, wo in Gottes Namen sind wir?«

»Im Übungsgebiet von Aberdeen. Kennst du die Gegend nicht?«

»Nein, Sir.«

»Ein Übungsgelände, in dem die Amerikaner ihre Waffen testen.«

»Ich dachte ... das heißt, die Mannschaft dachte, wir waren unterwegs zur offenen See.«

Fawkes sah zu den seitlichen Bullaugen hinaus. »Das wollten wir auch, aber es war nicht nötig, daß wir so weit fuhren. Die Yankees haben uns nämlich inzwischen Erlaubnis erteilt, daß wir ihr Testgebiet für unsere Schießversuche benutzen dürfen.«

»Aber wie kommen wir wieder weg, wenn die Schießversuche vorüber sind?« fragte Shaba. »Das Schiff ist doch auf Grund gelaufen.«

Fawkes sah dem jungen schwarzen Offizier mit väterlichem Wohlwollen in die Augen. »Kein Problem. Das Schiff wird flott, sobald heute abend die Flut kommt. Du wirst sehen.«

Shaba war sichtlich erleichtert. »Die Mannschaft wird sich freuen, das zu hören, Käptn.«

»Ist schon gut, mein Junge.« Verständnisvoll klopfte Fawkes seinem Offizier mit seiner großen, beruhigenden Hand auf den Rücken. »An die Geschütze! Sorg dafür, daß die Geschütze geladen werden!«

Shaba salutierte und verließ die Brücke. Gedankenverloren sah Fawkes dem jungen Mann nach, dessen Gestalt sich in der Dunkelheit des Korridors verlor. Zum ersten Male während der Durchführung des »Unternehmens Wilde Rose« spürte er Skrupel wegen des Schicksals, das der Plan des südafrikanischen Verteidigungsministers für diese unschuldigen jungen Schwarzen ausersehen hatte.

Das Motorgeräusch eines Hubschraubers unterbrach ihn in seinen Gedanken. Er schaute hinaus in den heller werdenden Himmel und erblickte einen Hubschrauber, der aus östlicher Richtung auf das Schiff zuflog. Mit dem Fernglas verfolgte er den Hubschrauber, bis er über dem Schiff hinwegschwirrte, wobei es ihm gelang, die Aufschrift NUMA zu entziffern. Nationale Unterwasser- und Marine-Arbeitsgemeinschaft, murmelte Fawkes – keine Gefahr für ihn oder für die »Iowa«. Vermutlich – so sinnierte er – kam der Hubschrauber von irgendeiner ozeanographischen Expedition zurück. Ja – es war normal, daß der Hubschrauber auf dem Weg vom Meer nach Washington die Route über den Fluß nehmen würde.

Beruhigt legte er den Feldstecher auf seinen Platz am Instrumentenbord zurück und wandte sich dem Funkgerät zu, an dem er beim Eintreten von Offizier Shaba gearbeitet hatte. Er setzte sich den Kopfhörer auf und betätigte den Knopf für das Mikrofon.

»Angus eins ruft Angus zwei. Bitte kommen.«

Die Antwort kam im Texasslang. »Warum das alberne Theater mit den Codenamen? Kostet doch nur Zeit. Ich denke, Sie haben's eilig. Warum schießen Sie nicht? Ich schlafe hier schon ein.«

»Fassen Sie sich kurz!« donnerte Fawkes.

»Solange Sie gut bezahlen, Boss, mache ich alles, sogar die Schnauze halten.«

»Sind Sie in der vereinbarten Position?«

»Yeah, ich geh jetzt rüber.«

»Gut.« Fawkes sah auf seine Uhr. »Noch fünf Minuten und zehn Sekunden bis Null.

Fawkes schaltete das Mikrofon ab. Prüfend sah er in den aufdämmernden Tag und auf den Fluß hinaus. Der Hubschrauber, der vor wenigen Minuten die »Iowa« überflogen hatte, war im Glast der Metropole verschwunden.

Steiger flog eine weite Runde über den weniger besiedelten Teil von Maryland. Die Minerva M-88, an deren Steuer er saß, flog sehr niedrig. Nicht immer war es leicht, mit den weitausladenden Rotoren des Hubschraubers durch die Lücken zu schlüpfen, die von Bäumen, Hügeln und gelegentlichen Hindernissen wie Wassertürmen gelassen wurden.

Steiger tippte auf die Kopfhörer, die er trug und grinste. »Die Generäle sehen rot«, sagte er. »Ich habe hier einen in der Muschel, der auf hundertachzig ist. Er hat mir gerade versprochen, daß er uns vom Himmel pusten läßt, wenn wir nicht sofort aus der Gegend verschwinden.«

»Dann tu ihm den Gefallen«, sagte Pitt. »Sag ihm, daß wir gar nichts von ihm wollen, und daß wir jetzt verschwinden.«

»Was soll ich ihm denn antworten, wenn er mich fragt, warum wir hier herumfliegen?«

»Die Wahrheit«, lachte Pitt. »Wir sind ein Hubschrauber von der NUMA auf besonderer Mission.«

Steiger zuckte die Schultern, drehte seine Mikrofonmuschel zum Mund zurück und begann hineinzusprechen.

»Der General ist höchst zufrieden, daß wir ihm keinen Ärger machen wollen«, sagte er, als das Gespräch über Funk zu Ende war. Dann blickte er auf seine Uhr.« Mach dich jetzt fertig! Du hast nur noch acht Minuten bis zum Sprung.«

Pitt löste seinen Sicherheitsgurt und wartete, bis auch Admiral Sandecker sich losgeschnallt hatte. Gemeinsam kletterten sie in den kleinen Frachtraum des Hubschraubers hinüber.

»Ich hoffe, ich muß nicht von so hoch springen, daß es einen häßlichen roten Fleck auf dem Deck der ›Iowa‹ gibt«, sagte er in das Kehlkopfmikrofon, das ihn mit dem Kopfhörer von Steiger verband.

»Häng dich an den Haken, und laß den alten Abe nur machen«, beruhigte ihn Steiger. »Das Schlimmste, was dir passieren kann, ist, daß du einen nassen Arsch kriegst.«

»Ich verlaß' mich auf dich.«

»Dann hör gut zu! Ich fliege in einem Bogen von Westen an, damit wir uns möglichst wenig vom Hintergrund abheben. Ich lösche jetzt die Positionslichter. Hals- und Beinbruch!«

Pitt ging zu Steiger, kniff ihn in den Arm, begab sich sodann in den Frachtraum der Minerva zurück und schloß die Cockpittür hinter sich. Der Frachtraum war klirrend kalt. Die Ladeklappe im Boden des Frachtraums stand offen. Eisige Winterluft pfiff in den mit Aluminium ausgekleideten Raum, der Pitt einen Augenblick lang an die Kühlboxen in den Leichenschauhäusern erinnerte. Sandecker hatte das Gewirr der Sicherheitshalterung bereits so für ihn geordnet, daß er nur noch hineinzusteigen brauchte. Als er sicher festgezurrt war, trat er an den Rand der Luke. Admiral Sandecker hatte zu einer Bemerkung angesetzt, entschloß sich dann jedoch zu schweigen. Pitt sah ihm an, daß er bewegt war. »Ich möchte, daß Sie spätestens zum Frühstück zurück sind«, brachte der Admiral schließlich hervor.

»Für mich Rührei bitte!« sagte Pitt.

Dann sprang er in das eiskalte Morgengrauen hinein.

Kapitänleutnant Alan Fergus, Anführer der Kampfschwimmereinheiten der Marine, zog den Reißverschluß seines Schwimmanzuges zu und verfluchte das Schicksal, das ihm diesen Job bei der Navy beschert hatte. Erst vor einer Stunde war er auf rüde Art und Weise aus dem schönsten Schlummer gerissen worden. Die Notfallübung, zu der er überraschend eingeteilt worden war, war das Dümmste, was ihm in seinen sieben Jahren bei der Marine untergekommen war. Mißgelaunt zog er sich die Gummimaske über den Kopf und stopfte seine Ohren so unter das ekelhafte Material, daß sie flach anlagen. Dann ging er zu einem großen, dicken Mann hinüber, der sich in einem bequemen Chefsessel räkelte. Der Sessel gehörte nicht zur standardmäßigen Navyausrüstung, und Fergus wunderte sich, wie das dekadente Monstrum wohl an Bord gekommen war. Dem Mann, dem der Sessel als eine Art gefederte Wiege diente, schien die Verletzung der Ausrüstungsbestimmungen der Marine nichts auszumachen. Er hatte seine Füße bequem auf die Reling gelegt und betrachtete gemütlich das Panorama des vorbeigleitenden Flusses.

»Können Sie mir nicht verraten, was das alles zu bedeuten hat?« fragte Fergus.

Oscar Kiebel, der bekannt starrköpfige Kapitän des Patrouillenboots der Küstenwache, das mit dem Transport von Fergus und seinen Männern beauftragt worden war, zog mit gelangweilter Geste die Mundwinkel herunter und zuckte die Achseln. »Keine Ahnung. Ich bin über die Sache genauso erstaunt wie Sie.«

»Glauben Sie an das Schlachtschiff, von dem in dem Befehl die Rede war?«

»So was schreiben unsere weisen Vorgesetzten mit hinein, um die Übung etwas aufzumotzen. Der Schreibtischhengst, der das ausgeheckt hat, hat sich nur fürchterlich vertan. Ich habe ja schon mal einen Zerstörer von viertausend Tonnen den Fluß bis Washington rauffahren gesehen. Aber ein Schlachtschiff von fünfzigtausend Tonnen? Ausgeschlossen!«

»Das Heck des Schiffes besetzen und für den Kampfhubschrauber freihalten!« zitierte Fergus den Befehl irritiert. »Wenn Sie mich fragen, sollten wir uns mit diesem Befehl den Hintern abwischen!«

»Bei der Marine muß man die Befehle nehmen, wie sie kommen«, sagte Kiebel. Er grinste. »Vielleicht ist es auch gar nicht so langweilig, wie wir denken. Wir haben ja die achtundachtzig nackten Frauen noch nicht gesehen, die uns an Bord erwarten.«

»Um sieben Uhr morgens und bei dieser Kälte kann ich mit achtundachtzig nackten Frauen noch nichts anfangen«, stöhnte Fergus. »Etwas später am Abend lasse ich mit mir reden.«

»Wir werden's bald wissen. Es sind nur noch drei Kilometer bis zur Flußbiegung am Sheridan Point. Von da müßte das Wunderschiff ja zu sehen sein...« Kiebel hielt inne. »Hören Sie das?«

Fergus hielt die Hand ans Ohr, so daß sie eine Muschel formte. Gleichzeitig blickte er angestrengt ins Kielwasser des Bootes, dessen Gischt die Sicht nach hinten behinderte. »Hört sich an wie ein Hubschrauber.«

»Da ist er!« sagte Kiebel. »Ohne Positionslichter! Wie eine Fledermaus, die aus der Hölle kommt!« fluchte Kiebel. »Der Kampfhubschrauber, für den wir die Ladefläche freikämpfen sollen«, rief Fergus aus. »Die Jungens sind zu früh gestartet!«

Alle Männer auf dem Patrouillenboot blickten gebannt dem Hubschrauber entgegen, der in einer Höhe von etwa siebzig Metern auf das Boot zuflog. Gegen den grauen Himmel nahm sich die Maschine wie ein unheilvoller Schatten aus. Jeder auf dem Boot war so sehr in die Beobachtung des mysteriösen unbeleuchteten Flugkörpers vertieft, daß niemand die menschliche Gestalt bemerkte, die an einem langen Stahlseil hinter dem Helikopter herschwebte und mit einem scharfen Ruck die Funkantenne abrasierte. »Das kann doch wohl nicht wahr sein!« fluchte Kiebel. Die Marine – sinnierte er verunsichert – war auch nicht mehr das, was sie einmal war...

Der Mann der für Kiebels Verunsicherung verantwortlich zeichnete, war nicht besonders glücklich über den Peitschenschlag, den er von der wegknickenden Bootsantenne ins verlängerte Rückgrat empfing. Der NUMA-Hubschrauber war in einer plötzlichen Abwärtskurve auf zehn Meter Abstand zur Wasseroberfläche niedergegangen. Pitt konnte sich gerade noch umdrehen, so daß ihn der dünne Stab nicht an den empfindlichsten Körperteilen erwischte. Wäre Steiger noch niedriger geflogen, hätte ihn das stählerne Hindernis womöglich in zwei saubere Hälften zertrennt. Er schauderte.

In raschem Flug schwebte die Minerva M-88 weiter über den Fluß. Wie eine Anzahl kleiner Messer drang die polare Luft durch Pitts Schutzkleidung. Seine Augen tränten, und die eisige Luft drückte sich auf sein Gesicht wie eine auf Weltraumkälte unterkühlte Kompresse.

Pitt befand sich auf einem abenteuerlichen Flug, wie ihn kein Vergnügungspark der Welt anbieten konnte.

Die Wasser des Potomac flitzten unter ihm dahin, während er mit einer Geschwindigkeit von dreihundert Stundenkilometern freischwebend durch die Luft gezogen wurde. Wenn er zum Himmel schaute, konnte er ein bleiches Oval auf einem schwarzen Viereck erkennen – Admiral Sandeckers ängstliches Gesicht, das sich gegen den dunklen Hintergrund der offenen Luke abhob.

Dann spürte er, wie er von der Beschleunigung nach außen getragen wurde. Steiger schien die Minerva M-88 jetzt in einem steilen Bogen auf den Fluß hinterzuzwingen. Die stählerne Nabelschnur, die mit einer mechanischen Winde im Frachtraum des Hubschraubers verbunden war, schwang zurück. Einen Augenblick lang erblickte Pitt die Berge von Vernon unter seinen Füssen. Dann, als das Kabel wieder zur anderen Seite pendelte, kam der bedrohliche Koloß der »Iowa« in Sicht. Die Geschütze des Schiffes waren von den tarnenden Holzaufbauten befreit worden und stromaufwärts, auf Washington gerichtet.

Steiger verminderte die Fluggeschwindigkeit und drückte den stählernen Vogel entschlossen in die Tiefe. Die Brücke des Schiffes kam näher.

»Mein Gott, ich bin zu schnell! Viel zu schnell!« stammelte Steiger, als er die Geschwindigkeit bemerkte, mit der der Hubschrauber über das Deck hinwegschwebte. Steiger befürchtete, daß Pitt wie das Ende eines Pendels, dem man einen besonders starken Schwung versetzt, weit über die anvisierte Landesfläche hinausfliegen würde. Seine Befürchtungen bestanden zu Recht. In einer unkontrollierten Schleuderbewegung schwang Pitt am Ende des Stahlseils über das flache Hauptdeck hinweg, das er für seine Landung in Aussicht genommen hatte. Er verfehlte die scharfe Spitze des stählernen Aufbaus um wenige Zentimeter und pendelte dann in Richtung auf den freien Teil des Decks zurück. Jetzt oder nie! dachte er. Er betätigte den Auslösemechanismus und wurde im nächsten Augenblick von der Halterung die ihn bis dahin umfangen hatte, freigegeben. Er fiel.

Vom Hubschrauber aus hatte Sandecker mit angehaltenem

Atem beobachtet, wie sich Pitt plötzlich vom Endstück des Stahlkabels löste und aus seinem Blickfeld verschwand. Sekunden später war auch die »Iowa« seinem Blickfeld entrückt, weil Steiger die Minerva M-88 in steilem Winkel nach oben wegzog. Wie ein mächtiges Schwingmesser schnitten die Rotoren der Maschine in die kühle Luft und hoben Gerät und Mannschaft in einer gewaltigen Aufwärtsbewegung vom Fluß weg in die Höhen über den nahen Bergen. Als Steiger die Maschine wieder auf eine waagerechte Flugroute gebracht hatte, löste Sandecker seinen Sicherheitsgurt und ging vom Frachtraum ins Cockpit zurück.

»Ist er weg?« fragte Steiger.

»Ja, er ist unten«, antwortete Sandecker.

»In einem Stück oder als Marmelade?« – »Ich weiß es nicht. Wir können jetzt nur noch beten«, antwortete Sandecker.

Es war, als ob er zu sich selbst gesprochen hätte. Und Steiger war nicht sicher, ob Sandecker mit dem Gebet nicht eigentlich ein Requiem gemeint hatte.

59

Fawkes hatte den Hubschrauber kommen sehen. Es kümmerte ihn nicht besonders, daß die »Iowa« überflogen wurde. Vor allem, als er sah, daß der Hubschrauber keine Anstalten machte, das Schiff zu beschießen, sondern in einer großen Schleife wegflog und in den Bergen verschwand. Das Stahlkabel und die Konturen des menschlichen Körpers, der sich davon löste, hatte er im Zwielicht nicht erkennen können. Zumal seine Aufmerksamkeit zum gleichen Zeitpunkt von einem Boot in Anspruch genommen wurde, das mit hoher Geschwindigkeit auf die »Iowa« zuhielt. Er war sicher, daß ihm die Regierung der Vereinigten Staaten mit diesem Boot einen explosiven Willkommensgruß übermitteln wollte.

»Mr. Shaba«, rief er ins Mikrofon.

»Sir?«

»Alle Mann an die Maschinengewehre! Entern des Schiffes verhindern!«

Entern verhindern, wiederholte er in Gedanken. Wann zuletzt war an Bord eines Schiffes ein derartiger Befehl gegeben worden?

»Ist dies eine Übung, Sir?« kam die Stimme Shabas über den Lautsprecher.

»Nein, Mr. Shaba, das ist keine Übung! Amerikanische Extremisten wollen das Schiff entern. Geben Sie Befehl an Ihre Männer, auf jede Person, Boot, Schiff, Hubschrauber oder Flugzeug zu schießen, das sich uns nähert. Beginnen Sie mit dem Beschuß des Terroristenbootes, das aus westlicher Richtung auf uns zukommt.«

»Sehr wohl, Sir.« Die Aufregung in der Stimme des jungen Offiziers war nicht zu überhören.

Immer stärker verspürte Fawkes den Wunsch in sich, die ahnungslose Mannschaft von Bord zu schicken. Er war dabei – so dämmerte es ihm – achtundsechzig unschuldige Männer in den Tod zu schicken. Aber dann zwang er sich an die Erfüllung der übernommenen Aufgabe zurück. Er dachte an das geisterhafte Bild seiner niedergebrannten Farm, an die verkohlten Leichname seiner Frau und seiner Kinder, und dann an die Blumen in seinem Garten, die als einziges die Mordlust und Zerstörungswut der Terroristen überstanden hatten. »Unternehmen Wilde Rose...«

Er griff von neuem nach dem Mikrofon. »Sind die Geschütze bereit?«

»Geschütze schußbereit, Käptn.«

Er sah auf die Aufzeichnungen, die vor ihm lagen. »Ziel dreiundzwanzigtausendneunhundert Meter!«

Wie gebannt starrte er durch die Scheiben nach draußen, wo jetzt drei Geschütze, von denen jedes einzelne einhundertvierunddreißig Tonnen wog, ihre schweren Rohre in einem Winkel von fünfzehn Grad nach oben richteten. Als die von hydraulischen Motoren vollzogene Ausrichtung abgeschlossen war, drückte Fawkes auf den Mikrofonknopf des Funkgerätes.

»Sind Sie in Position, Angus zwei?«

»In Position«, bestätigte der Mann, den Fawkes zur Beobachtung der Einschläge neben dem beabsichtigten Zielgebiet in Washington postiert hatte.

Vom Funkgerät begab sich Fawkes wieder zurück an das Mikrofon des Schiffes. »Mr. Shaba?«

»Alles bereit, Sir.«

Es war soweit. Die Reise, die an einem frisch zugeschaufelten Grab in der südafrikanischen Provinz Natal begonnen hatte, neigte sich ihrem Ende zu. Fawkes trat auf die äußere Brücke hinaus und zog die Flagge der Afrikanischen Revolutionsarmee am Mast hoch.

Dann kehrte er in den Steuerraum zurück. Dann gab er den Befehl, von dem er seit dem Verlassen seiner Farm wieder und wieder geträumt hatte.

»Feuer!«

Für die Besatzung des Patrouillenbootes war es, als sei die Hölle losgebrochen. Nur eines der drei Schiffsgeschütze hatte gefeuert. Der Schuß war vor dem Bug des Patrouillenbootes ins Wasser gegangen. Von der mächtigen Explosion, die eine Wassersäule nach oben schleuderte, wurden die Männer aufs Deck geworfen. Jenen, die im Moment der Zündung auf die »Iowa« geschaut hatten, waren die Haare versengt worden. Für einige Sekunden waren sie blind.

Sofort fuhr Kiebel, der am Steuer stand, mit dem Boot eine scharfe S-Kurve. Dann bemerkte er wie die Windschutzscheibe durchlöchert wurde. Er hatte plötzlich das Gefühl, von einem Wespenschwarm angegriffen zu werden. Summend flogen ihm die Geschosse um die Ohren. Erst als ihm der rechte Arm vom Steuerrad geschmettert wurde und auf dem Ärmel seiner Jacke eine Anzahl rotgefärbter Löcher sichtbar wurde, merkte er, was geschehen war.

»Die Taucher über Bord!« schrie er Fergus zu. »Wir werden mit Bordwaffen beschossen!«

Er brauchte den Befehl nicht zu wiederholen. Fergus sprang auf Deck und beorderte die Taucher in die zweifelhafte Sicherheit des Flusses hinab. Kiebel war der einzige gewesen, den die Männer an den Maschinengewehren der »Iowa« mit ihrer ersten Salve getroffen hatten.

Am Ende seiner S-Kurve brachte Kiebel das Patrouillenboot so nahe an den Rumpf der »Iowa«, daß die seitlichen Fender an den Stahlmantel des Kriegsschiffes gequetscht wurden und abrissen. Das Manöver brachte ihm genau die Sicherheit, die er erhofft hatte. Der Schußwinkel für die Maschinengewehrbesatzung der »Iowa« war jetzt so steil, daß sie das Boot nicht mehr zu treffen vermochten. Nur der obere Teil des Radarmastes wurde zerschossen. Dann brachte Kiebel das Boot wieder ins offene Wasser. Das Belfern der Maschinengewehre verfolgte ihn, aber die Schützen auf der »Iowa« schossen zu kurz. Das Patrouillenboot entfernte sich mit voller Fahrt. Kiebel schaute auf die Stelle, wo seine Männer vor wenigen Sekunden über Bord gesprungen waren. Er war erleichtert, festzustellen, daß sie nicht mehr zu sehen waren. Sie mußten an Bord geklettert sein.

Es war jetzt Sache des Kampfhubschraubers, den Platz einzunehmen, den die Taucher für ihn freikämpfen würden. Kiebel übergab das Steuer dem ersten Offizier und hielt seinen verletzten Arm dem Sanitäter hin. Vorsichtig begann der Sanitäter den blutverschmierten Ärmelstoff aufzuschneiden, um an die Wunden zu gelangen.

»Sie müssen jetzt die Zähne zusammenbeißen, Sir«, sagte er teilnahmsvoll.

»Sie haben schön reden«, stöhnte Kiebel. »Sie haben ja auch nicht zweihundert Dollar für diese schöne Jacke bezahlt.«

Steuerinspektor Donald Fisk machte seinen Morgenlauf. Er benutzte dazu, wie stets, den Bürgersteig auf der Arlington Memorial-Brücke. Er war schon auf dem Rückweg, als ein seltsames Geräusch ihn zum Stehenbleiben veranlaßte. Das Geräusch wurde lauter, es erinnerte ihn an einen Güterzug, der sich in Fahrt setzte. Plötzlich veränderte das Geräusch seine Frequenz. Ein Iiitsch! war zu hören. Im nächsten Augenblick tat sich in der Mitte der dreiundzwanzigsten Straße ein großer Krater auf. Ein Explosionsdonner folgte, der von dem klatschenden Geräusch niederregnender Erdbrocken und Asphaltstücke abgelöst wurde.

Fisk sah an sich herunter. Er war erstaunt, als er feststellte, daß er nur leicht verletzt war. Das Geschoß war über ihn und die Brücke hinweggeflogen und hatte glücklicherweise seine verderbliche Wirkung erst weiter vorn entfaltet. Weniger glücklich war der Fahrer eines Lastwagens, dem in einer Entfernung von dreihundert Metern von der Aufschlagstelle die Windschutzscheibe seines Wagens zerschmettert wurde. Es gelang ihm, das Fahrzeug zum Stehen zu bringen. Er wankte hinaus, hielt die Hände vor das von Splittern zerfleischte Gesicht und schrie: »Ich kann nichts mehr sehen! So helft mir doch! Hilfe!«

Fisk lief zu dem Schwerverwundeten hinüber. Der Frühverkehr hatte noch nicht begonnen, die Straße war nicht befahren und menschenleer. Fisk hielt Ausschau nach einem Polizeiwagen oder einem Telefon, mit dem er einen Krankenwagen rufen konnte. Aber weder ein Polizeiwagen noch ein Telefon waren zu sehen. Das einzige Fahrzeug, das die Straße entlangkam, war eine Straßenkehrmaschine, deren Fahrer trotz der blutig-kriegerischen Szene seine Fahrt auf der Independence Avenue fortsetzte, als ob nicht geschehen sei.

»Angus zwei«, rief Fawkes. »Wie ist der Treffer?«

»Sie haben ein herrliches Loch in die Straße geblasen.«

»Verraten Sie nicht, wo Sie stehen«, schrie Fawkes. »Sie werden mit Sicherheit abgehört. Bitte nur die Zahlen!«

»Verstehe, Boss. Ihr Schuß lag fünfundsiebzig Meter zu kurz und einhundertdreißig Meter zu weit links.«

»Haben Sie gehört, Mr. Shaba?«

»Jawohl, Käptn.«

»Feuer, Mr. Shaba!«

Inmitten des eintausendsiebenhundert Tonnen schweren stählernen Geschützturms saßen die schwarzafrikanischen Besatzungsmitglieder der »Iowa«. Schwitzend luden sie die Geschütze mit der Munition, die ihnen von der Versorgungsmannschaft, die fünf Decks tiefer operierte, hinaufgeschickt wurde. Mit Hilfe der Lademechanik bugsierten die Männer jetzt ein Geschoß mit einem Gewicht von eintausenddreihundertfünfzig Kilo in die Ladevorrichtung des schweren Geschützes. Auf Befehl von Fawkes spuckte das mächtige Rohr sodann seine zerstörerische Ladung in die Luft.

In einer Entfernung von einundzwanzig Kilometern von der »Iowa« war Donald Fisk gerade dabei, den schwerverletzten Lastwagenfahrer zu verbinden, als das zweite Geschoß des Kanonenbootes in das Lincoln-Denkmal einschlug. Mit unvorstellbarer Gewalt bohrte sich das Geschoß in einer tausendstel Sekunde tief in den weißen Marmor und explodierte. Für Donald Fisk, der die Szene entgeistert beobachtete, sah es aus, als hätten sich die sechsunddreißig dorischen Säulen wie die Blütenblätter einer Pflanze nach außen gewölbt. Sekunden später brachen das Dach und die Innenwände zusammen. Tonnenschwere Marmorblöcke fielen wie Bauklötze übereinander, dann stieg eine mächtige weiße Staubwolke spiralenförmig in den morgendlichen Himmel. »Was ist passiert?« schrie der Lastenwagenfahrer. »Was ist los?«

»Nur die Ruhe«, sagte Fisk. »Es hat noch eine Explosion gegeben.«

Schmerzerfüllt verzog der Lastwagenfahrer das Gesicht, in das sich etwa dreißig scharfe Glassplitter eingegraben hatten. Ein Auge war blutüberströmt, das andere zerquetscht. Fisk zog das Hemd aus, das er für seinen Jogginglauf angelegt hatte, und drückte es dem erblindeten Lastwagenfahrer in die Hand. »Beißen Sie rein, wenn Sie's vor Schmerzen nicht mehr aushalten können! Aber bleiben Sie mit Ihren Händen aus dem Gesicht! Ich laufe Hilfe holen.«

Der Verletzte nickte und tastete sich den Boden entgegen. Er suchte und fand den Bordstein, kauerte sich hin und knüllte das Hemd, das Fisk ihm gegeben hatte, zu einem Knebel zusammen, den er zwischen die Zähne steckte. Dann krallte er seine Finger in das Knäuel und drückte es, bis seine Knöchel weiß vor Anstrengung wurden.

Fisk war unterdessen quer über die verlassene Straße gelaufen. Er hielt nach einem Telefon Ausschau, aber in unmittelbarer Nähe der Unglücksstelle war keines zu finden. Er rannte weiter. Es war ein ungewohntes Gefühl, mit nacktem Oberkörper durch die Winterluft der Stadt zu rennen. Als er am Lincoln-Denkmal vorbeikam, das von den Schiffsgeschützen der »Iowa« getroffen worden war, bot sich ihm ein merkwürdiger Anblick. Inmitten der zerborstenen Decken und umgestürzten Säulen erhob sich das völlig unversehrte Standbild von Abraham Lincoln. Wie durch ein Wunder war die über sechs Meter hohe Statue von der zerstörenden Wirkung des Sprengprojektils verschont geblieben. Das melancholische Gesicht des berühmten Sklavenbefreiers schien in die Unendlichkeit zu starren.

60

Resigniert legte General Higgins den Telefonhörer in die Mulde auf den Tisch zurück. »Ende der Geschichte mit dem Mann auf dem Dach!« sagte er bitter. »Wir haben Fawkes' Kontaktperson, die die Schüsse einweist, verpaßt. Das Funkteam hatte ihn schon fast aufgespürt. Aber kurz bevor sie die letzten hundert Meter bis zu seinem Versteck zurücklegen konnten, unterbrach er den Sendebetrieb. Damit war die Peilung zu Ende.«

»Alles spricht dafür, daß es sich um ein mobiles Funkgerät handelt«, sagte Timothy March. »Anstatt irgendwo mit dem Funkgerät in der Hand auf dem Dach zu stehen, ist es für die Kontaktperson doch viel einfacher, in einem fahrenden Auto zu sitzen. Für uns macht das die Suche allerdings sehr schwierig. Bei den vielen CB-Geräten der Autofahrer, die in Betrieb sind, ist es schwer, ein einzelnes Gerät anzupeilen, zumal wenn das Fahrzeug fährt.«

»Die Meßteams sind mit Hilfe der Polizei dabei, alle Häuserblocks um das Capitol herum abzuriegeln«, sagte Higgins. «Das mindeste, was wir auf diese Weise erreichen können, ist, daß Fawkes' Einweiser beim Nahen der Polizei den Funkkontakt unterbricht. Dann muß Fawkes blind feuern.«

Die anderen Mitglieder des Krisenstabes, der tief unter der Erde tagte, schwiegen. Wie gebannt waren die Augen des Präsidenten auf den Bildschirm an der Stirnseite der unterirdischen Kommandozentrale gerichtet. Das Satellitenbild zeigte in der Vergrößerung den Trümmerhaufen, der aus dem Gebäude des Lincoln-Denkmals geworden war. »Der Plan für das ›Unternehmen Wilde Rose‹ zielt auf das Herz unserer Nation«, sagte der Präsident leise. »Eine Granate in irgendein Wohnviertel – was wäre das schon. Ein paar Sekunden Berichterstattung im Fernsehen, ein paar Schlagzeilen in den Zeitungen. Statt dessen zerstören sie das nationale Symbol, das jeder Amerikaner kennt. Die Wirkung ist, daß die Nation rot sieht. Und das ist genau, was sie wollen...«

»Gibt es Nachrichten darüber, wie viel Munition Fawkes an Bord hat?« fragte Admiral Kemper.

»Nach Auskunft der Werft, wo der Umbau der ›Iowa‹ stattfand, sind insgesamt vierzig große Schiffsgranaten an Bord. Nur zwei davon haben die typische Form der ST-Granaten, die den Giftstoff enthalten. Ohne Zweifel sind das die beiden Granaten, die wir suchen. Bisher hat Fawkes nur konventionelle Geschosse abgefeuert. Er hat jetzt noch achtunddreißig. Zwei davon enthalten den tödlichen Giftstoff.«

»Russisches Roulette«, sagte March. »Achtunddreißig Schüsse – und jeder davon kann die Katastrophe bedeuten...«

Higgins beugte sich vor und sah zu Admiral Kemper hinüber. »Wie steht es mit der zeitlichen Schußabfolge bei der ›Iowa‹?«

»Der Zeitabstand zwischen dem ersten und dem zweiten Schuß betrug vier Minuten und zehn Sekunden«, antwortete Kemper. »Offenbar brauchen sie diese Zeit, um die Munition aus den unteren Decks nach oben zu kriegen und das Geschütz wieder feuerbereit zu machen. Normalerweise müßte das etwas schneller gehen. Aber das setzt eine normale Mannschaftsstärke voraus. Fawkes hat aber nur einen Bruchteil der Leute, die normalerweise notwendig sind.«

»Eines verstehe ich nicht«, warf March ein. »Warum benutzt Fawkes bisher nur das mittlere Geschütz? Er würde doch mehr Wirkung erzielen, wenn er alle drei Geschütze auf einmal abfeuert.«

»Er wartet, bis er sich auf das Ziel eingeschossen hat«, antwortete Kemper. »Je nachdem, wie die nächsten Treffer liegen, können Sie Gift darauf nehmen, daß er alle drei Geschütze auf einmal abfeuern läßt.«

Das Telefon von General Higgins läutete. Er nahm den Hörer auf, und hielt ihn an sein Ohr. Während er zuhörte, biß er sich auf die Lippen. Schließlich legte er den Hörer mit grimmiger Miene auf den Tisch zurück. »Fawkes hat soeben die dritte Granate abgefeuert!« sagte er ohne aufzusehen.

Die Satellitenkamera, deren Übertragungsbild in die Kommandozentrale übertragen wurde, erfaßte jetzt einen Radius von drei Kilometern um das Weiße Haus. Wie hypnotisiert blickten die Mitglieder des Krisenstabes auf das liveübertragene Luftbild dieses Stadtviertels, das das Ziel des dritten Schusses von der »Iowa« sein würde. Sie sahen, wie eine mächtige Detonation die Constitution Avenue unter einem Rauchpilz begrub.

»Fawkes zielt auf das Nationalarchiv«, sagte der Präsident. Seine Stimme klang bitter. »Er will die Unabhängigkeitserklärung und die Urschrift der amerikanischen Verfassung in die Luft sprengen.« »Herr Präsident, sollten wir nicht doch den Nuklearschlag auf die ›Iowa‹ wagen?« sagte Higgins. Sein Gesicht, gewöhnlich von gesunder Farbe, war aschgrau geworden.

Der Präsident schwieg. Er saß vornübergebeugt, mit eingefallenen Schultern. Erschöpfung und drückende Sorge sprachen aus seinen Blicken. »Nein!« sagte er schließlich.

Higgins umklammerte mit einer Geste hilflosen Bedauerns die Armlehnen seines Sessels. Dann lehnte er sich resigniert zurück und bedeckte seine Augen mit der rechten Hand. Kemper hatte einen Bleistift ergriffen, mit dem er in rhythmischen Abständen auf die Tischplatte trommelte. »Ich sehe noch eine andere Lösung«, sagte er mit stockender Stimme.

»Wir könnten den Geschützturm Nr. 2 der ›Iowa‹ mit ferngelenkten ›Devils‹ außer Gefecht setzen.«

»Wie das?« fragte Higgins skeptisch.

»Die Specter-Düsenjäger wurden doch vor einigen Wochen mit den neuen Devil-Raketen ausgerüstet«, erklärte Kemper. »Habe ich recht, General Sayre?«

Der Angesprochene nickte zustimmend. »Jeder Specter-Düsenjäger hat vier Devil-Rakten an Bord. Die Sprengköpfe dieser Raketen können einen Betonmantel von drei Meter Dicke durchdringen. Sie müßten auch in der Lage sein, den Geschützturm der ›Iowa‹ zu beschädigen.«

»Ein interessanter Vorschlag, General Kemper«, sagte Higgins. »Aber haben die Devil-Raketen genügend Treffsicherheit? Wenn der Geschützturm nicht mit der ersten Rakete getroffen wird, bringt Fawkes seine beiden ST-Geschosse auf den Weg. Dann gnade uns Gott!«

»Mit den Devil-Raketen haben wir eine vernünftige Chance«, sagte General Sayre, der bei allen vorhergehenden Beratungen des Krisenstabes geschwiegen hatte. »Sobald die Piloten der Düsenjäger die Raketen abgefeuert haben, könnten wir die Fernsteuerung der Geschosse an die Männer von Kapitän Kiebel übertragen. Das Schwimmerteam müßte inzwischen an Bord der ›Iowa‹ sein. Sie sind so nahe am Geschützturm, daß sie die Geschosse mit einer Fehlerabweichung von fünfzig Zentimetern ins Ziel bringen können...«

»...Aber nur, wenn sie sich dabei selbst in die Luft sprengen«, fiel ihm General Higgins ins Wort. »Ich bin nicht bereit, diese Leute zu opfern. Im Gegenteil, wir müssen sie benachrichtigen, daß sie sich vor unserem Bombardement in Sicherheit bringen!«

»Weder das eine noch das andere wird möglich sein«, meldete sich Kemper zu Wort. »Mir ist soeben gemeldet worden, daß das Patrouillenboot keinen Funkkontakt mehr mit dem Schwimmerteam hat! Wir können die Schwimmer deshalb weder für die Zielpeilung einsetzen noch ihnen eine Warnung vor unserem Angriff mit den Devil-Raketen zukommen lassen...«

Der Präsident war bleich geworden. »Wieviel Zeit haben wir noch?« fragte er.

»Wenn Fawkes bei dem bisherigen Schußrhythmus bleibt, etwas weniger als zwei Minuten!«

»Dann bringen Sie die Devils auf den Weg«, befahl der Präsident mit kaum hörbarer Stimme.

Higgins ergriff den Hörer und gab die Weisung durch. Kemper hatte eine Konstruktionszeichnung des Schlachtschiffes vor sich aufgefaltet.

»Der Geschützturm Nr. 2 auf der ›Iowa‹ hat eine Stahlwandung von sechzig Zentimeter Stärke«, sagte er. »Die Devil-Raketen können das nicht durchschlagen. Aber ihre Wucht wird so groß sein, daß die Bedienungsmannschaft im Inneren des Geschützturms außer Gefecht gesetzt wird.« Dann herrschte Schweigen am Tisch. Nur noch das Summen des Projektionsgerätes für die Satellitenübertragung war zu hören.

Kapitan Leutnant Fergus, der Anführer des Kampfschwimmerteams, hatte den Funkkontakt zum Patrouillenboot verloren, weil ihm beim Entern der ›Iowa‹ von einer Maschinengewehrgarbe das Funkgerät, das er über seiner kugelsicheren Weste befestigt hatte, zerschossen worden war. Eine der Kugeln hatte den Mittelfinger seiner linken Hand abgetrennt. Auch das zweite Funkgerät des kleinen Kommandos war ausgefallen. Es schwamm im Wasser – auf dem Rücken eines Leutnants, der tödlich getroffen den Fluß hinuntertrieb.

Beim Entern des Schiffes, hatte Fergus insgesamt sechs Männer verloren. Das Kommando hatte eine Reihe von Strickleitern mit Hilfe von Wurfhaken an der Bordwand verankert und auf diese Weise das Deck erklommen. Sie wurden von wütendem Maschinengewehrfeuer empfangen. Einzeln kämpften sich die Männer zur markierten Landefläche durch, wo der Kampfhubschrauber der Marine niedergehen sollte.

Beim Laufen über das ungeschützte Deck war Fergus von seinen Männern getrennt worden. Er hatte eine weitere Verletzung erlitten, als ihm eine abprallende Kugel die rechte Hand durchschlug. Es gelang Fergus, zu den schützenden Deckaufbauten auf der Backbordseite des Schiffes hinüberzukriechen, wo er, geschwächt vom Blutverlust, zusammenbrach. Noch einmal raffte er sich auf. Sein Auftrag war, die Landeplatten für den Kampfhubschrauber freizuhalten! Der Hubschrauber mußte landen, bevor der Geschützturm den dritten Schuß abgeben konnte.

Das dumpfe Röhren einer mächtigen Explosion ließ ihn zusammenfahren. Er fluchte und blickte zum Geschützturm hinauf, wo soeben die dritte todbringende Ladung das Rohr verlassen hatte.

Drüben, auf den Hügeln gegenüber vom Fluß, konnte er den Kampfhubschrauber erkennen, der mit laufenden Rotoren auf das vereinbarte Signal des Schwimmerteams wartete. Vorsichtig sah Fergus zu den Schießscharten hinauf, aus dem das Störfeuer der Maschinengewehre gekommen war. Sekunden später setzte das Belfern der Maschinengewehre erneut ein. Die Schüsse waren – wie Fergus feststellte – auf drei Männer seines Teams gerichtet, die im Zick-Zack-Kurs über eine Freifläche liefen. Er benutzte die Gelegenheit, um einen Ausbruch zu wagen. Die automatische Waffe in der Armbeuge an sich gepreßt, sprintete er, so rasch er konnte, über Deck. Auf dem letzten Drittel des Weges gab er eine Salve Sperrfeuer auf die Sichtschlitze ab, aus denen die Maschinengewehrschüsse kamen. Es war zu spät. Er hatte die angestrebte Deckung auf der Steuerbordseite des Schiffes noch nicht erreicht, als ihm ein Schuß die rechte Wade wegriß. Es war ein tiefer beißender Schmerz, der im Nu seinen ganzen Körper erfüllte. Stöhnend lag Fergus auf Deck und lauschte dem Feuer der Maschinengewehre über ihm, das jetzt in unwirkliche Ferne zu entschwinden schien. Fergus war schon bewußtlos, als die beiden Spekter-Düsenjäger aus dem blendenden Glast der Morgensonne hervorbrachen und ihre tödliche Fracht auf die ›Iowa‹ ausspien.

Nur der fast unerträgliche Schmerz, der sich über seinen ganzen Körper ausbreitete, erinnerte Pitt daran, daß er – entgegen seiner Annahme – noch nicht tot sein konnte. Einen Augenblick lang, während er mit seiner bleiernen Müdigkeit kämpfte, bedauerte er, daß es noch nicht zu Ende war. Dann schüttelte er die süße Sehnsucht, in das Nichts des Vergessens hinabzutauchen, entschlossen ab und zwang sich, seine Augen zu öffnen.

Prüfend betastete er seine Beine und den Körper. Zwei Rippen schienen gebrochen zu sein. Dann fuhr er sich mit der Hand rund um den Kopf. Er war erleichtert, als er an den Fingern kein Blut entdecken konnte. Mühsam stützte er sich auf, so daß seine Handgelenke und Knie auf den Boden kamen. Die Muskeln schienen noch zu gehorchen. So weit, so gut. Er holte tief Luft, um sich Mut zu machen. Dann stand er auf und war auf diese Leistung nicht weniger stolz, als wenn er den Mount Everest erklommen hätte. Um ihn her war es dunkel. Erst als sich seine Augen an die Düsternis gewöhnt hatten, entdeckte er in einiger Entfernung einen hellen Spalt. Hoffnungsvoll begann er darauf zuzustolpern.

Langsam begannen die grauen Zellen in seinem Gehirn wieder ihre Arbeit aufzunehmen. Er versuchte, sich an die letzten Sekunden vor seiner Ohnmacht zu erinnern. Der Sprung vom Stahlseil in die Tiefe war schier endlos gewesen. Wie kam es, daß er nicht beim Aufprall auf das stählerne Deck zerschmettert worden war?

Plötzlich wurde ihm klar, was die Holzsplitter, die in seiner Schulter steckten, zu bedeuten hatten. Eine der Holzverkleidungen, mit denen Fawkes die Deckaufbauten getarnt hatte, mußte seinen Sturz gemildert haben. Die Wucht beim Aufprall war immer noch stark genug gewesen, daß er nicht nur die Abdeckung durchschlagen hatte, sondern auch die Holzplatte, die beim Umbau über das Loch zwischen Ober- und Unterdeck gelegt worden war. Er war in der ehemaligen Offiziersgarderobe gelandet, die sich gemäß dem Konstruktionsplan der ›Iowa‹ unter den Deckaufbauten befand.

Eine ohrenbetäubende Detonation riß ihn aus seinen Gedanken. Die Schiffsgeschütze mit den Vierzig-Zentimeter-Granaten! durchzuckte es ihn. Wieviel Schüsse waren wohl schon abgefeuert worden? Wie lange war er bewußtlos gewesen? Vereinzelte Gewehrschüsse und das Rattern mehrerer Maschinengewehre war jetzt von oben zu hören. Wer waren die Schützen? Pitt wußte keine Antwort. Nach einigen Sekunden verzweifelten Grübelns verwarf er die Gedanken an die ungelösten Fragen, die ihn bedrängten. Er hatte jetzt vorrangig seine eigenen Probleme zu lösen.

Langsam tastete er sich mehrere Meter den düsteren Korridor entlang. Dann blieb er stehen, zog eine Taschenlampe hervor und faltete den Konstruktionsplan der ›Iowa‹ auseinander, den er mit sich führte. Er brauchte zwei volle Minuten, um auf dem Plan die Stelle zu finden, an der er sich jetzt befand. Inmitten der chaotischen Situation wunderte er sich über das technische Interesse, das er dem Studium des Planes abgewann. Die Schnittzeichnung und die Aufsichten der verschiedenen Decks, Zwischendecks und Gänge des riesigen Schiffes erinnerten ihn an die Bauzeichnung eines auf der Seite liegenden Wolkenkratzers.

Vorsichtig tastete er sich die Gänge entlang, auf der Suche nach den Munitionsmagazinen. Er hatte erst eine verhältnismäßig kurze Distanz zurückgelegt, als das Schiff von den typischen Detonationen aufschlagender Fluglenkgeschosse erschüttert wurde. Türen und Schotten des Ganges öffneten sich, Staub wallte auf. Pitt ruderte mit den Armen, um das Gleichgewicht zu halten, schwankte, glitt aus und ergriff im Fallen die Kante einer Eisentür, die sich unmittelbar neben ihm geöffnet hatte.

Von einer undefinierbaren Neugier getrieben, trat er tiefer in den düsteren Raum hinein. Der Lichtkegel seiner Taschenlampe fiel auf ein Paar Schuhe. Es waren teure, offensichtlich handgearbeitete Männerschuhe. In den Schuhen steckten die Füße eines Mannes. Der Mann, ein Farbiger, trug einen eleganten grauen Anzug. Er war mit beiden Händen an die Heizungsrohre, die über seinem Kopf verliefen, gefesselt worden.

61

Hiram Lusana musterte den Mann, der soeben sein Verlies betreten hatte. Vergeblich versuchte er zu erkennen, um wen es sich handelte. Der Mann war groß, aber nicht so breit und bullig wie Fawkes. Die Konturen des geheimnisvollen Fremden verschwammen im Blendschein der Taschenlampe, die er auf Lusana gerichtet hielt.

»Sie scheinen bei dem Wettbewerb um den beliebtesten Passagier an Bord den letzten Platz belegt zu haben«, sagte eine Stimme, die Lusana mehr Freundlichkeit als Gefahr signalisierte.

Die dunkle Gestalt hinter dem blenden Strahlenkranz der Taschenlampe kam näher. Immer noch konnte Lusana nichts Genaues erkennen. Aber er spürte, wie die Fesseln an seinen Handgelenken gelöst wurden. »Was haben Sie mit mir vor?« fragte er zwischen Angst und Hoffnung.

»Sie von Bord zu bringen«, sagte die Stimme trocken. »Sie haben nämlich wenig Aussicht, hier unten ein pensionsfähiges Alter zu erreichen.«

»Wer sind Sie?«

»Nicht daß es irgendwie wichtig wäre, aber mein Name ist Pitt.«

»Gehören Sie zu Kapitän Fawkes Mannschaft?«

»Nein, ich arbeite auf eigene Rechnung.«

»Ich verstehe Sie nicht.«

Lusana war losgebunden.

Zweifelnd musterte er seinen Befreier. »Von Ihrer Sprache her müssen Sie Amerikaner sein«, sagte er nach einer Weile. »Haben Sie die südafrikanische Besatzung überwältigt?«

»Ich bin auf dem besten Wege dazu«, antwortete Pitt.

»Wissen Sie, wer ich bin?«

»Müßte ich Sie denn kennen?«

»Ich bin Hiram Lusana, der Führer der Afrikanischen Revolutionsarmee.«

Pitt war einen Schritt zurückgetreten. Er richtete die Taschenlampe auf das Gesicht seines Gesprächspartners und nickte. »Willkommen an Bord, Lusana. Was tun Sie hier? Ich dachte, das Unterhaltungsprogramm auf diesem Schiff wird von den weißen Südafrikanern exklusiv bestritten.«

»Ich wurde gekidnappt, als ich zum Rückflug nach Afrika eincheckte«, sagte Lusana und schob Pitts Taschenlampe, die ihn blendete, sanft zur Seite. »Wissen Sie über das ›Unternehmen Wilde Rose‹ Bescheid?« fragte er dann unvermittelt.

»Seit gestern abend: ja. Der amerikanischen Regierung ist der Plan aber schon seit Monaten bekannt.«

»Das ist unmöglich«, sagte Lusana.

»Halten Sie das, wie Sie wollen«, sagte Pitt ungeduldig. Er wandte sich zur Tür. »Sie müssen jetzt vom Schiff, wenn Sie es nicht als Brathühnchen verlassen wollen.«

Lusana zögerte. »Warten Sie!«

Pitt drehte sich um. »Es tut mir leid, aber es kommt jetzt auf jede Sekunde an. Wir können später sprechen.«

»Bitte, hören Sie mich an.« Lusana war nahe zu Pitt getreten. Mit einer bittenden Geste legte er ihm die Hand auf den Arm. »Wenn die amerikanische Regierung erfährt, daß ich an Bord der ›Iowa‹ war, wird man mir die Schuld für das ›Unternehmen Wilde Rose‹ zuschieben.«

»Na und?«

»Ich bin unschuldig an dieser verbrecherischen Aktion! Sagen Sie mir, was ich tun kann, um Ihnen bei der Überwältigung der Mannschaft zu helfen.«

Prüfend betrachtete Pitt den Mann, der vor ihm stand. Er las in Lusanas Augen, daß dieser die Wahrheit sagte. Kurzentschlossen zog er seinen fünfundvierziger Colt aus dem Gürtel und legte ihn Lusana in die schwarze Hand. »Geben Sie mir Feuerschutz, Lusana.«

Lusana war erstaunt einen Schritt zurückgetreten. »Sie vertrauen mir Ihre Waffe an?«

»Warum nicht?« sagte Pitt. Es klang beiläufig. »Was hätten Sie davon, daß Sie einen völlig Fremden von hinten erschießen?«

Dann machte er Lusana ein Zeichen, ihm zu folgen. So schnell sie konnten, liefen sie durch das Labyrinth der düsteren Gänge zum vorderen Teil des Schiffes.

Wie durch ein Wunder hatte der Stahlpanzer des Geschützturms Nr. 2 dem fürchterlichen Aufprall der Devil-Fernlenkgeschosse widerstanden. An nicht weniger als acht Stellen, hatte der Stahl feine Risse bekommen. Aber die Explosionskraft der Raketen hatte er abgehalten. Eines der drei schweren Geschütze war verbogen und unbrauchbar geworden.

Fawkes betrachtete den Geschützturm mit dem Feldstecher, den er an die zersplitterte Scheibe des Kapitänraums gepreßt hielt.

Er selbst war trotz der Explosion in nächster Nähe unverletzt geblieben. Er hatte gerade hinter einer dicken Stahlwand gestanden, als die Devil-Raketen das Schiff trafen. Er griff zum Mikrofon.

»Shaba, hier spricht der Kapitän. Können Sie mich hören?«

Nur das Rauschen und die statischen Störungen der Sprechanlage waren zu hören.

»Shaba!« schrie Fawkes. »Melden Sie sich! Habt ihr irgendwelche Schäden?«

In der Lautsprecheranlage war ein Knacken zu hören. »Käptn Fawkes?«

Die Stimme klang nicht vertraut. »Hier spricht der Kapitän! meldete sich Fawkes. »Wo ist Shaba?«

»Unten im Waffenmagazin, Sir. Die Winde zum Hochholen der Munition ist kaputt. Shaba ist runtergegangen, um sie zu reparieren.«

»Wer sind Sie?«

»Obasi, Käptn. Daniel Obasi.« Die Stimme klang, als ob sie von einem Kind stammte.

»Hat Shaba Ihnen das Kommando übergeben?«

»Ja, Sir«, bestätigte Obasi stolz.

»Wie alt bist du, mein Junge?«

Ein Schluchzen war zu hören. »Sorry, Käptn. Der Qualm von den Explosionen, man kann hier kaum atmen.« Wieder vernahm Fawkes ein trockenes Schluchzen. »Ich bin siebzehn.«

Mein Gott, fuhr es Fawkes durch den Kopf. Minister De Vaal hatte versprochen, ihm erfahrene Männer anhandzugeben, keine Kinder. Der Offizier, der jetzt dort draußen die Schiffsgeschütze befehligte, war erst siebzehn Jahre alt!

Der Gedanke, daß er, Fawkes, das Schicksal von Kindern mit der Operation ›Wilde Rose‹ verband, machte ihn schaudern. War das die Sache wert? War seine Rache, der glühende Haß auf die Mörder seiner Familie, das Leben unschuldiger Menschen wert?

Fawkes zwang seine Skrupel einmal mehr in sein friedloses Unterbewußtsein zurück. Er war entschlossen, das Unternehmen zu Ende zu führen. »Können Sie die Geschütze bedienen, Obasi?«

»Ich denke schon. Die Geschütze sind fertig geladen. Nur bei der Mannschaft sieht's übel aus. Gehirnerschütterung, wie mir scheint. Die meisten bluten aus den Ohren.«

»Wo befinden sie sich jetzt, Obasi?«

»In der Zielschützenkoje im Geschützturm. Verdammt heiß hier unten. Ich glaube nicht, daß die Männer noch lange durchhalten. Es ist schwer, festzustellen, wer noch lebt. Schätze, daß alle, die aus dem Mund bluten, tot sind.«

Unentschlossen umklammerte Fawkes den Handgriff des Mikrofons. Er wußte, daß dieses Schiff sterben würde. Aber nicht mit einer Mannschaft, die sich für ihn, den Kommandanten, opferte. Er selbst wollte untergehen. Einer der letzten Schlachtschiffkapitäne, der mit seinem Traum von Haß, Blut und Rache ins nasse Grab fuhr. Der Lautsprecher, über den Fawkes mit seinem siebzehnjähriger Offizier gesprochen hatte, war verstummt. Ein bedrückendes Schweigen erfüllte die Brücke, dann war es Fawkes, als ob ein unseliger Schleier, der über seine Gedanken gelegen hatte, zur Seite glitt.

»Obasi, hören Sie mich noch?«

»Ja, Sir.«

»Ich komme runter.«

»Die Eingangsschotten zum Geschützturm sind durch die Einschläge verklemmt, Sir. Sie müssen durch das Magazin gehen und von unten reinkommen.«

»Danke, Obasi, warten Sie auf mich, wo Sie jetzt sind.«

Nachdenklich nahm Fawkes seine alte Kapitänsmütze der Royal Navy ab und wischte sich den Schweiß von der Stirn. Durch die zersplitterten Scheiben der Brücke musterte er den Fluß. Nebel hatte sich über die Böschungen am Ufer gelegt. Einen Augenblick lang erinnerte ihn die Szene an die Seen seiner Heimat. Schottland, sinnierte er. Es schien ihm tausend Jahre her, daß er Aberdeen verlassen hatte. Er setzte die Kapitänsmütze wieder auf und betätigte das Funkgerät. »Angus zwei, bitte kommen.«

»Hier Angus zwei. Hören Sie mich Angus eins?«

»Roger. Wie war der letzte Schuß?«

»Achzig Meter zu kurz.«

»Ihr Job ist zu Ende, Angus zwei. Viel Glück!«

»Kann ich brauchen. Die Soldaten sind dabei mich festzunehmen.«

Wortlos starrte Fawkes auf das Mikrofon in seinen Händen. Er spürte den Wunsch, Angus zwei zu danken. Diesem Mann, den er nie in seinem Leben gesehen und der sein Leben für ihn aufs Spiel gesetzt hatte. Auch wenn es nur für Geld gewesen war. Wer immer Angus zwei sein mochte, sinnierte Fawkes: Es würden viele Jahre vergehen, bis dieser Mann Gelegenheit hatte, das Geld abzuheben, das für ihn vom südafrikanischen Verteidigungsministerium auf ein Schweizer Nummernkonto eingezahlt worden war.

»Ein Straßenkehrer!« schnaufte Higgins. »Fawkes' Zielanweiser war ein Straßenkehrer! Die ideale Tarnung. Mit seiner Kehrmaschine fuhr er durch die Straßen im Zielgebiet und meldete Fawkes, wie seine Einschüsse lagen. Er wird gerade vernommen.«

Der Präsident, den Higgins über die Entdeckung von Angus zwei informiert hatte, schien nicht zuzuhören. Seine Gedanken waren auf der »Iowa«. Vor seinem inneren Auge krochen schwarzgekleidete Taucher über Deck, von Deckung zu Deckung, mit Feuerstößen zwischen den Sprüngen, die sie unter dem mörderischen Beschuß der Bordwaffen zurücklegten. Das Deck mußte bereits von Leichen übersät sein.

Er fuhr aus seinen Gedanken hoch, als auf dem Projektionsschirm eine Nahaufnahme der »Iowa« ins Bild kam.

»Die Kamera im Hubschrauber funktioniert wieder«, meldete Higgins in der gleichen Sekunde. Auf dem Deck des Schlachtschiffes waren die reglosen Gestalten von zehn Tauchern zu erkennen. Drei schienen sich zu bewegen.

»Können wir irgend etwas tun, um diesen Männern zu helfen?« fragte der Präsident.

Higgins zuckte hilflos die Schultern. »Wenn wir den Beschuß vom Ufer aus eröffnen, töten wir vermutlich mehr von unseren eigenen Leuten, als wir retten.«

»Könnten wir nicht zusätzliche Kommandos mit Hubschraubern auf das Schiff bringen?«

»Dazu ist es zu eng«, antwortete Higgins. »In den letzten Sekunden der Landung sind diese Hubschrauber für Fawkes' Leute eine einzige Zielscheibe. Es wäre der reinste Massenmord. Und es würde uns um keinen Deut weiterbringen.«

»General Higgins hat Recht«, warf Kemper ein. »Der Angriff mit den Devil-Geschossen hat uns etwas Luft verschafft. Der Geschützturm scheint angeschlagen zu sein. Ich meine, wir können es uns jetzt erlauben, den Kampftauchern noch etwas Zeit zuzubilligen. Erst muß der Landeplatz frei von jedem feindlichen Beschuß sein, bevor unser Kampfhubschrauber landen kann!«

Der Präsident sah übernächtigt aus. Es schien, als ob er innerhalb weniger Stunden um Jahre gealtert wäre. Mit einer mutlosen Geste lehnte er sich in seinem Sessel zurück und musterte die Mitglieder des Krisenstabes, die um ihn herum saßen. »Zusehen – das ist also alles, was wir tun können. In Live-Übertragung und Farbe erleben, wie unsere Männer zusammengeschossen werden.«

»Wir müssen warten, Sir«, bestätigte Higgins. »Das ist jetzt wirklich alles, was wir tun können.« Er war aufgestanden und hatte sein tränenfeuchtes Gesicht von den Versammelten abgewandt.

62

Pitt hielt den Plan des Schiffes in der Hand, während er vor Lusana die Gänge entlanglief. Nach einer Zeit, die dem Schwarzen hinter ihm endlos erschien, blieb er vor einer Eisentür stehen. Er knüllte den Plan zu einem Papierknäuel zusammen und ließ ihn mit spielerischer Geste zu Boden fallen. Erstaunt sah Lusana ihn an. »Wo sind wir?« fragte er.

»Vor dem Munitionslager«, gab Pitt zur Auskunft. Er lehnte sich mit seinem ganzen Gewicht auf die Tür, die mit einem quietschenden Geräusch nachgab und aufschwang. Ein großer, spärlich erleuchteter Raum wurde sichtbar. Die Rufe der Mannschaft und das Geräusch von Ketten und elektrischen Motoren war zu hören. Die Geräusche schienen durch die Decke des Raumes zu kommen. Nach allen Seiten sichernd, betraten die beiden Männer den Raum.

Unter dem Licht gelber Birnen waren eine Reihe von Granaten gelagert, deren konisch zulaufende Köpfe mit roten Farbtupfen bemalt waren. Vorsichtig ging Pitt um den Stapel herum und blickte zur Decke hinauf, von wo er die Geräusche vernommen hatte.

Er erblickte die Hinterköpfe von zwei Schwarzen, die dabei waren, mit Schraubenschlüsseln und anderem, nicht näher erkennbarem Gerät einen Aufzugmotor zu reparieren. Offensichtlich – so schloß Pitt – hatte die Erschütterung beim Aufprall der Devil-Raketen die Beförderungsanlage für die Granaten außer Betrieb gesetzt. Von Muskelkraft konnten die schweren Geschosse nicht zum Geschützturm gehievt werden.

Pitt trat von seinem Beobachtungsposten unter der Deckenluke zurück und ging zum Munitionstapel hinüber, wo Lusana stand. Er hockte sich nieder, um aus nächster Nähe die Geschoßmäntel zu prüfen, an denen der Inhalt der Granaten erkennbar war. Bald hatte er eine der beiden ST-Raketen entdeckt. Die andere fehlte!

Pitt holte einen Spezialschraubenzieher aus seinem Gürtel und drückte dem neben ihm stehenden Lusana die Taschenlampe in die Hand. »Leuchten Sie mir, während ich arbeite.«

»Was haben Sie vor?«

»Diese Granate entschärfen«, gab Pitt zur Auskunft.

»Wenn ich schon in die Luft fliegen soll«, sagte Lusana, »könnte ich dann vorher noch erfahren, warum?«

»Nein«, fauchte Pitt.

Mit der professionellen Geschmeidigkeit eines Safeknackers bewegten seine Finger die empfindliche Kombination, die für die Zündung der Granate sorgte. Nach wenigen Drehungen hatte er die Befestigungsschrauben freigelegt, die er mit dem Schraubenzieher löste. Sie waren verrostet, so daß er den Schraubenzieher bei jeder Drehung mit aller Kraft nach unten drücken mußte. Es war ein Wettlauf gegen die Zeit, ging es ihm durch den Kopf. Er mußte schneller sein, als die beiden Schwarzen, die ein Deck höher den Mechanismus des Munitionsaufzugs reparierten.

Endlich lag die letzte der Befestigungsschrauben in seiner Hand, so daß er das konische Kopfstück der Granate abheben konnte.

Sorgsam, als handelte es sich um einen schlafenden Säugling, trug er es an eine Seite des Raumes und legte es zu Boden. Dann kehrte er zu der geöffneten Granate zurück. Er entschärfte den Mechanismus, der die Explosivladung für die unzähligen ST-Splitterbomben mit dem Giftstoff betätigte. Er zwang sich dazu, gerade in diesem kritischen Moment nicht gespannter zu sein, als für die Aufgabe gut war. Bei früheren Einsätzen hatte er die Erfahrung gemacht, daß ihm bei allzuviel Konzentration die Hände zitterten. Um seine trotzdem vorhandene Nervosität zu vertreiben, pfiff er eine Melodie – so falsch, daß er einen Anflug von Mitleid für den zum Zuhören verurteilten Lusana in sich aufsteigen fühlte.

Mit einer Kombizange durchschnitt Pitt die feinen Drahtverbindungen zwischen dem Zünder und dem Radar-Höhenmesser. Dann nahm er lächelnd, mit einer fast brüsken Bewegung, den Zünder heraus. Die Gefahr war vorüber. Er atmete auf und machte eine kleine Pause. Sodann zog er einen leeren Geldsack aus der Tasche, wie er zum Transport von Geldbündeln zwischen den Banken benutzt wird. Neugierig betrachtete Lusana die Szene. Er beugte sich vor und entzifferte die Aufschrift »Wheaton Security Bank«, die auf dem Geldsack aufgedruckt war. Er lächelte. »Ich habe das noch keinem Menschen gegenüber zugegeben«, sagte er dann.

»Aber Ihnen will ich's sagen. Ich habe einmal ein Geldauto ausgeraubt!«

»Dann müßten Ihnen diese praktischen Behältnisse ja bestens vertraut sein«, quittierte Pitt das späte Geständnis. »Halten Sie den Sack bitte auf!«

Mit raschen Griffen nahm er die Splitterbombem mit dem tödlichen Giftstoff aus dem Sprengkopf und legte sie in den Geldsack hinein, der ihm von Lusana entgegengehalten wurde. »Der Sack ist ja geradezu ideal zum Schmuggeln«, sagte Lusana und grinste. »Ich bin gespannt, wieviel Geld wir für den Inhalt kriegen.«

»Das wollte ich Sie auch gerade fragen«, sagte Patrick Fawkes, der am Eingang des Raumes stand und den Türrahmen ausfüllte.

63

Lusanas erste Reaktion auf Fawkes' Eintreten bestand in dem Impuls, den Mann, der ihm nach dem Leben getrachtet hatte, mit einem wohlgezielten Schuß niederzustrecken. Er fuhr herum und richtete den Revolver auf den Mann an der Tür. Er war sicher, daß er das Ziel nicht verfehlen würde. Allerdings rechnete er damit, daß der Schotte mit dem Zeitvorsprung des Angreifers seinen eigenen Schuß zuerst anbringen würde.

Etwas Ungewöhnliches im Erscheinungsbild des anderen ließ ihn im letzten Augenblick innehalten. Fawkes' Hände waren leer. Er war unbewaffnet.

Langsam ließ Lusana den Colt sinken und sah zu Pitt hinüber, um festzustellen, wie dieser auf die seltsame Situation reagierte.

Pitt zeigte keinerlei Anzeichen, daß ihn das Eintreten des Schotten in irgendeiner Weise beunruhigte. Er fuhr fort, die Splitterbomben mit dem tödlichen Giftstoff im Geldsack zu verstauen, als ob nichts geschehen wäre.

»Hab ich die Ehre mit Patrick McKencie Fawkes?« sagte er nach einer Weile, ohne von seiner Arbeit aufzusehen.

»Ganz recht, ich bin Fawkes.« Er kam näher, ein neugieriger Ausdruck lag in seinem Gesicht.

»Was machen Sie da?«

»Entschuldigen Sie bitte, daß ich Ihnen in diesem Augenblick nicht die Hand geben kann«, sagte Pitt wohlgelaunt. »Aber ich entschärfe gerade eine Giftgasgranate.«

Einige Sekunden vergingen, bis Lusana und Fawkes den Sinn von Pitts Worten verstanden hatten. Ungläubig und mißtrauisch schauten sie einander an, dann richteten beide ihre Blicke auf Pitt. »Das glaube ich Ihnen nicht.« Fawkes war der erste, der die Sprache wiederfand.

Pitt hielt ihm eine der giftgefüllten Stahlkapseln unter die Nase. »Sieht das vielleicht aus wie eine ganz normale Sprengladung?«

»Nein«, gab Fawkes zu.

»Ist das eine Art Nervengas?« fragte Lusana.

»Viel schlimmer!« antwortete Pitt. »Unsterbliche Mikroben mit einer entsetzlichen Zerstörungskraft. Jede einzelne dieser Kapseln« – er wog eine der kleinen Bomben in seinen Händen – »kann Hunderttausende von Menschenleben auslöschen.«

»Wie kommt das an Bord meines Schiffes?« fragte Fawkes entgeistert.

»Zusammen mit den anderen Granaten, die Sie beim Waffenhändler Maples gekauft haben.«

»Giftgasgranaten – das wußte ich nicht!« stammelte Fawkes. Er war bleich geworden. Vorsichtig beugte er sich hinunter und betrachtete die kleine Stahlkapsel in Pitts Hand. Lusana schaute ihm über die Schulter, obwohl er nicht recht wußte, was es äußerlich an der gefährlichen Waffe zu betrachten gab. Langsam wich die Skepsis aus Fawkes Augen. »Ich glaube Ihnen«, sagte er. »Ich weiß, wie Gasgranaten aussehen. Und dies sind welche. Daran gibt es keinen Zweifel.«

Fragend schaute er Pitt in die Augen. »Würden Sie mir bitte sagen, wer Sie sind und wie Sie an Bord dieses Schiffes kommen?«

»Dazu ist später Zeit, wenn wir die zweite Giftgranate gefunden haben«, sagte Pitt. »Gibt es noch ein zweites Munitionsdepot an Bord?«

Fawkes schüttelte den Kopf. »Nein. Alle Munition, die wir haben, ist hier. Hier – oder im Geschützturm.« Ein plötzlicher Einfall durchzuckte ihn. »Der Geschützturm! Die Geschütze sind geladen! Die fehlende Giftgasgranate muß in einem der drei Geschütze sein!«

»Sie Narr!« schrie Lusana. »Sie Mörder!«

Fawkes reagierte nicht auf den Ausbruch. Er wandte sich zu Pitt. »Es ist noch nicht zu spät! Die Geschütze feuern nur auf meinen ausdrücklichen Befehl.« – »Käptn! Sie und ich gehen jetzt in den

Geschützturm und entschärfen die zweite Giftgranate«, bestimmte Pitt. »Mr. Lusana, Sie sind höflich gebeten, dies hier in den Fluß zu werfen.« Er händigte Lusana den Geldsack mit den ST-Splitterbomben aus.«

»Ich?« schnaufte Lusana. »Ich habe doch keine Idee, wie ich aus diesem schwimmenden Sarg herauskomme.«

»Immer nach oben«, sagte Pitt mit beruhigender Geste. »Immer dem Licht nach! Wenn's ganz hell ist, sind Sie oben. Und dann werfen Sie den Sack in den Fluß, wo er am tiefsten ist.«

Lusana war im Gehen, als sich Fawkes' schwere Hand auf seine Schulter legte. »Wir beide rechnen später ab.«

Lusana sah Fawkes mit festem Blick in die Augen. »Es wird mir ein Vergnügen sein.«

Sekunden später war der Führer der Afrikanischen Revolutionsarmee im Labyrinth der Gänge verschwunden.

In sechshundertfünfzig Meter Höhe über Washington vollzog Steiger eine kleine Kurskorrektur. Der Hubschrauber, an dessen Steuer er saß, überflog das Jefferson-Denkmal und hielt auf die Independence Avenue zu.

»Sehen Sie sich einmal diese Ansammlung von Hubschraubern an«, sagte er und deutete auf eine Anzahl Armee-Helikopter, die wie ein Bienenschwarm auf dem Hochzeitsflug in geringer Höhe über dem Capitol auf und nieder tanzten.

»Bleiben Sie weit genug weg«, riet ihm Sandecker. »Die schießen erst und fragen später.«

»Wieviel Zeit ist vergangen, seit die ›Iowa‹ den letzten Schuß abgegeben hat?«

»Achtzehn Minuten.«

»Das war's dann wohl«, sagte Steiger. »Fawkes hat die Lust verloren.«

»Darauf würde ich mich nicht verlassen«, antwortete Sandekker. »Wieviel Treibstoff haben wir noch?«

»Genug für vier weitere Flugstunden.«

Sandecker veränderte seinen Sitz, weil ihm der Rücken schmerzte. »Bleiben Sie so nahe wie möglich am Gebäude des Nationalarchivs. Wenn die ›Iowa‹ wieder den Schluckauf kriegt, dann können Sie sicher sein, daß diesmal das Nationalarchiv das Ziel ist.«

»Meinen Sie, daß Pitt es geschafft hat?«

Sandecker machte eine sorglose Miene – zu sorglos, wie es Steiger schien. »Pitt kennt seinen Job. Um den mache ich mir im Augenblick am wenigsten Sorgen.« Er schaute zur Seite, als ob er soeben im Straßenbild Washingtons eine interessante Beobachtung gemacht hätte.

»Ich mache mir Gewissensbisse«, sagte Steiger. »Unser Einmannkommando gegen Fawkes ist eine rein militärische Aktion. Wie kommen wir dazu, einen Zivilisten auf diesen Job anzusetzen, für den er nicht ausgebildet ist?«

»Sind *Sie* denn dafür ausgebildet?«

»Immerhin habe ich mehr militärische Erfahrung als Pitt.«

Sandecker schmunzelte. »Sind Sie da so sicher?«

Steiger blickte auf. »Was wollen Sie damit sagen? Wieso glauben Sie, daß Pitt als Zivilist ebensoviel Einsatzerfahrung hat wie ich als Militär?«

Sandecker spitzte genüßlich die Lippen, bevor er antwortete. »Ganz einfach«, sagte er. »Pitt hat Sie aufs Kreuz gelegt.«

»Aufs Kreuz gelegt?«

»Pitt ist Major der Luftwaffe.«

Mit ungläubigem Blinzeln sah Steiger zu Sandecker hinüber. »Wollen Sie mir erzählen, daß er fliegen kann?«

»Pitt fliegt jedes Flugzeug, das auf Gottes Erdboden gebaut worden ist. Inklusive diesen Hubschrauber.«

»Aber er hat doch behauptet...«

»Ich weiß, was er behauptet hat.«

Steiger blickte frustriert. »Und Sie waren dabei, und haben mir nichts gesagt...«

»Sie haben Frau und Kinder, Steiger. Ich selbst wäre zu alt gewesen für diese Aufgabe. Dirk war der einzige, der es machen konnte.«

Die angestrengte Spannung war aus Steigers Zügen gewichen, nur ein Ausdruck von Angst und Trauer blieb zurück. »Ich hoffe, er schafft es«, murmelte er.

Pitt hätte liebend gern jeden Dollar Erspartes hergegeben, wenn ihn dafür irgendeine gütige Fee mit einem Donnerschlag aus dem Bauch eines Schiffes gehoben hätte, das sich in jeder Sekunde in ein Inferno verwandeln konnte. Er spürte, wie der kalte Angstschweiß auf seinem Körper gefror. Plötzlich blieb Fawkes, der in den dunklen Korridoren die Führung übernommen hatte, so plötzlich stehen, daß Pitt, der hinter ihm lief, ihn fast über den Haufen rannte.

»Kein Schritt weiter!« Die Stimme kam aus einer dunklen Luke, die sich an der Decke des Korridors öffnete. »Sie können mich nicht sehen, meine Herren! Dafür sehe ich Sie recht gut. Gut genug, um Ihnen mit einem sauberen Schuß das Gehirn wegzublasen.«

»Ich bin der Kapitän dieses Schiffes!« herrschte Fawkes den Mann im Dunkeln an.

»Was für eine Ehre: Kapitän Fawkes persönlich. Ich hatte schon Angst, ich hätte Ihre Spur verloren. Sie waren nicht auf der Brücke, wo Sie sich sonst immer aufhalten.«

»Wer sind Sie?« donnerte Fawkes.

»Mein Name ist Emma. Nicht sehr männlich, gebe ich zu. Aber der Name erfüllt seinen Zweck.«

»Schluß mit dem Unsinn! Lassen Sie uns jetzt durch!«

Fawkes machte einen Schritt nach vorn, als ihm eine Kugel aus der schallgedämpften Hocker-Rodine um die Ohren pfiff. Wie angenagelt blieb er stehen. »Was wollen Sie von uns?«

»Endlich einmal ein Gesprächspartner, der ohne Umschweife zur Sache kommt«, sagte die unbekannte Stimme spöttisch. Eine unheilvolle Pause folgte. »Kapitän Fawkes, ich habe Auftrag, Sie zu töten.«

Im Sichtschatten der massigen Gestalt von Fawkes war Pitt während des Wortwechsels unbemerkt zur Seite geglitten. Leise, mit der Behendigkeit eines Raubtieres, stieg er die Stufen einer Stahlleiter hinauf, die an der Wand des Korridors zur Luke hochführte.

»Auftrag, mich zu töten?« sagte Fawkes. »Von wem?«

»Mein Auftraggeber legt Wert darauf, nicht genannt zu werden«, entgegnete die Stimme zynisch.

»Warum dann dieses Vorspiel? Warum schießen Sie nicht, damit die Sache ein Ende hat?«

»Den Zeitpunkt für Ihren Tod bestimme *ich*, Kapitän Fawkes. Ich denke, Sie sollten vorher noch wissen, daß man Sie betrogen hat.«

»Betrogen?« fragte Fawkes. »Sie sprechen in Rätseln.«

Sein in langen Jahren einer Katz- und Maus-Existenz geschärfter Instinkt sagte dem Agenten Emma, daß ihm aus irgendeiner Richtung, aus irgendeinem Grunde Gefahr drohte. Aufmerksam betrachtete er den Mann zu seinen Füßen, ohne seine Fragen zu beantworten, und lauschte ins Dunkel hinein.

»Und was geschieht mit dem Mann, der hinter mir steht?«

fragte Fawkes. »Er hat mit der ganzen Sache nichts zu tun. Sie haben kein Recht, einen Unschuldigen zu ermorden.«

»Ihr Begleiter interessiert mich nicht«, sagte Emma. »Ich werde dafür bezahlt, *Sie* zu töten. Nur Sie, Kapitän Fawkes.«

Millimeter um Millimeter schob Pitt seinen Kopf höher, bis er über die Kante der Luke hinwegsehen konnte. Die Umrisse des Agenten waren aus dieser Perspektive nur ungenau zu erkennen. Die Schuhe, deren Spitzen in Augenhöhe von Pitt standen, wurden vom Licht des Korridors her beleuchtet, aber das Gesicht des Unbekannten verschwamm im Dunkel. Die Silhouette eines ausgestreckten Armes und das Schimmern einer Waffe schienen sich gegen den dunklen Hintergrund abzuheben.

Es gab keine Zeit mehr zu verlieren! Pitt war sicher, daß Emma sein wehrloses Opfer mitten in der Unterhaltung niederstrecken würde – in einem Moment, wo die Aufmerksamkeit des anderen sich auf den Gegenstand des Gesprächs konzentrierte. Ein alter, aber wirksamer Trick. Mit einer raschen Bewegung ergriff er Emmas Füße und zog sie mit der ganzen Wucht seines von der Leiter abschnellenden Körpers nach vorn.

Wie in Zeitlupe spürte er, wie ein Schuß seine Schläfe streifte. Ein seltsames Gefühl, so als sei in diesem Bruchteil der Sekunde jede Verantwortung für sich und andere von ihm fortgenommen, durchströmte ihn. Dann hatte er das Gefühl ins Endlose zu fallen. Er fiel, bis ihn ein gnädiger Abgrund dunkler Zeitlosigkeit in sich aufnahm.

64

Beim Geräusch des Schusses war Fawkes an die Leiter gesprungen und wie ein Wilder nach oben gestürmt. Er stieß auf Emma, der soeben zu einem zweiten Schuß angesetzt hatte. Fawkes schlug ihm die Waffe weg, als handele es sich um ein Kinderspielzeug. Emma reagierte, indem er die Faust mit aller Kraft in Fawkes Weichteilen landete.

Der Kapitän brüllte vor Schmerz wie ein zu Tode getroffener Bär, dann landete er beide Fäuste mit aller Kraft in Emmas Gesicht.

Er spürte, wie sich der Nasenknorpel verformte und wie die Knöchel seiner Finger in blutiges Gewebe tauchten. Mit einem Satz zurück machte sich Emma von dem anstürmenden Koloß frei. Eine knappe Sekunde später spürte Fawkes, wie ihm Emma die Spitze seines Schuhes in die Magengrube landete. Er knickte vornüber und fiel über den Agenten, der jetzt seine Weichteile in den Griff bekommen hatte und mit der Kraft eines Schraubstockes zusammenquetschte. Er bekam Emmas Kopf zu fassen und begann ihn mit aller Kraft, die ihm blieb, auf den eisernen Boden zu schlagen. Er wiederholte die Bewegung so lange, bis sich der Druck von Emmas Händen löste. Der Schädel von Fawkes Gegner war zu einer blutigen Masse geworden. Fawkes rollte sich zur Seite, und massierte, vor Schmerz stöhnend, seine Leistengegend. Unsicher stand er auf, nahm die beiden reglosen Gestalten, die neben ihm lagen, und schleppte sie zu dem dämmrigen Lichtflecken, der von einem entfernten Bullauge einfiel. Pitts Verletzung – so stellte er fest – war nur ein Streifschuß, der offensichtlich einen Schock und Bewußtlosigkeit ausgelöst hatte. Eine Narbe würde bleiben. Vermutlich hatte Pitt auch eine Gehirnerschütterung erlitten, deren Folgen nach einigen Tagen der Ruhe schwinden würden.

Als nächstes inspizierte Fawkes die Überreste des Agenten Emma. Die Haut über dem völlig entstellten Gesicht war blau geworden. Fawkes durchsuchte die Taschen des Toten und fand nur ein Ersatzmagazin für die Hocker-Rodine Pistole. Unter einem dicken Wollpullover trug der Tote eine aufblasbare Schwimmweste.

»Die wirst du nicht mehr brauchen«, murmelte Fawkes grimmig. Er streifte dem Toten die Rettungsweste ab und legte sie dem immer noch bewußtlosen Pitt um. Dann griff er in seine Tasche, holte ein kleines Logbuch heraus und machte darin einige Eintragungen mit einem Bleistift. Er entleerte seinen Tabakbeutel, steckte das Logbuch hinein und verstaute den Beutel unter Pitts Hemd. Dann zog er an dem Öffnungsventil für die CO^2-Flasche. Zischend füllte sich die Schwimmweste. Angeekelt ergriff Fawkes Emmas blutigen Leichnam und zerrte ihn am Pullover bis zu einer Seitenluke, die sich an der Außenwand des Schiffes auf den Fluß hinaus öffnete. Das Gewicht des Toten war so groß, daß der Pullover, an dem Fawkes zog, nachgab. Das Kleidungsstück rutschte über den blutigen Kopf. Eine Nylonbinde, die fest um den nackten Oberkörper des Toten gebunden war, erregte Fawkes Aufmerksamkeit. Neugierig löste er den Knoten. Die Binde glitt zur Seite, zwei weibliche Brüste wurden sichtbar.

Fawkes stand da, als ob ihn der Blitz getroffen hätte.

Der Agent Emma war eine Frau gewesen.

Dale Jarvis deutete auf das Fernsehbild an der Stirnseite der unterirdischen Kommandozentrale. »Da! Eine Luke wird geöffnet!«

»Was mag das bedeuten?« fragte der Präsident.

»Möglicherweise ein Fluchtversuch der Mannschaft«, sagte Kemper. Er wandte sich an General Higgins. »Verständigen Sie unsere Truppen! Die Mannschaft der ›Iowa‹ darf nicht entkommen!«

»Geht in Ordnung«, sagte Higgins. »Wenn sie fliehen, werden sie keine zehn Schritte vom Ufer wegkommen.«

Gebannt betrachteten sie den Fernsehschirm, wo jetzt an der Luke die Gestalt eines kräftigen großen Mannes sichtbar wurde. Etwas, das wie ein Körper aussah, wurde in den Fluß hinabgeworfen. Der Körper tauchte ins Wasser und verschwand. Wenig später kehrte der Hüne, der sich an der Luke gezeigt hatte, zurück. Diesmal ließ er einen Körper, den er an ein Seil gebunden hatte, vorsichtig zum Fluß hinunter. Dann ließ er das Seil los, so daß der Körper mit der Strömung davongetrieben wurde. Wenige Sekunden später schloß sich die Luke.

Kemper wandte sich zu einem Adjutanten um, der hinter ihm stand. »Verständigen Sie per Funk die Küstenwache, damit der Körper, der dort flußabwärts treibt, geborgen wird.«

»Was war denn das für eine Sondereinlage?« fragte der Präsident, der das kurze Geschehen mit verständnislosem Blick verfolgt hatte.

»Ich fürchte«, sagte Kemper ruhig, »das werden wir nie erfahren.«

Nach einer beklemmenden Odyssee durch die dunklen Eingeweide der ›Iowa‹ hatte Hiram Lusana endlich einen Ausgang gefunden. Er stolperte ans Licht. Eisige Kälte umfing ihn. Immer noch hielt er den Sack mit den kleinen ST-Splitterbomben in den Händen. Wie er mit einem kurzen Blick feststellte, befand er sich auf dem hinteren Teil des Schiffes. Das Geräusch einzelner Schüsse war zu hören. Er zwang sich, seine Angst zu überwinden und sich auf die Aufgabe zu konzentrieren, zu der er sich verpflichtet hatte. Die ST-Splitterbomben mußten vernichtet werden. Mit raschen

Schritten ging er auf die Reling zu. Er war nur noch wenige Meter von dem Stahlgeländer des Schiffes entfernt, als ein Marinesoldat, der einen schwarzen Schwimmanzug trug, seine Pistole auf ihn richtete.

Kapitän Leutnant Fergus dachte nicht mehr an den beißenden Schmerz in seinem Bein. Er zitterte vor Wut und Haß. Haß gegen die Männer, die seine Leute erschossen hatten. Es interessierte ihn nicht, daß der Mann, der vor ihm stand, keine Uniform, sondern einen grauen Geschäftsanzug trug. Es war ihm auch egal, daß der Fremde unbewaffnet war. Fergus sah in dem Schwarzen, der jetzt in Reichweite seiner Pistole war, nur einen jener Unbekannten, die für den sinnlosen Tod seiner Soldaten verantwortlich waren.

Lusana war stehengeblieben und starrte Fergus an. Noch nie hatte er einen Anblick von soviel Haß erlebt. Die Entfernung zwischen den beiden Männern betrug nur vier Meter.

Es war ein stilles Einverständnis, daß kein Wort gewechselt wurde. Die Zeit schien angehalten.

Hiram Lusana fühlte, daß dieser Augenblick das Ende seiner bewegten Laufbahn sein würde. Es war ihm klar geworden, daß er, der Amerikaner, nie ganz als Führer jener afrikanischen Schwarzen anerkannt werden würde, für deren Befreiung er kämpfte. Der Weg, die einzige Straße, die er jetzt gehen konnte, lag klar vor ihm. Er war entschlossen, für die Sache der Schwarzen als Märtyrer zu sterben.

Im vollen Bewußtsein, daß jeder Schritt weiter seinen Tod bedeuten würde, ging er auf die Reling zu. Fergus betätigte den Auslöser seiner automatischen Waffe. Von drei Kugeln getroffen zuckte Lusana zusammen. Er hatte das Gefühl, als ob ihm eine unbekannte Kraft die Luft aus den Lungen preßte. Trotz des unvorstellbaren Schmerzes torkelte er weiter.

Fergus schoß erneut.

Lusana sackte in die Knie. Mit einem Gemisch von Haß und Bewunderung sah Fergus zu, wie sein Gegner trotz etwa zwölf Kugeln, die in seinem Körper stecken mußten, weiter auf die Reling zukroch. Was beseelte diesen Mann, im Angesicht des Todes seinen Gang an den Rand des Oberdecks, kriechend und von Schmerzen gepeinigt, zu Ende zu führen?

Mit der Entschlossenheit eines Mannes, der Zeit seines Lebens nie hatte aufgeben wollen, robbte Lusana weiter auf die Reling zu.

Wie eine Reliquie hielt er den Sack mit den ST-Splitterbomben an sich gepreßt. Eine Blutspur bezeichnete den Weg, den er zurücklegte. Nur noch einen Meter! Trotz der Dunkelheit, die seine Sinne zu umfangen begann, zwang sich Lusana zu der letzten Anstrengung, die – das wußte er – so viele Menschen vor dem Tode retten würde. Er warf den Sack über Bord.

Dann schoß das Blut in Strömen aus seinen Mundwinkeln. Er brach zusammen und spürte, wie er in die unermeßliche Tiefe einer gnädigen Unendlichkeit wegglitt.

Im Innern des Geschützturms roch es nach Blut, Schweiß und Öl. Die meisten Mitglieder der Mannschaft hatten einen Schock erlitten. Andere lagen, in verrenkten Stellungen, leblos am Boden. Das Blut rann aus ihren Mündern. Ein Schlachthaus! dachte Fawkes. Und ich bin der Schlächter – nicht besser als jene, die meine Familie abgeschlachtet haben. Er blickte in den Fahrstuhlschacht hinunter, der zum Waffenmagazin führte. Ein erstickender Geruch von verbranntem Pulver, der aus dem Inneren des Schiffes zu kommen schien, drang nach oben. Fawkes sah um sich. Wer hier blieb – so wurde ihm klar – erstickte. Die wenigen Männer, die die furchtbare Erschütterung vom Aufprall der Devil-Geschosse überlebt hatten, würden nun an dem Sauerstoffmangel, der im Geschützturm herrschte, sterben.

»Macht die Luke auf!« befahl er. »Wir brauchen hier dringend frische Luft!«

»Die Luke ist verklemmt, Käptn«, sagte einer der Männer. »Bewegt sich keinen Millimeter.«

»Die Ventilatoren! Warum arbeiten die Ventilatoren nicht?«

»Kurzschluß«, sagte ein anderer von der Mannschaft röchelnd.

Mußten denn alle diese Männer sterben, ging es Fawkes durch den Kopf. War er zum Totengräber dieser unschuldigen Schwarzen bestellt?

An den Körpern der Erstickenden und Toten vorbei, arbeitete er sich bis zu der Luke durch, die das Innere des stickigen Geschützturms von der frischen Luft und Außenwelt trennte. Prüfend betrachtete er die verbogene Stahlplatte, die mit ihrer Dicke von zwanzig Zentimetern der Sargdeckel für die Mannschaft der »Iowa« zu werden drohte.

Hinter Fawkes war ein Räuspern zu hören. Er drehte sich um. Shaba stand vor ihm.

»Ich dachte, Sie könnten vielleicht dieses Werkzeug gebrauchen, Sir.« Er gab Fawkes eine etwa 1,20 m lange und sechs Zentimeter dicke Eisenstange.

Fawkes verlor keine Zeit mit Dankesbezeugungen. Er zwängte

die Stange in die Ritze, die sich an der verbogenen Luke des Geschützturms auftat und versuchte, die Tür nach außen wegzusprengen.

Er war nicht erstaunt, als er merkte, daß die verklemmte Stahlplatte keinen Millimeter nachgab.

Ein weiteres Mal setzte er an. Er drückte so stark, daß die Adern an seinen Schlägen zu zerspringen drohten. Fasziniert sah ihm Shaba zu. Noch nie hatte er eine solche Demonstration von Kraft und Willen gesehen. Schweißtropfen fielen von Fawkes Stirn, seine Nackenmuskeln zitterten vor Anstrengung. Langsam, unendlich langsam, öffnete sich die Luke.

Ein schmaler Lichtspalt wurde sichtbar. Ein Zentimeter, drei, fünf – mit einem lauten Krachen brach die Stahltür aus der Halterung und fiel dröhnend hinunter auf das Eisendeck.

Frische Luft drang in den Turm, der Rauch und Qualm wurde nach draußen gesogen. Fawkes wischte sich den Schweiß von der Stirn. Er verspürte ein seltsames Fieber, das er nie zuvor in seinem Leben kennengelernt hatte. Sein Herz schlug ihm bis zum Halse. »Die Geschütze entladen!« befahl er.

Shaba machte ein ratloses Gesicht. »Die hydraulische Hebevorrichtung geht nicht mehr.«

»Dann entladet die Geschütze mit der Hand!« donnerte Fawkes.

Shaba antwortete nicht. Er hatte keine Zeit mehr dazu. Der Lauf eines Gewehrs war in der aufgebrochenen Luke erschienen, und ein Kugelhagel hatte dem Leben des jungen Schwarzen ein Ende gesetzt.

In hilfloser Wut sah Fawkes ihn sterben. Er ergriff den Gewehrlauf, der noch heiß von den abgegebenen Schüssen war, und zog den Soldaten, der das Gewehr hielt, mit einem mächtigen Ruck durch die offene Luke in den Geschützturm hinein. Der Schütze hatte den Finger noch am Abzug. Der Lauf war jetzt auf Fawkes gerichtet...

Eine namenlose Angst befiel den Schotten. Nicht die Angst vor dem Tod, der ihm jetzt sicher schien. Es war die Angst, von dieser Welt ausgelöscht zu werden, bevor er die letzte Giftgranate entschärfen konnte, die im Schlund eines der drei Schiffsgeschütze ruhen mußte.

»Geschütze... Giftgas...« stammelte er, den Blick auf seinen Angreifer gerichtet. Schreckensbleich sah Daniel Obasi, der junge Schwarze im Geschützturm zu, wie sich der Finger des Soldaten um den Abzug des Gewehrs krampfte. Er versuchte zu schreien, um den Mann im schwarzen Schwimmanzug abzulenken, aber seine Kehle war trocken. Nur ein Wispern entrang sich seinen Lippen. In namenloser Verzweiflung tat Daniel Obasi dann das einzige, was – so hoffte er – seinem Kapitän jetzt noch das Leben retten konnte. Er umklammerte die Abschußmechanik der Schiffsgeschütze und drückte auf den roten Knopf mit der Aufschrift »Feuer«.

65

Das Undenkbare war geschehen. Die drei mächtigen Granaten, die in den Geschützrohren der ›Iowa‹ gelauert hatten, waren gezündet worden. Während zwei der Projektile zischend den Lauf verließen, blieb das dritte stecken. Die Devil-Fernlenkgeschosse hatten das Rohr unbrauchbar gemacht. Es barst. Im Bruchteil einer Sekunde war der Geschützturm in ein Flammenmeer gehüllt, das ins Munitionsdepot hinabzuckte und die tonnenschweren Pulvervorräte entzündete.

Der Rest war ein flammendes Inferno. Die »Iowa« hatte aufgehört zu existieren.

Patrick Fawkes wurde von der Macht der Explosion durch die offene Luke des Geschützturms aufs Deck geschleudert. In einer letzten Sekunde der Erkenntnis dachte er an die Schuld, die er auf sich geladen hatte. Er dachte an Myrna und daran, ob sie ihm verzeihen würde. Dann riß der Film. Aus Patrick Fawkes war eine seelenlose Masse von Blut, zerquetschten Knochen und Gewebe geworden.

Die Granate des zweiten Geschützes hatte den Zenit ihrer Flugbahn erreicht und tauchte nun in eine sanfte Abwärtskurve ein. In raschem Flug näherte sie sich dem Nationalarchiv Washingtons, durchschlug – ohne zu detonieren – das Dach und bohrte sich in einer Entfernung von drei Metern vom gläsernen Schrein der Unabhängigkeitserklärung mit der halben Länge ihres mächtigen Schaftes in den steinernen Fußboden.

Die Granate Nummer zwei war ein Blindgänger.

Nicht so das dritte Geschoß, in dem die Sprengladung der ST-Giftbakterien transportiert wurde. Wie vom Schöpfer dieses stählernen Todesengels vorgesehen, hatte der Radar-Höhenmesser die Meßwerte an die eingebaute Lenkmechanik zu übermitteln begonnen. In einer Höhe von fünfhundert Metern wurde der Fallschirm aufgesprengt.

Als riesiger orangefarbener Ball stand er gegen den blauen Himmel. Wie durch ein Wunder hatte das mehr als dreißig Jahre alte Textilmaterial der plötzlichen Beanspruchung beim Bremsvorgang standgehalten.

In der unterirdischen Kommandozentrale saßen der Präsident und sein Krisenstab fassungslos in ihren Sesseln und verfolgten den unaufhaltsamen Flug des Projektils, das jetzt am Fallschirm auf sein Ziel zuschwebte. Wie einst die Fahrgäste der »Titanic«, die den Untergang ihres Schiffes einfach nicht glauben wollten, klammerten sich der Präsident und seine Berater wider besseres Wissen an die wahnwitzige Hoffnung, daß es im letzten Augenblick doch noch anders kommen möge. Erst als der Schirm mit seiner verderblichen Fracht tiefer und tiefer auf die Straßenzüge der Hauptstadt niederpendelte, erfaßten sie, daß das Unheil nun nicht mehr aufzuhalten war.

Die Spannung am Konferenztisch war unerträglich geworden. Jarvis wandte sich von dem Satellitenbild, das den Flug der tödlichen Mikroben auf den Fernsehschirm übermittelte, ab. Er konnte nicht mehr hinsehen. Verzweifelt barg er den Kopf zwischen den Händen. »Es ist vorbei«, stammelte er. »Es ist alles vorbei!«

»Kann man nicht doch noch irgend etwas tun, um die Granate aufzuhalten?« fragte der Präsident, der mit vor Nervosität und Müdigkeit flackerndem Blick das Bild auf der Leinwand verfolgte.

General Higgins zuckte die Schultern, ein geschlagener Mann. »Man kann die Granate abschießen«, sagte er leise. »Dann werden die Giftbakterien über die ganze Hauptstadt verstreut. Es gibt dann die zehnfache Zahl von Opfern...«

Jarvis betrachtete den Präsidenten, in dessen Augen sich in dieser Sekunde der Wahrheit die Erkenntnis der Niederlage spiegelte. Das Unmögliche konnte nicht passieren und durfte nicht passieren! Und trotzdem fand es statt, mitten vor ihren Augen. Nur noch ein paar Sekunden konnte des dauern, bis sich ein schrecklicher Tod über Hunderttausende unschuldiger Menschen niedersenkte.

Der Krisenstab war so in die Beobachtung der makabren Szene vertieft, daß keiner der Militärs und Politiker den Schatten bemerkte, der sich dem orangenen Fallschirm und seiner teuflischen

Last näherte. Admiral Kemper war der erste, der auf den Hubschrauber aufmerksam wurde. Er sprang von seinem Stuhl auf und starrte auf die Leinwand, als wolle er sie mit seinen Augen durchbohren. Dann sahen auch die anderen um den Tisch das Gebilde, das jetzt auf unmittelbare Nähe an die orangene Kugel heranschwebte.

»Um Gottes willen, was ist das?« rief General Higgins aus.

»Das ist der gleiche Kerl, der auf der ›Iowa‹ alles durcheinandergebracht hat«, sagte Kemper.

»Dieses Mal hat er die Rechnung ohne uns gemacht!« sagte Higgins. »Ich puste ihn vom Himmel!« Er griff nach dem Telefonhörer. Der Hubschrauber war inzwischen eine Wende geflogen, die Aufschrift auf seinem Rumpf wurde lesbar.

»NUMA«, entzifferte Kemper. »Was da fliegt, ist ein Hubschrauber von der Nationalen Unterwasser- und Marine-Arbeitsgemeinschaft.«

Jarvis nahm die Hände von den Augen, als ob er von einem todgleichen Schlaf aufgewacht wäre. »Sagten Sie NUMA?«

»Sehen Sie selbst, Jarvis«, sagte Kemper und deutete auf die Leinwand. Jarvis starrte auf das Bild, das sich ihm bot, als ob er es nicht glauben könnte. Wie jemand, der den Verstand verloren hat, sprang er plötzlich von seinem Stuhl auf und hechtete zu General Higgins hinüber, dem er den Telefonhörer aus der Hand schlug.

»Nein!« schrie er. »Sie dürfen den Hubschrauber nicht abschießen. Der Pilot weiß, was er tut!«

Dirk Pitt – so vermutete Jarvis – war der Mann, der die Regie in dem Drama übernommen hatte, das sich über der amerikanischen Hauptstadt abspielte. Ein Hubschrauber der NUMA und Dirk Pitt! Gebannt beobachtete Jarvis, wie die Lücke zwischen dem Hubschrauber und dem langsam sinkenden Fallschirm immer enger wurde. Inmitten der apokalyptischen Düsternis, die über sie gekommen war, hatte ein Hoffnungsschimmer zu leuchten begonnen.

Der Hubschrauber fuhr auf den orangeleuchtenden Fallschirm zu, wie ein Stier auf das Tuch des Matadors. Es war ein knappes Rennen gewesen. Die Flugbahnberechnung, die Steiger und Sandecker für das ST-Geschoß angestellt hatten, war falsch gewesen.

Zu ihrem Entsetzen hatte sich der Schirm fünfhundert Meter östlich von der berechneten Position entfaltet. Wertvolle Zeit war verloren worden, die Steiger nur durch ein gewagtes Flugmanöver, das den Hubschrauber bis an die Grenzen seiner Leistungsfähigkeit beanspruchte, wieder aufholte. Dann erst waren Steiger und Sandecker in der strategischen Ausgangsposition, um den Plan, den Pitt einige Stunden vorher entworfen hatte, in die Tat umzusetzen.

»Achtzehn Sekunden bis zur Detonation«, rief Sandecker, den Blick auf seine Uhr gerichtet.

»Dann haben wir keine Zeit mehr, das Ding mit Haken und Winde aufzufischen«, entgegnete Steiger. Er sprach in ein Kehlkopfmikrofon. »Wir haben nur eine Chance! Wir müssen den Fallschirm auf die Hörner nehmen!«

»Und wenn sich der Schirm in den Rotorblättern verwickelt?«

»Das Risiko müssen wir eingehen. Es ist die einzige Möglichkeit«, sagte Steiger.

Sandecker widersprach ihm nicht. Angestrengt sah er auf seine Uhr, um dem Piloten die Sekunden anzusagen, die ihnen noch für die Durchführung der Operation verblieben.

»Sechs Sekunden!«

Sie flogen jetzt unmittelbar neben dem langsam hinabschwebenden Sprengkörper her. Die Granate war mit glänzender blauer Farbe bemalt. Abrupt verminderte Steiger die Geschwindigkeit des Hubschraubers. Von dem plötzlichen Stopp wurden die beiden Männer in ihren Gurten hin und her geschüttelt.

Gespannt beobachtete Steiger, wie der Schatten des über ihnen dahintreibenden Fallschirms sich über die Plexiglaskuppel des Hubschraubers senkte. Drei der Fallschirmleinen verfingen sich im Rotorschaft.

»Noch zwei Sekunden!« brachte Sandecker zwischen den Zähnen hervor.

»Wir haben sie!« rief Steiger.

Vom Gewicht der schweren Granate wurde der Hubschrauber in einer gefährlichen Kurve nach unten gezogen. Steiger balancierte ihn aus. Dann stellte er die beiden Maschinen auf volle Kraft. Sie mußten jetzt sehr schnell wieder Höhe gewinnen.

Die mächtigen Motoren heulten auf. Sandecker beobachtete, wie die Hände des Piloten über die Armaturentafel tanzten. Er hatte zu zählen aufgehört. Die Zeit war verstrichen, jeden Augenblick mußte die Giftladung, die sie ins Schlepptau genommen hatten, explodieren. Sandecker betrachtete den Höhenmesser, der bei der Makierung von dreihundertundfünfzig Metern hin und her pendelte. Er beugte sich zum Fenster hinaus, um die Explosion zu betrachten, die nun unabwendbar war.

Trotz der Rotoren, die mit voller Kraft durch die Luft peitschten, schien der Hubschrauber nicht an Höhe zu gewinnen. Wie ein Fesselballon hing er in der Höhe, auf Gedeih und Verderb mit dem Fallschirm und dem verhängnisvollen Projektil verflochten. Die Sekunden vergingen – Sekunden, die Sandecker wie Jahre erschienen. Schweigend arbeitete Steiger an den Navigationsinstrumenten. Der Admiral konnte nur dasitzen und zusehen. Es war das erste Mal in seinem Leben, daß er sich vollständig nutzlos vorkam.

»Steig hoch, mein lieber, verdammter Vogel!« sagte Steiger.

Wie hypnotisiert starrte Sandecker auf den Höhenmesser an der Instrumententafel. Begann die Nadel nicht über die dreihunderfünfzig Metermarke auszuschlagen? Oder war das nur Wunschdenken? Spielten ihm seine überreizten Nerven einen Streich? Mit quälender Langsamkeit hob sich der Zeiger über die kritische Marke.

»Wir steigen!« meldete er dem Piloten neben sich. Seine Stimme zitterte.

Steiger antwortete nicht.

Immer höher brauste die Minerva jetzt in den wolkenlosen Himmel.

Sandecker barg seine Stirn in den Händen. Was war geschehen, daß der Sprengkopf beim Unterschreiten der kritischen Höhe nicht explodiert war?

66

Eine unbeschreibliche Erleichterung machte sich in der unterirdischen Kommandozentrale breit, als der Präsident und sein Krisenstab das rettende Manöver der Minerva beobachteten. Hätte man die Männer einzeln befragt, so hätte wohl jeder von ihnen bestätigt, daß er noch nie in seinem Leben einen so schönen Anblick gesehen hatte wie eben. Sogar General Higgins zeigte ein Grinsen, wie man es seit Jahren an dem mürrischen General nicht hatte beobachten können. Die Weltuntergangsstimmung, die auf den Männern gelastet hatte, war weggefegt worden – im gleichen Moment, als die Minerva die Todesgranate wieder in sichere Höhe hinaufzog.

Der Präsident hatte es sich in seiner Lieblingsstellung – das Bein über der Lehne – bequem gemacht und paffte eine Zigarre. Durch eine Wolke von Tabakrauch nickte er Jarvis zu.

»Sie scheinen hellseherische Fähigkeiten zu besitzen, Dale.«

»Nein, Herr Präsident. Aber ich habe Freunde, auf die ich mich verlassen kann«, sagte Jarvis stolz.

Admiral Kemper griff zum Telefon. »Setzen Sie mich mit dem NUMA-Hubschrauber in Verbindung!« sagte er in die Muschel.

»Die Gefahr ist noch nicht völlig gebannt«, sagte Higgins.

»Die Burschen da können nicht ewig oben bleiben. Und wenn sie runterkommen, stehen wir vor einem Problem.«

»Wir haben jetzt Funkkontakt«, sagte Kemper. »Ich lasse das Gespräch mit der Hubschrauberbesatzung über unsere Lautsprecher laufen.«

Den Blick unverwandt auf den Hubschrauber Minerva gerichtet, dessen Bild von Fernsehkameras in die Kommandozentrale übertragen wurde, begann Kemper in seinen Hörer zu sprechen. »Hier spricht Admiral Kemper vom Krisenstab des Präsidenten. NUMA-Helikopter, geben Sie Ihren Code an!«

Die Stimme, die Kemper antwortete, klang so klar, als ob sich der Sprecher im gleichen Raum befände.

»Jim Sandecker hier. Und ohne Code. Was gibt's?«

Der Präsident hatte sein Bein von der Lehne genommen und saß aufrecht. »Der Leiter der NUMA?« fragte er.

Kemper nickte. »Du weißt ganz genau, was es gibt«, schimpfte er in den Hörer.

»Ach ja, diese leidige Angelegenheit mit den ST-Bakterien. Wir haben da auf unsere eigene Rechnung eine kleine Aktion organisiert. Du weiß ja, Joe, was das ST für ein gefährliches Zeug ist. Oder?«

»Das weiß ich sehr genau«, fauchte Kemper.

»Du möchtest jetzt sicher wissen, was wir mit dem Höllenhund unter uns anfangen, oder?«

»Ja. Zufällig habe ich gerade darüber nachgedacht. Würde es dir etwas ausmachen, mich einzuweihen?«

»Sobald wir auf einer Höhe von sechszehnhundert Metern sind«, sagte Sandecker, »werden Steiger und ich aufs offene Meer rausfliegen und den Sprengkopf dort versenken.«

»Wieviel Treibstoff habt ihr denn?« fragte Kemper.

Es gab eine Pause, als Sandecker sich mit dem Piloten Steiger besprach. »Wir haben genug Treibstoff, um das Projektil neunhundert Kilometer östlich der Küste von Delaware abzuwerfen.«

»Hängt das Ding sicher am Seil?«

»Sicher wie in Abrahams Schoß. Es ist nur schade, daß wir einen reinen Instrumentenflug machen müssen und uns die schöne Landschaft nicht ansehen können.«

»Würdest du das bitte wiederholen?«

»Der Fallschirm hat sich quer über die Glaskanzel gelegt. Wir können nur ganz steil nach unten schauen.«

»Können wir euch irgendwie helfen?« fragte Kemper.

»Ja«, antwortete Sandecker. »Verständigt den militärischen und zivilen Flugverkehr, damit uns niemand in die Quere kommt.«

»Ist gemacht«, sagte Kemper.

»Ich schicke euch außerdem ein Rettungsschiff, daß euch nach dem Abwurf der Giftgranate aufnimmt.«

»Laß das, Joe. Das ist nett, daß du das anbietest. Aber die Männer vom Rettungsschiff würden ein unnötiges Risiko eingehen. Ohne irgendeine Aussicht auf Erfolg. Verstehst du?«

Kemper antwortete nicht sofort. Ein Ausdruck tiefer Sorge und Hoffnungslosigkeit legte sich auf sein Gesicht.

»Verstanden«, sagte er dann. »Ende!«

»Gibt es keine Möglichkeit, sie zu retten?« fragte Jarvis.

Kemper schüttelte den Kopf. »Admiral Sandecker und Oberst Steiger sind zum Tode verurteilt. Genauer gesagt: sie begehen Selbstmord. Wenn der Kraftstoff zu Ende geht und der Hubschrauber aufs Meer sinkt, sinkt auch die Giftgranate, die unten dran hängt. Sobald das Gespann eine Höhe von dreihundertfünfzig Metern unterschreitet, wird durch eine Automatik die Sprengladung für die ST-Giftbakterien ausgelöst. Das bedeutet den sicheren Tod für die Mannschaft im Hubschrauber.«

»Könnten sie nicht den Fallschirm und die Giftgranate in großer Höhe abschneiden und auf diese Weise entkommen, bevor die Sprengladung weiter unten, bei dreihundertfünfzig Meter Höhe, explodiert?« fragte Jarvis.

»Die Antwort auf Ihre Frage haben Sie, wenn Sie sich die Minerva auf dem Bildschirm hier ansehen«, sagte Higgins. »Der Fallschirm ist das Leichentuch dieser Maschine. Die Leinen des Schirms haben sich um den Schaft des Rotors gewickelt. Es gibt keine Möglichkeit, während des Fluges an den Rotorschaft heranzukommen. Selbst wenn einer von den beiden hinausklettert, um zu versuchen, die Leinen mit dem Messer durchzuschneiden – sie hängen zu hoch! Es ist hoffnungslos.«

»Könnten sie nicht abspringen, bevor der Hubschrauber auf die kritische Höhe sinkt?« schlug Jarvis vor.

General Sayre schüttelte den Kopf. »Im Unterschied zu Flugzeugen gibt es bei Hubschraubern keine automatischen Steuerungssysteme. Sie müssen von der ersten bis zur letzten Sekunde von Hand geflogen werden. Wenn die Mannschaft abspringt, stürzt die Maschine hinterher.«

»Gibt es wirklich nichts, was wir zu ihrer Rettung tun können?« Jarvis' Stimme klang verzweifelt.

Einige endlose Sekunden lang starrte der Präsident gedankenverloren auf die polierte Platte des Konferenztisches. Dann ergriff er das Wort. »Wir können nur hoffen, daß die Besatzung ihre schlimme Fracht möglichst weit aufs Meer hinausbringt, damit sie dort für alle Zeiten vernichtet wird!«

»Und wenn sie's schaffen?«

»Dann werden wir hilflos hier sitzen und zusehen, wie zwei tapfere Männer in den Freitod gehen.«

Das Wasser war eisig. So eisig, daß es Pitt wieder zu Bewußtsein brachte. Er sah um sich und stellte fest, daß er im schmutzigen Wasser des Potomac dahintrieb. Wenige Sekunden später spürte er, wie ein bohrender Schmerz in erfüllte. Vergeblich tastete er nach den Verletzungen, die er wegen der unförmigen Schwimmweste nicht erreichen konnte.

Das Motorengeräusch eines Bootes war zu hören. Das Geräusch kam näher, und dann war auch das Boot, eine Patrouille der Küstenwache zu sehen. Zwei Männer in Schwimmanzügen sprangen über Bord und legten Pitt einen Rettungsring um, der wenig später auf Handzeichen der beiden Schwimmer vom Boot hydraulisch eingeholt wurde.

Ein bißchen kühl zum Schwimmen«, begrüßte ihn ein Mann, der seinen Arm in der Schlinge trug. »Üben Sie für die Durchquerung des Ärmelkanals?«

Pitt schaute sich um und bemerkte das zersplitterte Glas der Windschutzscheibe und das zerschossene Holz auf der Brücke des Bootes. »Ihr Boot kommt vermutlich gerade von der Invasion der Normandie zurück«, frotzelte er.

Der Mann mit dem verletzten Arm grinste. »Wir waren auf dem Rückweg zum Hafen, als wir Order erhielten, Sie rauszufischen.

Ich bin Kiebel. Oscar Kiebel, Kapitän dieses jämmerlich zerschossenen Pottes.«

»Dirk Pitt. Ich bin von der NUMA.«

Kiebel musterte ihn neugierig. »Was hatten Sie auf der ›Iowa‹ zu suchen?«

Pitt ging an die Reling, lehnte sich mit dem Rücken dagegen und sah angelegentlich zu der abgebrochenen Radarantenne des Patrouillenbootes hinauf. »Ich glaube, ich schulde Ihnen eine neue Antenne.«

»*Sie* waren das?« Kiebel hatte große Augen bekommen.

»Ich weiß, es war Unfallflucht«, sagte Pitt mit gespieltem Ernst. »Aber ich hatte wirklich keine Zeit, Ihnen meine Personalien anzugeben.«

Kiebel machte eine Kopfbewegung zur Kajüte. »Kommen Sie rein, damit wir Sie ärztlich versorgen können. Sie haben da eine Schramme abbekommen.«

Bevor sie hinunter gingen, musterte Pitt den Fluß. Er suchte die »Iowa«. Aber wo das Kriegsschiff gelegen hatte, war nur noch eine riesige Rauchwolke zu sehen.

»Ist das die ›Iowa‹?« fragte er.

»Ja. Das Schiff ist in einer filmreifen Explosion in die Luft geflogen.«

Kiebel legte seinen gesunden Arm um Pitt, geleitete ihn in die Kajüte und bedeutete seinen Männern, eine Decke für den Verwundeten zu bringen. Dann ging er und besorgte Pitt eine dampfende Tasse Kaffee. »Es gibt leider nichts zu trinken an Bord. Keinen Alkohol, meine ich. Sie kennen ja die Bestimmungen.« Er wandte sich an einen vorbeigehenden Offizier. »Was gibt es Neues von dem Hubschrauber?«

»Der Hubschrauber ist jetzt über der Chesapeake Bay, Sir.«

Pitt sah auf. »Was für einen Hubschrauber meinen Sie?«

»Na, einen von Ihnen, einen von der NUMA«, sagte Kiebel. »Eine ganz verrückte Sache das. Die ›Iowa‹ hatte eine Granate nach Washington reingeschossen, die an einem Fallschirm runterkam. Da kam doch tatsächlich ein Typ von der NUMA und spießte das Ding im Fallen auf. Jetzt fliegt er damit aufs Meer hinaus.«

»Das ist ja wunderbar!« schrie Pitt. »Kann ich Ihre Funkanlage benutzen?«

Kiebel zögerte. Er sah in Pitts Blick, wie wichtig für diesen Mann die Erfüllung seiner Bitte war. »Der Gebrauch militärischen Geräts durch Zivilisten ist strengstens ...«

Pitt hatte eine Hand erhoben und stoppte die offizielle Litanei des Kapitäns. Er spürte, wie das Gefühl in seinen Armen und Beinen wiederkam. Auch die unterkühlte Haut am Rücken und auf dem Bauch begann zu kribbeln. Es war in diesem Augenblick, als er den nassen Beutel bemerkte, den ihm ein Unbekannter mit Bindfaden um den Bauch gebunden hatte. Pitt erinnerte sich nicht, diesen Beutel in seinem Leben schon einmal gesehen zu haben.

Die Atlantikküste war noch neunzig Kilometer weit entfernt, als der Temperaturanzeiger des Hubschraubers in den roten Bereich hineinpendelte. Steiger fluchte. Das letzte, was er jetzt gebrauchen konnte, war ein Turbinenschaden, wie er durch Überhitzung der bewegten Teile entstehen konnte. Das optische Signal am Funkgerät begann zu blinken, so daß der Admiral auf den Knopf drückte, der die Übertragung freigab. »Hier spricht Sandecker, was gibt's?«

»Ich warte immer noch auf das Rührei, das Sie mir zum Frühstück versprochen haben«, sagte die Stimme im Kopfhörer.

»Dirk Pitt!« schrie Sandecker. »Haben Sie es unverletzt überstanden?«

»Ich lebe noch. Aber ein paar blaue Stellen habe ich schon abbekommen.«

»Was ist mit der zweiten Giftgranate, die an Bord war?« fragte Steiger gespannt.

»Unschädlich gemacht«, sagte Pitt kurz. Dann informierte ihn Sandecker über die verzweifelte Situation, in die sie durch den Fallschirm gekommen waren, dessen Leinen sich um den Rotorschaft geschlungen hatten. Als der Admiral fertig war, fragte Pitt: »Wie lange können Sie in der Luft bleiben?«

»Der Treibstoff reicht noch für zwei bis zweieinhalb Stunden«, antwortete Sandecker. »Im Augenblick habe ich allerdings ein ganz anderes Problem. Die Maschinen werden heiß.«

»Könnte daran liegen, daß der Stoff des Fallschirms die Ansaugstutzen für die Luft verstopft.«

»So weit, so gut. Hätten Sie auch eine Idee, wie wir das abstellen könnten?«

»Halten Sie die Ohren steif«, antwortete Pitt. »Ich melde mich über Funk in spätestens zwei Stunden. In der Zwischenzeit sollten Sie den Vogel von allem unnötigen Gewicht befreien! Sitze und Werkzeug, alles was Sie nur irgendwie entbehren können, muß raus. Versuchen Sie unbedingt, in der Luft zu bleiben, bis ich mich wieder melde. Ende!«

Pitt schaltete das Funkgerät ab und wandte sich zu Kapitänleutnant Kiebel. »Ich muß so schnell wie möglich an Land!«

»Wir erreichen den Hafen in zehn Minuten.«

»Würden Sie dafür sorgen, daß ein Hubschrauber mich am Hafen erwartet?« sagte Pitt.

»Ich weiß wirklich nicht so recht, wie Sie in meinen Eimer kommen!« wandte Kiebel ein. »Normalerweise müßte ich Sie in Arrest nehmen!

»Ich habe jetzt wirklich keine Zeit, Räuber und Gendarm zu spielen«, sagte Pitt. »Muß man hier alles selbst machen?« Er beugte sich zu dem Bordfunker. »Verbinden Sie mich mit dem NUMA-Hauptquartier und mit der Stransky Instrument Company, in dieser Reihenfolge.«

»Ich muß sagen, daß Sie mit meinen Männern und der Ausrüstung ganz schön umspringen«, sagte Kiebel eingeschnappt. Pitt musterte ihn mit kühlem Lächeln. »Was muß ich tun, Kapitänleutnant Kiebel, damit Sie etwas hilfsbereiter zu mir sind?«

Kiebel sandte ihm einen langen prüfenden Blick zu. Dann erschien ein Grinsen in seinen Mundfalten. »*Bitte* sagen.«

Pitt stand nicht an, sich Kiebels Kommando zu beugen, und seine Anpassungsfähigkeit an die seemännischen Sitten und Gebräuche zahlten sich aus. Schon zwölf Minuten später saß er in einem Hubschrauber der Küstenwache, der ihn nach Washington flog.

67

Die zwei Stunden Wartezeit, die Pitt seinen beiden Gesprächspartnern in der Minerva auferlegt hatte, vergingen mit quälender Langsamkeit. Der Hubschrauber hatte die Küste des Bundesstaates Delaware bei Slaugther Beach passiert und befand sich nun in einer Entfernung von siebenhundertfünfzig Kilometern Luftlinie zur Küste über dem Atlantik. Das Wetter war ruhig, irgendwelche Begegnungen mit anderen Flugzeugen hatte es nicht gegeben.

Pitts Vorschlag entsprechend, hatte Sandecker alles entbehrliche Gewicht aus dem Hubschrauber entfernt. Was nicht niet- und nagelfest war, war hinausgeworfen worden.

»Gibt es irgendeine Nachricht von Pitt?« erkundigte sich Sandecker, der neben dem Piloten auf dem Boden kauerte. Auch sein eigener Sitz war der Ausräumaktion zur Gewichtsminderung zum Opfer gefallen.

Steiger verneinte Sandeckers Frage, indem er den Kopf schüttelte. Unverwandt sah er auf die Instrumente.

»Das Funkgerät schweigt wie ein Grab«, sagte er dann.

»Was kann Pitt in unserer Situation auch groß helfen? Er kann schließlich auch nicht zaubern.«

»Pitt hat schon oft etwas geschafft, wo andere vesagten.«

»Es sind jetzt zwei Stunden und acht Minuten her, daß wir Funkkontakt mit ihm hatten. Er hat uns abgeschrieben.«

Sandecker war zu erschöpft, um zu antworten. Er schloß die Augen und war dabei einzunicken, als er von einer lauten Stimme im Kopfhörer geweckt wurde.

»Haben wir euch wieder auf einem Spazierflug erwischt!«

»Das ist Giordino!« rief Steiger.

Sandecker stellte das Mikrofon des Funkgerätes an. »Von wo rufst du, Al?«

»Wir sind siebenhundertfünfzig Meter hinter euch. Sechzig Meter tiefer als ihr. Können euch in den Arsch sehen«.

Sandecker und Steiger blickten sich überrascht an.

»Sie müßten, soweit ich weiß, im Krankenhaus liegen, Giordino«, sagte Sandecker, in dem er sich – entgegen seinen Gefühlen – zu dienstlicher Strenge zwang.

»Pitt hat dafür gesorgt, daß ich Urlaub bekam.«

»Und wo *ist* Pitt?« verlangte Steiger zu wissen.

»Ich sitze neben Giordino. Am Steuer einer Catlin M-200. Wieviel Treibstoff habt Ihr noch?«

»Praktisch gar keinen mehr«, antwortete Steiger.

»Wenn wir Glück haben, sind wir noch achtzehn bis zwanzig Minuten in der Luft.«

»Hört mal zu! In einer Entfernung von hundert Meilen von hier fährt ein norwegisches Passagierschiff spazieren. Der Kapitän hat alle Passagiere vom Sonnendeck verbannt, damit Platz für Eure Landung ist. Neunzig Kilometer – das müßtet ihr doch schaffen.«

»Du bist ja verrückt!« sagte Steiger. »Passagierschiff, Sonnendeck – was erzählst du da für einen Unsinn. Du weißt doch genau, daß wir mit unserer hübschen Giftrakete unter dem Bauch nicht landen können.«

Pitt ließ sich nicht beirren. »Sobald wir die Granate abgeschnitten haben, fliegt Ihr zum Norweger. Ein großes weißes Schiff, Ihr könnt es gar nicht verfehlen...«

»Ich beneide Euch jetzt schon, wie Ihr von den weiblichen Passagieren verwöhnt werdet«, sagte Giordino. »Die Beine im Swimmingpool, in der linken Hand einen Drink, im rechten Arm eine kurvige nordische Blondine...«

»Swimmingpool und Blondinen!« echote Steiger wütend.

Kopfschüttelnd wandte er sich an Sandecker, der ihn fragend ansah. »Die sind beide völlig übergeschnappt.«

Pitt drehte sich zu Giordino, der neben ihm im Sessel des Kopiloten saß, und deutete auf den Gipsverband, den Giordino an einem Bein trug. »Bist du sicher, daß du trotz des Gipsverbands die Steuerung übernehmen kannst?«

»Es gibt eigentlich ganz wenig, was ich mit dem Gipsverband nicht kann«, sagte Giordino grinsend.

»Dann setz dich rüber und lenk den Vogel.«

Pitt überließ Giordino die Steuerung, löste seinen Gurt, stand auf und begab sich in den Frachtraum der Catlin. Die Frachtluke war geöffnet, ein eiskalter Wind wehte hinein. Nicht weit von der offenen Frachtluke kniete ein Mann. Er war blond, hatte nordische Gesichtszüge und war dabei ein rechteckiges schwarzes Gerät von den Ausmaßen einer Filmkamera auf ein schweres Stativ aufzubauen. Er fror erbärmlich. Dr. Paul Weir war es eben nicht gewöhnt, seine wissenschaftlichen Geräte im Frachtraum zugiger Flugzeuge aufzubauen.

»Wir sind jetzt in Position«, sagte Pitt.

»Ich bin auch gleich soweit«, antwortete Weir. Seine Lippen waren vor Kälte blau geworden.

»Irgendwie hatte ich erwartet, daß das Ding viel exotischer aussieht«, sagte Pitt.

»Laserstrahlengeräte sehen eben in Wirklichkeit ganz anders aus als in den Science-fiction-Filmen, Mr. Pitt.«

»Wird das Gerät auch wirklich stark genug sein?« Dr. Weir nickte. »Achtzehn Watt Strahlung und zwei Kilowatt Energieabgabe klingt nach wenig. Wenn das Ganze aber auf einen winzigen Strahl gebündelt wird, kann die Wirkung ganz erstaunlich sein.«

»Wie nah möchten Sie, daß wir an die Giftgranate heran fliegen?«

»Der Strahl öffnet sich leicht konisch nach vorne. Es ist deshalb wichtig, daß wir so nahe wie möglich an das Projektil herankommen. Fünfzehn bis achtzehn Meter wäre das Optimum.«

Pitt drückte auf den Bedienungsknopf seines Mikrophons.
»Al?«
»Ja, bitte?«
»Flieg auf fünfzehn Meter an die Giftgranate heran.«
»In dieser Entfernung werden wir ja von den Rotoren des Hubschraubers weggeweht.«
»Kann's nicht ändern.«
Weir betätigte den Hauptschalter des Lasergerätes.
»Kannst du mich hören, Abe?« fragte Pitt.
»Ich höre.«
»Die Idee ist, daß Giordino so nah wie möglich an euch ran kann, wir werden dann mit dem Laserstrahl die Fallschirmleinen durchtrennen, an denen die Giftgranate hängt.«
»Das wäre also der Geheimplan, den Sie für uns ausgeheckt haben«, sagte Sandecker.
»Genau, das ist der Plan, Admiral!« Pitts Stimme klang beiläufig, fast fröhlich.
»Es geht los! Bleiben Sie auf ihrem jetzigen Kurs. Und wenn Sie einen Daumen freihaben, dann sollten Sie ihn ganz fest drücken. Etwas Glück könnten wir jetzt nämlich ganz gut gebrauchen.«
Mit der Präzision eines Uhrmachers bediente Giordino die Kontrollen des Flugzeugs. Immer näher schob sich die Catlin an den vor ihr fliegenden Hubschrauber heran. Bald war der Luftdruck, den die Rotoren der Minerva auf die Tragflächen der Catlin ausübten, deutlich zu spüren. Das Flugzeug wurde von den empfangenen Turbulenzen auf und ab geschüttelt. Pitt war im Frachtraum der Maschine. Gespannt betrachtete er Dr. Weir, der über sein Lasergerät gebeugt war. Der Chefingenieur von Stransky Instruments zeigte keinerlei Spuren von Aufregung. Pitts Plan, mit einem Laserstrahl die Fallschirmseile von einer lebensgefährlichen Giftrakete abzusägen, schien ihm Vergnügen zu bereiten.
»Ich sehe keinen Strahl«, sagte Pitt. »Und hören kann ich auch nichts. Funktioniert das Ding überhaupt?«
»Es tut mir leid, daß ich Ihre ganzen Vorurteile über den Haufen stoßen muß«, antwortete Dr. Weir. »Aber der Argon-Laserstrahl ist unsichtbar, und das Gerät arbeitet völlig geräuschlos.«
»Wie können Sie mit dem dünnen Strahl so genau zielen?«
»Mit einem Zielfernrohr für dreißig Dollar.« Dr. Weir deutete auf ein Zielfernrohr, das auf die Mündung des Lasergerätes aufgeschraubt worden war. »Die Vorrichtung ist nicht unbedingt geeig-

net, um damit den Nobelpreis zu gewinnen. Aber um Ihren lästigen Fallschirm abzusägen, sollte es allemal genügen.«

Pitt legte sich auf den Bauch und schob sich so nahe an die offene Luke heran, daß er mit dem Kopf in die Tiefe sehen konnte. Der eiskalte Wind zurrte an seinem Kopfverband, so daß sich ein Teil der weißen Binde ablöste und zu flattern begann. Dann erblickte Pitt in unmittelbarer Nähe unter sich die Giftrakete, die sanft an den Fallschirmleinen hin und her schwankte. Er fand es schwierig, sich vorzustellen, daß in dem nur mannsgroßen Stahlmantel dort drüben ein Inferno von Tod, Krankheit und Zerstörung lauerte, eine geistige Spottgeburt verirrter Bakteriologen, die nur darauf wartete, die Welt ins Unglück zu stürzen.

»Näher!« rief Dr. Weir.« »Wir müssen noch mindestens zwei Meter näher heran!«

»Zwei Meter näher, Al«, gab Pitt an Giordino durch.

»Wenn wir jetzt noch ranfliegen, dann brauchen wir keinen Laser, dann hätten wir die Leinen auch mit Mutters Schere durchschneiden können«, murmelte Giordino. Er hatte Angst. Seine Augen brannten, und die Nervenenden in seinem eingegipsten Bein schmerzten.

Pitt konnte jetzt die Nylonleinen, an denen das Projektil hing, deutlich erkennen. Es waren mehr, als er befürchtet hatte, mindestens vierzig, vielleicht fünfzig. Beim Näherkommen sah er, daß einige der Leinen bereits vom Laserstrahl durchgeschmort und zertrennt worden waren. »Das Gerät wird zu heiß!« rief Dr. Weir. »Die Kühlschlangen sind wegen der Kälte in der Frachtkabine eingefroren.«

Dr. Weir preßte sein Auge wieder an das Zielfernrohr. Pitt beobachtete wie eine Reihe weiterer Leinen durchtrennt wurden. Der ätzende Geruch des verbrannten Kunststoffes wehte in die Frachtkabine herüber.

»Der Laser macht es nicht mehr lange«, schrie Dr. Weir. Sechs oder sieben weitere Leinen zerschmorten, der Rest aber blieb unversehrt. Dr. Weir war aufgestanden und hatte seine Handschuhe ausgezogen.

»Die Röhren sind hinüber!« rief er. »Sie können den Laser ab jetzt vergessen!«

Pitt sah hinaus. Drohend baumelte das stählerne Gift-Ungeheuer an den verbleibenden Stricken. Noch immer war die Mannschaft des Hubschraubers an das tückische Verhängnis gekettet.

»Der Laser ist kaputt!« sagte Pitt dann in das Funkgerät, daß ihn mit der Minerva verband, ohne den Versuch irgendeiner Beschönigung zu machen.

»Verdammt!« fluchte Steiger. »Können wir während dieses ganzen Alptraums wenigstens nicht ein einziges Mal Glück haben?« Seine Stimme klang bitter.

»Was nun?« fragte Admiral Sandecker ruhig.

»Ganz einfach«, sagte Pitt. »Ihr macht mit Eurem Vogel einen Sturzflug.«

»Einen *was*?«

»Geheimtip von Dirk Pitt. Ihr bringt die Mühle auf höchstmögliche Fallgeschwindigkeit und stoppt sie dann plötzlich wieder ab. Eurem giftigen Passagier gefällt das nicht, so daß er es vorzieht, gleich weiter ins Meer zu fallen. G-Kräfte nennen das die Physiker.«

»Sturzflug ohne Sicht wird schwierig«, sagte Steiger.

»Ihr wißt ja, daß der Fallschirm unsere ganzen Scheiben abdeckt. Ich mache hier einen reinen Instrumentenflug!«

»Versuch's trotzdem! Wir bleiben ganz in Eurer Nähe«, sagte Giordino.

»Kommt nicht zu nah, sonst holt Ihr Euch eine Erkältung«, antwortete Steiger.

Er steuerte den Hubschrauber so weit vom Flugzeug weg, daß er seinen Sturzflug beginnen konnte, dann stieß er mit einer entschlossenen Bewegung den Steuerknüppel nach vorn.

In einem Winkel von siebzig Grad schoß die Minerva nach unten. Für die Männer, die das gewagte Manöver von der Catlin aus beobachteten, sah es so aus, als werde der Hubschrauber mit großer Geschwindigkeit ins Meer stürzen.

»Nicht so schnell!« rief Pitt ins Mikrofon.

»Wenn Ihr mehr als sieben G habt, verliert Ihr Eure Rotorblätter.«

»Danke für den Tip!«

Der Hubschrauber hatte im Fallen inzwischen eine Höhe von eintausenddreihundert Metern erreicht. Giordino, der der Minerva nachflog, machte nicht den Versuch, allzu nah dranzubleiben. In einer weitausgelegten Spirale schraubte er sich nach unten. Dr. Weir war aus dem kalten Frachtraum in die Wärme der Kanzel zurückgekommen. Er konnte nicht mehr helfen.

Tausend Meter.

Immer tiefer fiel die Minverva mit ihrer tödlichen Fracht auf das Meer zu. Pitt bemerkte, daß der Fallschirm bei dem steilen Abwärtsflug des Hubschraubers gefährlich nahe an die Rotorblätter geriet, aber er entschloß sich, das zu verschweigen. Steiger hatte bereits genug am Hals. Wenn er ihn mit einer Warnung nach der anderen eindeckte, würde er nur nervös werden.

Steiger spürte, wie die zunehmende Fallgeschwindigkeit den Hubschrauber in Vibration versetzte. Das Windgeräusch war zu einem wilden Fauchen angewachsen. Den Bruchteil einer Sekunde lang war er versucht, das gefährliche Manöver abzubrechen, um der unerträglichen Spannung ein Ende zu bereiten. Aber dann dachte er – zum ersten Male an diesem Tag – an seine Frau und seine Kinder. Ein unbändiger Lebenswille durchströmte ihn.

»Stoppt den Vogel jetzt!« schrie Pitt in das Mikrofon.

Steiger riß den Steuerknüppel zu sich zurück.

Sechshundert Meter Höhe.

Der Druck, der durch die plötzliche Beendigung des Sturzfluges auf die Struktur des Hubschraubers ausgeübt wurde, war so stark, daß das Ächzen und Quietschen der metallenen Verbindungen deutlich zu hören war. Die Fallschirmleinen, die den Laserstrahlen widerstanden hatten, wurden von den Beschleunigungskräften zu langen dünnen Schnüren auseinandergezogen. Einen Augenblick lang sah es – von der Catlin aus betrachtet – so aus, als würde der schwere Stahlkörper der Giftgranate zurückschnellen und dem Rumpf der Minerva einen tödlichen Schlag versetzen. Dann aber rissen die Leinen. Das ST-Projektil fiel dem offenen Meer entgegen.

»Ihr seid die Granate los!« schrie Pitt ins Mikrofon.

Steiger war zu erschöpft um zu antworten. Sandecker, der beim Sturzflug fast ohnmächtig geworden war, rappelte sich auf und schlug Steiger auf die Schulter.

»Auf zu dem Norwegerschiff!« sagte er. Seine Stimme klang müde und glücklich.

Pitt achtete nicht auf die Minerva, die in Richtung auf das Passagierschiff abdrehte und einer sicheren Landung entgegenflog. Er hatte nur Augen für das blauschimmernde Projektil, das dem offenen Meer mit einer Geschwindigkeit von einhundertzwanzig Metern pro Sekunde entgegenfiel. Da die Granate für eine Fallgeschwindigkeit von sechs Metern pro Sekunde konstruiert war, passierte sie die kritische Dreihundertfünfzigmetermarke, ohne zu explodieren. Pitt beobachtete mit großer Genugtuung, wie das Projektil vom wartenden Abgrund der See verschlungen wurde.

Der Präsident beobachtete den Bildschirm, der den Potomac-Fluß zeigte. Es machte ihn traurig, ein Schiff sterben zu sehen. Schweigend verfolgte er die Übertragung von den Löschversuchen, mit denen sich eine Reihe von Feuerwehrbooten an dem brennenden Rumpf der »Iowa« versuchten. Außer dem Präsidenten saßen nur noch Timothy March, der Verteidigungsminister, und Dale Jarvis in der unterirdischen Kommandozentrale. Die Generäle waren bereits in ihre Büros im Pentagon zurückgekehrt, um dort die geeigneten Untersuchungen anzuregen, geeignete Berichte und Memoranden zu verfassen und geeignete Fehlinformationen über das Geschehen zu verbreiten. In ein paar Tagen würde der Schock, den die Vorkommnisse der Öffentlichkeit versetzt hatten, vergessen sein. Zeitungen und Fernsehen würden sich wieder ihrem blutigen Tagesgeschäft widmen. Wobei es den Medien eigentlich ziemlich egal war, wessen Blut vergossen wurde.

Der Präsident hatte gegen das Abflauen des öffentlichen Interesses an den verschwundenen und wiedergefundenen bakteriologischen Waffen wenig einzuwenden. Nun, da die Angelegenheit ausgestanden war, gehörte sie sorgsam und elegant unter den Teppich gekehrt.

»Man hat mir übrigens durchgegeben, daß Admiral Bass im Krankenhaus gestorben ist«, fuhr Jarvis in dem Dreiergespräch fort, das nun schon seit einer Viertelstunde währte.

»Bass muß ein sehr starker Charakter gewesen sein, daß er das fürchterliche Geheimnis der Cargo 03 über all die Jahre bei sich behalten hat«, kommentierte der Präsident die Mitteilung.

»Dieser Alptraum ist Gott sei Dank zu Ende,« murmelte March.

»Aber da ist doch noch die Insel Rongelo«, sagte Jarvis.

»In der Tat, da ist noch die Insel Rongelo«, stimmte der Präsident zu. Er schien müde.

»Wir müssen dafür sorgen, daß auch die letzte Spur dieses Giftes für immer verschwindet.«

Der Präsident sah zu Jarvis hinüber. »Was schlagen Sie vor?«

»Das beste ist, wenn wir Rongelo von der Landkarte ausradieren«, erwiderte Jarvis.

»Das ist unmöglich«, entgegnete March. »Die Russen schreien Zeter und Mordio, wenn wir eine Atombombe zünden. Der Versuchsstop für überirdische Atombombenversuche ist seit zwanzig Jahren von beiden Seiten respektiert worden.« Ein Lächeln spielte um Jarvis' Lippen. »Die Chinesen haben den Pakt aber nicht unterschrieben.«

»Na und?«

»Lernen wir doch etwas von der Operation ›Wilde Rose‹,« erklärte Jarvis. »Wir schicken eines unserer Unterseeboote so nahe wie möglich an das chinesische Festland. Von dort aus schießen wir eine ferngelenkte Rakete mit Atomwaffensprengkopf auf die Insel Rongelo.«

Der Verteidigungsminister und der Präsident tauschten beziehungsvolle Blicke aus. Dann wandten sie sich wieder Jarvis zu, um den Rest seines Vorschlages anzuhören. Der sprach weiter. »Unsere U-Boote haben das Geschoß mit dem Atomwaffensprengkopf aus getauchter Position abgeschossen. Niemand hat etwas gesehen. Während Rongelo in die Luft fliegt, befindet sich kein amerikanisches Schiff und kein amerikanisches Flugzeug in einem Umkreis von dreitausend Kilometern von der Insel. Die Russen haben also keinen Beweis, daß wir's gewesen sind. Auf den Satellitenbildern stellen sie dann fest, daß die Rakete von China aus angeflogen sein muß.«

March lächelte. Er schien sich für Jarvis' Plan zu erwärmen. »Die Chinesen würden natürlich empört in Abrede stellen, daß sie die Rakete abgeschossen haben. Trotzdem würde die ganze Welt, insbesondere die Sowjetunion, mit dem Zeigefinger auf Peking deuten. Wir stehen währenddessen vornehm abseits und schimpfen nicht mit, weil wir so großmütig sind. Nach zwei Wochen ist die Angelegenheit vergessen. Es gibt kein Rongelo mehr, und keine ST-Giftbakterien.«

Der Präsident starrte ins Leere. Das erste Mal in den acht Jahren seiner Amtszeit spürte er, wie verlogen und trügerisch das Gebäude der Macht war, auf dem sich sein Einfluß aufbaute.

Er stand auf. Seine Augen wirkten alt und traurig.

»Ich bete zu Gott«, sagte er, »daß ich der letzte Staatsführer der Geschichte bin, der einen Nuklearstreich anordnet.«

Nach diesen Worten drehte er sich um und begab sich zum Fahrstuhl, um zum Weißen Haus hinaufzufahren.

Duell der Narren

Umkono, Südafrika – Januar 1989

Eine warme Morgensonne war aufgegangen. Vorsichtig ließen die beiden Männer den Sarg an zwei Seilen in das Grab hinabgleiten. Dann wurden die Seile wieder herausgezogen. Ein schleifendes Geräusch war zu hören, als der rohe Hanf über die scharfen Ecken des Sarges strich.

»Soll ich's zuschaufeln?« fragte der dunkelhäutige Totengräber, nachdem er die beiden Seile zusammengelegt und über seine Schulter geworfen hatte.

»Danke, das mache ich selbst«, sagte Pitt und reichte dem Farbigen einige Geldnoten hinüber.

»Danke, aber das kann ich nicht annehmen«, sagte der Totengräber. »Der Kommandant war ein Freund von mir. Er war gut zu mir und zu meiner Familie, solange er lebte.«

Pitt nickte. »Ich kann Sie verstehen. Darf ich Ihre Schaufel benützen?«

Der Totengräber nickte, schüttelte Pitts Hand und schenkte ihm ein breites Abschiedslächeln. Dann ging er über den schmalen Pfad vom Friedhof zum Dorf zurück.

Pitt sah sich um. Eine schöne, aber herbe Landschaft. Der Frühdunst stieg von den umliegenden Feldern auf, während die Sonne langsam höher wanderte.

Er wischte sich mit dem Ärmel den Schweiß vom Gesicht und legte sich unter einen Mimosenbaum, um sich auszuruhen. Eine ganze Weile betrachtete er die gelben Blüten und lauschte dem Geräusch der Nashornvögel, das aus der Ferne zum Friedhof drang. Schließlich stand Pitt wieder auf, ging zu dem frisch ausgeschaufelten Grab zurück und betrachtete den Grabstein.

Hier ruhen
Patrick McKenzie
Myrna Klarissa
Patrick McKenzie junior
Jennifer Louise
In Ewigkeit vereint
1988

Der Kommandant war ein voraussehender Mann gewesen, dachte Pitt. Der Text für die Inschrift war schon Monate vor Fawkes Tod auf der »Iowa« eingraviert worden.

Nachdenklich ging Pitt zum Mimosenbaum zurück und verbrachte weitere zwei Stunden schlafend.

Dann wurde er vom Geräusch eines Wagens, der sich näherte, geweckt.

Der uniformierte Chauffeur brachte den Bentley zum Stehen, stieg aus und öffnete die Tür zum Fond. Oberst Zeegler stieg aus, hinter ihm verließ Verteidigungsminister De Vaal den Wagen.

»Es sieht schön friedlich aus«, sagte De Vaal.

»Die ganze Gegend ist nach dem Massaker auf der Fawkes Farm von Unruhen verschont geblieben«, antwortete Zeegler.

»Ich glaube, das Grab ist dort drüben, Sir.«

Pitt stand auf und klopfte die Erdspuren von seiner Kleidung, als Zeegler und De Vaal näher kamen. »Es ist nett von Ihnen, daß Sie die weite Entfernung nicht gescheut haben«, sagte er und streckte De Vaal die Hand entgegen.

»Die Reise bringt für uns keinerlei Unannehmlichkeiten mit sich«, sagte De Vaal. Seine Stimme klang arrogant. Er ignorierte Pitts ausgestreckte Hand und setzte sich respektlos auf den Grabstein der Familie Fawkes. »Oberst Zeegler hatte für mich eine Inspektionsreise durch den Norden der Provinz Natal vorbereitet. Unser Treffen heute macht keine Umstände.«

»Ich werde Sie ohnehin nicht lange aufhalten«, sagte Pitt und reinigte die Gläser seiner Sonnenbrille mit einem Taschentuch. »Kannten Sie Kommandant Fawkes?«

»Ich weiß die Tatsache zu werten, daß Ihr merkwürdiger Wunsch, sich auf einem ländlichen Friedhof zu treffen, von höchster Stelle Ihrer Regierung befürwortet worden ist. Aber ich möchte klarstellen, daß ich aus Höflichkeit hierhergekommen bin, und nicht, um irgendwelche Fragen zu beantworten.«

»Ich verstehe«, sagte Pitt.

»Ja, ich habe Kommandant Fawkes einmal getroffen.« De Vaal schien ins Leere zu blicken. »Ich glaube, es war im Oktober. Kurze Zeit, nachdem seine Familie ermordet wurde. Ich habe Fawkes damals das Beileid der Regierung ausgesprochen.«

»War er mit Ihrem Vorschlag eines Überfalls auf Washington gleich einverstanden?«

De Vaal verzog keine Mine. »Welch ein Unsinn. Fawkes war psychisch durch den Tod seiner Frau und seiner Kinder völlig aus dem Gleichgewicht geraten. Er plante und leitete den Anschlag in eigener Regie.«

»War es wirklich so, De Vaal?«

»Ich habe es in meiner Position nicht nötig, mir rüde Ungereimtheiten anzuhören.« De Vaal war vom Grabstein aufgestanden. »Auf Wiedersehen, Mr. Pitt.«

Pitt wartete, bis De Vaal ein paar Meter weg war. »Operation ›Wilde Rose‹, Herr Minister«, sagte er dann. »Der amerikanische Geheimdienst war vom ersten Tag an über das Unternehmen informiert.«

De Vaal war stehengeblieben. Mißtrauisch sah er zu Pitt zurück. »Die Amerikaner wußten vom ›Unternehmen Wilde Rose‹?« Er ging auf Pitt zu, bis er unmittelbar vor ihm stand.

»Für Sie dürfte das doch keine Überraschung sein«, sagte Pitt trocken. »Sie haben es ihnen schließlich selbst verraten.«

De Vaals Arroganz schien einen Sprung bekommen zu haben. Hilfesuchend sah er zu Zeegler hinüber. Aber Zeegler schwieg. Sein Gesicht war unbewegt wie Stein.

»Sie bluffen«, sagte De Vaal. »Was Sie sagen, ist völlig aus der Luft gegriffen.«

»Sie hatten sich ein sehr kluges Schema ausgedacht, De Vaal. Wie immer die Zwickmühle aufging, Sie gewannen. Der Plan für das ›Unternehmen Wilde Rose‹ war von vorneherein nicht darauf angelegt, daß er Erfolg haben konnte. Die Idee, der Afrikanischen Revolutionsarmee die Schuld für den Anschlag auf Washington zuzuschieben, war nur der Rauchvorhang, den Sie niederließen. Ihr wirklicher Beweggrund war Ihre Intrige gegen Premierminister Koertsmann. Seine Stellung sollte durch den mißglückten Anschlag so erschüttert werden, daß nur noch eine Militärregierung die Ordnung in Südafrika wiederherstellen konnte. Eine Militärregierung mit Pieter De Vaal an der Spitze.«

»Warum sagen Sie das alles?« fragte De Vaal ärgerlich.

»Was versprechen Sie sich davon?«

»Ich habe einfach etwas dagegen, wenn Verräter ungeschoren bleiben«, sagte Pitt. »Darf ich übrigens fragen, wieviel Sie und Emma abgesahnt haben? Drei Millionen Dollar? Oder waren es vier oder fünf?«

»Sie sehen Gespenster, Pitt. Oberst Zeegler kann Ihnen bestätigen, daß Emma ein bezahlter Agent der Afrikanischen Revolutionsarmee war.«

»Emma verkaufte gefälschte Unterlagen aus Ihrem Verteidigungsministerium an jede schwarzafrikanische Befreiungsbewegung, die dumm genug war, dafür zu bezahlen. Den Gewinn aus dem schmutzigen Geschäft mußte er mit Ihnen teilen, De Vaal. Die Sache entwickelte sich für Sie zu einem sehr lukrativen Nebenverdienst.«

»Es gibt keinen Grund, warum ich weiter hierbleiben und mir diesen Unsinn anhören sollte«, sagte De Vaal. Mit einer Kopfbewegung bedeutete er Zeegler, gemeinsam mit ihm zu dem wartenden Bentley zu gehen. Zeegler rührte sich nicht von der Stelle. »Ich bedaure, Herr Minister, aber ich bin der Auffassung, daß wir Mr. Pitt bis zu Ende anhören sollten.«

De Vaal schäumte vor Wut. »Sie sind seit zehn Jahren in meinen Diensten, Zeegler. Sie wissen sehr wohl, wie ich mangelnde Loyalität zu ahnden pflege.«

»Ich bin mir sehr wohl über die Art und Weise im klaren, wie Sie Untergebene behandeln, Herr Minister. In Anbetracht der besonderen Umstände plädiere ich jedoch dafür, daß wir nicht vorzeitig weggehen.« Zeegler deutete auf einen Schwarzen, der sich ihnen über den Friedhof näherte. Der Fremde war mit der gefleckten Uniform der Afrikanischen Revolutionsarmee bekleidet. Sein Gesichtsausdruck war ernst. Ein langes feststehendes Messer lag lose in seiner Hand.

»Der vierte Mitspieler in diesem Theaterstück«, sagte Pitt. »Gestatten Sie mir, daß ich Ihnen Thomas Machita, den neuen Führer der Afrikanischen Revolutionsarmee, vorstelle.«

De Vaal bekam es mit der Angst zu tun. Er winkte nach seinem Chauffeur. »Erschießen Sie diesen Schwarzen! Sofort!«

Der Chauffeur rührte sich nicht. Er sah durch De Vaal hindurch, als ob der Minister nicht existierte. Verunsichert lief De Vaal zu Zeegler zurück. Eine ahnungsvolle Angst flackerte in seinen Augen. »Zeegler!« schrie er. »Was geht hier vor?«

Zeegler antwortete nicht. Sein Gesicht blieb unbewegt. Pitt deutete auf das offene Grab. »Kommandant Fawkes hat mich auf

Ihre Spur gebracht, De Vaal. Er wußte, daß Sie es waren, der Emma schickte, um ihn zu töten. Daß Fawkes starb, war ein notwendiger Bestandteil Ihres Plans. Wäre er lebend gefangen worden, hätte er Ihre Beteiligung an dem Unternehmen verraten können.

Es gab noch ein anderes Risiko für Sie, De Vaal. Fawkes durfte unter keinen Umständen erfahren, daß Sie hinter dem Anschlag auf seiner Farm steckten. Die Fawkes' Familie und ihre Arbeiter sind umgebracht worden, weil *Sie* es wollten!«

»Das ist nicht wahr!« krächzte De Vaal.

»Kommandant Patrick McKenzie Fawkes war der einzige Mann in Südafrika, der das ›Unternehmen Wilde Rose‹ leiten konnte. Sie befahlen die Ermordung seiner Frau und seiner Kinder, weil Sie wußten, daß Fawkes dafür Rache nehmen würde. Natürlich nicht an Ihnen, sondern an den vermeintlichen Tätern. Der Überfall selbst war ein gekonnter Geniestreich. Nicht einmal die Beamten Ihres eigenen Ministeriums waren in der Lage, die wirklichen Urheber festzustellen, sie wären nie darauf gekommen, daß ihr eigener Minister hinter dem Plan steckte, für dessen Durchführung Sie dann eine Gruppe schwarzer Söldner aus Angola anheuerten.«

De Vaal war bleich geworden. »Woher wissen Sie das alles?«

»Als guter Spionagefachmann, der er ist, forschte Oberst Zeegler so lange, bis er auf die Wahrheit stieß«, sagte Pitt. »Außerdem führte Fawkes, wie die meisten Kommandanten, ein Logbuch. Ich war dabei, als Emma versuchte, Fawkes zu töten. Fawkes rettete mir das Leben, bevor er mit dem Schiff in die Luft flog. Er überließ mir sein Logbuch und fügte noch einige Notizen mit Informationen über Sie hinzu. Das Buch und die Notizen verbarg er in einem wasserdichten Tabakbeutel, den er mir auf dem Körper festband.

Fawkes' Aufzeichnungen waren ein interessanter Lesestoff, insbesondere für den Nationalen Sicherheitsdienst der Vereinigten Staaten und für den amerikanischen Präsidenden. Die halbseidene Warnung, die Sie an die amerikanische Regierung sandten, um Premierminister Koertsmann zu schaden, wurde in Amerika übrigens zu keinem Zeitpunkt ernstgenommen.

Das Weiße Haus war und ist davon überzeugt, daß das ›Unternehmen Wilde Rose‹ ohne Wissen und Zustimmung von Premierminister Koertsmann geplant und durchgeführt wurde. So kam es, daß Ihr kluger Plan, die Regierung in Südafrika zu übernehmen, jämmerlich scheiterte. Fawkes hat Sie aufs Kreuz gelegt, De Vaal

– auch wenn es erst nach seinem Tode war. Alle anderen Details gegen sie hat Major Machita beschafft. Er hat das Kriegsbeil mit Oberst Zeegler vorübergehend begraben, um Sie aus dem Wege zu schaffen. Was meine Rolle im Drama angeht, so dürfen Sie mich als Zeremonienmeister betrachten. Diesen Dienst war ich Kommandant Fawkes schuldig.«

Geschlagen starrte De Vaal zu Pitt hinüber. Dann wandte er sich an Zeegler. »Ist es wahr, Zeegler, daß Sie zu diesen Verschwörern gehören?«

»Ich verachte Sie. Sie sind ein Verräter unseres Landes«, sagte Zeegler.

»Wenn je ein Mensch den Tod verdient hat, dann sind Sie es, De Vaal«, sagte Machita. Der Haß loderte aus seinen Augen. De Vaal beachtete ihn nicht. Er sah nur Zeegler an, so als ob der schwarze Revolutionär für ihn nicht existierte.

»Sie können einen Mann von meiner Stellung nicht so einfach hinrichten. Ich verlange einen Prozeß.«

»Es ist Premierminister Koertsmanns Wunsch, daß es keinen politischen Skandal gibt.« Zeegler sprach, ohne dem Minister in die Augen zu sehen. »Der Premierminister hält es für die beste Lösung, wenn Sie ohne Prozeß aus dieser Welt verschwinden. Der Premierminister stimmte übrigens auch meinem Vorschlag zu, daß Ihre Leiche nie gefunden wird. Man wird Sie als vermißt betrachten...«

Zu spät erblickte De Vaal das Blitzen des Messers, das Machita mit voller Wucht in sein Herz stieß. Die Augen des Verteidigungsministers traten aus den Höhlen. Er versuchte zu sprechen, aber der einzige Laut, den er hervorbrachte, war ein Röcheln, das an das Grunzen eines Tieres erinnerte. Ein roter Fleck breitete sich auf seiner Uniform aus.

Machita betrachtete den Sterbenden aus nächster Nähe. Immer noch hielt er das Messer in seiner Hand. Als De Vaals Körper zusammensackte, gab ihm Machita einen Tritt. Mit einer langsamen Bewegung fiel die bizarr verkrümmte Leiche in das offene Grab. Die drei Männer traten an den Rand des Grabes und betrachteten die Rinnsale von trockener Erde, die von den frisch ausgehobenen Wänden des Grabes auf die blutige Leiche niederrieselten.

»Er hat es nicht anders verdient«, murmelte Machita. Zeegler war von dem Anblick des blutüberströmten Körpers übel geworden.

Er war als erfahrener Soldat daran gewöhnt, dem Tod in offener

Schlacht ins Auge zu sehen. Dies hier war etwas anderes. »Ich werde den Fahrer bitten, das Grab zuzuschaufeln«, sagte er.

Pitt schüttelte den Kopf.

»Nicht nötig. Es war Fawkes letzter Wille, daß ich das mache.«

»Wie Sie wollen.« Zeegler wandte sich zum Gehen. Machita sah aus, als ob er noch etwas sagen wollte. Dann überlegte er es sich anders und ging auf das Buschwerk zu, das den Friedhof umgab.

»Warten Sie«, sagte Pitt. »Sie können es sich beide nicht erlauben, diese Gelegenheit ungenutzt vorbeigehen zu lassen.«

»Welche Gelegenheit?« sagte Zeegler.

»Sie haben doch soeben einen gemeinsamen Feind besiegt. Wäre es nicht an der Zeit, jetzt miteinander zu sprechen und alle Differenzen beizulegen?«

»Ein Gespräch mit Machita ist Zeitverschwendung«, sagte Zeegler. »Er spricht nur die Sprache der Gewalt.«

»Sie verstehen unseren Kampf nicht, Mr. Pitt«, sagte Machita mit stoischem Gesichtsausdruck. »Schöne Worte können an den Notwendigkeiten der Zukunft nichts ändern. Die rassistische südafrikanische Regierung muß einer schwarzen Herrschaft Platz machen.«

»Sie werden einen hohen Blutzoll zahlen, bevor Ihre Flagge über Kapstadt weht«, sagte Zeegler.

»Ein Duell der Narren«, sagte Pitt. »Keiner von Ihnen beiden kann diesen Kampf gewinnen. Sie können beide nur verlieren.«

Zeegler sah ihn ernst an. »In Ihren Augen ist dieser Kampf vielleicht unsinnig, Mr. Pitt. Aber für uns hat er eine Bedeutung, die Sie nie ermessen können.«

Er ging zum Wagen. Wenig später war auch Machita im Buschwerk verschwunden.

Der Waffenstillstand war vorüber. Die Kluft war zu groß gewesen, als daß sie durch den erfolgreichen Kampf gegen einen gemeinsamen Feind hätte geschlossen werden können. Ein Gefühl der Machtlosigkeit, des Ärgers und der Trauer durchströmte Pitt. Wer wird in tausend Jahren noch nach diesen Dingen fragen, ging es ihm durch den Kopf.

Er ergriff die Schaufel und begann mit langsamen Bewegungen Erde in das Grab zu werfen. Er konnte sich nicht überwinden, auf die Leiche von De Vaal hinabzusehen. Dann hörte er das Aufkommen der Erde auf dem Körper und wußte, daß keine lebende Seele je die sterbliche Hülle des Verteidigungsministers wiedersehen würde.

Als das Grab mit Erde gefüllt war, öffnete er eine kleine Schachtel und entnahm ihr vier Blütenzweige. Mit einer sanften Geste legte er sie auf die vier Ecken des Grabes der Fawkes-Familie. Dann stand er auf und schloß die Augen.

»Ruhen Sie in Frieden, Kommandant Fawkes. Gott sei Ihrer Seele gnädig!«

Pitt fühlte weder Gewissensbisse noch Traurigkeit, als er den Friedhof verließ. Auf eine seltsame Weise war er zufrieden mit dem, was geschehen war. Mit entschlossenen Schritten ging er auf das Dorf Umkono zu.

Epilog

Südpazifik – Januar 1989

Die Insel Rongelo war ein Korallenatoll inmitten der gigantischen Wassermassen des Pazifischen Ozeans. Nur wenige Meter erhob sich die Insel über die Fluten, sie war so niedrig, daß man sie aus fünfzehn Kilometer Entfernung wegen der Erdkrümmung schon nicht mehr sehen konnte. Tag und Nacht peitschte der Wind die Wellen über den weißen Strand.

Bis auf einige Kokospalmen war die Insel unfruchtbar. Auf der höchsten Erhebung des Eilands lagen die Skelette von Dr. Vetterly und seinen Assistenten. Jahrzehnte von Sonne und Wind hatten die Knochen gebleicht. Die leeren Augenhöhlen der Schädel blickten in den Himmel, als ob sie von der magischen Kraft der Sonne oder der anderen Gestirne die Auferstehung herbeisehnten.

Es war gegen Sonnenuntergang, als ein ferngelenktes Geschoß aus der lautlosen Parabel der Überschallgeschwindigkeit auf das Atoll niederging. Eine Sekunde später erleuchtete ein überirdisch blau-weißer Blitz die See über Hunderte von Kilometern. Das kleine Atoll wurde in einen Feuerball hineingesogen, der in majestätischer Langsamkeit zu einem grauen Pilz auswucherte. Die in den Himmel geschleuderten Erdmassen waren bei Temperaturen von mehreren Millionen Grad zu orangefarbenen Nebeln zerstäubt, die schließlich eine purpurrote Farbe annahmen.

Dann erst strahlte der rasende Feuerball die Energie der Kernspaltung in die Atmosphäre. In einem Geyser von Dampf und Gestein wurden Millionen von Tonnen Korallengestein nach oben geschleudert. Der Explosionspilz erreichte einen Durchmesser von acht Kilometern, und in weniger als einer Minute hatte die auseinanderberstende Säule eine Höhe von vierzigtausend Metern erreicht. Dort zerstäubte sie zu Milliarden und Abermilliarden kleinster Partikel, die als mächtige dunkle Wolke langsam nach Norden trieben.

Die Insel Rongelo hatte zu existieren aufgehört. Alles was von ihr blieb, war ein Krater von einhundert Metern Tiefe und dreitausend Metern Breite. Sekunden später schossen die Fluten der südlichen See von allen Seiten in die entstandene Mulde und verwischten alle Spuren des Ereignisses. Die Sonne leuchtete in einem unwirklichen Grün, als sie hinter den Horizont sank.

Die unheilvollen Giftorganismen von Dr. Vetterly waren in die Unendlichkeit zurückgesunken, aus der sie gekommen waren.